CASTRO, L'INFIDÈLE

Paru dans Le Livre de Poche :

LA PISTE ANDALOUSE

En collaboration avec Patrick Poivre d'Arvor :

CONFESSIONS, CONVERSATIONS, AVEC SERGE RAFFY

SERGE RAFFY

Castro, l'infidèle

FAYARD

ISBN : 978-2-253-09946-8 – 1re publication LGF

Au peuple cubain,
héroïque et martyr.

Avant-propos

Ce livre est l'aboutissement d'un long voyage dans le labyrinthe de Fidel Castro. L'ombre, malgré quelques rais de lumière, y est omniprésente. Est-ce une biographie, un long reportage, un roman vrai, un ouvrage à caractère historique ? Peut-être le mariage de tous ces genres. Parmi les multiples obstacles qui se sont dressés sur ma route, l'un des plus grands fut sans doute le propre prénom du Comandante *Castro. « Fidel » est en effet un mot piège, il introduit une proximité, un lien de parenté peu propices à la distance et à la neutralité. Même les plus virulents des exilés de Miami, qui voudraient le voir finir sur la chaise électrique, l'appellent Fidel comme s'ils parlaient de leur cousin. Or, Fidel Castro n'a pas l'esprit de famille. Ce n'est pas non plus un homme très fidèle. Le seul domaine où il n'ait jamais failli, jamais fléchi, jamais menti, est celui de la défense acharnée de sa propre gloire. Grand lecteur de l'*Iliade, *il a pris pour modèle Achille, qui rêvait d'une vie héroïque et brève, une carrière de conquistador affamé de trophées ; mais sa bonne étoile lui a laissé la vie sauve. Et il est devenu Ulysse, monarque vieillissant obligé de composer avec le temps. C'est ce paradoxe « homérique » qui est au cœur de* Castro, l'infidèle.

S. R.

CHAPITRE PREMIER

« Sale Juif ! »

L'insulte est partie comme un coup de couteau, plus coupante qu'une lame de *machetero*. L'enfant ne s'y attendait pas. Il sentait bien qu'il n'était pas tout à fait comme les autres, que les petits camarades du collège, avec leurs regards en coin, leurs ricanements imbéciles, le toisaient comme un animal de foire. Il avait beau chercher leur amitié, multiplier les sourires, déployer tous les efforts du monde, il était le vilain petit canard qu'on ignore dans la cour et qu'on montre du doigt à longueur de temps. Au début, il ne comprit pas quand on lui lança, la bouche pleine de mépris, ce cinglant « Sale Juif ! ». Interloqué, Fidel croyait que ses compagnons d'étude le comparaient à ce petit oiseau au bec noir curieusement dénommé *judío* qui pullule dans les plaines de Cuba. Pourquoi l'affubler, lui, du nom de ce volatile des Caraïbes ? Parce que le garçon avait, comme l'oiseau, du mal à savoir où était sa maison ?

Sous l'injure, le gamin, meurtri, haussait les épaules. Mais il sentait bien qu'il y avait un peu de vrai dans cette histoire. Et aussi un mystère qui lui échappait. Il avait beau chercher, il ne trouvait pas l'origine de l'ostracisme qui le frappait. Était-il maudit ? Avait-il commis une faute impardonnable, un sacrilège ?

Comme l'oiseau, de fait, il n'avait pas vraiment de nid. Telle était son énigme.

Puis, au fil des jours, les frères maristes du collège de La Salle, à Santiago de Cuba, lui apportèrent la lumière. Eux-mêmes n'étaient pas des plus conciliants avec lui, ils le rudoyaient régulièrement et le traitaient souvent comme le dernier des derniers. Mais ils finirent par lui expliquer son étrange situation. À 7 ans, Fidel Ruz n'était pas baptisé, comme ses petits camarades. Or, à Cuba la très catholique, dans les années trente, un enfant non baptisé était forcément juif. Le jeune Fidel demanda alors s'il l'était. Les bons frères lui jurèrent que non : il était simplement un peu en retard dans son cursus religieux. Mais alors, qu'attendait-on pour le baptiser ? Par quel mystère n'avait-il pas accès à ce rite qui semblait si important, qui lui permettrait d'être un enfant comme les autres ? Et si les frères lui mentaient ? S'il était vraiment juif ? Confronté à cette question, le gamin se sentait perdu. Ses notes étaient catastrophiques, son comportement en classe, calamiteux.

Durant les cours de catéchisme dispensés par des maristes espagnols, il apprit que les « Juifs avaient assassiné le fils de Dieu ». En bonne logique, à la suite de cette révélation, Fidel se mit à penser qu'il était un peu responsable de la mort de Jésus-Christ. Le gamin était plongé dans une grande détresse. Comment se faire pardonner pareil crime ? Quel châtiment allait fondre sur lui ? Quelle foudre divine s'abattrait bientôt sur lui ? Le soir, en rentrant chez ses tuteurs, il s'interrogeait : « Suis-je un monstre ? »

Comme nul ne lui apportait la moindre réponse, il décida de devenir monstrueux. Le petit paria devint invivable, multiplia les provocations auprès des adultes, prit régulièrement des fessées, refusa toute autorité. Il n'avait de comptes à rendre à personne, puisque seul le Très-Haut était à même de le juger. Chaque jour que Dieu faisait, il attendait d'être précipité dans les flammes de l'enfer. Un jour ou l'autre, l'assassin du Christ serait puni. Mais quand ?

CHAPITRE 2

L'Ange et les bêtes

Il s'appelle Ángel Castro. Il a le regard noir des hommes qui ont fréquenté la mort et le sang, les traits rugueux d'un paysan taciturne et madré. Il vient de loin, d'une vallée giboyeuse plantée de chênes et d'eucalyptus, dans la province espagnole de Lugo, en Galice, pays rude et mystique où l'on célèbre Dieu, les esprits de la forêt, elfes, fées et sorcières. Un pays où l'on croit que les pierres et le vent ont une âme. Ses parents, de pauvres laboureurs, possédaient quatre malheureux hectares de terre en fermage, produisaient des haricots et des cerises, et n'avaient pour seul bien qu'une masure où hommes et bêtes vivaient dans la même pièce chauffée par un foyer central appelé *lareira*.

Né le 5 décembre 1875, Ángel Castro, rugueux comme sa terre, s'engage à l'âge de 20 ans dans l'armée pour aller faire la guerre à Cuba. Pour 1 500 pesos, il part à la place d'un fils de la bonne bourgeoisie locale, comme font la plupart des jeunes Espagnols d'origine modeste à l'époque. Analphabète, Ángel ne sait rien de Cuba, il fuit simplement la misère. Certes, il part défendre la Couronne espagnole menacée par les indépendantistes cubains appelés les *mambis*, mais il emprunte surtout le chemin de milliers de Galiciens qui, comme lui, souhaitent échapper à leur triste condition. Pour lui, Cuba est un mirage, un eldorado tropical.

Depuis plus de trente ans, l'île est en guerre civile quasi permanente sous le regard attentif et intéressé du grand voisin américain. Pour les autorités de Washington, Cuba, géographiquement et historiquement, ne peut que tomber dans l'escarcelle de l'Union et devenir un État parmi d'autres à l'instar de la Californie, du Texas ou de la Floride. L'Espagne est si loin ! À plusieurs reprises, la Maison-Blanche a même proposé à Madrid de racheter l'île pour quelques millions de dollars, comme on fait d'un ballot de coton ou d'un sac de riz. En vain.

Ángel Castro Arguiz débarque à La Havane en 1895. Il assiste aux exactions du général Weyler, officier espagnol sanguinaire qui s'en prend aux populations civiles suspectées de soutenir la guérilla tapie dans la sierra, en grande partie dans la région d'Oriente, à l'est du pays. Malgré ses 200 000 soldats envoyés sur le terrain, l'Espagne connaît de graves revers. L'armée est décimée non pas au combat, mais par les maladies tropicales. Ainsi 96 000 hommes sont victimes de la dysenterie, de la malaria, de la fièvre jaune. Contrairement à la légende, ce n'est pas la guérilla qui a raison du colon espagnol, mais le climat. Certes, les indépendantistes combattent farouchement, mènent des escarmouches incessantes, en particulier dans la province de Santiago, mais, numériquement, ils ne pèsent pas lourd face aux troupes de Madrid. Le conflit pourrait encore traîner des années. Un événement vient accélérer le processus : le 15 février 1898, le croiseur US *Maine*, qui mouille dans le port de La Havane, est victime d'une explosion accidentelle. Les Américains exploitent aussitôt l'incident, entrent en guerre et demandent à l'Espagne de renoncer à Cuba. En quelques mois, les

États-Unis s'imposent comme une puissance militaire de premier plan : ils infligent une sévère défaite à l'Espagne, et la contraignent à capituler sans conditions. Le 10 décembre 1898, aux termes du traité de Paris, Madrid perd les Philippines, Cuba, Guam et Porto Rico. C'est la chute de l'Empire colonial espagnol, la fin piteuse et désenchantée d'une aventure qui a débuté par l'épopée maritime de Christophe Colomb, quatre siècles auparavant. Pour les historiens hispaniques, 1898 devient l'« année du Désastre ».

À 23 ans, Ángel Castro doit rentrer en Galice, endurci par trente-six mois de combats où il a assisté au pire : des massacres de *guajiros*, ces petits paysans sans terre favorables aux *mambis* ; des exécutions sommaires, des pillages ; des régions entières incendiées par les indépendantistes. Cuba est un pays en ruine, comme un grand champ de chaume encore fumant. Tout est à reconstruire. Ángel hésite à se faire rapatrier avec les restes d'une armée vaincue, bien peu glorieuse. Il lui reste le pécule de son enrôlement. Il pourrait démarrer ici une nouvelle vie, dans ce pays où l'air est une permanente caresse, où les agrumes semblent pousser sans le moindre effort. Mais non, il doit rentrer : sa promise l'attend à Lancara, son village natal. Là-bas, il aime à pêcher la truite dans le río Neira, ou encore chevaucher à perdre haleine dans cette vallée brumeuse et tiède où l'on invoque régulièrement les *meigas*, ces sorcières bienveillantes qui protègent l'âme des morts.

De retour chez lui, Ángel Castro Arguiz apprend une terrible nouvelle : sa fiancée ne l'a pas attendu. On l'a cru mort. Elle en a épousé un autre. Fou de chagrin, humilié, Ángel reprend son baluchon et file vers La Corogne, le port du Nord, où il embarque sur le premier steamer à destination de La Havane. Pour oublier. Le soleil de Cuba cicatrise tout, même les pires tourments.

En 1899, quand il pose à nouveau le pied sur le sol cubain, Ángel Castro est stupéfait. En quelques mois, les Américains se sont installés et ont repris en main l'économie cubaine. Ils investissent plus de 160 millions de dollars, en particulier dans la région orientale, entre Holguín et Santiago. Leur objectif est de développer de manière intensive la culture de la canne à sucre pour alimenter le marché américain. Ils construisent une ligne ferroviaire du côté de Mayari, région particulièrement fertile, près de la baie de Nipe. Au cours de cette période, la United Fruit Company achète plus de cent mille hectares de terrain dans cette zone. Elle est en quête de bras. Pour un homme vaillant et dans la force de l'âge, le travail ne manque donc pas. Les dirigeants de la compagnie américaine rebâtissent une ville, Banes, qui avait été dévastée par la guerre. Là, ils installent leur siège et, dans la baie de Nipe, un port du nom d'Antilla, d'où les marchandises partent vers Boston et New York. Ángel s'installe dans cette région en pleine ébullition. Il travaille dur. Dans un premier temps, il est embauché comme ouvrier sur les lignes de chemin de fer, puis il devient marchand ambulant sur la voie ferrée : il vend de l'eau et de la limonade aux coupeurs de canne. Bientôt, grâce à ses bonnes relations avec un colon espagnol originaire des îles Canaries, Fidel Pino Santos, il commence par louer quelques hectares à la United Fruit dans la zone de Biran, puis il achète lui-même un arpent après l'autre, méthodiquement.

Pour agrandir son domaine, Ángel Castro est prêt à tout. Il se montre impitoyable avec ses coupeurs de canne, généralement des Haïtiens qu'il traite durement, mais aussi avec ses « cousins » galiciens qu'il fait venir par bateau par l'intermédiaire de trafiquants qui leur font signer des contrats quadriennaux. D'aucuns murmurent qu'il a la gâchette facile et qu'il lui arrive de se débarrasser d'ouvriers récalcitrants ou trop exigeants. Aucun document ne confirme cette rumeur. En revanche, les archives de Santiago de Cuba regorgent de courriers de l'époque mentionnant les nombreuses plaintes du consul général de Haïti à l'encontre des colons de la région. Une mission de recensement est envoyée de Port-au-Prince afin de vérifier les accusations de crimes perpétrés dans les plantations de la région de Banes et Mayari. Inquiet des réactions violentes des propriétaires terriens qui n'admettent pas qu'on vienne fourrer son nez dans leurs affaires, le consul implore les autorités cubaines de fournir à la mission une escorte policière, voire, si nécessaire, le renfort de l'armée. Il faut dire que l'Oriente, en ces années-là, a des allures de Far West. On y règle les contentieux commerciaux à la Winchester plus souvent qu'avec des manuels de droit.

Dans ce Nouveau Monde implacable et violent, Ángel a la réputation d'un caïd sans pitié pour ses ennemis et dur en affaires. On le traite de *ladrón* (voleur), mais on baisse les yeux à son approche. Au bout de quelques années, à force de sueur, de pugnacité, de ruse, de violence mais aussi de travail, le petit Espagnol venu de Lancara se fait appeler don Ángel. Fier et hiératique, il sillonne son domaine sur un destrier blanc, pistolet à la ceinture. Chez lui, deux fusils, de la marque Crack, sont toujours prêts à prendre du service. À Biran, Ángel Castro a l'impression de n'avoir jamais quitté la Galice, car, curieusement, le paysage alentour et celui de la vallée de Lancara se ressemblent comme deux gouttes d'eau. L'endroit regorge de torrents, de collines et, en bas, dans l'immense plaine entre Alto Cedro et Mayari, on découvre un petit lac, Presa Sabanilla. Il y a même, les jours d'hiver, une brume qui rappelle vaguement la *niebla* de Galice, ce brouillard humide et cotonneux qui donne l'impression que le temps est comme suspendu. En dépit de sa réussite sociale, don Ángel éprouve une certaine nostalgie pour sa terre d'origine. Il est frappé par ce que les Galiciens appellent la *morriña*, le mal du pays. Mais pourquoi chercherait-il à retourner dans son village où une femme l'a si douloureusement humilié ? Il sait qu'il ne rentrera jamais. Il est trop orgueilleux. Comme tant d'autres émigrés galiciens, mais aussi asturiens, andalous et catalans, il pourrait revenir au pays de temps à autre, y étaler sa richesse, construire des écoles, des hôpitaux, créer une fondation. Il n'en fait rien.

Comment, dans ces conditions, ne pas perdre le fil de ses origines ? Ángel Castro décide de construire à Biran, à flanc de colline, une maison de type galicien, une demeure en bois tropical érigée sur pilotis, comme les belles *casas de campesinos* de sa terre natale, où les bêtes – vaches, chevaux, cochons, chèvres, poulets – viennent dormir, la nuit venue, sous la couche du maître des lieux. Il monte également une petite arène pour les combats de coqs. Chaque week-end, les ouvriers agricoles viennent y dilapider leur maigre solde dans des paris qui finissent souvent en bagarres d'ivrognes.

Dans ce climat primitif, don Ángel se sent heureux. Il n'a qu'une seule véritable passion : le bétail. C'est un *ganadero* dans l'âme. Avec son ami Fidel Pino Santos, il passe des heures à parcourir leurs terres pour surveiller les activités des taureaux reproducteurs. Il déteste aller en ville où il lui faut côtoyer avocats, politiciens, commerçants, administrateurs de la United Fruit. Ces gens-là n'ont rien de commun avec lui. Seul Fidel Pino Santos le comprend. À lui seul il peut avouer qu'il est analphabète.

Un jour, le Canarien s'autorise à donner à son ami quelques conseils sur la gestion de la *finca*. Il lui suggère qu'il serait grand temps qu'il apprenne à lire et écrire. Un grand propriétaire terrien, lui explique-t-il, doit se tenir informé, lire les journaux, suivre les cours du sucre. Il lui présente alors l'institutrice de l'école américaine de Banes, María Luisa Argota, femme douce et cultivée. Don Ángel l'épouse, lui fait deux enfants, Pedro Emilio et Lidia, et se met à la lecture. Respecté et craint, le cacique de Biran est un homme comblé. Lui, l'analphabète, a épousé l'institutrice de l'école où se rendent les enfants de la bonne société américaine de Banes. Son domaine a dépassé les 10 000 hectares.

Pour protéger son patrimoine, Ángel a besoin d'appuis politiques. Il devient le plus fidèle soutien de son ami Fidel Pino Santos, conseiller municipal de Banes, qui est aussi un cadre du Parti conservateur. Le Canarien a fait fortune en louant des charrues aux paysans dans tout l'Oriente. Il possède une immense *finca* près de Bayamo, ainsi qu'un hôtel à Holguín. Juriste, il est aussi conseiller de la United Fruit et fait le commerce du bétail et du riz. Très réactionnaire, il a l'ambition de devenir député à la Chambre des représentants à La Havane. Don Ángel, lui, préfère rester dans l'ombre. Il aime le pouvoir, mais sur ses terres. Il ne fera de politique que pour protéger ses intérêts de grand propriétaire. Roués, pragmatiques, les deux hommes savent que rien n'est possible à Cuba sans l'appui des Américains.

Ces derniers, après avoir rêvé d'annexer le pays, optent pour une solution moins radicale. En 1902, leur armée quitte le pays et Washington impose au nouveau gouvernement de la toute nouvelle République cubaine l'amendement Platt, du nom du négociateur américain, qui autorise les USA à intervenir militairement dans les affaires du pays dès lors que leurs intérêts viendraient à être menacés. Bref, Cuba est sous tutelle. La République n'est qu'un simulacre. Plus grave : à la fin de la guerre, Américains et Espagnols ont écarté de la table des négociations du traité de Paris les *mambis*, représentants de la bourgeoisie indépendantiste qui avaient mené une lutte de plus de trente ans contre les « colonialistes » espagnols. Les chefs de la rébellion, qui ont cru à l'aide sincère des « Yankees », se sentent bafoués et bernés. Pour eux, contrairement à l'Espagne enfermée dans un archaïsme étouffant, les USA représentent un modèle de démocratie. Tous les Cubains épris de modernité ont les yeux tournés vers Washington. Les Américains n'ont-ils pas importé sur l'île, en ce début de siècle, un aménagement révolutionnaire : les W-C ? En négligeant les *mambis*, ils commettent une lourde faute. Cette erreur historique pèsera, un demi-siècle plus tard, sur les relations américano-cubaines. Toute une partie de la population de l'île a alors l'impression d'avoir été flouée. Face aux millions de dollars qui pleuvent sur Cuba, la tutelle de Madrid paraissait infiniment plus souple, au moins plus lointaine. À présent, le nouveau « colon » omniprésent et tout-puissant campe à deux pas des côtes cubaines. Certains regrettent déjà les *señoritos* de Madrid. La presse de La Havane s'en prend violemment aux « quakers de Wall Street, complices des banquiers juifs » qui veulent « noyer les églises catholiques sous leurs dollars… ». Un profond ressentiment gagne une large fraction de la bourgeoisie cubaine, qui voit des aventuriers espagnols comme Ángel Castro s'emparer sans vergogne de vastes territoires avec l'assentiment des nouveaux maîtres venus du Nord.

Sans le moindre scrupule, don Ángel sert les *gringos*, ceux-là mêmes qui l'ont vaincu quelques années plus tôt. Étrange immigré : avide de terres, il ne cherche pas pour autant à jouer les nouveaux riches. Il n'a aucune envie de s'intégrer au petit monde des planteurs. Dans les centrales sucrières de la United Fruit Company, connues sous le nom de « Preston » ou « Boston », où il se rend pour vendre sa canne, il a la réputation d'un homme bourru, peu volubile. Il a le « complexe du va-nu-pieds ». On le dit sauvage et indomptable, souvent colérique. Seul don Fidel Pino trouve grâce à ses yeux : cet homme qui, comme lui, aime les bêtes plus que les hommes est le seul lien qui le rattache encore à l'Espagne. Tous deux passent des soirées à évoquer la vie de l'autre côté de l'océan. Quand le Canarien sollicite son aide pour une campagne électorale, Ángel n'hésite pas : il lui apporte sur un plateau les voix des trois cents familles qui vivent sur les terres de Biran. Pour s'assurer leur vote, Ángel Castro utilise des *sargentos políticos* qui font office de « tontons macoutes ». Lors des campagnes, ils ont pour mission, par l'argent ou la violence, de gagner les suffrages des paysans. Méthode mafieuse ? Don Ángel règne en maître absolu sur ses terres. Il est le « caudillo de Biran ».

Un jour, María Luisa Argota voit débarquer à la maison une femme nommée Dominga Ruz. Elle est installée depuis peu sur le domaine, dans un *bohío* (une hutte), à environ un kilomètre. Son mari, Francisco, travaille aux champs de canne. Mulâtresse énergique, Dominga est venue chercher fortune dans cette région d'Oriente si prospère. La famille Ruz vient de la province de Pinar del Río, du côté d'Artemisa, et a traversé toute l'île sur un char à bœufs. Le récit de l'odyssée de Dominga émeut don Ángel. Sans compter que cette femme, dit-on, a des pouvoirs magiques. Elle est un peu sorcière, comme les *meigas* de Galice. Afin de l'aider, don Ángel embauche une de ses trois filles comme servante à Manacas. Elle s'appelle Lina. Elle a le même âge que sa propre fille, Lidia, soit quatorze ans. María Argota, la gentille maîtresse de Banes, accepte la nouvelle domestique. Elle ne se doute pas qu'elle vient de faire entrer le malheur dans sa maison.

Bien vite, l'adolescente, vive et effrontée, tombe entre les griffes du seigneur de Biran. Elle est bientôt enceinte. L'enfant, une petite fille prénommée Ángela, est élevée chez la grand-mère, Dominga. Dans la maison des Castro, on décide d'ignorer l'incident. Après tout, dans chaque hacienda, les enfants illégitimes sont légion. On impute le phénomène au caractère « îlien » de Cuba. Le droit de cuissage est pratique courante dans un pays qui a été le dernier au monde à abolir l'esclavage, en 1878. Puis vient un deuxième enfant, Ramón. Lina continue de l'élever, avec sa sœur Ángela, dans la maison de ses parents, une misérable masure en pisé. Don Ángel vient de temps à autre jeter un coup d'œil sur ses « bâtards », mais entend garder l'affaire secrète.

Or, à la surprise de tous, María Luisa Castro Argota, la discrète, la soumise, refuse de fermer les yeux. Elle n'accepte pas la situation. Perdue dans les collines de Biran, à vingt kilomètres de Banes, que l'on ne peut atteindre qu'à cheval, elle est à la merci de don Ángel, à qui le fait d'élever simultanément deux familles ne pose aucun problème. Avec ses deux enfants, Pedro Emilio et Lidia, qui sont en âge de fréquenter le collège, elle décide de s'installer à Santiago sous prétexte de suivre la scolarité des chers petits. Au moins, là-bas, elle n'aura pas à subir l'humiliation de voir la concubine de son mari venir faire le ménage sous son propre toit ! Sans le savoir, elle abandonne ainsi le terrain à Lina. La petite adolescente effrontée s'est transformée en maîtresse femme. Dynamique, volontaire, elle s'impose dans la maison de Manacas comme la « nouvelle patronne ». Et surtout, Lina et Ángel s'aiment. Quand, le 13 août 1926, elle donne le jour à son troisième enfant, elle rayonne. Don Ángel lui choisit le prénom de son meilleur ami : le garçon s'appellera Fidel. À Santiago, María Luisa Argota est en pleine détresse.

Comment ne pas la comprendre ? Sa propre servante, qui a l'âge de sa fille, a désormais trois enfants de son mari ! Blessée, anéantie, María Argota ne sait que faire. Certes, aux termes de la loi, Lina reste la maîtresse illégitime, et ses enfants de simples « bâtards », sans aucun droit sur l'héritage. Mais selon la nature ? Pour don Ángel, qui aime à dormir au-dessus de ses bêtes, rien n'est plus important que la puissance de la terre. Radicalement galicien, il ne croit qu'aux forces telluriques, à l'instar de ses ancêtres celtes. Au fond, Lina lui convient bien. Elle est comme lui quand il était plus jeune : ambitieuse, rebelle et illettrée. Elle montre aussi la même sauvagerie, le même amour des bêtes que son amant. Dans cet univers rustique, l'institutrice fait figure d'intellectuelle ennuyeuse, supportant à grand-peine le soleil. Lina, elle, est une femme de la terre. Elle a le visage hâlé des campagnardes, n'hésite pas à porter le pantalon et à jouer du fusil. María Argota, elle, joue du piano et se complaît dans la lecture des grands classiques de la littérature anglaise. Peut-elle encore lutter ? Elle n'a plus vraiment le choix. De Biran lui reviennent des bruits selon lesquels son mari reçoit de plus en plus souvent ses bâtards à la *finca*. Elle demande le divorce.

À cette époque – vers la fin des années vingt – une telle procédure est rarissime, quasi inconcevable. L'Église catholique romaine la condamne sans appel. L'affaire Castro provoque un énorme scandale. L'épouse légitime consulte alors des juristes de Santiago. Son mari a tous les torts. Il vit dans le péché. Sa position est juridiquement indéfendable. Il n'a pas seulement commis un adultère, mais constitué une seconde famille, clandestine, hors les règles édictées par notre sainte mère l'Église, tel un seigneur du Moyen Âge.

Avec une intuition tout animale, Ángel Castro comprend que sa situation est devenue périlleuse. Il risque de perdre sa fortune dans une procédure de séparation et, surtout, il ne veut à aucun prix partager Manacas, la *finca*, les terres, les champs de canne, le bétail, les collines, les palmeraies, les torrents, avec cette femme de la ville qui, au fond, n'a jamais rien aimé de tout cela. Avec son ami Fidel Pino Santos, il invente un stratagème pour contourner la loi. Il organise sa propre faillite et, de fait, lui abandonne provisoirement sa fortune et ses terres. Don Fidel Pino Santos est désormais le propriétaire de tous les biens du Galicien. Magnanime, il accorde à Ángel la « gérance » de la *finca*. Ainsi, sitôt après la naissance de son fils Fidel, don Ángel est officiellement ruiné, juridiquement intouchable et financièrement insolvable. Un grand classique du divorce ? Pas à cette époque.

Lina réintègre un temps le *bohío* de ses parents avec ses trois enfants, pour donner le change. Les conditions de vie difficiles ne la dérangent pas. Elle est dure au mal. En revanche, elle est désespérée, car ses enfants ne sont pas baptisés. Comme sa mère Dominga, Lina Ruz, qui a un ancêtre juif venu d'Istanbul, est très pieuse. À l'exemple de beaucoup de Cubains, elle pratique un culte qui emprunte aux catholiques mais aussi aux rites africains. Lina est un peu « santériste » : elle voue un culte aux dieux yorubas, divinités importées par les esclaves venus du Nigeria au XVIIIe siècle. Mais elle veut à tout prix que sa descendance soit consacrée par un curé. Or, jamais aucun prêtre n'osera transgresser les lois de l'Église et baptiser ses trois petits. Elle tente à plusieurs reprises de convaincre quelques ensoutanés locaux. Rien n'y fait. Tenace, elle a une idée : en 1930, en pleine crise économique, Lina Ruz, avec l'assentiment de don Ángel, décide d'envoyer Ángela, Ramón et Fidel chez des amis à Santiago. Là-bas, personne n'aura entendu parler des Castro. D'ailleurs, pour l'état civil, ses enfants ne s'appellent pas Castro, mais Ruz. Logique : Ángel n'a pas divorcé et n'a donc pas encore pu les reconnaître.

À 4 ans, le petit Fidel Ruz prend donc le train pour Santiago en compagnie de son frère et de sa sœur aînés. Il quitte Biran la sauvage pour une ville rebelle et fantasque. Là-bas, pense Lina Ruz, mes enfants seront anonymes, perdus dans l'immensité urbaine. Elle a bien du mal à se séparer du petit dernier, brutalement arraché à sa famille sans qu'on puisse lui expliquer vraiment pourquoi. Mais c'est le prix à payer pour que la paix revienne à Biran. Lina est sûre qu'à Santiago elle trouvera bien un curé accommodant pour administrer le baptême à ses enfants et les sauver ainsi des flammes de l'enfer, qui sait ?

CHAPITRE 3

Le parrain de Santiago

Non, décidément, il ne l'aime pas. Il ne supporte pas sa manière de passer les plats, d'imposer silence à table et en chaque occasion. Et puis, cette manie qu'il a de parler la langue française avec un épouvantable accent créole ! Il vit dans une baraque en bois au cœur du vieux Santiago, rapporte à la maison tout juste de quoi nourrir les siens et prend des poses d'aristocrate. Depuis qu'il a débarqué à Santiago, Fidel Ruz Gonzalez éprouve un épouvantable sentiment d'abandon. Que fait-il dans cette famille de mulâtres soi-disant amis de son père ? Il a tout juste cinq ans, ne va même pas à l'école, reste enfermé toute la sainte journée, comme s'il était puni. Son tuteur, Luis Hippolyte Alcidès Hibbert, d'origine haïtienne, est un adepte des châtiments corporels. Il administre des fessées et ne supporte pas le moindre bruit en sa présence. Sa femme, Belén Feliu, pourrait passer pour plus sympathique : elle joue du piano, est plutôt coquette, mais elle ne porte aucun intérêt aux enfants. Coupé de tout, le petit Fidel se demande bien pourquoi ses parents l'ont envoyé chez ces gens-là, si loin de Biran. Il se souvient du départ de l'hacienda, du long trajet en charrette jusqu'à la gare de Marcané, puis de son premier voyage en train, jusqu'à Santiago, les yeux écarquillés à la vue de la gare en bois flambant neuve, comme dans les films, puis des rues grouillantes, bariolées, dans la chaleur du quartier de l'Alameda, avec ses marchands ambulants et leurs étals de fruits tropicaux. Et, brutalement, le choc de la sombre froideur de la demeure des Hibbert.

Pourquoi a-t-il atterri dans cette lugubre maisonnée ? Officiellement, Fidel est là pour suivre les cours d'Emerenciana Feliu, la sœur de Belén, qui est institutrice. Il aurait fort bien pu poursuivre sa scolarité normale à Marcané, la ville la plus proche de Biran, mais ses parents en ont décidé autrement. Il fallait fuir de toute urgence le domaine afin d'éloigner les enfants du scandale. Les avocats de María Argota commençaient à fureter dans les parages. Il fallait appliquer le plan de Lina : faire oublier les petits afin qu'un prêtre compréhensif les baptise en toute discrétion. Ainsi le petit Fidel se retrouve reclus avec ce grand gaillard noir et deux femmes qu'il n'aime pas, « pour se faire oublier ». Il est en quarantaine. Emerenciana lui apprend à lire et à compter avec un simple cahier, une *libreta*. Ses parents ne lui ont procuré aucun livre. Il s'entraîne aux divisions et aux multiplications en déchiffrant la table figurant en dernière page de ce cahier qui est, pour lui, comme un sésame donnant accès au monde extérieur. Son père et sa mère ne viennent pratiquement jamais le voir. D'abord il y a la distance : il faut plus de six heures pour gagner Santiago depuis la *finca*. Ensuite il y a l'affaire du divorce d'Ángel : celui-ci n'est pas légalement le père du jeune Fidel, non plus que des deux autres enfants de Lina. Ángel doit rester discret tant que la justice ne se sera pas prononcée. Or, de ce côté, les choses traînent en longueur. Un différend oppose les deux ex-époux sur la propriété de Biran. María Argota réclame la moitié des terres ; Ángel Castro s'y oppose résolument. Aucune solution juridique n'est en vue ; les conseils des uns et des autres jouent la montre. En attendant, les enfants de Lina mènent une existence semi-clandestine.

Fidel Pino Santos, lui, poursuit sa tâche de parrain officieux. Il paie le « tuteur », Luis Hibbert, pour la garde du petit et de sa sœur Ángela. Il joue le rôle de banquier d'Ángel Castro. Discret mais omniprésent, il s'acquitte à merveille de cette mission difficile et contraignante. Il doit bien cela à l'ami qui l'a aidé à devenir député. Il doit aussi soigner ses relations avec ce Luis Hibbert, homme sans scrupules dont la principale activité consiste à jouer les négriers pour les grands planteurs de canne. Il est « passeur » entre Haïti et Cuba. Port-au-Prince n'est qu'à quelques heures de bateau de Santiago. Rien de plus facile que de faire entrer sur le sol cubain, à bord de frêles embarcations, des milliers de clandestins. Ils sont exploités pendant les quatre mois que dure la *zafra* (la récolte de la canne), puis sont livrés à eux-mêmes, abandonnés, voire assassinés.

À cette époque, les montagnes de la région sont peuplées de *macheteros* haïtiens survivant dans la forêt dans de simples huttes de bambou, attendant la saison de la coupe pour redescendre dans la vallée. Cette région est une terre favorable à toutes les contestations. C'est ici que s'implante le plus fortement le Parti communiste cubain, dirigé en 1925 par Julio Antonio Mella, un jeune étudiant de La Havane. Les premières grandes grèves éclatent aussi dans les environs de Santiago, autour des *ingenios* (les centrales sucrières) où l'on trouve les plus grandes concentrations ouvrières.

Comment don Ángel et son ami Fidel Pino réagissent à ces mouvements naissants ? Violemment. Au moindre signe d'un début de contestation, ils font donner la « garde rurale », une police des campagnes particulièrement brutale, utilisée comme briseuse de grève. Les deux hommes sont des partisans acharnés du général Gerardo Machado, dictateur féroce et corrompu mais qui défend sans états d'âme les intérêts américains et ceux des propriétaires terriens. À la fin des années vingt, les élites cubaines au pouvoir pensent et vivent à l'heure américaine. Comme leurs cousins yankees, ils craignent par-dessus tout le bolchevisme. Comme eux, ils subissent de plein fouet les effets de la crise de 1929. Conséquence : au début des années trente, Ángel Castro consacre toute son énergie à protéger son domaine contre le danger communiste. Lui, le petit laboureur devenu seigneur, oublie ses origines, hanté par cette seule obsession : sauver son bien du péril rouge. Sur ses terres, il châtie d'une main de fer les fauteurs de troubles, car il pressent que l'époque n'annonce rien de bon. Les indices économiques ne sont pas bons : après la période euphorique de la fin de la Première Guerre mondiale, appelée à Cuba la « Danse des millions », la récession est là. Les commandes de sucre commencent à baisser. Politiquement, la situation est en pleine effervescence : après trente ans de silence, les *mambis* redonnent de la voix. Un vent de nationalisme souffle à nouveau sur l'île. Un peu partout des manifestations éclatent, souvent réprimées dans le sang. Les Américains sont montrés du doigt. On les accuse d'être les instigateurs de la répression, cette « politique du bâton » menée par le général Machado afin de protéger leurs intérêts et ceux des compagnies sucrières.

En première ligne : la toute-puissante United Fruit, basée à Banes, au nord de la province d'Oriente. La Compagnie possède là-bas ses propres hôpitaux, ses écoles, ses bureaux de poste, ses magasins, ses gares, sa police. Aucun homme politique ne peut survivre hors sa « bienveillante tutelle ». Tous ont fait un jour ou l'autre le voyage de Banes. Ángel Castro et Fidel Pino n'ont pas eu à se déplacer : ce sont des voisins. En 1933, quand ils voient monter la vague anti-américaine, ils s'inquiètent. Durant l'été, le 7 août, un mot d'ordre de grève générale est lancé. À La Havane, des dizaines de milliers de manifestants se jettent dans les rues. Sans hésiter, le général Machado fait tirer sur la foule. On relève des centaines de morts. À Santiago, des émeutes sont aussi férocement réprimées.

Chez les Hibbert, le tout jeune Fidel Ruz entend le vacarme, les cris de la foule, les détonations, le galop des chevaux. Il comprend qu'à l'extérieur le monde flambe pendant qu'il récite sa table de six. L'Histoire et ses déflagrations ne lui parviennent qu'assourdies. Pourtant, cette année 1933 est sans doute l'une des plus décisives de toute l'historiographie cubaine.

À La Havane, de nombreuses voix commencent à critiquer la férocité du dictateur Machado, d'autant plus qu'à Washington un nouveau président des États-Unis vient de prêter serment. Il s'appelle Franklin Roosevelt. Il est partisan du dialogue avec les « pays amis d'Amérique latine » – ce que la Maison-Blanche désigne par l'expression *« good neighbor policy ».* Dès son accession à la présidence, la politique du *big stick* est abandonnée. Et comme par enchantement, après huit ans de pouvoir despotique, Machado quitte Cuba en emportant toute sa fortune dans sa fuite.

Depuis son domaine de Biran, don Ángel suit les événements de près. Il est abonné aux journaux de La Havane, en particulier à *L'Écho de Galice*. Dans un premier temps, il estime que le départ de Machado n'aura guère de conséquences sur la vie du pays. En lisant la presse, il apprend que la fuite de son favori a d'ailleurs été organisée par les États-Unis. Le 12 août, après avoir reçu dans le plus grand secret un conseiller du président Roosevelt, Sumner Welles, des officiers se sont emparés par surprise des casernes de La Havane et ont demandé à Machado de partir. Sumner Welles s'est bien sûr entendu avec les putschistes pour qu'on laisse filer le dictateur avec son or et aussi ses secrets – en l'occurrence, ses relations troubles avec les services secrets américains… Tous les observateurs de la vie politique cubaine pensent qu'un nouveau président d'opérette va être désigné ou élu. Mais la rue ne se satisfait pas de ces manœuvres. Les représentants *mambis*, regroupés dans le Parti authentique, organisation nationaliste et libérale, réclament de vraies réformes.

C'est alors que survient un événement que les stratèges de Washington n'avaient pas prévu. Après le putsch des officiers antimachadistes du mois d'août, un second *cuartelazo* (littéralement : « coup des casernes ») est perpétré, le 4 septembre, cette fois par des sergents de l'armée cubaine totalement inconnus, des sous-officiers dépourvus d'expérience, politiquement incultes, incapables de gérer le pays. À leur tête, un certain Fulgencio Batista qui a été un temps aide de camp d'un général. Ce Batista, en fait, n'est pas seul. Il est soutenu par un mouvement particulièrement actif à La Havane, le *Directorio estudiantil revolucionario* avec qui il complote depuis des semaines. Derrière ce directoire, un homme, dans l'ombre, joue un rôle de poids : Antonio Guiteras, chef du Parti authentique. Il a le soutien de tous les nationalistes cubains, ceux qui n'ont jamais digéré le fameux amendement Platt. Il parvient à convaincre les « putschistes » de placer un de ses proches à la présidence de la République, le Dr Ramón Grau San Martín. Ce politicien sera-t-il lui aussi une « marionnette des Américains » ?

À la surprise générale, le gouvernement promulgue un train de réformes « révolutionnaires ». Il généralise la loi de huit heures à tous les ouvriers du sucre, abroge la Constitution de 1901, pratiquement rédigée par les Américains, et annule l'amendement Platt. Sans tambour ni trompette, l'indépendance de Cuba vient d'être ainsi proclamée. Le coup est rude pour Roosevelt. Mais il encaisse, n'envoie pas de croiseurs mouiller au large de La Havane, ne fait aucune déclaration fracassante, ne menace personne. Il charge seulement les services spéciaux de « gérer » le dossier. Les services secrets américains ne mettent pas beaucoup de temps à découvrir le « maillon faible » du nouveau pouvoir : ils apprennent que ce jeune et ambitieux sergent, âgé de 33 ans, Fulgencio Batista, qui a fomenté le putsch, est natif de… Banes, siège de la United Fruit ! Sa famille, très pauvre, doit tout à la Compagnie. Le fils ne pourra rien lui refuser.

Un représentant de la United Fruit est donc détaché en mission pour tester les « capacités de résistance à l'argent » de ce sous-officier, ancien dactylographe, propulsé en une nuit à la tête de l'armée. Que lui propose-t-on ? S'il renonce à son commandement, on lui attribuera un poste de directeur « hautement rémunéré » en Amérique centrale. Le cheveu noir gominé, l'uniforme rutilant, l'œil brillant, le jeune Batista réagit à cette tentative caractérisée de corruption en ne chassant pas son interlocuteur, en ne haussant même pas la voix. Il lui sourit et lui lâche un « non » sans grande conviction, prometteur pour l'avenir. L'homme de la United Fruit – en fait, un agent secret – rend compte : Batista, il en est sûr, ne jouera pas contre les États-Unis ; il suffira d'y mettre le prix.

À Biran, don Ángel fulmine. Ce gouvernement est à ses yeux une vraie calamité. Grau San Martín a instauré la journée de huit heures. Or, durant la *zafra*, cette mesure n'a aucun sens, les coupeurs de canne travaillant régulièrement jusqu'à douze, voire quatorze heures par jour. Le cacique de Biran a bien l'intention de ne pas respecter la loi et de faire, comme il l'a toujours fait, ce que bon lui semble. Qui oserait venir lui chercher querelle sur ses terres lointaines ?

Mais il a un autre souci : le nouveau gouvernement a imposé de surcroît un quota de main-d'œuvre cubaine à tous les planteurs ; chaque propriétaire doit désormais employer 50 % de « nationaux ». Or, comme la plupart des « colons », Ángel Castro fait travailler beaucoup de clandestins haïtiens. Voilà son « cheptel », si docile, menacé d'expulsion du territoire. Et puis il y a Luis Hibbert, le « logeur » de ses propres enfants, à Santiago. Si le commerce des Haïtiens s'effondre, son activité de passeur va considérablement baisser. Déjà, des milliers d'entre eux sont renvoyés dans leur pays par bateau depuis le port de Santiago. Si cette satanée loi n'est pas rapidement abrogée, Hibbert va se retrouver au chômage.

Don Ángel croule sous les soucis. Il y a le divorce qui traîne, sa compagne Lina qui désespère de faire baptiser ses enfants, le pays en pleine ébullition, sa main-d'œuvre bon marché qui se volatilise. Et voici un nouveau tracas : le petit Fidel, qui vient d'entrer comme externe au collège de La Salle, établissement tenu par des frères maristes, en fait voir de toutes les couleurs à Luis Hibbert… Il est insupportable, insolent, sauvage et bagarreur. Le consul d'Haïti craque ; il ne parvient pas à le dresser. Pourtant, depuis trois ans, à chaque fête des Rois mages, il lui a offert une belle trompette en carton que le gosse regardait à peine. Il a bien tenté de lui inculquer quelques rudiments de langue française, sans résultat. Cette fois, il estime être au bout de sa mission. Peut-être faudrait-il inscrire le gosse en pension chez les bons pères ? Mais cette inscription pose problème. Logiquement, les internes doivent suivre un intense enseignement religieux, donc avoir été baptisés. Il faut présenter un certificat de baptême à la direction du collège. Lina Ruz ne sait plus que faire. Par chance, Fidel Pino Santos est un des bienfaiteurs du collège. Il use de son « influence » et parvient à convaincre les religieux d'accepter l'enfant.

En internat, enfin éloigné de la famille Hibbert, le jeune garçon reprend goût à la vie. Il n'est plus seul. Il peut partager son sort avec des enfants de son âge. Il peut surtout prendre l'air. Chaque jeudi, chaque dimanche, il va se baigner avec ses camarades, en traversant la baie de Santiago sur une barque appelée *Paysan*. La traversée dure une heure entre La Alameda et Renté, petit village dans lequel les frères possèdent un club nautique avec terrain de jeux, vestiaires et douches. Fidel découvre le sport, le football, le baseball, le basket et la pelote basque. Infatigable, il jette toute son énergie dans l'activité physique.

Il ne rentre à Biran, dans sa famille, que pour les grandes vacances, et parfois à Noël. Mais la maison paternelle ne lui est pas encore ouverte. Elle n'est pas, lui dit-on, tout à fait terminée. Il n'y a pas encore de chambre pour lui. Il dort la plupart du temps chez sa grand-mère Dominga, qu'il adore. La vieille métisse l'amuse. Elle passe son temps en prières et invoque des dieux dont il n'a jamais entendu parler, des dieux de la mer, des pauvres, de la fécondité, qui semblent beaucoup moins ténébreux que le Dieu de la Bible. Des dieux qui ont protégé pendant des décennies les esclaves noirs venus d'Afrique. Il ne voit son père que rarement, l'aperçoit parfois inspectant le domaine sur son cheval. On lui répète que cet homme est suroccupé, pris par les affaires et la gestion du domaine. Mais Fidel s'en moque : enfin aux côtés de sa mère, il retrouve un peu de cette chaleur familiale qui lui a tant manqué.

En 1934, à son retour au collège, ses copains internes changent curieusement d'attitude à son endroit. Ils se montrent plus distants, plus froids. Le secret qu'ont tenté de préserver les maristes depuis plusieurs années a été éventé : il n'est pas baptisé ; donc il est juif ; en toute logique. Fidel n'a pas l'intention de jouer les souffre-douleur. Il s'en prend à chaque élève qui ose lever les yeux sur lui et se bagarre pour un simple haussement de sourcils. Il devient terriblement susceptible. Il ne supporte pas la moindre injustice, apostrophe les professeurs qui affichent trop ostensiblement leur préférence pour tel ou tel, est régulièrement envoyé en pénitence. Il enrage contre ces frères qui ne semblent favoriser que les rejetons de l'aristocratie locale. Doit-il hurler à ces bourgeois prétentieux et repus que non seulement il n'est pas baptisé, mais que sa mère ne sait ni lire ni écrire, pis : qu'elle a longtemps vécu dans une hutte ?

Un jour, lors d'une sortie à Renté, dans la barque qui le ramène au port de La Alameda, il agresse un élève qui a eu le malheur de le traiter à nouveau de « Juif ». Excédé, un frère mariste intervient et frappe violemment Fidel, sans la moindre explication. Le jeune garçon a le sentiment d'être persécuté. La Terre entière est liguée contre lui. Et même peut-être le Ciel. Quelques jours plus tard, le même religieux le surprend en pleine bagarre dans un couloir. Il emmène Fidel dans son bureau et, sans un mot, lui assène une gifle retentissante. Cette fois, Fidel se rebiffe et bondit sur le prêtre, médusé, puis le frappe et le mord férocement au visage. La direction du collège convoque aussitôt

Luis Hibbert et le somme de récupérer cette « bête sauvage ». Le consul d'Haïti, éreinté par les frasques du garnement, implore les bons pères de patienter encore un peu. Cette affaire de baptême, source de tous les maux, sera réglée sous peu : il le promet.

CHAPITRE 4

Mademoiselle Danger, les jésuites et l'infini

Fidel Pino Santos est un homme patient et raisonnable. Rond, d'humeur égale, il est convaincu que le temps finit toujours par l'emporter sur les passions humaines. Le temps, mais aussi l'argent sonnant et trébuchant. Quand il se rend chez les frères du collège de La Salle pour prendre la défense de son filleul, il sait qu'ils ne pourront lui refuser ce service. Cette affaire de « bâtard » n'est certes pas du meilleur goût dans un établissement aussi réputé, mais il ne faut rien exagérer. Tout le monde sait que le petit Fidel est le fils d'Ángel Castro, qu'un jour ou l'autre les choses rentreront dans l'ordre. On reproche à don Ángel de se comporter comme un tyran à Biran, de faire des enfants illégitimes, de punir ses *macheteros* comme à l'époque coloniale, bref, d'être un soudard, un parvenu sans morale ? Son fils aurait tendance à lui ressembler ? Pino Santos promet que le jeune Fidel va changer, que sa famille va le faire baptiser. Il s'y engage personnellement. En catastrophe, il trouve enfin un prêtre qui accepte de commettre le « petit sacrilège ». La cérémonie a lieu à la cathédrale de Santiago, le 19 janvier 1935. Fidel a huit ans et demi. Sa mère, Lina Ruz, est présente. En urgence, Luis Hippolyte Hibbert et Emerenciana Feliu sont désignés comme parrain et marraine. Don Ángel, lui, n'est pas là ; il n'a donné aucune signature pour être représenté. Motif : il ne peut toujours pas reconnaître son fils qui, à cette date, s'appelle encore Ruz, et non pas Castro. Sur l'acte de baptême, Fidel apparaît donc sous le nom de Fidel Hippolyte, fils de Lina Ruz, sans que la moindre mention soit faite de son père ou d'aucun autre membre de la famille Castro[1]. Il est donc, en 1935, de père inconnu. Mais aucune importance : à quelques jours du début de l'année scolaire, il va pouvoir réintégrer le collège de La Salle. Dans la douleur et les larmes, il est enfin devenu catholique. Sur le papier, il n'est plus un paria...

Mais, à La Salle, malgré le certificat dûment présenté, sa réputation est faite. Pour les autres élèves, il reste un « mouton noir », un enfant hors normes. Il le sent dans chacun de leurs regards et de leurs gestes. Par bonheur, ses frères Ramón et Raúl se retrouvent avec lui en internat. Fidel est fou de joie. Il forme aussitôt un clan avec eux : celui des enfants de Biran. Il protège surtout son cadet Raúl qui n'a alors que cinq ans et qui paraît si menu et si frêle au milieu des autres collégiens.

Au cours de cette année scolaire, Fidel se comporte en petit caïd et ne change rien à ses habitudes. Le baptême ne l'a pas métamorphosé. Il en veut toujours à la Terre entière. À sa famille, qui l'a abandonné entre les griffes de ce Luis Hippolyte dont il porte le prénom et qu'il déteste. Aux frères maristes qui ne l'aiment pas et qui ne l'ont jamais accepté. À ses compagnons de chambrée dont il se sent si irrémédiablement différent. Il n'a pas leurs bonnes manières. Certes, il porte les mêmes vêtements qu'eux, les mêmes uniformes de parade de la marine cubaine, il récite les mêmes prières, participe aux mêmes journées de retraite, médite et fait

---

1. *Voir* Annexes p. 681.

du sport avec eux. Mais, au fond de lui-même, il garde la marque indélébile des renégats. Malgré son baptême tardif, Fidel n'a pas réglé ses comptes avec le Christ. Heureusement, il y a Raúl qu'il considère comme son protégé. Fidel l'infidèle le protégera toujours. Contre tout y compris contre le diable. Peut-être aussi contre lui-même.

Durant cette période, les trois frères ne se quittent plus. Ils se sentent invincibles et ne supportent pas la moindre réprimande. À la première occasion, ils sèment la zizanie. C'est toujours Fidel qui mène le bal. À la fin de l'année scolaire 1935, on annonce à Lina Ruz que le collège La Salle ne peut plus les garder malgré la protection du si puissant Fidel Pino. Le trio de garnements pose trop de problèmes et perturbe gravement la bonne marche de l'établissement. En d'autres termes, ils se comportent comme des voyous. Affolée, Lina Ruz accourt à Santiago et ramène ses trois garçons à Biran. Cet été-là, ceux-ci sont réunis pour la première fois sous le toit paternel. Fidel n'oubliera jamais cette date : le 7 janvier 1936. La procédure de divorce est, semble-t-il, en voie de règlement. María Argota a accepté une pension de 10 000 pesos, soit l'équivalent de 10 000 dollars. Elle ne reviendra plus dans la *finca*. Le jeune Fidel peut découvrir la grande maison de Manacas, mais il s'en désintéresse vite. Une seule chose semble le combler : courir les champs, filer dans la sierra, y monter le plus haut possible, atteindre le fameux point de vigie de la Mensura, la plus haute colline du domaine, où d'un seul regard il peut embrasser le monde entier.

Lors d'une réunion familiale, ses parents, qu'il voit enfin réunis et qu'au fond il découvre, lui annoncent que ses frères et lui n'iront plus au collège du fait de leur comportement. Don Ángel va prendre leur éducation en main. Ils vont rester à Manacas. Ramón, à 16 ans, est fou de joie. Il n'aime pas les études et ne se plaît qu'au milieu des bêtes, comme son père. Raúl est envoyé dans une école « civico-rurale » toute proche, un établissement semi-disciplinaire géré par l'armée. Fidel, c'est décidé, restera près de son père. Fou de rage, il s'enfuit dans la sierra, puis revient et menace de mettre le feu à Manacas si on ne le renvoie pas poursuivre ses études. Cette maison qu'il ne connaît pas, qui semble être l'objet de tant de troubles, il n'en a que faire. Elle lui paraît à l'origine de tous ses déboires. Oui, il est prêt à l'incendier ! lance-t-il à son père. Il hurle comme un possédé. Il veut retourner chez les bons pères !

Éberlués devant une telle crise de violence, les parents ne cèdent pas. Don Ángel ne veut rien savoir. Il matera ce sauvageon. Pour le punir, on le renvoie chez Luis Hibbert, à Santiago, accompagné de sa sœur qui doit prendre des cours afin de se préparer au baccalauréat. Le professeur s'appelle Mercedes Danger. Elle est noire comme l'ébène. Le petit Fidel reste bouche bée devant cette femme qui semble animée d'une passion débordante pour son métier. Il se met à suivre les cours de sa grande sœur, écoute chaque jour davantage. Mademoiselle Danger remarque les dons de mémorisation exceptionnels du jeune garçon. Elle commence à lui consacrer du temps, s'enthousiasme devant ses progrès phénoménaux. Le professeur conseille à la mère de ne pas laisser pareille terre en friche.

Durant ces cours sauvages, Fidel est victime d'une soudaine crise d'appendicite. Il est admis à l'hôpital de la Colonia Española de Santiago. Il y reste près de trois mois. Mais, atteint par le virus de la connaissance, ayant découvert que le savoir peut être aussi source de jubilation, pendant cette retraite forcée il s'initie au bonheur de la lecture. À sa sortie, il est envoyé au célèbre collège Dolores de Belén, tenu par les jésuites. Il a pris trois mois de retard, puisqu'il n'a pu être inscrit qu'au deuxième trimestre, mais il est ravi. D'abord parce qu'il pénètre dans un monde soumis à un ordre immuable. Dans cet établissement plus que respectable, les élèves se lèvent à l'aube dans un silence sépulcral, prient, prennent leur petit déjeuner, puis partent en cours. Les professeurs sont brillants, aussi exigeants envers leurs élèves qu'ils le sont vis-à-vis d'eux-mêmes. Tout en se montrant d'une extrême rigueur, les pères sont à l'écoute de leurs ouailles, en particulier des internes qu'ils connaissent forcément mieux que les autres. Dans cette atmosphère de recueillement et de travail, Fidel recouvre un peu de sérénité. Il a le sentiment d'avoir enfin trouvé « sa » famille.

Il ne cache pas son admiration pour ces hommes si austères et désintéressés qui ne perçoivent aucun salaire pour leur travail et qui consacrent leur vie aux autres. L'atmosphère religieuse ne lui pèse nullement. Ici ses talents, révélés par la *maestra* Danger, peuvent s'exprimer sans crainte. Il suffit d'accepter la discipline de fer que l'établissement impose. Fidel s'y soumet sans réticence. Il est prêt à tout supporter pour ne pas retourner chez ses parents : les retraites spirituelles, les heures de recueillement, de méditation et de prière. Quand on lui suggère de passer trois jours, seul, sans ouvrir la bouche, il s'exécute sans rechigner. Étonnamment, ces périodes de mutisme le fortifient. Elles viennent toujours en contrepoint des exercices de rhétorique, domaine de prédilection de la Compagnie de Jésus. Fidel se forme à la dialectique, pratique l'art de dissocier puis combiner les deux faces d'une même médaille, le blanc et le noir, le vrai et le faux, le bien et le mal. Il assiste à la messe tous les jours. Il fait ses oraisons, récite Pater Noster et Ave Maria, débite ses litanies en latin et en grec. Devenu presque mystique, il n'est plus le même.

Au cours des exercices spirituels, il doit méditer sur l'enfer, sur la notion de châtiment, sur la question du péché et la notion de culpabilité. Un jour, un de ses professeurs évoque devant lui l'éternité. Il lui dit : « Pour te faire une idée de l'éternité, mon fils, imagine une boule d'acier aussi grande que la Terre : 40 000 kilomètres de circonférence. Une mouche vient tous les mille ans se poser sur cette boule, une petite mouche de rien du tout. Avec sa trompe, elle effleure la boule. Mille ans plus tard, une deuxième mouche se pose à son tour et frotte sa trompe contre la boule. Au bout de milliers et de milliers de siècles, quand des milliers et des milliers de mouches auront, par leur frottement, usé totalement la boule, alors la Terre aura disparu. Peut-être l'enfer pourra-t-il advenir… » En entendant ce genre de formule, Fidel a l'impression de flirter avec l'infini. Mais, au lieu de lui insuffler sagesse et humilité, ces intenses moments lui procurent un sentiment de toute-puissance, la sensation de flirter avec l'immortalité.

Les jésuites de Dolores ne dissertent pas toujours sur l'infini, Dieu ou les flammes de l'enfer. Il leur arrive aussi d'évoquer leur mère patrie : l'Espagne. Les frères, en effet, sont tous espagnols et franquistes, comme Ángel Castro. En 1936, la guerre civile fait rage à Madrid, Barcelone et Séville. Coupé en deux entre républicains et nationalistes, le pays est le théâtre des pires atrocités. De nombreux prêtres sont assassinés dans les villes d'Aragon et d'Estrémadure. Les jésuites du collège de Dolores, pourtant si éloigné des combats, semblent les vivre comme s'ils se déroulaient à leur porte. Entre deux prières, ils évoquent la pensée de José Antonio Primo de Rivera, le théoricien du fascisme espagnol. Ils louent la Phalange, milice paramilitaire proche du peuple, intégrée dans les quartiers, seul recours contre la menace de l'invasion communiste en Europe. Fidel écoute, fasciné par ces récits de batailles, ces bruits de bottes, ces coups de canon. Décidément, les jésuites se révèlent bien différents des maristes. Ils ont l'âme militaire et semblent persuadés que le chemin qui mène à Dieu sent la poudre et la mitraille. Entre le sabre et le goupillon, le jeune Fidel a déjà choisi. Ira-t-il plus tard combattre les Rouges à la tête d'une phalange ?

À Cuba, les propriétaires terriens sont convaincus qu'ils n'échapperont pas, eux non plus, à une guerre contre les Rouges. Pour eux, il ne fait aucun doute que l'homme qui les protégera le mieux de toute insurrection communiste est Fulgencio Batista. N'a-t-il pas, en 1935, brisé une grève générale en envoyant la troupe tirer sur la populace ? Après ce petit « geste » destiné à rassurer le grand voisin américain, Batista a reçu un courrier de Sumner Welles : « Général, lui a écrit ce dernier, votre action contre le communisme vous a gagné l'appui des intérêts commerciaux et financiers de Cuba qui, à l'heure actuelle, tournent les yeux vers vous pour réclamer votre protection. » Dans la foulée, le président Franklin Roosevelt l'a invité aux USA en grande pompe à l'occasion d'une cérémonie militaire. Pour don Ángel, ça ne fait pas un pli : il soutiendra ce Batista.

D'autant plus qu'il le connaît bien : les deux hommes ont travaillé sur la même ligne de chemin de fer, entre Banes et Marcané. Ils se sont aussi croisés à la fête annuelle de la United Fruit, à Banes, à l'occasion de la commémoration de l'indépendance des États-Unis, le 4 juillet : une grande kermesse conclue par un pique-nique sur la plage de Puerto Rico, à quelques kilomètres au nord, auquel sont conviés tous les « amis » de la Compagnie. Au menu : agneaux de lait grillés, bière à volonté. Lina elle-même connaît bien les parents du petit sergent devenu général : des métis d'origine modeste, comme elle ; illettrés, comme elle. Elle leur a rendu quelques services par le passé. Plus tard, Fulgencio Batista, reconnaissant, enverra un de ses médecins soigner la mère du jeune Fidel, hospitalisée.

Dans cette région entre Marcané et Banes, tout le monde se fréquente par le biais de la Compagnie, surnommée « Mama Yuma ». Comment lui échapper ? Elle emploie près de 4 000 salariés, accorde des bourses d'études aux enfants de ses employés cubains, possède le meilleur centre de recherche de toute l'Amérique latine en matière agricole et en médecine tropicale, le Centro Honduras. La United Fruit est un empire : elle possède 90 bateaux, un hôpital performant avec des médecins de qualité, et exerce une influence paternaliste sur les familles qu'elle emploie. Ici, à Banes, nul n'ignore la légende d'Ángel Castro, sa réussite insolente, ses enfants illégitimes. On sourit aux faiblesses de Batista, à ses penchants pour les chaussures qui brillent, à son goût pour les actrices à la mode. Mais à l'un comme à l'autre on pardonne ses travers, car tous deux sont des « enfants du pays », des fils de Banes.

Pendant que Batista déploie ses réseaux à La Havane, le jeune Fidel, qui n'est encore qu'un préadolescent, poursuit son éducation. À Dolores, il est entouré des fils des plus grandes familles de la région. Il côtoie les enfants du quartier de Vista Alegre où vit l'aristocratie de Santiago, et ceux des grands propriétaires, tous d'origine espagnole. Dans cette ambiance studieuse, il semble enfin s'épanouir. Pourtant, à la fin de 1938, une fâcheuse nouvelle secoue la famille : les jésuites ne peuvent continuer à garder les garçons, toujours à cause de leur situation familiale ; les sœurs du Sacré-

Cœur des couvents de Santiago préviennent Lina Ruz qu'elles aussi doivent se séparer de Juanita, la petite sœur cadette, née peu de temps après Raúl. Lina Ruz est de nouveau accablée. Décidément, un complot semble s'acharner sur sa progéniture. On lui explique qu'il faudrait qu'elle régularise définitivement sa situation avec Ángel Castro. Ne vit-elle pas toujours dans le péché en cohabitant avec un homme marié ? L'Église se doit d'être rigoureuse.

Le 8 décembre 1938, la mère de Fidel, désemparée, se rend chez un écrivain public, car elle ne sait toujours pas écrire ; elle envoie une lettre dactylographiée, comme un appel au secours, à Fidel Pino, à La Havane, où elle demande instamment au protecteur de la famille de trouver une solution afin d'éviter le drame. Il faut à tout prix sortir de cette situation « si traumatisante » pour les enfants, supplie-t-elle. Comment les intégrer à la bonne société, leur dispenser une bonne éducation, si rien n'est fait pour régulariser la situation des parents eux-mêmes ? Ángel et Lina ont désormais six enfants en comptant la petite dernière, Enma. Ils ne sont pas mariés, le divorce d'Ángel et de María Argota n'ayant toujours pas été prononcé. L'affaire devient ubuesque. Fidel a 12 ans et commence tout juste à percevoir la douloureuse histoire qui a gâché son enfance, celle d'une interminable partie de bras de fer entre un homme et une femme pour un bout de terre. Un conflit émaillé de rancœurs, de mensonges, de chantages et de trahisons. Un jeu sordide dans lequel les enfants se perdent comme dans un labyrinthe. Intuitivement, Fidel veut s'éloigner de ce cyclone familial. Il décide de faire comme si tout cela n'existait pas. Il se tourne vers les pères jésuites, les études, les randonnées dans la sierra.

Au collège Dolores, pour élever l'âme, on fait crapahuter les élèves, sac au dos, sur les collines environnantes. La marche de nuit en file indienne est particulièrement prisée. Au bout il y a le bivouac, le feu de camp, le silence nocturne, les étoiles. Et, bien sûr, l'infini : encore lui ! Sur les crêtes, tout en haut, il n'y a plus trace de don Ángel sur son cheval blanc, ni de cette foutue maison de Manacas qui mériterait bien de brûler ; il n'y a plus rien.

Là-haut, l'angoisse disparaît. Fidel est seul face à Dieu. Il aime ça. Il aime aussi approcher les puissants. À 12 ans, il envoie une étrange missive, dans un anglais sommaire, à celui qu'il considère comme l'homme le plus influent du monde des vivants. Il écrit une lettre au président Roosevelt, dans laquelle il lui réclame dix dollars, contre les plans d'une mine de nickel qu'il localise dans la région de Mayari, tout près de chez son père[1]. La missive révèle une étrange psychologie : l'adolescent vend un bout de sa terre contre une poignée de dollars. Le président américain ne lui répond pas…

1. *Voir* Annexes p. 683.

CHAPITRE 5

La malédiction de Canaan

C'est un bruit étrange : un cliquetis métallique que Fidel n'a jamais pu oublier. Le bruit de l'argent. Comment ne pas graver dans sa mémoire les pas lourds et traînants des « sergents politiques » faisant irruption dans la pièce qui lui tient lieu de chambre ? Comment ne pas se souvenir de ces vacances scolaires de 1940, en pleine période électorale ? Fidel, à demi endormi, écoute, silencieux, les agents électoraux de son père s'activer à quelques pas de son lit. Ils viennent recueillir l'argent de la corruption, ces milliers de pesos qui vont permettre d'acheter les voix des paysans de la région. Fidel, qui va passer en dernière année au collège Dolores, a désormais presque un lieu à lui où dormir dans la maison paternelle. En rentrant, il se faisait une joie de prendre enfin possession de ce territoire, un espace d'intimité comme en rêvent tous les adolescents. Hélas ! sa chambre n'en est pas vraiment une, plutôt un salon aménagé dans lequel se trouve le coffre-fort de don Ángel. Le « bâtard » n'est pas encore vraiment chez lui. Il est déçu. Maigre consolation : depuis ce poste d'observation, il découvre les mœurs de son géniteur. Pour don Ángel, tout s'achète, même les âmes les plus pures. Il suffit de payer. La politique ? Un théâtre d'ombres sans la moindre morale. Un simple jeu de pouvoir où les convictions sont l'apanage des moines et des pasteurs. Fidel se retrouve plongé au cœur du système du « parrain de Biran ». Il va même y participer : son demi-frère, Pedro Emilio, candidat du Parti authentique à la Chambre des représentants, l'envoie accompagner les « sergents » pour son propre compte. Pour le remercier de son aide, il lui offre un cheval. Ravi, le jeune homme fait ses premières armes en politique en distribuant des pesos aux *guajiros* pour qu'ils votent « bien ».

De Mayari à Cueto, il sillonne la province sur son destrier. Il est fier et en même temps quelque peu honteux. Ce qu'il voit à Biran n'est certes pas en totale conformité avec les préceptes des jésuites de Santiago. Mais ce cheval lui prodigue ce qu'il désirait par-dessus tout : la liberté. Il peut courir les collines et les plaines, se rendre seul à Marcané chez son ami, le fils du pharmacien, Baudilio Castellanos, ou encore à Banes, au Club américain où il peut côtoyer les plus jolies filles du coin. Dans ses randonnées solitaires, il découvre aussi la misère des petits paysans, des Haïtiens avec qui il partage régulièrement le maïs grillé. Il se sent proche d'eux. Après tout, n'est-il pas, comme eux, un fils de cul-terreux ? N'a-t-il pas une mère qui vivait il y a peu dans un misérable *bohío*, et qui, comme eux, invoquait les yorubas, ces dieux venus d'Afrique ? S'il est aujourd'hui dans le camp des riches, il ne le doit qu'à ce père à qui il ne parle pratiquement pas, ce géniteur ombrageux et froid qui semble incapable d'aimer qui que ce soit, hormis les taureaux.

Mais le jeune Fidel n'est pas là pour se tourmenter. Il n'aime pas Biran, cette maison dans laquelle il se sent comme un intrus. Il n'aime pas ces politiciens qui viennent, à Manacas, comploter avec son père. Ni cet homme petit et replet qu'on dit être son parrain, Fidel

Pino Santos. Il n'aime pas ses manières sophistiquées qui semblent tant impressionner don Ángel. Face à lui, ce dernier redevient ce qu'il n'a sans doute jamais cessé d'être : un petit laboureur galicien, un *peón*. En présence de cet homme à qui le garçon doit son prénom, Ángel Castro se fait tout miel. Fidel n'aime pas le voir courber ainsi l'échine. Il lui en veut d'être si cruel avec les « moins que rien » et de se comporter en vassal devant ce petit politicien qu'il méprise. Fidel s'emporte parfois, injurie don Ángel, puis s'enfuit dans la sierra.

De retour au collège, il respire à nouveau. Il se passionne pour l'Ancien Testament, ses guerres innombrables, ses héros, Samson, Jonas, la chute de Babylone, le prophète Daniel. Mais une histoire l'obsède parmi toutes celles qu'il dévore fébrilement : la malédiction de Canaan. Après le Déluge, selon la légende racontée par les jésuites de Dolores, un des fils de Noé manqua de respect à son père. Son châtiment fut terrible : toute sa descendance fut condamnée à être de race noire. Le jeune Fidel s'interroge : va-t-il lui aussi être puni et mettre au monde des enfants noirs pour ne pas aimer son père ? Quelle malédiction va le frapper pour s'être montré insolent envers lui ? Il a menacé un jour de mettre le feu à la maison de don Ángel. Il sera forcément châtié. Pour se rassurer, Fidel se pose la question : les fils de Noé étaient-ils ses vrais fils ? Après tout, lui aussi est peut-être le fils d'un autre, puisque don Ángel ne l'a pas reconnu légalement… Dans ce cas, étant l'enfant d'un autre, il échappera à la sanction divine. Confie-t-il ses angoisses au père García, un des professeurs, à qui il voue une admiration sans bornes ? Évoque-t-il avec lui sa peur, non de mourir, mais de porter en lui la semence du diable ?

Au collège, il devient un élève parfait. Brillant, discipliné, toujours le dernier à quitter l'étude, toujours le premier dans tous les sports, toujours en tête pour gravir la montagne d'El Cobre. Il évite le plus souvent de rentrer à Biran, chez le « mauvais père », et préfère les campements organisés par les « bons pères ». Il chante à tue-tête le *Kyrie eleison*. Le bâtard veut devenir un ange.

Un événement considérable vient néanmoins chambouler le petit monde que le jeune homme s'est construit. Après toutes ces années de doute et d'angoisse, de faux-semblants, de non-dits, son père va enfin pouvoir le reconnaître officiellement. Aux yeux de tous, et surtout de la loi, il va enfin pouvoir s'appeler Fidel Castro. Il le doit en partie au petit sergent sténographe de Banes. En 1940, Fulgencio Batista est en effet élu président de la République au terme d'une campagne électorale exemplaire. Une nouvelle Constitution est proclamée sur l'île : elle instaure une véritable démocratie parlementaire, en particulier en accordant le droit de vote aux femmes. Par son article 43, elle autorise le divorce, y compris par consentement mutuel. La loi sur le mariage datant de 1912 s'en trouve considérablement assouplie. Cette petite révolution est miraculeuse pour don Ángel Castro. Il peut enfin tirer un trait sur son passé et se remarier avec Lina. Au bout de vingt ans de procédure, la famille Castro est enfin une famille comme les autres, certes recomposée, mais sur laquelle ne pèse plus l'opprobre. Fidel n'est plus un fils illégitime. Il peut sereinement entrer au prestigieux collège jésuite de Belén, à La Havane, établissement réputé pour former l'élite de la nation.

Ce gigantesque paquebot de pierre, ancré au cœur de la capitale, tout près de la mer, compte plus de 2 000 élèves, dont 200 internes. Fidel est ébloui par le luxe des installations : une piste d'athlétisme, plusieurs terrains de basket, une aire de base-ball, des salles de cours de physique-chimie équipées d'un matériel ultramoderne. La Havane lui apparaît comme une ville étrangère, fort différente de la très provinciale Santiago. Ici, l'influence des États-Unis est évidente : voitures américaines, bars, quadrillage des rues désignées par des chiffres et des lettres. Les premiers jours, il se sent un peu perdu. Biran paraît si loin…

Très vite, au collège, il se lie avec un jeune novice, surveillant à l'internat, Armando Llorente. Le jeune religieux, âgé de 24 ans, est espagnol, originaire de la province de Léon. Dès leur première rencontre, frère Llorente a comme une révélation : ce garçon, pense-t-il, n'est pas cubain ; il est foncièrement espagnol. Tout en lui respire la Galice, l'art de l'esquive et du contre-pied, cette manière d'être insaisissable tout en occupant le terrain. Un *chiste* (une blague) définit le Galicien à Cuba : « Quand vous en croisez un dans l'escalier, vous ne savez jamais s'il monte ou s'il descend… » Aux yeux de frère Llorente, Fidel Castro correspond tout à fait à cette formule. Le fils de don Ángel ne montre aucun goût particulier pour la musique ni pour la danse, arts et passe-temps typiquement cubains. La *salsa* ne le fait pas vibrer.

Les deux jeunes hommes sympathisent donc. Ils parlent de l'Espagne, bien sûr, de la Seconde Guerre mondiale, du président Batista qui a choisi le camp des Alliés contre Hitler et Franco. Frère Llorente, franquiste virulent comme tous les jésuites de Belén, n'a pas à convaincre le jeune garçon du danger communiste. Depuis son plus jeune âge, Fidel a entendu ressasser la même litanie sur les Rouges, incarnation du diable. Mais il n'a guère envie de se mêler à ce type de débat. Il a beaucoup mieux à faire. Son idée fixe : devenir le leader du collège. Il est atteint d'une ambition dévorante. L'obsession des sommets, encore et encore. Mais comment y parvenir dans un milieu qui lui est inconnu ? Sans repères ni relations, il n'est ici qu'un anonyme.

Fidel comprend que, pour parvenir à ses fins, il doit à l'évidence être un très bon élève, mais avant tout devenir membre de l'équipe de basket. C'est là, au cours des matches contre les autres établissements du pays, que voient le jour les vrais héros. Le père Llorente observe son protégé et admire la ténacité du personnage. Fidel n'a jamais joué. Pour être intégré dans l'équipe phare, il décide de s'entraîner la nuit, en cachette. Il demande au frère Llorente d'être son complice et de lui prêter une lampe pour travailler ses shoots, la nuit venue. Ainsi, chaque soir après les cours, Fidel s'entraîne d'arrache-pied. Il y consacre aussi ses week-ends. Il n'est pas très doué, mais compense sa faiblesse technique par une volonté de fer. Au collège, peu à peu, plusieurs de ses camarades sont intrigués par son comportement. Ce type ne supporte pas de perdre. Il déteste ne pas être en première ligne. Il est prêt à n'importe quelle folie, voire à n'importe quelle bassesse, pour « figurer sur la photo ». Sa soif de réussite est maladive. Au bout de quelques mois, ses camarades le surnomment *« El Loco »* (le Fou), car ils sentent bien qu'ils ont affaire à un énergumène en proie à une étrange pathologie.

Ainsi, un jour, au cours d'une course de vélos qu'il tient à tout prix à gagner, lorsqu'il réalise dans les derniers mètres qu'il ne peut l'emporter, il se jette à pleine vitesse contre un mur. Sonné, blessé sérieusement, il devient le centre de toutes les attentions. Le vainqueur de l'épreuve ? Oublié. Fidel l'a évincé ! Au collège, on ne parle plus que de lui, de son accident, de sa témérité de kamikaze.

Une autre fois, il s'en prend à un rival amoureux, un certain Mestre qui a des visées sur une belle Cubaine du nom de Sampedro. Castro apostrophe Mestre en pleine cour du collège : « Je t'interdis de la voir ! » Peu impressionné, l'autre rétorque : « Ça, mon vieux, il n'y a que son père ou elle-même qui pourront me dire ce que j'ai à faire, mais sûrement pas toi ! » Fidel se jette alors sur son concurrent, mais tombe sur plus fort que lui. Il est rossé publiquement. Fou de rage, humilié, il s'enfuit et revient armé d'un revolver qu'il avait conservé en quelque endroit secret. Il menace de tuer Mestre, qui ne doit son salut qu'à l'intervention musclée d'un professeur.

Le père Llorente pardonne tout à Fidel. On soupçonne le fils Castro de ne jamais payer ses dettes, d'être radin, tricheur, intéressé, fanfaron, paranoïaque, on l'affuble du sobriquet de *bicho*, terme péjoratif à Cuba car il signifie « vicieux ». Le jésuite sent chez lui une profonde blessure : une ambition aussi brutale relève du cas clinique. Quand il lui annonce qu'il va fonder un groupe de scouts, *Los Exploradores*, et qu'il va lancer des expéditions de plusieurs jours, Fidel Castro Ruz saute de joie : il va retrouver les mêmes sensations qu'au collège Dolores, mais, cette fois, les randonnées seront beaucoup plus difficiles. Il y aura de l'escalade, des bivouacs au sommet des montagnes, des rivières en crue à traverser. Dès la première expédition, il est nommé chef des Explorateurs et multiplie les prises de risques. Il est toujours le premier de cordée alors que frère Llorente ferme la marche. Le jeune jésuite a l'impression que Fidel n'est pas en train de se distraire : il a l'air en mission. Il fonce à travers la forêt tropicale à la recherche d'un Graal. Il semble possédé, toujours prêt au sacrifice de lui-même. Un jour, après un orage diluvien, alors qu'il campe au bord du río Tacotaco, dans la province de Pinar del Río, le groupe doit traverser la rivière en crue à l'aide d'une simple corde. Quand vient le tour de frère Llorente, le jésuite lâche le filin et se retrouve emporté par les rapides. Sans hésiter, Fidel plonge dans les remous et parvient à le ramener, deux cents mètres en aval, au péril de sa vie. Une fois sorti des eaux boueuses, Fidel embrasse le religieux et lui dit : « Père, c'est un miracle ! Nous allons réciter trois Ave à la Vierge ! » Le *padre*, qui a frôlé la mort, est alors frappé par le regard halluciné de son sauveur. Il n'y lit pas la moindre trace de joie, mais une sorte d'exaltation tragique. Ce jour-là, Llorente comprend que le jeune homme est la proie d'un tourment d'une intensité redoutable. Au fond de lui, il sent rugir un volcan qui n'annonce rien de bon. Il devine que cet être qui l'a sauvé n'a pas agi par bonté d'âme, mais pour des motifs plus obscurs. Pour apaiser un ogre intérieur aussi insatiable que cruel ? Fidel lui a-t-il raconté que, lorsqu'il était hospitalisé à Santiago, après son appendicite mal soignée, il avait passé son temps, entre deux bandes dessinées, à disséquer des lézards à l'aide d'une lame de rasoir de marque Gillette, puis à observer les bataillons de fourmis qui transportaient les restes de ses victimes ? Le lézard, symbole de l'île, porté sur son chemin de croix par des milliers de petites bêtes noires…

Intrigués par l'ardeur avec laquelle il ouvrait ses victimes au scalpel, les voisins de chambrée du jeune Fidel avaient évoqué une vocation de médecin. Aux yeux de Llorente, cet homme est hanté par l'esprit de sacrifice – pour lui-même mais aussi pour ses semblables. Il rêve d'absolu. Son regard brille d'une exaltation intense, presque étrange.

Le soir même, au bivouac, ils dissertent ensemble de la notion de héros. Entre les martyrs chrétiens et les grands militants révolutionnaires qui sont prêts à donner leur vie pour la Cause, un point commun : rien ne saurait être placé plus haut que leur conviction.

Quelque temps plus tard, comme si l'affaire ne revêtait que peu d'importance, il apprend que son père a définitivement clarifié sa situation. Don Ángel s'est rendu à la mairie de Cueto et a déclaré à l'état civil qu'il était bien le père de Fidel[1]. Selon le document établi par la mairie, Fidel porte un nouveau deuxième prénom : il ne s'appelle plus Hippolyte, prénom du premier parrain détesté, mais Alejandro. Fidel Alejandro Castro Ruz est rentré dans la norme. Plus personne ne pourra jamais l'injurier ni le mépriser. Personne ne pourra plus jamais recourir, pour l'atteindre, à ces mots qui blessent et écrasent.

Des mots qu'il a décidé de dominer, eux aussi. À Belén, il se présente au concours de rhétorique à l'académie Avellaneda. Tous les grands avocats cubains sont passés par cette institution fameuse. Il est reçu et s'entraîne désormais quotidiennement, obsédé par la figure de Démosthène, s'amusant lui aussi à déclamer la bouche remplie de cailloux. Fidel Castro n'aime pas sa voix, trop haut perchée, un peu nasillarde, trop féminine. Pour la transformer, il pratique la rhétorique comme d'autres font du karaté ou un autre art martial. Quant au basket, c'est pour lui un moyen de promotion sociale infaillible. Après avoir souffert au cours des premières semaines du championnat, il est devenu la coqueluche de l'équipe. Non pour son talent, mais pour sa hargne. Quand il affronte, avec ses coéquipiers, les rivaux du collège protestant La Progresiva de Cárdenas, situé dans la ville de Matanzas, on dirait qu'il joue sa vie. Il a en face de lui tous les fils des magnats

1. *Voir* Annexes p. 682.

du sucre, américains ou cubains, disciples de l'Église réformée. Belén contre Cárdenas, c'est un peu le match Espagne / États-Unis. Cela sent furieusement la guerre de religion. Les étudiants viennent par centaines assister au choc. Les filles aussi.

Lors de la finale, Fidel, entré en cours de partie tel un joker de luxe, prend une part prépondérante à la victoire de son équipe. Frère Llorente, qui suit pas à pas l'itinéraire de son chouchou, remarque qu'il se signe à chaque panier réussi. Il le surprend plusieurs fois en train de prier à la chapelle avant les matches, comme un torero avant son entrée dans l'arène.

Dans l'équipe vaincue, un jeune homme connaît bien *El Loco*. Il s'appelle Rafael Diaz Balart. Il est le fils du maire de Banes, un ami proche de Fidel Pino Santos. Il est impressionné par le mordant du jeune Castro. Rafael Diaz Balart est un responsable des Jeunesses de Batista. Pour lui, pas de doute : ce Castro est un battant. Toute cette énergie repérée chez le voisin de Biran pourrait servir au président, pense le jeune Diaz Balart. *El Loco* a la réputation d'un franc-tircur, d'un exalté incontrôlable, mais il est de Banes, comme lui et comme Batista. Au pays de la United Fruit, tout est négociable. Le garçon semble éprouver à tout le moins de la sympathie pour sa sœur, Mirta, une jolie blonde aux yeux de biche qui rêve de devenir professeur de philosophie. Il a bien vu le regard oblique de Castro sur la jeune fille. Les deux garçons se sont par ailleurs croisés à diverses reprises au Club américain. Rafael lui propose de le rejoindre au sein de son mouvement. Fidel hésite : non, ce Batista, répond-il, est un peu trop démocrate…

CHAPITRE 6

L'Apôtre et les gangsters

Juchée sur une colline, elle domine la mer des Caraïbes, la ville, les rues grouillantes, les marchés. L'université de La Havane est comme une Cité interdite isolée au-dessus des toits. Ici, nul ne peut imposer sa loi. La police nationale n'y a aucun droit, elle ne peut en aucun cas pénétrer dans son enceinte. En débarquant dans cette « zone franche » en 1945, Fidel Castro est abasourdi. Inscrit en première année de droit, le jeune étudiant découvre les mœurs étranges de cette nouvelle planète. Après des années chez les jésuites, faites de rigueur, de discipline et de dévotion, en un mot, d'ordre, il vient de plonger dans une pétaudière. L'université est un chaudron en ébullition. Dans cette nouvelle histoire, les héros ne sont ni des saints, ni des basketteurs. Ils font de la politique. Ce sont généralement des étudiants nationalistes, tous révolutionnaires, dont les programmes ne brillent pas par la clarté. Tous ont la même idole, José Martí, héros de la guerre d'indépendance, mort au combat en 1895, surnommé « l'Apôtre » pour la pureté de son engagement. Ils règlent leurs comptes parfois au cours de joutes oratoires, plus souvent au pistolet.

À l'université de La Havane, on pratique ce qu'on appelle la politique du *gatillo alegre* (la gâchette facile).

Depuis dix ans, la capitale connaît une « guerre des bandes » qui a fait des dizaines de morts et des centaines de blessés. Une phrase malheureuse prononcée contre un adversaire au cours d'un meeting peut vous envoyer au cimetière Colón dans l'heure qui suit. Étrange université où, entre deux cours de philosophie sur l'humanisme, les leaders étudiants lancent des contrats sur la tête de leurs ennemis. Les Cubains les surnomment « les gangsters ». Ils ont la passion des armes à feu, mais n'ont de la lutte armée qu'une vision de petits truands de quartier.

Sitôt passé l'effet de surprise, Fidel comprend que ce monde-là est fait pour lui. Discours, incantations, coups de poing, armes sous la ceinture, intimidations, chantages : ici, l'action prime. Durant la première année, il observe le jeu, tente d'en saisir les subtilités, les contradictions. Il comprend que la toute-puissante Fédération des étudiants universitaires, la FEU, qui gère l'université en association avec le corps enseignant, sert avant tout de tremplin politique à ses leaders. La plupart d'entre eux, passé le temps de la contestation, finissent par décrocher un poste au gouvernement ou dans la haute administration. Pour grimper dans la hiérarchie de la FEU, Fidel doit impérativement être élu délégué dans l'un des cours. Il se présente donc dans le département d'anthropologie et parvient à se faire élire délégué de base par 181 voix sur 214. Mais son ascension est contrariée par un défaut de taille : il n'a aucun goût pour les réunions. Il déteste les tractations électorales, les palabres où il lui faut écouter les autres pendant des heures. Il n'est pas patient. La seule personne qu'il aime écouter, c'est lui-même. Il n'apprécie pas non plus d'être enfermé dans une organisation ; alors il papillonne. D'aucuns le disent membre de l'UIR (Union insurrectionnelle révolutionnaire) dirigée par Emilio Tro, ancien combattant de l'armée américaine pendant la guerre du Pacifique. D'autres le soupçonnent d'être proche du MSR (Mouvement socialiste révolutionnaire) dirigé par Rolando Masferrer, héros de la guerre d'Espagne, et Manolo Castro, un homonyme, président de la FEU depuis plusieurs années. Les deux organisations ont plusieurs traits communs : le nationalisme, la violence, l'inorganisation, et surtout un anticommunisme viscéral.

Après la Seconde Guerre mondiale, en pleine guerre froide, l'immense majorité des Cubains n'a aucune sympathie pour l'Union soviétique. Le PC cubain, qui a participé au gouvernement de Batista de 1940 à 1944, est ultraminoritaire : il ne représente pas grand-chose à l'université et n'exerce aucune influence sur le puissant syndicat ouvrier, la CTC *(Comisiones de los trabajadores cubanos)*.

Dans cette ambiance, Fidel Castro veut briller, et vite. Ne pas se perdre dans le labyrinthe des joutes électorales. Comment exister face à des chefs de file si importants, bien installés avec leurs troupes ? Ces hommes sont sans scrupules, se gargarisent en permanence du mot « révolution », mais n'ont ni programme sérieux, ni organisation solide. Pour percer, il lui faut monter des coups spectaculaires.

Au printemps 1946, Manolo Castro, son puissant homonyme, l'invite à une réunion organisée par Carlos Miguel de Céspedes, un politicien de droite, petit-fils du leader indépendantiste de 1868. Don Carlos brigue la mairie de La Havane et a besoin du soutien de la FEU. Manolo Castro demande à Fidel de l'accompagner. Pour ce dernier, l'occasion est inespérée. La presse est là, bien sûr, au grand complet. Discrètement installé derrière Manolo Castro, Fidel joue les timides, se fait à peine remarquer. Quand vient son tour de s'emparer du micro, presque rougissant, il annonce dans un murmure, en dodelinant de la tête, qu'il soutiendra don Carlos puis ajoute après une pause calculée : « Mais à trois conditions… » Surprise dans la salle : le silence se fait pesant. Il change alors brutalement de ton et devient virulent, presque haineux. « Première condition, hurle-t-il, que les gouvernements de droite fassent revenir à la vie tous les jeunes révolutionnaires tués par eux ou par leurs sbires ! Deuxième condition : que vous et vos amis rendiez au Trésor public l'argent que vous avez volé au peuple ! Enfin, troisièmement, si ces conditions ne sont pas remplies, rugit-il, j'irai immédiatement me vendre comme esclave sur le marché de la colonie que vous voulez faire de Cuba ! » Pétrifiée, l'assistance se demande qui est cet énergumène. À la fin de son discours, la nuque raide, il quitte la salle, au pas de l'oie, comme un acteur de série B. Un petit don quichotte provincial ? Manolo Castro est humilié. Ce jeune fanfaron l'a piégé et lui a ravi la vedette. Le lendemain, la presse ne parle que du coup d'éclat d'un illustre inconnu, Fidel Castro. Ivre de rage, le président de la FEU ne veut plus entendre parler de ce « chien fou ». Au MSR, Fidel est désormais catalogué comme « indésirable », « trop franc-tireur », « furieusement individualiste ». Il se fait traiter de *caballo* (au sens de « cheval fou »), capable de ruades imprévisibles.

Convaincu d'être allé trop loin, n'ayant aucun intérêt à devenir la cible des tueurs du MSR, Fidel Castro tente en vain de revenir en grâce auprès de ses parrains. En désespoir de cause, il tente alors une folie : pour prouver sa bonne foi à Manolo Castro, il organise un attentat contre un « ennemi », militant de l'UIR. Par miracle, la victime, Lionel Gómez, n'est que blessée. Fidel se retrouve en fâcheuse posture. En voulant jouer sur tous les tableaux, il s'est fait désormais des ennemis dans les deux camps. Il lui faut impérativement choisir clairement un allié pour bénéficier d'une protection. D'autant plus que des militants de l'UIR, pour venger Lionel Gómez, préparent son propre assassinat. Castro, apeuré, demande d'urgence un entretien à Emilio Tro et jure qu'il est prêt à rejoindre les rangs de l'UIR. Pour sauver sa peau, Fidel Castro devient militant d'un parti anticommuniste pur et dur. Avec une incroyable rouerie, il se sort ainsi du guêpier dans lequel il s'était lui-même précipité. Il va désormais devoir faire preuve d'un peu plus de discernement dans ses engagements. *El Caballo* part en effet dans tous les sens et manque cruellement d'un maître.

À l'université, il n'est pourtant pas tout à fait isolé. Il y retrouve ses deux amis de Banes, Rafael Diaz Balart et Baudilio Castellanos, eux aussi inscrits en faculté de droit. Baudilio, le copain d'enfance avec qui il jouait au billard au club des employés du « Central » (fabrique de sucre) de la United Fruit de Marcané, lui est toujours de bon conseil. C'est lui qui l'a convaincu, à son exemple, de s'inscrire en droit. Tous deux veulent devenir avocats. Baudilio est proche de l'UIR et lui sert de modérateur quand les affaires tournent mal. Rafael Diaz Balart, lui, est plus proche du MSR. À diverses reprises, il lui évite aussi quelques déconvenues. Le 20 janvier 1947, les trois hommes paraphent, avec 31 autres signataires, une virulente déclaration contre le président Grau, rédigée par Fidel Castro en personne. Le texte est bien de la veine de l'enfant de Biran, violent et populiste. Il vise à empêcher la réélection en 1948 du président Grau, dont la candidature n'a pu germer, selon eux, que dans « l'esprit malade de traîtres, d'opportunistes et de menteurs invétérés ». Ils concluent en jurant de combattre Grau au péril de leur vie, car « mieux vaut mourir debout que mourir à genoux ». La formule est du révolutionnaire mexicain Emiliano Zapata ; Fidel l'utilise pratiquement dans chacun de ses discours. Il se délecte de la mystique du sacrifice.

Au fil des mois, les étudiants le voient de plus en plus souvent au sommet de l'Escalinata, le grand escalier de pierre qui marque l'entrée de l'université, tout près de l'énorme statue d'*Alma Mater*, une femme représentant la Connaissance et la Sagesse. On le voit, le bras posé sur cette paisible déesse, haranguer la foule comme un possédé. Il cite sans cesse José Martí, s'attaque violemment à l'impérialisme américain, appelle à la libération de Saint-Domingue, de Porto Rico. Tel Zeus sur son nuage, il menace les dictatures sud-américaines d'un index vengeur. Près de cette mère immobile et muette, il paraît en vouloir à la Terre entière. Peu à peu, il parvient à galvaniser un groupe d'amis avec qui il écrit dans la revue *Saeta*. Il ne suit pratiquement plus les cours et passe le plus clair de son temps à s'adonner à un activisme débridé. Il mène une vie spartiate, il ne sort pas. À la différence de ses anciens condisciples du collègc de Belén, il ne s'abîme pas dans la *dolce vita*. Il ne vit que de l'argent que lui fait parvenir son père par l'intermédiaire de Fidel Pino.

Côté sentimental, c'est le désert. Les filles le font rougir. On ne lui connaît aucune aventure. Fidel est comme un moine-soldat qui aurait troqué l'histoire sainte contre les œuvres de José Martí. Un missionnaire du seul ordre dont il soit vraiment sûr : le sien. À la faculté, il ne vient plus que pour se livrer à des opérations politiques en mêlant charme et intimidation. Dans les amphithéâtres, quand un débat tourne à son désavantage, il le transforme en bataille rangée. Quand les mots cessent d'opérer pour dominer la situation, il sort aussitôt les armes.

Un jour, le ministre du Travail, Aureliano Sánchez Arango, en visite à l'université, est pris à partie par Fidel et ses amis. Le ministre propose un débat et contredit tranquillement, avec un réel succès auprès de son jeune auditoire, les incantations du rebelle pris de court, puis repart. Le regard noir, la main tremblante, Fidel Castro ordonne à ses amis, qui ont sorti leurs armes, de condamner toutes les issues de la salle de réunion. Il retient les étudiants pendant une demi-heure et leur assène un discours guerrier contre les corrompus du gouvernement. À la fin, haletant, fébrile, il ordonne de « relâcher » son « public ». Il les a convaincus, mais sous la menace. Effrayés, les étudiants ont filé sans demander leur reste.

Au cours du premier semestre 1947, Fidel, de plus en plus sûr de lui, est pris d'une de ses colères qui deviendront légendaires. Les dirigeants du MSR, qui n'ont pour lui que mépris – Manolo Castro a déclaré publiquement : « Fidel n'est qu'une merde ! » –, gagnent une fois de plus la présidence de la FEU. Pourtant, Fidel s'est dépensé sans compter pour cette élection. Il a manœuvré, joué de ses appuis, de son charme et de son temps. Mais, au dernier moment, le candidat du MSR, Enrique Ovares, l'emporte d'une petite voix contre le candidat de l'UIR. Ses proches se souviennent de la haine de Fidel Castro contre les « pourris » du MSR qui ont « trahi » la Cause pour quelques misérables postes. Il s'en prend à Manolo Castro, ce traître qui a accepté les fonctions de directeur national des Sports auprès du gouvernement. Il insulte Rolando Masferrer qui vient d'être promu chef de la police secrète. Ou encore Mario Salabarria, nommé à la tête de la police. Comme il l'a toujours dit, les dirigeants étudiants n'ont de révolutionnaire que le nom. À la moindre proposition alléchante, ils passent sans hésiter dans l'autre camp.

Fidel lance alors dans *Saeta* une campagne d'une rare brutalité. Il traite le président Grau de « stigmate », de tyran, il attaque ouvertement les « gangsters » du MSR, ces « marchands qui spéculent sur le sang des martyrs ». Au même moment, le journal communiste le traite à son tour de gangster.

Un jour, Fidel commet l'irréparable : avec deux amis, Armando Gali et Justo Fuentes, il tente d'assassiner Rolando Masferrer. S'il réussit, il sait qu'il entrera dans la légende. Mais Masferrer, particulièrement vigilant, repère les tueurs et leur échappe. Mieux : il leur tire dessus et les met en fuite. Il reconnaît Fidel parmi les assaillants. Cette fois, aucun doute : *El Caballo* se sait condamné à mort. Le soir même, Mario Salabarria annonce officiellement que Fidel n'a plus intérêt à se montrer à l'université. Paniqué, il demande à son frère Ramón, resté avec son père à Biran, de lui envoyer une arme plus sûre, dotée d'une grande puissance de tir. Ramón lui fait aussitôt parvenir un Browning à 15 coups.

Fidel est rassuré. Il attend les tueurs à gages de pied ferme, tout en devenant d'une extrême prudence. Il change quotidiennement d'itinéraire, déménage sans cesse, s'installe un jour chez sa demi-sœur Lidia, qui le couve comme une seconde mère, puis dort chez Baudilio Castellanos ou chez un ami étudiant, Rolando Amador, voire chez d'autres militants. Il devient un homme traqué. À plusieurs reprises, il parvient à déjouer les plans des tueurs, leur file entre les doigts au dernier moment. Mais il finit par craquer. Il quitte La Havane et se réfugie à Banes, le plus loin possible de ses ennemis.

C'est Rafael Diaz Balart qui lui offre une planque dans une cabane de plage, à Puerto Rico, un petit village voisin. Là, il retrouve de vieux copains comme

Jack Skelly, le fils du chef de gare de Banes, un Américain avec qui il discute de l'impérialisme, mais aussi de Mirta Diaz Balart, la jolie sœur de Rafael. Fidel ne sait comment surmonter cette épreuve. Un soir, il éclate en sanglots. Il pleure sur son sort d'homme traqué. Sa hantise : « Que personne ne reconnaisse le mérite de ma mort », se lamente-t-il. En plein désespoir, il a encore pour principal souci sa publicité personnelle. Qui va bien pouvoir assurer, lors des funérailles, lance-t-il à ses amis, l'hommage à ma mémoire ? L'homme en cavale ne peut pas mourir dans l'anonymat. Puis, tout compte fait, il ne veut pas mourir du tout. Pas comme ça, en tout cas. Pas comme une vulgaire victime de la guerre des gangs. Il tient à mourir en héros. Au bout de quinze jours de vacances forcées, il a enfin trouvé la solution.

Les dirigeants du MRS ont un projet d'invasion de Saint-Domingue visant à en chasser le dictateur Trujillo. Masferrer, Salabarria et Manolo Castro ont la responsabilité du recrutement. Impliqué dans tous les comités pour la libération de Saint-Domingue, Fidel est prêt à donner sa vie dans le cadre de cette opération. Il prend contact avec Enrique Ovares, le tout nouveau président de la FEU, proche des trois hommes, et le supplie d'intercéder en sa faveur moyennant ce simple marché : il se range sous leur bannière, part donner sa vie pour la libération de Saint-Domingue, et on lui laisse la vie sauve. Exceptionnellement, le très diplomate Enrique Ovares réussit à convaincre le trio de recruter *El Caballo*. On lui accorde un sursis. Tel un condamné à perpétuité qui n'a plus rien à perdre, Fidel embarque au port d'Antilla, dans la baie de Nipe, à bord d'une flottille de quatre bateaux montés par près de mille deux cents hommes dirigés par un millionnaire dominicain, Juan Rodríguez García, et par l'écrivain

Juan Bosch. Il débarque à Cayo Confites, un îlot situé au nord de la province de Camagüey.

Pendant cinquante-neuf jours, sous un soleil de plomb, harcelé par les moustiques, Fidel attend, avec cette armée rebelle composée de Cubains, de Dominicains et de Portoricains, un improbable feu vert pour attaquer l'île voisine. Au cours de cette quarantaine tropicale, il reçoit un début d'instruction militaire. Les jours passent, mais rien ne vient du QG de l'opération situé à l'hôtel Sevilla, sur l'avenue du Prado, à La Havane. Conséquence : la CIA a tout le temps d'être mise au courant, car les fuites se multiplient. Sous la pression des Américains, le président Grau intervient et envoie la marine arrêter la petite armée rebelle. Fidel réussit à embarquer sur un canot de fortune et échappe à l'arrestation.

En débarquant en Oriente, le 26 septembre 1947, il raconte qu'il a sauté au milieu de la baie dans une mer infestée de requins, et qu'il a nagé sur une douzaine de kilomètres jusqu'à Saetia, petit village de pêcheurs situé à l'embouchure du Nipe. Cette fuite en eaux troubles s'explique : Fidel Castro a alors tenté d'échapper aux tueurs de Manolo Castro et Rolando Masferrer, qui n'avaient plus aucune raison de respecter le contrat passé entre eux et Enrique Ovares. Ce dernier confirme : « Je pouvais lui garantir la vie sauve tant qu'il était au camp, mais pas après que l'expédition eut avorté… »

D'autres pensent que Fidel Castro est un fieffé menteur : il aurait inventé cet épilogue héroïque, version Johnny Weissmuller, pour redorer son blason, terni par le fiasco de Cayo Confites, piteuse expédition montée par une équipe sans leader, sans véritable organisation, sans pratique sérieuse de la lutte armée. Pour Fidel, les « gangsters » qu'il craignait tant ne sont que des bandits de rues, incapables de discipline. Il prend conscience que la prise du pouvoir passe par une organisation de fer formée selon les principes d'un ordre quasi monastique. Tous ces gens, selon lui, ne sont que des romantiques inconséquents et suicidaires, éloignés de la rigueur jésuite dont il a pu mesurer l'efficacité. Il ne l'oubliera pas.

À Saetia, il ne prend même pas la peine de passer saluer ses parents, alors que Biran n'est qu'à quelques kilomètres de là. Il file directement à Banes, chez Rafael Diaz Balart, se fait prêter un costume et repart aussitôt pour La Havane.

Quarante-huit heures plus tard, le 28 septembre, on le voit, en haut de l'Escalinata, haranguer la foule et vitupérer le président Grau, ce « traître » à Cuba et à Saint-Domingue. Il n'a pas tort. Loin de tenir les promesses de son parti, le Parti authentique, le président Grau San Martín a laissé le pays s'enfoncer dans la corruption et la prévarication. Trop faible, pusillanime, il ne cache plus que sa seule politique est de... vivre tranquille et de s'enrichir. Dans ce contexte, l'apparition d'un « moine-soldat » ne peut qu'être providentielle. Fidel rêve de jouer un tel rôle. Mais la place est déjà prise : un autre « apôtre » occupe le terrain. Il s'appelle Eddy Chibas, il est sénateur, il est riche, donc peu vénal, il vit seul et captive les foules, chaque dimanche soir, dans le cadre d'une célèbre émission de radio.

Le sénateur Chibas a une voix aiguë, stridente et éraillée comme celle d'une perruche, reconnaissable entre mille. Il est cabot et exalté. Il a tous les dons pour devenir un acteur hollywoodien. Populaire, un peu fanatique, foncièrement honnête, il a du panache et n'hésite pas à provoquer en duel, au sabre, ceux de ses adversaires politiques qui lui cherchent querelle. Ce tribun aux allures de croque-mitaine vient de quitter bruyamment le Parti authentique, qu'il juge corrompu, pour fonder un nouveau mouvement, le Parti orthodoxe, plus radical dans son nationalisme, connu aussi sous le nom de « Parti du peuple cubain ». En quelques mois, ce tout nouveau mouvement occupe une place centrale sur l'échiquier politique du pays. Tous les observateurs pronostiquent une victoire d'Eddy Chibas à l'élection présidentielle de 1948. Ce chevalier blanc, ce rédempteur a les « gangs » dans le collimateur. Les Cubains sont las de cette guerre civile larvée.

En cette fin d'année 1947, La Havane est un champ de mines. Les deux organisations incriminées par Chibas et Castro, MSR et UIR, se livrent en toute impunité à de véritables batailles rangées. Le président de l'UIR, Emilio Tro, est assassiné. Fidel Castro profite de l'occasion pour s'éloigner de ses mauvaises fréquentations et tenter de faire oublier qu'il a été un protagoniste de premier plan au sein de cette « voyoucratie politique ». Pour la première fois, il s'engage clairement derrière Eddy Chibas. Il en fait même son idole. Il cherche à entrer dans son cercle intime, tente de le séduire. Il veut devenir son garde du corps, son disciple, son aide de camp, son chauffeur même. Mais Chibas se méfie de lui : malgré sa ferveur affichée, Fidel n'a pas encore réussi à effacer sa réputation de « gangster » et d'homme sans parole. Il a encore l'image du *bicho*, de l'individu à qui on ne peut faire confiance. Les principes moraux d'Eddy Chibas exigent que le jeune Fidel Castro, *El Caballo*, fasse pénitence ou plus exactement donne la preuve qu'il a changé. Chez les jésuites, il a déjà passé quinze ans de sa vie à faire pénitence. Il préfère attendre son heure.

CHAPITRE 7

Comment épouser une cloche

C'est une cloche mythique, un bourdon de cent quarante kilos. Pour tous les Cubains épris de liberté, elle symbolise l'indépendance du pays. Ils l'appellent la « Demajagua », du nom de l'hacienda de Carlos Manuel de Céspedes, grand propriétaire terrien qui, en 1868, lança la première révolte contre les colons espagnols. Il fit sonner le tocsin pour annoncer le premier coup de feu de la guerre d'Indépendance. Depuis, la « Demajagua » est conservée précieusement dans la ville de Manzanillo, dans la lointaine province d'Oriente. Cette relique – l'équivalent de la « cloche de la Liberté » qui carillonna à Philadelphie pour la Déclaration d'indépendance des États-Unis – est donc chargée d'histoire. Depuis son retour de Cayo Confites, Fidel ne pense plus qu'à cette masse de bronze. Il a un plan, une idée extravagante : faire transporter la « Demajagua » jusqu'à La Havane, lui faire sonner le tocsin, appeler à l'insurrection générale, et, dans la foulée, prendre d'assaut le palais présidentiel. Rien de moins ! Ce scénario « hollywoodien » lui paraît imparable.

Mais, pour réussir cette loufoquerie, Fidel a besoin des communistes. Le maire de Manzanillo est un militant pur et dur du PSP (Parti socialiste populaire), nom du PC cubain. Fidel a besoin de son feu vert pour emporter la « Demajagua » à la capitale. Or, pour parvenir à bon port, il faut traverser toute l'île, soit près de mille kilomètres. Mission quasi impossible. À l'université, le jeune Castro a lié connaissance avec deux militants communistes, Alfredo Guevara et Lionel Soto. Il leur fait part de son projet et sollicite leur aide. Surprise : les deux hommes acceptent. D'abord parce que l'idée n'est pas si folle qu'on peut le croire : les Cubains sont férus de symboles et peuvent réagir positivement à ce coup « médiatique » concocté par Fidel. Ensuite, bien qu'ils connaissent parfaitement ses frasques, ses méthodes brutales, son côté franc-tireur et sa fringale de gloire, Guevara et Soto n'ignorent pas que, depuis quelques semaines, Fidel Castro passe son temps à la bibliothèque du PSP, rue Carlos-III. Il y a lu le *Manifeste communiste* de Karl Marx, qui a été pour lui une véritable révélation. Il y a dévoré à profusion des ouvrages marxistes ainsi que divers traités touchant à l'art de la guérilla.

Alfredo Guevara est stupéfié par la mémoire phénoménale du fils de *terrateniente* qui, à 21 ans, paraît illuminé par la pensée du philosophe allemand. D'aucuns soupçonnent encore une ruse de la part du *bicho* : et si tout cela n'était qu'une fanfaronnade ou un simple stratagème pour récupérer la « Demajagua » ? Soto et Guevara, eux, le croient sincère. Certes, il n'est pas communiste, mais il donne le sentiment qu'il pourrait devenir un excellent compagnon de route. Monter une opération avec lui leur paraît opportun. Fidel est un bon « cheval ». Il a l'art de séduire les journalistes, son charisme est incontestable, il montre un don réel pour galvaniser les foules. Surtout, il est l'un des rares rescapés de l'expédition de Cayo Confites à ne pas avoir été coffré. Le fiasco de l'expédition de Saint-Domingue a provoqué une véritable hécatombe dans les rangs de l'opposition. La plupart des dirigeants étudiants, arrêtés ou en exil, ne sont plus opérationnels. Pour les communistes, cette « main tendue » vient à point.

Alfredo Guevara, jeune homme à la silhouette mince, une sempiternelle cigarette accrochée aux lèvres, croit en la bonne étoile de Fidel. Il discute régulièrement avec lui, et saisit bien la quête de cet étudiant singulier. Castro cherche la voie de la révolution pour Cuba ; pas une « révolution en peau de lapin », telle qu'on la chante sur tous les tons depuis des lustres, mais un chemin nouveau qui débarrasserait définitivement les Cubains de leurs frustrations politiques. Fidel la surnomme la « révolution profonde ». Certes, le pays jouit de l'une des Constitutions les plus progressistes d'Amérique latine ; la liberté de la presse y est une réalité, mais les injustices sociales restent considérables entre propriétaires terriens et paysans, ouvriers du sucre et grandes compagnies américaines. Par-dessus tout, Cuba est sous tutelle US. Le pays pâtit d'un lourd « complexe du colonisé ». Cinquante ans après la déclaration d'indépendance, il n'a toujours pas digéré le fameux amendement Platt qui resurgit, comme un diable de sa boîte, à chaque réunion politique. Sur tous ces points, les deux hommes sont d'accord.

Une autre raison pousse les communistes à pactiser avec *El Caballo* : devenu responsable des Jeunesses orthodoxes, Castro peut leur être utile dans l'avenir. Ils envisagent en effet de se rapprocher d'Eddy Chibas dans la perspective des élections présidentielles. Or, le sénateur ne veut pas entendre parler d'eux : jamais, hurle-t-il, il ne passera la moindre alliance avec les enfants de Staline ! Anticommuniste virulent, Chibas refuse de s'asseoir à la même table qu'un parti qui a de surcroît pactisé avec le tyran Machado et avec le général Batista. Son disciple Fidel Castro apparaît sur le sujet beaucoup plus pragmatique. Il pourrait même devenir ce que les communistes appellent un « allié objectif ». Il faut donc le ménager, voire le séduire. Il aura « sa » cloche.

Le 5 novembre 1947, devant des milliers d'étudiants en délire, la cloche de l'Indépendance, installée à bord d'une voiture décapotable, fait son entrée dans La Havane. Le cortège sillonne la capitale pendant plus de deux heures. Fidel Castro se tient à côté de la cloche, vêtu d'un costume rayé de couleur sombre. Il porte une cravate fleurie. Le défilé ressemble étrangement à une parade nuptiale. Ce jour-là, l'ancien pensionnaire du collège de Belén devient le « fiancé de Cuba ». Il tient l'énorme masse de bronze de son bras droit et brandit, du gauche, un chandelier de cérémonie. Il ne manque que la pluie de grains de riz. Le lendemain, la photo figure dans toute la presse. Fidel, le propagandiste-né, a monté là un coup de génie. Cette image restera désormais dans toutes les têtes : celle des épousailles d'un jeune homme de 21 ans avec sa propre terre, symbolisée par une grosse cloche.

Le petit inconnu de Biran ne s'en tient pas là. Le 6 novembre, sur le campus, au sommet de l'Escalinata, le « jeune marié » prononce un discours retentissant contre le président Grau, le « traître », et appelle le peuple à descendre dans la rue. Sans résultat : malgré sa gloire naissante, le jeune activiste n'est pas suivi. Le Parti orthodoxe, son propre mouvement, l'a lâché. Au sommet de l'appareil, on n'apprécie guère ses méthodes violentes. Pourquoi mettre le pays à feu et à sang à quelques mois de l'élection présidentielle qu'Eddy Chibas a de fortes chances de remporter ? Le sénateur a fait passer la consigne : Castro l'agitateur peut batailler dans la « Cité interdite », installer comme il l'a fait une mitrailleuse de calibre 50 au sommet de l'Escalinata, mais il ne doit à aucun prix sortir de son périmètre. Sa place est à l'université. Or, Fidel Castro en est incapable : sa nature le pousse à courir fiévreusement sur tous les fronts. Il lui faut aussi être en perpétuel mouvement pour éviter les attentats dirigés contre lui. Les « gangs » ne l'ont pas oublié, au contraire. L'affaire de la « Demajagua » a réveillé bien des haines à son endroit. Pour éviter d'avoir à respecter un emploi du temps trop précis, il s'inscrit en tant qu'auditeur libre en troisième année de droit. N'ayant plus d'horaires fixes, les tueurs à gages ne pourront connaître ses allées et venues avec précision. Il se déplace désormais accompagné d'une garde rapprochée armée jusqu'aux dents. Le jeune chef des Jeunesses orthodoxes est devenu un homme sous haute surveillance.

Ses relations avec Eddy Chibas sont loin de s'améliorer. Le mentor a perçu l'ambition démesurée qui anime son jeune zélateur. Il évite de s'afficher publiquement avec lui. Il est persuadé qu'un jour ou l'autre le trublion finira au coin d'une rue, une balle dans la tête, ou bien en prison, mêlé à un scandale. À Cuba, les héros nationaux ne prennent jamais le pouvoir : ils meurent au combat. Dans ce contexte difficile, Fidel Castro se sent pour sa part corseté. Il n'a aucune envie de jouer les chiens fidèles d'un futur candidat à l'élection présidentielle, mais il n'a pas le choix : il doit ronger son frein, attendre un événement favorable, un signe du destin.

Le 22 février 1948, son vieil ennemi Manolo Castro, dirigeant du MSR, est assassiné à la sortie d'un cinéma de La Havane. Pour toute la classe politique cubaine, le coup est signé : qui d'autre que Fidel Castro aurait pu commettre ce crime ? La haine entre les deux hommes est de notoriété publique. Pis : des témoins prétendent l'avoir remarqué sur place, le soir de l'assassinat.

Trois jours plus tard, Fidel est interpellé par la police. Interrogé par un juge dans le cadre de l'enquête sur la mort de Manolo, il est relâché une première fois. Il aurait préféré être jeté en prison : là, au moins, il aurait été à l'abri des balles de ses ennemis, mais le magistrat ne lui accorde pas cette faveur. Piégé, le dos au mur, Castro vit alors comme une bête traquée, tel un délinquant en cavale. Il se cache un jour chez Alfredo Guevara, le lendemain chez sa demi-sœur Lidia, un autre jour chez sa sœur Juana. Il devient un clandestin. Plusieurs de ses amis jurent qu'il est innocent, qu'il n'était pas sur les lieux le soir du crime. Dans son entourage, on lui suggère qu'il serait grand temps qu'il prenne le large. Il faut qu'il se fasse oublier. Un petit voyage en Amérique centrale serait le bienvenu. Fidel hésite. La situation de martyr lui convient en fait au plus haut point. Cette frénésie autour de lui l'enchante. Il va bien trouver un nouveau coup médiatique pour se tirer de ce mauvais pas. Il rumine, tourne comme un lion en cage, comme chaque fois qu'il a une décision importante à prendre. Puis il finit par comprendre que sa situation est désespérée : il doit fuir. Le 19 mars, il s'apprête à prendre l'avion pour Caracas, au Venezuela. Dans le hall de l'aéroport Rancho Boyeros, il est de nouveau arrêté, puis relâché faute de preuves. Le lendemain, il peut enfin décoller.

Sur sa feuille de route, trois pays sont inscrits : Venezuela, Panamá et Colombie. Fidel Castro sort pour la première fois du territoire cubain. Ce voyage forcé a au moins un mérite : il lui permet de comprendre que les problèmes de l'île sont, à quelques nuances près, les mêmes que dans tout le cône sud-américain, dont les habitants partagent un dénominateur commun : leur haine des Yankees.

À Bogotá, Fidel Castro rejoint ses amis Alfredo Guevara et Enrique Ovares, respectivement secrétaire général et président de la FEU. Les deux hommes y ont été invités à un congrès des Étudiants anti-impérialistes d'Amérique du Sud. La rencontre a été conçue et financée par le dirigeant populiste argentin Juan Perón, qui souhaite profiter de la tenue à Bogotá d'une réunion des ministres des Affaires étrangères des Amériques, en présence du fameux secrétaire d'État américain George C. Marshall, pour faire un coup d'éclat. Objectif de ce sommet : la création de l'OEA, Organisation des États américains. Pour Perón, le contre-meeting des étudiants venus de tous les pays d'Amérique latine constituerait une formidable caisse de résonance. Mais ses services ont mal travaillé : ils n'ont réussi à mobiliser qu'une trentaine de militants, dont quelques Vénézuéliens, une poignée de Colombiens, un Guatémaltèque et quatre malheureux Cubains, dont Fidel Castro. Au dernier moment, les Argentins eux-mêmes, dépités, ne sont pas venus.

Malgré cette maigre assistance, le jeune Castro se bat bec et ongles pour être désigné comme président du congrès. Or, il n'a aucune légitimité : il n'a été invité qu'in extremis et par raccroc. Il ne représente que lui-même : en tant qu'auditeur libre, il ne peut en effet passer pour le porte-parole des étudiants de l'université de La Havane. Mais il s'en moque. Il prétend en toute modestie être un leader « naturel ». N'a-t-il pas fait suffisamment ses preuves dans la rue ? N'est-il pas le « fiancé de Cuba » ? Il en fait une question de principe : il revendique le titre.

Ses amis cubains ne comprennent pas l'obstination de leur camarade. Pourquoi tient-il à tout prix à diriger cette réunion fantôme ? Pour la presse, bien sûr. Fidel le propagandiste sait bien que ce meeting est voué à l'échec. En revanche, il ne veut pas rater l'occasion de faire parler de lui. S'il est porté à la présidence, il a une chance de se retrouver à la une des journaux à côté du grand George Marshall. Mais Enrique Ovares, son rival, ne cède pas. L'assistance le désigne contre Fidel. En rage, ce dernier se désintéresse dès lors de ce « sommet de pacotille ». Il ne supporte pas de rester dans l'ombre. Il cherche une autre occasion de faire parler de lui. Le soir même, un gala est donné, dans un théâtre de Bogotá, en l'honneur des ministres des Affaires étrangères et de leurs invités. George Marshall est présent. Fidel Castro se rend sur place, parvient à s'infiltrer dans la salle du théâtre et distribue des tracts anti-américains aux participants. Il n'a pas le temps de provoquer un scandale : la Sécurité l'intercepte et le remet entre les mains de la police. Au commissariat local, le jeune activiste fait comme à son habitude : il prononce tout un discours devant les policiers médusés. Le freluquet se présente comme un martyr de la cause sud-américaine, victime d'un complot anti-impérialiste. Il demande qu'on prévienne la presse, car « on » s'apprête à l'assassiner. Il faut que le monde sache. Au bout de quelques heures, l'infatigable orateur finit par être relâché par ses gardiens. L'évangéliste cubain les laisse épuisés.

À nouveau dans la rue, Fidel s'interroge : comment va-t-il faire pour rebondir ? Comment va-t-il profiter de la présence en terre colombienne du concepteur du fameux plan Marshall ?

Il se rend au rendez-vous qu'il a obtenu du leader de l'opposition colombienne, l'avocat Jorge Eliécer Gaitán. Mais il est dubitatif. Ses amis cubains restent enfermés dans un amphithéâtre, occupés à rédiger des motions que personne ne lira jamais. Il déambule dans les rues de Bogotá, persuadé que rien n'est désormais possible sans l'appui des moyens de communication de masse. Durant son séjour chez les jésuites, il a lu le *Mein Kampf* de Hitler, ainsi que la *Technique du coup d'État* de Malaparte. Il a étudié, parfois avec admiration, l'irrésistible ascension du dictateur nazi, celle de l'Italien Benito Mussolini. Les deux dirigeants fascistes avaient su capter les désirs profonds des masses. Leur succès, Fidel en est sûr, s'explique par leur compréhension de la « psychologie des foules » et leur art de « communiquer », en particulier grâce à la radio. Pour lui, coup d'État rime avec coup d'éclat. Plusieurs de ses compagnons d'université racontent qu'en première année de droit Fidel Castro se promenait en effet sur le campus avec le volume de *Mein Kampf* sous le bras (dans la traduction espagnole des éditions Torp), qu'il présentait comme sa nouvelle bible. Était-ce seulement pour ses talents d'orateur que Fidel piochait la prose du Führer ? En tout cas, en l'espace de trois ans, il a incroyablement évolué. Son anti-américanisme viscéral l'a éloigné des mouvements d'extrême droite sud-américains, tous plus ou moins financés par la CIA. Pour lui, les communistes ne sont plus les monstres assoiffés de sang que les pères de Belén ou même son propre père, don Ángel, lui ont décrits pendant tant d'années. Au contraire, ils sont les seuls, selon lui, à avoir un sens aigu de la discipline, les seuls à pouvoir mettre sur pied une « armée de militants » face aux séides des dictateurs. Mais, à Cuba, les communistes présentent un gros défaut : ils sont faibles.

Quelques minutes avant d'arriver à son rendez-vous à Bogotá, l'étudiant cubain est alerté par des bruits de détonations à quelques rues de là. Il se précipite sur place et tombe sur une véritable émeute populaire. Quelqu'un crie : « Gaitán a été assassiné ! Gaitán a été assassiné ! » Interloqué, Fidel Castro se retrouve au cœur d'une insurrection. L'homme avec qui il avait rendez-vous, l'avocat célèbre qu'il était allé voir plaider, la veille, et dont l'éloquence l'avait tant ému, l'homme avec qui il allait deviser et décider de son propre avenir, vient de tomber sous les balles d'un tueur. L'Histoire cette fois vient donc à lui.

Fidel Castro se met à courir la ville pour être aux premières loges de cette révolution en marche. Il jubile. Il est enfin dans l'action, dans la tourmente d'une révolte armée. Des cadavres jonchent la chaussée. Il a l'impression de revivre la prise de la Bastille. Bogotá est une ville abandonnée au pouvoir de la rue. Fidel cherche désespérément un commandement, quelque force dirigeante. Il parvient à s'emparer d'une veste militaire, d'un fusil, et rejoint un chef de la police. Il se présente : il est cubain, il se dit prêt à mourir pour le peuple colombien. Il est à ses ordres. Il devient l'aide de camp de cet officier « révolutionnaire » qui, au volant d'une Jeep, sillonne la capitale, en quête de consignes qui ne viennent pas. Alors il improvise, s'empare avec ses hommes d'un commissariat, se barricade, attend que l'armée donne l'assaut. Fidel Castro sort de sa réserve et l'interpelle : « Vous choisissez la pire des solutions. Il ne faut surtout pas rester sur la défensive ! Il faut attaquer les positions ennemies, s'emparer du palais présidentiel, de la radio ! De l'audace, toujours de l'audace ! » En pleine tourmente, Castro cite Danton, l'un des héros de la Révolution française, une de ses idoles. Mais les « sans-culottes » colombiens ne l'écoutent pas et restent cantonnés dans leur refuge. Leur attentisme leur est fatal : la révolte est réprimée dans le sang. L'armée rétablit l'ordre et donne la chasse aux insurgés. En catastrophe, Fidel Castro abandonne ses compagnons et retrouve Guevara et Ovares à leur hôtel.

La police est à leur recherche, car la radio prétend que des Cubains auraient participé à l'émeute. Il faut fuir au plus vite. Fidel et ses amis se réfugient à l'ambassade de Cuba, qui les rapatrie aussitôt. En rentrant à La Havane, Fidel est assailli par la presse : était-il vraiment au cœur de l'insurrection ? Est-il vrai qu'il a présidé le contre-congrès ? A-t-il vu l'assassin de Gaitán, le nouveau martyr sud-américain ? Castro raconte en détail son odyssée colombienne. Les Cubains aimant bien les épopées, il enjolive, se met en scène, raconte un film dont il est à la fois le scénariste et le héros. Il brode, devient l'auteur et l'acteur principal de ce que la presse appelle le *Bogotazo*. Il n'en finit pas d'alimenter les gazettes. Il raconte même avoir vu en plein tumulte, alors que les gens apeurés couraient de toutes parts, un homme dans une voiture en compagnie de deux prostituées. Oui, il a été choqué, qu'un garçon, au cœur d'une révolution, ne pense qu'à assouvir ses appétits sexuels.

Mais lui, Fidel, a-t-il des appétits sexuels ? Il répond qu'il n'a pas de temps à perdre en gaudriole. Il est en mission, habité par une foi inébranlable dans son destin, comme un moine-soldat au service de son pays. On ne lui connaît alors aucune aventure, pas la moindre bluette. Le « fiancé de Cuba » a un problème avec les femmes : on dirait qu'elles lui font peur. Mais les gazettes ne s'attardent pas sur ce chapitre. Ni sur les enseignements qu'a tirés Fidel de son épopée colombienne.

Pour lui, il est pourtant clair qu'on ne pourra conduire une « révolution profonde » à Cuba sans un mouvement politique remarquablement organisé, doté d'une discipline sans faille. Il y faudra une avant-garde de fer. Castro est déjà léniniste, mais se le cache peut-être encore à lui-même.

Quand il retrouve La Havane, sa moiteur tropicale, sa langueur métisse, son Escalinata, ses *pistoleros*, rien n'a changé. La guerre des « gangs » n'a pas cessé durant son absence. Il retrouve aussi ses frères et sœurs qui l'informent des derniers événements familiaux. Son père, don Ángel, en a assez de ses turpitudes : il lui coupe les vivres. Non seulement ce fils turbulent et instable n'est pas inscrit à l'université, mais il est la honte de la famille. Le dossier du meurtre de Manolo Castro a été classé sans suite, mais le soupçon pèse toujours sur Fidel. Don Ángel ne supporte pas l'idée que celui-ci ait pu faire assassiner un homme qui porte le même patronyme que lui. Il enrage contre ce gosse à qui il a offert une éducation dans les meilleurs collèges de l'île et qui dilapide ce capital en se prenant pour Bolívar. Don Ángel n'a pas fait tous ces sacrifices pour se retrouver avec pour fils un « va-nu-pieds ». Il le somme de venir s'expliquer à Biran.

Fidel refuse. Il n'a rien à voir avec ce meurtre, il ne voit pas pourquoi il aurait à se justifier. Il ira à Biran plus tard, peut-être après l'élection présidentielle prévue pour le début de juin 1948. Il viendra à l'occasion des grandes vacances.

En attendant la grande explication avec son père, il n'a plus le sou. Il est hébergé par la fidèle Lidia. Pour survivre, il emprunte à des amis, sans jamais rembourser ; il rend visite à son parrain, Fidel Pino Santos, pour lui soutirer quelques pesos. Son copain de Banes,

Rafael Diaz Balart, l'aide également. Dans l'adversité, Fidel peut toujours compter sur le clan de Banes. C'est son refuge, son point de repère. Depuis qu'il a quitté le collège des jésuites, il n'a plus de famille ; il en cherche une. Mais laquelle ?

CHAPITRE 8

Les rêves de Mirta

Elle a des yeux de biche et le regard perdu des femmes qui se lancent dans le vide. Elle paraît si frêle, si vulnérable. Elle sourit timidement aux photographes, le visage crispé, presque gênée d'être là. Et pourtant, ce mariage, elle l'a ardemment voulu. Elle l'a pratiquement imposé à sa famille. À son père, surtout, Rafael Diaz Balart, le prestigieux maire de Banes, ami intime de Fulgencio Batista. Don Rafael est l'un des personnages les plus influents de tout l'Oriente. Hiératique, le visage fermé, il se tient à la gauche de sa fille devant le curé de la petite église de Banes. Le patricien ne peut masquer ses sentiments. Il s'est viscéralement opposé à ce mariage. Mirta n'ose pas le regarder. Elle voit encore, gravée dans sa mémoire, la scène terrible au cours de laquelle son père lui a signifié son refus. Ce Fidel Castro, il n'en voulait à aucun prix. Il connaissait parfaitement l'itinéraire mouvementé et sanglant du personnage. Instable, violent, paresseux, activiste, roublard, gangster, fanfaron : il avait tout entendu sur ce mousquetaire qui s'affichait à présent de plus en plus ouvertement avec les communistes. Don Rafael a donc mis son veto à cette union à hauts risques. Il s'est refusé à abandonner une fleur si gracile à ce *pistolero*. Mais Mirta est revenue à la charge. Elle l'a menacé de partir aux États-Unis. Elle avait dans la peau ce hâbleur qui la faisait rêver, à la sortie des cours de philosophie, quand, du haut de l'Escalinata, tel un dieu grec, il menaçait la Terre entière de ses foudres.

Mirta a mis dans son camp son frère Rafael qui, dans la plus pure tradition espagnole, porte le même prénom que son père. Le jeune étudiant en droit est non seulement un ami, mais aussi un admirateur de Fidel. Bien qu'il n'appartienne pas au même horizon politique – Rafael est plutôt proche de Batista –, il lui reconnaît un charisme et un prestige sans égal. C'est lui qui est intervenu en faveur de sa sœur. Mais Don Rafael est resté inflexible : ses amis de la United Fruit Company l'ont informé que Fidel Castro est accusé par les autorités américaines d'avoir assassiné Eliécer Gaitán à Bogotá. On le soupçonne d'avoir organisé le meurtre de la haute figure de l'opposition colombienne afin de déclencher une révolution avec la complicité des communistes locaux. En pleine guerre froide, le président Truman, qui a succédé à Franklin Roosevelt, est obsédé par le « péril rouge » et voit la main de Moscou dans la moindre rébellion en Amérique du Sud. Dans l'affaire Gaitán, des indices troublants confortent la thèse des accusateurs : durant trois jours, le jeune Castro a en effet suivi l'avocat colombien pas à pas, comme un tueur à gages étudiant les faits et gestes de sa cible. Il avait d'autre part rendez-vous avec lui quelques minutes avant le meurtre. Tout paraît se conjuguer pour confondre l'agitateur cubain. L'enquête sur place n'a certes rien donné, mais le soupçon demeure.

Mirta, elle, n'a que faire de ces élucubrations. Elle tient à épouser son « mauvais garçon ». Une autre raison la pousse à hâter ce mariage : son père, veuf, s'est remarié avec une jeune femme qu'elle ne supporte pas. Elle déteste tant sa marâtre qu'elle ne veut plus retourner sous le toit paternel. Fidel est à ses yeux un passeport pour la liberté. Le père ne cède qu'au tout dernier moment, pour une raison restée mystérieuse. Certaines amies de Mirta murmurent qu'elle lui a fait croire qu'elle était enceinte. En tout cas, au terme de longs mois de palabres, la jeune fille est parvenue à ses fins : le 12 octobre 1948, elle épouse Fidel Castro.

À sa droite, la mère du marié, Lina, semble préoccupée. Un détail gâche quelque peu la cérémonie : don Ángel n'a pas daigné venir. Il est toujours fâché avec son fils, à qui il a décidé de couper les vivres tant qu'il n'aura pas repris sérieusement ses études. L'ancien analphabète devenu multimillionnaire ne supporte pas que son troisième fils, qui est en fait son préféré, perde son temps en trempant dans la politique. Il veut à tout prix lui voir décrocher son diplôme d'avocat. Il exige également que Fidel cesse de s'exhiber dans des batailles de rue aussi dangereuses qu'inutiles.

Ce mariage avec la fille de don Rafael devrait pourtant le combler. Il a en effet appris une nouvelle stupéfiante : l'ancien président Fulgencio Batista, rentré à Cuba pour goûter de nouveau aux joies du combat politique, a participé à la dot. Il a envoyé un chèque de mille dollars à l'intention des jeunes mariés. La bénédiction de l'ex-président est le signe que Fidel n'est pas le pestiféré qu'il croit. Mais don Ángel est un cabochard et ne cède pas si facilement. Il est resté dans sa « réserve » de Biran et ne participe pas aux agapes : ni au repas servi dans la maison familiale des Diaz Balart, ni à la fête donnée à l'American Club, grande bâtisse de style virginien à deux pas de la gare.

Au lendemain des noces, Lina implore son fils de s'amender. Il est désormais responsable d'un foyer. Fidel promet : il va passer ses examens, il va même bûcher dur pour rattraper le retard qu'il a accumulé à l'université. De retour à Biran, Lina convainc son mari d'assouplir sa position et de financer à nouveau les études de son fils. Le vieil Ángel Castro, alors âgé de 73 ans, bougonne et ronchonne, mais accepte de participer au financement du voyage de noces des jeunes mariés.

Fidel et Mirta partent pour quelques semaines aux États-Unis, à Miami et New York. Le jeune couple sillonne les rues de la Grosse Pomme. Mirta rit beaucoup, car son époux a l'air d'un enfant devant un sapin de Noël. Il est ébahi par l'urbanisme galopant, la densité du trafic automobile, l'incroyable énergie qui irrigue la cité. Sur le campus de Princeton, il est choqué par ces couples d'étudiants qui s'embrassent en public à pleine bouche. L'élève des jésuites a des pudeurs de dame patronnesse. Sa plus grande joie est de fureter chez les libraires. Il achète même *Le Capital* de Marx en anglais, ainsi que quelques grands classiques du marxisme. Il ne comprend pas comment un pays aussi anticommuniste que les USA peut laisser en vente libre des œuvres dont l'unique objectif est de détruire son propre système, le capitalisme.

Il ne comprend d'ailleurs pas grand-chose aux États-Unis. Il ne cherche pas vraiment non plus à les comprendre. Ni à rencontrer des Américains. L'*« American way of life »* n'est à ses yeux que le « résultat du pillage des plus pauvres par les plus riches ». Si les Yankees ont des réfrigérateurs, des gratte-ciel, des Cadillac et s'empiffrent de corn-flakes, ils le doivent aux spoliations des peuples d'Amérique du Sud par les multinationales américaines. Son anti-impérialisme est primaire et définitif, c'est son moteur et sa raison d'être. Le reste du monde ne l'intéresse pas : ni l'Europe, qui se remet à grand-peine de la Seconde Guerre mondiale, ni la Chine en pleine révolution, ni l'URSS ne semblent présenter d'intérêt pour lui. Sur sa planète ne vivent que les abominables dévoreurs de T-bone steaks et leurs victimes latino-américaines. Telle est du moins l'impression que ressent Mirta au terme de leur voyage. Mais lui dit-il tout ce qu'il pense et fait ?

De retour à La Havane, Fidel et Mirta s'installent en amoureux dans un hôtel au 1218, rue San Lázaro. Ils espèrent emménager bientôt dans un appartement du centre-ville. Mirta reprend ses études de philosophie. Fidel, lui, a déjà oublié toutes ses bonnes résolutions. Dès le premier jour, il file au siège du Parti orthodoxe et reprend du service. Il n'y peut rien : la politique agit sur lui comme une drogue. Il en a un besoin viscéral. Il retrouve ses amis communistes, Alfredo Guevara et Lionel Soto, qui ont acquis une grande influence sur le campus, ainsi que le petit groupe de disciples favorables à l'action violente qu'il a su rassembler autour de lui à travers l'ARO (Action radicale orthodoxe). Comme toujours, il veille à être de tous les combats, de toutes les réunions. La moindre revendication, le plus petit mouvement de contestation, peut porter en lui les germes de l'insurrection finale.

En replongeant dans le bain politique, Castro réveille aussitôt les vieilles rancœurs accumulées contre lui au cours des dernières années. Il est à nouveau menacé et s'installe une nouvelle fois dans la clandestinité. Mais il faut avouer qu'il y prend plaisir. Il aime cette réputation d'homme insaisissable. Au fond, il semble plus heureux sans domicile fixe. Après les premiers émois de la passion, sa femme Mirta découvre peu à peu que celui qu'elle aime est un nomade, un « va-nu-pieds » qui n'a aucun goût pour la famille. La vie à deux, même à l'hôtel, est déjà un fardeau pour lui.

Il la délaisse d'autant plus souvent qu'il est régulièrement contraint d'aller se planquer chez des amis. Mirta, elle, rêve d'un nid douillet, d'un appartement qu'elle pourrait aménager tranquillement, d'un foyer où elle inviterait ses proches. Elle aimerait aller au cinéma, au théâtre. Fidel lui répond que c'est beaucoup trop dangereux, qu'elle serait à la merci des tueurs qui, pour mieux l'atteindre, lui, risqueraient de s'en prendre à elle. Non, prétend-il, l'hôtel est l'endroit idéal, car il y a toujours du personnel, des gardiens, des *porteros* pour les prévenir d'un quelconque danger. Plus tard, quand la situation sera plus sûre, ils pourront envisager de s'installer dans leurs meubles. Mais Mirta, dans le rôle de Pénélope, dépérit peu à peu. Elle attend trop souvent l'époux fantôme. Elle a du mal à comprendre que son étoile filante de mari est en quête de perpétuels combats. Quand il n'en a pas, il les invente.

Mais il lui arrive aussi parfois d'être servi par l'événement. Contre toute attente, son parrain politique, Eddy Chibas, a été battu, en juin 1948, à l'élection présidentielle par l'ancien ministre du Travail de Grau San Martín, Carlos Prío Socarrás. Pis : Chibas n'est arrivé qu'en troisième position. Le coup est rude pour Fidel qui avait tout misé sur le « sénateur aux mains blanches ». Il va lui falloir réviser de fond en comble sa stratégie. D'autant plus que le président Prío, dès les premiers jours de son mandat, manœuvre habilement en tentant de mettre un terme à la « guerre des gangs » qui empoisonne la vie quotidienne des Cubains : il signe un pacte secret avec les groupes armés qui quadrillent La Havane, troquant la paix civile contre des postes, des virements bancaires et des garanties d'impunité. Si l'opération aboutit, la capitale sera enfin pacifiée, les *pistoleros* déposeront les armes, la démocratie reprendra ses droits.

À l'université, le « pacte des gangs » est une mauvaise affaire, car les organisations étudiantes de gauche, enfermées dans la logique de la tension, ne veulent nullement d'un lieu pacifié. Castro encore moins que les autres. Aussi, à l'automne 1949, les Jeunesses orthodoxes, représentées par leur dirigeant, Max Lesnick, et les Jeunesses communistes, représentées par Alfredo Guevara, fondent-elles un comité commun, le « Comité du 30 septembre » (date de l'assassinat d'un étudiant, Rafael Trejo, par la police de Machado, en 1930). Cet accord, supervisé en sous-main par Castro, constitue une grande première. Les Jeunesses orthodoxes ont en quelque sorte désobéi à leur idole, Eddy Chibas. Ils ont pactisé avec les communistes. Une grande manifestation est prévue pour la fin de novembre, sur le campus, en vue de tenter de torpiller les « accords de paix ». À la tête des comploteurs, l'ex-« gangster » Fidel Castro s'active.

Il est comme en lévitation, sur un nuage. Le 1er septembre 1949, sa femme Mirta donne le jour à un fils, Fidelito. Fou de joie, fier comme tout bon *macho* cubain, il exhibe son enfant comme un trophée. En transe, il jure qu'il se montrera un père attentif, archi-présent, tout ce que n'a pas été pour lui son propre père, trop occupé par la terre et le bétail. Il rêve du meilleur pour ce fils adoré, puis il s'éclipse et disparaît, emporté par ses occupations. Il ne prend même pas le temps de trouver un appartement à sa femme qui continue de vivre à l'hôtel, rue San Lázaro. Mirta reste le plus souvent seule avec son bébé. Avec une sainte patience, elle accepte de jouer ce rôle de mère au foyer… dans une chambre d'hôtel. Si seulement elle pouvait s'appuyer sur sa famille si riche et influente, mais son mari, fier et ombrageux, lui a intimé l'ordre de refuser tout ce qui pourrait venir des Diaz Balart. Il ne veut pas qu'on puisse penser et dire qu'il est « acheté ». Dans un premier temps, Mirta a été éblouie par la rigueur de cet homme qui plaçait la morale au-dessus de tout. Puis elle a déchanté. Car l'honnête Fidel Castro ne ramène pas d'argent « à la maison ». Pour nourrir son fils, Mirta doit parfois quémander quelques pesos à des amis étudiants en philosophie, tout surpris de voir cette fille de bonne famille dans un tel dénuement. Mirta a honte, mais assume. Elle a épousé une ombre, mais Fidel est habité par une mission qui transcende tout. Il ne vit que pour le peuple cubain. Il a été « appelé ». Il se doit d'être là où l'Histoire le réclame.

Il arrive cependant parfois que l'Histoire ne le réclame pas et lui ferme même la porte au nez. Ainsi, lors du meeting du Comité du 30 septembre, plusieurs militants lui demandent d'apparaître le moins possible. Motif : il ne peut diriger une réunion contre le « pacte des gangs » alors que tout le monde sait à La Havane qu'il en a fait partie. Castro est effondré. Il demande à être entendu par Max Lesnick et Alfredo Guevara. Une rencontre est organisée chez le premier, rue Morro, à deux pas du palais présidentiel. Les deux hommes jouent franc jeu avec lui : « Au cours de cette réunion, nous allons annoncer que tous les membres du Comité jurent qu'ils ne seront plus armés quand ils viendront à l'université. Es-tu prêt, toi aussi, à ne plus porter ton arme ? – Oui, je le promets, répond-il. – Es-tu prêt, poursuivent-ils, à signer notre pacte, un texte dans lequel nous allons désigner nommément tous les gens couverts par le "pacte des gangs" ? » Fidel Castro jure de nouveau. Il n'ignore pas que certains de ses proches vont être éclaboussés par cette dénonciation publique. Il risque d'être à nouveau la cible de vengeances. Mais il a l'intuition que le moment est venu de marquer son territoire, qu'il peut même supplanter dans l'opinion Chibas, le « chevalier blanc ». Pour cela, il est prêt à tout. Quand Alfredo Guevara s'interroge : « Qui va bien pouvoir procéder à cette dénonciation publique ? Elle aura lieu dans le grand amphithéâtre, devant les treize présidents de l'université. On attend près de cinq cents étudiants… » De fait, qui pourra avoir le cran de jouer les procureurs, de brandir une liste de candidats au lynchage ? Bref, de jouer les balances. Lesnick et Guevara sont perplexes. Après un lourd silence, Fidel, dans un murmure, lâche, comme s'il était condamné à mort : « Si vous en êtes d'accord, je le ferai. »

Quelques jours plus tard, galerie des Martyrs, sur le campus, devant un auditoire hypnotisé, Fidel Castro joue les indicateurs de police. Il dénonce nommément les « gangsters » qui ont terrorisé l'université pendant près de vingt ans ; il hurle contre cette « peste » qui a fait tant de victimes. Au détour d'une phrase, il avoue qu'il a eu lui-même le malheur d'en faire partie. En bon dialecticien élève des jésuites, le voici passé du statut de coupable à celui de victime. Au terme de sa confession publique, il fait acte de pénitence et l'assistance, médusée, écoute le prédicateur. Oui, il a péché, il a porté une arme. Mais il a désormais choisi son camp, celui du Bien contre le Mal. En matière d'éloquence, Fidel a enfin trouvé son style : il copie les prêtres qui penchent la tête pendant la confession, il attaque toujours à voix basse pour capter l'attention, laisse s'écouler de longs silences, puis déclenche des ruades tonitruantes, se lance dans des envolées gutturales et cathartiques.

Pendant qu'il poursuit son discours dont on ne sait s'il témoigne d'un insigne courage politique ou d'une rouerie sans bornes, des voitures d'hommes en armes pénètrent dans l'université. Des espions ont prévenu les « gangs » de la « traîtrise » de Fidel Castro. Max Lesnick, qui veut à tout prix éviter une effusion de sang dans l'amphithéâtre, organise la fuite d'*El Loco* et le cache chez lui. Pendant quelques jours, Fidel circule de planque en planque à La Havane, puis s'enfuit à Biran dans l'attente que l'orage passe encore une fois. Ses amis lui suggèrent alors de se faire oublier en retournant aux États-Unis.

Comment convaincre don Ángel de lui avancer l'argent du voyage ? Le patriarche de Biran ne décolère pas contre Fidel qui n'a pas tenu sa parole, mais cédé encore une fois à ses pulsions d'incendiaire. Ce garçon ne semble s'épanouir que dans la violence et le désordre, comme arrimé au chaos qu'il déclenche. Don Ángel n'a jamais été un tendre, mais il n'a jamais agi que pour la prospérité de l'hacienda, par amour de la terre. Fidel, lui, est un maniaque de la terre brûlée. L'homme taciturne, l'ancien combattant de l'armée espagnole ne comprend pas de quel bois est fait cet indomptable rejeton. Il sait seulement que, cette fois, il est réellement en danger. Alors il oublie ses réticences et délie sa bourse.

À la fin de décembre 1949, Fidel Castro s'installe à New York et loue une chambre dans une maison de grès rouge typiquement américaine, au 155 de la 82e Rue ouest. À 23 ans, le jeune agitateur se retrouve dans la même situation que son héros, José Martí, l'Apôtre, forcé d'émigrer aux États-Unis vers 1870, lequel avait vécu près de treize ans dans les « entrailles du monstre » avant de rentrer au pays et de déclencher l'insurrection mythique de 1895. Pendant trois mois, Fidel vit discrètement. Même en territoire américain, il n'est pas à l'abri des tueurs. D'autant plus que la CIA persiste à penser qu'il a assassiné Eliécer Gaitán, le martyr du peuple colombien. Il a donc tout intérêt à jouer les courants d'air. Il en profite pour lire énormément et perfectionner son anglais. Il prend quelquefois des nouvelles de Mirta et de Fidelito par l'intermédiaire de militants du Parti orthodoxe, mais il évite de se faire repérer. Étrangement, il ne parlera jamais de son exil américain, de ces trois mois de solitude forcée, qui cachent un étrange mystère.

À La Havane, Mirta se trouve dans une situation de plus en plus précaire. Elle ne peut plus obéir à Fidel et accepte de l'argent de son frère Rafael. Elle n'a pas le choix. Fidel le martyr ne se préoccupe jamais des problèmes d'intendance. Les derniers mois précédant son départ, il n'était d'ailleurs plus le même : agressif, mesquin, presque tyrannique. Mirta se souvient de sa réaction violente à propos d'un biberon qu'il estimait mal donné au bébé. Fidel s'est mis en colère, l'a insultée copieusement, puis a jeté le biberon au sol. Effarée, en pleurs, Mirta a ramassé les débris de verre sans proférer un mot. Étonnant époux : quand il est présent, il lui reproche d'être une mauvaise mère, incapable de discerner ce qui est bon et bien pour l'enfant, puis il disparaît pour plusieurs jours sans donner de ses nouvelles. Au début, Mirta a mis ces sautes d'humeur au compte de ses tracas politiques. Mais, petit à petit, elle a pris peur. Cet homme n'est pas seulement stressé. Il y a autre chose. Elle a du mal à déchiffrer son attitude. Pourquoi a-t-il tant de mal à rester attentif à eux deux plus de trente secondes ? Peut-être a-t-il simplement la famille en horreur ? Ou est-ce le séjour à l'hôtel qui ne lui convient plus ?

Avant de s'enfuir aux États-Unis, Fidel lui a promis qu'ils allaient bientôt déménager. Il a trouvé un petit appartement sur la 3e Rue, dans le quartier du Vedado, exactement en face d'un poste de police du 5e district. Ce détail a son importance : le choix de l'emplacement de leur domicile est lié à sa propre sécurité et à celle de sa famille. Là, ils seront à l'abri d'un attentat. Nul n'osera venir les assassiner devant un commissariat. Avant de partir, il a aussi promis d'être, à l'avenir, plus présent à la maison. Il pourrait même, cette fois, reprendre sérieusement ses études. Mais Mirta n'y croit guère. Il l'a tant de fois annoncé… Et s'il ne rentrait plus ? Tout près de l'hôtel, rue San Lázaro, la vieille Buick verte qu'il utilisait pour ses virées politiques est toujours là. Signe qu'il va forcément revenir un jour ? Mirta ne sait plus. Avec elle, il est tellement secret. Elle a le sentiment qu'il ne lui fait aucune confiance. Il ne lui dit jamais ce qu'il fait ni qui il voit. Mme Castro est une femme entre parenthèses.

Sa famille en vient à s'inquiéter, car Mirta a perdu ses couleurs. En quelques mois, la jeune fille fraîche et joyeuse qui se promenait avec son ombrelle dans les rues de Banes a bien changé. Les craintes de son père, don Rafael, étaient donc justifiées. Le *bicho* de Biran est bien tel qu'il le pressentait. Mais sa fille ne l'écoute pas. Elle reste éprise du grand gaillard au nez aquilin qui parfois l'émeut tant il paraît vulnérable… Mirta Diaz Balart a le sens du sacrifice. Elle entend sauver son mariage. Pour y parvenir, elle est prête à beaucoup pardonner. Mais pendant combien de temps encore ?

CHAPITRE 9

Liaisons dangereuses

Que s'est-il passé aux États-Unis ? Quelle rencontre a-t-il bien pu faire pour revenir à ce point métamorphosé ? Qu'a-t-il vraiment vécu durant ces trois mois les plus secrets de son existence ? Ses proches ne le reconnaissent plus : en parfait père de famille, il passe sagement son temps à la maison, prépare ses examens de droit, étudie nuit et jour à même le sol. Il ne sort que pour des occasions exceptionnelles. Il visite ceux de ses propres frères et sœurs qui vivent à La Havane : Lidia, Juana, Enma et bientôt Raúl. Ce dernier végétait à Biran dans la ferme paternelle, travaillant avec son frère Ramón, devenu le bras droit de don Ángel. Mauvais élève, peu motivé par les études, rebelle à la discipline comme à la prière, il se morfondait loin de Fidel qu'il considérait comme un second père. Ses parents ont fini par le laisser le rejoindre en espérant qu'il pourrait reprendre des études à l'université. Fidel est prêt à lui venir en aide tout en préparant ses propres examens.

Durant cette période d'accalmie, de janvier à août 1950, l'étudiant modèle rêve de quitter pour de bon Cuba et, pourquoi pas, d'aller poursuivre des études supérieures aux États-Unis. Il envisage de solliciter une bourse qui lui permettrait de subvenir aux besoins de sa petite famille. Pour l'obtenir, il a impérativement besoin de réussir dans toutes les matières inscrites au programme. Il doit cravacher dur, car il s'est lancé un impossible défi : devenir en l'espace de six mois docteur en droit, docteur en sciences sociales et docteur en droit international. Fidel a placé la barre très haut et se condamne lui-même à l'exploit : normalement, il faut deux ans pour venir à bout de chacune de ces épreuves. Conséquence : il vit reclus, croulant sous les manuels, les cours, les encyclopédies. Pour réussir son pari fou, il se fait aider par un copain d'université, Rolando Amador, en poste comme avocat commis d'office au tribunal de Camagüey. Pour le remercier de son soutien, Fidel lui offre un ouvrage intitulé *Les Trois Christs espagnols*, qu'il a chapardé, prétend-il, à l'université de Princeton.

Mirta, pour sa part, est à la fois ravie et rassurée : elle peut enfin envisager l'avenir avec sérénité. Son homme semble calmé. Mieux : les relations orageuses qu'il entretenait depuis tant d'années avec son père s'améliorent singulièrement. Persuadé que son fils a enfin suivi ses conseils, don Ángel lui offre une Pontiac flambant neuve.

Fidel se serait-il assagi, aurait-il enfin envisagé de rentrer dans le rang, de mener une vie moins tapageuse ? Seulement en apparence. En fait, il n'a pas du tout renoncé à la politique. Il est dans une phase « dormante ». Il n'apparaît plus publiquement, mais il reçoit beaucoup à domicile. Il consulte, complote, joue les hommes de l'ombre. Un jour, Mirta voit ainsi débarquer dans l'appartement des militants communistes, Flavio Bravo, président de la Jeunesse socialiste, Gregorio Ortega Suárez, Luis Mas Martín et Raúl Valdés Vivo. En pleine séance de révision sur le droit romain avec Rolando Amador, Fidel les accueille chaleureusement.

Flavio Bravo lui lance : « Fidel, ça fait plusieurs mois que nous discutons avec toi. Aujourd'hui, tu es fin prêt pour adhérer à l'organisation.

– C'est vrai, idéologiquement je suis prêt, répond-il. Mais je représente toujours le Parti orthodoxe. Je ne peux changer de camp du jour au lendemain. »

Les deux hommes poursuivent leur conversation à voix basse. De quelle organisation au juste parle Flavio Bravo ? Du Parti communiste ou bien d'un mouvement plus secret ? Le jeune militant suggère à Fidel de rester au Parti orthodoxe tout en le rejoignant dans son « groupe » ; bref, de jouer sur les deux tableaux. Fidel ne répond pas par un non catégorique. Il est marxiste-léniniste, cela ne fait aucun doute, mais il ne croit pas que les communistes cubains soient en situation de prendre le pouvoir à Cuba. L'histoire spécifique de l'île n'est pas favorable à un tel scénario, pense-t-il. D'abord parce que l'anticommunisme affecte même les classes les plus défavorisées – le maccarthysme fait des ravages à Cuba – ; d'autre part, il sera très difficile, selon lui, de déclencher un soulèvement populaire avec des mots d'ordre venus du PC, même s'il s'avance masqué derrière l'appellation de Parti socialiste populaire.

Castro a un autre plan. Ses lectures, en particulier celle du *18 Brumaire* de Karl Marx, et son expérience colombienne l'ont convaincu que l'objectif ne pourra jamais être atteint par les voies de la politique traditionnelle, c'est-à-dire celle des urnes. Dans son esprit, il y aura une première étape « démocratique », électorale, mais, pour en venir à ce qu'il appelle la « révolution profonde », il faudra ensuite passer par une phase de destruction des structures bourgeoises de l'État, grâce à une avant-garde de fer préparée politiquement et qui, le moment venu, ne faiblira pas. Dans son plan, Fidel inclut certes les communistes cubains, mais en tant qu'alliés. Lui-même peut être un « compagnon de route », selon la formule chère aux apparatchiks communistes. Pour l'heure, il murmure à Flavio Bravo qu'il se tient « prêt ». Sur le palier, le jeune dirigeant communiste le prend dans ses bras et lui dit : « Fidel, tu as fait le plus grand pas de toute ta vie ! » Castro lui sourit et retourne à ses livres.

En septembre 1950, il a réussi. Il a décroché les trois diplômes convoités. Seule ombre au tableau : il n'a brillé que dans 48 matières sur 50, et n'a donc pas droit à la bourse d'études à l'étranger. Il fête néanmoins l'exploit avec Mirta et quelques amis. Il est déçu de ne pas partir aux États-Unis, comme José Martí, préparer la révolution dans « les entrailles du monstre ». Ce semi-échec l'agace au plus haut point, lui qui ne saurait gravir que des olympes, des montagnes sacrées. La demi-mesure lui est interdite. Aussi se replonge-t-il corps et âme dans un activisme forcené. Il signe l'« appel de Stockholm », texte considéré comme téléguidé par Moscou. On le voit sur tous les terrains. À son tout nouveau cabinet d'avocat, qu'il a ouvert dans le quartier de la Vieille Havane, au 57 de la rue Tejadillo, avec deux confrères, Rafael Resende et Jorge Aspiazo : l'officine n'est pas très reluisante, avec ses murs lépreux, mais le loyer n'est que de 60 dollars par mois. À Cienfuegos, où il est arrêté au cours d'une manifestation estudiantine, le 12 novembre 1950, avant d'être jugé à Santa Clara quelques jours plus tard. Au cours de ce procès, pour la première fois, l'avocat Fidel Castro se défend lui-même. Devant les juges interloqués, il organise une collecte en pleine salle d'audience pour pouvoir payer sa caution, et se fait prêter une toge noire et une toque d'avocat. Comme à l'accoutumée, pour se défendre il attaque. D'un ton rageur, il accuse le gouvernement d'avoir « étranglé les libertés » ; il s'en prend au président Prío, qu'il considère comme le plus grand corrompu du régime. Il demande que les chefs de l'armée et plusieurs ministres soient jugés à sa place. Fait extraordinaire : il est acquitté. Me Castro a magnifiquement défendu Fidel. il n'a jamais douté qu'il était son meilleur avocat. Désormais, il fera sienne cette ligne de conduite en permanence. Il est sûr d'avoir un destin. Est-ce sa mystérieuse rencontre avec Flavio Bravo qui lui a donné des ailes ?

Financièrement, en revanche, sa situation va de mal en pis. Des huissiers viennent saisir la plupart des meubles de son appartement, achetés à crédit. L'organisme de prêt a même récupéré le berceau du bébé. Mirta le supplie d'accepter les secours de la famille Diaz Balart, mais il ne veut rien savoir. Bouffi d'orgueil, il préfère laisser son épouse dans un dénuement complet plutôt que de revenir sur sa décision. Un Castro ne fait jamais marche arrière. C'est finalement son associé, Jorge Aspiazo, alerté par une Mirta au désespoir, qui lui fait porter de nouveaux meubles. Fidel aurait laissé sans le moindre scrupule sa femme et son fils vivre dans une cellule. L'argent et le confort semblent n'avoir aucune prise sur lui. Il pourrait accepter de plaider quelque dossier rémunérateur, utiliser le puissant réseau de relations des Diaz Balart, mais il ne veut défendre que les plus pauvres.

Ironie du sort : durant cette période de détresse domestique, il crée une association, « Protect Home », destinée à défendre les habitants du quartier de La Pelusa, dans le centre de La Havane, dont les maisons sont menacées de destruction dans le cadre d'une opération de rénovation immobilière. Si Fidel suit ce dossier fébrilement, c'est que l'affaire se situe dans la circonscription qu'il convoite aux élections de juin 1952. La Pelusa devient même un temps son quartier général. Il y organise des réunions de rue, joue les avocats bénévoles pour chaque famille, consacre toute son énergie à protéger ces foyers démunis. Avant même d'avoir été désigné comme candidat par le Parti orthodoxe, il fait déjà campagne. Derrière l'avocat se tient toujours le militant.

Même quand il plaide dans un dossier pénal, Fidel fait de la politique. Un jour, alors qu'il défend un jeune Noir accusé d'avoir menacé un Blanc avec son couteau pour le voler, il s'emporte, voit dans l'inculpé le symbole de la révolte des opprimés, et, dans un geste théâtral, brandit devant les magistrats une lame imaginaire, le glaive symbolisant la lutte du Bien contre le Mal. Mais, dépassé par sa fougue, Fidel Castro n'a pas lu attentivement le dossier : dans l'acte d'accusation, les enquêteurs, distraits, ont oublié de mentionner le couteau, pièce à conviction majeure. Il n'y a donc aucun élément à charge contre son client, si ce n'est sa propre plaidoirie ! Résultat : son client est condamné à la peine maximale. Castro le réconforte en lui disant qu'il est désormais un héros…

L'avocat n'a pas le temps de s'attarder sur ses bourdes. Il a tant à faire ! En particulier améliorer son image. Il cherche des stations de radio où s'exprimer régulièrement. La Voix des Antilles et La Voix des Airs, proches des communistes, lui ouvrent leurs ondes. Ce faisant, Fidel entend suivre les traces de son maître Eddy Chibas, le leader charismatique du Parti orthodoxe. Après son échec à la présidentielle de 1948, le sénateur est à nouveau en selle pour 1952. Les premiers sondages électoraux font leur apparition à cette époque. Chibas est largement favori, loin devant Fulgencio Batista qui a créé un mouvement, le Parti d'action unitaire (PAU).

Dans l'esprit de Castro, lui-même deviendra député, Eddy Chibas sera élu président de la République, le Parti orthodoxe, comme tous ceux qui l'ont précédé au pouvoir, sera alors acheté par le lobby des grands propriétaires terriens et par les firmes américaines, le peuple connaîtra alors une nouvelle frustration, et lui, Fidel Castro Ruz, natif de Biran, déclenchera, avec les quelques centaines de militants purs et durs constituant son avant-garde clandestine, un soulèvement populaire. Il ne croit pas qu'Eddy Chibas soit capable de diriger une vraie révolution. Il ne voit en lui qu'un moraliste fantasque et imprévisible. Il n'a pas tort.

Au cours de la nuit du 5 août 1951, le chef du Parti orthodoxe commet une folie comme seule l'Amérique latine sait en générer. Au cours d'une émission de radio sur la station CMQ, Eddy Chibas, à la fin d'un discours tonitruant, se tire un coup de revolver dans le ventre. L'arme est un Colt spécial calibre 38. Ce suicide en direct laisse le pays en état de choc. Eddy Chibas avait accusé de corruption un ministre du président Prío, lequel était censé avoir acquis dans des conditions douteuses un immense domaine au Panamá. Une violente polémique s'était ensuivie. L'entourage du président avait sommé l'accusateur de présenter des preuves. Eddy Chibas n'en possédait aucune. Déshonoré, il avait pénétré dans les studios de la radio les mains vides. Il avait annoncé que son discours s'intitulerait *El último aldabazo* (« Le dernier coup de heurtoir »)… Emporté d'urgence au centre médico-chirurgical de La Havane, avenue 29 y D, dans le quartier du Vedado, il expire le 16 août.

Fidel vient de fêter son vingt-cinquième anniversaire. La mort théâtrale de son mentor dérange bigrement ses plans, car Chibas laisse un vide terrible dans la vie politique cubaine. Le Parti orthodoxe ne possède pas dans ses rangs une forte personnalité capable de lui succéder. Castro se verrait bien dans le rôle du dauphin propulsé aux sommets, mais il est encore trop jeune. Malgré ses impressionnants états de service, il ne peut qu'attendre et soigner son image. Devant les photographes, n'est-il pas le meilleur ?

Ainsi, durant toute l'agonie d'Eddy Chibas, les journalistes ont été stupéfiés par la dévotion avec laquelle le jeune Fidel a monté la garde, chaque nuit, devant la chambre 321 de l'hôpital. Le lieu était encore mieux choisi qu'un studio de radio : chaque soir, des milliers de Cubains venaient prendre des nouvelles du martyr, postés devant les grilles de l'hôpital. Des panneaux géants accrochés aux arbres de l'entrée informaient le public de l'état du mourant. Le calvaire dura onze jours. Omniprésent, Fidel en profita pour courtiser les journalistes. Ces derniers le remarquèrent encore en bonne position parmi la garde d'honneur qui entourait le cercueil, dans l'amphithéâtre Aula Magna, à l'université. Pendant de longues heures, il se tint au garde-à-vous, en costume gris et cravate sombre, alors que les autres militants étaient tous en *guayabera*, la typique chemise blanche portée par les Cubains. Il s'était laissé pousser une fine moustache pour se vieillir quelque peu.

Le lendemain, Fidel réunit ses amis de l'ARO, le cercle intime de ses militants. « La mort de Chibas laisse un grand vide, leur dit-il, quasiment en transe. Il faut tenter de profiter de la situation, faire un coup d'éclat. » Quand et où ? Le jour des obsèques au cimetière Colón, il faut tout faire pour que le cortège funèbre passe devant le palais présidentiel, suggère le comploteur. Le plan de Fidel ? Transporter la dépouille mortelle de Chibas jusque dans le fauteuil présidentiel et appeler le peuple à… l'insurrection ! Comment réussir ? « En soudoyant le chef de l'escorte », précise Fidel.

Le soir même, il se rend en personne chez le capitaine Ravelo pendant que ses hommes préparent l'opération. L'officier semble convaincu. Tout paraît se dérouler comme prévu. Au dernier moment, l'officier, pris de remords, change néanmoins d'itinéraire.

Rouge de colère, Fidel ne renonce pas pour autant à son dessein. Il tente de tirer les leçons de l'absurde suicide de Chibas. Ce hara-kiri politique est pour lui l'œuvre d'un déséquilibré. L'homme qu'il vénérait tant n'était au fond qu'un acteur, brillant certes, mais qui n'avait rien d'un homme d'État. Chibas a voulu pilonner le président Prío avec des armes de pacotille ? Fidel va reprendre le dossier depuis le début.

À la fin de septembre 1951, il décide de jouer les Sherlock Holmes : il lance une discrète enquête sur le train de vie du chef de l'État en envoyant plusieurs militants de la Jeunesse orthodoxe investiguer aux quatre coins du pays. Trois mois d'une traque policière intense se révèlent d'une rare efficacité. Le 28 janvier 1952, Fidel fait un pied de nez à son ancien protecteur : ce qu'Eddy Chibas n'avait su trouver – les preuves de la corruption des gouvernants –, lui, Castro, le détient. L'enquête a abouti. Ses résultats sont même accablants. Ayant réuni suffisamment de preuves contre le président Prío, Fidel dépose plainte devant la Cour des comptes. L'effet médiatique est garanti. Me Fidel Castro présente un dossier d'accusation en plusieurs points. À chaque reprise, ce lecteur attentif de Zola entame son réquisitoire par un retentissant « J'accuse ».

Il a entre les mains des chiffres, des témoignages. Prío Socarras a amnistié un de ses amis, incarcéré pour avoir abusé de mineurs. En échange de cette faveur l'homme grâcié lui sert de prête-nom pour des propriétés qu'il a acquises illégalement. Le président emploie à son domicile des ouvriers qu'il fait travailler jusqu'à douze heures par jour sous la surveillance de militaires. Il utilise des soldats comme des *peones* pour effectuer des travaux domestiques qui n'ont rien à voir avec leur mission. En d'autres termes, « le chef de l'État bafoue l'armée et son état-major ». Enfin, Fidel Castro révèle que son « client » s'est fait construire « de riches palais, des piscines, des aérodromes privés, toutes sortes de luxueuses exploitations », et qu'il a également spolié de nombreux Cubains en s'emparant de terrains agricoles dans les environs de La Havane. Pour étayer chaque accusation, le procureur Castro présente des éléments précis. Son réquisitoire est publié intégralement, le lendemain, dans *Alerta*, un quotidien dirigé par son ami Ramón Vasconcellos, qui, fait troublant, est aussi un intime… de Fulgencio Batista. Aux yeux de beaucoup, cette curieuse connexion tendrait à prouver que les deux hommes sont de mèche, révélant une alliance secrète Batista / Castro. L'avocat des « causes perdues » laisse dire, insensible à ce genre de rumeurs.

Quelques jours plus tard, Fidel l'imprécateur réédite ses attaques en faisant état de nouvelles informations sur le fameux « pacte des gangs ». Le président aurait versé 18 000 pesos par mois aux *pistoleros* et recasé plus de deux mille d'entre eux dans l'administration. Castro rapporte en outre que les propriétés du chef de l'État seraient passées en quatre ans de 65 hectares à 787 hectares. Ces dénonciations fracassantes enchantent la presse qui voit ses tirages augmenter. Au Parti orthodoxe, à quelques mois de l'élection présidentielle, on apprécie plus modérément cette agitation. Les hiérarques du parti ont trouvé un successeur à Eddy Chibas, Roberto Agramonte, que tous les sondages donnent gagnant. Il faut donc laisser le pays aller paisiblement aux urnes, sans heurts ni soubresauts.

Un homme, en revanche, a tout intérêt à provoquer des troubles : Fulgencio Batista. Dans son palais d'opérette qu'il a appelé en toute simplicité *Kuquine* (Coquin), l'ex-président peste contre les sondages qui ne lui accordent que 10 % des voix. Il a impérativement besoin de nouveaux alliés. L'ancien sergent putschiste tente une approche auprès des communistes. Contrairement à ce qui s'était passé en 1940, où ils avaient participé à son gouvernement, ils se montrent à présent très réticents. À défaut de leur soutien, Batista aimerait à tout le moins qu'ils s'engagent à ne pas jouer contre lui. Il cherche un médiateur qui pourrait lui servir d'intermédiaire avec les « Rouges ».

Il invite chez lui Castro. C'est Rafael Diaz Balart, responsable des Jeunesses du PAU, mais surtout beau-frère de Fidel, qui a organisé le rendez-vous. À sa grande surprise, celui-ci a accepté d'emblée la rencontre. Le jeune avocat se rend donc dans l'extravagant domaine de *Kuquine*. Avant d'entrer dans la résidence, une grande maison blanche entourée d'une véranda soutenue par des colonnes d'acajou et agrémentée de palmiers royaux, Fidel aperçoit une petite chapelle, puis, plus loin dans le parc, des autels où Batista vient célébrer des cultes païens à l'Escargot, à la Patte d'oie, à l'Épi de maïs. Castro n'ignore pas non plus que, dans une pièce secrète de *Kuquine*, l'ex-président rend un culte clandestin à Chango, dieu africain de la Virilité et du Feu, tout comme le pratiquait sa propre grand-mère maternelle, la métisse Dominga Ruz.

L'ancien chef de l'État est un quinquagénaire rondouillard, souriant, imbu de lui-même. Dans son bureau, un immense portrait de lui en tenue de gala, un téléphone en or massif offert par la Compagnie cubaine des téléphones (propriété nord-américaine), le télescope utilisé par Napoléon dans son exil à Sainte-Hélène, ainsi que deux pistolets qu'il portait à la bataille d'Austerlitz. Dans la bibliothèque, fait étrange, trône, entre le général Montgomery et Homère, le buste de Staline !...

Le général Batista est quelque peu intrigué par le personnage de Castro. Il n'a que 26 ans et jouit déjà d'une réputation internationale. C'est une sorte de capitaine Fracasse qui fricote avec les communistes depuis plusieurs années, mais qui semble toujours jouer en solo. Il danse sur un volcan, se moque du danger, et, en même temps, échappe à tous les traquenards. Il est comme protégé par les esprits. Il montre surtout une importante capacité de nuisance. En semant troubles et désordres, il peut lui être utile. On ne réussit un *golpe* (coup d'État) que face à une grave menace ou dans un contexte préinsurrectionnel. Avec son obsession d'en découdre, Castro peut servir d'agent provocateur. Le pays devenu ingouvernable, il faudra une nouvelle fois faire appel à l'armée. Batista pourra alors resurgir de sa boîte, rejouer la partition de 1933, refaire le « putsch des sergents » et réapparaître comme un sauveur. La plupart des officiers supérieurs de l'armée cubaine ont été approchés : ils sont prêts.

Mais l'armée ne suffit pas. Il manque furieusement de soutiens politiques. Fidel n'est-il pas, à sa manière, son allié ? Après tout, ils sont « pays », comme on dit. Les propres parents de Batista sont des gens très pauvres, ils vivent à Banes et sont d'origines noire, chinoise et blanche. Entre gens de Banes, il existe forcément des terrains d'entente à explorer. Fidel est ambitieux, fougueux, téméraire ? C'est l'apanage de la jeunesse. « Mais il faut penser à l'avenir, ajoute Batista. Qu'as-tu à gagner à te ranger derrière Roberto Agramonte ? C'est un faible qui ne résoudra aucun des problèmes du pays. » En rejoignant les rangs de Batista, le jeune homme se placerait dans le petit cercle des « amis de Banes » dont il est déjà. Batista aurait tant aimé assister à son mariage avec Mirta, regrette-t-il, mais il était alors en voyage. Il n'a pu qu'envoyer un « cadeau ». Par amitié pour don Rafael, ajoute-t-il, il a prénommé sa propre fille Mirta. Ils sont donc « presque » de la même famille.

Batista propose alors à Fidel de faire partie de son comité consultatif, avec son ami Rafael Diaz Balart Jr, et de veiller à ce que les communistes, s'ils ne veulent pas le soutenir aux élections, restent neutres. Il lui laisse entrevoir une place au gouvernement, peut-être le portefeuille de la Justice.

Comme à son habitude, Fidel marque une pause, prend son air le plus innocent, baisse les yeux à la manière jésuite, remercie pour cette marque d'attention, mais prévient son hôte, d'une voix basse mais ferme, qu'il ne le soutiendra pas s'il tente un coup d'État visant à destituer le président sortant.

La phrase est tombée comme une herse. Batista, surpris par la réplique, met aussitôt un terme à la conversation et congédie son invité sans le moindre égard.

L'ancien président s'interroge : ce Castro a-t-il eu vent de son projet de putsch ? Il serait donc plus averti et puissant qu'on ne le dit. Batista n'a pas aimé son attitude arrogante de fils de propriétaire terrien. Sans rien dire, le visiteur lui a fait sentir qu'ils n'étaient pas du même monde. Castro, le fils de Galicien, respire l'Espagne par tous les pores de sa peau. Glacial, imperturbable, il paraît tout droit sorti d'un tableau du Greco. On sent qu'il a une vision tragique de l'histoire. Batista, le métis, est un pur enfant des Caraïbes, un *peón* issu des *bohíos*, brutal et jouisseur, fasciné par tout ce qui brille, mais aussi sentimental. L'ancien cheminot de la United Fruit, devenu homme d'État, a senti toute l'étendue d'un océan entre eux deux, ainsi qu'un perceptible mépris de classe dans le regard de ce « fils à papa », aussi halluciné qu'impénétrable, l'air d'un don quichotte au regard de flic.

CHAPITRE 10

Appelez-moi Alexandre

Il l'a fait. Avec une minutie d'horloger. Un travail net et sans bavure, sans effusion de sang, sans trace d'opposition. Un coup d'État comme tous les dictateurs en rêvent, parfaitement maîtrisé de bout en bout. À l'aube du 10 mars 1952, par une nuit de carnaval, Fulgencio Batista s'est emparé du camp de Columbia, centre de commandement de l'armée, basé dans les environs de La Havane, avec une poignée d'officiers rebelles, sans rencontrer la moindre résistance. L'état-major n'a pas bronché. Le lendemain, il s'est proclamé président de la République, puis a annoncé qu'il allait modifier la Constitution et préparer de nouvelles élections. Depuis ce jour, le pays semble somnoler, comme tétanisé par le non-événement. Le *golpe* du « sergent de Banes » n'a surpris personne. Il n'a surtout provoqué aucune réaction des partis politiques traditionnels. Même le Parti communiste reste muet. Le président Carlos Prío Socarrás a été prié de faire ses bagages et de filer au Mexique dépenser les millions de pesos de la corruption. De nombreux officiers supérieurs sont eux aussi poussés à l'exil, mais en bonne intelligence : Fulgencio Batista souhaite éviter les grands procès, les règlements de comptes, la chasse aux sorcières. Il n'est pas le Grand Inquisiteur venu sauver Cuba, mais un galonné respectueux de l'ordre, qui veut en finir avec les gangs et l'anarchie.

L'homme, dont on connaît les sentiments proaméricains – il est surnommé « Mister Yes » –, n'aspire qu'à favoriser le développement de l'île. Si Cuba n'était pas cette marmite bouillonnante aux comportements aussi irrationnels qu'imprévisibles, il serait presque favorable à une formule de « démocratie à l'américaine ». Aussi, après avoir interdit l'expression des partis politiques durant quelques jours, leur accorde-t-il une liberté totale. L'opposition peut se réunir comme elle l'entend. Il ne muselle pas la presse qui rend compte des événements sans subir la tutelle de qui que ce soit. Certes, Batista a bafoué la légalité constitutionnelle, mais il n'a pas pour autant instauré un régime tyrannique et sanguinaire. Il lui arrive parfois d'être brutal, de réprimer sévèrement des manifestations violentes, mais le pays n'est pas pour autant tombé sous la coupe d'un régime fasciste ou même dictatorial. Washington reconnaît le nouveau régime au bout de quelques semaines, de même que la grande majorité des gouvernements latino-américains. Le président Batista peut se prévaloir du soutien de la communauté internationale.

Contrairement aux dirigeants de l'opposition – « authentiques » ou « orthodoxes » – paralysés par le putsch, Castro se frotte les mains : Batista est son « meilleur ennemi ». Ce coup d'État « de velours » peut se révéler une formidable occasion en focalisant la haine, combustible nécessaire à la prise de pouvoir. La révolution, selon lui, a besoin de martyrs et de héros, mais aussi d'un tyran à détester. Avant même le putsch de Batista, Castro a anticipé et cherché à provoquer un tel « durcissement du régime ». N'a-t-il pas déstabilisé le président Prío et entraîné sa chute en le harcelant par une campagne de dénonciation d'une rare violence ?

Cette fois, il a un vrai « dictateur » dans sa ligne de mire. Il va pouvoir le diaboliser, poursuivre inlassablement sa stratégie de la tension, sa seule vraie ligne politique. Comme Lénine, Fidel Castro estime désormais que la prise de pouvoir ne passe plus par les partis classiques, mais par une avant-garde éclairée et surtout déterminée. À l'aube du 11 mars 1952, il est devenu bolchevik.

La nouvelle donne le conforte dans son projet de lutte armée. Désormais, il va consacrer toute son énergie à mobiliser ses troupes, pour le moment composées d'une poignée de jeunes militants orthodoxes. L'heure est venue de constituer une organisation militaire qu'il décide d'appeler le « Mouvement », dont l'objet est de pratiquer l'« action directe », en d'autres termes la guérilla. De nombreux jeunes Cubains sont prêts à le suivre : tous ceux qui sont écœurés par la lâcheté des politiciens traditionnels et qui aspirent à en découdre sur-le-champ avec l'« Usurpateur ». Fidel organise une sélection rigoureuse : il ne veut que des militants prêts à sacrifier leur vie pour la Révolution. La structure du « Mouvement » est conçue selon le modèle de la Résistance française sous l'occupation nazie : de petites cellules de dix à quinze militants qui ne connaissent ni leurs chefs, ni les membres des cellules voisines. Ils vivent en autarcie, dans un cloisonnement total, selon des règles très strictes.

Pour gérer l'organisation, le jeune avocat cherche un lieutenant solide et implacable. Le 1er mai, il rencontre un jeune comptable de l'agence Pontiac de La Havane, originaire de la province de Las Villas, Abel Santamaría, avec qui il sympathise aussitôt. C'est chez lui qu'il a acheté sa première voiture neuve, vendue au bout de quelques mois pour régler ses arriérés de loyer. Abel devient son homme de confiance. Il est rigoureux, pragmatique. C'est lui qui sera chargé de veiller au caractère « sain » de l'organisation. Ce mot, Fidel le répète sans cesse. Il pose à tout bout de champ la question : « Celui-là, est-il *sain* ? » Abel Santamaría recrute, moyennant l'accord final de Castro, des militants triés sur le volet, qui acceptent de mener une vie d'une grande austérité d'où l'alcool est banni et où les relations sexuelles hors cadre sont interdites. Des moines-soldats prêts à obéir aveuglément. Au sein du « Mouvement », la toute-puissance du chef n'est pas discutable ; le contraire pourrait mettre la vie de certains en danger. Fidel Castro est donc le maître incontesté, le *caudillo* de cette armée de l'ombre formée au maniement des armes dans les sous-sols de l'université de La Havane.

Les premiers mois qui suivent le coup d'État, Castro entre dans une semi-clandestinité. Il en a l'habitude. Mais son principal adversaire est désormais le SIM *(Servicio de inteligencia militar)*, la police secrète de Batista, qui le surveille étroitement. Pour échapper à sa vigilance, il change d'appartement en permanence. Il se réfugie d'abord chez sa sœur Lidia, puis s'installe chez une militante orthodoxe, Eva Jiménez, ou encore chez Blanca del Valle, ancienne collaboratrice d'Antonio Guiteras, leader politique cubain assassiné en 1935. Et ainsi de suite. Il ne fréquente pratiquement plus son domicile, un appartement qu'il occupait depuis un peu moins d'un an au deuxième étage d'un immeuble de la 23e Rue, toujours dans le quartier du Vedado. Ses relations avec son épouse Mirta se sont notablement dégradées. Elle se plaint de plus en plus de ses conditions de vie. Récemment, faute de paiement, l'électricité a été coupée. Elle vit dans l'obscurité, n'a plus d'argent pour nourrir son fils.

Un soir, Fidel rentre exceptionnellement au domicile conjugal, découvre l'enfant, Fidelito, âgé de 3 ans, atteint d'une angine ; il injurie la mauvaise mère et conduit manu militari son fils à l'hôpital. Dans le rôle de l'épouse délaissée, Mirta réclame une poignée de pesos à son tyran de mari qui les lui refuse. En cachette, un des hommes qui escortent Castro, Pedro Trigo, glisse cinq pesos à la malheureuse. Ce jour-là, Fidel a pourtant en poche la somme de cent pesos provenant d'une collecte destinée à acheter des armes. Pas une seconde il ne pense qu'il pourrait en prélever une faible partie pour sa famille. Pas une seconde il ne se préoccupe du loyer à payer, ni des mensualités du mobilier acheté à crédit. Fidel évolue sur une autre planète, avec ses seuls vrais amis, les futurs martyrs. Acculée, Mirta lui annonce qu'en désespoir de cause elle va solliciter l'aide de son frère Rafael. Fidel le lui interdit formellement. Il a une bonne raison à cela : Rafael Diaz Balart junior vient d'être nommé vice-ministre de l'Intérieur de Batista. Ironie du sort, il est plus particulièrement en charge de la police secrète, le fameux SIM, où émargent ceux qui filent l'activiste Castro, son propre beau-frère…

Situation cornélienne de Mirta, tiraillée entre son frère et son mari. Le premier est attentif, délicat, prêt à lui apporter son soutien, et n'attend qu'un signe d'elle pour la sortir des griffes de celui qui fut jadis son meilleur ami. Le second est colérique, esclave de ses pulsions, paranoïaque aussi. Ce pourrait être un personnage de mauvais thriller : ne soupçonne-t-il pas sa propre femme d'être une espionne à la solde de son beau-frère ? Le spectre de la trahison le hante. Mirta, en quelques années, a découvert la terrible vérité :

Fidel Castro est nerveusement malade. Or cet homme ne déteste rien tant qu'être démasqué. Il n'aime pas le soleil, ne s'épanouit que dans la pénombre. À certains moments, il sombre dans une dépression profonde, une mélancolie qui semble l'éloigner du monde des vivants. Il reste prostré, le regard fixe, puis, brusquement, il s'exalte, repart à la recherche d'un nouveau combat, d'un ennemi à abattre, d'un martyr à célébrer ou à enterrer. On dirait qu'il ne peut vivre sans une cible à éliminer. Son adversaire du moment est tout désigné. Il dispense aux membres du Mouvement un enseignement simple : « Il faut haïr violemment Batista ; pas de demi-mesure ! »

Le 24 mars, Fidel tente un magistral coup de poker : il sort de l'ombre et dépose une plainte officielle devant le Tribunal constitutionnel de La Havane contre le général-président qu'il accuse d'avoir « violé la Loi fondamentale ». Selon lui, si l'on s'en tient à la lettre du Code pénal en vigueur, « les crimes de Fulgencio Batista sont passibles de peines allant jusqu'à plus de cent ans de prison ». Incroyable Castro : alors que le pays, indolent, a accepté en apparence le retour du « seigneur de *Kuquine* », que la communauté internationale a fermé les yeux sur son « putsch de velours », que les partis d'opposition restent sans voix, il part, seul, ferrailler contre le nouvel homme fort de Cuba avec pour unique arme le Code pénal ! Il sait qu'il ne prêche pas tout à fait dans le désert. En réalité, il prépare le système de défense dont il aura besoin pour justifier la lutte armée qu'il estime imminente. Il ajoute en rugissant : « Si, devant cette série de crimes flagrants, cet aveu de trahison et de sédition, il n'est pas traduit en justice et condamné, comment la Cour pourra-t-elle juger par la suite n'importe quel citoyen accusé de sédition ou de rébellion contre ce régime illégal, résultant d'une forfaiture restée impunie ? »

Tous les mots du lexique *fidéliste* sont là : trahison, sédition, punition. Inquisition ? Chez Castro, le fantôme de Torquemada n'est jamais bien loin. Le 16 août, dans une publication clandestine, *El Acusador*, sous la signature d'Alejandro, il manie l'invective contre sa cible favorite. Il traite Batista de « tyran malfaisant », et l'interpelle : « Les chiens qui lèchent chaque jour vos plaies ne pourront jamais faire disparaître l'odeur fétide qui en émane... L'Histoire, quand elle sera écrite, [...] parlera de vous comme elle parle des pestes et des épidémies... » Ce texte sent furieusement la Bible. Fidel y compare Batista au Christ, mais un Christ qui n'a aucune chance de ressusciter, car il sent déjà la mort et la putréfaction. Sous le pseudonyme d'Alejandro, son deuxième prénom, sans doute choisi par Fidel, quand son père l'a reconnu à l'âge de 17 ans, en mémoire d'Alexandre le Grand, il plante à plaisir les banderilles sur l'échine de sa « bête noire », Batista le métis. Pour les militants, il a désormais un nom de guerre et un seul, qu'il rappelle à tous ceux qui se hasardent à l'oublier : « Appelez-moi Alexandre ! »

Au fil des jours, le « Mouvement » se développe singulièrement. Au début, ses membres n'étaient qu'une poignée. À la fin de 1952, ils sont un bon millier. La plupart des recrues de l'organisation clandestine sont issues des classes pauvres et peu cultivées. Fidel Castro ne veut pas d'enfants de la *middle class* : trop enclins aux états d'âme. Le chef cherche des gens qui n'ont rien à perdre et qui ne discuteront pas les ordres. Le fils du petit laboureur venu de Galice déteste les « classes moyennes » : elles ne rentrent pas dans le schéma qu'il a peaufiné depuis des années. Elles ne sont ni illettrées ni au chômage. Elles ne s'inscrivent pas dans la conception tragique qu'il a de l'Histoire. Elles sont pourtant largement majoritaires à Cuba, contrairement à ce que laisse entendre la propagande qu'il distille sur les ondes. Fidel cite le chiffre de 50 % d'analphabètes dans le pays. Ils ne sont en fait que 23 %. Quand il évoque la mainmise des Yankees sur l'économie cubaine, il ne dit pas la vérité : en 1952, contrairement à l'immense majorité des pays latino-américains, les Cubains sont propriétaires de 55 % de leur appareil de production. Il prétend que les gouvernements fantoches ont favorisé la monoculture de la canne à sucre ? Faux : depuis la fin des années quarante, le gouvernement Prío, aussi corrompu fût-il, a engagé une vaste réforme visant au développement des cultures intensives du riz, du tabac, du café, du maïs, des pommes de terre et des légumes. En matière de propagande, Fidel Castro manie l'artillerie lourde et ment sans vergogne : tout est bon pour marquer les esprits.

C'est un condottiere de la politique, démagogue et roublard. Il veut toujours être seul sur le devant de la scène, à l'instar d'une diva ou d'un acteur cabot de boulevard. Quand, le 20 mars 1952, des militants orthodoxes sortent enfin de leur réserve et créent le MNR (Mouvement national révolutionnaire), il fronce le sourcil. Le responsable de ce nouveau parti, qui prêche comme lui la lutte armée, est Rafael García Barcena, brillant professeur de sociologie et de philosophie à l'université de La Havane, mais aussi enseignant à l'École de guerre, donc un homme qui a ses entrées dans la haute hiérarchie militaire. Il est aussi le fondateur, avec Eddy Chibas, du Parti orthodoxe, donc très populaire. Ce rival est d'envergure.

Fidel réagit aussitôt en renforçant son appareil militaire et, curieusement, le fait savoir. Mieux : le 27 janvier 1953, à l'occasion du centenaire de José Martí, lors d'un défilé de l'opposition qui répond aux festivités géantes organisées par Batista, cinq cents hommes marchant au pas, munis de flambeaux, en formation militaire, surgissent de nulle part et s'intègrent au cortège officiel dans la capitale en fête. Le « Mouvement » vient de sortir de l'ombre. À la nuit tombée, cette armée de mille flambeaux, qui fait songer aux phalanges franquistes, impressionne. Cette démonstration de force de Fidel s'adresse non pas à Batista, mais à son concurrent direct, le professeur Barcena. Façon de bomber le torse, mais geste d'une insigne folie. Pendant des mois, le Mouvement était clandestin, et voici que Fidel livre aux indicateurs du SIM la liste complète de la direction de son appareil ! En tête du groupe paramilitaire, on voit en effet Fidel lui-même, Abel Santamaría, sa sœur Haydée, Melba Hernández, José Luis Tasende, Jesús Montané et Raúl Castro, le jeune frère du chef, mais aussi tous les autres membres de son état-major. Par forfanterie, Fidel le fanfaron a mis la vie de ses troupes en danger. Par quel mystère le SIM ne réagit-il pas ce soir-là ? Rafael Diaz Balart, en charge de la police secrète, protège-t-il son beau-frère pour ménager sa sœur ? Étrange soirée : Batista, qui festoie de l'autre côté de la ville, est tenu au courant des moindres faits et gestes de cette colonne « révolutionnaire ». Protège-t-il lui aussi par amitié pour les Diaz Balart la petite Mirta en ménageant Castro ? Le jeune avocat, par miracle, n'est pas arrêté, non plus qu'aucun membre du « Mouvement ».

Deux mois plus tard, le 5 avril, le professeur Barcena et toute la direction du MNR n'ont pas cette chance-là. Ils sont interpellés au domicile même de l'universitaire alors qu'ils fomentent un coup d'État avec l'aide d'une faction d'officiers. Quelqu'un les a dénoncés quelques heures avant le déclenchement de l'opération. Fidel Castro n'y est sans doute pour rien, mais, étrangement, il a refusé, les semaines précédentes, toutes les offres de coopération émises par son rival. Sur la scène de la révolution, il n'y a pas de place pour deux rôles principaux.

Le professeur Barcena, jugé pour complot contre l'État, est condamné à deux ans de prison. La peine paraît bien légère pour une tentative de putsch avortée. Paradoxe du régime de Fulgencio Batista : ce « terrible tyran » laisse les magistrats juger en toute liberté. Fidel Castro en sait quelque chose, puisqu'il a déposé plainte, par l'intermédiaire de son cabinet d'avocats au bord de la faillite, contre trois ministres en exercice. Il les accuse d'avoir détourné à leur profit des fonds de la Caisse nationale d'aide aux chômeurs. Malgré la tyrannie batistienne, la plainte est déclarée recevable et suit son cours jusqu'à la Cour suprême, qui la rejette.

De même, la police se montre parfois étrangement bienveillante à l'égard de Fidel, comme dans l'affaire Rubén Batista Rubio, ce jeune étudiant blessé au cours d'un affrontement avec les forces de l'ordre, le 13 janvier 1953. Pendant tout un mois, Fidel Castro vient quotidiennement à l'hôpital assister à l'agonie du jeune homme, tout en multipliant les déclarations incendiaires à la presse. Le 13 février, le jeune homme succombe. Le lendemain, Fidel, à la tête d'un cortège de 30 000 personnes, conduit le cercueil de l'université au cimetière. Une émeute éclate, des voitures sont incendiées, la police tire dans la foule, faisant de nombreux blessés. Castro est accusé officiellement par le SIM d'être responsable de ces troubles. Curieusement, le gouvernement ne le poursuit pas. Sans doute Batista n'a-t-il pas envie d'accorder une nouvelle tribune à l'orateur Castro ? En tout cas, la répression sanglante ne s'exerce pas contre lui ; il bénéficie même d'une relative impunité.

Dans cette dictature flottante, « à géométrie variable », Castro peut parcourir l'île de part en part au volant de sa voiture pour mobiliser ses troupes, recruter de nouveaux « rebelles ». Il écrit régulièrement dans *Bohemia*, hebdomadaire indépendant dirigé par Miguel Ángel Quevedo, un patron de presse exigeant et impartial qui n'hésite pas à publier des pamphlets contre le président de la République. Castro use et abuse de la liberté de la presse en toute occasion. Il a libre accès aux ouvrages consacrés à la guerre de partisans et aux campagnes de l'armée soviétique durant la Seconde Guerre mondiale. Il peut dévorer *Pour qui sonne le glas*, le roman d'Ernest Hemingway sur la guérilla des républicains espagnols contre les troupes franquistes. Bref, il peut préparer sans trop de gêne « sa » révolution.

Il peut aussi initier son frère Raúl au marxisme-léninisme et lui demander de jouer les « taupes » au sein du Parti communiste. Fidel garde d'étroits contacts avec lui, mais sait que la vieille garde du PSP se méfie de lui, de son caractère imprévisible et de son côté aventurier. Alfredo Guevara, son ancien copain d'université, l'a mis en garde contre son « obsession de la guérilla ». Les communistes, lui dit-il, ne sont pas des romantiques ; ils estiment qu'une révolution ne peut triompher que du jour où le peuple a acquis une conscience révolutionnaire. Vieux débat qui date des disputes entre bolcheviks et mencheviks, au début du siècle, du temps de la Russie tsariste.

Fidel, quant à lui, est persuadé qu'il faut d'abord faire la révolution, et que le peuple suivra. Mais quelle révolution ? Castro, le missionnaire, ne paraît pas avoir de programme précis. Il recourt aux formules de José Martí, des incantations humanistes que le peuple adore. Il n'a que faire, pour l'heure, du débat idéologique. Il est dans l'action. Il veut des armes, beaucoup d'armes. Malheureusement, le « Mouvement » est pauvre. Les militants raclent les fonds de tiroirs. Certains abandonnent leur maigre fortune pour une cargaison de carabines usées. Abel Santamaría vend sa voiture. Jesús Montané, qui a démissionné de son poste de comptable, verse ses primes de départ. D'autres vendent leurs meubles ou hypothèquent leurs biens : une ferme, un laboratoire, des vêtements, des bijoux. Malgré l'esprit de sacrifice du plus grand nombre, l'arsenal est faible : des 22 long rifle, des fusils de chasse, quelques revolvers. Castro comprend alors qu'il ne pourra acheter du matériel assez puissant pour affronter des professionnels aguerris. La révolution demeure en salle d'attente.

Pourtant, Fidel est pressé. Il ne veut à aucun prix qu'un autre Barcena fomente un coup d'État avant lui. Ses proches se prennent à douter. Il doit impérativement leur redonner confiance. « Un bon révolutionnaire ne doute jamais », leur assène-t-il avec une foi communicative. Pour exister, « le Mouvement » a besoin d'action. Castro a alors une idée ; au cours d'une réunion de la direction de l'organisation, il se lève subitement et lance : « Si on ne peut pas acheter des armes, il faut les voler ! »

CHAPITRE 11

Où sont passées les lunettes de Fidel ?

« Madame, madame, n'ouvrez pas, je vous en supplie. C'est le diable ! » Chucha, la gouvernante noire de la famille du docteur Orlando Fernández Ferrer, est soudain prise de panique. L'homme qui sonne à la porte de la grande maison bourgeoise de l'éminent cardiologue de La Havane est pourtant un inconnu pour elle. Mais elle a un pressentiment : ce visiteur n'annonce rien de bon. Fidel Castro est tout de blanc vêtu comme un premier communiant. Il porte la *guayabera*, la longue chemise cubaine. Une fine moustache lui barre le bas du visage. Il vient voir Naty Revuelta, l'épouse du médecin. Il ne sera pas long. Il vient juste lui porter un document ultra-confidentiel dont elle aura la charge pour les jours à venir.

Jeune bourgeoise cubaine, militante du Parti orthodoxe, Naty Revuelta, qui fut proche d'Eddy Chibas, est une très belle femme. Ses yeux ne peuvent mentir. Elle est amoureuse, mais a le sens des convenances. Fidel est marié et père d'un enfant. Elle-même est également mariée et mère d'une petite fille, Natalia. Elle a croisé pour la première fois le regard de Fidel dans les couloirs de l'hôpital, la fameuse nuit du suicide d'Eddy Chibas, mais les deux jeunes gens, ce soir-là, ne s'adressèrent pas la parole. Leur première vraie rencontre a eu lieu – Naty se rappelle parfaitement la date – le 25 novembre 1952, sur les marches de l'Escalinata, à l'université, grâce à l'entremise d'un ami commun, le poète Jorge Valls. Dès la première seconde, Naty a été saisie par l'intensité du regard de cet homme. Dès la première poignée de main, elle s'est sentie comme envoûtée. Depuis le coup d'État du 10 mars, ils se sont croisés dans des réunions militantes. À première vue, Naty ne correspond pas au profil des militants recrutés par le chef du Mouvement. Elle fréquente les clubs de tennis, les salons mondains ; elle est un membre assidu du Habana Biltmore Yacht Country-Club, se parfume au *Tabac blond* de Caron, travaille comme économiste au bureau international de la compagnie américaine Esso Standard Oil, mais elle a un atout de taille dans son jeu : elle est d'une beauté exceptionnelle. Blonde aux yeux verts, elle a la grâce d'une princesse et se passionne pour la littérature et la politique. Elle a un ancêtre d'origine anglaise, un ingénieur qui a participé à la construction du célèbre Malecón, le boulevard qui longe le bord de mer à La Havane. Ce grand-père paternel, propriétaire de scieries de bois précieux, s'est engagé, lors de la guerre d'Indépendance, dans le camp *mambi* et a fini le conflit avec le grade de colonel de l'armée cubaine. Côté maternel, la famille est originaire de Cantabrique, en Espagne. Par toutes ses fibres, Naty Revuelta est européenne. Elle manie avec un égal bonheur les langues anglaise et française. Fidel est subjugué par cette « lady ».

Dans le courant du mois de mai 1953, il se rend presque tous les jours au troisième étage de l'immeuble de Naty, calle 11, dans le quartier du Vedado. Le couple vit une romance platonique à dominante intellectuelle et politique. Naty se sent embarquée dans l'Histoire. Peu à peu, de nombreuses réunions ont lieu à son domicile, son mari étant souvent pris par ses gardes à l'hôpital. Sans être au courant de tout, elle est une des rares personnes de l'entourage de Fidel à savoir ce qui se prépare. L'ancien élève des jésuites a décidé de frapper un grand coup. L'opposition, jusque-là défaillante, se réveille. Il ne peut plus attendre : le 24 mai, les dirigeants des Partis orthodoxe et authentique se sont réunis au Canada, à Montréal, et ont conclu un pacte pour renverser Batista au plus vite. Ils ont d'autres moyens que lui : des soutiens internationaux, de l'argent, des relais dans toutes les provinces, et, déjà, l'appui d'une partie de l'armée. D'autre part, ils ont totalement écarté Fidel des négociations comme pour lui témoigner leur défiance. Il est pourtant un responsable certes turbulent mais éminent du Parti orthodoxe. Mais Carlos Prío, l'ancien président, et Emilio Millo Ochoa, successeur d'Eddy Chibas, ne lui font aucune confiance. Le *bicho* pourrait les trahir au dernier moment. Ils sont convaincus qu'il en est capable.

Hors jeu, mis en quarantaine, Fidel doit à tout prix monter une opération spectaculaire pour recouvrer la maîtrise des événements et prendre tout le monde de vitesse. Malheureusement, le Mouvement n'est pas encore prêt, le stock d'armes dont il dispose est dérisoire, les hommes n'ont reçu qu'une maigre formation militaire. Il faut pourtant reprendre la main au plus vite. Et, surtout, garder l'opération secrète afin d'éviter les fuites.

Avec Abel Santamaría, Pedro Miret, Melba Hernández et Renato Guitard, Naty Revuelta est dans la confidence. « L'opération, leur a murmuré le chef, sera un événement historique aussi important que la prise de la Bastille en 1789. » Les participants devront croire jusqu'à la dernière minute qu'ils partent en stage de formation paramilitaire. À l'heure de l'action, ils seront mis au courant de leur mission. En fait, Fidel a décidé d'attaquer la caserne de la Moncada, à Santiago, le 26 juillet, lendemain de carnaval, à la tête d'une colonne d'environ 150 hommes. Objectif : s'emparer de l'armurerie. Une autre équipe, plus réduite, devra prendre d'assaut une autre caserne, à Bayamo, sur la route de La Havane, pour couper l'Oriente du reste du pays. Dans la foulée, les assaillants devront faire sauter un pont, à l'entrée de la ville, et en interdire ainsi l'accès à l'armée de Batista.

Dans la fièvre des réunions ultrasecrètes de La Havane, l'idée paraît séduisante. Une fois devenu « zone libérée », l'Oriente, terre de Fidel, contrée rebelle, pays de José Martí et de Carlos Manuel de Céspedes, ne pourra qu'appuyer les insurgés et contribuer à propager la révolution comme une traînée de poudre.

Le 26 juillet à l'aube, un cortège de seize voitures s'approche de la Moncada dans une ville assoupie. À leur bord, 123 hommes portant tous des uniformes de sergent de l'armée cubaine. Ils s'approchent du point d'attaque prévu, le poste n° 3. Les huit hommes de la première voiture, une Mercury, sont chargés de désarmer les deux sentinelles et d'ouvrir l'accès à la caserne au reste de la colonne. Celle-ci doit neutraliser les 400 hommes encore plongés dans le sommeil et les brumes des agapes du carnaval.

Les deux chefs de la première équipe, Renato Guitard et Ramiro Valdés, suivent les consignes à la lettre. Les sentinelles sont désarmées, le reste des hommes pénètre dans la caserne et s'emploie à pénétrer dans les chambrées. Mais un énorme problème surgit : contrairement au plan, la voiture n° 2, une Buick, ne poursuit pas son chemin. Au volant, Fidel Castro, armé d'un pistolet

Luger, a aperçu une patrouille de deux hommes, non prévue au programme, et décidé de les intercepter. Il fonce sur eux, perd le contrôle du véhicule, heurte le trottoir. Pris de peur, les deux hommes pointent leurs mitraillettes sur la Buick. Fidel tente de redémarrer, mais le moteur cale. La Buick, immobilisée, bloque pratiquement l'entrée de la caserne. Dans la manœuvre, un des hommes de la voiture conduite par Fidel, Gustavo Arcos, a été projeté hors du véhicule, un soldat le met en joue, un homme de la troisième voiture tire pour lui sauver la vie. Fin de l'effet de surprise ; il n'aura duré que quelques secondes. L'alerte est aussitôt donnée. Le son strident de la sirène de la Moncada réveille Santiago. En quelques secondes, des mitrailleuses de calibre 50, placées en batterie sur les toits avoisinants, crachent un feu meurtrier sur les assaillants. Paniqué, Fidel tente désespérément de donner des ordres, mais trop tard. Il prend la fuite. Il n'attend même pas l'équipe de Renato Guitard et Ramiro Valdés, bloquée à l'intérieur de la caserne, qui ne sait trop que faire de la centaine de soldats en pyjama qu'elle tient en respect. Il disparaît sans donner la moindre consigne au reste de sa troupe. L'action glorieuse tourne à la débandade.

D'autres hommes, dirigés par Raúl Castro, ayant pris d'assaut le palais de justice, ne savent à quel saint se vouer : faut-il rester, rejoindre les autres, ou battre en retraite ? Les infortunés assaillants sont pris de panique. Certains vont se cacher à l'hôpital, se couchent dans les chambres, jouent aux malades. D'autres partent seuls et errent dans les rues de Santiago. D'autres encore se rendent et sont abattus impitoyablement après avoir été tabassés à coups de crosse, comme Abel Santamaría. Le bilan de ce fiasco est terrible : huit assaillants tués pendant les combats, cinquante-six autres liquidés dans les heures qui suivent ; vingt-deux soldats ont trouvé la mort.

Fidel, lui, file vers le lieu de repli prévu, « la Granjilla », une maison de vacances louée à Siboney, à une vingtaine de kilomètres de Santiago. Une quarantaine d'hommes l'y rejoignent. Ils n'ont toujours pas compris ce qui a bien pu se passer. Le chef est dans une rage noire. Nul n'ose lui poser la question : pourquoi la Buick est-elle allée finir sa course sur le trottoir ?

Fidel peut-il leur avouer que ce dimanche, à cinq heures du matin, il n'était pas au mieux de sa forme ? La veille, il avait roulé toute la journée pour effectuer sous un soleil de plomb l'interminable et harassant trajet qui mène de La Havane à Santiago. Il s'était arrêté à mi-chemin chez un opticien de Santa Clara pour se faire fabriquer des lunettes de vue. Castro est très myope, mais ne porte ses lunettes que rarement, essentiellement quand il a une longue route à faire. Or, ce samedi 26 juillet, il les avait oubliées chez Melba Hernández, à La Havane. L'opticien de Santa Clara, sollicité dans l'urgence, a-t-il fourni des verres inadaptés au chef de la révolution ? Fidel, dont la coquetterie est légendaire, a-t-il décidé de diriger la bataille sans ses verres correcteurs, autrement dit dans le brouillard ? Certains survivants le soupçonnent d'avoir commis cette grossière erreur « pour la photo ».

Pis, Gustavo Arcos est convaincu que Fidel, en accélérant devant le poste n° 3 à l'instant précis où lui-même sortait de la Buick, a voulu se débarrasser de lui. Motif : il avait publiquement critiqué le chef sur l'impréparation de l'opération dirigée contre la Moncada. Arcos estimait que ce projet était précipité : les armes, des fusils de chasse, n'étaient pas suffisantes. Il était furieux d'avoir été avisé à la dernière minute du véritable objectif du voyage à Santiago. Il estime qu'il y avait un côté suicidaire dans cet assaut.

Enfin, troisième hypothèse expliquant le fiasco : dès le premier coup de feu, Fidel Castro a été rendu sourd par le tir d'un de ses proches, Israel Tapanes. Myope et dur d'oreille ? Lourd handicap pour un chef de commando ! Là n'en réside pas moins l'explication la plus plausible du désastre de la Moncada : la vue défaillante et l'extrême fatigue du chef qui, en pleine nuit, est parti pour Santiago à un rendez-vous secret. Il a donc trop peu dormi.

Sans ces incidents, l'opération aurait-elle réussi ? C'est la question que se posent certains survivants. Fidel Castro, lui, ne veut pas entendre formuler la moindre critique. L'opération a échoué à cause de la « barbarie du régime de Batista ». Point final. Ceux qui voudraient critiquer le « Mouvement » sont des traîtres. D'ailleurs, l'assaut de la caserne n'est pas une déroute, mais, au contraire, un triomphe : Fidel Castro est à nouveau au centre de l'actualité ; tout le pays a les yeux tournés vers Santiago, vers ces fous mal armés qui ont osé affronter une garnison, vers ces jeunes révoltés devenus des martyrs.

À La Havane, pâle, nerveuse, Naty Revuelta est désemparée par la nouvelle. Que doit-elle faire ? Poursuivre sa mission ? Bouleversée, elle se rend chez les leaders de l'opposition pour leur remettre le manifeste de Fidel. Elle est reçue poliment ; ses hôtes lui conseillent de s'éloigner de cet aventurier qui a prouvé ses limites. Son ami, Pelayo Cuervo, le vieux leader orthodoxe, lui dit : « Mon enfant, sauvez-vous vite. Le SIM ne va pas tarder à débarquer. » La jeune femme n'écoute plus. L'homme qui fait vibrer son cœur est en danger de mort. Elle est prête à se rendre sur place, à lui offrir tout ce qu'elle possède pour le tirer de ce mauvais pas. N'a-t-elle pas vendu tous ses bijoux, pour 6 000 pesos, afin qu'il puisse acheter des armes ? N'a-t-elle pas, chaque fois qu'il le lui a demandé, puisé dans ses économies pour une voiture louée, une planque ? Elle voudrait voler vers Santiago, mais il y a Mirta, la femme officielle, la seule à avoir le droit de s'inquiéter publiquement. Naty doit rester dans l'ombre. Elle doit s'effacer devant Mme Castro.

En cette occasion, celle-ci fait preuve d'une grande détermination et se démène beaucoup pour sauver son mari en fuite. Elle joint son frère Rafael et le conjure de donner des instructions pour qu'on ne l'abatte pas. Elle contacte le président Batista qui a sauté sur l'occasion pour proclamer l'état de siège et établir la censure. Elle le supplie de laisser la vie sauve à Fidel en souvenir de Banes, pour sa propre fille aussi : ne l'a-t-il pas appelée Mirta, comme elle ? Fébrile, présente sur tous les fronts, celle que de nombreux amis de Fidel considèrent comme une petite poupée sans caractère fait montre d'une belle énergie. Elle connaît bien l'archevêque de Santiago, Mgr Enrique Pérez Serantes, le joint au téléphone : « Sauvez mon mari ! » lui lance-t-elle, éplorée. Dans son combat, Mirta Castro trouve de nombreux appuis parmi les notables de Santiago, choqués par la violence de la répression.

La presse, en particulier *Bohemia*, a pu diffuser, au mépris de la censure, toute une série de photos des exécutions sommaires dans l'enceinte de la caserne et à l'hôpital. C'est une jeune journaliste, Marta Rojas, qui a pu tromper la vigilance des militaires en portant la pellicule cachée dans son soutien-gorge de Santiago à La Havane. Ce « scoop » choque profondément l'opinion. Personne, à Cuba, n'a envie de revivre les années Machado, qui ont vu le règne sanglant du généraldictateur chassé par Batista en 1933. De nombreuses voix s'élèvent pour demander à Batista de calmer les ardeurs vengeresses de ses troupes. Le général-président est partagé. Il ne prend pas Castro au sérieux. *El Caballo* est à ses yeux un excité sans plomb dans la cervelle, et sans poids politique. En revanche, il peut lui être utile pour accentuer la répression contre ceux qu'il redoute par-dessus tout : les signataires du pacte de Montréal, les seuls politiciens qu'il juge dangereux pour lui. La fougue et l'inconséquence de Fidel lui fournissent en fait une excellente occasion de durcir la lutte à leur encontre.

Après tout, ce rebelle est trop exalté pour durer. Faut-il l'arrêter tout de suite ou le faire abattre ? Il vient de se réfugier dans la sierra, à Gran Piedra, le sommet qu'il a gravi tant de fois quand il était élève au collège Dolores de Santiago. Le fuyard est à la tête d'une colonne de dix-neuf hommes. Ses rêves d'insurrection sont partis en fumée, pourtant il garde un moral d'acier. La défaite ne semble avoir aucun effet sur lui. Tel Don Quichotte face aux moulins à vent, il galvanise la poignée de malheureux qui le suivent en leur prédisant une victoire imminente. Pendant plusieurs jours, la petite troupe erre, affamée, épuisée, à travers les sous-bois. Le 1er août, ils sont arrêtés par un peloton de gendarmerie de seize hommes commandés par le lieutenant Pedro Manuel Sarria, un officier noir âgé de 53 ans. Les soldats veulent exécuter Castro sur-le-champ. Par chance, le lieutenant Sarria connaît un des fugitifs, franc-maçon comme lui. Grâce à ce hasard, Fidel a la vie sauve.

Une autre personnalité joue un rôle capital dans le salut de l'enfant de Biran : l'archevêque de Santiago. Depuis plusieurs jours, répondant au souhait de Mirta, Mgr Serantes parcourt la zone de Gran Piedra à la recherche des soldats en chasse. Il leur demande de se montrer « bons chrétiens » et de ne pas cxécuter leurs prisonniers. Lors du transfert de Fidel de Gran Piedra à Santiago, il intervient de nouveau, au péril de sa vie, pour empêcher qu'un commando de la police secrète, dirigé par le commandant André Pérez Chaumont, n'exécute l'avocat. Finalement, Fidel et ses compagnons insurgés sont conduits sains et saufs à la prison de Santiago.

Le lendemain, Fulgencio Batista quitte son QG de Columbia et se précipite à Santiago pour fêter l'événement. Il organise une cérémonie dans l'enceinte même de la Moncada. Batista est persuadé que Fidel lui a été en fait d'une grande utilité. Il va même se montrer magnanime à son endroit en lui concédant d'excellentes conditions de détention. Est-ce par pur calcul politique ou pour satisfaire cette chère Mirta, sœur de son vice-ministre de l'Intérieur ? Fidel ne veut surtout pas qu'on évoque ses liens matrimoniaux, qui le rendent si suspect aux yeux de certains. Sa légende ne peut se bâtir que sur la bravoure ou le panache. Le trompe-la-mort raconte par exemple à qui veut l'entendre qu'il a été capturé par le capitaine Sarria après un très violent affrontement. En fait, il a été tout bêtement surpris dans son sommeil et n'a pas tiré le moindre coup de feu.

Après avoir été transféré, comme tous les autres mutins, à la prison de Boniato, à huit kilomètres au nord de Santiago, Fidel se remet de ses émotions. Son frère Raúl est auprès de lui : il a été arrêté alors qu'il cheminait en direction de Biran comme un simple *guajiro*. Après cette équipée sanglante, le frère cadet rentrait chez ses parents. Lui aussi avait accepté de participer à l'expédition sans vraiment y croire. Après un voyage en Europe de l'Est, en Tchécoslovaquie puis en Roumanie, le frérot était rentré au pays converti au marxisme-léninisme. Il avait effectué un périple de plusieurs semaines avec Lionel Soto, un des jeunes dirigeants communistes proches de Fidel. Aux yeux de tous, il n'avait été que l'envoyé personnel de son frère chez Staline qui venait de mourir quelques semaines auparavant. Sur le bateau qui l'a conduit de Gênes à La Havane, l'*Andrea Gritti*, Castro junior avait sympathisé avec un jeune Soviétique, membre du KGB, Nikolaï Leonov. Ce dernier avait remarqué que le jeune Cubain lisait le *Poema pedagógico* de Makarenko, un bréviaire rouge. Il découvrit aussi que Raúl Castro transportait du matériel de propagande d'obédience communiste. Ils fêtèrent ensemble les 22 ans de Raúl sur le pont, le 3 juin. Durant toute la traversée, qui dure plus d'un mois, le jeune Moscovite est surpris par la fougue marxiste de son compagnon de voyage. Est-ce une preuve que son frère, Fidel, partage ses idées? La police de Batista en est plus que convaincue. La pièce à conviction? Dans la petite maison de Siboney, les enquêteurs ont retrouvé le tome I des œuvres de Lénine dans les bagages d'Abel Santamaría. Ils ont inondé la presse d'un cliché montrant le livre du chef révolutionnaire pour attester que Fidel était bien à la tête d'une insurrection communiste. Castro, agent de Moscou? C'est ce que commence à penser Fulgencio Batista; encore faut-il le démontrer.

Dans sa nouvelle prison de Boniato, Castro est déjà en train de préparer sa défense. Cette défaite piteuse, il veut la transformer en apothéose. Son procès sera grandiose. Il va s'y atteler. Il comprend à peine pourquoi sa famille se fait tant de souci. Ce moment, il en rêvait. Il le clame autour de lui : « Je n'ai jamais été aussi heureux qu'en cette matinée de la fusillade à la Moncada! » Il veut à tout prix se faire passer pour un guerrier sans peur et sans reproche. Il a déjà oublié l'épisode peu glorieux de la perte de ses lunettes de vue. Ses lunettes ? Quelles lunettes ? Il n'en porte, soutient-il mordicus, que pour lire.

En prison, il se consacre d'ailleurs essentiellement à la lecture. Naty la muse, Mirta l'épouse, Lidia la protectrice lui envoient des lettres quotidiennes. Il reçoit aussi la visite de sa mère, Lina. À 78 ans, le vieux don Ángel n'a pas fait le voyage. Il est toujours fâché contre lui. Il croyait son fils définitivement débarrassé de ses démons. Fidel lui avait promis de s'assagir. Il lui a encore menti. Le *bicho* ne changera donc jamais. Cette fois, don Ángel ne pardonne pas. Il ne comprend pas les ressorts intimes de ce garçon qui avait tout pour être heureux et qui n'en finit pas de propager la haine et la violence autour de lui. Le vieux Galicien se souvient de la guerre d'Indépendance, des horreurs vécues, des charretées de cadavres. Il ne veut pas que son fils soit à l'origine d'une nouvelle guerre civile.

Au parloir de Boniato, Lina demande à Fidel s'il a un message à l'intention de son père. Non, il n'a rien à lui dire. Lui, d'ordinaire si bavard, n'a pas un mot pour cet homme qui, croit-il, ne l'a jamais aimé, ne l'a reconnu que plus de quinze ans après sa naissance, et n'a pas daigné assister à son mariage. Castro ne veut plus entendre parler de Banes, des Diaz Balart ni de la United Fruit. Peu avant l'assaut de la Moncada, il a appris que le père de Mirta et de Rafael, le maire de Banes, n'est que le prête-nom de Batista ! Traduction : il sert d'homme de paille au chef de l'État pour des achats douteux. En d'autres termes encore, la famille Diaz Balart peut être à tout moment éclaboussée par un scandale. Terrible dilemme pour Fidel Castro : sa propre femme représente désormais un danger pour lui. Durant ces derniers mois, elle s'est montrée une épouse remarquable et dévouée, ne ménageant pas sa peine ni son temps pour lui apporter soutien et réconfort. Elle a même tenté de croire à ses idées révolutionnaires. Mais il ne l'aime plus. Au fil des semaines, il s'est éloigné d'elle. Ses lettres envoyées à la prison sont si insignifiantes, si plates, si quelconques... Naty Revuelta, elle, a une profondeur, une richesse de vocabulaire, un sens de la formule, une finesse d'analyse politique... Fidel lui écrit et lui demande curieusement de s'occuper de Mirta et de Fidelito. La dame de cœur accepte la mission et prend soin de l'épouse que Fidel a déjà décidé de quitter. Ainsi Naty Revuelta aide Mirta à faire ses courses, joue les nurses avec Fidelito, les confidentes avec sa « nouvelle amie ». Elle en vient presque à comprendre celle-ci. La jeune fille n'était pas préparée à devenir l'épouse d'un personnage aussi titanesque, de ce conquistador illuminé qui confond lutte pour le pouvoir et martyrologe chrétien. Mirta avait été programmée pour passer ses après-midi au Yacht-Club, entourée d'une ribambelle d'enfants, de domestiques et de quelques romans. Naty, elle, est romantique, indépendante et exaltée. Elle a la trempe d'une *« first lady »* cubaine, si jamais un jour... La lettre que Fidel lui a envoyée depuis sa prison est un signe : il est amoureux d'elle, elle en est sûre.

CHAPITRE 12

Le courrier du cœur

Dans sa prison de Boniato, on l'a condamné à l'isolement total. Son cachot au rez-de-chaussée n'est pas très grand. Il peut seulement communiquer avec l'extérieur par courrier, sous le contrôle de la censure. Comme un lion en cage, il tourne en rond dans sa cellule. Il a peur. Du procès à venir ? D'une peine de prison à perpétuité ? De sa chute politique ? Non. Castro le guerrier héroïque, le chef de guerre, a peur d'une peine bien plus terrible, d'un châtiment plus indigne : il a peur du ridicule. Il s'inquiète et s'interroge : qu'ont bien pu se dire les survivants de la Moncada emprisonnés à quelques mètres de lui ? Se sont-ils raconté la scène de la Buick devant le poste n° 3 ? Ont-ils commencé à douter de ses capacités de chef guérillero ? Lui font-ils porter la responsabilité de l'échec ? Que murmurent-ils hors de sa présence ? Au procès, si cette histoire est révélée à la presse, il va passer pour un *payaso* (clown). Sa réputation de trompe-la-mort en sortira passablement ternie. Ont-ils aussi évoqué son départ précipité de la caserne, bien avant la fin des combats, alors qu'il aurait dû diriger la retraite de ses hommes ? Là encore, au cours de l'audience à venir, si certains s'épanchent sans discernement, il pourrait bien passer pour un *cobarde* (poltron). À Cuba, pays de *machos*, il n'est rien de pire. Il faut à tout prix reprendre la situation en main pour que rien de cela ne filtre. D'abord entrer en contact avec les hommes dont il est le plus sûr : son frère Raúl et Pedro Miret, enfermés dans une autre aile du bâtiment. Au bout de quelques jours, soit par le truchement d'un gardien, soit en lançant des boulettes de papier dans un couloir où passent les prisonniers, il parvient à donner ses instructions.

Pedro et Raúl sont chargés d'interroger chaque détenu, d'abord pour connaître leur analyse des événements de la Moncada, ensuite pour leur suggérer une version unique de l'affaire : la sienne. Selon Fidel Castro, la presse à la solde du tyran Batista va tout faire pour le calomnier, le couvrir de boue, et forcément salir le but suprême de leur action : la révolution. Chaque prisonnier doit donc s'en tenir au scénario du chef. Ainsi, plusieurs semaines durant, Raúl Castro et Pedro Miret jouent les commissaires politiques et mènent de véritables interrogatoires au cours desquels ils rectifient ou gomment tout ce qui pourrait écorner la légende. Les détenus oublient le caractère suicidaire de l'assaut de la Moncada, la responsabilité de leur chef dans l'hécatombe, sa légèreté et son goût du martyre… pour les autres. Tous sont des soldats de la révolution : ils obéissent. Ils exposeront le scénario réécrit par leur chef.

Au procès, le 21 septembre 1953, dans une salle d'audience surchauffée du tribunal provisoire de Santiago, en présence d'une centaine de soldats armés de mitraillettes, les « moncadistes » sont prêts. Leurs chefs leur ont parfaitement expliqué la stratégie du « Mouvement » qui consiste en trois phases. *Un* : les responsables du Mouvement plaident coupables et innocentent le maximum d'accusés en déclarant que ceux-ci n'étaient pas sur place au moment des faits. *Deux* : l'avocat Fidel Castro demande au tribunal d'assurer sa propre défense. *Trois* : il attaque Batista, l'illégitimité de son régime, rappelle à la cour que deux semaines après le coup d'État de 1952 il a lui-même déposé plainte contre le dictateur pour avoir violé la Constitution. L'avocat Fidel Castro invente ce que certains de ses confrères appelleront la « défense de rupture ». En d'autres termes, l'ex-basketteur est un adepte de la formule « la meilleure défense, c'est l'attaque ». Le procès, explique-t-il, sera une formidable tribune pour le Mouvement, un moment capital pour préparer l'insurrection.

Les premiers jours, cette stratégie fonctionne à merveille : le tribunal, présidé par un magistrat conciliant, Adolfo Nieto, pas tout à fait insensible aux arguments du juriste Castro, libère une grande partie des accusés. Ne reste plus que le noyau dur de l'organisation. Le magicien Fidel fait passer en cinq jours le nombre des coupables de 122 à 29 – parmi les 122 accusés, il faut compter tous ceux qui ont été soupçonnés de participer à la préparation du soulèvement, parmi lesquels des responsables communistes.

À La Havane, Fulgencio Batista suit de près le déroulement du procès. Pour lui, Castro est un « agent d'influence communiste ». Les vieux apparatchiks du PSP ont beau dénoncer l'« aventurisme » dont témoigne l'assaut de la Moncada, il ne les croit pas sincères. Batista est persuadé qu'un complot ourdi à l'Est se prépare. En cette fin d'année 1953, il en voit partout. Le chef de l'État cubain vient en effet de créer, avec l'aide de la CIA, un service spécialisé dans le renseignement anticommuniste, le BRAC (Bureau de renseignements anticommunistes). Ce service accumule des éléments de preuves sur les frères Castro, mais ne parvient pas à les démasquer définitivement.

Quand il comprend que son « meilleur ennemi » est en train de prendre le pouvoir au sein même du tribunal, que le charisme dévastateur de Fidel est en passe de tout balayer, Batista ordonne au SIM, la police secrète, de le « neutraliser » : cet homme doit se taire. Il est non seulement en train d'embobiner le président du tribunal, mais le procureur lui-même vacille. Quant à la soldatesque chargée de maintenir l'ordre dans la salle, elle semble elle aussi sous le charme. Si rien n'est fait, Castro est capable, pense Batista, de prendre le contrôle du palais de justice !

Neutraliser veut-il dire assassiner ? En langage des services spéciaux, cela ne fait pas de doute. Mais, à Cuba, tout est toujours un peu plus compliqué. Les relations humaines jouent un rôle non négligeable. Encore une fois, le général Batista est tiraillé entre son propre intérêt et la promesse faite à Mirta Diaz Balart de ne pas toucher à un cheveu de son mari.

Ordonne-t-il le meurtre du prisonnier le plus célèbre de l'île ? Le 26 septembre, une nouvelle secoue Santiago : Fidel a disparu. Il est absent du procès. Officiellement, selon les médecins de la prison qui l'auraient examiné, il est malade des nerfs : un certificat présenté à la cour l'atteste. Officieusement, Castro a été retenu dans son cachot pour prendre un peu de repos. Il sera jugé plus tard, annonce-t-on : son cas est disjoint du procès en cours. En d'autres termes, Fidel le tribun est mis à l'isolement. Son frère Raúl sent aussitôt le piège et prend la parole : « On veut tuer mon frère ! C'est un guet-apens visant à l'éliminer ! » Profitant de la confusion, Melba Hernández quitte le banc des accusés, se précipite vers le président Nieto, ôte le foulard qu'elle porte sur la tête et lui remet une lettre que Fidel a réussi à lui faire passer. Le détenu nº 4914 y prétend qu'il est en parfaite santé, qu'on s'apprête à l'éliminer. Dès qu'il a eu l'intuition que sa vie était menacée, il a pris soin de ne plus toucher à aucun aliment servi par l'administration. Le directeur militaire de la prison, Jesús Yañez Pelletier, lui a semblé nerveux, curieusement attentif à sa santé. Le fonctionnaire a fini par lui avouer qu'on lui avait donné l'ordre « non écrit » de l'empoisonner. D'où émanait pareille instruction ? Il n'a pas voulu en dire plus. Il l'a seulement prévenu, évoquant le douloureux cas de conscience auquel il se trouvait confronté.

Quelques jours plus tard, le « sauveur » de Fidel est muté loin de Santiago. Bâillonné, mis au secret, le chef du « Mouvement » a pu prévenir la presse des menaces qui pesaient sur lui. Il n'en est pas moins inquiet. D'autant que les autres prisonniers, après avoir été condamnés à des peines allant de sept mois à treize ans de prison, ont quitté la prison de Boniato pour le pénitencier de l'île des Pins, loin de la province d'Oriente, au large des côtes méridionales de Cuba.

Fidel se retrouve donc seul dans sa cellule. Batista a réussi à retarder son procès. Pas pour longtemps. Il ne pourra éternellement le garder en cage. Il faudra bien le présenter à des juges. Trop de journalistes suivent cette affaire pour qu'on la laisse par trop traîner. La date de sa comparution est fixée au 16 octobre. Fidel s'est préparé jour et nuit à « son » nouveau rendez-vous avec l'Histoire. Chaque procès, quel qu'il soit, est pour lui un moment de vérité. Pour le cas où il serait assassiné dans les jours qui suivent, il veut laisser une trace, un manifeste, un corps de doctrine. Quand il pénètre dans la salle d'audience, amaigri par près de trois mois de cachot, il sourit aux anges : il est sur son territoire, ou presque. Car ses juges se sont prêtés à une curieuse farce : ils ont consenti à rendre la justice dans la salle de garde des infirmières de l'hôpital Saturnino Lora, à Santiago, un réduit à peine plus grand qu'un ring de boxe ! Selon le gouvernement, Fidel étant nerveusement malade, il est logique qu'on le juge à l'hôpital. La voix d'*El Loco* pourra ainsi se perdre dans les vapeurs d'éther.

Dans ce prétoire inédit, face à ses juges qu'il considère comme de simples marionnettes, Castro se dresse, fier et imperturbable. Au-dessus d'eux, témoin muet mais menaçant, se balance un squelette enfermé dans sa cage de verre.

Quand le procureur Mendieta Echevarría annonce que son réquisitoire ne durera qu'une poignée de secondes, l'avocat Fidel Castro comprend que tout est joué d'avance. Le magistrat requiert la peine maximale contre lui en sa qualité de chef de l'insurrection : vingt-six ans de détention. Les yeux baissés, il se rassoit piteusement. Jamais l'énoncé d'un acte d'accusation n'a été aussi vite expédié.

Porté par l'enjeu, Fidel se défend lui-même, comme toujours, et se lance dans une plaidoirie flamboyante, mélange d'érudition politique, d'habileté juridique et d'éloquence populiste. Il cite quinze fois son maître, José Martí, qu'il appelle à de nombreuses reprises « l'Apôtre », multiplie les références à la littérature, à la Bible, aux grands penseurs du siècle, à ceux de l'Inde antique, fait des incursions dans la période romaine, cite Jules César comme un révolutionnaire, s'arrête sur la Révolution anglaise de 1688, sur la Révolution américaine de 1775 et sur la Révolution française de 1789. Dans ce discours époustouflant de plus de deux heures, il cite pêle-mêle Luther et Calvin, Thomas d'Aquin, Montesquieu, Jean-Jacques Rousseau, John Milton, Honoré de Balzac, il évoque aussi les guerres d'indépendance en Amérique latine, et, bien sûr, s'en prend violemment à Fulgencio Batista, « président voleur et criminel ». Il ajoute : « Dante a divisé son enfer en neuf cercles. Il a placé les criminels dans le septième, les voleurs dans le huitième, les traîtres dans le neuvième. Quel problème ce sera pour le diable quand il lui faudra choisir le cercle approprié à l'âme de Batista ! » Dans le cours de sa plaidoirie, l'accusé mentionne le diable une autre fois en citant, pour s'inscrire en faux, un pasteur de Virginie, Jonathan Boucher, qui aurait prétendu que « le droit à la révolution était une doctrine condamnable créée par Lucifer, père des rébellions ». Étrange citation dans la bouche de cet homme qui ne fait plus référence à Dieu depuis belle lurette. N'aurait-il plus à sa disposition que le diable ? Fidel compare en outre Batista au général espagnol Weyler, l'officier sanguinaire qui combattit les indépendantistes cubains durant la guerre de 1895. Il omet de préciser que ce féroce représentant de la Couronne avait sous ses ordres un certain… Ángel Castro ! À la fin de son intervention, il lâche : « Condamnez-moi, cela n'importe guère. L'Histoire m'acquittera ! » Fidel s'exprime comme le Christ avant de monter sur la Croix mais emprunte dans le même temps à Adolf Hitler une phrase – « l'Histoire m'absoudra » – puisée dans *Mein Kampf*…

Les grands absents, dans sa fresque historique, sont Karl Marx et Lénine. Fidel Castro, qui a formé ses proches, dans les derniers mois, au matérialisme historique et à la technique du coup d'État élaborée par le père de la Révolution russe, ne fait pas la moindre allusion à ses vrais maîtres à penser. Le programme économique qu'il préconise n'a rien non plus de marxiste : il est d'un humanisme flou. En propagandiste retors et prévoyant, Castro fait l'impasse sur tous les concepts socialistes afin de ne pas effrayer le bon peuple. Car il veut que son texte soit diffusé à grande échelle.

Quand le président prononce la sentence – quinze ans d'emprisonnement –, il n'est mentalement plus là. Il est déjà à La Havane, en quête de ceux qui pourront diffuser son intervention « historique ». Pas une seconde il ne pense qu'il va purger sa peine. Il est persuadé que son destin est toujours devant lui ; le faux pas de la Moncada n'est pour lui qu'une erreur de parcours, une simple péripétie. Il incarne la Révolution, il est celui qui a été « désigné ». N'a-t-il pas des disciples prêts à donner leur vie pour lui ? Melba Hernández et Haydée Santamaría affirment fièrement depuis leur cellule : « Les autres peuvent mourir, mais pas lui, car nous vivons tous à travers lui. » L'une et l'autre ont pourtant perdu leurs fiancés à la Moncada, en partie à cause des erreurs de leur chef. Elles ajoutent : « Ils ne sont pas morts, car ils vivent en Fidel. » Les martyrs chrétiens ne s'exprimaient pas autrement.

Le 17 octobre 1953, Fidel Castro est transféré à l'île des Pins où il rejoint ses « disciples » du Mouvement. Le pénitencier est autrement plus confortable que la prison de Boniato. Paradoxe : l'homme qui voudrait voir jeter Batista en prison est convenablement traité par ses gardiens, comme s'il ne constituait plus un danger pour personne. Dès la fin du procès, le général Batista, persuadé qu'il est enfin débarrassé du trublion de Biran, et sans doute conseillé par les Américains, inquiets du climat de guerre civile qui règne dans l'île, annonce des élections présidentielles pour novembre 1954. Il entend restaurer la paix civile et multiplie les contacts avec l'opposition. Il promet un retour à la Constitution de 1940. Il donne des gages de bonne volonté en assurant qu'il ne se représentera pas lui-même. Il soigne son image auprès de la presse en cajolant ses « prisonniers politiques ».

Ainsi Fidel Castro, matricule 3859, est installé dans une cellule individuelle équipée d'une douche et d'un cabinet de toilette. Près de son lit métallique protégé par une moustiquaire, il y a un chauffe-plat et une étagère qui lui sert de bibliothèque. Les vingt-quatre autres insurgés de la Moncada se retrouvent dans le même bâtiment que lui. En son absence, Pedro Miret et Raúl Castro ont mis sur pied une sorte d'université afin que les hommes ne sombrent pas dans l'apathie. Ils dispensent quotidiennement des cours, forment les jeunes militants, parmi lesquels beaucoup viennent de la campagne, à la lecture et à l'histoire. Dès son arrivée, Fidel, enthousiasmé par l'initiative, prend le relais de ses deux lieutenants. Il lance le mot d'ordre « La prison est un combat ! » et fonde l'académie Abel Santamaría, école désormais chargée de former les cadres du *Movimiento*. Les uns et les autres récupèrent des livres venus de l'extérieur. En quelques semaines, les « moncadistes » incarcérés possèdent une bibliothèque de près de cinq cents volumes ! Dans cette académie, on apprend la philosophie, l'histoire, les mathématiques, les langues et l'économie politique. Pedro Miret enseigne l'histoire ancienne à ses compagnons de réclusion. Jesús Montané dispense des leçons d'anglais. Fidel Castro fait des lectures à haute voix, donne des cours de rhétorique, prescrit des horaires stricts, imitant en cela ceux du collège jésuite. Il impose à tous une discipline de fer et instaure des séances de discussion du style « autocritique ». Pour prouver à l'administration pénitentiaire que les « fidélistes » ne sont pas des tendres et ne sont surtout pas des détenus comme les autres, ils se lèvent trente minutes avant l'heure officielle.

Dans cette ambiance studieuse, quasi monacale, Fidel déploie une activité épistolaire fébrile. Il correspond avec tout le monde pour ne pas se faire oublier. Il veut d'abord à tout prix voir publier son manifeste de la Moncada. En se remémorant phrase après phrase, grâce à sa mémoire phénoménale, sa plaidoirie de Santiago, il parvient à reconstituer son texte, le couche sur du papier à l'encre sympathique, puis l'envoie à sa sœur Lidia et aussi à Melba Hernández et Haydée Santamaría, sorties de prison au bout de quelques mois de détention. Dès la réception des lettres, les trois femmes passent le papier sur un fer à repasser afin de faire apparaître les lignes invisibles. Fidel a recouru à la technique du jus de citron : quand on approche d'une source de chaleur un papier sur lequel on a écrit au jus de citron, les lettres apparaissent en brun clair. Peu à peu, envoi après envoi, le manuscrit *L'Histoire m'acquittera* prend corps. C'est Lidia Castro qui est chargée de rassembler l'intégralité du manifeste, un document de 54 pages, dense et d'un style parfait. En juin 1954, Fidel écrit à Melba Hernández pour lui suggérer de le « faire distribuer à cent mille exemplaires au moins dans les quatre prochains mois ». En l'état actuel de ses forces, le *Movimiento* est incapable d'un pareil tour de force. Mais Fidel ne doute de rien : les Cubains, selon lui, attendent ce texte comme les Évangiles, et après sa lecture se soulèveront d'un même élan pour renverser la dictature. Comme les prophètes, il croit en sa bonne étoile. Il est « habité » par la foi, mais aussi par le goût des médias. Il correspond régulièrement avec le journaliste vedette de la radio CMQ Luis Conte Agüero, militant orthodoxe, pour ne pas perdre le contact avec le parti dont il est toujours membre.

Il écrit aussi à Mirta, commence à s'inquiéter de l'éducation de Fidelito, âgé de quatre ans. Mirta désire l'inscrire dans un établissement privé où l'on s'initie à l'anglais dès le plus jeune âge. Les Diaz Balart sont profondément américanophiles. Fidel hésite, ne sait que penser, et, finalement, laisse sa femme agir à sa guise. Il écrit à sa mère, Lina, à son frère Ramón, à ses sœurs, et, bien sûr, à Naty Revuelta.

Naty et son odeur de *Tabac blond* de Caron… Elle lui envoie un roman de Somersert Maugham, *Rosy*, et colle sur la couverture la photo d'un tableau la représentant en robe du soir décolletée, belle et sensuelle, dans un halo de lumière blanche.

Ses lettres sont tantôt exclusivement politiques, tantôt plus ambiguës. Dans sa fièvre d'écrire, il envoie plusieurs lettres à la même adresse afin que son correspondant les distribue à d'autres. Il lui arrive parfois d'intervertir lettres et enveloppes. Un jour, Mirta Castro reçoit un courrier adressé à Naty Revuelta. Le contenu de la lettre ne laisse planer aucun doute :

Chère Naty,

Un tendre bonjour depuis ma prison. Je me souviens fidèlement de toi et je t'aime. [...] Je garde et garderai toujours l'affectueuse lettre que tu as envoyée à ma mère.

Si tu as à souffrir par ma faute de bien des manières, sache que je donnerai avec joie ma vie pour ton honneur et pour ton bien. Les apparences aux yeux du monde ne doivent pas nous importer, ce qui compte, c'est ce qu'il y a dans nos consciences. Certaines choses sont éternelles, comme les souvenirs que j'ai de toi, ineffaçables, qui m'accompagneront jusqu'à la tombe.

À toi toujours,

Fidel.

Est-ce cette correspondance enflammée que Mirta a reçue, ou bien celle-ci :

Chère Naty,

[...] Je me souviens de ces jours où, triste et angoissé et mortifié par je ne sais quoi, je me rendais chez toi où mes pas me conduisaient inconsciemment, et j'y trouvais le calme, la joie, la paix intérieure... Dans l'ambiance invariablement accueillante de ta maison, je troquais en moments joyeux et animés, en présence d'une âme pleine de noblesse, les heures d'abattement et de peine que nous font si souvent vivre les vilenies de l'espèce humaine [...]. Cette lettre arrivera-t-elle le jour de Noël ? Si tu es vraiment fidèle, ne m'oublie pas pendant le souper, bois un verre en pensant à moi, et je t'accompagnerai, car celui qui aime n'oublie pas.

Fidel.

Dans d'autres courriers adressés à Naty, Fidel disserte sur la place des héros dans l'Histoire, cite Catilina, César et Plutarque, Mirabeau, Danton et Robespierre, Napoléon et Lénine, Romain Rolland. Mais celui qui est parvenu dans la boîte aux lettres de Mirta est à coup sûr d'une veine purement amoureuse. À sa lecture, Mirta se sent anéantie : cette marraine attentionnée qui s'occupe si bien d'elle et de Fidelito est en fait la maîtresse de son mari ! Elle a le sentiment d'être prise pour une cruche. Depuis l'incarcération de Fidel, elle se bat contre sa propre famille pour le défendre, elle participe à des réunions politiques malgré sa timidité maladive, lit des lettres de lui en public, comme en juin 1954 au théâtre de la Comédie où elle traite de « tyran » Batista, cet homme qui lui envoya mille dollars de dot le jour de son mariage et qui lui marque tant d'attention... Pour elle, la situation est devenue intenable. Elle est une épouse modèle et elle réalise que l'homme qui l'a tant fait souffrir quand ils vivaient ensemble ne l'aime plus. D'ailleurs, l'a-t-il aimée un jour ? Folle de désespoir, elle téléphone à Naty Revuelta et l'insulte. Puis elle fait savoir au prisonnier de l'île des Pins qu'elle a décidé de le quitter. Pour le divorce, elle dispose de solides munitions, dont cette lettre accablante qui prouve la liaison de son époux.

Apprenant la nouvelle, Fidel tempête. Il lui jure qu'il n'a jamais eu la moindre aventure avec Naty Revuelta, qu'il y a méprise. Mais Mirta ne l'écoute plus.

Quelques jours plus tard, il reçoit un nouveau choc : le 17 juillet 1954, la radio annonce que Mirta a été appointée par… le ministère de l'Intérieur, qu'elle a peut-être bénéficié d'un emploi fictif et d'un salaire de complaisance. Castro explose : il ne croit pas une seule seconde que Mirta ait pu jouer les espionnes à son endroit. Il ne l'imagine pas dans le rôle d'une Mata Hari version tropicale. Il pense à un complot. Pas une seconde il n'émet non plus l'hypothèse que sa femme ait pu accepter l'aide de son frère par simple souci de survie. Le soir même, il envoie à Luis Conte Agüero une lettre dans laquelle il évoque la piste d'une « machination politique… la plus lâche, la plus vile, la plus indécente ». Il demande à son ami journaliste de mener une petite enquête auprès du frère de Mirta, Rafael Diaz Balart, afin de connaître la vérité. Dans sa cellule, Fidel perd le contrôle de lui-même. Il va jusqu'à provoquer Rafael en duel, menace de lui faire la peau. Le « gangster » Castro, en pleine crise, refait surface. Il n'est plus l'Apôtre, le Missionnaire, mais un *macho* latin qui veut jouer du couteau. Il écrit à son ami Agüero : « En ce moment, la colère m'aveugle et je ne puis presque plus réfléchir… La réputation de ma femme et mon honneur de révolutionnaire sont en jeu… »

Il en oublie presque le coup d'État monté au même moment par la CIA au Guatemala pour destituer le président progressiste Jacobo Arbenz Guzmán, soupçonné de prosoviétisme. Objectif de ce putsch : préserver les intérêts de la United Fruit Company, victime des nationalisations des grands latifundia annoncées par le gouvernement guatémaltèque.

Trop abattu, Castro s'en désintéresse presque. Incapable de se contrôler, reclus entre quatre murs sur une île-prison, il maudit le ministre de l'Intérieur, Hermida, l'homme qui a « corrompu » son épouse. Il l'accuse quasi ouvertement d'homosexualité, prétendant que « seul un être aussi efféminé, au dernier stade de la dégénérescence sexuelle, peut se comporter avec autant d'indécence et une telle absence de virilité ». Pour la première fois, Fidel révèle son aversion incontrôlable pour les homosexuels. Cette étrange réaction est celle d'un homme blessé non par la révélation du salaire fictif qu'aurait perçu sa femme par l'intermédiaire de son frère Rafael – après tout, il était totalement responsable de cette situation –, mais par la découverte que celle-ci veut le quitter. Dans sa cellule, le chef du Mouvement fulmine : et si Mirta avait rencontré un autre homme ?

Fidel le joli cœur, adulé par les femmes, ne peut comprendre pourquoi son épouse légitime s'en va. Il ne supporte pas cette idée-là. Il peut, lui, tout se permettre, mais ne tolère pas qu'on le laisse tomber. Lidia, sa sœur aînée et confidente, connaît, elle, tous les dessous de l'histoire. Il lui écrit : « Ne te fais pas de souci pour moi ; tu sais que j'ai un cœur d'acier et que je conserverai ma dignité jusqu'au dernier jour de ma vie. » Les dents serrées, Fidel ne veut pas avouer qu'il est malheureux, envahi soudain par un sentiment d'abandon qui le ronge. Il confie tout de même à Luis Conte Agüero : « Pendant bien des moments terribles que j'ai traversés depuis un an, j'ai imaginé combien il serait plus agréable d'être mort. Je considère le Mouvement du 26 juillet comme tellement au-dessus de ma personne que je m'ôterai la vie sans l'ombre d'une hésitation dès le moment où je me verrai devenu inutile à la cause pour laquelle j'ai tant souffert ; cela est vrai particulièrement maintenant que je n'ai plus de cause personnelle à défendre. » Dans ce courrier émouvant, Fidel reconnaît implicitement qu'il a tout donné au Mouvement et presque rien à Mirta et à Fidelito, cet enfant qu'il connaît à peine et qui lui manque soudain à en crever. Le petit garçon a aujourd'hui cinq ans et n'a vu son père que de temps à autre, souvent pour faire des photos destinées à la presse. Cette fois, laissant soudain vibrer sa fibre paternelle, Castro le réclame dans sa prison à cor et à cri. Il exige la garde de cet enfant si longtemps délaissé. Il écrit à sa sœur Lidia : « Je refuse même de penser que mon fils puisse dormir une seule nuit sous le même toit que mes ennemis les plus répugnants et recevoir sur ses joues innocentes les baisers de ces misérables judas… Pour m'arracher mon fils, ils devront me tuer… Je perds la tête quand je pense à ces choses-là. »

Malgré ses suppliques, Fidel Castro n'a aucune chance de récupérer son enfant. Il a beau menacer, il est trop tard : Mirta ne reviendra plus. Elle est prête à quitter le pays, s'il le faut, pour s'éloigner du volcan et s'extirper de cette histoire trop lourde à porter, entre un mari illuminé et violent, un frère prince des « coups tordus », son père, gérant de la fortune du dictateur, et cette femme, Naty Revuelta, trop belle pour qu'elle puisse lutter contre elle. Mirta veut juste vivre. Elle ne veut pas faire le bonheur de l'humanité, seulement celui de son fils. Elle désire avant tout le protéger.

Fidel n'aime pas les gens qui le quittent. Son orgueil démesuré ne connaît pas le pardon. Ni dans le privé, ni en politique. Adolescent, il croyait dur comme fer que la malédiction de Canaan s'abattrait un jour sur lui et que sa descendance connaîtrait les pires tourments. En perdant son fils, il est convaincu que la prédiction tant redoutée s'accomplit. Il peste, promet l'enfer à sa femme si elle ne lui laisse pas son fils. Elle s'enfuit chez l'ennemi yankee ? Où qu'elle soit, il la retrouvera et ne la laissera jamais en paix. Il le jure. Dans la solitude de sa cellule de la prison de l'île des Pins, Fidel Castro prépare une guerre à laquelle il n'était pas préparé, un combat plus intime et insidieux que tous ceux qu'il a menés jusque-là : la guerre conjugale.

CHAPITRE 13

L'ivresse des sommets

Quelle mouche a piqué le « dictateur » ? Quelle mystérieuse tactique l'a poussé à faire preuve d'une telle mansuétude à l'égard d'un homme qui veut voir sa tête au bout d'une pique ? Il a amnistié Castro et tous ses comparses. Généreux tyran que ce Batista : le 15 mai 1955, les « moncadistes » quittent, libres, la prison de l'île des Pins. Pourquoi un tel geste ?

Officiellement, au début de 1955, Fulgencio Batista est convaincu que la crise politique cubaine est derrière lui. En novembre 1954, il a réussi à se faire élire président de la République au terme d'élections certes loufoques, puisqu'il en a été le seul candidat, mais qui n'en avaient pas moins un semblant de vernis démocratique. Au dernier moment son adversaire, l'ex-président Grau San Martín, représentant l'opposition, s'était retiré, assuré de sa défaite, mais aussi par peur des représailles de groupes révolutionnaires terroristes, comme le « Triple A », qui menaçaient de mort tous ceux qui présenteraient leur candidature.

Malgré cette victoire « de pacotille », Batista est résolument optimiste. Après tout, son élection est légale. N'a-t-il pas obtenu plus d'un million et demi de voix ? Il peut désormais abolir la censure et rétablir progressivement les libertés constitutionnelles.

Plus personne, estime-t-il, n'est en droit désormais de lui contester sa légitimité. D'ailleurs, le vice-président américain Richard Nixon et le chef de la CIA, Allen Dulles, lui rendent une visite remarquée, en février 1955, à l'aube de son nouveau mandat, pour le féliciter de cette belle victoire « démocratique ». Cette rencontre protocolaire, en pleine guerre froide, n'est pas seulement d'ordre amical. Après leur intervention musclée au Guatemala, l'année précédente, les Américains veulent à tout prix éviter d'avoir à intervenir de manière aussi voyante à Cuba. Un nouveau coup fourré de la CIA risquerait bien d'embraser tout le continent sud-américain.

Il faut donc empêcher tout développement de l'influence communiste sur l'île, en jouant sur les contradictions internes du pays. Or Fidel Castro, selon la CIA et à l'opposé de ce que prétend Batista, n'est pas communiste. Il a même été un militant pur et dur de l'UIR (l'Union insurrectionnelle révolutionnaire) qui, contrairement à ce que laisse entendre son appellation, est un mouvement violemment anticommuniste. Un agent de la centrale de renseignement américaine, Lawrence Houston, a été chargé d'enquêter sur le mouvement de l'avocat incarcéré à l'île des Pins. Ses conclusions sont surprenantes : Castro, selon lui, est un « partenaire potentiel des États-Unis ». Tous les gens qui le soutiennent sont des journalistes en vue qui n'ont rien de dangereux agents de Moscou. Ils s'appellent Luis Conte Agüero, José Pardo Llada, Ernesto Montaner ou encore Miguel Ángel Quevedo, le très respectable patron de *Bohemia*, journal de la bourgeoisie cubaine. En outre, son histoire personnelle – douze ans passés chez les jésuites, un père grand propriétaire terrien, proche de la United Fruit Company, un passé de « gangster » à La Havane – laisse quelque espoir au département d'État : un tel parcours ne peut en avoir fait un agent de Moscou. L'expert de la CIA poursuit : « Castro est le meilleur rempart contre le péril rouge à Cuba. » Au fond, en y regardant de plus près, n'est-il pas le représentant des « grands Blancs » cubains, et Batista un petit mulâtre que la bourgeoisie de Santiago et de La Havane n'a jamais accepté ? « En laissant Castro en prison, prétend Lawrence Houston, on laisse le champ libre aux communistes qui pourraient peu à peu devenir la seule vraie opposition à Batista. »

Allen Dulles partage le point de vue de son agent et en fait part à Batista. Il ne faut pas transformer Castro en martyr, lui conseille-t-il, mais plutôt en faire un opposant présentable qui mettrait le Parti communiste définitivement hors jeu. Le président cubain serait par conséquent bien avisé de faire preuve de clémence à l'égard du prisonnier, suggère Dulles. Batista hésite. Il prévient le patron de la centrale américaine : « Castro est un serpent et un caméléon. Ne vous fiez pas à ses belles paroles. À l'île des Pins, il ne lit que des textes marxistes. » Mais, à Langley, on se fait insistant. Fulgencio Batista, dont la survie politique dépend du moral de l'armée, donc en grande partie des livraisons d'armes ordonnées par le département d'État US, est le dos au mur. Parmi ses conseillers, un homme, Rafael Diaz Balart, lui suggère vivement de ne pas se précipiter. « Cet homme, lui dit-il, est un dément. Vous le savez fort bien. Il est habité par la haine et veut votre mort. Le libérer serait une pure folie. » Le président n'est pas insensible à cet avis. Mais celui qui l'émet, pense-t-il aussi, n'est-il pas aveuglé par le ressentiment familial, ce divorce entre sa sœur et Fidel, la violence de leur séparation, cet incroyable scandale politico-familial que tout le monde veut étouffer ? Fulgencio Batista est tiraillé. D'autant plus qu'il est lié à Lina, la mère de Fidel et de Raúl. Lina, qui comme lui voue un culte à Chango, le dieu du Feu, l'a approché pour obtenir son pardon. Elle lui a promis de prier pour lui s'il faisait preuve de mansuétude.

Batista en a assez des gens de Banes et de cette extravagante histoire de famille à laquelle il est mêlé lui aussi. Et puis, il y a ce turbulent Comité des parents en faveur de l'amnistie des prisonniers politiques, dirigé d'une main de fer par Lidia Castro, la sœur de Fidel, fille de cette María Argota qui fut l'institutrice du jeune Fulgencio à Banes. Lidia, la vieille fille qui a décidé de consacrer ses jours et ses nuits à son jeune demi-frère, mène une campagne effrénée pour sa libération. Elle bénéficie de puissants relais dans la presse.

Finalement, persuadé que sa clémence ramènera la paix civile, Batista signe le projet de loi d'amnistie approuvé par le Congrès, le 6 mai, « en l'honneur de la fête des Mères ». Le message est clair : il a signé pour Lina, la maman des frères Castro, et uniquement pour elle. Ainsi le dictateur vient de régler une histoire de famille, non une affaire d'État. Batista, le « tyran sanguinaire », l'homme qui a couvert les pires crimes de sa police et de son armée, commet là une énorme erreur politique. Il fait du sentiment. En se laissant apitoyer par les larmes de Lina Ruz Castro, il fait preuve de faiblesse. Un moment d'égarement qui va lui coûter cher.

En quittant la prison de l'île des Pins, Fidel Castro n'a qu'une hâte : reprendre les armes le plus vite possible. Ces vingt-deux mois d'incarcération lui ont permis de mettre au point sa stratégie de « guerre civile ». Sur le bateau qui le ramène à Cuba, il décide d'officialiser le nom de son organisation. Désormais, le

Mouvement s'appellera « Mouvement du 26 juillet », ou « M26 », par référence à l'assaut de la Moncada. Rayonnant, Fidel rentre à La Havane où il est accueilli en héros national. La prison ne l'a nullement affaibli, au contraire. Dans sa dernière lettre de détenu, il a raconté qu'il y avait retrouvé les mêmes sensations que lors de son séjour chez les jésuites. Dans la rigueur et la discipline, il s'y est forgé une « âme de fer ». Paradoxe : il ajoute qu'en cellule, il a pu faire ce qu'il voulait : jeter ses cendres de cigare par terre, laisser sa chambre en désordre sans que personne, femme, parent ou ami, lui fasse la moindre remontrance.

Là, au moins, sa femme Mirta ne pouvait lui adresser aucun reproche. Mirta qui l'a trahi pour un misérable salaire versé par le ministère de l'Intérieur. Mirta qui n'a sans doute jamais cessé d'être en relation avec Fulgencio Batista, l'ami de la famille Diaz Balart. Mirta qui lui a volé Fidelito pour fuir avec un autre homme, un certain Emilio Núñez Blanco, médecin et responsable bien connu du… Parti orthodoxe ! Comment Fidel peut-il rester dans une organisation dont les dirigeants rient sous cape de ses mésaventures conjugales ? Peut-il encore, dans ces conditions, assister à ses réunions ?

Il rumine sa vengeance. Le Parti orthodoxe, qui lui sert de vivier où recruter de jeunes militants pour renforcer le M26, devient pour lui un terrain miné. Trop de gens, au sein de ce parti, connaissent trop de choses sur sa vie privée. S'il ne réagit pas, son aura va forcément en pâtir.

Plus grave, le propre avocat de Mirta chargé de régler leur divorce, Pelayo Cuervo Navarro, est un dirigeant orthodoxe. Sénateur, il a été un proche d'Eddy Chibas, mais il est surtout un ami intime de Naty Revuelta, sa propre maîtresse. C'est lui qui, le matin de l'assaut de la Moncada, a éconduit Naty venue lui rendre visite pour soutenir Fidel. Ce jour-là, il a haussé les épaules devant la folie du « petit coq ». C'est le même homme qui, aujourd'hui, peut l'empêcher de revoir son fils Fidelito. Pourtant, Pelayo Cuervo est un gentleman : il fait montre d'une grande discrétion sur toute cette affaire.

Fidel est tourmenté. Il se sent pris dans une nasse. Il se met à détester furieusement cet homme si courtois, si élégant, qui garde le sourire en toutes circonstances. Fidel a le sentiment que cet avocat le nargue. Son divorce l'obsède. Il songe à son père qui a mis plus de quinze ans à régler le sien. Lui, Fidel, ne laissera pas traîner l'affaire. Il veut se débarrasser au plus vite de ce contentieux, comme si tout ce qui le motive n'avait jamais existé.

Il faut tout l'amour de Naty Revuelta pour l'apaiser au cours de ce mois de juin 1955. Fidel la retrouve dès le lendemain de sa libération. Il vit une véritable passion amoureuse dans les bras de cette grande bourgeoise, dans une chambre de l'hôtel Central, au cœur de la Vieille Havane, prêtée par son ami Ernesto Montaner, ou encore dans un appartement loué discrètement par Lidia, l'omniprésente demi-sœur, à deux pas de son propre domicile, dans le quartier du Vedado.

Naty n'est pas la seule à succomber au charme du « rebelle de la Moncada », mais elle l'ignore encore. En ce début d'été, Fidel multiplie les conquêtes et poursuit fébrilement ses activités politiques. Il sait qu'il va abandonner à court terme le Parti orthodoxe et consacre tous ses soins à l'organisation du M26. Il harcèle Batista dans la presse, multiplie les attaques frontales contre le « traître vendu aux Américains ».

Il cherche aussi à étoffer son état-major. Il recrute un avocat, Armando Hart, et un médecin, Faustino Pérez, pour donner un nouveau souffle au Mouvement. La ligne politique ? « L'appareil d'organisation et de propagande, dit-il à ses nouveaux adhérents, doit détruire sans merci tous ceux qui s'efforcent de créer des courants ou de se dresser contre le Mouvement. Nous devons fermement garder les pieds sur terre, sans pour autant sacrifier la réalité supérieure des principes. » Détruire sans merci ? L'expression ne choque pas les militants.

En ce début d'été 1955, après un répit d'une dizaine de mois, la violence éclate à nouveau dans l'île. Attentats, assassinats, incendies : Cuba renoue avec ses vieux démons sans qu'on sache qui est derrière ce déchaînement de violences anarchiques. Manipulations, coups tordus : la carte politique cubaine est comme un échiquier renversé.

Castro y retrouve son costume d'homme aux abois. Après avoir vécu quelque temps chez sa demi-sœur Lidia qui lui tient lieu de maman, de secrétaire et de blanchisseuse, il recommence à changer chaque soir d'appartement. Il se sent traqué, comme toujours, et ne fait vraiment confiance qu'à son frère Raúl qui lui sert parfois de garde du corps. Il retrouve là sa position favorite : celle du martyr. Il annonce fièrement dans la presse : « J'ai été informé que des actes d'agression sont en préparation contre moi-même et mes compagnons. » Obsédé par Batista, il écrit au début de juin, dans le journal *La Calle*, un article d'une violence inouïe contre le président cubain, intitulé « Des mains criminelles ! », dans lequel il le traite quasiment de voleur. Les jours suivants, Fidel accuse le gouvernement d'avoir fait assassiner un ancien officier de marine revenu d'exil, Jorge Agostini. Castro n'a qu'un objectif : pousser Batista à suspendre les libertés constitutionnelles (couvre-feu, censure, etc.), pour provoquer une insurrection. Il cherche la confrontation. Fidel n'a pas changé : il n'est heureux et à l'aise que dans le chaos. Mais, cette fois, Batista ne flanche pas et lance deux mandats d'arrêt contre lui. Plus question de faire du sentiment. Tant pis pour Lina, tant pis pour Ángel Castro à qui Fidel n'a pas rendu la moindre visite depuis son retour de prison. Tant pis pour Banes, pour Chango, pour Mirta. La police reçoit l'ordre d'arrêter Fidel Castro qui n'a plus d'autre choix que le chemin de l'exil.

Le 12 juin, le « proscrit » réunit en catastrophe, pour la première fois, le directoire national du M26 au cours d'une réunion secrète dans une maison abandonnée de la rue Factoría, dans le quartier du port de La Havane. Ils sont dix : Melba Hernández, Haydée Santamaría, Armando Hart, Nico López, Pedro Miret, Jesús Montané, José Suárez Blanco, Pedro Celestino Aguilera, Faustino Pérez et Luis Bonito. Raúl Castro assiste à cette réunion au sommet sans être lui-même officiellement membre de la direction. Le frère cadet est toujours dans la marge : c'est le joker de Fidel, celui qui reste dans l'ombre, cerbère discret et prêt à réagir en fonction des événements.

Au cours de cette rencontre clandestine, Fidel annonce son départ imminent pour le Mexique. Comme José Martí, l'Apôtre, il va préparer la révolution de l'autre côté de la mer des Caraïbes. Comme lui, pour financer le M26, il va constituer à l'étranger des clubs révolutionnaires, surtout aux États-Unis. Là-bas, la communauté exilée est puissante et riche. Il faut se donner de plus grands moyens pour « chasser le tyran ».

Le 7 juillet 1955, il demande à Lidia d'aller chercher Fidelito à la sortie de l'école, avec l'autorisation de Mirta. Accompagné d'un avocat, il part avec son fils pour l'aéroport de Rancho Boyeros. Il lui jure qu'il ne le laissera jamais partir à l'étranger et le récupérera très vite, d'une manière ou d'une autre. Il lui recommande de toujours écouter Lidia ; un jour elle viendra le chercher pour lui permettre de le rejoindre. Il le serre dans ses bras, puis il embarque sur le vol 566 de la Compagnie mexicaine d'aviation. Sur son passeport ne figure qu'un visa de tourisme.

Avant de fuir au Mexique, il a laissé un message au journal *Bohemia* : « Je quitte Cuba, car toutes les portes qui conduisent à une lutte pacifique se sont refermées devant moi [...]. En bon disciple de Martí, je crois que l'heure est venue de conquérir nos droits au lieu de les mendier, de combattre au lieu de plaider pour les obtenir. Je vais m'établir quelque part dans les Caraïbes. On ne revient pas de tels voyages ; ou bien, si l'on en revient, c'est pour voir la tyrannie décapitée à ses pieds. »

Qui est ce type au regard magnétique ? Il vous parle de la révolution avec une onction de prêtre, d'une voix profonde et placide, comme si la lutte des classes était le nouvel Évangile. Pourquoi donc Fidel, en d'autres temps moins patient, l'écoute-t-il avec tant d'intérêt ? L'homme aux yeux noirs est argentin. Il s'appelle Ernesto Guevara. Il a vingt-sept ans et une étrange façon de parler, lente et imperturbable, comme si rien ne pouvait le troubler. Dans ce cercle de révolutionnaires, il détonne. Il n'a aucun fait d'armes à son actif. Il est même considéré par ses amis comme un « marxiste de salon ». Pourtant, le dirigeant cubain, auréolé des titres de gloire que lui ont valus l'assaut de la Moncada et son aventure colombienne, suit intensément les tirades anti-impérialistes du nouveau venu. Il est captivé. Que se passe-t-il, ce soir du 9 juillet 1955, au 49 de la rue Emparán, près de la place de la République, à Mexico, chez María Antonia Sánchez González, une exilée cubaine dont l'appartement sert de refuge à tous les proscrits antibatistiens ? Généralement, au bout de quelques minutes de monologue de son interlocuteur, Fidel perd patience, grommelle, interrompt le bavard, sort un bon mot qui provoque l'hilarité de l'assistance, puis il reprend la parole pour de longues heures. Quand il est là, personne n'a le droit de disserter à sa place. Lui seul s'octroie ce privilège. Or, cette fois, il joue les statues de sel et paraît comme envoûté. Ses proches attendent la contre-attaque, le moment fatal où il va humilier l'insolent. Pourquoi n'envoie-t-il pas cet intellectuel de Buenos Aires dans les cordes, comme il aime tant à le faire ? Parce que le *bicho*, le « renard » se fie à son radar intérieur. Comme tous les hommes d'action, Fidel Castro a une intelligence animale, un instinct qui, en cette nuit d'été à Mexico, lui a permis de flairer une personnalité exceptionnelle.

Mieux : il éprouve un sentiment tout à fait nouveau. L'homme qui lui fait face est son double. Ni un frère ni un proche, mais un sosie mental. Pourtant, en apparence, ils ont bien peu de chose en commun. Celui que ses amis surnomment « le Che » – parce que, comme tous les Argentins, il prononce la diphtongue *ch* plus que de raison – n'a jamais tiré un coup de feu ni milité dans aucune organisation politique. De surcroît, il dit qu'il est médecin allergologue, qu'il a traversé la cordillère des Andes à moto, sur une Norton de 500 cm^3 qui a rendu l'âme au cours du voyage, le contraignant à poursuivre en auto-stop, en bus, en train, en steamer et même en radeau. Tintin au pays des Incas… Au cours de son périple, il a joué les infirmiers dans une léproserie au fin fond de l'Amazonie ; il a travaillé au nord du Chili, dans les fameuses mines de Chuquicamata (« la Montagne Rouge » en indien arauca) ; il a visité le Machu Picchu ; il a joué les entraîneurs de football dans la jungle colombienne ; il a traversé l'Équateur, la Bolivie, le Costa Rica, Panamá, le Nicaragua, pour conclure son odyssée au Guatemala. Durant toutes ces années de globe-trotter, le jeune Guevara a joué les aventuriers. Il a traqué l'émotion forte, armé d'un Leica pour les paysages et d'un Smith & Wesson pour les rôdeurs. Il aime raconter que ce goût des grands espaces lui vient de son grand-père, chercheur d'or et grand voyageur. Au cours de ces années-là, Ernesto Guevara a été davantage un disciple de Joseph Conrad que du « petit père des peuples » Joseph Staline. Le « Che » n'a vraiment commencé à s'intéresser à la politique qu'en 1954, au Guatemala, quand il a rencontré Hilda Gadea, une Péruvienne, son aînée de trois ans.

Intellectuelle marxiste, militante du mouvement APRA *(Alianza popular revolucionaria americana)*, Hilda est un petit bout de femme passionnée, énergique, bénéficiant d'un imposant carnet d'adresses dans les milieux d'extrême gauche en Amérique centrale. On la dit trotskiste. Guevara est séduit non par la beauté de la jeune femme, qualité dont elle est dépourvue, mais par son extraordinaire culture politique. Leur idylle n'a rien de passionnel. Dans leur entourage, on est quelque peu surpris par le caractère raisonnable de leur liaison. Ernesto considère Hilda plutôt comme une grande sœur ou une petite mère. Il lui arrive de la surnommer *« La Vieja »*, expression que les Sud-Américains réservent en général à leur génitrice. Hilda accepte ce rôle de pygmalion. Elle initie le Che au bréviaire léniniste. Gamin, il lisait Jack London, Jules Verne et Stevenson. Avec elle, il plonge dans *Le Capital* de Marx, *La Nouvelle Chine* de Mao, et se convainc que tous les malheurs du cône sud-américain viennent du Nord, repaire du Mal absolu, ce capitalisme protestant honni par les bons pères espagnols que « le Che », comme tout bon fils de famille, a fréquentés dans sa jeunesse. Ernesto est d'origine basque par sa mère, et irlandaise par son père. Comme Fidel, le Galicien, Ernesto, le Basco-Irlandais, est un homme en quête d'une terre à jamais perdue. Il a appris dès son plus jeune âge à détester ces fils de quakers qui ont inventé Wall Street et plongé l'Espagne dans les ténèbres.

Mais, entre les deux hommes, le lien est plus profond, plus invisible aussi. Tous deux sont des maudits. Depuis l'âge de deux ans, Ernesto est atteint d'un mal incurable : l'asthme. Durant toute son enfance, ses parents ont déménagé sans cesse pour trouver le climat idéal, le lieu rêvé qui lui épargneraient ces crises de plus en plus violentes qui lui donnent chaque fois l'impression de frôler la mort. Pour le soustraire au mal, cette famille nomade a cherché dans la sierra le meilleur air, toujours plus haut. Enfant chétif, dévoreur de livres, Ernesto s'est laissé convaincre que son salut se trouvait quelque part au sommet des collines, dans les contreforts de la cordillère des Andes. Comme Fidel, il passe son adolescence à galoper à cheval dans les montagnes. Comme Fidel, il est persuadé que la plaine est un nid à microbes, que le bonheur est dans les cimes. Comme Fidel, il est un enfant casse-cou, toujours prêt à épater l'entourage par des bravades de trompe-la-mort. Un jour, il se met en équilibre sur les deux mains sur le parapet d'un pont haut de 20 mètres. Il joue au rugby contre l'avis des médecins, ne s'estime satisfait que quand il sort du terrain, le corps meurtri de coups. Comme Fidel, c'est un piètre danseur et un chanteur plus que médiocre. Comme Fidel, il a poursuivi ses études sans le moindre enthousiasme, et passé ses examens de médecine en quelques mois, entre deux voyages. Certains prétendent même qu'il n'a jamais obtenu son diplôme, ou bien qu'il l'aurait acheté. Les deux hommes, c'est sûr, ont l'un et l'autre décroché leurs examens dans des conditions peu communes. L'un et l'autre ont réussi, en l'espace de quatre ou cinq mois, à passer autant de certificats que les meilleurs étudiants en deux ans. Mais l'important n'est pas là. Ernesto Guevara, le Basco-Irlandais, et Fidel Castro, le Galicien, courent derrière le même fantôme : une enfance de vilain petit canard. Ce signe de reconnaissance, chacun des deux hommes l'a instinctivement perçu chez l'autre. Le « bâtard de Biran » et l'« asthmatique d'Alta Gracia » sont ainsi liés par quelque chose de plus fort que les liens du sang.

Au bout de quelques quarts d'heure de conversation, Fidel Castro ne peut s'empêcher d'intervenir et se lance dans un long discours géostratégique qui ne s'achève qu'à l'aube. Le « Che » est littéralement ébloui. Fidel ne peut mieux toucher son nouvel ami. Il cite José Martí, Marx, Lénine, mais surtout avance l'idée que pour réussir, la révolution, en Amérique du Sud, devra se faire dans les montagnes, qu'il faudra pratiquer une guérilla de harcèlement, rester toujours caché au cœur de la sierra. Il faudra pratiquer la technique du cobra : piquer et disparaître, ce que les spécialistes appellent le *hit-and-run*. Le « Che » est désormais sûr d'avoir trouvé sa voie. Il est prêt à suivre cet homme au bout du monde pourvu que ce soit par un chemin de crêtes.

L'exilé cubain lui annonce qu'il prépare une invasion de Cuba depuis le Mexique. Veut-il en être ? Ernesto Guevara n'hésite pas. Après des années d'errance, de quête de lui-même, il a enfin trouvé un but à sa vie. Il est prêt à mourir pour la cause cubaine qui devient à ses yeux celle de toute l'Amérique latine.

« Pour réussir notre mission, ajoute Fidel Castro, il faut que tu apprennes une chose fondamentale, indispensable. Il faut que tu haïsses le tyran Batista de toutes tes forces. Il n'y a pas de demi-mesure. Tu dois être habité par une haine totale, inextinguible. Il faut s'entraîner au maniement des armes, mais aussi à haïr chaque jour davantage ce répugnant personnage. »

Le jeune Argentin est disposé à haïr. Fidel Castro lui pose la main sur l'épaule, rasséréné. Il a enfin trouvé un homme à sa mesure. Un Argentin qui ne peut bien respirer qu'en altitude, à qui il lâche, dans un sourire : « Au Mexique, sais-tu où il y a des montagnes ? »

CHAPITRE 14

Dans le labyrinthe de l'exil

C'est une ville faite pour l'étranger. Le lieu de tous les métissages. Une cité magique, violente et lumineuse, posée sur un haut plateau cerné de volcans. À plus de deux mille mètres d'altitude, Mexico la fantasque trône, comme un temple inca, à vue d'aigle de la puissance nord-américaine. Ici tout est provisoire, le temps est comme en suspension à cause des tremblements de terre qui sèment, toutes les décennies, mort et désolation. Ici, dans cette capitale de l'éphémère, on accueille tous les fuyards. Sans doute à cause de sa révolution joyeuse, bâtie au début du siècle autour des figures mythiques de Pancho Villa et Emiliano Zapata, mais aussi du modèle politique incarné par le président mexicain Lázaro Cárdenas, chef charismatique d'un pays qui a dit non aux Américains sans provoquer la fin du monde.

Installé dans une misérable chambre d'un petit hôtel du centre de Mexico, Fidel Castro ne jure que par cette « révolution mexicaine ». Au pouvoir de 1934 à 1940, Cárdenas a réussi le tour de force de nationaliser la totalité des compagnies pétrolières américaines sans pâtir de la moindre tentative de coup d'État. En l'espace de quelques années, le régime mexicain est devenu un exemple pour tous les progressistes sud-américains. Malgré la présence d'un État fort dans tous les secteurs-clés de l'économie, le Mexique est resté un pays ouvert et tolérant. Des quatre coins du monde, les « damnés de la terre » continuent à venir s'y réfugier. Dès 1937, Léon Trotski, fondateur de l'Armée rouge, s'y est installé avec son épouse Natalia pour échapper à la police politique de Staline. Il est logé chez Frida Kahlo, la célèbre artiste peintre d'origine hongroise, et son mari, Diego Rivera, maître du « muralisme », militant communiste devenu trotskiste. Les écrivains américains viennent s'encanailler au pays de la tequila, du peyotl et des airs de Pérez Prado, loin du productivisme morne des *gringos*. Parmi eux, Malcolm Lowry, Graham Greene, John Dos Passos. De nombreux Juifs fuyant le nazisme viennent européaniser la cité aztèque. Puis vont débarquer à leur tour les stars de la *beat generation* américaine, de Jack Kerouac à William Burroughs, amoureux de cette métropole de trois millions d'habitants qui danse sur un volcan. Dans les années cinquante, Mexico c'est New York en version tropicale. Une ville moderne, latine, surgie de la nuit des temps, influencée par les intellectuels espagnols en exil. La liste des artistes européens venus goûter aux délices de l'« indianité » est interminable : Breton, Maïakovski, Chagall, Buñuel…

Castro pourrait se laisser prendre à cette frénésie intellectuelle et oublier pour quelques jours sa « mission ». Mais rien ne saurait le distraire de son objectif. Dès son arrivée dans la « Venise du Nouveau Monde », il n'a pas une seconde à accorder à l'architecture exceptionnelle de la ville. Tout son être est tendu vers un seul but : rentrer à Cuba par mer, débarquer en Oriente et y provoquer la révolution.

Il est pourtant épuisé par ces derniers mois passés à La Havane. Son divorce l'a laminé. Politiquement, son organisation, le M26, demeure à l'état groupusculaire, et le Parti orthodoxe, dont il reste membre, n'a plus aucune confiance en lui. Il dispose encore d'un atout : son impact médiatique. La presse cubaine continue dans l'ensemble à le soutenir, mis à part le très conservateur *Diario de la Marina*. Il lui faut donc trouver très vite un moyen de ne pas basculer dans l'oubli.

Malgré une grippe tenace, il se lance dans la rédaction d'un nouveau « document historique », le *Manifeste n° 1 au peuple cubain*, qu'il veut diffuser sur l'île à grande échelle. Seul et sans le sou, plongé dans une profonde affliction, il sombre dans une dépression nerveuse que seule la présence de María Antonia Sánchez semble apaiser quelque peu. D'un pas traînant, tel un fantôme, il lui rend visite à l'heure des repas.

Mais il a tôt fait de se ressaisir. Dans la fièvre, au cœur de l'été mexicain, il rédige son programme en quinze points, assez voisin de l'expérience mexicaine, mais qui ne propose aucune nationalisation des compagnies sucrières américaines, du moins explicitement. Dans cette plate-forme révolutionnaire, il se borne à défendre le « droit des travailleurs à participer largement aux profits des grandes entreprises industrielles, commerciales et minières... ». La formule est suffisamment floue pour ne pas trop inquiéter le voisin yankee, qu'il compte visiter à bref délai pour y collecter des fonds. Il a besoin d'un visa américain pour l'automne. Il évite donc toute provocation et veille à se faire oublier par la CIA. Si l'on en juge par son programme, seules seront nationalisées les compagnies d'électricité, de gaz et de téléphone. Pas question de toucher à la United Fruit Company. Fidel reste tout aussi flou sur le problème agricole. Il souhaite « l'interdiction des *latifundios*, la distribution de la terre aux familles de paysans ». Mais, là encore, rien de précis. À partir de quelle superficie un domaine agricole est-il considéré comme un *latifundio* ? Pour lui, il ne fait aucun doute qu'il démembrera le domaine de Biran. Don Ángel, aujourd'hui octogénaire, ne sera plus rien dans sa propriété de Manacas réduite à un lopin de terre. « Le Vieux » ne possédera plus que sa maison galicienne et les problèmes d'héritage entre les sept enfants Castro ne se poseront donc plus. Tel est le prix à payer pour la réussite de la « révolution profonde », déclare Fidel à ses proches. Il veut être sans tache : le premier grand domaine à être nationalisé sera le sien !

Le manifeste, tiré à deux mille exemplaires – et non pas à cent mille, comme il le souhaitait –, est introduit à La Havane par la sœur de la chanteuse pop Orquídea Pino, entre les pages d'une grosse *Histoire des Incas*, classique de la bibliographie latino-américaine. Il ne provoque aucun raz de marée, aucune réunion, pas le moindre frémissement dans l'opinion. Loin des yeux, loin du cœur ? L'exilé cubain sent confusément qu'il risque de disparaître du jeu politique en quelques semaines. Il s'inquiète de cette situation, harcèle les dirigeants du M26 restés à Cuba ; les exhorte à organiser son retour et les inonde quasi quotidiennement de notes, d'ordres et de contrordres.

En cette fin d'août 1955, Fidel, qui vient d'avoir 29 ans, est angoissé. Il vient tout juste d'assister au mariage de Guevara et d'Hilda Gadea, le 18, dans le village de Tepozotlán ; le jeune Argentin lui avait demandé d'être son témoin. Parmi les convives : Raúl Castro mais aussi Jesús Montané, revenu en hâte de Cuba rassurer son chef sur l'indéfectible fidélité des troupes du M26. Autre invitée : la poétesse vénézuélienne Lucila Velázquez, la meilleure amie de la mariée ; sensible au charme de l'ombrageux Fidel, en crise d'« abandonnisme » aiguë, elle se laisse séduire, mais s'ennuie bien vite auprès d'un homme incapable de s'intéresser à elle et qui ne sait lui parler que débarquement et insurrection. Elle rompt. Fidel s'en aperçoit à peine, tant son esprit est obnubilé par un seul sujet : les Cubains sont-ils en train de m'oublier ?

Il convoque son lieutenant, Pedro Miret, en qui il a une confiance absolue, et lui demande d'étudier dans les plus brefs délais un plan de débarquement dans la région de l'Oriente. Il ne veut pas végéter dans cette capitale émolliente où les exilés indolents semblent si peu pressés de rentrer chez eux. En septembre, le fidèle Miret part en repérage sur la côte sud-orientale de Cuba, dans la « péninsule », entre Niquero et le port de pêche de Pilón. Il est accompagné d'une nouvelle militante de 34 ans, Celia Sánchez, une femme brune, fille d'un médecin de la région, militant orthodoxe, et par Frank País, âgé de 20 ans, coordinateur du M26 pour la zone de Santiago. Le trio explore les plages, étudie les courants, cherche les meilleures zones où constituer le premier maquis fidéliste. Pedro Miret fait parvenir un rapport très précis à Mexico, car Celia Sánchez a pu récupérer des cartes côtières particulièrement utiles. Rassuré, Fidel n'a plus qu'une hâte : lancer l'opération. Mais, au préalable, il lui faut trouver le nerf de la guerre – l'argent. Il part pour un voyage de sept semaines aux États-Unis.

Avec Ernesto Guevara, il comptait obtenir un soutien financier du président argentin Juan Perón. Les deux hommes sont en effet des admirateurs du très populiste et très despotique leader justicialiste. Hélas, ce dernier vient tout juste d'être évincé du pouvoir par des généraux partisans de la « démocratie représentative ». Atterrés par la nouvelle, les deux révolutionnaires savent qu'ils perdent là un protecteur potentiel et une sérieuse source de subsides. Fidel, dont le voyage à Bogotá, en 1948, avait été précisément payé par Perón, est vivement contrarié. Il lui faut impérativement réussir ce voyage américain.

Le 10 octobre, il part pour Philadelphie, poursuit son périple par Union City (New Jersey), Bridgeport (Connecticut), Miami, Tampa, Key West (Floride), Nassau (les Bahamas). Le point nodal de sa tournée est New York. Le 30 octobre 1955, dans une salle du Palm Garden, à l'angle de la 52e Rue et de la 8e Avenue, devant un auditoire de huit cents émigrés cubains, Fidel annonce officiellement qu'il est à la tête d'une « armée de libération », le M26, puis il lâche, prophétique, d'une voix tonitruante : « Je peux vous faire savoir en toute confiance qu'en 1956 nous serons libres ou martyrs ! » Fidel révèle ainsi à la terre entière qu'il prépare une invasion de l'île. Il lève lui-même le secret sur l'opération qu'il considérait quelques jours auparavant comme ultraclandestine. Encore une fois, il pèche par impatience et mégalomanie. Incapable de ne pas apparaître sur la scène médiatique, il a besoin en permanence du regard des autres pour exister. Il ne peut vivre plus de quelques jours sans faire l'objet d'un article de presse : c'est son oxygène. Il a tout autant besoin de coups de théâtre : c'est son adrénaline.

À l'issue du meeting, certains, comme Juan Manuel Márquez, un des leaders du Parti orthodoxe, organisateur de sa tournée, l'interrogent sur ce faux pas. Comment, alors qu'il impose un silence absolu à tous les militants, a-t-il pu divulguer publiquement les projets du M26 ? Gêné, Castro trouve une parade : son « coup » est une opération de pure propagande destinée à relancer le M26 dans l'opinion cubaine. Il fallait créer un choc, dit-il, faire l'annonce d'un événement historique, et surtout prendre de vitesse, encore une fois, l'opposition intérieure en pleine réorganisation. Fidel a la hantise que quelqu'un d'autre lui ravisse le leadership de la lutte contre Batista.

Il a quelques raisons de s'inquiéter. Pendant qu'il fait la quête chez les Yankees, un homme fait la une des journaux à La Havane : José Antonio Echevarría. Jeune, fringant, déterminé, celui-ci n'a peur de rien. Il vient de créer un mouvement, le « Directoire révolutionnaire », qui puise ses militants dans le vivier de la très puissante FEU, la Fédération des étudiants universitaires. Echevarría est considéré comme un démocrate, mais est prêt à pratiquer le terrorisme, si nécessaire, pour chasser Batista du pouvoir. Exalté, courageux, il est doué d'un rare charisme. Au fil des mois, son influence grandit régulièrement. En novembre 1955, il crée la surprise en organisant une manifestation géante à La Havane, qui réunit plusieurs dizaines de milliers de personnes, avec tous les représentants de l'opposition, afin de trouver une issue pacifique à la crise cubaine. Dans le même temps, pour la première fois, des mouvements sociaux se font jour dans les sucreries. Plutôt favorables jusqu'ici au président Batista, les ouvriers commencent à changer d'attitude. Le principe d'une grève générale paralysant le pays en vue de chasser le « dictateur » est évoqué. Contrairement à Fidel Castro qui n'a jamais cherché à se rapprocher du mouvement ouvrier, Echevarría tente de séduire les organisations syndicales et de les fédérer.

Le nouvel et dynamique opposant agit sur tous les fronts, dans les mouvements sociaux, au grand jour, mais aussi dans les tractations les plus secrètes. Au début d'août, la police déjoue in extremis un coup d'État fomenté depuis les États-Unis par l'ex-président Prío, soutenu par José Antonio Echevarría. Un très important stock d'armes est saisi. Absent de Cuba, isolé et impuissant, Fidel comprend que le flux des événements lui échappe. Il lui faut précipiter le cours des choses de son côté ou bien tout faire pour affaiblir de l'intérieur l'opposition légaliste. Coûte que coûte, il doit rester le seul phare de la révolution. Le danger nommé Echevarría lui redonne force et énergie.

Un autre fait le dope également : il a désormais auprès de lui son fils Fidelito. Au cours du mois de novembre 1955, Castro a organisé son enlèvement par le truchement de Lidia. L'incontournable sœur a quasiment « kidnappé » Fidelito à la sortie de l'école, à La Havane, alors que Mirta avait la garde de l'enfant. Le 20 novembre, le gamin, âgé de six ans, assiste à son premier meeting politique au Flagler Theater de Miami. Fidel exulte. Les Diaz Balart, cette belle-famille honnie par Fidel, ne peuvent plus rien pour récupérer le petit. Désormais, il vivra à Mexico avec lui, ou plus exactement chez un couple d'amis, la chanteuse pop cubaine Orquídea Pino et son mari Alfonso Gutiérrez, avec pour nounous ses tantes Lidia et Enma Castro. En fait, totalement absorbé par ses activités politiques, lui-même n'a pas le temps de s'occuper de son fils. Il a seulement décidé d'en faire un otage politique. Il le dit et redit : « Jamais les Diaz Balart, vendus au tyran, ne pourront le toucher ! » Il inflige par là aussi une punition à Mirta, coupable d'avoir commis l'infamie de le quitter et de le ridiculiser aux yeux de tant de militants orthodoxes. Plus jamais il ne perdra la face à cause d'une femme ! Plus jamais sa vie privée ne sera un obstacle à ses ambitions. Durant ces premiers mois d'exil, il en oublie Naty Revuelta, sa muse de La Havane. Il n'a qu'une seule et unique préoccupation : sa survie politique.

Depuis Mexico, dans ses incessantes instructions adressées aux militants du M26 à Cuba, Fidel parle désormais de lui à la troisième personne. Il est devenu l'Apôtre, le fils spirituel de José Martí, non seulement intellectuellement, mais dans les faits. Sur le continent américain, il met ses pas dans ceux du maître, avec méticulosité et obstination. À chaque rencontre, dans chaque entretien, il brandit la figure historique du poète cubain mort stupidement au combat, fauché par une balle perdue. En citant sans relâche les grandes figures du continent latino-américain, Simón Bolívar, Emiliano Zapata, Pancho Villa, il s'installe à son tour dans le panthéon des « géants ». Son égocentrisme ne connaît plus de limites. Il prend pour pseudonyme « Alex », diminutif d'Alexandre, son second prénom : « Alex est convaincu... », « Alex envisage de... ». Cet « autisme grandiose » lui permet d'envoûter ses interlocuteurs qui n'ont pas d'autre alternative : ou bien grimper dans le train de l'Histoire avec lui, ou bien reconnaître que leur vie n'a aucun sens. Dialectique brutale, mais d'une redoutable efficacité.

Son charisme agit certes au Mexique, mais ailleurs ? Dans la presse de La Havane, ses interventions ne provoquent pas les tempêtes qu'il escomptait. Au contraire, certains dirigeants de l'opposition ne cachent plus leur agacement devant la mégalomanie et l'intolérance bornée du personnage ; ils le soupçonnent ouvertement de tendances « caudillistes ». Dans un article retentissant publié par *Bohemia* le 18 décembre 1955 et intitulé « La Patrie n'appartient pas à Fidel », Miguel Hernández Bauza le prend violemment à partie. Le chroniqueur havanais sent poindre le tyran derrière les propos révolutionnaires de l'émigré mexicain. Il écrit : « Demain, tout ce qui ne sera pas partisan de Fidel sera exécuté pour immoralité ! » Bauza explique aux Cubains qu'ils ont la mémoire courte et ont oublié un peu trop vite que le soi-disant chevalier blanc de la Révolution – « Dieu et César en un seul morceau de chair et d'os » – a été lui-même un « gangster », qu'il a participé aux pires opérations qui provoquèrent l'effondrement du régime démocratique né en 1940. Il ne suffit pas, poursuit-il, qu'il se soit « baigné dans les eaux du Jourdain de la Moncada » pour être lavé de tous ses péchés. Pour la première fois, à l'opposé des incantations lyrico-révolutionnaires dont les Cubains sont si friands, un homme ose décortiquer la personnalité du *Loco*.

À la lecture de l'article, Castro pique une colère mémorable. Hernández Bauza a visé juste : dans tous ses états, Fidel lui répond dans *Bohemia*, le 8 janvier 1956, par un interminable article, sur neuf colonnes, intitulé « Contre tous ! ». Il y dénonce une conjuration ourdie contre lui. Il s'y livre à des confidences, parle de sa solitude, de ses souffrances. Il joue les martyrs, son rôle de prédilection, mais surtout il sait utiliser avant l'heure, en expert, le nouveau pouvoir des médias. Les lecteurs veulent de l'émotion ? Fidel est là pour leur en fournir. Il peaufine son personnage de Robin des bois capable de coups de cafard, de grandes colères et d'une incomparable générosité. L'histrion révélé dans les amphithéâtres de l'université de La Havane utilise les mêmes ficelles avec un égal bonheur. Il observe que, « quatre ans plus tôt, nul ne s'occupait de ma personne… J'étais ignoré parmi les maîtres tout-puissants qui discutaient des destinées du pays… Aujourd'hui, bien étrangement, tout le monde se dresse contre moi ». Paradoxe : cette attaque féroce d'une grande signature de la presse cubaine le revigore. Il en déduit qu'il est toujours au centre du jeu, puisqu'on dit encore du mal de lui. En bon propagandiste, il sait que, pour exister, rien ne vaut une bonne polémique. Et rien ne le motive davantage que cette position de paria, de proscrit, de « mouton noir » de la bourgeoisie cubaine. Rasséréné, avec les dix mille dollars qu'il a rapportés des USA et le produit des collectes organisées par le M26 sur le sol cubain, il peut désormais mettre sur pied ses « troupes d'invasion ». L'idéal serait de débarquer à Cuba le 26 juillet, ou à défaut en août, le jour anniversaire de la mort d'Eddy Chibas.

En quelques semaines, il parvient à recruter un ancien général républicain de la guerre d'Espagne, Alberto Bayo, grand spécialiste de la guérilla, qu'on soupçonne d'être lié au KGB, et à constituer son « armée de l'ombre ». Dans un premier temps, par mesure de sécurité, l'entraînement militaire est organisé dans… les appartements des exilés cubains ! Les apprentis guérilleros sont donc formés « à domicile ». Ils reçoivent pour consigne d'en savoir le moins possible sur les autres groupes du M26 disséminés à Mexico et dans sa banlieue. Ils doivent aussi apprendre à marcher. La plupart des candidats à la « guerre de libération » passent ainsi des nuits à sillonner la capitale pour devenir de parfaits maquisards. Ils font des « marches commando » en jouant les touristes. On leur demande aussi de se maintenir en parfaite forme physique, donc de ne pas boire, ou, pour certains, de se mettre au régime sec. Ernesto Guevara décide personnellement de réduire sa consommation de viande… au petit déjeuner. Ils n'ont pas le droit d'aller au cinéma ni de sortir au restaurant à plus de deux. Bien sûr, Fidel et le « Che » organisent des week-ends « escalade » sur les pentes du Popocatépetl et de l'Ixtacihuatl. Au cours de ces « crapahutages » en montagne, Fidel Castro retrouve les sensations de l'époque du collège de Belén, des sorties avec le père Llorente, l'extase des sommets. Il découvre aussi l'incroyable volonté du « Che », sa capacité à surmonter les effets de sa maladie pour ne pas retarder la « colonne ».

En février 1956, il déniche un terrain d'entraînement tout près de Mexico, le champ de tir de Los Gamitos. Discret et cerné de montagnes, le lieu est idéal. Alberto Bayo l'utilise pour l'apprentissage des manœuvres de guérilla. L'ex-officier républicain a deux instructeurs : Joe Smith, un ancien « marine » américain, et Miguel Sánchez, un Cubain qui a combattu dans les rangs du contingent américain en Corée. Au bout de quelques mois, Fidel Castro, par mesure de sécurité, décide de changer de centre d'entraînement. Alberto Bayo déniche alors un ranch à quarante kilomètres de la capitale, le domaine de Santa Rosa. Totalement isolée, la ferme peut héberger une cinquantaine de combattants. Au milieu du printemps, le premier détachement de l'armée rebelle prend possession de cette « caserne au grand air ». Castro nomme Ernesto Guevara « chef du personnel » sous la direction d'Alberto Bayo. L'entraînement est rude. On simule des combats en pleine montagne. On installe des campements. Les marches de nuit sont incessantes. Castro, qui consacre l'intégralité de son temps à la collecte d'armes et d'argent, mais aussi à étoffer son carnet d'adresses politiques, est rarement présent. Il reste généralement à Mexico et n'intervient à Santa Rosa qu'en cas d'absolue nécessité. Ou bien il y effectue des visites-surprises, et improvise alors une marche de nuit, jusqu'à épuisement des troupes, pour bien montrer à tous qu'il est le *Comandante*.

Un jour, au cours d'un entraînement particulièrement féroce, un militant nommé Calixto Morales, ancien instituteur, refuse de faire un pas de plus, s'assoit par terre et allume une cigarette, sans se préoccuper de l'officier qui lui ordonne de se lever et de poursuivre la marche forcée. C'est le premier cas de rébellion d'un soldat de… l'armée rebelle. Fidel, alerté aussitôt à Mexico, déboule à Santa Rosa, accompagné de son frère Raúl et de Gustavo Arcos. Il n'hésite pas une seconde : il ordonne de faire passer Calixto Morales en cour martiale. Il s'autoproclame aussitôt président du tribunal, désigne Alberto Bayo et Gustavo Arcos comme assesseurs, et installe Raúl dans le fauteuil du procureur. L'avocat Castro, devenu magistrat, se lance dans un interminable discours sur la nécessaire discipline révolutionnaire. « Il était éloquent, passionné, convaincant, se souvient Alberto Bayo… Il suait l'indignation par tous les pores et demandait à grands cris que les *compañeros* mettent fin à cette infection, sinon la gangrène les gagnerait tous. » Au détour d'une phrase, dans un murmure, comme si c'était un simple détail, Fidel réclame la peine de mort pour Calixto. À la fin de l'intervention du *Comandante*, Alberto Bayo, halluciné par la tournure des événements, tente de trouver une parade. Il prévient que l'exécution d'un Cubain sur le sol mexicain constituerait une grave erreur. Si la police vient à découvrir le cadavre, une enquête sera ouverte, provoquera un scandale… Fini le rêve d'une « entrée triomphale à La Havane ». Bayo cherche à faire fléchir Fidel en lui parlant politique. Le *Comandante* paraît ébranlé. Faut-il exécuter cet homme pour l'exemple ? Faut-il ne pas faire de vagues en territoire mexicain ? Dans son système de défense, Alberto Bayo reçoit le soutien de Gustavo Arcos. Soudain, à la stupeur générale, Raúl intervient. « Il se dressa comme un lion furieux, raconte Alberto Bayo. "Quelle déception j'ai éprouvée, cet après-midi, en entendant les paroles du général Bayo ! hurla-t-il. Vous avez passé votre vie à parler de discipline militaire... Vous, général Bayo, notre professeur d'éthique militaire, de morale militaire, vous jetez l'éponge et cherchez à sauver la vie de cet individu ?... Non, cent fois non ! Nous ne pouvons entamer notre histoire par cette cochonnerie, nous ne pouvons faire cette tache sur notre histoire, souiller nos mains dans la purulence qui coule de cet individu... Sa tentative pour saboter nos forces a échoué... Je dois vous demander d'être inflexibles avec notre compagnon, de lui appliquer le code de votre conscience, puisque nous n'avons pas encore rédigé de code militaire applicable en temps de guerre..." » Les premiers membres de l'armée rebelle, médusés, s'interrogent : comment un type épuisé peut-il faire figure de « saboteur de la révolution » ? Est-ce bien le même homme, le Raúl Castro jovial, débonnaire et attentif, qu'ils ont aujourd'hui en face d'eux ? Ce procureur implacable, suant la haine, emporté par un torrent de propos paranoïaques, a-t-il préparé cette scène avec son frère aîné pour mieux marquer les esprits ? Les deux hommes assènent en effet les mêmes formules, les mêmes mots : « gangrène », « infection », « cochonnerie », « purulence », comme s'ils avaient répété leur partition quelques heures plus tôt.

Ce miniprocès de Moscou, le premier de l'histoire de la révolution cubaine, présente un autre intérêt : il révèle l'extrême solidarité, de type clanique, entre les deux frères Castro, et déjà aussi leur férocité. « Si, quelque jour, des meurtriers déments interrompent la vie de notre idole, de notre Fidel, en pensant que ce sacrifice éteindra les lumières de la révolution, souligne Bayo, [...] ils ne connaissent pas l'homme qui reprendra le flambeau, ils n'ont pas la moindre idée de ce qu'il est, car Raúl, c'est Fidel multiplié par deux pour l'énergie, l'inflexibilité, l'étoffe… Fidel est un petit peu plus souple, Raúl, lui, est de l'acier trempé. Fidel est plus facile à toucher, Raúl, lui, est une machine à calculer. » Ce jour-là, le gentil Raúl qui rend toujours visite à ses parents, le bon camarade, le parfait militant, apparaît sous un tout autre aspect.

Obnubilés par l'aura de Fidel, les militants ont ignoré ou oublié l'étrange parcours du cadet. Raúl est l'homme qui a déjà fait le voyage dans les pays de l'Est. Il a adhéré au Parti communiste quelques jours avant l'assaut de la Moncada. À Mexico, il rend régulièrement visite à un certain Nikolaï Leonov, l'agent du KGB de la croisière Gênes-La Havane, qui est à présent en poste à l'ambassade soviétique. Il se lie d'amitié réelle avec l'officier de renseignement tout en restant discret, car Fidel lui a demandé d'éviter d'alerter les Américains sur ses rendez-vous avec l'agent russe. Curieusement, la CIA ne s'intéresse que peu au « brave frangin », comme s'il n'était qu'un simple clone de son aîné.

Raúl, l'enfant à la scolarité chaotique, envoyé par son père dans un établissement rural à caractère semi-disciplinaire, Raúl dont on murmure dans la région de Banes qu'il a lui aussi un gros problème avec ses origines – il serait, selon la rumeur, le produit des amours clandestines de Lina avec un officier de la garde rurale d'origine chinoise –, Raúl, contrairement à Fidel, n'a jamais supporté le moindre enseignement religieux. Au fil des mois et des épreuves, il a pris de plus en plus de place et de poids auprès du *Comandante*. Il est, au fond, le seul en qui Fidel ait une confiance absolue. C'est lui qui gère la vie de Fidelito, qui le déplace de maison en maison en fonction des allées et venues de son père et des risques d'enlèvement dont il fait l'objet. À tout moment, des sbires payés par la famille Diaz

Balart peuvent en effet surgir pour récupérer l'enfant et le ramener à sa mère.

Dans l'épreuve, la famille Castro se serre les coudes. Fidel, pour tout ce qui touche à sa vie privée, bénéficie d'une garde rapprochée. À côté de Raúl, il y a aussi Lidia. C'est elle qui, en mars 1956, effectue un voyage à La Havane, envoyée par Fidel pour y accomplir une singulière mission. Quelques mois auparavant, alors qu'il avait cessé tout contact, il a reçu une lettre de Naty Revuelta dans laquelle celle-ci lui annonçait qu'elle attendait un enfant de lui. Abasourdi, Fidel n'a su que répondre. Cette femme le place devant le fait accompli. Mais l'enfant est-il vraiment de lui ? Après tout, Naty est mariée ; si leur relation a été certes passionnée, elle a été relativement brève. Pourquoi serait-il obligatoirement le père du bébé de Naty ? Il est en pleins préparatifs de son « invasion » et a des préoccupations moins « terre à terre ». Cette affaire le dérange bougrement.

Quand, le 19 mars, il apprend que son ancienne maîtresse a donné naissance à une petite fille que sa mère a appelée Alina en l'honneur de Lina, la mère du *Comandante*, il a le sentiment d'être pris au piège. Sceptique sur la réalité de sa paternité, il dépêche Lidia auprès de Naty Revuelta pour vérifier *de visu* si l'enfant a quelques traits des Castro.

Telle une inspectrice des Affaires sociales, sans la moindre vergogne, Lidia vient donc sonner chez Naty Revuelta et demande à « voir » l'enfant. Elle remonte la manche gauche de la chemise du bébé et maugrée : « Oui, ici, il y a bien les trois grains de beauté en triangle. » Ensuite elle retourne l'enfant sur le ventre pour examiner sa jambe gauche. Elle lâche : « Voilà la tache derrière le genou. Cette petite est une Castro, ça ne fait aucun doute ! » Épuisée par l'accouchement,

Naty Revuelta ne réagit pas à tant de grossièreté. Elle accepte cette inspection sordide par amour. Malgré son peu d'empressement à répondre à ses lettres, le « goujat » de Mexico est toujours l'homme de sa vie. Comme Mirta, Naty s'est amourachée d'un courant d'air.

À la fin de sa visite, Lidia offre les cadeaux de Fidel : un bracelet en argent mexicain pour la mère, des boucles d'oreilles en platine pour Alina. Mais pas la moindre lettre, pas le moindre signe de tendresse pour Naty. Fidel a le cadeau protocolaire. La « lady » du Vedado s'en moque. Elle attendra des années, s'il le faut. Elle attendra le « débarquement » de cet homme qu'elle croit toujours investi d'une mission historique.

Curieusement, le jour même de la naissance d'Alina, Fidel annonce qu'il abandonne officiellement le Parti orthodoxe au sein duquel militent tous les amis de Naty. Il coupe ainsi les ponts. Il va sur la trentaine et vient de tomber amoureux d'une jeune Cubaine de 18 ans, Lilia Amor, logée par la romancière cubaine Teresa Casuso. Subjugué, Fidel le macho roucoule dès qu'il aperçoit la donzelle. Candide et enjouée, d'une extraordinaire beauté, Lilia apparaît comme un élixir de jouvence pour le « moine-soldat ». Mais elle ne semble pas disposée à céder à ses avances. Vis-à-vis d'elle, il se montre empressé, maladroit et jaloux : il lui achète un maillot de bain « une pièce » pour qu'elle ne mette plus son bikini français si impudique. En fait, il ne supporte pas qu'elle lui résiste. La solution pour qu'elle ne lui échappe plus ? Il la demande officiellement en mariage à ses parents. Dans un premier temps, Lilia accepte, mais elle perçoit vite derrière le « fiancé » enflammé et exubérant un homme possessif et dominateur. Elle-même n'est qu'une jeune femme tout juste sortie de l'adolescence. Son « rebelle » finit par l'exaspérer et même parfois par lui faire peur. Elle ne commettra pas la même erreur que Mirta. Elle prend ses jambes à son cou et tombe dans les bras d'un garçon de son âge. Apprenant la désaffection de son aimée, Fidel hausse les épaules et marmonne : « Je n'ai qu'une fiancée : la Révolution ! »

CHAPITRE 15

Familles, je vous hais !

Il ne parle que de cela : de l'argent qui n'arrive jamais, de la misère noire dans laquelle il vit, tout comme ses soixante « camarades rebelles ». Il se plaint sans arrêt, peste contre les riches exilés cubains qui ne lui envoient qu'une aumône dérisoire. Ulcéré, Fidel Castro rumine : « Chacun de nous, se lamente-t-il, vit avec moins d'argent que l'armée n'en dépense pour un de ses chevaux ! » Maladivement soupçonneux, il imagine la direction du M26, restée à Cuba, cherchant à l'isoler en lui « coupant les vivres ». Il se sent tenu à l'écart. L'entretien de son « armée de libération » coûte cher. Durant toutes ces années jamais il ne s'est préoccupé de son propre train de vie, ni de celui de sa famille. Le voilà aujourd'hui confronté à la gestion d'une brigade. Or, il n'a pas l'âme d'un économe. Les dix mille dollars de son voyage aux USA sont partis en fumée. Ils lui ont permis de tenir quelques semaines, mais, au printemps 1956, les finances sont au plus bas. Le moral aussi. Car à Cuba les événements se précipitent – sans lui.

Le 4 avril, un nouveau coup d'État, éventé au tout dernier moment, a failli renverser Fulgencio Batista. Ce *golpe*, intitulé « Conspiration des purs », a été fomenté par de jeunes officiers, tous issus de l'École supérieure de guerre. La plupart d'entre eux ont fait leurs classes aux États-Unis. À Mexico, Castro est convaincu que le putsch a été ourdi, à Washington, avec le soutien du département d'État, pour débarquer Batista en douceur. La solution militaire en effet paraît à beaucoup la seule issue réaliste, tant l'opposition est divisée, morcelée, incapable de constituer un front uni face au « tyran ». Mais une fois encore, le *pronunciamiento* a échoué : au dernier moment, le SIM, la police secrète, a été informé du projet. Les putschistes ont été trahis. Certains d'entre eux sont persuadés qu'ils ont été « balancés » par un agent de José Antonio Echevarría ou de Castro lui-même. Aucune preuve ne vient étayer cette thèse. Mais ces suspicions sont révélatrices de l'incapacité de l'opposition à se coordonner.

Dans la foulée, Batista profite de l'affaire pour épurer son état-major et placer des fidèles, incompétents mais dociles. Treize chefs militaires sont arrêtés, passent en cour martiale et sont condamnés à six ans de prison. Le numéro un du complot, un jeune colonel nommé Ramón Barquín, est considéré à tort par Fidel comme un militaire proaméricain. L'officier rebelle, incarcéré, devient un héros pour les milieux de l'opposition. Il est celui qui voulait à tout prix éviter un bain de sang au peuple cubain, la presse ne tarit pas d'éloges sur lui. Cuba s'amourache du jeune galonné et Barquín devient l'incarnation des espoirs de tout un peuple. Plongé depuis trop longtemps dans une forme de guerre civile larvée, le pays est fatigué de cette violence. L'affaire Barquín a provoqué un électrochoc et l'opposition prend le risque d'engager un « dialogue civique » avec le président Batista. Une trêve paraît enfin possible.

C'est la hantise de Fidel : si une solution pacifique finit par s'imposer au pays, à quoi servira-t-il, lui ? La simple idée d'une transition en douceur lui est insupportable. Il fera tout pour l'empêcher. Jusqu'à aider secrètement Batista dans sa lutte contre le « terrorisme » ?

Quelques jours plus tard, le 29 avril, un groupe de militants proches de l'ex-président Prío attaque la caserne de Goïcuria, dans la ville de Matanzas, à moins de cent kilomètres à l'est de La Havane. L'opération, mal préparée, est un fiasco. Visiblement prévenus, les militaires attendaient les assaillants à la mitrailleuse lourde. Quatorze d'entre eux sont tués. Plus d'une centaine de partisans de Carlos Prío Socarras sont aussitôt arrêtés. L'ancien président, qui comptait négocier une démission de Batista pour éviter le chaos, doit s'exiler aux États-Unis. On sait que les attaquants ont été « donnés » quelques heures avant l'assaut.

Un photographe cubain présent sur les lieux a réussi à prendre des clichés spectaculaires des combats. L'un montre un prisonnier, les mains liées, marchant entre deux gardiens ; un second, les soldats en train de lui tirer dans le dos ; un troisième, son cadavre gisant sur le sol parmi dix autres cadavres. Cette série de photos est publiée par le magazine américain *Life*. Elle provoque un véritable choc dans l'opinion américaine, et bien plus encore en Amérique du Sud et à Cuba. Au Mexique, Castro mesure alors la puissance d'impact de l'image. Féru de propagande, il ne négligera jamais le rôle du photojournalisme dans son combat politique. Une image vaut parfois mieux que cent fusils. Fidel, qui l'a compris, se révélera un as de la « guerre psychologique ».

Alors que son pays est à feu et à sang, il soigne à Mexico ses relations publiques. Il se lie à l'ancien président Lázaro Cárdenas, dont il devient un disciple assidu et parfois même empressé, tout comme il avait pu l'être avec Eddy Chibas. Il se rend régulièrement au siège de l'ORIT (Organisation régionale interaméricaine du travail), lieu stratégique où se retrouvent tous les dirigeants de gauche du continent sud-américain. Là, le jeune militant cubain peut croiser le Costaricain Luis Alberto Monge, le Vénézuélien Rómulo Betancourt, le Péruvien Víctor Raúl Haya de la Torre, fondateur de l'APRA, le parti d'Hilda Gadea, la femme d'Ernesto Guevara, des syndicalistes et des intellectuels en exil. À l'ORIT, Fidel enrichit son carnet d'adresses, mais reste discret. Il sait que la CIA surveille de près cette fourmilière de « révolutionnaires ». Il se fait donc tout petit et joue les passe-muraille. Luis Alberto Monge, qui deviendra ultérieurement président du Costa Rica, le côtoie de temps en temps et dit de lui : « Ce Castro est un bien étrange individu. » Monge remarque l'attitude bizarre de cet homme qui joue les modestes mais qui, brutalement, peut se transformer en matamore froid et implacable.

Curieusement, le chef d'antenne de la CIA ne fait aucun rapport sur lui durant toute cette période. Pour le fonctionnaire américain, Castro n'a aucune espèce d'importance. De son point de vue, les acteurs-clés de la succession de Batista se trouvent à La Havane. La question demeure : comment peut-il ne pas s'intéresser à Fidel Castro alors qu'au ranch de Santa Rosa Alberto Bayo prépare sa soixantaine d'hommes à une « guerre de libération » ? Il est par ailleurs impossible que la police mexicaine n'ait pas surveillé les faits et gestes d'un exilé politique qui a annoncé officiellement aux États-Unis qu'il préparait depuis le Mexique un débarquement à Cuba. En fait, les dirigeants du M26 ont conclu un accord avec le président mexicain Adolfo Ruiz Cortines, proche de l'ORIT. Le M26 ne fera pas de vagues en territoire mexicain, et, en contrepartie, le gouvernement fermera les yeux sur les achats d'armes, les planques, les activités militaires, la propagande.

Au début de juin 1956, ce *gentleman's agreement* est néanmoins rompu. Des agents de la police de Batista débarquent à Mexico et se mettent à « planquer », rue Emparán, devant le domicile de María Antonia, quartier général du M26 et cantine de Castro. Un affrontement ou un assassinat se prépare. La police mexicaine, alertée, informe le gouvernement de la situation. Il faut réagir avant qu'un scandale de dimension internationale n'éclate. Castro devient de plus en plus gênant. D'autant plus que la famille Diaz Balart multiplie les interventions pour récupérer Fidelito que son père a caché chez un couple de riches Mexicains dans une villa avec piscine. D'un point de vue juridique, Fidelito, qui n'a pas 6 ans, vit là clandestinement ; si cette affaire d'enfant enlevé est dévoilée au grand jour, elle risque de faire les gros titres de la presse.

Le 20 juin, les autorités mexicaines décident de passer à l'action. Fidel Castro est arrêté en pleine rue, comme un vulgaire gangster, avec deux de ses lieutenants, Universo Sánchez et Ramiro Valdés. Quelques heures plus tard, au cours de la nuit, les policiers interpellent une dizaine de « soldats » du M26, en diverses planques. Cette « descente » montre qu'ils avaient une parfaite connaissance de l'organisation du réseau castriste, des adresses des appartements et de la localisation des caches d'armes. En quelques jours, ils parviennent à démanteler le réseau mexicain des fidélistes. Le 24 juin, ils investissent en douceur le ranch de Santa Rosa, accompagnés de Fidel Castro qui demande à ses camarades de déposer les armes et de se rendre. Pas un coup de feu ne doit être tiré sur le sol mexicain. Che Guevara, perché sur un arbre, est oublié ; il hurle pour se faire prendre avec les siens. Ainsi, au cœur de l'été, le chef de l'armée rebelle est « neutralisé ». Inculpé de trafic d'armes, il se retrouve dans l'enceinte de la prison du ministère de l'Intérieur avec vingt-sept de ses hommes. Parmi les dirigeants, seul Raúl Castro a échappé au coup de filet.

C'est lui qui va organiser la défense de son frère. Il recrute deux ténors du barreau de Mexico. Les avocats mexicains ne cachent pas que la situation de leur client est délicate, pour ne pas dire désespérée. Ils le connaissent mal. Comme toujours, Castro n'est jamais aussi fort que lorqu'il est le dos au mur. Depuis sa cellule, il exhorte ses troupes à ne pas céder au découragement. « Gardez confiance, nous débarquerons à Cuba comme prévu ! leur jure-t-il. Il n'y a rien de changé. Nous allons gagner ! » Fidel, roi de la méthode Coué, encourage et réconforte. Ses hommes ne doivent pas flancher. Batista vient de réclamer leur extradition ? Ils risquent tous une peine de plusieurs années de prison ? Ils n'ont plus que vingt malheureux dollars dans les caisses de l'organisation ? Qu'importe ! Fidel le messianique, le Guide, les conduira à bon port. Pour soutenir leur moral, le tribun se dépense sans compter. Avec une crânerie stupéfiante, il reçoit, dans le *patio* de sa prison, amis, militants et journalistes comme s'il était chez lui. On lui a prêté un costume marron pour qu'il ait l'air d'un « homme d'État ». Face à ses interlocuteurs, il ne paraît nullement abattu. Au contraire, il est combatif, enthousiaste, désespérément optimiste. Il écrit dans *Bohemia* : « Il semble qu'il soit devenu courant, dans ma vie, de devoir livrer les plus dures batailles pour la vérité depuis lc fond d'une cellule. » L'avocat est déjà en action.

Comme toujours, l'accusé Fidel Castro se métamorphose en accusateur. On le soupçonne de trafic d'armes ? En fait, dit-il à ses interlocuteurs, on a tenté de l'assassiner. Avec la complicité de certains policiers mexicains corrompus, des agents cubains avaient reçu mission de l'exécuter. Est-ce là encore un subterfuge du *bicho*, une de ces fables dont il a le secret ? En riposte aux sceptiques, Fidel entre dans des détails d'une précision quasi chirurgicale :

« L'agent chargé de cette mission a fait deux voyages au Mexique au cours de ces derniers mois, descendant chaque fois à l'hôtel Prado, le plus luxueux de Mexico, prétend-il. La première fois, il a été repéré par des camarades alors qu'il rôdait autour de la maison d'Emparán [...]. Quelques semaines plus tard, il est revenu avec deux autres agents. Il a alors appris que la seule personne au Mexique capable de mener à bien pareille entreprise était un sujet cubain qui, ayant fui la justice de son pays, vivait à Mexico avec des papiers établis à Veracruz ; cet individu, connu ici sous le nom d'Arturo *el Jarocho*, était par ailleurs un agent des services secrets mexicains et l'homme de confiance du général Molinari, chef de la police. Je pense néanmoins que Molinari n'avait rien à voir dans cette affaire : les agents cubains traitèrent directement avec *El Jarocho* pour une somme de 10 000 dollars [...]. Leur plan consistait à se servir d'uniformes de la police et d'une voiture de patrouille, à nous arrêter, à nous passer des menottes, à nous séquestrer et à nous faire disparaître sans laisser de trace. On m'assure qu'ils avaient une feuille de papier sur laquelle ma signature était parfaitement imitée, grâce à quoi ils pensaient expédier depuis un autre pays une lettre adressée au n° 49 de la rue Emparán, disant que j'avais dû quitter précipitamment le Mexique... »

Poursuivant son récit, Castro précise que cette affaire était bien entendu suivie par l'ambassade de Cuba à Mexico, qui, devant l'échec de l'opération, accusa méchamment l'exilé d'être un communiste.

Comment le chef du M26 a-t-il pu obtenir en si peu de temps tant de détails sur les faits et gestes de ses tueurs potentiels ? Avec habileté, il implique la police mexicaine dans l'histoire et pointe du doigt l'incroyable corruption qui la gangrène. Le tueur à gages serait carrément un proche du chef de la police, mais ce dernier, d'après Fidel, n'était pas au courant…

L'affaire est-elle inventée de toutes pièces ou bien, au contraire, recèle-t-elle du vrai ? Si c'est le cas, elle prouve que les agents cubains sont des pleutres, puisqu'ils ont, selon Castro, reculé devant la première difficulté : en l'occurrence, le système de sécurité personnelle du chef du M26, toujours escorté de deux ou trois gardes du corps, toujours en mouvement, n'empruntant jamais les mêmes itinéraires, évitant de dormir deux nuits de suite au même endroit, etc.

Personne n'a jamais corroboré ce récit, ni au Mexique ni ailleurs. Il n'en est pas moins d'une efficacité redoutable. Car le gouvernement mexicain est prévenu : si sa détention perdure, Fidel saura semer la zizanie au Mexique et « mouiller » sa police. Bien vite, malgré les preuves accablantes qui pèsent contre lui, le « trafiquant d'armes » va être relâché. C'est chose faite le 24 juillet, grâce aussi à l'intervention du vieux président Lázaro Cárdenas. Ernesto Guevara, lui, est maintenu en prison et implore Fidel de ne pas l'attendre. Castro lui répond : « Pas question. Je ne t'abandonnerai pas. » Cette étonnante fidélité du chef du M26 envers le Che est troublante, car elle n'est nullement dans la ligne du personnage. L'explication ? Castro ne s'attarde jamais à attendre les traînards. Mais l'Argentin est pour lui comme un miroir, il est même devenu à ses yeux une espèce de fétiche. Non, il ne partira pas sans son ami porte-bonheur. Guevara, bouleversé par l'attitude de Castro, scelle ce jour-là un pacte d'amitié éternelle avec lui. L'Argentin va jusqu'à composer en son honneur un poème intitulé *Canto a Fidel*, une ode épique d'un lyrisme guerrier :

Si du plomb nous immobilise en chemin,
Donnez-nous un mouchoir plein de pleurs cubains
Afin d'en couvrir nos os de guérilleros
En transit vers l'histoire des Amériques...

Depuis son cachot, inconscient de la débandade du M26 au Mexique, Guevara s'exalte, promet d'offrir son texte à son chef en pleine mer, durant la traversée vers Cuba, quand ils iront « libérer » le peuple cubain. Les odyssées ont besoin de bardes. Le « Che » est prêt à tenir ce rôle. Il voue une admiration sans bornes à ce « guide de la révolution joyeuse » qui ne parle en fait que de châtiment, de lutte contre les « pharisiens », et qui rêve d'entendre un jour sonner le « tocsin annonçant le jugement final des méchants ». Comme Fidel Castro, le foncièrement athée Ernesto Guevara a la hantise du Jugement dernier...

Quelques jours plus tard, il sort à son tour, déterminé et confiant, des geôles mexicaines. Pourtant, la situation des « rebelles » n'est pas des plus resplendissantes. Au début d'août 1956, Castro est le *Comandante* d'une troupe en déroute. La plupart de ses lieutenants ont été repérés et ne peuvent plus agir sur le sol mexicain. Lui-même est sous la surveillance étroite de la police. Cependant, il ne modifie rien à ses plans. Il débarquera à Cuba avant la fin de l'année, comme il l'a annoncé. Mais, cette fois, il ne peut plus agir seul. Il a besoin d'alliés. Il tente alors de s'appuyer sur son concurrent direct, José Antonio Echevarría, et lui propose d'unir leurs forces. Fidel est prêt à oublier les critiques adressées au Directoire révolutionnaire. Il a traité ses membres de poseurs de bombes, de dangereux terroristes qui font le jeu de Batista ? Peu importe ! Il n'a pas le choix. Il invite José Antonio Echevarría à Mexico. À la fin d'août, les deux hommes s'enferment deux jours durant dans l'appartement de la rue Pacheco où Castro vit avec Melba Hernández et Jesús Montané. Après de longues palabres, ils signent un « pacte insurrectionnel » en 19 points. Fait extraordinaire : près de la moitié du document est consacrée au... dictateur dominicain Rafael Leonidas Trujillo. Que vient donc faire le tyran de Saint-Domingue dans un tel texte ?

Fidel Castro est alors soupçonné par les renseignements cubains d'avoir négocié secrètement avec Trujillo, celui-là même qu'il voulait abattre, quelques années plus tôt, en 1948, lors de la piteuse expédition de Cayo Confites. L'accusation, énorme, presque incroyable, n'émane pas seulement de l'entourage de Batista, mais aussi de personnalités politiques liées au Parti authentique de l'ex-président Grau et au Parti orthodoxe de Pelayo Cuervo. Ils ont reçu des informations de source fiable selon lesquelles Castro aurait bel et bien négocié une livraison d'armes de la part du dictateur dominicain. Cette révélation n'est pas aussi absurde qu'elle peut en avoir l'air. En 1956, les relations entre les deux chefs d'État, Trujillo et Batista, sont exécrables : le président cubain, proche des Américains, s'est à plusieurs reprises désolidarisé de la politique intérieure de Trujillo. Fulgencio Batista, cherchant à se façonner une réputation de démocrate, a battu froid son voisin à plusieurs reprises. Trujillo ne le lui a pas pardonné. Il n'est donc pas impossible qu'il ait proposé des armes à ses adversaires en guise de représailles. Castro, défait, démuni, désargenté, a fort bien pu accepter ce « cadeau du diable ». Certains de ses camarades de l'université n'en sont pas surpris. À leurs yeux, cette manière d'agir est bien dans le style du *bicho*. On se souvient de ses convictions « à géométrie variable », de ses revirements, de ses trahisons, de sa promptitude à s'allier avec n'importe qui pourvu que ce dernier serve ses intérêts.

Fidel doit impérativement tuer la rumeur dans l'œuf et faire taire ses détracteurs. Quoi de mieux, pour s'en défendre, que le « pacte » signé avec Echevarría ? Ainsi, à Mexico, par on ne sait quel tour de passe-passe, il impose ce surprenant codicille au document initialement censé justifier l'alliance des deux mouvements armés. On l'accuse d'avoir négocié une cargaison d'armes avec l'infâme Trujillo ? Il répond que le seul coupable est Trujillo lui-même, qui « a tramé une conspiration contre Cuba avec l'aide d'officiers [...] et d'une bande de tueurs à gages ». L'affaire finit par se noyer dans les méandres d'une histoire trop embrouillée. Au petit jeu du « qui manipule qui ? », Castro réussit ainsi à enterrer le dossier sous les péripéties d'une fable peuplée d'hommes de l'ombre et de tueurs à gages. A-t-il réellement approché le « caudillo de Saint-Domingue », comme on l'en a accusé ? Si aucun document probant n'est avancé, Fidel, cette fois, a eu chaud...

Il peut se replonger dans sa mission : préparer l'invasion de Cuba. Pour échapper à la vigilance de la police, il envoie l'essentiel de ses troupes loin de Mexico, dans le Yucatán, le plus près possible des côtes cubaines, à Veracruz, Mérida et Jalapa. Il doit agir vite pour éviter d'être arrêté de nouveau. Désormais, une course contre la montre est engagée. À la fin de l'été 1956, il ne lui reste que quatre mois pour organiser le débarquement.

Au cours de l'inspection d'un groupe de « rebelles », Fidel Castro déniche un bateau de tourisme de 14 mètres, le *Granma*, près de l'embouchure de la rivière Tuxpan. L'embarcation, équipée de deux moteurs Diesel, peut transporter 25 passagers. Elle est beaucoup trop petite pour acheminer une troupe de débarquement, soit, selon les calculs du *Comandante* et de son adjoint, Pedro Miret, une centaine d'hommes. Mais ils n'ont plus le choix. On se contentera de ce rafiot. Seule difficulté, le prix : aux alentours de 20 000 dollars. Malgré ses efforts pour constituer un trésor de guerre, le chef rebelle ne dispose pas de cet argent. Aux abois, piégé par sa propre annonce du débarquement pour décembre 1956, Castro doit trouver d'urgence un mécène.

Un seul homme, selon lui, peut l'aider : l'ex-président Prío, celui-là même qu'il a traîné dans la boue, quelques années plus tôt, en l'accusant de toutes les ignominies : concussion, trahison et corruption. Comment celui-ci pourrait-il lui apporter son concours alors que le « gangster de Biran » l'a poursuivi en justice et a mené une campagne de presse aussi féroce que haineuse en vue de l'abattre ? Carlos Prío est richissime, vit à Miami et n'a qu'un rêve : renverser Fulgencio Batista. Le vieux renard exilé ne se fait aucune illusion sur la « main tendue » par Castro. Il n'a pas oublié ses insultes. Mais, cette fois, il tient sa vengeance : il veut voir le « rebelle » ramper devant lui. À la mi-septembre, il le « convoque » aux... États-Unis, dans la ville texane de MacAllen, à l'hôtel Casa de Las Palmas. Pour se rendre au rendez-vous, Castro, suprême humiliation, est contraint de jouer les *wetbacks* (les « dos mouillés ») : sans papiers, il traverse à la nage le Rio Grande. En territoire yankee, il récupère des vêtements secs avant de retrouver son ancien ennemi.

À l'hôtel, devant un Prío triomphant, qui savoure cet instant, Fidel promet tout ce qu'on veut. Durant l'entretien, il n'hésite pas à jouer les humbles ; il courbe l'échine, soupire comme un moine faisant la quête. Sans le moindre état d'âme, il signe un accord secret et récupère près de 50 000 dollars en liquide. Aux termes de l'accord, le reste, soit 200 000 dollars, doit lui parvenir avant le jour J, date de l'invasion.

De retour au Yucatán, le *bicho*, au prix de cette tartufferie, peut donc lancer sa grande opération. Il achète le *Granma*. Des membres de la direction du M26 lui reprochent le « rendez-vous du Rio Grande », d'autant plus qu'ils ont pris majoritairement position contre toute aide émanant de Carlos Prío. Comment expliquer au peuple cubain que le Mouvement soit financé par l'homme qu'il a combattu pendant tant d'années ? Fidel répond qu'il vient de décider de « pardonner tous les crimes commis avant le coup d'État de 1952 ». Cette astuce ne trompe personne. La grogne perdure. Castro n'en fait qu'à sa tête.

Des membres de l'état-major rebelle s'inquiètent aussi de la désinvolture de Fidel envers l'organisation de l'intérieur à La Havane. Il exige que les meilleurs militants le rejoignent au Mexique sans tenir compte des besoins du M26 dans la capitale. Mais Castro n'a que faire de ces critiques : il passe en force. Il est le père fondateur du M26 : qui oserait remettre en cause sa suprématie sur l'organisation ? Il n'a pas de temps à perdre avec des revendications qui, en temps de guerre, sont pour lui synonymes de trahison.

Il est en train de préparer une « invasion » et on vient le perturber avec des pleurnicheries ? Mais, quand un de ses lieutenants, Frank País, chef du M26 pour la région de l'Oriente, venu spécialement au Mexique le 24 octobre, lui déconseille de débarquer, Fidel Castro est bien obligé de l'écouter. « Nous ne sommes pas prêts, le prévient País. Nos militants ne sont pas encore formés pour participer efficacement à une insurrection générale. Si tu tiens à débarquer, cela risque de se révéler suicidaire. » Cinq jours durant, les deux hommes argumentent âprement. En vain : Fidel est inflexible. Il s'en tiendra à sa parole.

José Antonio Echevarría vient à son tour le consulter. La conversation est beaucoup moins amicale qu'au mois d'août précédent. Cette fois, le leader du Directoire révolutionnaire menace : « Ce que tu fais est criminel, lance-t-il à Castro. C'est du pur suicide ! Nous allons envoyer des centaines de camarades à la mort sans la moindre garantie de succès. » Mais Fidel n'écoute plus. Il est déjà dans la sierra, crapahutant à la tête de sa « mission ». Il part « évangéliser » sa propre terre. Ce n'est pas Dieu qui lui parle, mais l'Histoire. Tel Moïse face à la mer Rouge, Fidel est persuadé qu'il peut assécher les océans. Rien ne l'arrêtera. Il ne croit pas au Ciel, mais à son propre destin. Le monde doit se plier à la force qui l'habite. Il ne dispose que d'un bateau de 25 places pour transporter une centaine de personnes ? Quelle importance ? Pour lui, le symbole est idéal. Un vieux rafiot pour « aller à Jérusalem »… Il voyagerait sur l'arche de Noé ou sur le radeau de la *Méduse* ! Quel que soit le sort de l'expédition, il entrera tôt ou tard dans un mausolée, vivant ou mort. Le *Granma* est trop petit ? Il ordonne qu'on « agrandisse » l'embarcation ! Fidel l'illuminé voit toujours grand. Ni courageux ni téméraire, il est possédé. Nul ne pourra l'arrêter. Pas même les communistes, en la personne de son ami Flavio Bravo qui lui suggère aussi en vain l'ajournement du projet.

Le 24 novembre 1956, Fidel quitte Mexico pour Tuxpan. Il a pris sa décision : le *Granma* appareillera dans la nuit. Une tempête est annoncée. Alors que le ciel s'assombrit et que la mer devient houleuse, le chef du M26 se prépare à l'expédition comme un condamné à mort à son exécution. Que fait-il pendant qu'on s'affaire autour de lui ? Il rédige son testament. Sans doute parce que, quelques jours plus tôt, il a appris le décès de son père, Ángel Castro, le 21 octobre, à la suite d'une opération d'une hernie mal soignée. Le *Comandante* n'a pas montré la moindre compassion. « Le Vieux », comme il l'appelle, avait 81 ans et n'avait pas revu son fils depuis de nombreuses années. Rien ni personne n'avait pu les rapprocher. Entre eux il n'y avait eu que rancœur et incompréhension. Fidel s'est toujours cru « le mal aimé ». Sa mère lui a pourtant avoué que don Ángel avait toujours eu une préférence marquée pour lui, le fils sauvage et mystique, le gamin irascible et indomptable. Mais, à plusieurs reprises, Fidel avait insulté son père. Il avait menacé de brûler la maison. Entre les deux hommes, il n'y avait jamais eu qu'une étendue de terre brûlée. Castro garde le souvenir d'un homme sur son cheval blanc, traversant son domaine, fier et hiératique comme un hidalgo castillan. Don Ángel et sa nostalgie maladive pour les vallées giboyeuses de Galice. Don Ángel et son amour de la terre et des bêtes. Don Ángel et ses colères jupitériennes. Don Ángel, le petit laboureur de Lancara, devenu seigneur sous les Tropiques. Don Ángel qui, trop occupé à gérer son domaine, n'a jamais manifesté la moindre tendresse à ses fils. Fidel, le moine-soldat, n'a jamais aimé son père. Il s'est forgé un personnage pour s'éloigner à tout jamais des fantômes de Biran. Il est devenu l'homme sans attaches, le nomade, le fuyard pour qui, dit-il, « la famille n'est que le produit d'un instinct animal ». Les liens du sang ne sont à ses yeux qu'un « concept barbare », car, dit-il, sans ménagement, « hors la révolution, il n'existe ni famille, ni frères, ni sœurs, il n'y a rien… ». Ni père, ni mère, ni terre : la patrie de ses rêves n'existe que dans les limbes. Il l'a promis : quand il triomphera, il nationalisera les terres du patriarche de Biran.

« Familles, je vous hais ! » hurle-t-il de toutes ses forces. Avant d'affronter la mitraille, dans l'excitation du départ, il règle aussi, dans son testament, le problème de la garde de Fidelito, resté à Mexico. Il écrit :

« Je laisse mon fils à la garde de l'ingénieur Alfonso Gutiérrez et de sa femme Orquídea Pino. J'ai pris cette décision parce que je ne veux pas voir, en mon absence, mon fils Fidelito entre les mains de ceux qui ont été mes ennemis et détracteurs féroces, ceux qui, par un acte d'une bassesse sans bornes, ont utilisé les liens familiaux qui m'attachaient à eux pour attaquer mon foyer et le sacrifier à la tyrannie sanglante qu'ils continuent de servir. Parce que ma femme s'est montrée incapable de se libérer de l'influence de sa famille, mon fils pourrait être élevé dans les idées exécrables que je combats aujourd'hui [...]. J'espère que ce désir, juste et naturel de ma part, pour ce qui concerne mon fils unique, sera respecté. »

Dans ce testament plein de ressentiment contre les « attaches familiales », Fidel Castro, l'ancien « bâtard », ne consacre pas une seule ligne à sa fille Alina. Après tout, il ne la connaît pas. Il ne l'a encore jamais vue. Il reçoit régulièrement de ses nouvelles par sa mère, Naty Revuelta, qui le harcèle de lettres empressées, mais il n'a nulle intention de la reconnaître. Cette histoire l'empoisonne. Seul son fils compte à ses yeux. À tel point qu'il a même envisagé, un temps, de l'embarquer avec lui sur le *Granma* pour en faire un authentique révolutionnaire. Ses sœurs Lidia et Enma l'en ont dissuadé au tout dernier moment.

Fidelito a ainsi échappé de justesse à la traversée de tous les dangers. Il n'a que 7 ans et ne comprend pas pourquoi son père tient à faire de lui un petit soldat de la révolution. Sa mère lui manque terriblement. Il ne l'a pas revue depuis plus d'un an. Il ne sait pas qu'elle est en train d'organiser, depuis La Havane, une « opération de guerre » visant à le récupérer. Mirta n'a pas d'autre solution. Toutes les tentatives de pourparlers avec le « père abusif » ont échoué. Des mercenaires cubains, payés par la famille Diaz Balart, sont déjà à Mexico et filent le garçonnet. Cette fois, le rapt ne sera qu'un jeu d'enfant…

CHAPITRE 16

Débarquement au purgatoire

Il rit à gorge déployée, sans la moindre retenue. Un de ces rires tonitruants qui succèdent à une grande peur. Soulagé, il se moque de sa propre angoisse, démesurée, irrationnelle. Dans son bureau présidentiel, à La Havane, Fulgencio Batista vient d'apprendre la bonne nouvelle : sa vieille connaissance de Banes, son « meilleur ennemi », Fidel Castro, a tenu parole. Il a débarqué à Cuba, comme promis, avant la fin de l'année 1956, à l'aube du 2 décembre, à quatre heures vingt minutes exactement. L'« invasion annoncée » a été si pitoyable que Batista a d'abord cru à une ruse grossière, un de ces stratagèmes dont Fidel est coutumier. Il pensait qu'un autre débarquement aurait lieu sur la côte sud de La Havane. En fait, l'odyssée castriste a été un pathétique naufrage. Le *Granma* et son équipage de 82 hommes lourdement armés ont traversé l'enfer. Depuis le Yucatán, ils n'ont rencontré que de violentes tempêtes. L'atmosphère à bord avait des allures d'apocalypse. « Tout le navire présentait un aspect ridiculement tragique, raconte Ernesto Guevara. Les hommes avaient l'angoisse peinte sur le visage et se tenaient l'estomac à deux mains ; certains plongeaient la tête dans les seaux ; d'autres gisaient, immobiles, dans les plus étranges postures, les vêtements couverts de vomi. » Au petit matin, sur le rafiot à bout de souffle, une armée de spectres épuisés s'est lamentablement échouée sur un banc de vase à marée basse. Fidel ne savait même pas s'il avait atteint la terre ferme ou bien un îlot, à proximité de son point de ralliement appelé *« El Purgatorio »*. Comme toujours, Castro n'avait pas choisi l'endroit par hasard, mais en fonction de sa légende : le Missionnaire ne pouvait que débarquer au purgatoire… En fait, les vents contraires et l'état désastreux du yacht en ont décidé autrement : Fidel a fait son grand retour près de Playa Colorada, au sud de la ville de Niquero, dans un cloaque de boue et de racines de palétuviers, parmi des nuées de moustiques affamés.

Durant les sept jours qu'a duré la traversée, à aucun moment lui-même n'est tombé malade. Les yeux fixes, hallucinés, tel Christophe Colomb, il scrutait la ligne d'horizon au milieu des éléments déchaînés. Guevara, lui, a été victime d'une violente crise d'asthme. Dans la précipitation du départ, il avait oublié ses médicaments : antiallergiques, Ventoline, Intal et inhalateur. « Sans ma trousse à pharmacie, dit-il, j'ai le diable qui pénètre en moi ! »

En croyant poser le pied sur le rivage, le commando castriste s'est retrouvé au cœur d'une mangrove, dans un entrelacs de lianes et de feuilles coupantes comme des rasoirs. Les guerriers n'étaient plus que des rescapés inoffensifs et hagards. Leurs fusils et leurs munitions étaient trempés, donc inutilisables. Ils avaient abandonné leurs armes lourdes à bord du *Granma*. Infortunés rebelles, progressant avec les pires difficultés entre les trous d'eau et les sables mouvants ! Au bout de deux heures abominables, ils ont enfin atteint la terre ferme et se sont affalés, épuisés. À cet instant, les troupes de Batista, venant de Niquero et de Santiago, étaient déjà en chemin pour les anéantir. Des avions de combat avaient déjà décollé, avec pour mission de couler le *Granma*.

Batista a été au courant dès les premières minutes. Il attendait le fils de son amie Lina non sans angoisse, mais, cette fois, il ne lui ferait pas de cadeau. Il était convaincu de pouvoir détruire son embarcation en pleine mer. Deux jours auparavant, apprenant que des hommes du M26, dirigés par Frank País, avaient lancé une insurrection générale à Santiago de Cuba, l'état-major a mobilisé des troupes dans tout le secteur. Des avions de reconnaissance ont sillonné le ciel en permanence. Malgré toutes les réticences qu'il avait exprimées loyalement à Castro au Mexique, Frank País a en effet fini par accepter de déclencher une opération de grande envergure dans la capitale de l'Oriente. Il a envoyé Celia Sánchez, avec une poignée d'hommes et plusieurs camions, accueillir les « envahisseurs » quelque part entre Niquero et Pilón, comme prévu dans le plan initial. Hélas, le *Granma* n'était pas au rendez-vous et Celia, après une interminable attente, a dû rebrousser chemin. Fidel, encore une fois, n'avait écouté que ses « voix intérieures ». Résultat : la révolte de Santiago a été réprimée dans le sang. Revêtus de leur uniforme vert olive, arborant le brassard rouge et noir du M26, les insurgés, trop peu nombreux face à plus de quatre cents hommes suréquipés, ont subi une cuisante défaite. Frank País n'a pu s'échapper que de justesse. Paradoxe : alors que les insurgés tentaient de sauver leur peau dans la capitale de l'Oriente, le mauvais temps a empêché l'aviation de repérer l'embarcation de Castro au large et de la couler. Le ciel lui a été encore une fois favorable. À sa façon, Fidel vient de franchir la mer Rouge.

Sur Playa Colorada, ce 2 décembre 1956, à la tête d'une troupe exténuée, en guenilles, l'enfant de Biran, trempé jusqu'aux os, hurle comme un damné. Il harangue sa troupe : « Nous avons gagné ! Comme José Martí, nous reprenons possession de notre terre ! Les jours du tyran Batista sont comptés ! » Devant lui, une horde désorientée, assommée de fatigue et de peur, le fixe comme un prophète.

À mille kilomètres de là, à La Havane, le président n'en revient pas. Fidel, le *diablito*, vient de lui rendre un inestimable service. Grâce à ses rodomontades guerrières aux effets certes désastreux, Batista a fini par convaincre les Américains de l'armer plus sérieusement. Le président Eisenhower accepte même de lui livrer sur-le-champ trois patrouilleurs ultrarapides, équipés de radars et d'une puissante artillerie, une escadrille d'avions à réaction T-53, de l'artillerie de campagne et une grande quantité d'armes destinées aux troupes d'infanterie. Militairement, Batista est convaincu qu'il ne risque plus rien sur le front de l'Oriente. Pour lui, l'invasion de Castro n'est qu'un pétard mouillé, une pantalonnade. Le chef de l'État cubain a désormais de quoi mater une guérilla, une vraie. Quant au *Comandante*, c'est plutôt pour lui un *comediante*, un *Brancaleone*, du nom de ce personnage de théâtre qui n'a aucun sens des réalités. Fulgencio Batista s'amuse même à surnommer Fidel *« El Payaso »*, le clown.

Comment ne se frotterait-il pas les mains ? Politiquement, l'irréalisme de Castro a fait voler en éclats son opposition la plus radicale. L'union entre le M26 et le Directoire révolutionnaire, qu'il craignait pardessus tout, est morte et enterrée. Enfreignant le pacte de Mexico, José Antonio Echevarría a interdit à ses troupes de participer au soulèvement destiné à soutenir Castro. Le soir du 29 novembre, au cours d'une réunion de la direction de son mouvement, le jeune dirigeant étudiant a déclaré ne plus vouloir entendre parler de front commun avec lui : « Nous ne pouvons accepter d'envoyer à la mort un groupe de camarades à qui ne s'offre aucune espèce de perspective. Il ne sert à rien de désespérer, mieux vaut continuer à préparer la chute de Batista. Nous aurons besoin pour cela des camarades qui risqueraient de succomber dans les entreprises qui nous sont proposées et dont nous savons par avance qu'elles équivalent à un suicide. » Pour le chef du Directoire, Castro est un illuminé et un mégalomane qui ne tient aucun compte de la vie de ses hommes et dont on ne connaît pas vraiment les convictions politiques. Il avance masqué. Ses perspectives politiques restent du domaine de l'incantation. Par ailleurs, les soupçons de « caudillisme » formulés à son encontre se font de plus en plus pesants.

Certains membres de la direction du M26 à La Havane ne sont pas loin de penser de même. Ils évoquent les méthodes de commandement de Fidel, soumises à ses humeurs fantasques. Ils se sentent instrumentalisés, ballottés au gré de ses impulsions. Ils ont parfois le sentiment de militer « à l'aveugle ». Il leur arrive souvent de n'être informés d'une action qu'au tout dernier moment ; ils n'ont alors pas le temps matériel de la soutenir et subissent ensuite les réprimandes outrancières, fréquemment insultantes du *Comandante*. Ils ont la sensation que leur chef ne leur fait pas confiance. Explication : Castro n'a confiance qu'en lui-même et organise le désordre au sein de l'appareil du M26 pour pouvoir tout y contrôler en permanence. Les jésuites lui ont aussi inculqué le sens de l'obéissance absolue qu'à son tour il impose à ses hommes. Fidel n'a rien oublié de leur efficacité.

Mais un autre facteur explique sa méfiance envers les dirigeants de la capitale. Il déteste viscéralement La Havane, ville de toutes les turpitudes, cité cosmopolite ouverte à tous vents, à des années-lumière de son nationalisme pur et dur. Pour lui, la révolution ne peut que descendre de la montagne. Son obsession : prendre le maquis, monter toujours plus haut, jusqu'au pic Turquino, au faîte de la sierra Maestra, à plus de 1 800 mètres d'altitude. Pas une seconde il n'a cru que le soulèvement dirigé par Frank País entraînerait une révolte populaire. Pas une seconde il ne l'a seulement désiré. Depuis des mois, son scénario est au point : pas à pas, il va constituer une armée rebelle dans ce refuge escarpé, fourmillant de ravins et de défilés. Ici l'armée officielle viendra se perdre comme dans un labyrinthe. Son armée rebelle, il la formera avec les humbles, les va-nu-pieds, les *guajiros*, les analphabètes, les derniers des derniers, ceux qui vivent misérablement dans les huttes des contreforts de la sierra. Avec Fidel ils jetteront hors du temple les grands propriétaires terriens, ces pharisiens des Tropiques.

Dès le 3 décembre, Fidel Castro récupère ses troupes éparpillées après le « naufrage » et s'enfonce dans la sierra, marchant la nuit, dormant le jour, cherchant à éviter les zones dégagées. Au loin, du côté de Playa Colorada, il entend des bruits de bombardement. Le *Granma* échoué a été repéré par l'aviation et essuie un tir nourri. Il faut filer au plus vite dans l'épaisseur de la forêt.

Au même moment, à La Havane, Batista commet une grossière erreur tactique. Grisé par l'échec du M26 à Santiago, il monte une opération d'intoxication ridicule. Alors qu'il n'en a pas la moindre preuve, il fait annoncer au peuple cubain la mort de Fidel Castro, de son frère Raúl et de l'un des principaux dirigeants du Mouvement, Juan Manuel Márquez. C'est le général Pedro Rodríguez Avila, commandant en chef des opérations en Oriente, qui est de corvée. Il convoque la presse et rapporte ce haut fait d'armes. Il précise : « Les insurgés ont été littéralement pulvérisés par l'aviation. Leurs cadavres ont été enterrés dans des tombes peu profondes et seront ramenés à La Havane par la marine de guerre. » L'agence américaine United Press diffuse aussitôt la nouvelle à travers le monde. Batista vient sans le savoir de poser une auréole au-dessus de la tête du guérillero venu du Mexique. La légende christique de Castro est née. Quelques jours plus tard, pour nombre de Cubains, Fidel va ressusciter d'entre les morts.

Pour l'heure, le chef du M26 crapahute vers l'est à la tête de ses maigres troupes en vue d'atteindre les hauteurs de la sierra. Le 5 décembre, après deux nuits de marche forcée, il s'installe dans une clairière, à Alegría de Pio, pour laisser souffler ses hommes. En fin d'après-midi, les rebelles à moitié assoupis se retrouvent encerclés par un bataillon de cent gendarmes. Dénoncés par un jeune *guajiro*, ils subissent le feu de mitrailleuses lourdes et n'ont que le temps de sauver leur peau en déguerpissant. L'armée rebelle en pleine débandade fuit de tous côtés. Vingt-deux hommes sont tués. Une vingtaine d'autres disparaissent sans laisser de traces. D'autres encore sont rattrapés et arrêtés dans leur fuite. Fidel, lui, parvient à s'échapper à travers les champs de canne à sucre avec deux compagnons, Universo Sánchez et Faustino Pérez. Juan Manuel Márquez, son bras droit, est capturé et sauvagement assassiné. Les survivants du guet-apens d'Alegría de Pio errent plusieurs jours dans la sierra, évitant le moindre lieu habité, se nourrissant de tiges de canne. Ils ne sont plus que seize malheureux livrés à eux-mêmes, terrorisés au moindre bruit. Une poignée de vagabonds attendant la mort ou la prison. Pour tous, l'aventure politique du M26 est bel et bien finie.

Seul Castro, caché dans un champ pendant trois jours avec ses deux compagnons, persiste à croire en son destin. Mieux, il crie ou plutôt chuchote victoire. Encerclé, couché contre terre, dans le chaume, sans faire le moindre mouvement, durant de longues heures, Fidel, au pire moment de sa vie, explique en murmurant à ses camarades comment il agira dès qu'il aura pris le pouvoir. À quelques mètres, des patrouilles de l'armée poursuivent leur traque en silence. Castro parle comme au confessionnal, tenant son fusil serré contre son cœur. Il susurre son credo politique avec la conviction d'un croisé. Il répète avec une invraisemblable allégresse : « Nous avons gagné ! Nous avons gagné ! » Pour ses deux auditeurs allongés et tremblants d'effroi, l'homme est habité par une foi inébranlable, indestructible. Ils sont fascinés et quelque peu effrayés par tant d'inconscience. Fidel ne doute jamais. Depuis qu'il s'est engagé en politique, à l'université, il a bénéficié d'une chance inouïe avec une régularité désarmante. Ses compagnons ignorent par exemple que le *Granma* a failli ne jamais appareiller. Sur la route du port de Tuxpan, à quelques minutes du départ, Fidel et trois membres du M26 ont été interceptés par une patrouille de police. S'il avait été arrêté une nouvelle fois, il n'aurait plus pu compter sur la clémence des autorités mexicaines ; son histoire se serait arrêtée là, définitivement. Après une âpre négociation, le *Comandante* a pu acheter le silence des policiers contre dix mille pesos mexicains et a finalement embarqué avec le reste de l'expédition. Après avoir encore frôlé le précipice, il s'en est sorti in extremis.

L'homme a la baraka. Une autre preuve ? Le 13 décembre, le président Batista ordonne à l'armée de se retirer de la sierra et d'interrompre ses raids aériens. C'est une chance inespérée pour Fidel. Il va pouvoir souffler un peu, trouver quelques appuis sur le terrain, reconstituer ses maigres forces. Pourquoi une telle bienveillance d'en haut alors que le chef rebelle, totalement isolé, n'a alors plus aucune chance de s'en sortir ? Batista s'est laissé encore une fois attendrir par les pleurs de son amie Lina Castro.

La mère des deux révolutionnaires s'agite beaucoup dans la presse. Elle accourt à Santiago, accorde des interviews, demande à Batista qu'on la laisse se rendre dans la montagne afin de récupérer leurs cadavres. « Je souffre comme une mère de soldats et de révolutionnaires, dit-elle au quotidien de Holguín, *El Pueblo*. Si Fidel et Raúl ont décidé de mourir, je souhaite qu'ils meurent avec dignité… Je pleure mes enfants, mais j'embrasserais les mères des compagnons de mes fils de la même façon que toutes les mères des soldats qui sont morts au cours de cette douloureuse guerre. » Lina Castro n'est pas loin de penser comme son ami Fulgencio Batista : pour elle la guerre est terminée, il faut tourner la page, en finir avec toute cette violence. Mieux : elle voit son notaire à Santiago pour réviser son testament. Fidel et Raúl n'étant plus de ce monde, il faut reconsidérer les parts d'héritage des autres enfants. Cette visite de Lina à son homme de loi convainc définitivement Batista de la mort du chef rebelle. Il n'y a plus aucune raison de poursuivre une traque inutile. Le président veut en outre passer les fêtes de fin d'année tranquille. Il se désintéresse bien de retrouver le corps de Castro.

Ainsi, pendant près de trois semaines, les Cubains croient eux aussi à la mort d'*El Loco*. Dans la sierra,

Fidel ne dément pas. Il a besoin de temps pour reconstituer ses forces. Il lui convient de jouer les fantômes. Il n'est ni vivant ni mort. Il erre par les sentiers escarpés, attendant en vain des renforts censés venir de Santiago. Le voilà abandonné de tous, y compris de Batista pour qui il n'existe même plus.

Mirta, elle, ne l'a cependant pas oublié. Le 15 décembre, à Mexico, Fidelito est « enlevé » en pleine rue par trois hommes et rendu à sa mère à La Havane. Ils n'ont pas eu à l'arracher sous la contrainte à Lidia et Enma, les deux sœurs de Fidel chargées de le surveiller : celui-ci étant officiellement mort, elles n'ont plus aucune base juridique pour garder l'enfant. Elles n'opposent donc pas de résistance. Après avoir récupéré son fils, Mirta n'a plus qu'une hâte : s'installer aux États-Unis pour s'éloigner définitivement de la famille Castro. Elle vient d'épouser Emilio Núñez Blanco, qui a été récemment nommé chef de la délégation cubaine aux Nations unies, à New York. Plus d'un an après le rapt de Fidelito par son père, Mirta va vivre de nouveau avec la « chair de sa chair ». Mais elle s'inquiète : l'Ogre Fidel est-il vraiment mort ? L'individu vindicatif et violent, jaloux et possessif qu'elle a connu a-t-il succombé, victime de sa vanité maladive ? A-t-il été englouti par les sables mouvants dans la baie de Playa Colorada ? A-t-il été fauché par une rafale de mitrailleuse de calibre 50 ? Va-t-elle enfin pouvoir vivre en paix ? Elle aimerait tellement le croire…

À mille kilomètres de là, Fidel le fantôme poursuit sa marche vers les cimes. Le 16 décembre, il atteint un territoire ami, le domaine de Cinco Palmas, appartenant à un sympathisant du M26, Ramón Pérez, surnommé « Mongo ». Dans cette ferme isolée, sur la commune de Plurial de Vicana, il attend les rescapés de l'expédition du *Granma*. Le 21, les divers éléments égarés dans la montagne sont tous réunis à la *finca*. En comptant Fidel, ils sont vingt. Parmi eux, Raúl Castro, Camilo Cienfuegos, Che Guevara, Ramiro Valdés et Juan Almeida. Fidel leur apprend qu'officiellement il est décédé. Il suggère que cette information ne soit pas démentie. Lui seul jugera du moment d'annoncer sa « résurrection ».

Dans ce refuge inespéré, le *bicho* peaufine sa stratégie. D'abord, il faut soigner les blessés et demander d'urgence à Frank País et Celia Sánchez de faire monter des renforts depuis Santiago ou Manzanillo. Il faut aussi préparer une grande contre-offensive médiatique. Encore une fois, l'image de Fidel et de ses « guerriers invincibles » n'est pas seulement écornée : elle est tout bonnement en miettes. Il faut à tout prix réagir, mais sans précipitation. Car la maigre troupe qui lui reste est hors d'état. Tous les hommes ont l'apparence de véritables loques. Tous ont les pieds en charpie, meurtris par la caillasse des sentiers de la sierra. Ernesto Guevara a été légèrement blessé au cours de l'embuscade d'Alegría. Au cours de l'ascension vers Cinco Palmas, il a été de nouveau saisi d'une violente crise d'asthme. Il est impératif de profiter du refuge pour récupérer des forces.

Pourtant, Fidel bout intérieurement. Il vient d'apprendre que son ex-femme et la famille Diaz Balart ont repris Fidelito, et que sa propre mère, avant même d'avoir récupéré son cadavre, est allée modifier son testament au profit de ses autres frères et sœurs. Il enrage à tel point qu'il ne peut résister à l'envie d'annoncer plus tôt que prévu qu'il est bien vivant. Comme à l'habitude, Fidel succombe à son impatience chronique. Il est si furieux contre sa mère, Lina, qui a accordé une interview au quotidien de Holguín, *El Pueblo*, qu'il ne peut plus attendre. Il décide lui aussi de réagir. À la fin de décembre, il révèle donc dans ce journal que son frère Raúl et lui sont en bonne santé et que… « la victoire est proche ! ».

Miracle ! Castro le paria a échappé aux foudres de l'enfer, aux tempêtes, aux caïmans, à la mitraille, au déluge de feu des avions de combat. Il est invulnérable. Dans la sierra, le bruit commence à courir qu'il pourrait bien être un nouveau messie. Le *bicho* saute sur l'occasion pour conforter la légende. À l'aide d'un prêtre sympathisant du M26, Lalo Sardinas, il se met à baptiser tous les rejetons des paysans qu'il rencontre en chemin, lui qui a tant souffert dans son enfance de ne pas l'avoir été. Il devient ainsi le parrain de plusieurs dizaines de fils de *guajiros*. Fidel le marxiste se met à porter une croix autour du cou et récite les paroles de bénédiction qu'il n'a pas oubliées.

Est-il un nouveau Christ ? Devant les regards émerveillés des *campesinos*, il n'a aucun mal à assumer ce nouveau rôle. Depuis son plus jeune âge, n'a-t-il pas cessé de mettre sa vie en scène ? Avec ses hommes, il se laisse dès lors pousser la barbe. Ils seront ses apôtres. Combien sont-ils à le suivre dans cette folle aventure ? Une vingtaine ? Fidel décrète qu'officiellement ils seront eux aussi douze. L'Histoire s'accommodera de cette entorse à la vérité. Il faut aussi donner une image irréprochable de ce groupe de missionnaires d'un nouveau type. Ils iront évangéliser les pauvres à leur manière, en leur enseignant à lire et à écrire. Il faut que Fidel et ses hommes soient dans la montagne comme des poissons dans l'eau. Le *Comandante* donne pour instruction : « Nous devons être sans tache. » Che Guevara se charge de l'instruction des hommes, met en place un système d'école itinérante, se fait livrer des livres d'algèbre. Il apprend même la langue française à Raúl Castro qui ne semble pas passionné par la matière. Le frère cadet a un autre terrain de jeu : l'espionnage. Il voit des complots partout. Dans son propre camp, surtout. Il est chargé par Fidel de tout ce qui touche au renseignement et aux exécutions sommaires des traîtres. Mais, malgré sa vigilance extrême, Raúl ne voit pas venir la première trahison.

Le 30 janvier 1957, la petite troupe des rebelles subit un bombardement d'une précision chirurgicale qui ne laisse planer aucun doute : quelqu'un les a donnés. Le traître est un jeune paysan d'une trentaine d'années, vif et joyeux, toujours prêt à rendre service. Il s'appelle Eutimio Guerra et a l'art de remonter le moral des fidélistes en dénichant de la nourriture sans la moindre difficulté. Il est aussi un des courriers préférés de Castro. À tel point que, quelques jours avant le bombardement, Fidel l'a invité à partager sa couverture pour la nuit. Ce soir-là, Eutimio, armé d'un Colt et de deux grenades, tremblant devant une aussi formidable occasion, n'a pas le cran de tuer le chef rebelle. La prime était pourtant alléchante.

Les hommes du lieutenant Ángel Mosquera, l'homme chargé de pourchasser Fidel, considéré comme l'un des meilleurs combattants de l'armée cubaine, avaient arrêté Eutimio quelques jours plus tôt. Le contrat avait été simple : on lui accordait la vie sauve s'il acceptait de jouer l'agent double. Contre la peau de Castro, il aurait une ferme, dix mille pesos et un grade de major dans l'armée.

Le jeune paysan est finalement confondu. Raúl Castro l'interroge longuement et lui propose de devenir un… « agent triple » ! Eutimio Guerra refuse. Raúl suggère qu'on le torture, mais de nombreux rebelles s'y opposent. Le *Comandante* n'a-t-il pas ordonné que les combattants du M26 soient irréprochables ? « Il aurait pu nous donner davantage de renseignements si nous l'avions torturé, regrettera Raúl. Mais nous n'utilisions pas ces méthodes, même vis-à-vis de quelqu'un d'aussi sordide. » Quelques jours plus tard, Eutimio est exécuté au petit matin, lors d'un orage d'une rare violence, sous un ciel illuminé d'éclairs.

Fidel n'oubliera pas la leçon : il a échappé à la mort de justesse et le bombardement aurait pu anéantir ses hommes. Il va lui falloir redoubler de prudence, être plus exigeant avec les *guajiros* recrutés, ne pas craindre les exécutions sommaires, surtout organiser au plus vite une réunion avec les dirigeants du M26. Castro est certes « ressuscité d'entre les morts », mais sa vie ne tient qu'à un fil.

CHAPITRE 17

Celia au plus haut des cieux

Elle attendait ce moment avec l'anxiété d'une première communiante. Un instant suspendu entre le jour et la nuit, quand l'obscurité enveloppe la montagne de sa fraîcheur silencieuse. Elle n'a plus que quelques pas à faire. Celia Sánchez Mandulcy a marché toute la nuit pour atteindre la *finca* de son ami Epifanio Diaz, un paysan dévoué à la cause. Peu avant l'aube, vers les cinq heures du matin, elle a fini par trouver le pré magique, un rectangle de hautes herbes où il l'attend. Pour lui elle a risqué plusieurs fois sa vie. Pour lui elle a mis en place un réseau sûr et efficace de *guajiros* dans toute la sierra Maestra. Celia connaît la région mieux que personne. Avec son père, le docteur Manuel Sánchez Silveira, installé à Manzanillo, elle a sillonné le sud-ouest de la province d'Oriente pour soigner les plus démunis. Manuel Sánchez est un médecin généreux et désintéressé qui fait figure de héros chez les paysans des environs. Avec lui, un jour de grande fièvre patriotique, Celia a gravi le pic Turquino, elle a déposé un buste de José Martí au sommet et s'est juré de rester fidèle à l'idéal de l'Apôtre.

Depuis ce jour, elle consacre sa vie à celui qu'elle considère comme le fils spirituel du Père de la nation cubaine. Elle a participé à toutes les opérations du M26.

Brune et fine, elle a le charme ambigu des guerrières, un regard grave et profond, indéchiffrable, noir comme le jais. À son contact, les hommes devinent vite qu'ils ont affaire à un être hors du commun.

Quand leurs yeux se croisent pour la première fois, le 16 février 1957, Fidel et Celia n'ont aucun doute, l'un comme l'autre, sur l'importance de leur rencontre. Lui sait parfaitement que s'il est encore en vie, c'est grâce au réseau clandestin qu'elle a mis en place depuis des mois pour l'accueillir dans la sierra. Il sait aussi que, depuis la ville de Manzanillo, elle est la plaque tournante de tout ce qui remonte jusqu'à lui depuis la plaine (le *llano*, comme disent les rebelles). Elle joue donc un rôle plus que stratégique. Cette femme discrète et réservée est une organisatrice hors pair. Dans le même temps, elle sait se montrer douce et humaine pour tous ses compagnons de la guérilla. En quelques mois, elle est devenue, à trente ans, « l'incontournable Celia ». Dès les premiers mots elle a succombé au magnétisme de Castro. Mais elle ne le montre pas. Elle ne cède pas d'emblée à l'envoûtement. Elle se retient de fondre comme une midinette et de se jeter dans ses bras. Elle reste dans la posture de la militante pure et dure, cheville ouvrière de la rébellion, la fille en treillis, austère et disciplinée, qui n'a pas de temps à gaspiller avec les élans du cœur.

Fidel, de son côté, est intrigué par cette « fourmi de la plaine » qui n'a pas peur des marches de nuit, qui veut se battre comme un homme et qui connaît l'histoire de Cuba aussi bien que lui. Comme toujours avec les femmes, il a besoin d'une interlocutrice qui aime la politique autant que lui ; autrement, il se lasse rapidement. Avec Celia, il trouve l'oreille idéale, la militante déterminée, mais aussi, plus surprenant, le stratège complice. Aussi familière du terrain que lui, elle semble, en outre, maîtriser les techniques de la guérilla autant que le Che ou son frère Raúl. Mais il y a quelque chose qui la hisse bien au-dessus des autres : elle comprend instantanément Fidel, avant même qu'il ait prononcé la moindre phrase. Comme douée d'un sixième sens, elle anticipe ses décisions. Il découvre que cette femme est un peu devin.

Avant de le rejoindre à Los Chorros, elle a, comme tous les camarades de la plaine, envisagé de proposer à Fidel de quitter le pays pour sauver sa peau. Avec son chef Frank País, Vilma Espin ou Armando Hart, elle s'apprêtait à lui suggérer une fuite discrète et sûre vers le Costa Rica ou quelque autre pays d'Amérique latine. Pour eux, il n'y avait pas d'autre issue, tant la situation du M26 est catastrophique. Mais, face à lui, dans ce pré de la famille Diaz, enveloppé des brumes de l'aube, Celia Sánchez, dont le nom de code est « Aly » ou « Norma », comprend en quelques secondes que ce scénario est à écarter d'emblée. Devant la verve et la détermination de Fidel, elle n'ose jouer les défaitistes. Que répondre à un homme qui vous réclame armes et munitions pour continuer la lutte ? « Regardez comme ces soldats tirent d'en bas mais n'osent monter jusqu'ici ! Si vous pouvez m'apporter les balles et les fusils qu'il me faut, je vous garantis qu'en l'espace de deux mois je serai en pleine bataille ! supplie-t-il. Nous avons besoin de quelques milliers de balles, avec vingt hommes armés de plus, pour gagner la guerre contre Batista. » Comment résister à un illuminé qui prétend battre une armée de dix mille professionnels suréquipés avec quarante hommes hirsutes et dépenaillés ?

Le mystique Castro n'est pas homme à baisser les bras pour un simple problème arithmétique. Celia Sánchez devine que cet individu est doué d'un flair politique supérieur. Quand il lui explique que cette guerre se gagnera par la propagande, qu'il faut par conséquent soigner l'image de la guérilla, faire venir ici la presse du monde entier pour raconter l'histoire d'une révolution singulière, elle sait qu'il est dans le vrai. N'a-t-il pas réussi à se faire passer pour un demi-dieu chez les coupeurs de canne de la province d'Oriente ? Pourquoi ne parviendrait-il pas à jouer les Robin des bois dans la presse américaine ? Dans la forêt de Sherwood, quelques siècles plus tôt, ils n'étaient, après tout, qu'une poignée d'hommes.

Dans la nuit d'Oriente, Celia Sánchez, Vilma Espin et Haydée Santamaría dorment à la belle étoile en compagnie de Fidel, Raúl et plusieurs autres rebelles. Celia s'est laissé bercer par les incantations politiques du chef de guerre, théoricien, avocat et aussi acteur. Il lui a d'ailleurs raconté que, dans les premières semaines de son exil à Mexico, pour gagner un peu d'argent, il a joué dans un film populaire en tant que figurant. Il a détesté sa prestation : celle d'un anonyme perdu dans la foule. Il avait aussi joué quelques années plus tôt dans un péplum aquatique américain : *L'École des sirènes*, avec la naïade Esther Williams. Le film avait été tourné à l'hôtel Riviera. À cette occasion, il a pu observer l'art de la mise en scène hollywoodienne.

Le lendemain, Fidel demande à Celia de prendre en charge un invité de marque qui doit débarquer au campement en fin d'après-midi. Cette personnalité est un des grands éditorialistes du *New York Times*, Herbert L. Matthews, venu dans la sierra pour rendre compte des aventures extravagantes d'un avocat « baptiseur », un Mandrin fumeur de cigares. Matthews a couvert jadis pour son journal la guerre d'Espagne et n'a jamais pu se faire à la victoire franquiste. L'épopée de Fidel

Castro a pour lui comme un parfum de revanche des républicains sur les fascistes.

Avant l'arrivée du célèbre journaliste, Fidel a préparé avec ses troupes une petite farce : il faut faire croire à Matthews que l'armée rebelle est nombreuse et bien organisée. Prince des metteurs en scène, Fidel ordonne à ses hommes de se déplacer sans cesse durant la visite pour faire nombre, de prendre des allures martiales, d'avoir l'air débordé alors qu'ils ne font rien, sinon attendre des renforts. Au cours de l'entretien avec Matthews, des courriers à bout de souffle interrompent régulièrement la conversation en lançant : « Commandant, l'agent de liaison de la colonne n° 2 vient d'arriver ! » Et ainsi de suite… Agacé, Castro renvoie alors le messager en rétorquant d'un ton méprisant : « Plus tard, plus tard, attendez que j'aie fini ! » Pour l'instant, rien n'est plus important que Herbert Matthews.

L'hôte de Fidel finit ainsi par croire que les rebelles ont constitué des dizaines de colonnes dans la sierra Maestra alors qu'ils ne contrôlent que quelques malheureux kilomètres carrés autour de Los Chorros. Mais le stratagème finit par payer : le journaliste expérimenté succombe au charme du sorcier de Biran. Fidel le cajole à la cubaine, avec un mélange de ferveur et de flagornerie. Au sommet de son art, le *bicho* comprend vite que le poisson est ferré. Il n'a plus qu'à laisser onduler la ligne. Derrière les buissons, les rebelles, hilares, observent et admirent le travail du maître.

Quelques jours plus tard, la série d'articles de Herbert Matthews paraît dans le *New York Times*. C'est un triomphe pour Castro. Le plus grand journal des États-Unis le présente comme l'ennemi principal de Batista, le leader d'un mouvement en pleine ascension, porteur des plus grandes espérances du peuple cubain. À La Havane, *Bohemia* reproduit ces textes avec accroche en une. Dans la sierra, on exulte. En quelques semaines, Fidel a transformé une pitoyable déroute en victoire. D'autres articles suivront, puis des reporters de télévision, en particulier la chaîne CBS, feront le voyage en Oriente. Tous fonceront tête baissée dans la mythologie du nouveau Robin des bois. Gains de l'opération : Fidel s'attire la sympathie du peuple américain et renaît sur la scène politique cubaine.

À La Havane, on se gausse des effets de manches de l'avocat à la « légende noire », cet histrion de province à la tête d'un groupuscule de fêlés. C'est en particulier le cas de José Echevarría, chef du Directoire révolutionnaire, qui s'apprête à prendre le pouvoir. Le dirigeant étudiant a bâti une puissante organisation, fort bien implantée parmi les classes moyennes, et bénéficiant du soutien des responsables politiques de l'opposition dont il devient le bras armé. Il compte même des appuis au sein de l'état-major de l'armée.

Le 13 mars 1957, un commando du DR attaque le palais présidentiel, envahit les étages, mais ne parvient pas à déloger Batista, caché au troisième dans une pièce blindée. Simultanément, José Echevarría investit une station de radio pour annoncer la mort de Batista et la création d'un gouvernement provisoire. L'opération échoue de justesse : dans la confusion, des renforts de l'armée arrivent sur les lieux ; depuis son abri, à quelques mètres seulement des assaillants, Batista dirige la manœuvre et parvient à reprendre la situation en main. Après de violents combats, les insurgés du DR sont décimés et José Echevarría est tué durant sa fuite.

Batista l'a échappé belle. Castro aussi : à quelques secondes près, l'assaut a failli réussir et aurait porté au pouvoir son plus dangereux et plus courageux rival.

Quelques jours avant de mourir, José Echevarría ne cachait pas qu'une des causes de son combat était d'empêcher Castro d'accéder un jour au pouvoir. Il le soupçonnait depuis longtemps de « caudillisme », mais, plus récemment, il avait acquis la conviction du caractère « égaré » du personnage. Comme les élèves du collège de Belén, Echevarría l'appelait *El Loco*.

Depuis son repaire de la sierra Maestra, Fidel n'a que faire des élucubrations de ceux qu'il appelle des « terroristes ». Il critique ouvertement l'assaut du palais et déclare s'opposer pour sa part à tout assassinat politique. La mort d'Echevarría, qu'il déplore officiellement, est pour lui une aubaine. Elle lui ouvre de nouvelles perspectives. Son rival mis hors d'état de nuire, il peut se consacrer à sa seule et unique préoccupation : récupérer des hommes et des armes.

Vers la fin de mars, Frank País lui envoie 50 combattants. Durant cette période de grande incertitude, l'armée rebelle multiplie les escarmouches contre des postes de garde de l'armée batistienne, comme à La Plata ou à El Hombrito. Elle attaque ainsi quelques guitounes puis disparaît en forêt et reste inactive pendant de longues semaines : ce que Castro appelle de « grandes victoires révolutionnaires ».

Fidel poursuit inlassablement sa tactique du *hit-and-run*. L'activité militaire relève davantage du brigandage que du haut fait d'armes. Tactiquement, il n'a pas tort : il avance avec prudence sur un terrain que ses hommes explorent avec lui. Tous ces guérilleros sont en effet en phase d'apprentissage. Il faut en premier lieu éviter les pertes en hommes. Il faut aussi contrôler le territoire, se fondre dans le paysage, connaître la moindre cache, les grottes, les sentiers de crête. Voilà qui occupe tout son esprit. Il se désintéresse du reste du pays. Castro veut faire corps avec la montagne, il veut « être la montagne » : « Nous nous étions si totalement identifiés à la montagne, à sa nature, à son cadre, précise-t-il, nous nous y étions si bien adaptés que nous avions l'impression de nous trouver dans notre milieu naturel. Cela n'avait pas été facile, mais je pense que nous avions fait corps avec la forêt de la même manière que les animaux sauvages qui y vivent. »

Comme à son habitude, Fidel trafique un peu l'histoire : il n'y a pas d'animaux sauvages dans la sierra et l'air y est plutôt doux. Certaines semaines, la vie sur les hauteurs a même des allures de camp de vacances. En revanche, dans le reste de l'île, les attentats se multiplient contre le régime, des actes de sabotage sont perpétrés dans les grandes villes sans que Castro y accorde beaucoup d'intérêt. Des dizaines de militants du M26, impliqués dans les luttes urbaines, perdent la vie sans que leur chef fronce le sourcil. Peu à peu, les autres dirigeants nationaux du Mouvement s'inquiètent : à quoi joue-t-il ?

Frank País, surtout, commence à ne pas comprendre les objectifs de celui qu'il considérait hier encore comme un grand dirigeant. Il se confie à Celia Sánchez, sans succès. Celia n'est plus accessible au raisonnement : la jeune femme est plus soucieuse de faire livrer du chocolat Menier à Fidel, qui raffole de la marque française, ou bien des dizaines de cigares dont la fumée lui permet de lutter contre les moustiques. Celia est amoureuse. Elle n'a qu'une envie : rejoindre dans la sierra l'homme qui la fait palpiter. Elle veut elle aussi s'installer sur les sommets. Les revendications des dirigeants de la plaine ne l'intéressent plus.

Que veulent-ils au juste, ces « intrigants du *llano* » ? Donner un sens à leur action, définir un programme de gouvernement, organiser le Mouvement de manière démocratique, légitimer une direction collégiale. Mais Fidel, interpellé à plusieurs reprises par courrier, ne répond même pas aux hommes du M26 qui font partie, comme lui, de la direction nationale. Pourquoi tant de mépris envers ces militants clandestins qui risquent leur vie dans l'ombre pour ramener « des balles et des fusils » au roitelet de la sierra ? Les plus politiques d'entre eux, comme Frank País, René Latour ou Faustino Pérez, commencent à penser que Fidel, malgré son aura, n'est qu'un chef de guerre sans autre perspective que celle de la prise de pouvoir.

País, qui est de fait l'organisateur du M26 sur Santiago, mais dont le poids politique ne fait qu'augmenter dans l'ensemble du pays, s'éloigne imperceptiblement du chef et prend de plus en plus d'autonomie. Aux yeux de beaucoup, il apparaît comme le vrai chef politique du Mouvement. Fils d'un pasteur de Santiago, il a la réputation d'un parfait démocrate. C'est lui que la CIA décide de contacter pour « mieux connaître » le M26, cet étrange mouvement aux contours politiques si flous ; la liaison se fait au cours du mois de juin à Santiago. Frank País, alias David, prévient aussitôt Fidel qui donne son feu vert à la poursuite des contacts.

Progressivement, le jeune Frank prend des libertés avec son « chef », change de ton, devient moins déférent. La pièce qui se joue a désormais changé de nature. D'un côté, il y a Fidel qui amuse la presse internationale avec une poignée de barbus sur un piton rocheux. De l'autre, un jeune homme qui négocie avec la CIA, organise les réseaux du M26 sur tout le territoire, rencontre des militaires dissidents. S'il n'y prend garde, Fidel pourrait bientôt se retrouver dans le rôle de la *guest star* de la révolution cubaine.

Très actif, se démultipliant sur tous les fronts, Frank País, au début de juillet, réussit un coup de maître : la CIA se dit prête à financer le M26 ! Sa lettre du 5 juillet 1957 à Fidel ne laisse planer aucun doute :

« Sache enfin qu'après tant de difficultés, écrit-il, le "petit gros", Lester Rodríguez, est enfin parti pour les États-Unis ; la très méritante et très appréciée ambassade américaine est venue nous offrir l'aide que nous voudrions si nous acceptions de mettre fin aux vols d'armement à la base. [Caimanera pour les Cubains, Guantánamo pour les Américains.] Nous lui avons promis d'arrêter à condition qu'ils nous délivrent un visa de deux ans pour le "petit gros" et qu'ils le fassent sortir du pays. Ils ont rempli leur engagement aujourd'hui : le consul l'a emmené lui-même et a fait sortir par la valise diplomatique tous les papiers, cartes et lettres qu'il avait besoin d'emporter. C'est un bon service. En échange, nous ne sortirons plus d'armes de la base [...]. Si tout se passe bien, nous ferons maintenant venir les armes directement des États-Unis... »

L'agent de la CIA qui est en contact direct avec Frank País s'appelle Robert D. Wiecha. Il est officiellement vice-consul au consulat général des États-Unis à Santiago. Dans les jours qui suivent ce courrier capital pour la guérilla castriste, Frank País s'affiche comme le chef politique du Mouvement et abandonne à Fidel le rôle de chef militaire. Dans une lettre datée du 25 du même mois, « David » prend de plus en plus ses distances avec son « chef d'état-major ». Il lui annonce clairement que la direction nationale est en train d'élaborer un programme de gouvernement. Or, Castro est radicalement opposé à cette idée. Il l'a dit et redit. Pourquoi se lier les mains avec un programme ? Mais cette fois, Frank País, en accord avec la majorité des membres du directoire, ne cède pas. Fidel Castro se retrouve dans un rôle qu'il abhorre : il est minoritaire dans l'organisation qu'il a fondée.

« Un autre défaut dont nous avons souffert est l'absence de programme clair et précis, mais en même temps sérieux, révolutionnaire, réalisable, lui écrit "David". Nous y travaillons intensément, dès maintenant, pour le joindre à notre projet économique [...]. Le travail se réalise par fragments, dans différents secteurs et différentes provinces ; si tu as des suggestions ou des projets à présenter, envoie-les. »

À cette lecture, Fidel s'étrangle de rage. Ainsi les gens de la plaine cherchent insidieusement, hypocritement, à le transformer en marionnette. On lui demande d'envoyer des « suggestions » au directoire national, à lui, le fondateur du M26, l'homme de la Moncada, du débarquement du *Granma* ! Fidel, le ressuscité d'entre les morts, devrait s'abaisser à débattre avec ces « serpents » de la plaine ? Face à tant d'arrogance et d'irrespect, il prend le parti de ne pas répondre. Il fait le mort. Pour lui, il n'y a qu'un seul lieu qui compte, celui où il se trouve.

Ce Frank País commence à l'agacer sérieusement. Une lutte sourde s'amorce entre les deux hommes. País se plaint de plus en plus ouvertement des méthodes sournoises de Fidel pour déstabiliser « d'en bas » la direction. Vieille technique : rompu aux guerres d'appareil, Fidel multiplie les émissaires qui présentent des ordres contradictoires pour semer le trouble au sommet du Mouvement. Il ne supporte plus le ton de plus en plus arrogant du jeune País, d'autant moins que ce dernier se fait menaçant. Dans un autre courrier envoyé aussi en juillet, il se plaint auprès du chef guérillero du travail de division orchestré par « certains ». À ce propos, il ne le sollicite ni ne lui demande conseil, il se borne à l'informer des décisions qu'il a prises en son âme et conscience. Il précise : « Tout ceci a pour but de sauver l'organisation et d'éviter une dispute qui, en ce moment, serait fatale, et en même temps de sauver les jeunes du “gangstérisme”. » Vous avez dit « gangstérisme » ? Pour Fidel, il n'y a plus la moindre ambiguïté : ce jeune ambitieux est en train de le menacer sournoisement. À qui, sinon à lui-même, est adressé ce reproche de « gangstérisme » au sein du M26 ?

Quelques jours plus tard, « David » lui fait part d'une nouvelle initiative qui le fait bondir. Frank País vient de rencontrer longuement l'émissaire d'un groupe d'officiers de marine prêts à collaborer avec le M26 pour prendre le pouvoir. Mais l'officier émet des réticences plus que sérieuses à propos de Fidel. País laisse entendre à demi-mot à ce dernier que l'officier a fait état d'un dossier établi sur lui par ce groupe de militaires :

« Il m'a parlé de ses anciennes relations et de leur histoire, de son antipathie envers le Mouvement du 26 juillet, tout particulièrement vis-à-vis de toi. Ils avaient eu des rapports défavorables sur ton activité à l'université quand tu y étais étudiant, et sur ton rôle dans l'action contre la Moncada, ainsi que des informations déplaisantes sur ta personne, selon lesquelles tu étais un caudillo ambitieux. Ils te croyaient d'accord avec Trujillo et ont rompu les liens avec la FEU quand ils ont appris l'affaire de la lettre de Mexico… »

Cette fois, le fils de pasteur dévoile son jeu. Qui est donc son informateur ? Que sait-il exactement ? Que peut-il bien dire sur la Moncada : que Fidel s'est enfui dès les premiers coups de fusil, qu'il a percuté un trottoir par myopie et fait capoter l'opération ? Que peut-il savoir sur les liens avec Trujillo ? A-t-il des preuves formelles d'une aide financière du dictateur de Saint-Domingue au M26 ? Absurde ! Une seule chose est sûre : Frank País se prend désormais pour le patron et ne prend plus de gants avec la « figure historique » du Mouvement. N'ajoute-t-il pas dans le même courrier qu'il a aussi pris contact avec des proches du colonel Barquín, héros du peuple cubain, toujours emprisonné à l'île des Pins ? País laisse entendre qu'un putsch pourrait être organisé rapidement grâce à l'entente entre tous ces hommes. « David » conclut sa lettre en marquant ouvertement sa méfiance vis-à-vis de Castro : « Je ne te raconte rien de ce qui concerne les plans, d'abord parce que ce n'est pas prudent, aussi parce que ce ne sont encore que des points de vue généraux. »

Comment Castro, isolé dans son réduit oriental, va-t-il réagir à l'affront ? Il ne dit rien. Il encaisse et prépare sa riposte. Frank País est non seulement brillant, courageux et déterminé, mais il est habité par la foi protestante. Il est devenu en quelque sorte l'« homme des Américains ». Fidel retrouve en lui ses vieux ennemis : Luther, Calvin, les quakers, leurs descendants de Wall Street. Comme au temps des finales de basket, au lycée, où le sort du monde se jouait entre les établissements jésuites, défenseurs de l'Espagne éternelle, et leurs homologues protestants, considérés comme pro-américains. Dans l'esprit de Fidel, Frank País est déjà devenu un « traître », mais il ne peut l'attaquer de front. L'homme est trop populaire. En outre, il reste l'ami de Celia Sánchez, avec qui il a partagé tant de combats.

Coïncidence ? Quelques jours plus tard, Frank País échappe par miracle à un coup de filet de la police. La souricière est d'une telle précision que Frank en conclut qu'il a été donné. Par qui ? Le 30 juillet, de nouvelles informations, de source anonyme, parviennent à la police. Cette fois, le chef clandestin est pris. Il a été donné pour la seconde fois. Arrêté, il est assassiné quelques minutes après, en pleine rue, passage del Muro, à Santiago de Cuba.

La mort du jeune militant est un coup très dur pour le Mouvement. Nouvelle coïncidence troublante : dès le lendemain, le tout nouvel ambassadeur américain à Cuba, Earl T. Smith, vient en visite à Santiago. Le lien entre les deux événements est manifeste : « David » n'était-il pas l'interlocuteur privilégié de la CIA ?

Avec Castro, Echevarría et Barquín, País était la figure la plus importante de la résistance à Batista. Il a été livré par un traître. Aucune enquête n'est menée à ce sujet. D'après Vilma Espin, devenue la « fiancée de Raúl Castro dans la sierra, le traître aurait été un certain Randish, surnommé *El Negrito*, lequel est abattu avant d'avoir pu raconter à qui que ce soit ses aventures.

La mort de « David » provoque une onde de choc dans la capitale de l'Oriente. País est désormais considéré comme un martyr. Des mères éplorées sillonnent Santiago, portant le cadavre du héros avec en guise de linceul le drapeau rouge et noir du M26. On décide de lui organiser des funérailles nationales.

Au même moment, Fidel Castro, dans un hameau de montagne, s'apprête à déguster un cochon de lait rôti. Soudain, la radio annonce la nouvelle. Les hommes sont pétrifiés, anéantis par la nouvelle. Fidel se jette sur un bloc-notes et rédige un mot à diffuser à tous les militants du M26. Il écrit aussi à Celia, l'amie de toujours de Frank :

« Quels barbares ! Ils l'ont pourchassé lâchement à travers les rues, se servant de tous les avantages qu'ils ont sur un militant isolé. Les monstres ! Jamais ils ne sauront l'intelligence, la force de caractère, l'intégrité de celui qu'ils ont assassiné ! [...] Quelle douleur que de le voir ainsi abattu en pleine maturité, quand, âgé de vingt-cinq ans seulement, il donnait le meilleur de lui-même à la révolution. Je garde ses dernières lettres, ses textes, ses notes, etc., en témoignage de ce qu'il était… »

Pourquoi Castro a-t-il besoin de signaler qu'il détient des documents appartenant à l'homme qu'il pleure avec tant de feinte douleur ? Cherche-t-il à se protéger par avance d'une possible vengeance des amis du défunt ? Après tout, le courrier de Frank País est plutôt sulfureux. Il prouve que le jeune dirigeant cubain était en contact étroit avec la CIA. Si ses proches, qui soupçonnent le *Comandante* de l'avoir « donné » à la police, ne se calment pas, celui-ci pourrait bien sortir de ses cartons la « preuve » que « David » n'était qu'un « traître à la solde de l'impérialisme ». À ce jeu, Castro est un virtuose implacable.

Devant le cochon de lait fumant, les guérilleros restent paralysés. Certains d'entre eux étaient des intimes de Frank País. Ils ont l'appétit coupé. À la stupeur générale, Fidel se jette quant à lui sur la viande et ingurgite plusieurs assiettées délaissées par ses hommes. Étrange réaction : il vient de rédiger un éloge larmoyant et, dans la foulée, voici qu'il paraît presque fêter l'événement. Est-il donc un monstre ou bien salue-t-il à sa manière la mémoire de son premier opposant ? Aucun document n'apportera la réponse. Fidel Castro laisse peu de traces derrière lui. Seul souvenir indiscutable de l'affaire País : en toutes circonstances, le *Comandante* est un gros mangeur. La mort lui donne de l'appétit.

CHAPITRE 18

« Le Professeur » est dans la sierra

C'est une vraie folie. Encore une opération kamikaze ! Jamais l'avion ne pourra se poser dans un pareil champ de pommes de terre. D'ici un peu moins d'une heure, le jour va se lever. Plus question de modifier les plans : il faut atterrir coûte que coûte avant que les patrouilles aériennes ne repèrent le C47 venu du Costa Rica. À son bord, une douzaine d'hommes dirigés par Huber Matos et, surtout, cinq tonnes d'armes et de munitions, dont deux mitrailleuses, des mitraillettes, des fusils et des caisses d'obus pour les mortiers. Cette fois, la guérilla va enfin disposer des moyens de se battre.

À bord du bimoteur qui sort des nuages, Huber Matos scrute les contreforts de la sierra. Il retrouve sa terre après un an d'exil. Sous ses yeux rougis par l'absence de sommeil s'étendent les champs de canne, les palmeraies, les sentiers pierreux, les ravines où roulent les eaux de la montagne. Huber est né tout près, dans le village de Yara, à quelques kilomètres de Manzanillo. Dans la nuit grisâtre, il devine le village de Palma Estrada, aperçoit au loin le pic Turquino. Il a un pincement au cœur en savourant ce moment tant attendu. Il peut être fier de lui : il a pratiquement accompli sa mission. Reste à poser le zinc sans trop de casse. À sa grande stupeur, Huber réalise que le terrain où il doit atterrir est semé d'ornières et de rocailles. L'affaire sent le guet-apens.

Dans un premier temps, le pilote refuse de toucher le sol et veut rebrousser chemin. Huber parvient à l'en dissuader. Le bimoteur atterrit miraculeusement sous les hourras des passagers. Ce 30 mars 1958, surgissant des sous-bois, les premiers guérilleros, venus récupérer la précieuse cargaison, l'acclament comme un héros. Pourtant Matos est envahi par un curieux sentiment. Une question le tarabuste : pourquoi Fidel Castro, contrairement à toutes ses suggestions, a-t-il choisi un terrain d'atterrissage aussi dangereux ? En parfait connaisseur de la zone, Huber avait conseillé au chef de la guérilla quatre emplacements beaucoup plus sûrs. Mais, pour une raison mystérieuse, le *Comandante* ne l'a pas écouté. Au contraire, à la dernière seconde, il a opté pour ce site calamiteux.

Un autre incident inquiète Huber Matos : avant qu'il s'envole pour Cuba, un des hommes de confiance de Castro, Pedro Miret, son plus vieux compagnon de lutte depuis l'université, a débarqué au Costa Rica pour diriger l'opération à sa place. Sans lui fournir la moindre explication, Castro a ordonné au pilote de l'appareil de ne pas chercher à atterrir à Cuba, comme prévu, mais de parachuter les armes dans la sierra, au risque de les perdre ou d'en faire cadeau aux soldats de Batista. Huber s'y est opposé avec fougue et est parvenu à garder les commandes de l'expédition, puis à faire atterrir le C47 conformément aux ordres qu'il avait reçus de Fidel lui-même. Pourquoi donc celui-ci lui avait-il envoyé in extremis un « joker », ou un espion, pour superviser ce voyage à hauts risques ? Pourquoi l'avoir laissé, lui, Huber Matos, acheter ce bimoteur pour 7 000 dollars, pourquoi l'avoir envoyé négocier durant de longues semaines avec le président costaricain, José

Figueres, la fourniture du stock d'armes, si c'était pour l'évincer au tout dernier moment ? Parce qu'il n'a pas confiance en lui ? Parce qu'il ne l'aime pas ?

Dès l'arrivée au camp, Fidel se jette pourtant sur lui pour l'étreindre avec vigueur et le remercier chaleureusement. Cette cargaison d'armes est providentielle. Sa livraison survient à un moment-clé de l'histoire de la guérilla. Pour la première fois depuis de longs mois, les rebelles vont enfin être équipés de matériel de guerre. Et ils le doivent à Huber Matos. Castro en fait presque trop dans l'effusion. Il l'étouffe littéralement de ses grands bras de grizzli. Le visage chaussé de lunettes à verres épais, la barbe en broussaille, le béret vissé sur la tête, vêtu de son éternel treillis vert olive, il semble vouloir dévorer le petit homme qui lui arrive juste à l'épaule. Les acclamations que la troupe lui a prodiguées ont prodigieusement irrité le chef. Confusément, il sent que ce soldat qu'il vient de nommer capitaine risque d'être une source d'ennuis pour lui. Mais Fidel, en bon comédien, n'en montre rien.

Pourquoi cette méfiance sourde ? Aux yeux du *Comandante*, Huber Matos présente un gros défaut : il est le meilleur ami de Celia Sánchez. Il joue auprès d'elle le rôle du grand frère, du confident. Autre handicap : il a dix ans de plus que lui. À 40 ans, ce n'est plus un gamin docile et exalté, comme la plupart des jeunes qui s'enrôlent dans le M26. Au milieu de ces guérilleros d'à peine 20 ans, voire de beaucoup moins, Huber fait figure d'ancêtre, de sage. Il peut être une voix qu'on écoute, donc un rival potentiel.

Ses liens d'amitié avec Celia Sánchez sont plus que solides : il la connaît depuis une dizaine d'années. Alors qu'ils étaient tous deux membres du Parti orthodoxe, il a conspiré avec elle, dans la région de Manzanillo, dès les premiers jours du coup d'État de Batista. Avec elle il a organisé des réseaux de résistance dans cette zone. Après l'échec de la Moncada, chaque fois qu'elle a eu besoin de lui, il a répondu présent. Petit propriétaire, producteur de riz, il a prêté non seulement ses terres pour l'entraînement au tir des premières troupes du M26, mais aussi sa Jeep et ses camions. Matos est un homme singulier : en plus de ses activités de riziculteur, il exerce à mi-temps le métier d'instituteur dans une école primaire, et il est également professeur à l'École normale. Franc-maçon, il est susceptible d'appartenir à des réseaux, très puissants à Cuba, qui échappent au contrôle du chef du M26. C'est avec des trémolos d'admiration dans la voix que Celia Sánchez a parlé à plusieurs reprises à Fidel de cet enseignant si courageux et si honnête. Par jalousie et instinct de préservation, par flair politique, Castro a compris d'emblée qu'il avait affaire à une *cabeza dura* (une tête dure), un indomptable. Il n'aime pas que ce genre d'homme trop docte, expérimenté, indépendant lui fasse de l'ombre. Un an plus tôt, il a tenté de l'éloigner en l'envoyant acheter des armes au Costa Rica. Huber a obéi en maugréant, car il préférait combattre dans la sierra. Mais il s'est remarquablement acquitté de sa mission et, aujourd'hui, Fidel Castro doit reconnaître l'exploit.

Devant ses hommes en liesse, le chef demande au héros du jour : « Que veux-tu pour ce haut fait d'armes ? » Huber Matos répond sans hésiter, sur un ton ferme et définitif : « Je veux rester dans la sierra. » Contrarié, Fidel lui annonce qu'il a d'autres projets pour lui et ajoute, patelin : « Huber, ici c'est moi qui donne les ordres. Je veux que tu partes pour une nouvelle mission de livraison d'armes en Amérique latine, et peut-être même aux États-Unis. Tu devras nous abandonner dans les prochains jours. » À la surprise générale, Matos refuse. L'insolent veut combattre sur sa terre avec ses frères, participer à cette épopée guerrière au cœur de ce qu'il considère lui aussi comme son royaume, la sierra Maestra. Fidel, surpris, fronce le sourcil et se gratte pensivement la barbe. C'est la première fois qu'un militant du M26 se rebiffe publiquement et remet en cause son autorité. Même Frank País, au plus fort de leur querelle, ne manifestait son désaccord que dans l'intimité d'un tête-à-tête. Huber Matos, lui, n'a pas ce genre de tact. Il n'a aucun goût pour les génuflexions.

Fidel est confronté à un dilemme. Que faire de ce récalcitrant qui vient peut-être de sauver la révolution en livrant sa cargaison d'armes ? Le *Comandante* ferme les paupières et décide, devant la poignée de rebelles inquiets : « Bien, Huber. Tu restes dans la sierra. » Matos ne le sait pas, mais il vient d'échapper au cachot, voire à pis encore. Pour des actes d'indiscipline infiniment moins graves, le chef de la guérilla n'hésite pas à envoyer dans les geôles d'El Hombrito, implantées dans le campement du Che, à quelques heures de La Plata, les coupables de délits dérisoires comme, par exemple, un hamac mal plié, un cigare mal éteint, une fuite injustifiée devant le feu ennemi, un vol de poule…

Ainsi, le 20 août 1958, un jeune paysan de 15 ans, intégré dans la colonne de Camilo Cienfuegos, sera condamné à mort pour le vol d'une boîte de lait condensé et de trois cigares. Fidel, qui a le droit de grâce, donc le pouvoir de vie ou de mort sur ses hommes, ne prête aucune attention à l'affaire et envoie le gosse au poteau sans sourciller. La troupe tétanisée est contrainte d'assister à l'exécution. Ce jour-là, les hommes de Camilo Cienfuegos voient leur chef pleurer. Il a tenté d'obtenir le sursis pour le jeune garçon ; en vain. Comme les autres, il n'a pu remettre en cause la décision du chef.

Autant que les autres, il est « envoûté » : Fidel ne se trompe jamais. Aussi impitoyable qu'il puisse paraître, il prend toujours la bonne décision. Les rebelles, pour la plupart analphabètes ou à peine scolarisés, suivent aveuglément celui qu'ils considèrent comme un « envoyé du Ciel ».

Seul Huber Matos n'est pas habité par cette foi aveugle. Comment le faire rentrer dans le rang, le transformer en disciple fervent et dévoué ? Un jour, il reçoit la visite du capitaine René Rodríguez, chef de la garde personnelle de Castro. Ce dernier lui ordonne de faire partie du peloton d'exécution chargé de fusiller un jeune condamné à mort. La faute du garçon : être venu dans la sierra vendre des billets de loterie aux paysans. Huber demande quelles sont les preuves de la culpabilité de l'accusé. « La conviction de Fidel », lui répond Rodríguez. La *cabeza dura* refuse encore une fois d'obtempérer. Il comprend que le *Comandante* cherche à le mettre à l'épreuve. Fidel est en effet un adepte de la méthode des « mains sales » : quand un soldat paraît douter, qu'il manifeste des signes de lassitude ou de fragilité, voire de désobéissance, il cherche à éprouver ses limites, à le faire entrer dans le « cercle de la peur » et à l'impliquer personnellement dans une exécution capitale.

Fidel Castro connaît bien la méthode. Il l'a appliquée tout jeune, à Biran, sur ses jeunes sœurs. Selon Enma Castro, quand ils étaient enfants, il s'amusait à dégommer les poules de la basse-cour à coups de fusil. Alors qu'elle le menaçait de le dénoncer à sa mère Lina, son frère l'obligea à tuer elle aussi une volaille, puis lui dit : « Maintenant que tu as tué, toi aussi, tu ne pourras plus rien dire à maman… » Vingt ans plus tard, dans la sierra, à quelques heures de marche de Biran, il use du même stratagème. Dès qu'un grave problème de discipline surgit, un « tribunal révolutionnaire » est improvisé, une condamnation à mort prononcée. Chaque condamnation est soumise à l'approbation du chef qui décide de la composition du peloton chargé d'exécuter la sentence. Au maquis, Fidel devient l'égal de Dieu : non seulement il lève ou baisse le pouce au gré de son humeur, mais c'est lui qui, selon son bon vouloir, désigne les « tueurs ».

Dans son camp retranché de La Plata, il vit désormais entre ciel et terre dans une maison de bois construite à flanc de ravin, au-dessus d'une maigre rivière qu'on peut rejoindre par un escalier de bois utilisé comme issue de secours. La chambre à coucher est équipée d'un lit double, pour Celia et lui, et d'une unique chaise. Il y a également une cuisine et une pièce qui sert de bureau à Celia ; elle y consigne scrupuleusement les faits et gestes du chef, aussi bien ses rendez-vous avec ses adjoints, les besoins en vivres et en armes, les débats politiques qui agitent le M26, les doutes sur la fiabilité de tel ou tel. Celia est la mémoire vivante de la révolution vue par les yeux de Castro. À l'extérieur de la baraque en bois, on devine une terrasse où Fidel accueille ses invités. De ce donjon enfoui dans les branchages, il peut contempler toute la région sud de l'Oriente et distinguer l'ennemi de loin.

Tout près de l'habitation du *Comandante*, on aperçoit une grange qui tient lieu de centre administratif du « Territoire libre », un petit hôpital, une maison d'hôtes, tout un hameau en nid d'aigle dissimulé par la forêt. Les rebelles appellent cet oppidum tropical la *Comandancia*. C'est l'ultime réduit de la guérilla, celui qu'il convient de protéger à tout prix. Le bastion est quasi imprenable : en aval, on aperçoit des dizaines de ravines que Fidel surnomme le « défilé des Thermopyles » tant elles sont étroites et profondes.

Pour atteindre la *Comandancia*, les colonnes de l'armée régulière devraient d'abord emprunter ces tunnels à ciel ouvert. Il suffirait d'une poignée d'hommes et d'une mitrailleuse pour tenir tête à plusieurs bataillons.

Dans ce refuge haut perché, Fidel se sent invincible. Il est escorté en permanence d'une garde personnelle d'au moins trois hommes. Il s'entoure aussi d'une escorte féminine, *Las Marianas Grajales*, composée d'une dizaine de jeunes guerrières. Parmi elles, Lidia Riego, venue du village voisin de Guisa. Surnommée « la Vénus de la sierra » pour son exceptionnelle beauté, elle chante à la nuit tombée pour la troupe. Sa sœur Isabel, docteur en pharmacie dans le civil, est tireuse d'élite. Fidel l'a nommée chef de cette escouade de charme. Paradoxe : timide et emprunté avec les femmes, l'homme ne peut se passer de leur compagnie. Il a d'ailleurs besoin d'être entouré en permanence, incapable qu'il est de vivre seul, ne serait-ce que quelques minutes.

Dans les moments de doute, Celia veille à ses côtés, attentive à ses moindres caprices. Il souffre régulièrement de violents maux de dents qui l'épuisent et le rendent irascible. Elle fait chercher un dentiste dans les environs dès qu'elle le juge nécessaire. Fidel partage tout avec elle : il lui apprend le maniement du fusil à lunette, la fabrication de mines ; il lui arrive parfois de cuisiner des pâtes, son plat fétiche. Le couple joue aux échecs, passe des heures à consulter des cartes d'état-major. Ils ne se quittent plus.

Les rebelles se demandent parfois quel type de relation leur chef et Celia peuvent avoir. Officiellement, Fidel dort dans la même chambre, mais pas une seule fois ils n'ont surpris le couple dans une posture amoureuse. Pas un échange de regards, pas un battement de paupières, pas un frôlement d'épaules, pas une main égarée qui permette d'assurer que Celia est bien la *novia* du chef. D'aucuns la soupçonnent même de préférer les femmes, car ceux qui l'ont connue à Manzanillo ne l'ont jamais vue avec un garçon. En tout cas, l'escorte féminine dont Fidel s'entoure de plus en plus souvent ne semble pas la déranger, au contraire : leur présence influe favorablement sur l'humeur de Fidel. Il n'hésite d'ailleurs pas à les exhiber pour des clichés destinés à des magazines. Comment ne pas aimer ces « panthères cubaines » si photogéniques ? Redoutable publicitaire, Fidel joue habilement sur le mythe des Amazones.

Grâce à son magnétisme et à son savoir-faire, le « Missionnaire en treillis » attire toujours autant la presse internationale : aux abords du pic Turquino, la noria des caméras ne connaît pas de pause. Castro poursuit son travail de propagandiste avec un indiscutable génie. Il crée Radio Rebelde, une station qui émet depuis La Plata, dirigée par Carlos Franqui. Dans son refuge, Fidel harangue quotidiennement le peuple, mais surtout distille le venin de la contre-propagande à destination des troupes ennemies. Il invente des batailles qui n'ont jamais eu lieu, gonfle les chiffres de ses troupes, transforme de menues embuscades en combats épiques. L'écho de sa voix se perd dans le tumulte des torrents, mais marque les esprits. Il appelle ses adversaires à venir le rejoindre en « zone libre ». Il diffuse son évangile en y mêlant de fausses informations à l'intention des *casquitos* (surnom donné aux soldats de Batista). À la fin, tout le monde s'y perd, ne sachant plus trop ce qui est vrai et ce qui est faux. Selon la formule d'Aragon, Fidel est un adepte du mentir-vrai ; il arrange le réel à sa convenance. Une seule chose est sûre : il est heureux comme il ne l'a jamais été. Sur Radio Rebelde, il peut exercer ses exceptionnels talents d'orateur. Le seul son de sa voix haut perchée, aux accents voisins de ceux d'Eddy Chibas qu'il a copiés dans sa jeunesse, érode le moral de l'armée officielle. À 32 ans, il retrouve ses sensations d'adolescence, quand il courait se réfugier sur la colline de la Mensura, son poste d'observation favori, sur les hauteurs de Biran, d'où il pouvait scruter la sierra de Cristal et, au loin, l'Atlantique. Ici, plus au sud, il peut aussi embrasser l'horizon et laisser son regard vaguer jusqu'à la mer des Caraïbes. Il est l'homme le plus haut perché de Cuba !

Son humeur rejaillit sur celle de l'armée rebelle qui, plus d'un an après le débarquement du *Granma*, ne compte encore que quelque trois cents hommes. Elle occupe un territoire de 20 à 25 kilomètres de long. Ernesto Guevara et sa « colonne 4 » sont installés dans une « zone libérée » autour de la commune d'El Hombrito, au cœur de la sierra Maestra. Sur ce Territoire libre, il a installé un hôpital militaire, une armurerie, une corderie, une école et une prison. Castro finit par l'imiter et interrompt sa vie de nomade en s'installant, avec la « colonne 1 », à La Plata, pour essayer d'instaurer une « république des barbus ». Une microsociété naît peu à peu dans ce réduit montagneux, où l'on rêve d'un « Homme nouveau », débarrassé de ces malédictions que sont les vices, le jeu, l'argent et la propriété. Dans le même temps, des efforts notables sont déployés pour venir en aide aux familles paysannes, en évitant de les terroriser comme ce fut le cas l'année précédente. Fidel ordonne à ses hommes de participer à la récolte de café pour aider les *guajiros*. Sous la houlette du « Che », l'alphabétisation se poursuit ; les petites écoles rurales dirigées par des guérilleros se multiplient.

Peu à peu, le combat contre Batista change ainsi de nature, il se sédentarise ; on passe de la guerre de mouvement à celle de positions. Fidel demande à Huber Matos de lancer un vaste programme d'aménagement de tranchées. On invente aussi les « troncs mobiles », boucliers de bois de plusieurs mètres de long derrière lesquels une dizaine d'hommes peuvent se protéger des tirs ennemis. C'est l'époque où le Che, féru d'armement, invente la grenade « Spoutnik », petite bombe incendiaire tirée à l'aide d'un fusil, dont l'efficacité n'a jamais été vérifiée.

Fidel n'a plus qu'un but : préserver l'acquis, tenir bon. L'armée rebelle a désormais pour mission de défendre le Territoire libre, et, dans un second temps, si les circonstances le permettent, de l'étendre. Pour ne pas être encerclé et définitivement coupé du reste du monde, il doit impérativement provoquer la dispersion des troupes de Batista. Le 10 mars 1958, il décide d'ouvrir un nouveau front plus à l'est, dans la région de sa ville natale, Biran. Il envoie Raúl, avec soixante-cinq hommes, dans la sierra de Cristal et baptise la « colonne 6 » du nom de… Frank País. Camilo Cienfuegos, qui se révèle un formidable chef de guerre, est envoyé, lui, du côté de Bayamo, dans le Nord, pour harceler l'armée régulière et faire diversion. Juan Almeida, enfin, prend position au nord de Santiago pour attirer les troupes du colonel Mosquera vers d'autres fronts que La Plata, siège du commandement général.

Militairement, Fidel se trouve indubitablement dans une meilleure posture qu'en 1957. Il le doit à son habileté, mais aussi à l'étrange attitude de Fulgencio Batista, qui persiste à croire que le véritable centre de ce qu'il faut bien appeler la « guerre civile cubaine » se trouve à La Havane.

Durant toute l'année 1957, le président cubain a joué au chat et à la souris avec Castro, le laissant parader sur son piton rocheux et exerçant l'essentiel de la répression contre les organisations urbaines. Fulgencio Batista a un problème avec Fidel : il n'arrive pas à le prendre au sérieux. Sans doute parce qu'il le voit toujours comme « le petit de Lina Ruz », le jeune fier-à-bras qui bombait le torse dans les rues de Banes, sur son cheval, *El Careto*, et cherchait à fréquenter les enfants de la bonne société locale, membres de l'American Club.

Batista a encore été approché par Lina Castro Ruz, à l'automne 1957, alors que la situation de ses fils était au plus bas. La mère de Fidel et de Raúl, qui gère le domaine avec Ramón et Juanita, a imploré le président de laisser ses enfants s'enfuir à l'étranger. Batista finit par céder encore une fois : un cessez-le-feu est ordonné, les troupes sont retirées du périmètre de la sierra pour permettre aux deux frères de s'échapper. Au cours de cette trêve, six hommes des troupes officielles se reposent sur une plage et passent la nuit dans deux huttes, sans précautions, persuadés d'être en sécurité. Castro déclenche alors une « offensive » contre ces hommes sans défense et les fait assassiner pour bien faire comprendre à sa mère qu'il n'a rien à faire de la mansuétude de Batista. Deux mois plus tard, l'officier qui a servi d'intermédiaire entre Lina Castro et Fulgencio Batista, le colonel Fermín Cowley Gallegos, chef militaire de la zone de Banes, sera exécuté sur ordre de Raúl Castro. Après cette « péripétie », Batista ne fera plus jamais le moindre cadeau aux deux « soudards ».

Cette fois, contrairement à ce que lui conseille Eisenhower, le président cubain ne peut plus finasser. On lui demande de relancer le processus électoral ? Il le fait sans trop y croire, car sa mission est devenue pratiquement impossible : la plupart de ses opposants ne peuvent se risquer dans une « farce politique ». Depuis la sierra, Fidel Castro menace de mort « tout candidat, ainsi que sa famille », qui se compromettrait avec Batista dans un scrutin. Replié dans son camp de Columbia, le chef de l'État n'a jamais été aussi seul. Il n'a plus la moindre légitimité : ses généraux conspirent pour préparer sa succession ; les grandes familles des producteurs de sucre, de café, de nickel ou de cigares lui battent froid. C'est un homme en sursis. Fasciné par sa propre chute, comme tétanisé, il n'a plus les bons réflexes qui lui avaient permis, sur l'avant-scène ou en coulisse, de diriger le pays pendant près de vingt ans. Désormais, il observe l'Histoire basculer en faveur de sa « vieille connaissance de Banes » avec les yeux d'un homme en fin de parcours. Au printemps 1958, il réalise à quel point il s'est lourdement trompé sur son ennemi.

Il analyse le chemin parcouru par ce dernier. Fidel a d'abord réussi à sortir vainqueur des querelles intestines au sein de l'organisation castriste. Avant la mort de Frank País, pour court-circuiter le document programmatique que celui-ci préparait, avec divers intellectuels, sans en aviser aucun membre du directoire du Mouvement, Fidel « le renard » n'a pas hésité à convoquer dans la sierra, le 12 juillet 1957, deux hautes personnalités cubaines modérées, Raúl Chibas, le jeune frère d'Eddy, et Felipe Pazos, un célèbre économiste. Avec eux il a publié le *Manifeste de la sierra*, la nouvelle bible de la révolution. Un document conçu sans la moindre concertation avec les chefs du *llano*. Dans ce texte cosigné par les trois hommes, on peut lire : « Nous voulons des élections [dans l'année], mais à condition qu'elles soient vraiment libres, démocratiques et impartiales. » Pour affaiblir Frank País, le fils de pasteur qui prétendait lui donner des ordres, Fidel était prêt à tout. Contre l'avis de « Che » Guevara qui ne comprenait pas cette alliance avec des « politiciens bourgeois », il manipula les deux hommes. Sont-ils encombrants pour son image de révolutionnaire ? Il les fera disparaître de son jeu dès qu'il le jugera utile.

Raúl Chibas séjourne un mois dans la sierra. Une chose le frappe : le silence qui règne dans les rangs des rebelles. « Ils n'échangeaient que des chuchotements, dit-il. Pendant tout un mois, je me suis trouvé réduit à murmurer tout comme eux ; ils étaient rompus à cette discipline. » Officiellement, les maquisards parlent à voix basse pour éviter de se faire repérer par l'adversaire. Mais il y a autre chose : en bon disciple des jésuites, Castro fait régner une ambiance monastique dans les sous-bois. Pour gagner la guerre, il faut à la fois des armes et de la dévotion. Or, pas de dévots sans confessionnal. Fidel est un mystique de la révolution. Pour lui, uniforme et religiosité sont indissociables. Il n'est plus ce « soldat de Dieu » qu'avait essayé de former le père Llorente au collège de Belen, mais il en garde les stigmates.

Ainsi Felipe Pazos et Raúl Chibas partent aux États-Unis jouer les émissaires du très démocrate « seigneur de La Plata ». Ils diffusent avec entrain le *Manifeste de la sierra*. À l'un et à l'autre, Castro a laissé entendre qu'il serait le futur président de la République cubaine. Pazos et Chibas se font ainsi les ambassadeurs zélés de la rébellion. Ils rassurent définitivement Washington sur le prétendu bolchevisme de Castro, malgré les rapports alarmistes établis par les services de Batista sur Ernesto Guevara, dit « le Che », et sur Raúl Castro qui recrute de plus en plus de militants communistes dans la sierra de Cristal. En entretenant ce flou artistique, Fidel, le brouilleur de pistes, peut changer de casquette au gré de ses interlocuteurs. Il est avant tout un grand comédien et prend plaisir à envoûter, tromper, manipuler. Cet homme est un génial truqueur de cartes, mais quand il a en face de lui un joueur de son calibre qui sait lire dans son jeu, il panique, suffoque, du fait de sa peur maladive d'être démasqué.

Ainsi, en présence de Huber Matos, Fidel devient nerveux. Depuis qu'il est dans la sierra, Matos, respectueusement mais fermement, discute ses ordres en public. Le chef n'a pu éviter de le nommer à la tête d'une « colonne », car non seulement il est d'un courage à toute épreuve, mais il se révèle être un tacticien hors pair. Tout comme Camilo Cienfuegos, il est vénéré par ses hommes, car il est juste et d'humeur égale ; il donne l'exemple au combat et ne hurle pas ses ordres en observant la bataille à l'aide d'une paire de jumelles. Huber Matos apparaît de plus en plus comme un élément clé du dispositif militaire du *Jefe*.

Mais, en juillet, il commet une énorme bévue. Alors qu'il a rendez-vous avec Fidel dans un hameau de la sierra, El Cristo, Huber rencontre les gardes du *Comandante* occupés à faire rôtir un cochon et bouillir de la *malanga*, genre de manioc, pour le déjeuner du chef. Où est donc passé Fidel ? Selon ses hommes, il est quelque part près de la rivière, en contrebas. Huber se dirige dans la direction indiquée et s'engage sur un sentier de chèvres. Soudain, il tombe en arrêt. Le spectacle qu'il découvre est inouï : le grand prêtre de la Révolution est planqué dans une anfractuosité rocheuse. La peur ravage son visage. Il est accompagné d'un de ses gardes du corps, Chichi Puebla, qui tente d'élargir leur abri de fortune à grands coups de pelle. Le regard exorbité, scrutant le ciel, Fidel a l'air terrifié. Le chef de la rébellion est mort de trouille. Il a peur des avions. Au loin, de fait, on entend le moteur d'un Sea Fury de reconnaissance qui s'éloigne. En revanche, aucune escadrille n'est en approche de la zone. Comme un enfant terré sous son lit, Castro, dans son abri de fortune, redoute les foudres du Ciel. Lui, le trompe-la-mort, l'indomptable guerrier qui a su échapper aux pires catastrophes, devient le plus poltron des hommes quand la mort vient d'en haut.

Il attend la punition céleste, songe Huber Matos, éberlué par ce qu'il voit, et qui ne sait comment réagir. Doit-il, l'air de rien, s'en retourner au camp et y attendre sagement Fidel ? Finalement, il choisit de rester, car il souhaite lui faire part de ses critiques sur le manque de coordination entre les diverses colonnes au cours des combats de ces derniers jours. Il s'avance donc de quelques pas. Fidel, dans son abri, l'aperçoit soudain. Il le fusille du regard. Il comprend que « le Professeur » l'a vu. Qu'il a été témoin de cette peur obscène et pathétique, une peur d'enfant incontrôlable, irrépressible, venue de très loin : la peur de Dieu. « Le Professeur » a découvert une facette cachée de Castro. Or cette part d'ombre doit rester ignorée à tout jamais. Matos veut oublier ce qu'il a vu, mais trop tard. Désormais, c'est un mort en sursis.

CHAPITRE 19

Les miroirs brisés de la CIA

Il rêve d'un coup de génie et s'en frotte déjà les mains. Son opération aura des retombées médiatiques planétaires, il en est convaincu. Mais il va lui falloir user de toute sa science politique et de son art de la propagande. Ce sera, en fait, la première grande affaire de « bouclier humain » de l'ère télévisuelle. Une manœuvre comme il les aime, théâtrale et imprévisible, montée sur le fil du rasoir. Il faudra faire preuve de fulgurance afin de tétaniser l'adversaire.

Fidel Castro n'est jamais aussi en forme que quand il est acculé. Cette fois, il a la certitude que ses jours sont comptés. Du haut de son donjon de La Plata, il voit dans sa longue-vue les armées de Batista gagner du terrain et se rapprocher de son nid d'aigle. Les postes de guet des rebelles tombent les uns après les autres. Les *casquitos* du colonel Sánchez Mosquera, officier aussi rusé que déterminé, ont fini par comprendre les techniques de guérilla et se sont adaptés au terrain. Ils ne se jettent plus naïvement dans les gorges et les défilés où les guérilleros, perchés sur les sommets tels des Indiens invisibles, les tirent comme des lapins. Cette fois, ils se déplacent par petits groupes, se dissimulent eux aussi, prennent l'armée rebelle à son propre jeu. Dans cette partie faite d'embuscades, de subterfuges, de fuites, de fausses nouvelles, l'avantage est en train de changer de camp. À la fin de mai 1958, Batista a lancé une offensive de grande envergure, avec plus de dix mille hommes, pour en finir avec la guérilla. La situation devient de plus en plus compliquée et incertaine pour Fidel. Inexorablement, l'étau se referme sur lui et ses troupes. Comment sortir de ce piège alors que l'aviation bombarde quotidiennement les contreforts de la sierra ? C'est alors qu'il décide de prendre tout le monde à contre-pied.

En ce début de juin 1958, il suggère à son frère Raúl, installé plus au nord, dans la sierra de Cristal, de faire enlever des ressortissants américains et de disséminer les otages quelque part à l'est de Mayari. L'opération est risquée, mais, si tout se passe bien, elle fera diversion au moins quelques jours et incitera les télévisions, interdites d'accès par Batista, à revenir dans la sierra.

Fidel Castro croit à son plan. Quand Faustino Pérez et des membres du M26 ont kidnappé le champion automobile Manuel Fangio à La Havane, en février, la presse internationale s'est précipitée à Cuba et a offert une tribune exceptionnelle aux rebelles. Grâce au fameux coureur italien, Castro est alors devenu la coqueluche des médias internationaux. Puis, au fil des semaines, la petite guerre de tranchées entre Batista et lui a fini par lasser. Trop routinière. Cette fois, il y aura du spectacle ! Son dessein est très simple : obliger les Yankees à entrer publiquement dans le jeu cubain. Il veut en finir avec les tractations de couloirs, les messages à double sens, les jeux de miroirs dans lesquels les gens de la CIA, du Pentagone et du département d'État se perdent avec délectation. Isolé, affaibli, Castro agit comme il l'a toujours fait : il attaque au sommet, pousse les Américains à se démasquer. Depuis des mois, ces derniers sont hantés par le spectre de l'intervention. Ils veulent apparaître aux yeux de l'opinion internationale comme des observateurs neutres dans le conflit, tout en soutenant discrètement Batista, mais aussi Castro. En pleine guerre froide, ils n'ont aucun intérêt à jouer les gendarmes de l'Amérique latine alors que le sous-continent n'attend qu'une occasion pour s'embraser.

À Cuba, ils ont par ailleurs trop d'intérêts à défendre ; pour eux, il est urgent de ne rien faire. Dans un courrier confidentiel daté du 17 janvier 1958 et envoyé au secrétaire d'État à la Défense Christian Herter, l'adjoint au bureau des affaires interaméricaines du département d'État, Roy Rubottom, rappelle à son supérieur hiérarchique que les investissements de son pays à Cuba sont colossaux : environ 774 millions de dollars. Le fonctionnaire souligne d'autre part que plus de cinq mille citoyens américains vivent et travaillent dans l'île : non seulement les salariés de la United Fruit, mais aussi les cadres des mines de cobalt, de cuivre, de nickel, ceux de la Compagnie des téléphones, des firmes pétrolières, etc. Certaines familles sont là depuis des générations et n'ont aucune envie de partir. Assurer leur sécurité devient une priorité. Or Batista, malgré l'armement massif que les Américains lui ont fourni, n'est pas parvenu à « pacifier le pays ». Attentats, sabotages, assassinats se multiplient sur tout le territoire. Le cycle de la terreur est devenu impossible à enrayer. La police multiplie les exactions, exécute sans sommation, et, pour terroriser à son tour la population, procède à des pendaisons sans le moindre jugement. L'arbitraire est la règle. Peu à peu, les méthodes du « dictateur » Batista ne « passent » plus dans l'opinion américaine.

Un événement a pesé lourd dans le retournement de la presse à son égard : le 5 septembre 1957, après l'assassinat de Frank País, les officiers de la marine proches de lui, persuadés qu'ils seraient eux aussi « donnés » à la police, ont décidé de passer à l'action sur la base navale de Cienfuegos. Le meneur des mutins, l'homme qui négociait avec Frank País, a été dénoncé quelques jours avant l'opération. Privé de son coordinateur, le soulèvement a été réprimé par un bombardement d'une rare violence, non seulement dans l'enceinte militaire où se trouvaient les insurgés, mais sur la ville elle-même. Des dizaines de civils ont été tués. Les images de militaires cubains bombardant leur propre population ont été dévastatrices pour Batista. Le Congrès américain a commencé à demander des comptes au département d'État sur les livraisons d'armes au gouvernement de La Havane. Résultat de cette campagne : au début de mars 1958, Roy Rubottom est entendu par une commission sénatoriale sur les troubles relations entre Cuba et les États-Unis. Il est obligé de présenter des chiffres : entre 1955 et 1957, les Américains ont fourni à Cuba 7 tanks, une batterie légère d'artillerie de montagne, 40 mitrailleuses lourdes, 4 000 fusées, 15 000 grenades à main, 3 000 fusils semi-automatiques M-1, 5 000 grenades, et 100 000 projectiles perforants antichars calibre 50 pour mitrailleuses. Pressé par Batista de poursuivre les livraisons, en particulier une commande de 20 voitures blindées pour lui-même et ses plus proches collaborateurs, le département traîne les pieds et finit, sous la pression, par décréter un embargo, le 14 mars 1958.

Ce brutal changement de politique provoque la colère de Batista. Pour lui, la position américaine constitue un lâchage pur et simple. Depuis plus de vingt ans, il a joué les « Mister Yes » pour la Maison-Blanche, il a protégé sans faillir les intérêts américains dans son pays, il s'est montré un serviteur zélé de la CIA, il a accueilli à bras ouverts les capitaux douteux à travers les casinos qui ont transformé La Havane en petit Las Vegas tropical. Et voici que ses « chers amis » lui plantent un couteau dans le dos. Il manifeste sa mauvaise humeur jusqu'à la Maison-Blanche. Écartelé entre son opinion et les intérêts de son pays à Cuba, le président Eisenhower tente de convaincre le dirigeant cubain de prendre son mal en patience. Cet embargo, laisse-t-il entendre, n'est que momentané. L'ambassadeur Earl Smith est dépêché auprès de Batista pour l'assurer du soutien sans faille de son gouvernement. Il lui suggère d'aller faire son marché chez les plus proches alliés des USA : l'Angleterre, Israël et le Canada ; ou bien encore d'utiliser la « filière des dictateurs » : Nicaragua et Saint-Domingue, dirigés par les généraux Somoza et Trujillo. La Maison-Blanche lui réclame seulement quelques semaines, le temps de laisser se calmer les médias, puis l'implore d'organiser des élections au plus vite.

Hélas, l'annonce de l'embargo sur les armes US a des effets cataclysmiques à Cuba. Chez les officiers supérieurs de l'armée, dans toutes les administrations, les partis politiques, la rumeur gronde déjà : Batista a été lâché par les Américains. Il n'a que quelques mois devant lui pour éviter de finir en prison ou au bout d'une corde. En février 1959, en effet, le président cubain, en fin de mandat, doit de toute façon quitter son poste. Il n'est donc plus un interlocuteur valable. Désormais, son pouvoir ne tient plus qu'à un fil. Un coup d'État peut être déclenché à tout moment. Les Américains, pour leur part, n'ont qu'un objectif : organiser sa sortie en douceur et lui trouver un successeur digne de confiance, comme ils l'avaient fait pour le dictateur Machado, en 1933, avec le concours d'un militaire inconnu nommé… Batista. L'histoire semble se répéter.

Dans son repaire de La Plata, Castro est parfaitement tenu au courant des tractations entre Washington et La Havane. Ses correspondants dans la capitale américaine

– Felipe Pazos, Ernesto Betancourt, le juge Manuel Urrutia – sont reçus régulièrement au département d'État, au même titre que des diplomates. Ils l'informent sur les atermoiements de la Maison-Blanche, incapable de définir une politique cohérente. Bien sûr, le *bicho* en joue. Il multiplie les interviews dans la grande presse américaine et y présente son profil de « bon démocrate » ami du peuple américain. Il adore ces jeux de miroirs dans lesquels il confond ses adversaires. Les Américains en ont le tournis. Les rapports les plus contradictoires circulent à son sujet au département d'État. Un jour il est communiste, un autre jour, c'est un « gangster » ; un jour, il est le représentant de la bourgeoisie de Santiago, un autre jour, un va-t-en-guerre ; un autre jour encore, il est le dernier rempart de la race blanche dans un pays à majorité noire… Qui est-il exactement ? Pour les cerveaux trop cartésiens des hommes du renseignement américain, Castro reste une énigme. Tous ses coups sont analysés et interprétés dans la plus grande confusion.

Le *Comandante*, lui, n'a pas de ces états d'âme. Au plus profond de lui sommeille un petit monstre qui peut se réveiller à tout moment et se repaître de la seule pitance qu'il connaisse : la haine de l'Amérique. Cette fois, il a une occasion de libérer le « monstre ». Les États-Unis, ces quakers adorateurs du Veau d'or de Wall Street, jouent les Ponce Pilate ? Ils veulent faire croire qu'ils ne sont nullement engagés à Cuba, qu'ils n'ont pas de sang sur les mains ? Fidel va les démasquer. Lui qui a une peur maladive de la mort venue du ciel, chaque jour il peut vérifier que les roquettes lancées sur son refuge sont de fabrication américaine. Le 5 juin, il écrit à Celia Sánchez : « En voyant les roquettes que l'ennemi a lancées sur la maison de Mario, je me suis juré que les Américains paieraient très cher ce qu'ils sont en train de faire. Quand cette guerre sera finie, commencera pour moi une guerre beaucoup plus longue et plus violente, celle que je leur ferai. Je me rends compte que tel sera mon véritable destin. » Quelques jours plus tard, il passe à l'acte et donne le « feu vert » à son frère Raúl grâce au tout nouveau téléphone qu'il a fait installer dans son campement : le 26 juin, des commandos rebelles dirigés par le frère cadet enlèvent quarante-neuf citoyens américains dans la zone contrôlée par la colonne Frank País. Vingt-cinq d'entre eux travaillaient pour les mines de nickel à Moa et Nicaro, au nord-est, et à la centrale sucrière de la United Fruit, à Guaro. Les vingt-quatre autres sont des marines et des membres du personnel administratif de l'armée US, interceptés dans un bus rentrant à la base de Guantánamo.

Ce que Fidel Castro espérait s'accomplit : la réaction des médias américains est fulgurante ; en quelques heures, ils envoient des dizaines de reporters et de cameramen à Guantánamo et dans la sierra de Cristal. Du haut de leur toute-puissance, les autorités de Washington sont abasourdies par l'audace de ces « va-nu-pieds » occupés à alphabétiser des « gardiens de chèvres ». Dans la panique, le consul à Santiago, Park Wollam, court rencontrer Raúl Castro et lui confère ainsi une légitimité de fait. Ce dernier connaît son rôle par cœur : il est le méchant frère, l'homme des mauvais coups, des sales besognes. « J'ai agi seul, dit-il au consul. Je n'ai pu joindre Fidel, car nos moyens de communication sont très mauvais. Avec les pluies, les chemins gorgés d'eau et de boue, il faut des journées de cheval pour acheminer une lettre jusqu'à la *Comandancia.* » Les Américains, gobant cet énorme mensonge, foncent tête baissée dans le piège.

À La Plata, alors qu'il est équipé d'un matériel radio qui lui permet d'entretenir des liaisons avec Caracas, au Venezuela, ou San José, au Costa Rica, Fidel prétend qu'il n'était pas au courant du rapt organisé par son frère. *El hermanito* aurait agi seul, sur un coup de tête. La pièce est parfaitement au point : d'un côté, il y a Raúl l'incontrôlable, le caractériel, livré aux communistes, entouré de kamikazes ; de l'autre, Fidel le modérateur, le sage, l'homme du juste milieu, qui seul peut le convaincre de relâcher les otages.

Dans les couloirs du département d'État, c'est l'affolement. Le patron de la CIA, Allen Dulles, sorti de sa torpeur pro-fidéliste, prévient : « Cette fois, c'est plus que sérieux : Fidel Castro veut tout simplement nous pousser à envahir Cuba. Il faut à tout prix ne pas entrer dans son jeu ! » Le chef du renseignement US n'a pas tort. Mais que faut-il faire pour ne pas tomber dans le piège, celui d'une intervention des forces spéciales américaines en Oriente ? Nul n'en sait rien. Même les faucons de l'armée n'osent envisager une telle hypothèse. Paradoxe : les Américains, si proches, si puissants, si impliqués dans l'île depuis un siècle, semblent ne rien comprendre à Cuba. Dans ses rapports à l'ambassadeur Smith, le consul Park Wollam présente les hommes de Raúl Castro comme de « dangereux fanatiques, endoctrinés », qui ont ce qu'il appelle le « syndrome du martyre » : ils sont prêts à mourir pour la cause. Park Wollam, prêt à tout, quant à lui, pour que ces pauvres frères Castro puissent communiquer entre eux, va jusqu'à leur offrir un talkie-walkie ! Il propose même qu'on mette un hélicoptère à leur disposition pour qu'ils puissent se rencontrer dans les plus brefs délais. Informé de cette loufoquerie, Fulgencio Batista s'y oppose fermement : cela équivaudrait à un acte officiel de reconnaissance de Fidel par les Américains.

Cette anecdote est révélatrice du désarroi des fonctionnaires yankees. Aucun plan de récupération des otages ne semble convenir. Le terrain est trop difficile pour prendre un tel risque. Au reste, les otages eux-mêmes semblent gagnés par le syndrome de Stockholm. Effaré, le consul Wollam apprend que certains marines enlevés sympathisent avec leurs ravisseurs et leur dispensent… des cours de close-combat ! D'autres se laissent pousser la barbe en signe de soutien à leurs geôliers. Si rien n'est fait, dans quelques jours, la majorité des otages américains fera des déclarations publiques et enflammées en faveur de la guérilla… Le mythe de Robin des bois est dévastateur !

Le rapport de Park Wollam au département d'État est alarmiste : il propose d'agir vite, avant que Washington ne soit totalement ridiculisé. Eisenhower intervient alors auprès de Batista en faveur d'un arrêt immédiat de tous les bombardements dans la zone de l'Oriente. Il est catégorique : il faut éviter que des otages américains ne soient victimes de… bombes de fabrication US ; ce serait calamiteux pour l'image des États-Unis dans le monde.

Castro a réussi : l'offensive de l'armée régulière est stoppée. Il a imposé une trêve à sa manière, au bluff. Dans certaines zones, les *casquitos* se sont même repliés et ont abandonné leurs positions à l'armée rebelle qui n'en demandait pas tant. À Washington, comme toujours, on s'interroge : que pense vraiment Fidel ? Au début de juillet, il a fermement critiqué le principe de la prise d'otages. « Ces méthodes, a-t-il prétendu, ne sont pas dans la tradition de notre mouvement. C'est une forme de terrorisme que je condamne. Mais nous sommes bien obligés de réagir aux bombardements. » Est-il prêt pour autant à donner l'ordre à son frère de restituer les otages ? Sans problème, jure-t-il. « Mais comment le joindre ? se lamente-t-il. La sierra de Cristal est à près de cent kilomètres, et nous sommes si mal équipés… »

En fait, Castro temporise. Il lui faut obtenir un sursis pour réorganiser ses troupes et leur regonfler le moral. Il va donc négocier au compte-gouttes. Le 3 juillet, il ordonne à Raúl de libérer tous les civils et de ne garder que les militaires. Ensuite il joue la montre, fait traîner, hésite, semble ne plus très bien savoir quelle option choisir. Excédés, les Américains lui suggèrent alors une rencontre avec le consul Wollam. Fidel tergiverse. Ce diplomate n'est-il pas d'un rang trop subalterne pour négocier avec le chef suprême de la révolution ? À Washington, on envisage d'envoyer l'ambassadeur en personne dans la sierra. Mais Castro joue les circonspects. N'est-il pas déjà un chef d'État, le guide d'une nation imaginaire dont les frontières se situent quelque part autour du pic Turquino et, plus à l'est, du côté de Mayari, cette portion perdue de l'Oriente profond ? Pourquoi donc rencontrer un plénipotentiaire ? Tout à ses rêveries, le *Comandante* fait durer le plaisir et met à vif les nerfs américains. Le 10 juillet, dans un courrier secret au département d'État, l'amiral Arleigh Burke, chef des opérations navales de l'US Army, sort de ses gonds : « Le prestige des États-Unis en Amérique latine, écrit-il, a été sérieusement entamé ces deux dernières semaines. Je considère que les dommages deviendront quasi irréparables si des mesures radicales ne sont pas prises dès maintenant pour assurer la libération de nos hommes. »

Le lendemain, un régiment de l'infanterie de marine, spécialisé dans les débarquements, est dépêché au large de Guantánamo. Une opération « débarquement » se prépare. Le pire est donc là. Soixante ans après, Cuba va revivre une « invasion » américaine. Malgré cette démonstration de force, Fidel Castro ne cède pas. Pour lui, l'irruption de l'US Army dans la sierra Maestra serait son plus beau titre de gloire, une forme d'apothéose. Le même jour, Park Wollam apprend par Raúl Castro que Fidel lui a bien adressé un courrier en date du 7 juillet dans lequel il ne donne aucune consigne à son cadet. Il fait même l'idiot : « Je n'ai reçu aucune information directe sur la situation antérieure et actuelle des citoyens nord-américains que l'on dit être entre les mains de tes hommes. J'ai appris tout ce que je sais par ce qui a été publié dans et hors de Cuba, aussi ne suis-je pas assuré de l'exactitude de cette nouvelle. » Pauvre chef de la révolution qui n'est pas au courant ! Ensuite, comme à l'accoutumée, Fidel brode un autre scénario pour brouiller un peu plus le jeu. Il prévient son « vaurien de frère » : « Il faut envisager la possibilité que des éléments de la dictature, profitant de cet incident, préparent un plan d'attentats contre des citoyens nord-américains. Étant donné la situation désespérée de Batista, ils tenteraient de retourner contre nous l'opinion publique internationale qui serait indignée d'apprendre, par exemple, que plusieurs prisonniers nord-américains ont été assassinés par les rebelles. » Pas moins ! Castro a trouvé une excellente parade : le vrai coupable n'est pas le chef des ravisseurs, mais le général Batista qui fomenterait des attentats contre les otages prisonniers des rebelles ! Encore une fois, en avocat retors, Fidel pratique ce qu'on appelle le « renversement de la charge de la preuve ». Encore une fois, il entraîne ses interlocuteurs dans son propre labyrinthe mental. Au fond, on pourrait presque penser que Raúl, en ne libérant pas ses otages, entend les protéger de l'ignoble Batista et de ses séides. Enfin, dernière tartufferie, Fidel Castro tance son garnement de frère avec une rondeur tout ecclésiale : « Bien que je sois certain que tu as conscience de tout cela et que tu traites cette question avec beaucoup de tact, tu dois te rendre compte qu'il s'agit de mesures pouvant avoir des conséquences très lourdes pour le Mouvement. Tu ne peux agir de ta propre initiative, sans consulter personne, au-delà de certaines limites… »

Dans cette missive, pas la moindre instruction prônant ou réclamant la libération des otages. En disciple aguerri des jésuites, Castro joue au chat et à la souris avec les autorités américaines. Il les humilie avec un rare bonheur. Pas seulement par anti-américanisme. S'il souhaite ardemment l'intervention, ce n'est pas uniquement pour devenir le héros de l'histoire contemporaine de Cuba, mais aussi pour des motifs plus pragmatiques. Dans tout ce qu'il fait, il y a d'abord et avant tout un motif politique. En montant ce coup, Fidel veut encore et toujours rester au centre du jeu. Or il sait que, depuis plusieurs semaines, Washington intrigue pour monter une coalition de l'opposition dont le seul objectif serait de le marginaliser définitivement. Le plan secret élaboré au département d'État consiste à faire démissionner Batista, à organiser sa fuite à Daytona Beach, puis à installer à sa place une junte composée de quatre militaires et de quatre civils. La junte exigera le désarmement de toutes les milices et appellera à de nouvelles élections. Si les frères Castro refusent de rendre leurs armes et cherchent à conserver leurs positions sur le prétendu « Territoire libre », ils seront combattus avec la plus grande détermination. Dans cette hypothèse, le gouvernement américain reprendrait alors ses livraisons d'armes à Cuba.

Ce scénario est presque parfait. Il présente néanmoins un gros défaut : Batista refuse de partir. Il entend terminer son mandat la tête haute, pour ne pas désespérer ses partisans. « Mister Yes » a encore un peu d'honneur. Il ne veut pas que ses amis soient lynchés après son départ. Lui aussi nargue Washington, et, une nouvelle fois, il fait ainsi involontairement le jeu de son ennemi Fidel. En rejetant le plan américain, il choisit la politique du pire et offre, d'une certaine manière, une chance de survie au fils de Lina Castro Ruz, isolé dans sa forteresse de bois de la sierra Maestra.

Incroyable itinéraire que celui de ces deux enfants de Banes, capitale cubaine de la United Fruit, acteurs siamois d'une pièce tragique, personnages liés par la même ambition du pouvoir suprême, la même soif d'être reconnus, la même peur des esprits malins. L'un et l'autre se sont toujours sentis des étrangers dans leur propre famille. Fulgencio s'est construit affectivement par l'armée, seul ascenseur social pour les déshérités. Fidel, lui, s'est donné corps et âme aux jésuites et n'est jamais vraiment sorti de leur coupe. Au cours de l'été 1958, Batista, en se maintenant au pouvoir contre vents et marées, fait un formidable cadeau d'anniversaire à son rival : il lui offre un pays abandonné à lui-même, en proie à ses démons, sans guide et sans forces, apathique, pusillanime ; une nation dévorée par la corruption, qui n'a plus la moindre confiance en son tuteur américain, lui-même trop obsédé par son opinion publique et entravé par la hantise de la « non-intervention ». Le pouvoir à La Havane n'est plus qu'un château de cartes. Il suffit de souffler dessus pour qu'il s'effondre. Fidel n'a plus que quelques mois pour y parvenir. Le 13 août 1958, il peut fêter sereinement ses 32 ans. Il a déjà vécu mille vies.

CHAPITRE 20

La colère d'Ike

Il aurait tant aimé qu'elle soit à ses côtés et participe aux dernières semaines de son triomphe. Lui, le Robin des bois de l'Oriente, la barbe en bataille, le battle-dress élimé, le chef de guerre à bout de nerfs, épuisé par deux années de combats fratricides, l'aurait accueillie comme une reine. Fidel aurait ensuite parlé toute la nuit à Naty dans son donjon de rocaille, l'entraînant dans ses rêves de grandeur et de rédemption. Il aurait étourdi la grande bourgeoise intellectuelle de ses délires messianiques. Il aurait pu enfin se sentir lui-même, disserter sur Dostoïevski et Faulkner, s'enflammer pour l'œuvre de Jérôme Bosch, plonger dans les abîmes de la période noire de Goya. Il aurait cherché le clair regard de cette dame au port de princesse, femme de lettres captivée par le volcan en éruption dans ce grand corps débraillé. Depuis son départ pour le Mexique, trois ans plus tôt, Fidel n'a pas oublié Naty Revuelta. Si son destin l'appelle un jour aux plus hautes fonctions, c'est elle qu'il voudra à ses côtés comme épouse. Elle a toutes les qualités pour devenir la première dame de Cuba. Et Celia ? Pas de problème : c'est avant tout une militante, elle comprendra. D'ailleurs, elle ne sera jamais ni une maîtresse ni une épouse, pense-t-il ; pour lui, elle est plutôt comme une mère de substitution.

Dans la vie quotidienne, au camp ou au combat, les *compañeros* sont les témoins de gestes qui ne trompent pas : il se comporte avec Celia Sánchez comme un enfant. Ainsi, au beau milieu d'une réunion d'état-major, il se laisse curer les oreilles par elle, devant ses plus proches collaborateurs, sans la moindre gêne. Elle lui retire ses bottes en public, le tance quand il garde trop longtemps le même uniforme, s'occupe avec soin de la composition de ses repas. Si Naty avait accepté de faire le voyage de la sierra, Celia se serait éclipsée pour le bien de la Patrie. Elle aurait même dégotté une bouteille de bordeaux pour fêter l'événement. On aurait grillé un cochon de lait. Mais Naty n'est jamais venue.

À plusieurs reprises, Fidel a insisté pour qu'elle le rejoigne à La Plata ; chaque fois, la dame de La Havane a refusé. D'abord, elle ne pouvait pas laisser sa fille Alina, âgée de deux ans, seule dans la capitale avec sa grand-mère, Natica, et la nounou, Chucha, qui prend Fidel pour le diable. Et puis il y a aussi une raison politique : Naty Revuelta est une militante de la plaine, du *llano*. Malgré sa passion pour Fidel, elle n'a rien d'une *guerrillera*. Enfin, elle est tiraillée entre son amour pour Fidel et sa loyauté envers son mari, le docteur Orlando Fernández Ferrer, homme d'une rare élégance, qui a accepté de reconnaître Alina et l'élève même comme sa propre fille. Fidel, lui, durant ces deux années, n'a jamais manifesté le moindre intérêt pour son enfant. Comment pourrait-il en outre s'en préoccuper ? Un homme en sursis, un soldat perdu, engagé dans un combat suicidaire, a d'autres soucis. Trop accaparé par sa guerre des canyons, il n'a, pour sa part, jamais cherché à reconnaître Alina. Or, à Cuba, il est rare qu'on puisse baptiser un enfant sans père officiel. Orlando Fernández Ferrer a donc assumé ce rôle pour le bien de la fillette. À Cuba, un mari trompé qui reconnaît l'enfant que sa femme a eu avec un autre, ça ne court pas les rues. Naty Revuelta n'a pu se résoudre à quitter un homme d'une telle noblesse d'âme. Fidel en est resté meurtri.

Ce 12 août 1958, veille de son propre anniversaire, il aurait apprécié qu'elle l'accompagne dans une extravagante promenade en hélicoptère, un de ces moments révélateurs de l'esprit cubain : amusé par l'intérêt quasi enfantin que porte Fidel à l'appareil, un officier de Batista, venu superviser un échange de prisonniers sous l'égide de la Croix-Rouge, lui propose de faire un tour. Sous le regard ébahi des guérilleros du M26, le *Comandante* monte à bord de l'appareil ennemi et décolle pour une balade au-dessus de la sierra Maestra. De là-haut il revit ses deux années de guérilla : la solitude, l'effroi, la faim des premiers mois, puis, peu à peu, la remontée vers la lumière, l'arrivée des armes venues de l'étranger, la guerre des colonnes, la création d'un territoire libre, le double, voire triple jeu des Américains perdus dans la galerie des glaces de la CIA. Ces derniers ne viennent-ils pas de lui envoyer plusieurs agents de la CIA pour être incorporés dans l'armée rebelle, comme Franck Sturgis et Gerry Hemmings ? Comme à la fête foraine, il survole un pays en pleine guerre civile, miné par les conspirations militaires, les putschs manqués, le terrorisme.

Au cours de cette équipée où le temps semble suspendu, Fidel est aux anges. Il n'est plus très loin du but. Le régime de Batista est condamné à brève échéance. Il subsiste néanmoins encore quelques inconnues. Le leader du M26 est-il assez fort pour organiser un coup d'État qui lui permettrait de gouverner seul ? Le temps, selon lui, n'est pas encore venu. Le 9 avril dernier, il a connu un échec retentissant avec le fiasco du mot d'ordre de grève générale, pourtant lancé par lui-même. Comme à son habitude, le chef guérillero n'a fait aucun mea-culpa. Au contraire : il a profité de cet échec dont il était en grande partie responsable pour accuser ses ennemis du *llano*, les chefs du M26 de La Havane et de Santiago, de s'être montrés indignes de sa confiance. Le 3 mai, au cours d'une réunion particulièrement rude dans la sierra, soutenu par Ernesto Guevara dans le rôle du procureur politique, il les a évincés de la direction nationale du Mouvement. Ainsi Faustino Pérez, David Salvador et René Latour, les derniers représentants de l'aile démocratique de l'organisation castriste, les seuls à pouvoir encore s'opposer à une dérive autocratique, sont réduits au silence.

Désormais, le M26 n'est plus qu'une machine de guerre au service d'un seul homme, tout-puissant et intouchable. La militarisation de ce qui était au départ une organisation civile est parachevée. Tout opposant à la ligne du chef devient un traître qu'il faut éliminer sur-le-champ. Le débat démocratique n'est plus qu'un lointain souvenir, une vieille lune. L'armée rebelle marche au pas derrière le clan Castro. Dans la sierra de Cristal, Raúl impose une justice expéditive, digne des procès staliniens. Il met sur pied une mini-société qui ressemble de plus en plus aux kolkhozes soviétiques. Mais les médias ne s'intéressent qu'à Fidel ; Raúl, lui, n'est pas une bête de télévision : il garde ses effets de manches pour les « tribunaux révolutionnaires » dont il est le metteur en scène et l'acteur central, celui qui élimine impitoyablement les récalcitrants et, peu à peu, ceux qui pourraient le devenir.

Paranoïaque, rusé, calculateur, Raúl s'entoure peu à peu de militants communistes réputés, comme José

« Pepe » Ramirez Cruz ou Jorge Risquet Valdés-Saldana. Dans son territoire, les *barbudos* sont assez peu nombreux. On y voit davantage des hommes glabres aux allures de bureaucrates, soucieux de préparer l'avènement d'une société socialiste. Raúl dirige un laboratoire du communisme de près d'un millier d'hommes, lève l'impôt révolutionnaire auprès des industriels de la canne à sucre, à l'instar d'un fermier général, et redistribue les terres de manière arbitraire. Il crée un département de l'éducation révolutionnaire et l'école José Martí des instructeurs militaires, au village de Tumbasiete, véritables centres d'un endoctrinement idéologique foncièrement marxiste. D'une efficacité redoutable, le jeune frère abat ses cartes : comme Guevara, il ne cache pas sa fascination pour le système soviétique. Mais personne ne le remarque : les projecteurs sont braqués sur le grand frère.

À bord de l'hélicoptère, Fidel jubile. Il aperçoit les minichamps de bataille qui deviendront bientôt les lieux saints de sa propre légende : Las Mercedes, Santo Domingo, Jiguë. Quel chemin parcouru ! Il organise déjà la prochaine phase de sa « guerre », avec cette idée fixe : faire de l'Oriente un État autonome. Il compte prendre Santiago en tenailles, puis en faire la capitale d'une « zone libre » s'étendant de Manzanillo, à l'ouest, jusqu'à Baracoa, à l'extrême pointe orientale de l'île. De là, il fera sécession en proclamant l'indépendance de la zone.

Pourquoi un tel objectif ? Pour lui, il y a deux Cuba : l'Ouest suspect, le pays des grandes exploitations de café et de tabac, qui exhibe sa capitale comme une fille de mauvaise vie, La Havane, la ville des casinos et de la *dolce vita*, des clubs et des bordels, où les classes moyennes constituent l'essentiel de la population, La Havane si proche de la Floride, avec son train de vie à l'américaine ; et puis l'Oriente lointain, à plus de mille kilomètres, une « île dans l'île », une terre obstinément tournée vers l'Europe, l'Oriente mystique et mystérieux, pays de la canne à sucre, des *bohíos*, des *guajiros* analphabètes, des Noirs venus d'Haïti et de Saint-Domingue. Dans ce paysage du XIXe siècle, Fidel s'est construit un univers entre Faulkner et Dickens. C'est là qu'il a ses repères, ses certitudes. C'est là qu'il imposera la « vraie révolution ».

Santiago sera son sanctuaire, son refuge, car il est persuadé que les politicards de l'opposition, les amis de Prío Socarras ou de Grau San Martín, vont tenter, dans les prochains jours, de prendre sans lui le pouvoir à La Havane. Il a hâte d'en finir avec ces gens pour lesquels il n'a que mépris. Le 20 juillet 1958, il a pourtant signé avec eux un pacte aux termes duquel toutes les organisations de l'opposition à Batista, à l'exception du Parti communiste, appelaient à la lutte armée contre le dictateur et à l'instauration d'un régime démocratique. Un texte suffisamment flou pour satisfaire tout le monde. Mais pour Fidel Castro, ce document, intitulé *Manifeste de la sierra*, n'est qu'un vulgaire chiffon de papier destiné à gagner du temps. Il ne veut pas pactiser avec qui que ce soit et, surtout, il n'imagine pas de partager le pouvoir un seul instant. Pour être en position de force, il lui faut donc d'abord s'imposer en Oriente, chez lui, par les armes. En ce mois d'août, il sait que la course contre la montre pour la prise de pouvoir est engagée. Fulgencio Batista joue sa dernière carte en organisant des élections présidentielles le 4 novembre. Si Fidel réussit son opération et s'empare de Santiago, il empêchera la tenue du scrutin dans tout l'Oriente. Quel qu'il soit, le candidat élu n'aura aucune légitimité. Fidel pressent aussi qu'un putsch d'officiers peut le priver à tout moment de la victoire finale. Il n'a pas l'intention de se laisser doubler sur le poteau. Il lui faut donc s'imposer militairement. Et vite !

L'« opération Santiago » est censée se dérouler en deux temps. D'abord, Castro veut couper l'île en deux ; il compte barrer la route principale qui traverse l'île de part en part, la *Carretera Central*, en sorte que l'armée officielle ne puisse envoyer le moindre renfort aux troupes basées en Oriente. Il n'attaquera Santiago qu'après. Où doit-il installer le barrage ? Dans la province de Las Villas, au centre de l'île, là où combattent de nombreux groupes armés non castristes, en particulier dans la sierra de l'Escambray, l'autre gros massif montagneux du pays. Dans ce secteur, la principale force de guérilla est dirigée par un responsable du Directoire révolutionnaire, Eloy Gutiérrez Menoyo, réputé pour son anticommunisme et sa méfiance envers Fidel. Comment affaiblir ce petit chef de guerre récalcitrant ? En l'absorbant dans une grande force d'union avec les autres mouvements armés de la région : le PSP (en fait, le Parti communiste) et le M26. Mais comment y parvenir ? Comme à son habitude, Fidel lance un plan si dément qu'il apparaît comme suicidaire. À la fin d'août, il envoie les colonnes de Camilo Cienfuegos et Ernesto Guevara, soit 230 hommes, en direction de l'Escambray pour organiser la jonction de tous les mouvements de guérilla. L'opération semble folle, tant le rapport de forces avec l'armée est disproportionné. Les membres de cette équipée insensée traversent une zone où des milliers de soldats sont sur le pied de guerre. L'odyssée dure près de deux mois. Pour échapper à l'ennemi, les kamikazes fidélistes se perdent dans des zones marécageuses, survivent dans des conditions épouvantables, minés par la faim, harcelés par les piqûres de moustiques. Mais cette cohorte de fantômes bénéficie alors d'une chance insensée : un cyclone surnommé Ella s'abat sur la région et paralyse les troupes de Batista, consignées dans leurs casernes par le mauvais temps. Le ciel, encore une fois, a choisi son camp.

À la fin d'octobre, Ernesto Guevara et Camilo Cienfuegos accomplissent miraculeusement leur mission après s'être emparés d'un train blindé avec à son bord près de trois cents soldats ! Les vainqueurs n'ont pratiquement pas combattu : le commandant du train a négocié sa reddition contre une poignée de pesos et un départ précipité pour Miami à bord d'un yacht. Contrairement à ce que dit la légende, les guérilleros du M26 n'ont dû batailler qu'à deux ou trois reprises, au cours d'escarmouches isolées. En général, l'ennemi a déposé les armes avec pour seule revendication : rentrer à la maison…

Pourquoi une telle débandade ? Parce que l'armée cubaine, dans les faits, n'existe plus. Au même moment Batista, désemparé, de plus en plus abandonné, vient d'arrêter un quarteron d'officiers supérieurs qui complotaient contre lui. L'état-major connaît une crise sans précédent. Les chefs ont quitté leurs postes ou sont emprisonnés. Seuls sont restés les plus corrompus, ceux qui continuent à s'enrichir en touchant la solde des militaires morts au combat. L'administration militaire est dans un état de délabrement total. Plus personne n'obéit à personne. Tout le monde sait aussi que de nombreux officiers ont déjà fait acte d'allégeance à Castro : ainsi, par exemple, le commandant José Quevedo, chef de la garnison de Jiguë, en Oriente, qui, après avoir opposé une forte résistance aux troupes fidélistes, s'est rangé dans le camp des rebelles pour devenir un des proches conseillers militaires du *Comandante*. José Quevedo est un ancien camarade d'université de Fidel : les deux hommes étaient sur les mêmes bancs de la faculté de droit de La Havane. Cuba est un pays minuscule où les relations personnelles jouent un rôle majeur. Au cours du siège de Jiguë, Fidel a envoyé quelques messages à son « ami » Quevedo, lui rappelant le bon temps de leur jeunesse, et a fini par le persuader de se rendre. L'épisode marque un tournant dans l'histoire de la guérilla. Son retentissement vaut dix communiqués de victoire sur le terrain et assure un incontestable avantage moral aux insurgés. Fidel ne se prive pas de marteler ce type de nouvelles sur Radio Rebelde.

Quand il apprend par le Che que l'Escambray est enfin sous contrôle du M26 allié pour la première fois aux communistes, Castro est contrarié. L'affaire a pris beaucoup trop de temps. Si les négociations entre les divers groupes de la guérilla ont traîné, c'est que de nombreux militants du M26, en dépit du document officiel, signé de Fidel, ordonnant aux troupes de l'Escambray de se ranger sous les ordres de l'Argentin, se défiaient de Guevara, l'étranger, le communiste. Il a fallu palabrer des jours et des jours pour parvenir à un accord fragile. Or ce retard a eu des conséquences fâcheuses. Fidel n'a pu empêcher la tenue de l'élection présidentielle et un proche de Batista, Rivero Agüero, a été élu. Certes, en Oriente, seulement 30 % de la population a voté, mais à La Havane les gens se sont rendus normalement aux urnes.

Ce semi-échec pousse Fidel à précipiter les choses. Il lance la deuxième phase de sa stratégie : l'assaut contre Santiago. Les colonnes de Huber Matos et de Juan Almeida, l'imposante troupe du second front de la sierra de Cristal, dirigée par Raúl Castro, se mettent en mouvement pour encercler la capitale de l'Oriente. Fidel, lui, s'empare les unes après les autres des villes environnantes, sans presque aucune opposition.

Il accélère encore l'allure car ses informateurs, en particulier Ernesto Betancourt, installé à Washington et en contact permanent avec le département d'État, lui ont fait parvenir des informations selon lesquelles les Américains fomentent un putsch. Si Batista, en poste jusqu'en janvier, ne veut pas partir, une junte soutenue par la Maison-Blanche le chassera du pouvoir. Après avoir longuement hésité sur le cas Castro, Washington ne veut plus en entendre parler : des consignes formelles sont données à la CIA pour que la centrale de renseignement cesse toute aide au M26 et que les exilés castristes installés sur le territoire américain soient considérés comme des adversaires des États-Unis.

Une junte pour sauver le pays de l'anarchie et d'un imminent bain de sang ? Quelle junte ? Impliquant quels officiers supérieurs ? Lors d'une réunion secrète au département d'État, le 16 décembre, le patron de la CIA, Allen Dulles, évoque la catastrophique situation cubaine : « Le 27 novembre, un nombre considérable d'officiers de l'armée cubaine ont été arrêtés pour complicité dans le cadre d'une conspiration contre le gouvernement, ou pour lâche refus de se battre contre la rébellion castriste. Soupçonné d'être l'instigateur de l'opération, le général Martín Diaz Tamayo a été arrêté. Le général Eugilio Cantillo Porras est encore aux commandes du district militaire de Santiago, mais il est suspecté et placé sous étroite surveillance, tout comme de nombreux autres officiers supérieurs. » En d'autres termes, monter un coup d'État militaire est pratiquement impossible. Il faudrait trouver un galonné prêt à prendre un tel risque, or aucun candidat ne se présente.

Fidel Castro tente alors un coup de poker que l'Histoire et ses archivistes ont totalement occulté : il cherche à contacter Batista afin de lui proposer une sortie honorable. Il rêve depuis longtemps de cette rencontre avec son vieil ennemi qu'il déteste moins depuis qu'il assiste à sa lente agonie politique. Batista et l'enfance à Banes. Batista qui avait un faible pour sa mère, Lina Castro Ruz, et qui avait si souvent sorti Fidel du pétrin. Batista et ses uniformes d'opérette. Batista et son goût pour tout ce qui brille, bientôt rejeté dans les ténèbres de l'exil... Castro tient à tout prix à le voir avant son départ. Il se souvient de la visite qu'il lui rendit au printemps 1952, dans la propriété de *Kuquine*, juste avant le coup d'État, quand Batista lui avait proposé un poste dans son futur gouvernement. Ironie de l'Histoire : cette fois, c'est lui, Fidel, qui a la main. Il envoie à La Havane un émissaire, Andrés Carillo Mendosa, auprès de l'ambassadeur américain, Earl Smith, afin qu'il organise pour le bien de Cuba cet étrange rendez-vous. L'ambassadeur rend compte au département d'État de cette tentative de conciliation émanant du chef rebelle. On suggère au diplomate de ne rien faire afin de gagner du temps. Mais l'Histoire s'emballe. L'heure de la diplomatie est passée. Les troupes de Fidel poursuivent inexorablement leur avancée sur Santiago. Le 19 décembre, dans son camp retranché de Jiguani, au nord de la ville, le *Comandante* reçoit Manuel Urrutia, son candidat à la présidence de la République pour les futures élections, rentré d'exil. Il prévient l'ancien magistrat de Santiago qu'il doit se préparer : du jour au lendemain, il peut se retrouver à la tête de l'État. Tout va dépendre de l'évolution de la situation sur le terrain.

Le 20 décembre, Palma Soriano, très importante agglomération au nord-ouest de Santiago, tombe aux mains des castristes. À l'ouest, les provinces de Camagüey et de Las Villas se livrent aux rebelles. Plus du tiers du territoire est désormais sous leur contrôle.

À Washington, dans l'entourage d'Eisenhower, c'est la panique : il vient d'apprendre – un peu tard ! –, par une note des services de renseignement de la Navy, que le mouvement rebelle est totalement infiltré par les communistes. Le 23 décembre, le président américain convoque d'urgence un Conseil national de sécurité. Furieux, il reproche à Allen Dulles, patron de la CIA, d'avoir « nourri un diable pire que Batista ». Il demande si un plan d'intervention militaire est prévu. Christian Herter, le secrétaire d'État, répond par la négative. Fait incroyable : les autorités américaines n'ont envisagé qu'un plan d'évacuation de leurs ressortissants ! Castro les a bernés depuis des mois, multipliant les déclarations anticommunistes pour les rassurer, tout en accueillant à son quartier général un des dirigeants les plus importants du PC cubain, Carlos Rafael Rodríguez, idéologue marxiste formé par Moscou, qui a passé les six derniers mois de l'année 1958 à ses côtés. Fidel n'a pas cessé de s'appuyer sur lui, tout comme il a poussé son frère Raúl à « bolcheviser » la sierra de Cristal. Eisenhower enrage : cet avocat, fils de propriétaire terrien, leur a fait la danse du cobra tout en manœuvrant merveilleusement bien la presse.

Pour calmer le locataire de la Maison-Blanche, l'attorney général propose qu'on arrête les partisans de Castro militant sur le sol américain. Le vice-président Richard Nixon va plus loin : « Peut-on poursuivre comme criminels les gens qui ont financé Fidel Castro ? » Réponse de l'attorney : « Certes, mais est-ce vraiment utile d'un point de vue politique ? » Poursuivre ceux qui ont subventionné Castro ? Cette loufoquerie pourrait bien provoquer un scandale d'État, car il faudrait alors expliquer que, parmi les bienfaiteurs du rebelle, il y a eu la Central Intelligence Agency. Excédé, « Ike » demande alors si son staff a une solution dans la manche : une « troisième force » ? Réponse : non.

On monte alors dans la plus grande improvisation le putsch de la dernière chance. L'homme providentiel, selon Washington, est le général Cantillo, gouverneur militaire de la région d'Oriente, l'homme qui connaît le mieux Fidel, le seul à pouvoir encore composer avec lui. Le soir même, l'officier est contacté par l'ambassade américaine. On lui promet un soutien sans faille s'il agit au plus vite. Le même jour, par l'intermédiaire du colonel Florentino Rosell Leyva, chef du génie militaire de la province de Las Villas, Cantillo contacte Echemendia, coordinateur du M26 à La Havane. Cantillo propose à Castro de mettre les troupes des provinces d'Oriente, de Camagüey et de Las Villas au service de l'armée rebelle, d'envahir ensemble les provinces occidentales et d'arrêter Batista. En contrepartie, Fidel devra accepter l'installation provisoire d'une junte civile et militaire composée de six membres, dont trois civils choisis par lui-même. Mais comment ne pas comprendre que Cantillo est l'ultime joker d'une partie déjà quasi terminée ?

À Palma Soriano où il passe tranquillement Noël en compagnie de Celia, dans l'enceinte même de la centrale sucrière America, le *Comandante* sait qu'il a pratiquement gagné. Les colonnes de Camilo Cienfuegos et du Che ont rallié toutes les garnisons de la province de Las Villas. Le Che est aux portes de Santa Clara, la capitale. Castro est désormais maître de la moitié du territoire national. Si Cantillo lui propose la moitié de l'armée cubaine, plus la tête de Batista, cela signifie que lui, Fidel, n'a plus besoin de négocier quoi que ce soit. Le 25 décembre, il fait parvenir sa réponse au général Cantillo : « Conditions refusées ». Cependant, il est prêt à le rencontrer immédiatement, sur place, à son propre QG de Palma.

Cantillo tente alors cet ultime coup : le 28 décembre, accompagné d'un père jésuite, il se retrouve face à son ennemi qui l'a laissé monter au front. Comme à son habitude, Fidel se gratte ostensiblement la barbe et écoute d'une oreille distraite ce militaire qui vient signer un improbable armistice. Cantillo lui propose le plan suivant : le 30 décembre, à trois heures de l'après-midi, les deux armées fusionnent ; Cantillo occupe le camp de Columbia, à La Havane, et arrête Batista ainsi que tous les autres « criminels de guerre ».

Le général est impressionné par son interlocuteur. Il a le sentiment de se trouver en face d'un joueur cent fois plus habile que lui. Devant ce géant à la voix de fausset, au regard perçant, il récite sa partition sans conviction, comme un vaincu. Castro n'est pas dupe du jeu de son vis-à-vis : par les hommes du M26 de La Havane, il sait que Cantillo est « téléguidé » par l'ambassade américaine. Il s'amuse de ce pathétique ballet. Par jeu, il accepte un cessez-le-feu de quarante-huit heures afin d'organiser l'opération « jonction », et ajoute : « Il n'y a qu'un seul commandement : celui de l'armée rebelle, l'Armée du Peuple. En nous rejoignant, vous rejoignez le peuple cubain. On ne négocie pas sur ce point. Mais, surtout, ne laissez pas Batista s'échapper ! »

Fidel lâche cette dernière phrase comme s'il était parfaitement au courant de ce qui se trame de l'autre côté de l'île. Cantillo a compris : il n'y aura pas de compromis. Il baisse la tête et repart, persuadé qu'il n'a que quelques jours devant lui pour agir et empêcher le « diable Castro », selon l'expression du président Eisenhower, de prendre le pouvoir. Il doit impérativement provoquer un *golpe* avant que Fidel ne devienne maître de Santiago. Sa marge de manœuvre est on ne peut plus réduite.

Il rentre à La Havane et persuade Batista de quitter d'urgence le pays. Le plan prévu est minuté avec une précision digne d'une opération de la CIA. Le 31 décembre, peu après minuit, après un réveillon spartiate au camp Columbia – au menu : poulet-riz-champagne-café –, Batista révèle aux soixante dignitaires du régime présents qu'il va quitter le pays dans les deux heures. Il confie l'état-major de l'armée, ou ce qu'il en reste, au général Cantillo, lequel réveille le doyen des juges de la Cour suprême, Carlos Piedra, et lui annonce que, conformément à l'article 149 de la Constitution, c'est lui qui est désormais président de la République. Le vieux magistrat n'a aucune envie d'occuper un poste aussi exposé, mais il n'a pas le choix : le chef de l'État sortant et le président du Sénat ont démissionné. À lui d'assumer la fonction. Étrange moment : un vieillard cacochyme se retrouve à la tête d'un pays au bord du chaos, sans la moindre envie d'occuper le poste. Placé devant le fait accompli, le président Piedra préférerait cent fois couler des jours paisibles dans le refuge de sa bibliothèque.

Ce scénario, concocté par les stratèges du département d'État, est certainement le pire de tous. Dépassé par les événements, le général Cantillo lance à Castro un appel au cessez-le-feu et tente désespérément de former un gouvernement. Mais les candidats aux portefeuilles ministériels se font rares. Qui prendrait le risque de monter dans une diligence en flammes ?

Dès le 1er janvier, Fidel contre-attaque. Il appelle à la grève générale sur Radio Rebelde. Il tempête contre le « traître » Cantillo : « Une junte militaire a pris le pouvoir avec la complicité du tyran pour assurer la fuite de celui-ci et des principaux assassins, pour essayer de freiner l'élan révolutionnaire et de confisquer notre victoire ! hurle-t-il en s'étouffant. Sept années de lutte héroïque, le sang répandu par des milliers de martyrs dans toutes les régions de Cuba ne vont pas servir à ce que ceux-là mêmes qui ont été jusqu'à hier complices et responsables de la tyrannie et de ses crimes continuent de gouverner Cuba ! » Puis, à grands moulinets des bras, il clame que « l'armée rebelle poursuivra sa campagne d'anéantissement... ». Plus question désormais de se cantonner à Santiago. Cuba n'a plus d'armée, plus de gouvernement, plus de chef. Il faut profiter de ce vide sidéral.

Castro donne alors l'ordre à Camilo Cienfuegos et au Che de marcher vers La Havane et de s'emparer des camps militaires de Columbia et La Cabaña. Enfin, il lance un ultimatum à la garnison de Santiago : les hommes doivent se rendre sans conditions, ce 1er janvier à dix-huit heures ; à défaut, les troupes rebelles entreront dans la ville et ne feront pas de quartier. En fin d'après-midi, il reçoit le colonel Rego, qui « vient remettre les clés de la ville ». Il est porteur d'un message du général Cantillo : « Informez le docteur Castro que la République n'a personne à sa tête et que nous attendons qui il désignera pour lui remettre la présidence. » Le putsch bâclé par les Américains n'a pas trouvé d'acteurs. La pièce est terminée. Fidel peut pénétrer dans Santiago en liesse, le 2 janvier. Il nomme aussitôt Manuel Urrutia président de la République et désigne Santiago comme capitale provisoire du pays.

Tétanisés, les Américains n'ont rien pu faire. Ils ont bien tenté d'envoyer des armes dans le maquis de l'Escambray en vue d'aider le Directoire révolutionnaire à reprendre des forces ; la CIA a envisagé, sans trop y croire, de convaincre le leader de « Montecristi », une organisation influente au sein de l'armée, un certain Justo Carrillo, ex-président de la Banque cubaine de développement industriel et agricole, qui connaît Castro depuis l'université, de lui barrer la route et de s'emparer du pouvoir. Mais comment arrêter une crue quand les digues ont toutes sauté ?

Le 2 janvier, en treillis, son fusil à lunette sur l'épaule droite, Fidel pénètre dans la mairie de Santiago. Du balcon, vers minuit, il s'adresse à la foule en délire : « Une révolution véritable s'est accomplie [...]. Il n'y aura plus de coup d'État [...]. Tous les droits syndicaux et tous ceux auxquels notre peuple peut prétendre seront rétablis. Nous n'oublierons pas les paysans de la sierra Maestra. Dès que j'aurai une minute de libre, j'irai voir où nous édifierons la première cité pour vingt mille enfants... » En prononçant cette phrase curieuse qui sent déjà l'embrigadement de masse, Castro repense-t-il à son tout premier voyage à Santiago ? Se souvient-il de cette peur de petit garçon, quand, âgé de 4 ans, il s'est retrouvé cloîtré, dans cette même ville, si loin de sa famille, chez son parrain, le Haïtien Luis Hibbert, qui l'empêchait de mettre le nez hors de la maison où on le cachait ? Ce soir de janvier 1959, dans cette cité frivole qui s'abandonne au chef de la révolution, il savoure ce moment si intense. Le voici rentré au pays la tête haute, fêté comme un héros, adulé comme un demi-dieu. Le « sale Juif » de l'école mariste tient sa revanche.

Son bonheur serait complet si Fidelito, son fils, qu'il n'a pas revu depuis plus de deux ans, était à ses côtés. Mais il est élève d'une école située dans le Queens, aux États-Unis. Il a aujourd'hui 9 ans et réclame régulièrement son père. Un autre être lui manque cruellement : Naty Revuelta, la princesse du Vedado. Quand il sera au pouvoir, il la demandera en mariage. Cette fois, elle ne pourra se défiler. Il ne sera plus un fantôme errant dans la sierra, mais le maître absolu du pays. Mais, pour mener à bien « sa » révolution, il doit se méfier, ne pas encore se dévoiler, continuer à « avancer masqué », ainsi que le lui ont appris ses deux maîtres à penser, José Martí et Lénine.

Pour brouiller un peu plus les pistes, ce soir-là, il part dormir au sanctuaire de la Vierge del Cobre, au nord de la ville, comme un catholique accompli. La sainte patronne de l'Oriente ne s'attendait certainement pas à pareille visite. Nul ne sait si le héros de la sierra Maestra a récité ses trois Ave Maria avant de sombrer dans le sommeil.

CHAPITRE 21

Obbatalá et le cercle magique

Autour de lui, on ne comprend plus : voilà Fidel en pleine dépression nerveuse. Le peuple cubain l'adule, le vénère comme un demi-dieu, le considère comme un libérateur providentiel, l'égal de Simon Bolívar. Certains vont même jusqu'à le comparer à Jésus-Christ. Et que voit-on ? Un homme cloîtré dans la suite 2046 au vingt-troisième étage de l'hôtel Hilton, le point le plus élevé de La Havane, où il a élu domicile. Encore une fois, Castro ne peut s'empêcher de vivre sur les cimes... Depuis son nouveau poste de vigie, il devrait être au mieux de sa forme, galvanisé par un triomphe inespéré, quasi miraculeux. Or il maugrée, ronchonne, traîne au lit, tourne en rond. À ses côtés, Celia Sánchez, omniprésente, discrète et efficace, prend les décisions pour lui, tranche, nomme, adoube, répudie. Elle a pour consigne d'empêcher quiconque de l'approcher. Le nouveau seigneur de Cuba ne reçoit pas : il est en plein désarroi. Sans ressort, comme abattu, il s'ennuie presque à l'idée d'avoir à s'établir dans cette ville abhorrée.

Fidel est dans un drôle d'état : il a tout simplement l'angoisse du vide. Il y a quelques mois encore, il n'était qu'un bandit de grand chemin, un aventurier plus ou moins romantique. Le voici à la tête d'un mouvement qui le dépasse. Tout est allé trop vite. Il n'a pas conquis

Cuba, c'est le pays qui s'est offert à lui. Depuis près de quinze ans, il n'a cessé d'être un opposant violent et irréductible, se comportant en bête traquée, manipulant, charmant, intimidant, menaçant, éliminant selon les cas. Le « gangster de Biran » n'a jamais vécu que dans la tourmente. Et, brutalement, la mer s'est assagie. L'ennemi s'est enfui. Même les patrons de casinos ont fui le chaos qui s'annonçait. Et puis, après, *rien* : aucun bain de sang, aucune résistance ! Une centaine de « batistiens » purs et durs ont quitté l'île pour échapper à la répression. Aucun pillage n'a été constaté, les vols n'ont pas augmenté, les femmes suspectes de sympathies pour l'ancien régime n'ont été ni tondues, ni violées. Castro prend la direction d'un pays en état de choc, comme paralysé, qui n'en revient pas encore de la victoire de cette poignée de « hors-la-loi ». Subjugués, envoûtés, les Cubains l'ont choisi comme les Indiens mexicains accueillirent jadis Hernán Cortés : comme un envoyé du Ciel. Les foules joyeuses sont désormais à ses pieds, et lui, effrayé par cette subite idolâtrie, n'a qu'une envie : poursuivre la lutte dans la sierra, continuer à jouer son rôle de martyr, rester dans la posture de l'homme seul contre tous. Il a la nostalgie du hamac, des nuits à la belle étoile, de l'odeur de poudre, de la mort en maraude. Il ne jubile que dans l'urgence, le danger, l'altitude. « Je suis fait pour vivre au sommet du pic Turquino. Il n'y a que là que j'ai vraiment été heureux », répète-t-il autour de lui. Non, décidément, La Havane ne lui convient pas. Cette ville émolliente et paresseuse, sensuelle, festive, musicale, n'est pas faite pour lui. S'il pouvait partir pour Santiago et fonder là-bas sa « République orientale », il filerait aussitôt. Mais le destin en a décidé autrement. Il va falloir gouverner.

En est-il vraiment capable, lui dont l'instabilité est légendaire ? Comme toujours, il ne tient déjà plus en place. Il choisit d'avoir plusieurs points de chute : la suite du Hilton, l'appartement de Celia Sánchez, dans le Vedado, et une maison prêtée par un ami à Cojimar, sur la côte est de La Havane, village célèbre pour avoir inspiré *Le Vieil Homme et la mer* d'Ernest Hemingway. Il est partout et nulle part, insaisissable comme une anguille. Il vit ainsi depuis vingt ans, obsédé par l'attentat qui viendra lui ôter la vie. Aujourd'hui, tout va trop bien. Qui pourrait-il bien se mettre à détester pour s'ôter cette boule d'angoisse qui lui étreint à nouveau la poitrine ? Comme il l'a confié au Che, naguère, au Mexique, il faut haïr violemment pour être un parfait révolutionnaire. Or, en ce début de janvier 1959, Castro est en manque d'ennemi. Commandant en chef des troupes rebelles, il n'a accepté aucune fonction gouvernementale pour mieux se consacrer à la « tâche ingrate de la réorganisation de l'armée ». Il a nommé le juge Urrutia à la tête du pays. Sa décision n'a entraîné ni émeutes ni intervention étrangère. Conformément aux vœux de Fidel Castro et à la grande surprise des Américains, le nouveau président a ensuite désigné un gouvernement modéré dirigé par le juriste José Miró Cardona. Contre toute attente, la grande majorité des ministres sont des gens raisonnables, issus du Parti orthodoxe ou de l'aile modérée du M26, des « petits-bourgeois », selon la terminologie marxiste.

Castro a choisi d'engager la première étape de « sa » révolution dans le plus pur style léniniste, mais personne ne semble y prêter attention. Il laisse gouverner des « réformistes » tout en entamant, en tenue de camouflage, la « destruction de l'État bourgeois ». C'est cette technique du double jeu qu'il applique avec une habileté incontestable. Comme il l'a toujours fait, il « s'avance masqué ». Il a besoin d'un « gouvernement de velours » pour rassurer les Cubains, restés profondément anticommunistes, mais aussi pour endormir le tout-puissant voisin américain qui reconnaît aussitôt la nouvelle équipe dirigeante. Castro, le *bicho*, sait parfaitement qu'il a besoin de cette période de transition « douce » pour avancer dans la direction qu'il souhaite imprimer au pays. Le caméléon joue les démocrates. Ainsi, aucun de ses proches ne figure au gouvernement : ni Raúl, ni le Che, ni Camilo Cienfuegos, jugés beaucoup trop jeunes – ils n'ont pas trente ans – n'y sont appelés ; Huber Matos, lui, est nommé gouverneur de la province de Camagüey, loin de La Havane. Les *barbudos* sont sur la touche, écartés pour un temps.

Même Ernesto Guevara, généralement partisan de méthodes plus radicales, ne manifeste aucun agacement devant ce qui devrait constituer à ses yeux une « trahison ». Pourquoi le gardien de l'orthodoxie marxiste, le conseiller spécial en léninisme, ne réagit-il pas face à la nomination d'un gouvernement aussi « débonnaire » ? Il est tout simplement dans la confidence du plan qui se met en place. Il sait exactement quelle sera sa mission dans les prochains jours. De surcroît, le Che a lui aussi besoin de souffler. Il est épuisé par ses deux années de combats, et sa maladie s'est réveillée brutalement sitôt après la prise de La Havane. Dans son fort de La Cabaña, mais aussi dans le port de Tarara, à l'est de La Havane, il tente de se rétablir tout en travaillant étroitement avec un homme surgi de nulle part, un certain Osvaldo Sánchez, communiste formé directement par le KGB. Cet Osvaldo lui sert à la fois de conseiller et d'aide de camp, sans qu'on sache très bien quelles sont ses attributions exactes. Le « Che » et Sánchez sont intimement mêlés à l'opération concoctée par Fidel : établir un régime socialiste au nez et à la barbe des Américains. « Cette fois, répète-t-il, nous ne nous laisserons pas voler notre révolution par Washington, comme ce fut le cas en 1898 ! »

Pour venger ses ancêtres, Castro a conçu un plan machiavélique. *Phase 1* : hypnotiser l'ennemi en lui faisant croire à l'instauration d'une démocratie bourgeoise. *Phase 2* : mettre en place un gouvernement de combat qui impose la « dictature du prolétariat », en l'occurrence celle des forces castristes, et empêcher tout retour en arrière. *Phase 3* : établir définitivement la société communiste. En ces premiers jours de janvier 1959, la première phase du projet marxiste-léniniste, c'est-à-dire l'installation d'un « gouvernement provisoire » rassurant, est irrémédiablement engagée. Mais cette « mise en sourdine » n'est pas dans la nature de Fidel, en ce qu'elle requiert patience et doigté. Or, affecté du syndrome de l'homme pressé, le *Comandante* a horreur des salles d'attente et des moments creux. Dans sa suite du Hilton, il trépigne. La paix le rend malade. Il a du mal à se remettre de sa première semaine de « héros national ». Une semaine hollywoodienne…

Après la prise de Santiago, assuré qu'il n'existait plus aucun danger à retourner à La Havane – Camilo Cienfuegos et Ernesto Guevara étant maîtres de la ville –, il s'est organisé un « retour de l'enfant prodigue » à travers le pays, dans l'esprit du retour de l'île d'Elbe de Napoléon. Portant au cou la croix de la Vierge del Cobre, il s'est arrêté dans chaque ville, chaque village, où les militants du M26, devenus brusquement des milliers, ont galvanisé les foules. Pour tous, il n'y avait aucun doute : cette révolution était d'inspiration catholique. À Matanzas, il a retrouvé son fils Fidelito, escorté de sa sœur Lidia et de son amie Martha Fraydé, un médecin proche de Naty Revuelta. Fou de bonheur et de fierté, il a exhibé son garçon de 9 ans comme un trophée, lançant à la cantonade : « C'est mon fils ! C'est mon fils ! » Fidelito l'a accompagné jusqu'à La Havane au long d'une parade carnavalesque et débridée. Pendant une semaine, comme dans la Rome antique, le vainqueur a conduit un cortège populaire à travers tout le pays. Il avait déjà accompli ce genre de périple dix ans plus tôt, en rapportant de Manzanillo à La Havane la fameuse cloche de la « Demajagua », symbole de l'indépendance du pays.

Le 8 janvier 1959, il pénètre enfin dans le camp militaire de Columbia, quartier général de l'armée, placé sous le contrôle de Camilo Cienfuegos. Une formidable ovation l'accueille, puis il entame son premier grand discours-fleuve, transmis en direct par la télévision. Il inaugure là sa façon de dialoguer avec les foules, ce qu'il appelle la « démocratie directe… sur la place du marché ». Le tribun rugissant demande au « peuple » s'il doit accepter la proposition du gouvernement de le nommer commandant en chef des forces terrestres, maritimes et aériennes. Doit-il consentir à la « lourde tâche » de réorganiser les forces armées, lui qui n'aspire qu'au silence d'une retraite bien méritée ? Des dizaines de milliers de bras se lèvent, et un « Oui » volcanique s'élève au-dessus de la foule en liesse. Fidel réussit le tour de force de faire croire à la presse qu'il est un pacifiste convaincu, en suppliant que toutes les armes circulant dans le pays soient restituées au nouveau pouvoir. En fait, il veut surtout désarmer ses ennemis du Directoire révolutionnaire qui se sont emparés du palais présidentiel et qui s'apprêtent à lui résister pour négocier un partage du pouvoir. Car en ce domaine il n'est pas partageux. Le leader du M26 harangue donc la foule : « Des armes ? Pour quoi faire ? Pour lutter contre qui ? Contre un gouvernement provisoire qui est appuyé par le peuple tout entier ? (Hurlements de la foule : NON !)… Est-ce qu'il y a une dictature, ici ? (Hurlements : NON !)… Des armes pour quoi, quand il va y avoir des élections aussitôt que possible ? Pour créer une organisation de gangsters ? (Hurlements : NON !) » Puis il annonce benoîtement, sous un tonnerre de vivats, que les crimes des sbires de Batista ne resteront pas impunis, que procès et exécutions vont s'abattre sur les « criminels de guerre ».

Enfin, comme épuisé, d'une voix faible, presque gémissante, la tête dans les épaules, avec une humilité de bénédictin, il confie qu'il n'agit pas par ambition personnelle et qu'il a bien l'intention de se retirer dès que le pays sera pacifié : « Sincèrement, conclut-il, je ne crois pas que ma présence soit indispensable ici. » Au même moment, suivies par les faisceaux de projecteurs, deux colombes blanches viennent se poser sur ses épaules. Dans la foule émerveillée, beaucoup interprètent cette présence des deux volatiles immaculés comme une intervention divine. Selon le culte de la *santería*, ces oiseaux sont en effet des messagers du dieu Obbatalá, la plus haute divinité après le dieu de la Création. Pour beaucoup, Fidel est *El Elegido*, une apparition messianique version vaudoue. Télévisée la scène est retransmise dans toute l'île. Fascinés et désorientés les Cubains crient « *¡ Viva Fidel !* », convaincus que cet homme est béni du Ciel. Ils ignorent que le metteur en scène, retors et manipulateur, a déjà utilisé ces deux colombes familières comme « courriers » dans la sierra Maestra. La ruse est pourtant flagrante : un colombophile installé à sa gauche, à la tribune, dissimule des appeaux destinés à orienter sur Fidel les « oiseaux divins »…

Ce soir-là, le *bicho* est au sommet de son art. Les images du Robin des bois pacifiste sont diffusées dans le monde entier. L'Église tombe dans ses bras, persuadée que la paix est enfin revenue et que Cuba, sous la houlette de cet ancien élève des jésuites, va pouvoir connaître une période heureuse. Parmi ses plus fidèles soutiens catholiques, il y a le père Armando Llorente, son ancien directeur de conscience au collège de Belén : « Nous étions massivement derrière lui, raconte-t-il. Nous parlions même de révolution catholique, inspirée de l'Évangile. L'image des colombes eut un formidable impact sur les esprits. C'était un élan extraordinaire, une grand-messe festive. Nous vivions une interminable kermesse. On se sentait soudain si légers… »

En fait, pour tous les Cubains, aussi paradoxal que cela puisse paraître, Fidel Castro est un inconnu. Ce libérateur à la voix de fausset est bel et bien tombé du ciel. Mais qui est-il vraiment ? Les observateurs ne savent plus quel rôle lui prêter entre le chef de guerre, le roi des médias, l'ancien « gangster » ou le crypto-communiste. À force de jouer les caméléons, il a fini par si bien brouiller les pistes que la presse nationale, qui pourtant dispose d'assez d'informations pour ne pas douter une seconde de ses positions idéologiques, finit elle aussi par s'y perdre.

Fidel n'a alors qu'une envie : qu'on oublie son passé. Son parcours est pourtant limpide : en 1947, à 21 ans, le militant chevronné, férocement anti-impérialiste, passe son temps à la bibliothèque du Parti communiste, à La Havane, à dévorer l'œuvre de Karl Marx. En novembre de la même année, il fomente l'installation de la cloche de l'Indépendance, la « Demajagua », à l'université, avec l'aide de deux amis communistes, Alfredo Guevara et Lionel Soto. Quelques mois plus tard, il participe à l'insurrection communiste de Bogotá ; un temps, il est même soupçonné par les services de renseignement américains d'avoir assassiné Eliécer Gaitán, chef de l'opposition colombienne, afin de provoquer les troubles qui ont suivi. En novembre 1949, il participe à la création d'un comité commun entre les Jeunesses communistes et les Jeunesses orthodoxes. En 1950, il reçoit régulièrement à son domicile le chef des Jeunesses socialistes, Flavio Bravo. Les épisodes montrant ses liens étroits avec les communistes – au moins ceux de la jeune génération – sont légion. Mais Fidel est un « menteur magnifique », un comédien hors pair. Il ment d'abord aux siens, à ses frères et sœurs, à sa mère. À son grand ami Luis Conte Agüero qui partagea son intimité et notamment ses heures de détresse lors de son divorce d'avec Mirta, il avoue une haine inexpiable des Rouges : « Ils n'ont semé que le malheur, lui dit-il. Je suis là pour les empêcher de nuire. Moi vivant, ils n'existeront pas à Cuba ! » La plupart de ses compagnons des cellules secrètes de la première heure du M26, comme Mario Chanez de Armas, racontent que, peu après le coup d'État de 1952, Castro était le plus anticommuniste d'entre eux tous. À qui ment-il ? Soulevés par la vague d'euphorie de ce que certains appellent déjà la « révolution sensuelle », les journalistes cubains n'ont pas le temps de s'intéresser au passé de Castro. Ses biographies sont bâclées, ou seulement centrées sur la légende de la sierra Maestra. Tout va trop vite. L'Histoire s'emballe et les contraint à courir, hors d'haleine, derrière ce leader infatigable. Entraînés, ballottés par un présent chaotique et effervescent qui ne leur laisse aucun recul, ils ont « le nez sur le guidon » et sont hypnotisés par le bonimenteur. Le « castrisme » est né. Fidel peut ainsi enfouir au plus profond le secret de sa vie, celui qu'il dissimule depuis de nombreuses années et que jamais personne n'a pu débusquer. Un secret qui donne pourtant la clé de l'histoire cubaine et permet de comprendre les racines de l'extraordinaire subterfuge qui a permis au *bicho* de se hisser aux sommets du pouvoir.

CHAPITRE 22

Fabio et les diamants

Il s'appelle Fabio Grobart. C'est un petit homme qui aime bien l'ombre, la carpe farcie et Joseph Staline. Son vrai nom est Abraham Semjovitch, mais il a utilisé tant de pseudonymes qu'à la fin on ne sait plus. Certains l'ont connu sous l'identité d'Aaron Sinkovitch, d'autres ont croisé un citoyen américain nommé Otto Modley, ou encore un Français appelé José Michelon. Lui-même se souvient-il vraiment de ses origines ? Fabio Grobart est un nomade, un homme sans terre. Il vient de Pologne, pays qu'il a fui dans les années vingt pour échapper aux pogromes antisémites. Sa famille a été décimée. Comme bon nombre de ses coreligionnaires contemporains de la révolution d'Octobre, il croit que la solution du problème juif passe par le communisme, paradis terrestre où races et classes seront abolies.

Quand il débarque à Cuba, en 1922, le jeune Abraham fonde vite la section juive du Parti communiste cubain. Il change de prénom, choisit celui de Junger. En 1926, devenu l'un des dirigeants clandestins du PC, il prend son nom de guerre : Fabio Grobart. Son parcours ultérieur est un éternel jeu d'ombres et de lumières, fait d'éclipses et de réapparitions au gré des événements internationaux. En octobre 1932, il est expulsé du pays et doit s'enfuir vers la Hollande à bord du vapeur

Leederman. On le retrouve quelques mois plus tard à Berlin où il assiste, impuissant, à l'incendie du Reichstag et à l'irrésistible montée du nazisme. Il part alors pour Moscou où il est pris en main par l'Internationale communiste. Staline le nomme bientôt responsable du Komintern pour tout le secteur « Amériques ». Sa connaissance de Cuba, lieu stratégique pour l'URSS en raison de son extrême proximité des USA, en fait l'homme-clé des services de renseignement soviétiques pour la région. De La Havane, il pourra rayonner en priorité sur le Mexique, puis sur les autres pays latino-américains.

Après la Seconde Guerre mondiale, il est chargé de constituer le réseau « Caraïbes », une organisation secrète suppléant dans la région le défunt Komintern. Le patient et silencieux Fabio tisse une toile d'araignée qui va compter jusqu'à 300 agents disséminés aux quatre coins des deux Amériques. Le réseau est en partie financé par un trafic de diamants organisé sous le nom de code « Pluton ». Ironie du sort : au début des années cinquante, un des acheteurs de ces diamants venus d'Amérique du Sud ou d'Europe, et vendus à des milliardaires américains, est un certain Joseph Kennedy, père du futur président des États-Unis ! À l'évidence, Joseph K. ignore totalement que son achat va servir à financer la subversion communiste… Parmi les agents en contact avec Fabio Grobart, il y a Ramón Mercader, républicain espagnol recruté par le KGB en 1937 et formé à Moscou, qui a assassiné Trotski en 1940. Le même Mercader a débarqué en décembre 1939 au Mexique où il s'est fait passer pour un expert en… diamants.

En 1948, en pleine guerre froide, Fabio Grobart est à la recherche de nouveaux « honorables correspondants ». Conformément aux consignes de Moscou, il doit recruter ce que l'historien Endocio Ravinés appelle des *hombres nuestros* (des hommes à nous), dont la particularité est de ne pas appartenir au Parti communiste, voire d'apparaître comme très critiques à son égard. Ces agents du troisième type doivent avant tout être des agitateurs anti-impérialistes qui peuvent se déclarer en public viscéralement anticommunistes, et parfois même l'être réellement. Dans l'univers tortueux du renseignement, ce genre de contradiction est tout à fait secondaire. Selon Arkadi Vaksberg, historien du Komintern et biographe de Vychinski, le procureur des grands procès staliniens, Moscou, pour constituer ces réseaux, n'a besoin, à l'époque, ni « de théoriciens marxistes, ni de militants spécialistes du mouvement ouvrier ». Le KGB cherche des hommes d'action, pour ne pas dire des hommes de main, et non des militants dociles. « Dès le début, poursuit Arkadi Vaksberg, l'ex-Komintern eut besoin de spécialistes d'un type tout à fait différent : des maîtres du travail illégal (ou, au pire, de jeunes recrues manifestant des dispositions dans ce sens) aptes à organiser des provocations, des assassinats, des grèves, des manifestations tapageuses, des meetings antigouvernementaux ; des gens habiles dans l'art de se déguiser, de se grimer, d'échapper aux poursuites… »

À Cuba, un homme correspond parfaitement à ce signalement : Fidel Castro, réputé pour son « gangstérisme », ses méthodes brutales, son activisme impétueux, son aventurisme. Il a une qualité suprême aux yeux de Fabio Grobart qui l'a d'emblée repéré : c'est un homme d'action. Un voyou politique ? Encore mieux !

Ainsi, au cours de l'année 1948, par l'intermédiaire de Flavio Bravo, le chef du réseau « Caraïbes » rencontre Fidel Castro, jeune militant du Parti orthodoxe, à son retour de Colombie. Le spécialiste du renseignement a entendu parler du rôle que ce dernier a joué lors du soulèvement populaire de Bogotá. Au cours de l'entrevue, le Cubain est impressionné par l'itinéraire personnel d'Abraham Semjovitch, alias Fabio Grobart, en particulier par ses relations avec le judaïsme. Castro n'a-t-il pas longtemps cru qu'il était lui-même juif ? N'a-t-il pas eu lui aussi le sentiment d'être un homme sans racines et sans terre ? L'aventure que lui propose l'étrange Fabio le fascine. Il accepte de devenir un *hombre nuestro*, de continuer à mener son existence aventureuse sans rien changer à ses habitudes. Il devra simplement rencontrer de temps à autre et en secret son « nouvel ami ». Celui-ci l'aidera financièrement, comme un père. À l'époque, cette aide est providentielle, car don Ángel, fatigué des frasques de son rejeton, vient de lui couper les vivres.

Fidel Castro devient ainsi l'« agent dormant » d'un invisible réseau dont le rôle consiste à « planter des banderilles dans les flancs du géant US ». Il a un nouveau mentor, lui aussi invisible, un type étrange venu de l'Est, petit par la taille, mais à la stature immense en ce qu'il porte en lui toute l'histoire du siècle. Abraham Semjovitch se prend d'affection pour ce matamore dont il perçoit les tourments de fils mal aimé.

Hélas, quelques mois plus tard, le nouveau « parrain » du jeune Castro doit brusquement quitter Cuba. Fabio Grobart est expulsé du pays pour « tentative de subversion ». Atteint de tuberculose, il séjourne dans un sanatorium en Suisse, puis regagne Moscou pour se faire oublier dans quelque bureau du NKVD, la police politique de Staline. Il fait ensuite un stage en Tchécoslovaquie et en Pologne. Plus tard, en mars 1952, le coup d'État de Batista est une aubaine pour lui : ses supérieurs le renvoient clandestinement à Cuba. Il a un ordre de route précis, une mission ultrasecrète totalement indépendante de l'action des PC locaux. Selon Endocio Ravinés, le KGB, en pleine guerre froide, envisage divers scénarii pour chaque pays d'Amérique latine. Dans un ouvrage rédigé au Mexique en 1952, Ravinés précise que les services secrets soviétiques projettent alors une « insurrection au Brésil, un front populaire au Chili, l'exaltation nationaliste au Mexique, et la formation d'un parti de masse jumeau, le parti des *hombres nuestros*, à Cuba ». Ce parti évoqué par l'historien correspond trait pour trait à l'organisation que Fidel tente de mettre sur pied depuis plusieurs mois avec ses « cellules clandestines » et son goût du compartimentage et de l'étanchéité : le futur M26, officiellement anticommuniste, mais qui adopte le même mode de fonctionnement.

Assez vite, Castro informe Raúl de l'existence de son nouveau « mécène ». Le frère cadet est envoyé à Prague, au printemps 1953, pour y subir une formation de maître espion et de « noyauteur des organisations non communistes ». En rentrant à Cuba juste avant l'assaut de la Moncada, il prend immédiatement en charge le secteur du renseignement du M26. Il devient le grand spécialiste des infiltrations, des réseaux d'indicateurs, de la manipulation des sources, des interrogatoires. Il se révèle être un digne disciple de Beria dont il a la cruauté et la redoutable efficacité. En rentrant à Cuba, il est repéré par la police politique de Batista. Pour protéger le réseau « Caraïbes », Raúl adhère alors au... PC afin de justifier son voyage. Les deux frères doivent désormais faire montre d'une extrême vigilance dans leurs contacts. Ils en ont déjà l'habitude.

Lors des événements importants, Castro prend néanmoins le risque de consulter son « parrain ». Dans la nuit du 25 juillet 1953, soit quelques heures avant l'attaque de la Moncada, il quitte la maison de Siboney, où dorment les hommes du M26, pour se rendre à Santiago où il a rendez-vous avec Fabio Grobart. Ce dernier le reçoit longuement au numéro 28 de la rue Enramada, dans une maison qu'il a louée au cours du mois de juin. Il prévient Castro que la direction communiste cubaine, ignorante de l'opération, la condamnera violemment, et qu'il faut donc poursuivre le double jeu le plus longtemps possible.

Cette information capitale permet de mieux comprendre l'itinéraire secret de Castro. Elle éclaire plusieurs zones d'ombre de sa vie, en particulier son exil de trois mois à New York, en 1949, dans un appartement de la 82e Rue ouest, période au cours de laquelle il disparaît pratiquement de la circulation. Qu'a-t-il fait durant ces longs mois de curieuse « solitude » ? A-t-il été placé en « quarantaine » pour suivre une formation accélérée afin de développer ses dons, affiner ses capacités à manipuler, tricher, effacer les traces, ainsi qu'ont appris à le faire tous les agents du KGB, comme son frère cadet le fera quelques années plus tard à Prague ?

Quand il rejoint Fidel en exil au Mexique, en 1956, Raúl est discrètement accompagné, sur le bateau, par Nikolaï Leonov, jeune agent du KGB. Les jours suivants, Leonov sera régulièrement invité chez Maria Antonia Sánchez, dans l'appartement de la rue Emparán, quartier général de Fidel Castro. Leonov prêtera même des livres à Ernesto Guevara, dont *Tchapaev*, de Fourmanov, un ouvrage sur la guerre civile en Union soviétique, *Et l'acier fut trempé*, de Nikolaï Ostrovski, écrivain communiste, et l'œuvre édifiante d'Anton Makarenko, spécialiste de l'éducation collective militarisée.

Toutes ces rencontres clandestines liées au réseau « Caraïbes » n'ont jamais suscité l'intérêt des services de renseignement américains. Quant à la direction du Parti communiste de Cuba, elle est tenue hors circuit. Comment Fidel a-t-il pu, durant toutes ces années, dissimuler ses liens avec Fabio Grobart aussi bien à la CIA qu'à la plupart de ses proches ? Tout simplement parce qu'il a suivi à la lettre les consignes de son « père politique » : se méfier de tout, y compris de son ombre.

Un autre paramètre explique l'exceptionnelle imperméabilité du réseau « Caraïbes » : en Union soviétique, le KGB est un État dans l'État ; l'organisation bénéficie d'une grande autonomie vis-à-vis du Kremlin. Or, une « taupe » comme Castro doit être protégée comme une pierre précieuse. Moins il y a de gens dans la confidence, moins on risquera de fuites. Il est donc probable que la plupart des dirigeants soviétiques eux-mêmes n'aient pas eu vent de cet épisode de la vie de Fidel.

D'autre part, on peut émarger au KGB sans être membre du Parti communiste. Tel est le cas de Fidel Castro. Un seul dirigeant communiste est au courant : Carlos Rafael Rodríguez, lieutenant de Fabio Grobart, ancien ministre du général Batista. On l'a vu, dans les derniers mois de la guérilla, Fidel Castro l'accueille dans la sierra Maestra au grand dam de nombreux officiers de l'armée rebelle. Il le prend comme conseiller spécial alors qu'il clame partout que lui-même n'est pas communiste. Fidel, pour une fois, ne ment pas totalement : de fait, il n'est pas membre du Parti communiste. Il est bien plus que cela : il campe au cœur d'un important réseau de « déstabilisation de l'impérialisme » financé par Moscou.

Dans la sierra, avec Carlos Rafael Rodríguez, parfois avec Flavio Bravo, il affine cette stratégie de déstabilisation. C'est au cours de cette période, quand la perspective de prise du pouvoir devient plausible, qu'il prépare son opération « Révolution profonde ». Avec les deux hommes, il prépare aussi la conquête des « anciens du PC » figés sur la vieille ligne stalinienne de la « révolution dans un seul pays » : des communistes comme Juan Marinello, Blas Roca ou Aníbal Escalante, caciques du Parti, partisans d'une ligne orthodoxe modérée, « réaliste », basée sur la lente infiltration des appareils d'État du régime bourgeois cubain. Avec eux, l'avènement du communisme est alors programmé pour l'an 2000 ! Ils suivent en cela la ligne officielle du Kremlin et font eux aussi partie des dupés de l'Histoire…

CHAPITRE 23

La conspiration des pastèques

Il a tout prévu, pesé, pensé comme un joueur d'échecs. Au cours de ses longues nuits d'insomnie dans la sierra, il a peaufiné son approche des « vieux du Parti ». Il ne leur dit pas tout, mais les rassure sur ses intentions. Il n'est pas communiste, mais il a bien l'intention d'instaurer le socialisme à Cuba. Carlos Rafael Rodríguez, le complice, sert d'intermédiaire. Fabio Grobart sort de sa réserve légendaire et intervient à son tour pour que le Bureau politique du PSP écoute le message du nouveau héros.

Qu'a-t-il donc à leur dire, au lendemain de Noël 1958 à Palma Soriano, dans une ferme où une discrète rencontre a été organisée ? Que le M26, en dépit des apparences, n'est pas une organisation anticommuniste mais un « mouvement jumeau », qu'un jour ou l'autre il faudra regrouper les deux forces. Il réussit à les convaincre qu'il a choisi une voie originale pour imposer le socialisme à Cuba : par la lutte armée et la dissimulation des objectifs politiques réels. « Jamais le peuple cubain n'acceptera la disparition de la propriété privée, leur explique-t-il. Jamais la classe ouvrière et ses syndicats, très anticommunistes, ne joueront le jeu, si on leur annonce la couleur ! » Il ajoute qu'il faut donc continuer à jouer double jeu : « Le M26 est vert dehors et rouge dedans. » La garantie du succès passe selon lui par ce subterfuge. Ainsi naît dans le proche entourage de Fidel l'expression de « conspiration des pastèques ».

Une poignée d'hommes seulement y sont associés. L'art de la duplicité n'ayant plus aucun secret pour lui, le maître de Cuba met son plan à exécution dès les premières secondes de sa prise de pouvoir. Il s'engage avec délices dans l'une des plus belles escroqueries politiques du siècle. Ainsi, en ce mois de janvier 1959, pendant que Manuel Urrutia et José Miró Cardona gouvernent un pays contrôlé par l'armée rebelle – les « verts » –, Fidel Castro crée en coulisse un « gouvernement parallèle », en somme un « cabinet noir », composé de « rouges » (l'historien Antonio Núñez Jiménez, l'ami Alfredo Guevara, devenu cinéaste, l'économiste Oscar Pino Santos, le journaliste Segundo Ceballos) et de dirigeants du M26 (Raúl Castro, Vilma Espín, que ce dernier vient d'épouser, Ernesto Guevara et Pedro Miret). Pour ne pas éveiller les soupçons, Castro donne à ce groupe le nom de « Bureau des plans et de la coordination révolutionnaire ».

Dans le même temps, avec la direction du Parti communiste, il crée une autre instance tout aussi secrète dont l'objet est de faire fusionner le PSP avec le Directoire révolutionnaire et le M26 afin d'aboutir à la constitution d'une puissante force marxiste-léniniste. Ce groupe clandestin est composé de l'inévitable Carlos Rafael Rodríguez, de Blas Roca, secrétaire général du Parti, alors âgé de 51 ans, d'Aníbal Escalante, membre du Bureau exécutif, et, côté fidéliste, de sa garde rapprochée : Che Guevara, Camilo Cienfuegos, Ramiro Valdés et Raúl Castro. Les deux camps doivent impérativement garder silence sur cette instance parallèle. Les « conjurés » communistes, en premier lieu, sont sommés de ne pas informer leur base. Le secret absolu est seul garant de la victoire.

Pour imposer son plan, Fidel a un modèle de référence : il se fonde sur *Le 18 Brumaire de Louis Bonaparte* de Karl Marx, analyse du coup d'État fomenté par le petit-neveu de Napoléon, le 2 décembre 1851, qu'il a lu et relu à la prison de l'île des Pins. Dans son entourage, on est prié de consulter l'ouvrage du philosophe allemand avec attention, car il contient les clés de la technique de Fidel Castro. Pour accéder au pouvoir, Louis Napoléon, considéré par Marx comme un aventurier sans scrupules, a réussi le tour de force de contourner les grands partis traditionnels en créant un mouvement populaire, la « Société du 10 décembre », une milice armée formée de gueux et dont le but était d'absorber les troupes régulières. Ce mouvement ressemble étrangement au M26 tel que Castro l'a conçu au départ. « Dans ses voyages, les sections de cette société, écrit Karl Marx, emballées dans des wagons de chemin de fer, avaient pour mission de lui improviser un public, de simuler l'enthousiasme populaire, de hurler “Vive l'Empereur !”, d'insulter et de rosser les républicains, naturellement sous la protection de la police. Lors de ses retours à Paris, elles étaient chargées de former l'avant-garde, de prévenir ou de disperser les contre-manifestations. La Société du 10 décembre lui appartenait, elle était son œuvre, sa pensée la plus propre. » En France, le « 10 décembre » devait occuper la rue et mettre en place une forme de contrôle social. À Cuba, le « 26 juillet » doit désormais remplir cette mission. Il enrôle pour les grandes manifestations castristes, fait la police des rues, occupe le terrain.

Enfin, selon Karl Marx, l'autre coup de génie de Louis Napoléon a été la dissolution de l'Assemblée nationale, le 29 janvier 1849, afin de supprimer les instances intermédiaires entre lui et le peuple, exclusivement représenté par la « Société du 10 décembre ». Tel est aussi l'objectif de Fidel Castro : supprimer le Parlement cubain afin de donner tout le pouvoir à l'exécutif et de mettre en place un régime « plébiscitaire » sous la houlette du « Mouvement du 26 juillet ».

Il réussit cette prouesse en cinq semaines seulement : le 7 février 1959, sous la pression de Castro et des manifestations populaires, le gouvernement de José Miró Cardona décrète la dissolution de l'Assemblée nationale. Il renvoie les élections à plus tard et promulgue une nouvelle Constitution. Celle-ci rétablit la peine de mort et impose la confiscation des biens de tous ceux qui ont servi le régime de Batista. Castro est désormais libre de ses mouvements. Les prémices de la dictature sont en place. Dorénavant, le pouvoir exécutif peut édicter toutes les lois qui lui conviennent, sans la moindre opposition, car selon la célèbre formule de Castro, « la révolution est source de droit ». Fait incroyable, souvent négligé : en un mois à peine, Castro a supprimé tout contre-pouvoir institutionnel. S'il y a une résistance, elle ne pourra venir que de la rue. Or, sur ce terrain, Fidel n'éprouve aucune crainte. Il est immensément populaire, et le « Mouvement du 26 juillet » veille.

C'est dans la plus parfaite indifférence que Castro a fomenté son « coup d'État du 18 Brumaire ». En poussant, dans l'ombre, les « démocrates bourgeois » à ordonner la suppression du Parlement, donc du pouvoir législatif, le *bicho* a sans doute réussi l'un de ses coups les moins spectaculaires mais aussi l'un des plus lourds de conséquences politiques.

Autre lien de parenté avec Louis Napoléon Bonaparte : Castro se considère comme le représentant de la petite paysannerie, des *guajiros* les plus misérables.

Que dit Karl Marx du futur Napoléon III ? Il « représente une classe bien déterminée, et même la classe la plus nombreuse de la société française, à savoir les paysans parcellaires, précise le philosophe allemand [...]. Leurs représentants doivent en même temps leur apparaître comme leurs maîtres, comme une autorité supérieure, comme une puissance gouvernementale absolue qui les protège contre les autres classes et leur envoie d'en haut la pluie et le beau temps... » À un siècle d'intervalle, le cousinage est saisissant. Comme Louis Napoléon, Fidel, pour défendre les intérêts des paysans cubains, s'appuie essentiellement sur l'armée. Ce passage de Marx est révélateur de la gémellité des situations : « L'idée napoléonienne essentielle, poursuit-il, c'est enfin la prépondérance de l'armée. L'armée était le point d'honneur des paysans parcellaires, c'était eux-mêmes transformés en héros, défendant la nouvelle forme de propriété à l'extérieur, magnifiant la nationalité nouvellement acquise, pillant et révolutionnant le monde. L'uniforme était leur propre costume d'État, la guerre leur poésie, la parcelle prolongée et arrondie en imagination, la patrie, et le patriotisme la forme idéale du sentiment de propriété. » Voilà un des textes fondateurs du castrisme, jamais vraiment approché en tant que tel. Il révèle que Castro est un marxiste-léniniste d'inspiration « bonapartiste ». Sans conteste, le *Líder Máximo* est cent fois plus marxiste que les vénérables dirigeants du Parti communiste cubain. En effet, pour employer le jargon communiste, il analyse une « situation objective » en fonction du « stade de développement des forces productives ». Ainsi, au cours des réunions de Cojimar, les vieux caciques du Parti sont impressionnés par la culture politique de Castro, qui leur révèle sa maîtrise de l'histoire du communisme et de son idéologie. Il parvient à les convaincre de la spécificité cubaine, de la similitude entre le « stade de développement » de la société française du milieu du XIXe siècle et celui de Cuba au cœur du XXe siècle.

Il évoque le cas de Louis Bonaparte devant Fabio Grobart, son très discret chef de réseau. Sa thèse ? Il prétend qu'au début de l'ère industrielle la classe ouvrière ne peut être révolutionnaire, car elle a tout à gagner et encore peu à perdre, comme c'est le cas à Cuba. En somme, la classe ouvrière peut être petite-bourgeoise ! À l'opposé, selon lui, la paysannerie est une classe en crise, inquiète du phénomène de concentration des terres qui se poursuit dans l'île. C'est sur elle qu'il convient donc de s'appuyer, et non sur la classe ouvrière ni a fortiori les classes moyennes. Tel est le dogme schismatique – la classe ouvrière n'est pas d'essence révolutionnaire – sur lequel Castro bâtit son « empire ».

Séduits par ce théoricien original et persuasif, les vieux communistes sont bluffés. Ils comprennent qu'ils ont en face d'eux un *caballo*, comme ils le surnomment à cause de ses ruades incessantes, mais aussi un animal politique exceptionnel. Les dinosaures du Parti, qui espéraient en faire un jouet entre leurs mains, oublient leurs réticences et se rangent derrière lui. De toute manière, leur nouvel « ami » ne leur laisse pas le choix.

Le 8 février 1959, lendemain de la mise à mort de la démocratie parlementaire à Cuba, il peut commencer à agir au grand jour. Il fait savoir au président Urrutia qu'il est prêt à prendre dans les prochains jours le poste de Premier ministre jusque-là occupé par Miró Cardona. Ce dernier, qui a découvert la duplicité du héros de la révolution, démissionne, écœuré par les pratiques de Castro, et dénonce, sans obtenir le moindre écho, le « gouvernement parallèle » qui dirige le pays. Le 13 février, Fidel prend les rênes du gouvernement tout en maintenant en activité son « cabinet noir », vrai centre du pouvoir. Au fil des jours, la plupart des ministres commencent à comprendre qu'ils ne sont que des marionnettes et que les décisions se prennent ailleurs. Ils s'en émeuvent auprès de Fidel. Menaçant, celui-ci leur conseille de ne pas broncher : le peuple en liesse pourrait bien les considérer comme des traîtres.

C'est ce qu'il suggère aussi au président de la République, Manuel Urrutia, qui lui présente sa démission. Le magistrat n'entend plus cautionner ce gouvernement fantoche. Sur un ton méprisant, comme s'il s'adressait à un vulgaire laquais, Castro passe au stade de l'intimidation : « Pas question, rétorque le *Líder Máximo*. Vous restez. Si vous partez, vous serez un conspirateur et n'irez pas loin… » L'avertissement est clair. Le président Urrutia, effrayé, comprend que sa vie est en danger. Il découvre la face cachée de Castro, le « gangster » qui règle les conflits en braquant un revolver sur la tempe de son interlocuteur. Le pauvre magistrat venu de Santiago, parachuté dans ce mauvais film, cède et reste à son poste. Devenu l'otage du chef de la révolution, il n'est plus, dans son palais, qu'un pantin entre les mains de son Premier ministre, le jouet d'une farce tragique alors qu'au-dehors la fête bat son plein. Mais, terrorisé par son implacable geôlier, il doit donner le change, tricher à son tour, faire bonne figure, participer aux cérémonies, sourire, lever les bras devant des foules en liesse. Pour s'échapper, il devra attendre des circonstances plus favorables. Car, pour l'heure, Castro est intouchable. Porté par une formidable vague populaire, irrationnelle et quasi mystique, il est le maître absolu d'un pays en transe. Comme d'autres avant lui, Manuel Urrutia vient de pénétrer dans le « cercle de la peur ». À la fin de février, au cours d'une rencontre protocolaire avec Huber Matos, le président de la République lui glisse en tremblant : « Je suis un prisonnier, Huber, un prisonnier, vous comprenez ? J'ai peur… J'ai si peur… »

CHAPITRE 24

Marita et l'Ogre

Elle s'appelle Marita et vient de l'autre côté des mers. Elle rêve de course autour du monde, de navigation sans attaches. Fille d'un officier de la marine allemande, Marita Lorenz est sous le charme de cette ville blanche, écrasée de soleil. Le 27 février 1959, elle entre dans le port de La Havane à bord du paquebot *Berlin*, commandé par son père. Dans les salons du bateau de croisière, les touristes s'inquiètent quelque peu de la situation dans l'île. Ces *barbudos* ne sont-ils pas dangereux ? Pourra-t-on débarquer et faire quelques photos ? Vue de l'autre côté de l'Atlantique, la révolution sous les Tropiques a toujours quelque chose d'épicé. Marita est tout excitée à l'idée de découvrir ce pays en ébullition. Elle ne sait pas qu'elle va plonger dans l'une des plus extravagantes affaires d'espionnage du XXe siècle. Penchée au bastingage, elle s'attarde à contempler cette cité quelque peu irréelle. Elle observe les façades coloniales le long du Malecón, le boulevard du bord de mer. Sur la gauche, elle aperçoit le Castillo del Morro, la forteresse espagnole qui surplombe le port comme une sentinelle silencieuse. Marita n'a jamais mis les pieds à Cuba. Elle ne sait pas grand-chose de l'« épopée » castriste. Brune, intrépide, tout juste sortie de l'adolescence, elle a la fraîcheur des jeunes femmes un peu rebelles. Elle a 19 ans, un sourire dévastateur, et ressemble furieusement à Jackie Kennedy.

Soudain, venue de la berge, une vedette apparaît avec, à son bord, une bande de soldats hirsutes et bruyants. Parmi eux, mâchouillant un cigare, hilare comme un gamin, Fidel Castro lui-même. Il demande la permission de monter à bord du *Berlin* pour une visite de courtoisie. En ce début d'après-midi, le commandant Lorenz fait la sieste. Intriguée par cet étrange équipage, Marita reçoit elle-même les visiteurs.

Avant de laisser Castro et ses hommes atteindre la passerelle, elle leur ordonne fermement de déposer les armes. Amusé, Fidel sourit et obéit sur-le-champ. La *chica* a du caractère… C'est la première fois de sa vie qu'une femme lui parle sur ce ton. Est-ce le style germanique ? Il est intrigué par cette jeune fille qui joue les petits chefs, et ne la lâche plus des yeux. À son tour, Marita s'étonne de l'attitude nonchalante de ce chef d'État en goguette : le leader de la révolution semble ne plus vouloir quitter ce bateau. Il plaisante avec les passagers, plastronne, pose ses bottes sur une table du bar des première classe à l'instar d'un cosaque. Il traîne à bord comme s'il n'avait rien d'autre à faire, jusqu'au soir, et ne manque pas une occasion de lancer des œillades frémissantes à la belle Allemande. Il finit par accepter l'invitation à dîner de son père. Quelques heures plus tard, au cours du repas, leurs mains se joignent sous la table. Marita est tombée follement amoureuse du *Comandante* âgé de 32 ans, à l'allure christique, au regard doux et protecteur. De son côté, Fidel a succombé lui aussi au charme de Marita.

Quelques jours plus tard, après lui avoir envoyé un avion spécial pour la ramener des États-Unis, il l'installe carrément au vingt-troisième étage de l'hôtel Hilton. Sans la moindre prudence, il en fait sa maîtresse officielle. Marita, *la Alemanita* (la « petite Allemande »), vit un rêve. Fidel l'adore. Pour elle, il délaisse même l'actrice américaine Ava Gardner, jalouse comme une tigresse. La comédienne « dévoreuse d'hommes » fait trop d'esclandres dans les halls d'hôtel et les palais officiels. Elle boit trop, parle trop. Le service de renseignement cubain, le « G2 », dirigé par Ramiro Valdés, a conseillé au *Comandante* de prendre ses distances avec la brune volcanique venue d'Hollywood. Il lui suggère de ne pas prolonger non plus cette relation avec une « Allemande dont on ne sait rien ». Mais Fidel, incapable de dormir seul, décide de garder Marita auprès de lui.

Ses relations avec Celia Sánchez ont pris un tour de plus en plus platonique. Sous la houlette de Jesús Yañez Pelletier, l'homme qui lui a sauvé la vie à la prison de Boniato, les gardes du corps du *Líder Máximo* s'amusent de le voir sacrifier à la « corvée d'amour » qu'il doit effectuer, une fois par mois, avec Mademoiselle Celia. Depuis le début de la révolution, Fidel, le reste du temps, batifole et profite de son statut de star. Il a un faible pour les *mulatas*, les femmes métisses. Dans leurs bras, il tente d'oublier le « non » de Naty Revuelta à qui il a encore proposé le mariage. Un chef d'État se doit en effet d'être marié, mais Naty, une nouvelle fois, n'a pas osé quitter son mari, le docteur Fernández Ferrer. Elle reçoit Fidel Castro chez elle de temps à autre, ou lui rend parfois visite dans la suite 2046 du Habana Libre. Au fond de lui, il en veut terriblement à Naty de l'avoir éconduit, mais son orgueil lui interdit d'en paraître affecté. N'a-t-il pas, comme il l'a écrit à sa sœur Lidia, un « cœur d'acier » ?

En ce début de mars 1959, la jeune et fraîche Marita occupe d'ailleurs tout son esprit. Il la tient littéralement cloîtrée à l'hôtel. Marita, elle, découvre les curieuses occupations de son bien-aimé : dans sa chambre, Fidel joue aux soldats de plomb et possède des chars miniatures qu'il dispose ou fait évoluer sur la moquette avec une minutie d'horloger. Le soir, en rentrant du « travail », il joue les Clausewitz de salon. La guerre de positions dans les canyons de l'Oriente lui manque. La jeune fille découvre aussi ses sautes d'humeur, ses coups de colère, ses effondrements. À plusieurs reprises, en pleine nuit, elle le surprend prostré, les yeux hagards. Cet homme, pense-t-elle, est la proie d'un volcan intérieur. Il fait des cauchemars épouvantables, se réveille en sursaut, en nage, hurle « Où suis je ? », puis se blottit dans les bras de sa belle qui le dorlote comme un bébé. À chacune de ces sarabandes nocturnes, Marita est bouleversée par l'inexplicable désespoir de cet homme si puissant. Après avoir fait l'amour, elle le berce tendrement. Marita prétend que Fidel a manqué d'affection quand il était enfant, qu'il a une peur maladive d'être abandonné. Elle ne sait que peu de chose de sa véritable histoire, mais elle a intuitivement tout compris. Avec elle le « gangster de Biran » semble aller mieux.

Enfermée dans sa chambre, Marita joue en quelque sorte un rôle de geisha. Elle ne sort guère, sinon accompagnée, et ignore ce que fait son « fiancé » à l'extérieur. Il lui confie seulement qu'il est suroccupé. Elle ne sait pas qu'il a en fait une autre « fiancée », sa secrétaire très particulière, Lidia Ferreido, installée à quelques mètres d'elle…

Dans la nuit du 3 mars, elle se ronge d'inquiétude, car Fidel n'est pas rentré à l'hôtel. Son amant a passé une partie de la nuit, de 2 h 45 jusqu'à 5 h 30 du matin, avec son « agent de liaison », Fabio Grobart, dans les bureaux de… Guevara, à la forteresse de La Cabaña. En compagnie du « Che », l'envoyé de l'ex-Komintern en Amérique et Fidel mettent au point le « calendrier de la révolution ». L'Argentin n'ignore rien des liens qui unissent Castro à Fabio Grobart. S'il est entré aussi vite dans le cercle étroit du *Comandante*, ce n'est pas par le simple hasard d'une rencontre au Mexique, mais par leur commune appartenance au réseau de l'homme de l'Est. Au-delà de leurs liens personnels bien réels, la complicité des deux hommes au cours de toutes ces années trouve là une explication solide.

Une chose est en effet avérée : Ernesto Guevara a été « accroché » par le réseau dès 1954, au moment du coup d'État fomenté au Guatemala par la CIA contre le président Arbenz. Pour lutter par les armes contre le putsch, le jeune Guevara s'est alors enrôlé dans une milice des Jeunesses communistes, la brigade Augusto César Sandino, dirigée par un Nicaraguayen, Rodolfo Romero. Il s'est lié d'amitié à l'époque avec le secrétaire général des JC guatémaltèques, Edelberto Torres, et a rêvé de prendre le maquis. Il a été obligé de se réfugier à l'ambassade d'Argentine, pour échapper à une rafle, en compagnie de nombreux communistes, dont Carlos Manuel Pellecer, dirigeant du PSP cubain. Par la suite, lors de son séjour au Mexique, lui aussi a fréquenté le correspondant du KGB à Mexico, Nikolaï Leonov. Au cours de ces « contacts », le Che a découvert que les positions officielles du Kremlin et l'activité du KGB étaient deux choses bien distinctes. Publiquement, Nikita Khrouchtchev avait beau soutenir la thèse du statu quo entre les deux superpuissances et défendre à grands cris la « coexistence pacifique », en sous-main, le KGB activait ses réseaux chargés d'affaiblir les États-Unis d'Amérique dans leur zone d'influence. Tel était le rôle du réseau « Caraïbes » en Amérique latine, plus particulièrement à Cuba.

Dans sa chambre d'hôtel, telle Pénélope, Marita Lorenz attend des nuits entières le retour de Fidel Castro. Elle ignore qu'au fil des mois son *novio* a transformé le pays en un gigantesque tribunal populaire. Cuba a été livrée à une justice expéditive, aveugle, sans autre code que le bon vouloir du *Comandante*. Les tribunaux improvisés sont composés de membres du M26 ou d'opportunistes obéissants. Le 12 janvier, à Santiago, Raúl Castro a fait abattre à la mitrailleuse lourde, sans le moindre procès, 71 soldats et policiers qu'il a fait enterrer sur-le-champ. À La Havane, en quelques jours, plus de 3 000 personnes ont été arrêtées ; un quart d'entre elles, soit plus de 700, ont été fusillées sans la moindre preuve de culpabilité. Un peu partout en province, la loi « révolutionnaire » est impitoyablement appliquée. Fidel, comme il l'a toujours fait, use de la peur comme méthode de gouvernement. Sa référence est la Terreur pendant la Révolution française. Environ un millier de Cubains sont ainsi « éliminés » sur la seule « conviction morale » des vainqueurs, pour reprendre la formule de Castro. On a trop vite oublié la phrase prophétique du journaliste Miguel Hernández Bauza, qui avait écrit en décembre 1955 dans le magazine *Bohemia* : « Demain, tout ce qui ne sera pas partisan de Fidel sera exécuté pour immoralité. »

Rappelons qu'au nom de la morale Castro a comptabilisé le nombre de morts de la guerre civile et brandi le chiffre de 20 000 victimes ; le vrai bilan est en fait de 1 800 morts sur une période de huit ans, dont ceux des affrontements civils et de la guérilla dans la sierra Maestra, soldats batistiens inclus. Comme toujours, Fidel triche avec les statistiques. Il manipule aussi l'Histoire : il compare les morts de la guerre civile cubaine à ceux de la barbarie nazie, et annonce la tenue prochaine d'un procès de… Nuremberg à La Havane ! Pis, le 22 janvier, il passe à l'acte.

Dans l'enceinte du stade de la capitale, devant dix-huit mille spectateurs conditionnés, hystériques, assoiffés de sang, il monte un épouvantable procès télévisé, digne des jeux du cirque. La vedette, le major Jesús Sosa Blanco, est condamnée à mort sans que l'accusation apporte la moindre preuve irréfutable de sa culpabilité. Mais qu'importe ! L'essentiel est ailleurs, dans la haine suscitée et entretenue par les troupes du M26 et par son journal, *Revolución*, qui multiplie les demandes de condamnations à mort.

Fidel est le grand ordonnateur de ce simulacre de justice. Dans la fièvre du triomphe, il se laisse aller à ses pulsions de vengeance. Mais, devant les réactions horrifiées de la presse internationale, il fait vite marche arrière. Désormais, les procès auront lieu sans caméras, hors la présence des journalistes, dans les enceintes militaires, aux camps de Columbia et de La Cabaña, sous la surveillance du « Che » et de Camilo Cienfuegos. Prudent, Fidel instaure ainsi une terreur plus discrète, mais toujours aussi implacable. Il est le Torquemada de la conscience cubaine, l'homme qui va sauver l'âme de ses concitoyens par la « purification », autrement dit par le peloton d'exécution, *el paredón*.

Pour cela, il lui faut en permanence contrôler « ses » juges. Ainsi, à la fin de février 1959, il s'insurge en apprenant qu'un tribunal révolutionnaire vient d'acquitter, faute de preuves, des aviateurs accusés d'être les auteurs du bombardement de la ville de Santa Clara. Castro avait imposé qu'on les juge pour « génocide ». Or le tribunal de Santiago, contrôlé par des rebelles modérés du M26, a estimé que les 43 militaires ne pouvaient tomber sous ce chef d'inculpation. Au mépris de toutes les règles du droit, Fidel intervient directement dans la procédure, qualifie l'acquittement de « grave erreur », impose un nouveau procès et nomme comme nouveau procureur le ministre de la Défense en personne, un proche de son frère Raúl, Martínez Sánchez : « Ces hommes, souffle-t-il aux juges, ont la même mentalité que ceux qui lancèrent la bombe atomique sur Hiroshima. »

Nuremberg, Hiroshima... Le *Líder Máximo* révèle là encore sa verve outrancière, son penchant pour l'enflure. L'absence de preuves pour condamner les militaires ? Il la balaie d'un revers de main : « Les tribunaux n'ont pas besoin d'autre preuve que les villes et les populations dévastées, ainsi que les douzaines de cadavres de femmes et d'enfants mis en pièces par la mitraille et les bombes de ces aviateurs », lance-t-il, vengeur. La lecture du dossier ne laisse apparaître nulle part que des femmes et des enfants aient été victimes des bombardements en question, mais l'ancien avocat, *el Doctor* Castro, s'en moque. Il lui faut des condamnations. En mars, dix-neuf pilotes sont condamnés à trente ans de prison, dix autres à vingt ans, et les artilleurs et mécaniciens à des peines comprises entre deux et six ans de réclusion.

En quelques semaines, Castro a imposé « son » droit, le même que celui qu'il exerçait sur ses propres troupes, au Mexique ou dans la sierra Maestra ; sauf que c'est à présent un droit de vie et de mort sur tous les Cubains. L'autocrate, agent du réseau « Caraïbes », peut passer à la phase 2 de son plan. Il peut accélérer la mise en place de la réforme agraire engagée dans la sierra Maestra, cette mesure si attendue qui va faire basculer définitivement Cuba vers le communisme.

Auparavant, il monte néanmoins une subtile opération de diversion : pendant que le « cabinet noir » de

Cojimar peaufine le texte de la réforme, il part pour un long périple de trois semaines aux États-Unis et en Amérique du Sud. Avant son départ, il prend soin de prendre quelques mesures « populaires ». Il baisse le montant des loyers de 30 à 50 %, de même que les tarifs du téléphone et de l'électricité. Il supprime les plages privées, accélère la confiscation des biens de tous ceux qui ont soutenu le régime de Batista. Mais, selon ce critère, qui est coupable ? Les chefs d'état-major de l'armée de Batista ? Les simples soldats ? Les fonctionnaires subalternes ? Les commerçants qui n'ont pas suivi à la lettre les consignes du M26 ? Les industriels qui ont refusé de payer l'impôt révolutionnaire ? Les électeurs qui ont voté pour Batista en 1956, ou le million et demi de ceux qui ont voté pour son homme de paille, Rivero Agüero, en novembre 1958 ? Fidel Castro ne précise pas. C'est lui et lui seul qui édictera la règle retenue en fonction de ses intérêts politiques du moment. Il pourra ainsi lancer brutalement une opération « confiscation de maisons » si les événements l'exigent. De ce fait tous les Cubains se retrouvent dans un état d'insécurité latente : du jour au lendemain, ils peuvent se retrouver à la rue ou perdre leur emploi si le *Líder Máximo* en a décidé ainsi. Le « cercle de la peur » s'est considérablement élargi.

Quand il part chez le « Grand Frère du Nord », le 15 avril 1959, Fidel Castro exulte. Il débarque à Washington avec deux heures de retard, comme à son habitude, car il adore faire attendre ses interlocuteurs. Il est accompagné par Fidelito et joue devant la presse les bons pères de famille. C'est Luis Conte Agüero, la star des médias cubains, qu'il présente comme son meilleur ami, qui l'accompagne et lui sert de conseiller en communication. Ironie du sort, Luis Conte Agüero est le demi-frère de Rivero Agüero, l'ancien dauphin de

Batista !... Au programme des deux hommes : rassurer l'opinion américaine. Fidel doit donner de lui une image lisse et sympathique. Au cours d'un entretien télévisé digne d'une pièce de Feydeau, il joue donc les Américains moyens. Installé dans un décor très *middle-class*, il répond timidement aux questions de son intervieweur, demande à son fils en pyjama de s'exprimer en anglais devant la caméra. Castro semble n'avoir jamais vécu ailleurs qu'aux États-Unis. Le Robin des bois de la sierra, le guérillero fanatique et illuminé, ne serait que ce petit-bourgeois en pantoufles qui va aller coucher son chérubin dans quelques minutes, une fois les caméras parties ? À deux ou trois reprises, on discerne dans les yeux malicieux du *bicho* une irrépressible envie d'éclater de rire. Le numéro est grotesque, presque indécent. Pourtant, le subterfuge marche à merveille. Les *gringos* le prennent pour un des leurs. Fidel réussit à séduire l'opinion américaine. « Il était prêt à mâcher du chewing-gum pour faire plus yankee », confie Luis Conte Agüero.

Dans la capitale américaine, il apparaît aux côtés de plusieurs de ses ministres, dont Rufo López Fresquet, en charge des finances. Mais il ne vient pas aux États-Unis parler affaires et leur ordonne de ne quémander aucune aide économique. Pas question de mendier ! Il n'est là que pour séduire l'opinion publique. Le propagandiste qu'il est n'a pas résisté à l'invitation de la presse américaine, en l'occurrence l'Association des éditeurs de journaux. C'est par ce biais qu'il espère toucher l'Amérique profonde et circonvenir l'hostilité de la Maison-Blanche. Au cours de son séjour, il multiplie les déclarations amicales, répète qu'il n'est pas communiste. En uniforme vert olive, il joue les révolutionnaires tranquilles. À la télévision, il prend des allures d'enfant de chœur et s'exprime dans un anglais hésitant, timide.

Un homme ne croit pas une seconde à son numéro d'artiste : Richard Nixon. Le vice-président le reçoit pendant deux heures et demie dans son bureau du Capitole, le dimanche après-midi 19 avril. Fidel n'a rien demandé, rien sollicité. Comportement peu usuel : il n'avait même pas prévenu le département d'État de sa visite « privée ». Eisenhower, ulcéré par ce toupet, avait envisagé de ne pas lui accorder de visa. Finalement, quand l'entourage de Castro a fait discrètement savoir que le leader cubain serait ravi de s'entretenir avec Ike, ce dernier a pris prétexte d'une partie de golf pour ne pas le recevoir. Richard Nixon, lui, n'a pas de ces états d'âme. Il entend se faire une idée de l'individu qui se cache derrière le masque du gentil libérateur. Dans un premier temps, il découvre un baratineur pathologique, autiste, incapable d'écouter l'autre. Au cours de leur entretien, le vice-président américain observe son hôte discourir sans fin, et ne l'interrompt pratiquement jamais. Aux côtés du Premier ministre cubain, Jesús Yañez Pelletier comprend que son patron déraille. Il soliloque et Nixon laisse s'embourber cet illuminé. Pelletier est effondré : comment arrêter cette logorrhée ? À l'issue de la rencontre, le vice-président les raccompagne, glacial, et leur serre à peine la main. Il a acquis la conviction que son visiteur est un dangereux mégalomane et un manipulateur et que, sous son règne, Cuba sera bientôt livrée aux communistes.

Mais il est bien le seul à tenir ce langage. Dans l'entourage d'Eisenhower, on continue à ne pas savoir sur quel pied danser avec cet avocat aux multiples visages. N'a-t-il pas répété à la presse américaine, durant toute une semaine et sur tous les tons, qu'il est un défenseur acharné de la liberté de la presse, « ennemie de toutes les dictatures » ? N'a-t-il pas clairement déclaré à Central Park, à New York, devant près de vingt mille spectateurs enthousiastes, qu'il était partisan d'une démocratie humaniste ? « Notre révolution s'inspire du principe démocratique, elle est une démocratie humaniste [...]. Humanisme équivaut à ce que l'on entend par démocratie ; non pas une démocratie abstraite, mais une démocratie concrète, c'est-à-dire le libre exercice des droits de l'homme et en même temps la satisfaction des besoins de l'homme [...]. Démocrates, nous proclamons le droit de l'homme au travail, le droit au pain. [...] Ni pain sans liberté, ni liberté sans pain ! Ni dictature de quelques groupes, ni dictature de castes, ni oligarchie ! Liberté avec pain, sans terreur. Voilà l'humanisme ! » Médusés, les Américains ne saisissent pas d'emblée la portée du ténébreux discours de Fidel Castro. À y regarder de plus près, il est pourtant inspiré d'un bout à l'autre du traditionnel bréviaire marxiste. Le slogan « Ni pain sans liberté, ni liberté sans pain ! » va d'ailleurs faire le tour du monde, brandi par toute une génération d'intellectuels de gauche et d'extrême gauche.

Quelques jours plus tard, sans provoquer le moindre remous dans la presse, Castro annonce placidement, au cours d'un entretien télévisé, *Meet the press*, que le peuple cubain n'est pas mûr pour qu'on envisage d'organiser des élections avant quatre ans. Cette information capitale passe inaperçue dans le flot de discours, d'interviews exclusives, de causeries improvisées et d'envolées verbales du *Líder Máximo*. Le prince de la rhétorique noie les Américains sous les mots. À la barre des médias, *El Doctor* ne porte plus sa robe d'avocat, mais plaide à n'en plus finir. Il défend sa révolution jusque « dans les entrailles du monstre ». Il parle, parle,

parle jusqu'au bout de la nuit. Inébranlable, il poursuit son activité de brouilleur de pistes.

Pendant ses rares moments de liberté, il part en promenade sans gardes du corps, comme par défi. Il a discrètement fait venir Marita Lorenz dans une suite de l'hôtel Statler, en face de Pennsylvania Station. Mais il est souvent absent, dévoré par son agenda. Marita découvre que son amant, pourtant plutôt attiré par les femmes à peau mate, aime à être entouré de blondes journalistes américaines. « S'il cherche à les séduire, témoigne Jesús Yañez Pelletier, c'est pour être sûr d'avoir des articles favorables. » Afin de rassurer la jeune Allemande de plus en plus jalouse, Fidel lui fait visiter les monuments dédiés à Jefferson et à Lincoln. Un soir, de retour à l'hôtel, il semble soudain en transe. Il lui glisse : « Je suis comme Jésus : je porte la barbe, j'ai la même allure que lui et j'ai 33 ans, comme lui ! » L'espace de quelques secondes, la jeune femme prend peur. « J'acquiesçai mais, au fond de moi-même, se souvient-elle, je me disais qu'il était devenu vraiment fou. » Elle s'interroge alors sur sa curieuse aventure : ne devrait-elle pas rester aux États-Unis avant d'être rongée par la jalousie, face aux absences réitérées de son amant cavaleur ? Mais elle croit dur comme fer à la promesse qu'il lui a faite. Un soir de grande exaltation, Fidel l'a en effet demandée en mariage et lui a promis qu'elle deviendrait la « reine de Cuba ». « Tu vois, Alemanita, lui a-t-il lâché, Cuba est à moi. Ici, tout est à moi. Si tu m'épouses, ce sera aussi à toi… » Puis, le lendemain, il s'est de nouveau éclipsé et n'a plus jamais parlé mariage.

Pourquoi Fidel Castro a-t-il entraîné sa jeune maîtresse à Washington ? Cet homme si méfiant et si précautionneux a très vite su que Marita n'était pas une simple jeune fille de passage. Germanique par son père,

Heinrich Lorenz, elle est surtout américaine par sa mère, Alice June Lofland. Or, cette dernière, ex-danseuse à Broadway, a travaillé pour le FBI et émarge encore, à l'époque, à la CIA ! Les services de Ramiro Valdés ont rédigé un rapport sur le cas Marita et l'ont communiqué au *Comandante*. Sa réaction ? Il n'a rien dit à sa maîtresse, mais a poursuivi comme si de rien n'était sa relation avec elle. Est-ce une Mata Hari spécialisée dans les confidences sur l'oreiller ? Fidel ne semble pas s'en préoccuper. Il décide de jouer au chat et à la souris avec l'Alemanita. Rompu à toutes les manipulations, l'agent du réseau « Caraïbes » s'amuse. Il entraîne Marita dans son labyrinthe de leurres et de dissimulations. Si c'est une espionne, elle n'aura que peu d'informations à lui soutirer. Si elle est innocente, elle sera récupérée tôt ou tard par les services secrets américains pour la seule raison qu'elle aura été sa maîtresse. Dans l'un et l'autre cas, *El Doctor*, en continuant de la garder auprès de lui, joue certes avec le feu, mais il aime ces situations. Castro est passé maître dans les parties de billard à douze bandes ! Est-ce pour jouer avec les nerfs d'Allen Dulles, patron de la CIA, persuadé que l'information lui parviendra, qu'il glisse à Marita Lorenz, un soir, au lit, qu'il est un grand admirateur de Hitler à qui il reproche seulement d'avoir voulu exterminer les Juifs ? Est-ce par calcul qu'il lui confie, droit dans les yeux, qu'il est un anticommuniste viscéral ? « Le communisme, lui lance-t-il, c'est le diable ! Tu entends, Marita : le diable ! »

Quelque temps plus tard, cent vingt hommes de la division de désinformation et d'agitation du KGB, dirigés par le colonel Oulianov, débarquent à La Havane dans le plus grand secret. Raúl Castro et Ramiro Valdés les installent dans le quartier de Siboney, dans des villas en bord de mer abandonnées par de riches propriétaires partis à l'étranger. Ces agents soviétiques, tous d'origine hispanique, parlant couramment le castillan, sont des fils de militants communistes espagnols réfugiés à Moscou après la victoire de Franco. Ils ont pour mission de préparer la guerre contre... la presse libre cubaine. Stupéfiant : alors que Fidel défend sur le sol américain la liberté de la presse, il prépare sa mise à mort chez lui, à Cuba. Pour imposer le socialisme, il lui faut museler l'information et préparer sa « nationalisation ». Dans le même temps, il envoie 400 militants communistes à Moscou pour y suivre une formation accélérée en matière de contre-espionnage, en sorte qu'ils soient intégrés au plus vite au sein du G2 (les services secrets). Pour tout ce qui touche au renseignement à Cuba, les trois hommes-clés sont Raúl Castro, Ramiro Valdés et Osvaldo Sánchez. Ce sont les maîtres d'œuvre de la politique « au double visage » de Castro.

Combien de temps pourra-t-il jouer sur tous les tableaux, poursuivre sa « conspiration des pastèques » sans être démasqué, ainsi qu'il le fait depuis plusieurs mois ? Le 27 avril 1959, partant pour l'Amérique du Sud après une halte au Canada, à Montréal, Castro se demande s'il pourra respecter son calendrier politique. Il est inquiet. À l'escale de Houston, sur la route de Buenos Aires, il a un entretien houleux avec son frère Raúl, venu d'urgence le rejoindre depuis Cuba. Fidel est furieux, car deux instructeurs cubains chargés de former des rebelles au Panamá ont été arrêtés par la police de ce pays. Quelques jours plus tôt, un des dirigeants de l'opposition panaméenne en exil à La Havane avait annoncé le débarquement imminent de groupes armés dans l'isthme. Une révélation malvenue pour Castro. Officiellement, il ne faut surtout pas donner l'impression que Cuba s'engage dans les luttes de guérilla en Amérique latine. Le moment est on ne peut plus mal choisi. Officiellement, le *Líder Máximo* joue les hommes d'État responsables, se pliant aux règles de l'Organisation des États américains à laquelle appartiennent les États-Unis. Quelques jours plus tôt, pour montrer sa « bonne volonté », il a même fait arrêter une centaine de guérilleros nicaraguayens, panaméens et haïtiens, en stage de formation dans un camp près de Pinar del Río. Avant de partir en voyage, il a demandé à Raúl de geler toutes les opérations d'aide aux guérillas latino-américaines – jusqu'à son retour. Après, on verra, avec Fabio Grobart, la tactique à adopter.

Ce malencontreux impromptu panaméen n'empêche pas le *Comandante* de faire une tournée triomphale au Brésil, en Uruguay et en Argentine. Le 2 mai, à Buenos Aires, à la réunion du Conseil économique des « 21 », organe de concertation économique entre les pays des deux Amériques, sanglé dans son treillis vert olive, il électrise l'assistance en réclamant aux États-Unis un prêt de 30 milliards de dollars, échelonné sur dix ans, pour l'ensemble de l'Amérique latine, soit presque le double du plan Marshall accordé à l'Europe après la Seconde Guerre mondiale ! Ce coup médiatique propulse Castro au rang de héros de tout le sous-continent.

De retour à Cuba le 7 mai, profitant de son aura internationale, il impose au pas de charge sa réforme agraire. Le 8, il invite le gouvernement à Cojimar et lui présente le texte de loi rédigé en secret par son « cabinet noir ». Les ministres sont placés devant le fait accompli. Le 17, il les convie à La Plata, en Oriente, siège de son ancien quartier général dans la sierra Maestra, et leur fait parapher le texte de la réforme. Il avait promis de faire une révolution paysanne ? Il tient parole. Désormais, la propriété individuelle ne peut dépasser 400 hectares, à l'exception des champs de canne, des superficies réservées à l'élevage et des rizières. En apparence, la nouvelle loi semble redistribuer les terres et favoriser les petits paysans. Dans les faits, c'est une mesure de collectivisation déguisée, car elle annonce la création d'un Institut national de réforme agraire (INRA), organisme tout-puissant présidé par Fidel Castro en personne et dont la principale tâche est de favoriser l'émergence de coopératives agricoles et de zones de développement agraire. Quel statut auront ces entités ? Elles dépendront exclusivement de l'INRA, c'est-à-dire du *Líder Máximo*. À qui appartiendront les surfaces agricoles ? À l'État. Dans le long texte de loi, pas un seul mot sur la propriété privée. Fidel vient de faire main basse sur le pays. À qui appartiendront en effet les coopératives agricoles ? Aux paysans ? À des associations ? À des syndicats ? Le texte ne précise pas ce détail ; il stipule seulement que l'INRA gérera et financera le tout. Fidel Castro vient sans le dire d'imposer les fermes d'État aux paysans cubains à l'individualisme légendaire.

Dans cette partie de poker menteur, convaincu qu'il va désormais être obligé de dévoiler son jeu, il abat une dernière carte, car les oppositions vont forcément se manifester. L'article de deux lignes en fin de document – le quatrième alinéa du paragraphe intitulé « Dispositions finales » – aurait dû retentir comme un coup de tonnerre aux oreilles de tous les démocrates. Que dit ce si discret alinéa ? « L'Institut national de réforme agraire exercera ses fonctions en coordination avec l'armée rebelle. » En d'autres termes, il annonce la militarisation de l'agriculture cubaine. Dans les réunions secrètes de Cojimar, Fidel se montre beaucoup plus explicite : « L'INRA sera ce gigantesque appareil, il aura un pouvoir de mobilisation du peuple extraordinaire, surtout si nous organisons les paysans en groupes sociaux et militaires, promet-il. Un peuple en armes sera la garantie suprême de la révolution, précisément parce qu'il sera armé ! » Le « cabinet noir » vise à constituer une milice de l'INRA de cent mille hommes – soit le double des effectifs sous les drapeaux du temps de Batista – afin de quadriller le pays et d'exercer un contrôle social sans faille. Officiellement, cette « armée rurale » sera chargée de défendre le territoire contre toute tentative d'invasion nord-américaine. Mais que devient alors l'armée rebelle dans ce vaste programme ?

Depuis sa prise de pouvoir, Fidel a une obsession : se débarrasser du Mouvement du 26 juillet et surtout de son aile anticommuniste, de plus en plus récalcitrante à ses méthodes. Le fameux « parti jumeau » non communiste, créé pour accéder au pouvoir, n'a plus sa raison d'être. Les héros de la révolution ont déjà le sentiment d'avoir été bernés. De nombreux commandants de l'armée rebelle réclament des explications à Castro. Huber Matos, dans sa province de Camagüey, fait tout pour empêcher l'application de la réforme agraire. Le 12 juin, cinq ministres opposés à cette réforme quittent le gouvernement. Parmi eux, le ministre de l'Agriculture, Humberto Sori Marin, remplacé aussitôt par le dévoué et implacable lieutenant de Fidel, Pedro Miret, incompétent en ce domaine, mais politiquement « sain ». Les autres ministères « purifiés » sont les Affaires étrangères, l'Intérieur, les Affaires sociales, la Justice. Les nouveaux ministres, tous « sains », sont indéfectiblement liés à Fidel Castro. Le *Comandante* peut dès lors lever le masque. La fable du gouvernement démocratique est terminée. Le pouvoir est désormais entre les mains de l'INRA et de l'armée contrôlée par Raúl Castro.

Le chef de la révolution est euphorique. Il a réussi un incroyable tour de passe-passe. En six mois, il a transformé l'île satellite des USA en kolkhoze. Il passe alors son temps à la sillonner de part en part. Quelquefois, il emmène Marita avec lui. Ils font du cheval, pique-niquent sur des plages désertes sous le regard inquiet des hommes de la sécurité personnelle du *Líder Máximo*.

Au cours de cette période, Fidel est pris d'une nouvelle toquade : il se passionne pour une région qu'il vient de découvrir, la baie des Cochons, connue aussi sous le nom de la « Ciénaga de Zapata ». Dans la partie méridionale des provinces de La Havane et de Matanzas, ce gigantesque marais infesté de moustiques et d'alligators est pratiquement inhabité. Zone de sables mouvants de quelque 200 000 hectares, elle est encore plus pauvre et inaccessible que la sierra Maestra. Fidel est fasciné par l'endroit. Cette terre est à conquérir. Il rêve d'en faire le grenier à riz de Cuba, mais aussi un grand centre touristique.

Au cœur des marais, filant sur une pinasse, Marita est fascinée par l'enthousiasme débordant de son amant. Elle porte l'uniforme vert olive du M26. Elle est devenue une combattante de la révolution. Lui paraît enfin heureux, délesté de ses crises d'angoisse. Cette nuit-là, ils font l'amour dans l'eau, à Playa Girón. La jeune fille choisit ce moment pour lui annoncer la bonne nouvelle : elle est enceinte. Contrairement à ce qu'elle redoutait, Fidel saute de joie. L'espace de quelques secondes, le macho cubain, fier de sa nouvelle paternité, jubile. Après Fidelito et Alina, ce sera son troisième enfant. Il en oublierait presque qu'il est le chef de la révolution cubaine, un agent du réseau « Caraïbes », et que la femme qui porte un enfant de lui est peut-être une espionne de la CIA…

CHAPITRE 25

Octobre rouge

Il le hait de toutes ses forces. Il ne supporte pas sa désinvolture, ses grands éclats de rire, son ridicule chapeau de Yankee, ce rayonnement tranquille qui émane de toute sa personne. Raúl Castro ne parvient pas à masquer les sentiments violents qui l'agitent dès que Camilo Cienfuegos apparaît. Lui, d'ordinaire si maître de lui, semble soudain nerveux, irascible. Cet homme le perturbe au plus haut point.

Camilo et son goût de la fiesta. Camilo, le héros du peuple cubain, beau comme un acteur de cinéma, joyeux, noceur, joueur de base-ball, fou de *meringue* et de *salsa, mujeriego* (homme à femmes), comme on dit sur l'île. Camilo et sa dégaine de *pistolero* bondissant, chaleureux, drôle, farceur, racontant des *chistes* à longueur de journée, jusque dans les réunions les plus sérieuses avec Fidel. Il fait même des tours de magie. Il est le plus cubain de tous. Avec lui la révolution est une récréation, un art de vivre. Ses hommes l'adorent. Il est leur fierté, l'icône de l'armée rebelle, le capitaine Fracasse de la sierra, celui qui ose les coups les plus insensés, les plus téméraires.

Effacé, étouffé par l'ombre géante de son frère, Raúl n'a jamais su se faire aimer de ses hommes. Il inspire davantage la peur que le respect ou l'admiration. Et puis

© Rue des Archives.

Fidel, Raúl et Ramón Castro au collège Dolorès, établissement mariste, à Santiago de Cuba, en 1942. Ils portent l'uniforme de leur école, essentiellement dirigée par des pères espagnols, disciples de Franco.

© AFP.

Celia Sánchez.

© Cosmos / Popperfoto.

8 janvier 1959 : l'entrée à La Havane avec Huber Matos (à droite) et Camilo Cienfuegos (à gauche).

Meeting du 8 février 1959 à La Havane. Ce plan large, rarement utilisé, montre, au côté de Castro, le colombophile qui manipule un appeau pour attirer les volatiles autour du chef de la Révolution.

Février 1959 : première rencontre de Fidel Castro avec Marita Lorenz, sur le paquebot *Berlin* dans le port de La Havane.

Fidel Castro avec son fils Fidelito, à l'hôtel Hilton (La Havane).

1959 : Fidel Castro avec sa mère Lina, qui s'oppose à la réforme agraire et à la collectivisation des terres.

© Photothèque Hachette / USIS.

20 septembre 1960 : rencontre chaleureuse de Nikita Khrouchtchev avec Fidel Castro, au siège des Nations Unies, à New York.

© Bettmann / Corbis

30 avril 1963 : Fidel Castro en compagnie de Leonid Brejnev et Nikita Khrouchtchev lors de son voyage à Moscou. Derrière le chef d'État cubain, l'agent du KGB Nikolaï Leonov, qu'il fréquente depuis 1956.

© Rue des Archives.

Lee Harvey Oswald, pris en photo par sa femme d'origine soviétique, quelques jours avant l'attentat de Dallas.

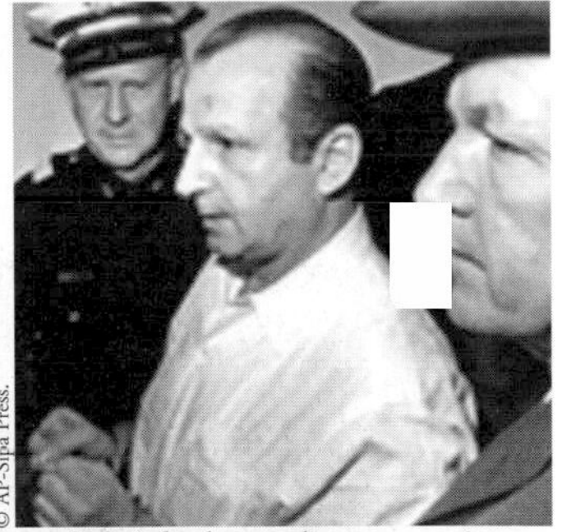
© AP-Sipa Press.

Jack Ruby, le complice et meurtrier d'Oswald, fut chargé par la Mafia, en 1959, de négocier le dossier des Casinos avec Fidel Castro.

Delia Soto del Valle, épouse secrète de Fidel Castro
pendant vingt ans, avec son fils Antonio,
le 15 juin 2002.

Juanita Castro, la sœur de Fidel, à New York,
au cours d'une manifestation anticastriste (1979).

Che Guevara, dans le « bourbier » bolivien, au printemps 1967.
À droite, l'écrivain français Régis Debray.

1er avril 1989 : Fidel Castro reçoit son « meilleur ennemi », Mikhaïl Gorbatchev à La Havane.

Jean-Paul II et Fidel Castro, en novembre 1996, lors d'une visite au Vatican.

En 1973, Fidel Castro reçoit les jumeaux La Guardia en héros lors de leur retour d'une mission au Chili où ils étaient chargés de protéger la vie de Salvador Allende.

Le général Arnaldo Ochoa lors de son procès, en juin 1989. Il fut fusillé le 13 juillet 1989.

Oswaldo Paya, dissident chrétien, Prix Sakharov, à son domicile, le 9 avril 2003.

Fidel Castro et son meilleur ami, l'écrivain colombien Gabriel García Márquez.

Elizardo Sánchez, professeur de philosophie, fondateur du Comité des droits de l'homme, en 1980. Il a passé plus de huit ans en prison depuis cette date.

13 mars 1995 : Fidel Castro est très chaleureusement reçu à l'Élysée par François Mitterrand et Danielle, son « amie ».

Jean-Paul Sartre et Simone de Beauvoir, lors de leur voyage à Cuba en 1961, sous le charme du *Líder Máximo*.

il y a cette réputation, fondée ou non, qui lui colle à la peau. D'aucuns le soupçonnent d'être homosexuel. Ils se moquent de sa manière de porter la queue-de-cheval. Dans son dos, ils le surnomment « la Chinoise Rouge » à cause de ses manières précieuses, de ses colères haut perchées, de son « hystérie », enfin de cette rumeur qui lui colle à la peau : il ne serait pas le fils de don Ángel, mais d'un certain Felipe Mirabal, militaire d'origine asiatique. Sa mère Lina aurait fauté avec ce galonné au charme dévastateur, dit-on, quand il était responsable de la garde rurale de la région de Biran. Felipe Mirabal aurait quitté la province d'Oriente pour échapper à la colère de don Ángel, le patriarche. L'histoire est digne d'un roman de Gabriel García Márquez : Felipe Mirabal serait en outre le parrain d'une fille illégitime de Fulgencio Batista, prénommée Elisa ! À Cuba, terre de sang-mêlé, beaucoup de relations familiales se retrouvent ainsi inextricablement enchevêtrées… Devenu par la suite un des dirigeants du SIM, le service de renseignement de l'armée de Batista, Mirabal est en prison au début de la révolution. Ceux qui l'ont côtoyé sont formels : Raúl Castro lui ressemble terriblement. Pour eux, il ne serait donc que le demi-frère de Fidel. Est-ce à cause de ce tabou familial que Castro joue auprès de son jeune cadet le rôle d'un second père ? Vrai ou faux, toujours est-il qu'il le protège contre vents et marées. Il le tance comme un gamin, même en public. Il pique de monumentales colères à son encontre, mais ne supporte pas un instant qu'on puisse le critiquer devant lui.

Le « chouchou » du grand frère a beaucoup changé : sous des allures joviales, presque patelines, il est devenu un homme impitoyable et retors. Raúl voit des complots partout. Suspicieux, toujours sur ses gardes, il est le gardien du clan Castro. Quand Camilo se moque affectueusement du *Líder Máximo*, il blêmit, serre les poings. Certains officiers de la sierra de Cristal insinuent qu'en fait Raúl soupirerait après Camilo, que son idylle avec Vilma Espin ne serait que de façade. La belle et solide Vilma a eu, dans la guérilla, une liaison connue avec le commandant Nicaragua, jeune officier rebelle originaire de l'Oriente, tout en jouant les fidèles assistantes de Raúl ; elle a une réputation de femme libre et moderne.

Exaspéré par ces rumeurs qui courent sur son jeune frère et qui sapent sa propre autorité dans l'armée rebelle, Fidel décide d'y mettre un terme. Il donne l'ordre à Raúl et Vilma de convoler en justes noces. Au début de janvier 1959, un mariage très « politique », en petit comité, est donc organisé dans une salle de réception de l'hôtel Hilton (le futur « Habana Libre »). Fidel n'y assiste même pas. Il ne s'agit pour lui que d'une formalité.

Au pays des machos, Raúl peut désormais devenir chef suprême des armées. Mais il a un rival : le flamboyant Camilo Cienfuegos, l'homme qui, parti à vingt ans faire fortune aux États-Unis, sillonnant ce pays de New York à San Francisco en passant par Chicago, a fait tous les métiers : tailleur, marchand de cravates, ouvrier dans une biscuiterie. Il a même failli s'enrôler dans l'armée américaine avant de rentrer à Cuba et d'y retrouver ses parents, installés dans la banlieue pauvre de La Havane. Son père est tailleur, sa mère couturière à domicile. Il les aime tendrement et ne rate pas une occasion de leur rendre visite. Le chef d'état-major de l'armée rebelle est un fils affectueux.

Il peut se montrer aussi un ami sincère et désintéressé. Durant l'été, il accompagne de temps à autre Marita Lorenz sur la plage de Varadero. Il se prend de sympathie pour cette femme-enfant enceinte de cinq ou six mois. Le « patron » la délaisse de plus en plus souvent et semble occupé à de nouvelles conquêtes. Plus le ventre de Marita grossit, plus le problème politique qu'elle représente apparaît au grand jour. Que va bien décider le dirigeant cubain ? Marita croit que Fidel, dès que l'enfant aura vu le jour, lui reviendra de nouveau et qu'ils couleront des jours heureux. Songeur, Camilo ne la dissuade pas. Il pourrait lui confier que Castro est un père bien étrange. Dès qu'il a accédé au pouvoir, il a quasiment séquestré son fils, Fidelito, âgé de 10 ans, et l'a inscrit d'office en pension dans une école publique. Il a exercé une telle pression sur Mirta Diaz Balart que celle-ci a fini par quitter le pays, rejoignant ainsi son frère Rafael, lequel, depuis Miami, a déjà fondé un parti d'opposition, la « Rosa Blanca ». Castro ne voit pratiquement jamais sa fille Alina, âgée de trois ans et demi ; il ne répond pas à ses lettres et lui a simplement envoyé en guise de cadeau une poupée, en fait un horrible pantin le représentant en uniforme vert olive, la barbe en broussaille.

Au cours de leurs promenades, Camilo pourrait confier à Marita ses premiers doutes sur la dérive de la révolution cubaine, sa rencontre discrète avec Huber Matos, à la fin de juillet, dans son bureau de l'état-major, à Columbia. Il a alors raconté au « Professeur » que Fidel l'utilisait comme un enfant, un *muchacho*, et le considérait politiquement « comme de la merde ». Camilo a pourtant été invité à participer au gouvernement parallèle de Tarara. Il a accepté le contenu de la réforme agraire, a approuvé le principe de l'instauration du socialisme à Cuba. Il a participé à la répression sans états d'âme. Il a même été l'un des procureurs lors du honteux procès du stade de La Havane. Mais, comme la grande majorité des Cubains, il a été aveuglé par la *fiesta* permanente, la liesse populaire, l'ébullition du chaudron humain qu'était devenu Cuba dans les premiers mois de la révolution. Pris de passion, il n'a pas vu venir le monstre.

Ce jour-là, à La Havane, devisant avec Huber Matos, il commence péniblement à ouvrir les yeux. Les deux hommes évoquent les récents événements. D'abord il y a l'affaire Diaz Lanz. Cet officier, pilote d'hélicoptère, héros de la révolution, est très proche d'eux. C'est lui qui a piloté la plupart des appareils acheminant des armes dans la sierra Maestra. Nommé commandant en chef de l'armée de l'air, il est resté en même temps le pilote personnel de Castro. Tout allait bien pour lui jusqu'à un certain jour de juin 1959. Au cours d'une excursion dans la Ciénaga, Pedro Luis Diaz Lanz prévient Fidel, accompagné en la circonstance de Núñez Jiménez et de Pedro Miret, qu'il n'a pas suffisamment de carburant pour survoler la zone de la baie des Cochons. Il dépose les trois hommes sur la Playa Girón et part se ravitailler en kérosène. Mais il ne revient pas. Au bout de quelques heures d'attente, Castro commence à s'impatienter. À la tombée de la nuit, l'hélicoptère n'est toujours pas rentré. Le *Comandante* et ses deux collaborateurs sont contraints de dormir dans une cabane de pêcheur. Le lendemain, toujours sans nouvelles, le trio quitte les lieux et parcourt quinze kilomètres à pied jusqu'à un poste militaire. Là, Castro, exaspéré, apprend que Diaz Lanz ne s'est pas rendu au poste d'essence où il devait se ravitailler. Il a disparu. Fidel pense aussitôt à une désertion. Il mobilise Raúl, Che Guevara, et organise une véritable battue. Il est convaincu que le pilote les a abandonnés volontairement et qu'un complot se trame. Finalement, en fin de journée, on découvre l'hélicoptère accidenté dans le marais. Le commandant Diaz Lanz est vivant, hébergé par une famille de paysans, mais Castro a eu le temps d'imaginer le pire. Le virus du soupçon l'a envahi. Il n'a plus confiance en son « pilote personnel ». Il l'assigne aussitôt à résidence, déclare publiquement que le chef de l'armée de l'air « est atteint du typhus », que les gardes en faction devant son domicile « sont là pour éviter la propagation de la maladie ». Dans la foulée, il nomme le fidèle Juan Almeida, incompétent en matière aéronautique, au poste de Diaz Lanz. Et le *Comandante* profite de l'occasion pour « purger » l'armée de l'air de ses éléments anticommunistes.

Le 1er juillet, avec l'aide de complices, Diaz Lanz échappe à la surveillance de ses vigiles, s'enfuit et débarque à Miami à bord d'un petit bateau à moteur. La défection d'un des plus hauts responsables de l'armée cubaine est un coup dur pour la révolution. Diaz Lanz est en effet un « historique », un de ceux qui savent beaucoup de choses sur Castro. Le 13 juillet, il témoigne devant une commission du Sénat américain sur « l'infiltration communiste dans tous les rouages de l'État cubain », en particulier dans l'armée et la police. Pour ceux qui en doutaient encore, le double jeu du *bicho* est officiellement éventé.

Le même jour, le président Manuel Urrutia sort de sa réserve et attaque publiquement les communistes à la télévision cubaine. La réaction de Fidel est foudroyante. Le 16, en recourant toujours aux mêmes ficelles, il organise un traquenard destiné à chasser de son poste Manuel Urrutia : dans un premier temps, il dramatise, il mobilise les masses ; dans un second temps, il salit, puis élimine. Le soir, la radio et la télévision annoncent l'incroyable nouvelle : Castro, le père de la révolution, le Bolívar des Caraïbes, démissionne de son poste de Premier ministre. Sans apparaître lui-même, il fait savoir qu'il ne peut plus gouverner. Le pays est tétanisé. Castro lui impose un vide vertigineux, abyssal. Il faut que l'opinion publique ressente douloureusement la vacance du pouvoir. En coulisse, cependant, il s'active. Le lendemain, il fait cerner le palais présidentiel par la troupe, soi-disant pour « protéger le président », et par une horde de manifestants hostiles, les « citoyens », de plus en plus nombreux, réquisitionnés par le M26. La foule, surchauffée par la « claque » du M26, réclame le départ d'Urrutia. Cloîtré dans son palais, le président est pris au piège du « *bicho* de Biran », qui ne fait là que réitérer les méthodes dont il usait déjà à l'université : provocation et intimidation.

Manuel Urrutia ne fait pas le poids pour riposter à cette mise en scène. À la fin de la journée, Castro porte l'estocade : il surgit à la télévision comme un diable de sa boîte, et accuse Urrutia d'être « au bord de la trahison ». Sans la moindre preuve, il accuse le président de se faire le complice du commandant Diaz Lanz, passé à l'ennemi. Comme toujours, il verse dans l'amalgame. Le Grand Inquisiteur est à l'œuvre. Il parle de complot fomenté « dans le but de provoquer une agression étrangère ». Il conclut en informant les Cubains que le président vient de s'acheter une maison « de 30 à 40 000 dollars ». La pièce est presque terminée. Sous la pression « spontanée » des masses populaires qui l'empêchent de sortir de sa prison dorée, le malheureux Urrutia est contraint de démissionner. Terrorisé, il trouve refuge à l'ambassade du Venezuela, puis à celle du Mexique, et quitte le pays.

Ministre des Lois révolutionnaires, marxiste pur et dur, c'est Osvaldo Dórticos qui le remplace. L'homme, un communiste mondain, membre du Yacht-Club, est un juriste respecté. Son nom n'inquiète pas outre mesure l'opposition. Et Fidel ? Il laisse monter la pression et songe à un plébiscite. Dans l'ombre, il joue les activistes. Pour revenir au pouvoir, il prépare une gigantesque manifestation populaire à l'occasion du sixième anniversaire de l'attaque « glorieuse » de la Moncada, le 26 juillet. Le M26 est chargé de rameuter à La Havane une « armée de paysans ». Ne sont-ils pas les meilleurs soutiens de la révolution ? Ils croient dur comme fer que la réforme agraire a été faite pour eux et qu'ils vont enfin réaliser leur rêve : devenir petits propriétaires. Camilo Cienfuegos est chargé de les « rabattre », c'est-à-dire d'utiliser l'armée comme outil de propagande de Castro. Il s'acquitte de cette tâche avec enthousiasme. Il n'est jamais aussi heureux qu'au milieu du peuple des montagnes. Le jour dit, le commandant Cienfuegos fait une entrée remarquée dans la capitale, à cheval, coiffé du chapeau de paille des *guajiros*, suivi de dizaines de milliers de coupeurs de canne, les *macheteros*. Pour mieux « réquisitionner » les foules, Fidel ordonne le 23 juillet, par le truchement des « syndicats révolutionnaires », une grève générale dont le mot d'ordre est « Fidel, reviens ! Ne nous abandonne pas ! ». Le 26, devant près de cinq cent mille personnes, le *Líder Máximo* réussit son pari : il peut annoncer son retour « sous la pression populaire ». Dans la foulée, il déclenche une vague d'arrestations dans tout le pays. Il fait arrêter plusieurs centaines de soldats de l'armée rebelle. Pour pouvoir frapper comme bon lui semble, il a à sa disposition un amendement à la Constitution paraphé par le gouvernement le 29 juin, qui étend la peine de mort aux individus ayant commis des délits « contre-révolutionnaires » et « des actes préjudiciables à l'économie nationale et au Trésor public ». Ce texte lui permet d'arrêter tout opposant quand bon lui semble. Ainsi, d'anciens compagnons de combat de Camilo Cienfuegos découvrent les geôles castristes, coffrés au seul motif d'avoir émis des opinions « non révolutionnaires ».

Le fils de tailleur de La Havane commence à partager les craintes de Huber Matos. Mais que faire ? Lui-même n'est pas un « politique ». Il n'ose s'ouvrir de ses doutes auprès de qui que ce soit. Jusqu'à cette fin de juillet où il demande au « Professeur » – l'un des rares à oser tenir tête au *Líder Máximo* – de tenter de « réveiller » celui qu'il surnomme « le Géant ». Huber Matos refuse : la popularité de Castro lui semble encore bien trop grande pour qu'on puisse s'opposer à lui. Il conseille à Cienfuegos de patienter et de rester très prudent, d'éviter toute forme de réunion avec d'autres éléments « sceptiques » de l'armée rebelle, car Castro brandirait aussitôt à leur encontre l'arme du complot.

Terrible dilemme : comment exprimer son désaccord sans être taxé d'hérésie ? L'esprit de l'Inquisition plane déjà sur tout Cuba. Partout dans le pays règne une atmosphère de délation. À l'université de La Havane, les professeurs, les étudiants, les membres du personnel administratif susceptibles d'être des « ennemis de la révolution » sont dénoncés publiquement dans les amphithéâtres. En juin, 481 dénonciations sont dénombrées dans la seule enceinte de l'université. Durant l'été, 42 titulaires d'une chaire de médecine sont radiés. L'épuration ne fait que commencer, ses mécanismes staliniens sont encore en rodage. Sous la pression de *Revolución* pour le compte du M26 et de *Hoy* du côté communiste, la presse indépendante est violemment attaquée. Les campagnes de diffamation à l'égard de personnalités « contre-révolutionnaires » débutent. Les journalistes non fidélistes sont privés de sources d'information et subissent des intimidations de plus en plus fréquentes de la part des autorités. Les directeurs de « journaux non révolutionnaires » sont l'objet de tracasseries fiscales et administratives. Officiellement, la liberté de la presse n'a pas encore été supprimée. Mais les hommes de la division de désinformation du KGB, installés à Siboney, y travaillent dans la plus grande discrétion. Le projet de « nationalisation » de l'édition cubaine, donc de destruction de toute forme de liberté d'expression par le livre, est déjà prêt. Fidel Castro attend simplement le bon moment pour frapper.

Durant cet été 1959, Camilo Cienfuegos se sent l'âme flottante. Comme l'immense majorité des Cubains, il reste un inconditionnel de la révolution, un partisan farouche de l'indépendance nationale ; il croit dur comme fer que la réforme agraire va rendre enfin un peu de dignité aux plus pauvres. Face à Fidel, il est comme sous hypnose, incapable de réagir à ses dérapages de plus en plus nombreux. La passion l'aveugle. Mais, dans le même temps, il sent qu'il n'est plus l'enfant chéri de la révolution. On l'invite de moins en moins aux réunions de Cojimar. Les décisions se prennent de plus en plus sans lui. Aurait-il commis une faute ? Fidel est-il agacé par ses blagues de collégien, son air de ne jamais rien prendre au sérieux ? Est-il lassé par son sourire dévastateur et insolent ? En fait, Castro n'a tout simplement plus besoin de lui ni de ce qu'il représente. Il a déjà passé l'armée rebelle par pertes et profits. Conformément aux plans des « conjurés de Cojimar », le M26 sera bientôt remplacé par la milice de l'INRA, devenu le véritable « nouveau gouvernement ».

Camilo a du mal à accepter cette évidence : cette armée rebelle si héroïque, si fraternelle, si riche dans sa diversité, dont lui-même est le symbole vivant, n'a été qu'un instrument de prise du pouvoir pour celui qu'il admire tant. Aujourd'hui, cette armée de libération est devenue un fardeau, voire un obstacle pour le *Comandante*. Camilo voit des centaines de *barbudos*, qui ont risqué tant de fois leur vie, licenciés, renvoyés dans leurs foyers sans ménagement, contraints, sur ordre de Raúl Castro, de raser leur barbe, de tailler leurs cheveux et de rendre armes et uniformes. Il voit ses fiers compagnons « défroqués », humiliés, remplacés par des bureaucrates communistes ou de simples opportunistes. Le choc est rude. En signe de solidarité avec ces « dégradés », il se fait couper les cheveux à son tour. Les rebelles n'ont plus besoin de ressembler aux apôtres. Sans tambour ni trompette, Staline est en train de supplanter le Christ. La période « romantique » est révolue.

Cette fois, Camilo réagit enfin. À sa manière bouillante et désordonnée. Il parvient à parler à Fidel. Il menace de démissionner de son poste de chef d'état-major de l'armée si l'on n'indemnise pas convenablement les soldats « licenciés ». Il propose qu'on leur alloue une pension. Fidel hausse les épaules. Il croit Camilo incapable de mettre sa menace à exécution. Il promet d'avoir plus d'égards pour les anciens *barbudos*, mais, ajoute-t-il, il faut se préparer à riposter à l'invasion américaine. « Pour cela, poursuit-il, nous avons besoin de soldats disciplinés et efficaces, pas de guérilleros du dimanche ! » Camilo Cienfuegos se sent blessé. Comment cet homme peut-il mépriser à ce point ces hommes qui l'ont porté au pouvoir ?

Quelques jours plus tard, malgré l'intervention de Camilo, le *Comandante* fait délivrer 3 000 billets de train gratuits aux guerriers de l'armée rebelle pour qu'ils rentrent chez eux. En fait, Castro n'a tenu aucun compte des observations de son ancien lieutenant. Dans son bureau, devant son secrétaire Juan Orta, il discute du cas Camilo avec son frère Raúl. Il hurle, furieux : « Ce plan sera mené à son terme, coûte que coûte ! Et cent Camilo ne pourront rien y faire ! » Ravi, Raúl boit du petit-lait. Il profite de cette colère pour s'engouffrer dans la brèche : « Camilo, ajoute-t-il, est un socialiste frivole *(jacarandoso)* et nous devons le passer à la trappe *(pasarlo por el aro).* » Fidel ne réagit pas à la suggestion à peine voilée. Pour Raúl, ce silence signifie qu'il a le feu vert pour régler le cas Cienfuegos.

La « Chinoise Rouge » tient enfin sa vengeance. Son seul rival pour occuper le poste qu'il convoite, celui de ministre de la Défense, n'est plus aussi dangereux. Diminué, il n'est cependant pas encore neutralisé. Car Camilo Cienfuegos est le candidat des militaires, le « chouchou » du peuple cubain. Mais le mousquetaire de la sierra est davantage un corsaire qu'un comploteur. Il n'aime ni les intrigues, ni les coups tordus. Pour la première fois de sa vie, il se sent « chavirer ». Durant ces deux années de guerre, il a si bien intégré l'idée qu'un homme qui doute est un « traître »… Il aimerait en parler à Ernesto Guevara, son ami, celui avec qui il a partagé tant de combats et de fous rires, le seul « homme de terrain », avec Huber Matos, qu'il considère comme son égal. Mais ce dernier est en voyage officiel depuis la mi-juin : il effectue une tournée dans huit pays non-alignés – dont la Syrie, l'Égypte, l'Inde, le Pakistan, la Yougoslavie – ainsi qu'au Japon. Le « Che » n'est pas opérationnel en terre cubaine : il s'est, dirait-on, volontairement éloigné des règlements de comptes intercubains comme si sa tâche de révolutionnaire était terminée et qu'il voulait déjà partir s'atteler à d'autres combats. Entre deux avions et deux ambassades, le « Che » laisse Fidel conduire sa « guerre » interne.

En août, le *Comandante* évente un prétendu complot fomenté par le dictateur dominicain, le général Trujillo, et profite de l'occasion pour accélérer la purge au sein de l'armée rebelle. Il pousse aussi les communistes à s'emparer définitivement de la CTC, le puissant syndicat ouvrier encore aux mains des modérés du M26. C'est dans ce contexte de « purge générale », accompagnée de manifestations populaires quasi « obligatoires », que survient un événement qui va faire basculer Camilo Cienfuegos dans le camp des « ennemis de la révolution ».

Le 15 octobre, Camilo reçoit un appel du directeur de l'hôtel Habana Libre : Marita Lorenz a été retrouvée, agonisante, dans une chambre. Il ne sait que faire. Il accourt. Il apprend que la jeune fille, après avoir été droguée et enlevée, a subi un accouchement prématuré, puis que ses ravisseurs l'ont ramenée dans une chambre de l'hôtel. Atteinte de septicémie, elle est en train de mourir. Effaré, Camilo la fait hospitaliser sur-le-champ et lui sauve ainsi la vie.

Il est terrifié. Que s'est-il passé au juste ? Camilo apprend que Fidel, officiellement en voyage en province, a sans doute organisé l'opération. Paradoxe : Castro veut garder l'enfant, qui est viable, et se débarrasser de la mère. Pourquoi cette précipitation ? Pourquoi ne pas avoir attendu que la grossesse aille à son terme ? Parce que l'homme, en pur impulsif, n'agit que par foucades ou par nécessité politique. Cette fois, l'affaire Marita est devenue une affaire d'État.

Camilo Cienfuegos est déboussolé. L'homme qu'il plaçait plus haut que tout a-t-il pu vraiment se comporter de manière aussi dure ? Dans le hall de l'hôtel, il lance imprudemment : « S'il a fait ça, je le tuerai ! » Tourmenté, incrédule, Camilo interroge Fidel dès son retour. Celui-ci nie farouchement être au courant d'une pareille opération. D'ailleurs, il est prêt à faire fusiller le médecin qui a commis une telle barbarie. Selon certains témoins de l'affaire, le praticien qui a « opéré » ce jour-là n'est d'ailleurs pas obstétricien, mais cardiologue. Il aurait agi sous la menace. Son nom ? Certains évoquent

Orlando Ferrer – le mari de… Naty Revuelta ! D'autres prétendent que cette histoire est un coup monté par la CIA pour salir Fidel.

L'affaire, digne des Borgia, est si épouvantable que les plus proches amis de Camilo lui conseillent de l'oublier. Dans un accès de perversité, le *Líder Máximo* aurait-il contraint son rival, le mari de Naty, l'homme qui a donné son nom à sa propre fille, à « opérer » la jeune Allemande pour « raison d'État » ? Si les faits sont exacts – les témoignages recueillis inclinent à le penser –, *El Loco* serait alors devenu l'égal de Richard III. Camilo pressent qu'il a mis les pieds dans un énorme scandale. Il aide pourtant la jeune femme à quitter en hâte le pays. Un geste chevaleresque qui va lui coûter cher.

Le 17 octobre, Fidel Castro nomme son frère à la tête du ministère de la Défense. Camilo Cienfuegos a compris : il ne fait plus partie du premier cercle. D'ailleurs, en a-t-il jamais été ? La ligne dure l'a emporté. Raúl Castro n'a-t-il pas déclaré récemment à Huber Matos qu'il fallait en finir avec les états d'âme des officiers de l'armée rebelle ? N'a-t-il pas annoncé au gouverneur de Camagüey une « nuit des longs couteaux », indispensable au « triomphe de la révolution » ? « Sans un massacre de la Saint-Barthélemy, a prévenu Raúl, les difficultés que nous allons rencontrer seront de plus en plus nombreuses. »

Quand doit s'organiser cette « nuit des longs couteaux » destinée à éliminer physiquement tous les officiers supérieurs « contre-révolutionnaires » ? Raúl Castro n'a pas le temps de passer à l'acte : les événements l'en empêchent. De nombreux officiers se plaignent en effet ouvertement de sa nomination au ministère de la Défense. Ils grognent, commencent à se réunir, consultent Cienfuegos, l'implorent de réagir. Mais celui-ci hésite. Il est un soldat de la révolution, il obéit à Fidel, comme il l'a toujours fait. Il réagit comme dans la sierra, lorsqu'il détournait les yeux au moment des exécutions, quand sa conscience, l'espace d'un éclair, l'avertissait de l'innocence possible des suppliciés. Là encore, Camilo ne veut pas voir ni entendre. Il se trouve dans une situation inextricable. N'a-t-il pas participé, dès les premières semaines, aux réunions du gouvernement parallèle ? N'a-t-il pas couvert l'infiltration communiste ? Comme dans les familles mafieuses, il se sent pris dans la nasse. Il n'a pris conscience du dévoiement de la révolution qu'au moment où Castro a démantelé l'armée rebelle, donc quand ses propres intérêts ont été menacés. Écartelé, il ne fera pas de coup d'éclat. Il n'ose pas. Il laisse ce rôle à Huber Matos. Le « Professeur » a prévenu Fidel à de multiples reprises qu'il désirait démissionner de son poste, qu'il ne pouvait ni ne voulait plus cautionner un régime contrôlé par les communistes. À chaque fois, le *Comandante* lui a répondu : « Si tu démissionnes, je le regretterai, mais il n'y aura pas de crise entre toi et moi [...]. Nous resterons amis, des camarades et des frères. »

Le 20 octobre au matin, après avoir mûrement réfléchi, Huber Matos envoie sa lettre de démission au chef de la révolution depuis sa garnison de Camagüey. Quand il reçoit le courrier, quelques heures plus tard, Castro est pris de panique. Il n'ignore pas que Huber Matos est à Cuba un symbole aussi fort que Camilo Cienfuegos. Son départ risque de provoquer une rébellion dans l'armée et surtout de commencer à semer le doute parmi la population. Il peut aussi redonner de l'oxygène à une opposition qui a entamé depuis l'été une campagne d'attentats dans tout le pays. D'autre part, le commandant Matos est on ne peut plus populaire au sein de l'armée. Il bénéficie non seulement du soutien de ses troupes, soit près de deux mille hommes, dans la province de Camagüey, mais aussi de la sympathie des propriétaires terriens et d'une grande partie des paysans qui vivent la réforme agraire au quotidien et découvrent à présent les méthodes brutales de l'INRA.

Face à la gravité de la situation, Fidel Castro convoque de toute urgence son « noyau dur » à Tarara, près de Cojimar. Au cours de cette réunion secrète à laquelle participent Fabio Grobart, la direction du « G2 », Ramiro Valdés, Osvaldo Sánchez, et bien sûr Raúl Castro, il élabore un scénario d'un machiavélisme achevé mais assez conforme à ce qu'il a toujours fait : provocation, intimidation, élimination. Il organise une « nuit des longs couteaux » à sa façon. Contrairement à ce qu'il lui a promis, Huber Matos ne rentrera pas tranquillement chez lui, à Manzanillo. Il n'ira pas retrouver sa classe et ses élèves. Le « Professeur » va lui servir de « chèvre ».

Le projet de Fidel ? Dans un premier temps, mener une virulente campagne radio contre les « officiers félons de Camagüey qui préparent une insurrection contre la révolution ». Ensuite, il s'agit de créer un climat de violences et d'imprécations en rassemblant une foule susceptible de marcher sur la garnison où sont installés Huber Matos et ses officiers, puis, pour couronner le tout, d'ordonner à Camilo Cienfuegos d'arrêter lui-même le « traître ». Logiquement, l'affaire doit s'achever dans un bain de sang, car Castro est persuadé que les hommes de Matos ne laisseront jamais Camilo s'emparer de leur chef. Le scénario est donc presque parfait.

Au beau milieu de la nuit, Fidel convoque Cienfuegos et lui annonce que Huber Matos vient de provoquer une « sédition » ; il profère des insultes contre ce « chien de traître qui prépare l'arrivée des Américains ». Camilo est pris au piège. Il doit « défendre la Patrie » et neutraliser le « dissident ».

En écoutant les flots d'ordures déversés sur les ondes locales contre lui et ses hommes, Huber Matos, qui n'a jamais douté du caractère « maléfique » de Castro, comprend la manœuvre de l'ancien chef guérillero. À six heures du matin, Camilo Cienfuegos lui téléphone et lui annonce qu'il vient d'arriver à Camagüey pour l'arrêter. Nul besoin d'explications : Matos sait que son ami est « envoyé à l'abattoir » par Castro. Au sein de la garnison, les soldats furieux, prêts au combat, l'attendent de pied ferme. À la tête d'une vingtaine d'hommes armés de fusils automatiques et de bazookas, Camilo se dirige tranquillement vers la caserne. Il ne sait pas qu'il est en danger de mort. Huber Matos sort dans la cour et ordonne à ses hommes de ne pas tirer le moindre coup de feu. Finalement, sous le regard menaçant de centaines de soldats, Camilo Cienfuegos pénètre sain et sauf dans la maison du gouverneur. Anxieux, désemparé, il s'excuse auprès de son ami. Les deux hommes s'isolent. Camilo peut alors s'exprimer en toute quiétude : « J'ai honte, Huber, du rôle qu'on me fait jouer. Mais, maintenant, je dois aller jusqu'au bout et faire ce que Fidel m'a ordonné. » Touché par cet homme en proie à une terrible lutte intérieure, Matos l'informe du danger qu'il vient de courir et du guet-apens tendu par Castro.

« Prends garde à toi, Camilo, lui glisse-t-il. Ta popularité est un motif de préoccupation pour Fidel, mais surtout pour Raúl…

– Tu as raison, Huber, répond Cienfuegos. Je n'y avais pas pensé. Mais, à présent, je n'ai plus d'autre issue. »

Pendant quelques minutes, les deux hommes poursuivent leur conversation, puis ils se dirigent vers le bureau du gouverneur. Durant ce court laps de temps, ils peuvent encore inverser le cours des choses, s'allier et regrouper leurs forces, provoquer une rébellion dans tout le pays. C'est la grande terreur de Castro : il est tout à fait conscient que son coup de poker risque de se retourner contre lui. Mais Huber Matos, l'enseignant de Manzanillo, l'ami de Celia Sánchez, n'est pas un politique et n'a pas non plus le goût du pouvoir. Il est convaincu que la popularité de Castro le rend intouchable. Pourtant, le *Comandante* n'a pas fermé l'œil de la nuit, supervisant l'opération depuis la veille au soir. Jamais il n'a été aussi nerveux. La bataille qu'il mène là est la plus dure qu'il ait jamais vécue. Il lutte contre les deux hommes qui représentent le mieux l'âme cubaine, contre deux symboles de la révolution telle que la rêvait l'immense majorité de la population. Incapable de rester en place, Fidel file à son tour sur les lieux. Quelques minutes après l'arrivée de Camilo Cienfuegos, il débarque à son tour à Camagüey pour prendre la tête du « peuple en armes » et le conduire vers le refuge des factieux. Il installe son quartier général au siège de l'INRA. Il lui faut agir vite. Il téléphone à Camilo Cienfuegos pour être informé de ce qui se passe au cœur de la « caserne des séditieux ». Prenant son courage à deux mains, ce dernier répond :

« Ici, il n'y a ni trahison ni sédition, ni rien de ce qui se dit. Nous aurions dû agir autrement. Les officiers étaient mal à l'aise mais tranquilles ; maintenant, ils sont indignés et veulent démissionner. Ce qui a été fait est une connerie » *(metedura de pata)* !

À l'autre bout de la ligne, Fidel Castro explose. Il insulte Camilo Cienfuegos et lui ordonne d'obtempérer.

« On fera comme tu dis, poursuit Camilo, mais il n'empêche que ce que nous sommes en train de faire est une vaste connerie. »

Le fils de tailleur de La Havane reste prostré quelques secondes, le téléphone à la main, le regard hébété. Fidel lui a raccroché au nez. Quelques minutes plus tard, ce dernier surgit comme un possédé, devant la caserne, à la tête d'une foule vociférante de près de quatre mille personnes. Il demande à rencontrer les officiers, sans leur chef. Ces derniers acceptent et osent mettre en doute sa parole : ils exigent des preuves du complot prétendument fomenté par Matos. Fidel n'en a bien sûr aucune. Il hurle et gesticule. Il fait diversion. Ils ont beau lui certifier qu'il n'y a là aucune sédition, il ne veut rien savoir. Il a politiquement besoin de cette sédition. Il menace de retourner avec le peuple, dans la rue. Les officiers lui proposent alors de rencontrer Huber Matos. « Non, non, je ne veux rien avoir affaire avec Huber ! Il est trop impulsif ! » Fidel craint-il le regard de celui qui l'a surpris un jour, dans la sierra, mourant de trouille face à l'aviation ennemie ?

Dans une autre pièce, Huber Matos et Camilo Cienfuegos attendent. Ils ont été rejoints par Ramiro Valdés, du G2. Dans l'enceinte de la garnison, tout est désespérément tranquille. Le plan de Castro a échoué. Camilo et Huber ne se sont pas combattus. Ils ne se sont pas alliés non plus. Ils ont regardé leur ancien maître avec une infinie distance, mélancolique et méprisante, convaincus que cet homme était en train de trahir leur idéal. Pour la première fois, Camilo Cienfuegos lui a manqué de respect. Pour la première fois, il lui a même parlé sérieusement, comme un grand garçon. Sa voix n'a pas tremblé. Pour lui, l'homme qu'il surnomme « le Géant » est soudain devenu tout petit.

Pourtant, dès le lendemain, il semble avoir été repris en main par Castro. Sur son ordre, il accorde à la télévision locale de Camagüey un entretien au cours duquel il s'en prend violemment à Huber Matos. Il se protège aussi : fait étrange et qui ne lui ressemble pas, sans qu'aucun journaliste lui pose la question, il se défend d'avoir rencontré le « traître » dans les mois précédents : « Je vais vous dire : [...] ce monsieur n'est pas venu me voir une seule fois. Je le lui ai dit en présence des camarades. Je lui ai fait remarquer : "Combien de fois est-ce que tu es venu me voir à La Havane, ou lorsque j'étais ici, pour m'entretenir de quelque question que ce soit ? Jamais !" » Terrible moment où Camilo se débat dans la toile d'araignée tissée par Castro. Celui-ci le tient en effet à sa merci : Raúl avait fait mettre Cienfuegos sur écoutes téléphoniques. Le *Comandante* sait donc parfaitement qu'il a rencontré Huber dans son propre bureau. Il peut désormais le « mouiller » dans la soi-disant conjuration Urrutia-Matos-Diaz Lanz. S'il ne veut pas être broyé à son tour, il doit donner des gages de fidélité. Quand ? Le 26 octobre. Pressé par les événements, Fidel Castro annoncera alors officiellement la création des milices révolutionnaires. Si Camilo est toujours avec lui, il lui faudra s'adresser au peuple, défendre le projet de création des « milices », malgré ses réticences.

Ce jour-là, devant un million de personnes rassemblées devant le palais présidentiel, Camilo Cienfuegos lit un texte rédigé par... Fidel Castro, qui entérine la mise à mort de l'armée rebelle. À la fin de ce discours, il est ovationné avec une ferveur indescriptible. Camilo est devenu l'otage de l'Ogre de La Havane. Sans le savoir, il a lu un texte partiellement destiné à Huber Matos lui-même. Car Fidel est un redoutable joueur d'échecs. Il n'a jamais oublié cet instant où, dans la sierra, « le Professeur » l'a surpris, caché dans une anfractuosité, tremblant de peur, il ne lui a jamais pardonné cette « intrusion » dans son jardin secret. Aujourd'hui, il règle ses comptes : « Peu importe, rugit l'innocent Camilo Cienfuegos, qu'il arrive des avions mercenaires pilotés par des criminels de guerre et soutenus par les puissants intérêts du gouvernement nord-américain, car ici il y a un peuple qui ne se laisse pas duper par les traîtres ; il y a un peuple qui ne craint pas l'aviation mercenaire, tout comme les troupes rebelles n'ont pas craint les avions de la dictature lorsqu'ils leur donnaient l'assaut ! »

Tiraillé entre sa conscience et son sens du devoir, Camilo se sent dans un cul-de-sac. Il n'est pas et ne sera jamais un traître, mais il ne voit plus très bien où passe la ligne qui sépare l'honneur et l'indignité. Son monde s'écroule. Face à la foule en liesse, il sourit. Hurlant, vociférant, Castro demande alors à la multitude bourdonnante si elle est d'accord pour condamner Huber Matos à mort. Des centaines de milliers de bras se lèvent. « Au poteau ! Au poteau ! » répond la foule. Emporté dans le délire de son maître, Camilo cautionne ce simulacre de justice en se taisant.

Le lendemain 27 octobre, dévoré de remords, il fait parvenir un message à Huber Matos, incarcéré au Castillo del Morro. Il lui fait savoir qu'il ne doit surtout pas être jugé sur les apparences et qu'il est prêt à le faire évader. Huber ne sait que penser. Camilo agit-il encore sur ordre de Castro ? Ou bien est-il vraiment décidé à agir ? À l'extérieur, les frères Castro mènent une campagne d'une violence démente contre le prisonnier. Fidel, décontenancé par l'issue pacifique de la « sédition de Camagüey », ne sait trop que faire de lui. Il lui a envoyé des émissaires pour qu'il accepte de procéder à une autocritique. S'il reconnaît ses torts, il aura la vie sauve et sans doute pourra-t-il même rentrer chez lui. Mais Huber Matos est une *cabeza dura*. Il n'accepte pas ce genre de marchandage. Il n'entend pas devenir le premier repenti du stalinisme à la cubaine. « Je suis prêt à mourir pour ma dignité et pour la liberté du peuple cubain, répond-il à l'envoyé de Castro. Je suis prêt à aller devant le peloton. Dites-le à Fidel. Dites-lui que l'homme qui a trahi la Révolution, c'est lui ! »

Dans sa cellule, Huber Matos continue de s'interroger. Il risque d'être fusillé du jour au lendemain. Que va bien pouvoir faire Camilo ? Va-t-il tenter pour de bon de le faire évader ?

Fait troublant : ce 27 octobre 1959 au soir, après avoir dîné au restaurant Rancho Luna, dans le quartier du Vedado, Cienfuegos, au lieu de rentrer au camp de Columbia, décide au tout dernier moment de dormir à l'hôtel Flamingo, chambre 16, comme pour tromper la vigilance de la police politique, le G2, qui doit sans doute l'avoir placé sur écoutes téléphoniques. Cette nuit-là, il doute de tout et se sent déjà un homme traqué.

Le lendemain, il se rend à Camagüey afin d'interroger les protagonistes de l'affaire Matos. Il veut vérifier si Fidel lui a bel et bien tendu un piège mortel. Il passe plusieurs heures à la caserne Agramonte, pose des questions, prend des notes, rencontre de nombreux officiers. À six heures du soir, il décolle, à bord d'un Cessna 310, de la base de Camagüey à destination de La Havane. Quelques minutes plus tard, la tour de contrôle annonce qu'elle a perdu la trace de l'appareil. Le commandant rieur, le mousquetaire des Caraïbes, a disparu. Il a laissé ses rêves brisés et son carnet de notes quelque part au large de Cuba, dans une mer limpide et silencieuse.

CHAPITRE 26

Autopsie d'un accident d'État

À la télévision, il pleure le héros emporté par les flots. Il exhorte le peuple à ne pas céder au désespoir. Lui-même paraît pourtant si atteint, si effondré que certains craignent de le voir s'abîmer à nouveau dans une de ses crises de neurasthénie. Pendant plus de vingt jours, il a pris tout le pays à témoin. Il a dirigé les recherches nuit et jour, mobilisant des dizaines de milliers d'hommes, la marine, l'armée de l'air, les syndicats, les militants. La moindre petite rivière a été inspectée, les baies autour de Trinidad ont été sondées, les forêts environnantes ont été explorées. Il n'a cessé de tenir la population au courant de ses investigations. Pas un mètre carré du littoral ne lui a échappé. Mais, à la mi-novembre, il a dû s'avouer vaincu. Le Destin, l'ignoble Destin a emporté son ami, son frère, son camarade. Face aux caméras, Fidel a les larmes aux yeux. Il rend un vibrant hommage au héros, le fait entrer au panthéon de la Révolution, le canonise. Des trémolos dans la voix, le corps voûté, comme ployé sous le poids des choses, le *Líder Máximo* fournit sur l'enquête des détails d'une précision étonnante. Il jure que l'Histoire n'oubliera pas le disparu. Non, Camilo Cienfuegos n'est pas mort ! Il vit dans le cœur de tous les patriotes. Il restera le symbole de la jeunesse de la révolution. Il vivra toujours.

Mise en scène grandiose et tragique, comme les aiment les Cubains. Castro le comédien est là dans un de ses plus beaux rôles. Il ment au peuple cubain avec un aplomb monstrueux, car pas une seconde il n'a cherché à retrouver Camilo Cienfuegos mort ou vif. Dès la première minute, il a su que l'homme qu'il pleure a été tout bonnement assassiné. Hypnotisés par la performance d'acteur de leur dirigeant, les Cubains n'arrivent tout de même pas à le croire tout à fait. En leur for intérieur, ils ont du mal à avaler sa version. Selon Castro, l'ex-chef de la colonne 2 de la sierra Maestra a été victime d'un violent orage, et son avion a disparu dans l'océan. Or, le jour de l'« accident », il n'y a pas eu la moindre tornade dans la zone. D'autre part, le monomoteur du commandant Cienfuegos était un appareil conçu pour flotter; même en cas de destruction totale, ses éléments auraient dû rester à la surface. Or, étrangement, aucun débris de l'avion n'a été retrouvé. Comment deux données aussi importantes ont-elles pu être négligées par le Sherlock Holmes en treillis vert olive? Réponse : la mort de Camilo Cienfuegos est d'origine criminelle. Pour la camoufler, il a fallu faire disparaître des documents, éliminer des témoins. Mais tous ne sont pas morts. Un technicien de la base de Camagüey, le lieutenant Luis Miguel Paredes, le secrétaire de Fidel Castro, Juan Orta, et le garde du corps de Cienfuegos, Manuel Espinoza, ont pu raconter avec minutie les événements de cette sombre journée d'automne. Grâce à eux, cet « accident » d'État, le plus terrible de l'histoire cubaine, peut aujourd'hui être reconstitué.

Le 28 octobre, le Cessna 310, n° 53, couleur blanc et rouge, piloté par le lieutenant Luciano Farinas, à bord duquel se trouve Camilo Cienfuegos, décolle du terrain militaire de Camagüey. Il est alors 18 h 1. Quatre minutes plus tard, l'alarme est donnée à la base aérienne. L'état-major vient d'aviser l'officier de garde qu'un petit avion en provenance de Miami est en train d'incendier des champs de canne dans le secteur. On a donné l'ordre de l'abattre. Un avion de combat Sea Fury 530 décolle aussitôt et se met en chasse. Au même moment, la tour de contrôle de Camagüey reçoit un étrange appel : l'homme qui a organisé les jours précédents la campagne radiophonique contre Huber Matos, Jorge Enrique Mendoza, demande que l'on prévienne l'avion de Camilo Cienfuegos qu'un officier est « perdu » à bord d'un appareil au large de la baie de Masio, au sud de la ville de Sancti Spíritus. Alors que son plan de vol prévoit de filer à travers les terres, l'appareil de Camilo Cienfuegos dévie sa trajectoire et part secourir l'avion en perdition. Quand le Cessna, avion civil relativement lent – il ne dépasse guère les 240 km/h – atteint la zone indiquée, il subit le feu nourri du Sea Fury. Quarante balles de 20 mm sont tirées. Sans défense, le monomoteur s'enflamme et sombre dans l'océan. Sa radio étant curieusement déficiente, Camilo Cienfuegos n'a pu lancer aucun appel de détresse.

Alors que le pilote de chasse rentre à la base, un bateau des gardes-côtes venu du poste de Casilda, au sud de Trinidad, se dirige vers le lieu du « naufrage » et fait disparaître toutes traces de l'avion, jusqu'aux moindres taches d'huile. À son bord, le capitaine Torres, militant communiste proche de Raúl Castro, dirige la manœuvre. Il est accompagné d'Osvaldo Sánchez, le numéro deux du G2, l'homme du KGB au sein des services de renseignement cubains.

Ce soir-là, un modeste pêcheur de la baie de Masio a assisté au « combat aérien ». Il a vu le Cessna tomber puis sombrer dans la mer, la *lancha* des gardes-côtes se diriger ensuite sur les lieux du sinistre. Il a aussitôt prévenu les autorités locales. Transféré mystérieusement à La Havane, il « disparaît » le lendemain dans des circonstances tout aussi troubles.

En rentrant à la base, le pilote du Sea Fury apprend la vérité : il n'y a jamais eu d'appareil « ennemi ». Le seul avion en vol dans toute la région était le Cessna de Camilo Cienfuegos. Il est effondré. Quelques heures plus tard, il est arrêté par les hommes d'Osvaldo Sánchez, chargés de le « débriefer ». Il a le choix entre deux versions. Un : il dit la vérité et est sûr d'être condamné à mort, puisqu'il a abattu un des héros de la révolution. Deux : il n'a jamais effectué de vol, jamais reçu l'ordre d'abattre qui que ce soit, et l'affaire sera classée. Si par malheur certains découvrent qu'il a effectué une sortie le 28 octobre, et qu'il a utilisé ses mitrailleuses, il devra raconter qu'il s'est amusé à tirer sur des requins au cours d'un vol de routine. Scénario absurde, car à 400 km/h, vitesse de pointe du Sea Fury, le pilote ne peut physiquement entrevoir le moindre squale ! Désemparé, il a le temps de se confier aux mécaniciens de la base, dont Luis Miguel Paredes, ainsi qu'à d'autres pilotes. La rumeur parvient jusqu'à l'état-major, à La Havane, au camp de Columbia (devenu Ciudad Libertad). De nombreux collaborateurs de Camilo Cienfuegos n'ont plus aucun doute sur la « conspiration » qui a abouti à la mort de leur chef. Un élément vient corroborer leurs soupçons : au lendemain du drame, l'officier qui était de garde à la tour de contrôle de Camagüey se « suicide » d'une balle dans la tête. Enfin, un dernier élément achève de les troubler : le registre de la tour de contrôle a mystérieusement disparu. Il n'y a plus aucune trace des vols effectués le jour de la mort du chef de l'armée rebelle.

Face à ce faisceau de présomptions, ils désignent le commandant Cristino Naranjo pour enquêter sur l'affaire. Le collaborateur de Camilo Cienfuegos tente d'entrer en communication avec la base de Camagüey. Il interroge de nombreux officiers de l'armée de l'air. Mais il n'a pas le temps de poursuivre ses investigations : il est assassiné par le capitaine Beaton, qui agit sur ordre. La « nuit des longs couteaux » telle que la prévoyait Raúl Castro a bel et bien commencé. Car les morts mystérieuses, les disparitions inexpliquées, les pseudo-suicides se succèdent à un rythme soutenu. Le destin du capitaine Beaton, « tueur » de l'ami de Camilo Cienfuegos, est révélateur de la panique qui gagne les sommets de l'État. Pour sauver la face vis-à-vis de l'opinion, Beaton est en effet incarcéré à la forteresse de La Cabaña. Il loge non pas dans une cellule, mais dans les appartements du capitaine « Pancho » Tamayo, un des responsables de la forteresse. Curieux prisonnier : il peut vaquer librement au sein de la prison. Le capitaine « félon » est persuadé qu'il va être élargi à bref délai, et remercié pour « services rendus ». Au bout de quelques jours, il comprend que les choses risquent de se compliquer pour lui : il est devenu à son tour un témoin gênant. Craignant d'être assassiné, il s'enfuit dans la sierra Maestra. Son cas est pris directement en charge par Fidel, Raúl et le Che. Les trois hommes parviennent à convaincre un membre du tribunal militaire de Santiago de Cuba, le lieutenant Agustín Onidio Rumbaut, de rendre visite au fuyard. Message de Castro : Beaton aura la vie sauve et pourra quitter le pays à la condition qu'il accepte d'être jugé publiquement. Le procès sera truqué, on le lui garantit. Le malheureux capitaine, rassuré sur son sort, accepte le marché. Il se rend. Quelques jours plus tard, au terme d'une audience expéditive, il est condamné à mort et fusillé.

Fait troublant : l'homme qui lui avait garanti la vie sauve, le lieutenant Rumbaut, celui qui avait joué le médiateur entre Castro et lui, meurt bêtement, peu après, tué par « accident » au cours d'une partie de chasse… À Cuba, l'élimination de témoins gênants est une chaîne sans fin.

Juan Orta, le secrétaire de Castro pour les questions administratives, aurait pu mal finir, lui aussi. Recruté par Fidel à la mairie de La Havane, ce fonctionnaire discret, apprécié pour sa rigueur, a travaillé au cœur du pouvoir castriste durant de longs mois. Il était installé dans le bureau jouxtant celui de Castro, à l'INRA. Il a pu s'enfuir du pays et raconter ce qu'il a vécu et vu de ses yeux :

« Avant l'annonce officielle de la mort de Camilo (au lendemain de l'attentat), je suis entré dans la salle où Fidel avait l'habitude de se reposer, à côté de son bureau. Il était là, assis, seul. Il m'a dit presque joyeusement : "Camilo a disparu, hier, à bord d'un avion !" Il m'a confié qu'il n'y avait aucune chance qu'on le retrouve et s'est lancé dans un éloge funèbre comme s'il avait déjà fait son deuil. Le lendemain, je l'ai retrouvé dans son bureau de l'INRA. Les radios avaient commencé à émettre la nouvelle selon laquelle Camilo avait été retrouvé sain et sauf. Cette information rendait tout le monde fou de joie, y compris Fidel. Puis, Raúl est entré et nous nous sommes retrouvés seuls tous les trois. Raúl a alors déclaré : "Fidel, le peuple est en train de fêter l'*impossible* réapparition de Camilo." Raúl a bien appuyé sur le mot *im-pos-si-ble*. Fidel a répondu tranquillement en détachant les syllabes : "Bien sûr que c'est im-pos-si-ble. Nous sommes sûrs qu'il est mort dans ce fatal accident." Après cette conversation, Fidel a téléphoné à Radio Rebelde pour qu'on démente tout de suite la rumeur. »

Ce jour-là, en présence des deux frères en treillis, Juan Orta ne nourrit plus aucun doute sur l'affaire Cienfuegos. Pour lui, ils ont éliminé leur « frère d'armes » pour « raison d'État ». Dès lors, le secrétaire de Castro n'a plus qu'une hâte : quitter le pays. Il en sait trop long. Il a suivi Fidel aveuglément, passionnément, mais, cette fois, il sent sa propre vie en danger. Son patron ne reculera devant rien pour parvenir à ses fins : imposer son pouvoir absolu sur l'île.

En « se séparant » de Camilo Cienfuegos, Fidel Castro a gommé la face romantique de la révolution. En mettant hors d'état de nuire Huber Matos, le professeur amoureux de la Révolution française, il a éliminé le dernier homme capable de s'opposer sérieusement à lui. Au cours de cet interminable mois d'octobre 1959, Fidel a réellement eu peur que Huber Matos n'organise un soulèvement de l'armée rebelle. Le ralliement de Camilo Cienfuegos à l'insurgé était imminent, accéléré sans doute par l'affaire Marita Lorenz. Un axe Matos-Cienfuegos aurait été éminemment dangereux. Aussi a-t-il fallu frapper vite et fort.

Après la mort de Camilo, Castro neutralise tous ceux qui seraient susceptibles de revendiquer l'héritage du « guérillero martyr ». En novembre, Raúl Castro renvoie dans leurs foyers tous les membres de la fameuse colonne 2, les héros de la marche sur La Havane, soit une centaine d'hommes. Tous les éléments susceptibles d'être des fidèles de Camilo sont écartés. Certains ne comprennent pas ce qu'on leur reproche, tel Dariel Alarcón, dit « Benigno » : nommé en mai chef de la police militaire de La Havane, il est révoqué sans motif. D'autres, trop jeunes, comme Arnaldo Ochoa, entré dans la colonne 2 dès quinze ans, sont envoyés en

URSS. Enfin, un seul proche de Camilo bénéficie d'une promotion : il s'agit de Sergio del Valle, un communiste prêt à tout pour prouver son indéfectible soutien au leader révolutionnaire. Castro propose à l'ex-adjoint de Cienfuegos de présider le… procès de Huber Matos qui aura lieu, selon son bon vouloir, avant les fêtes de Noël.

Durant cette lourde épreuve de force politique, Fidel n'échappe pas aux tourments et tracas familiaux. Sa mère, Lina, joue les « rebelles » dans la propriété de Biran. Quelle folie, lance-t-elle, s'est emparée de son fils ? Pourquoi veut-il offrir le domaine de Manacas « au peuple » et ne laisser à sa propre mère qu'une poignée d'hectares ? Lina est déchaînée. Elle lui fait savoir qu'elle n'abandonnera jamais le terrain, qu'il faudra venir l'en déloger à coups de canon. Chez les Castro, rien ne se fait jamais en douceur. Son frère aîné, Ramón, président des éleveurs de l'Oriente, est lui aussi violemment opposé au projet. Comment les convaincre ? Fidel a promis publiquement de nationaliser ses propres terres. Il ne peut plus reculer. Depuis la mort de son père, il se considère comme le chef du clan. À l'issue de plusieurs réunions, il parvient à convaincre Ramón, puis ses sœurs – Lidia, Enma, Juanita, Ángela et Agustina – de l'importance politique que revêt un tel « don ». Pour amadouer son aîné, il lui accorde le droit de porter l'uniforme vert olive, alors qu'il n'a jamais pris part au moindre combat, et lui laisse entendre qu'il pourrait bientôt avoir à gérer… l'intégralité des terres de l'île, en occupant un poste éminent à l'INRA.

Confiant, Ramón Castro part alors pour la Galice, dans la branche paternelle de la famille, à Lancara. Il a promis sur son lit de mort à don Ángel de ne jamais oublier leur « terre d'Espagne ». Il rend visite à sa tante Juana, sœur de son père, et à sa cousine Victoria, dans le hameau d'Arméa. Là, en bon paysan, il aime à passer des heures, en famille, à discuter autour du feu (la *lareira*, en galicien). Au « pays », on l'informe que la famille Castro a mauvaise réputation depuis que « Fidel fait des siennes dans les montagnes ». Juana ajoute : « Ton frère est tombé sur la tête. Pourquoi aller au-devant de tant d'ennuis ? Ángel vous a laissé de la terre pour tous. Toute sa vie il a travaillé dur pour ça, et Fidel est en train de tout faire partir en fumée. » Hors de lui, Ramón réplique : « Tu es une idiote, Juana ! Tu n'as rien compris. Fidel est en train de nous offrir un pays ! »

Un autre membre de la famille ne partage pas l'enthousiasme de Ramón : son demi-frère, Pedro Emilio. Malgré tous les efforts de Fidel, ce quinquagénaire dilettante, poète à ses heures, n'entend pas signer la renonciation à ses droits sur la *finca* de Biran. Raúl et Fidel, ulcérés, l'assignent à résidence dans l'appartement de Celia Sánchez, calle 11, jusqu'à ce qu'il cède. Soutenu dans son combat par son épouse Tita, Pedro Emilio résiste un temps aux pressions. En butte à des menaces de mort, il finit cependant par abandonner la partie, à bout de nerfs, et paraphe le document. Sa femme, l'insolente Tita, disparaît alors mystérieusement. Choqué, terrorisé, Pedro Emilio se consacre désormais à la poésie et aux enfants. Chaque dimanche après-midi, il passe quelques heures avec sa nièce Alina qui se met elle aussi à composer des poèmes. Le « gentil tonton Pedro Emilio », brillant intellectuel, féru de littérature, surveillé en permanence par une escorte, « prisonnier en liberté », va perdre peu à peu la raison. Le destin de la famille Castro est devenu trop lourd et sanguinaire pour lui. Ce doux artiste ressemble à sa mère, María Argota, la première femme de don Ángel, le patriarche de Biran. Il voudrait fuir à cent lieues de ce clan dévoré par la rancune et l'orgueil. Mais le *Comandante* l'en empêche.

Pour sa famille comme pour son pays, Fidel entend toujours tout régenter : la vie de ses frères, de ses sœurs et même de leurs enfants. Il a ainsi un faible pour l'un de ses neveux, Mayito, fils de sa sœur aînée, Ángela. Mayito est un jeune homme sensible, solitaire, un brin mystique. Il cache dans sa chambre l'autel que la grand-mère Lina a légué à sa mère et où se côtoient la Vierge noire del Cobre et les divinités yorubas de la *santería*. Castro est bizarrement obsédé par la santé du garçon, comme il le fut un temps par celle de son fils Fidelito qu'il gavait de vitamines pour en faire un surhomme. Au neveu chéri, il concocte des potions magiques à base d'iode tannique, de composés vitaminiques et d'huile de foie de morue pour le transformer en athlète hors pair. Le *Comandante* veut en faire un artificier d'élite et l'inscrit d'office à l'Académie militaire de Belén, l'ancien collège de jésuites dont il fut élève, transformé sous son règne en West Point cubain.

Il doit aussi s'occuper du sort du petit dernier, le fils arraché des entrailles de Marita, qui s'appelle Andrés ; Fidel le confie à une famille de militants du M26. Il doit là encore empêcher toute « fuite » à propos de cette affaire. Il peaufine un scénario dans lequel, comme toujours, d'accusé il devient accusateur. L'homme de théâtre, le démiurge, entre en scène. Il brode une nouvelle histoire à sa manière. Le vrai père du nouveau-né ? C'est bien sûr Jesús Yañez Pelletier, le chef de son escorte. N'a-t-il pas passé de nombreuses heures seul avec Marita Lorenz ? N'a-t-il pas lui-même organisé l'accouchement précipité qui a failli coûter la vie à la jeune femme ? N'a-t-il pas obligé le docteur Ferrer, sous la menace d'une arme, à pratiquer une intervention aussi dangereuse ? Implacable, Castro accuse Yañez

Pelletier de tous les maux. Il le limoge et nomme à sa place un garçon discret et prometteur, José Abrantes. Fidel prend par ailleurs la décision de punir le docteur Ferrer pour son « crime ». Prévenu à temps, ce dernier s'enfuit de son domicile avec sa fille Natalia, sans même en aviser Naty Revuelta, son épouse. Lui qui, par amour pour elle, avait accepté de n'être plus qu'un « fantôme », qui était prêt à l'attendre, à lui pardonner une passion aussi insensée avec ce tyran violent et sans cœur, n'en peut plus. Rester encore est au-dessus de ses forces. Il doit fuir et faire sortir son enfant, la première fille qu'il a eue avec Naty, de ce film d'épouvante. Doit-il emmener aussi Alina avec lui ? La mort dans l'âme, Orlando Ferrer l'abandonne à son vrai père, ce géniteur fantasque et diabolique. Il part pour les États-Unis sur la pointe des pieds, épuisé et meurtri.

Après ce départ, le *Comandante* revient régulièrement chez Naty Revuelta et consacre même un peu de temps à sa fille. Il leur déniche une maison avec jardin, dans le quartier chic de Miramar, et semble vouloir se stabiliser. Il oublie la « vénéneuse » Marita Lorenz, sans doute déjà entre les mains de la CIA. Il oublie le spectre rieur de Camilo Cienfuegos. Il va pouvoir se consacrer au procès Huber Matos.

CHAPITRE 27

Huber avant la nuit

« Le Professeur » le met dans un drôle d'état. Cet homme lui fait peur et le fascine en même temps. Franc, honnête, plaçant la morale au-dessus de tout, il est son exact opposé. Prêt à affronter la mort sans la moindre hésitation, il est à sa merci et pourtant lui échappe. Huber Matos a la trempe et l'élégance des grands hommes. Séduction, honneurs, flatteries, Fidel a tout tenté pour le faire entrer dans son « cercle de pouvoir ». Il lui a proposé à plusieurs reprises de devenir ministre. Il l'a invité à ses meetings géants, l'a fait ovationner par les foules. Il a recherché son amitié et, dans le même temps, n'a pu s'empêcher de chercher à l'humilier, le rabaisser. À chaque fois, Huber Matos l'a affronté, le regard droit et clair, invoquant le « respect dû à autrui, même aux plus humbles ». À chaque fois Fidel a eu le sentiment que « le Professeur » lui parlait comme à un enfant, puis qu'il le renvoyait à ses démons, à son terrifiant besoin de souiller, d'écraser, d'avilir. À présent que le sort du donneur de leçons dépend de lui, Castro veut seulement qu'il « baisse la tête devant lui ».

Mais le modeste enseignant de Manzanillo n'est pas un homme abandonné. Il est soutenu par les tout derniers représentants de la presse indépendante, *Prensa Libre* et *El Diario de la Marina*. Une campagne spontanée, à la cubaine, s'engage aussi sur le réseau téléphonique. Avant de passer une communication, les standardistes scandent : « Huber Matos n'est pas un traître ! » Dès qu'il prend connaissance de cette révolte des téléphonistes, Castro destitue les dirigeants du Syndicat des télécommunications, ainsi que ceux de la Fédération des travailleurs de Camagüey qui s'opposent publiquement à l'incarcération de leur ancien gouverneur. Il lance parallèlement une violente campagne de propagande contre l'« homme au regard si pur », sur son thème favori : la conspiration. Selon Fidel, il y a un complot ourdi par l'étranger. La preuve ? Deux jours après la démission de Huber Matos, La Havane a été « bombardée » par un avion piloté par le « traître » Diaz Lanz, le complice de Matos. En fait, si Diaz Lanz a bien survolé le territoire ce jour-là, c'était pour larguer des milliers de… tracts sur la capitale cubaine. Fidel Castro a transformé des bouts de papier en bombes.

Le 11 décembre 1959, jour de l'ouverture du procès dans l'enceinte même du camp de Columbia, siège de l'état-major, il s'installe sur place pour pouvoir superviser l'audience à l'abri des regards. Il n'a aucun doute sur l'issue des débats. Il a lui-même veillé à composer le tribunal. Malgré les nombreuses manœuvres d'intimidation exercées à l'encontre de l'avocat de la défense, Francisco Lorié Bertot, pénaliste à l'esprit indépendant, ce dernier est resté à la barre. Il est l'un des rares avocats à avoir encore le courage d'exercer son métier librement. Mais Fidel n'y accorde guère d'importance. Il « tient » les juges.

Dès l'arrivée du commandant Matos, il entend une étrange clameur. Dans la cour de la caserne, des dizaines de militaires applaudissent le prévenu. Fou de rage, Castro les fait convoquer dans une salle, les abreuve d'insultes, les menace des pires châtiments et les chasse de l'armée.

À deux pas, dans la salle d'audience, un amphithéâtre de plus de mille places garni de militaires des trois armées – marine, terre, air –, Huber Matos se lance dans un plaidoyer époustouflant. Il n'a rien à perdre, puisqu'il est convaincu que tout est joué d'avance. Fidel Castro ne l'a-t-il pas déjà fait condamner à mort sur la place publique ? Mais, même si ce procès n'est qu'une farce, Matos dira la vérité, toute la vérité. Il défend sa révolution, celle pour laquelle il a combattu dans la sierra Maestra : « Qu'avons-nous promis aux Cubains ? interroge-t-il. Que la liberté soit un droit absolu, que personne ne soit persécuté pour ses idées, que les paysans reçoivent la terre en pleine propriété grâce à la réforme agraire, que nos enfants puissent étudier dans des écoles où on les prépare à la vie et où on les forme à devenir des citoyens libres, que notre nation jouisse et exerce son indépendance et sa souveraineté sans restriction et sans aucun lien avec aucune métropole, que notre peuple jouisse de conditions de vie acceptables tout en maîtrisant son destin. Pour toutes ces promesses, je suis prêt à donner ma vie ! »

Dans un silence de cathédrale, Huber Matos conclut : « Oui, je suis prêt à mourir. Bénie soit ma mort ! »

La salle se met à applaudir à tout rompre.

À l'extérieur, Fidel Castro et son frère Raúl ne comprennent pas. Cette scène-là n'était pas prévue dans le scénario. Huber Matos est-il en train de retourner le tribunal tout comme le jeune Fidel l'avait fait lors du procès de la Moncada ? Il faut réagir au plus vite.

Le lendemain, ils envoient déposer Juan Almeida, le « *peón* de Castro », comme on le surnomme au sein de l'état-major, l'homme qui a été chargé de purger l'armée de l'air majoritairement favorable à Matos.

Son témoignage est pathétique. Que reproche-t-il à l'accusé ? D'avoir eu, dans la sierra Maestra, des « tendances autonomes ». Fou de rage, le foudroyant du regard, Huber Matos lui rappelle sur un ton très dur son incompétence durant la guérilla, son incapacité à prendre des décisions, ses atermoiements qui auraient pu coûter fort cher si lui, Matos, n'avait pas agi de son propre chef. Juan Almeida baisse la tête. Il n'ose regarder celui qu'il est chargé d'accabler. Il n'en a plus la force.

Dans la salle voisine, les frères Castro sentent que le procès leur échappe et pourrait même dégénérer. Ils vont devoir eux-mêmes intervenir. Le 13 décembre, Raúl vient témoigner pour tenter d'inverser le cours des choses. Les yeux chargés de haine, il brandit un sac de plastique rempli de documents « accablants pour l'accusé », dit-il. La scène est si grotesque que la salle pouffe de rire. Raúl Castro hurle comme un dément, perd le contrôle de lui-même. Imperturbable, Huber Matos lui répond à pleine voix et le traite de « menteur, de falsificateur, de tricheur ». Les papiers qu'il exhibe ? « Du vent, des documents fabriqués pour détruire ! » poursuit-il. Puis il lui lance alors une pique terrible : « Savez-vous comment le peuple cubain vous surnomme ? Eh bien, il vous appelle "Monsieur Haine" ! » Le public médusé attend la suite avec fébrilité. Matos est déchaîné. Il s'en prend au tout-puissant ministre de la Défense devant plus de mille officiers des forces armées. Malgré les efforts de Raúl Castro, l'ancien gouverneur de Camagüey ne fléchit pas. Tout le monde a alors compris que Fidel va devoir entrer en scène.

Le lendemain, il prend place à la barre des témoins sans oser regarder Huber Matos, puis il accomplit un acte aussi insolite qu'illégal : il fait installer un microphone pour lui seul afin que son intervention soit diffusée sur les ondes des radios nationales. Il n'est plus un simple témoin, mais un tribun qui s'adresse au pays. Huber Matos n'est plus qu'un prétexte, un leurre. Castro, de sa voix haut perchée, le présente comme un « aventurier sans scrupules » : « C'est un mensonge infâme, ajoute-t-il, de prétendre que la révolution débouchera sur le communisme ! »

Durant plusieurs heures, les deux hommes se livrent une joute verbale d'une rare violence. Huber Matos interrompt sans arrêt le chef du gouvernement. « Ce procès est une imposture, soutient-il, une mascarade par laquelle on veut détruire un homme par le biais d'une procédure illégale, viciée par l'abus de pouvoir et par l'immoralité. N'est-ce pas Fidel Castro qui a composé le tribunal, qui m'accuse en tant que témoin, et qui, de surcroît, se paie le luxe de faire venir à la barre qui il veut, quand il le veut ? »

Le public est sous le choc. Fidel Castro, les bras ballants, ne sait trop comment se sortir de cette situation. Il tient son microphone comme une arme devenue inutile. Il répète au tribunal d'un air égaré : « Matos aurait dû se rétracter. Il doit se rétracter ! » Le *Comandante* ressemble à un acteur soudain privé de texte dans une pièce inachevée. Matos l'indomptable, la *cabeza dura*, n'est plus accessible à la peur ni à l'intimidation. Il a déjà accepté sa mort, et personne ne le fera taire. Alors, en désespoir de cause, Fidel utilise son arme favorite : la rhétorique. Il parle jusqu'au bout de la nuit, des heures durant. Il réécrit l'histoire de la sierra Maestra, il vogue dans son univers, celui d'une guérilla de légende sans tache et sans reproche, celle des douze apôtres, du sacrifice pour les plus humbles. Il falsifie, truque, élucubre. Chaque fois, « le Professeur » rectifie la copie avec une féroce minutie. Fidel n'a toujours pas un regard pour cet homme inflexible, le seul qu'il n'ait pas réussi à mettre à genoux.

Le 15 décembre 1959, à quatre heures de l'après-midi, Huber Matos est condamné à vingt ans de prison. Il est le dernier condamné cubain à avoir pu s'exprimer « librement » avant que la nuit stalinienne ne s'abatte sur le pays. Étrangement, Castro ne l'a pas fait condamner à mort. Pourquoi cette subite mansuétude ? Sans doute parce que son ancien compagnon de guérilla ne constitue plus un danger pour lui. Au cours de l'automne, l'armée rebelle a été liquidée. Tous ses chefs ont été éliminés ou matés. Entre octobre et décembre, le *Líder Máximo* a mis en place les instruments de ce qu'il appelle une « dictature de salut public ». Le 26 novembre, les derniers hauts dignitaires du M26, membres du gouvernement, sont écartés ou démissionnent : ainsi Faustino Pérez, compagnon du *Granma*, ou Manuel Ray, ministre des Travaux publics. Ce dernier est remplacé par Osmany Cienfuegos, frère de Camilo, membre du PSP, architecte de formation. On murmure qu'il a obtenu ce poste en échange de son silence sur la mort de son frère.

Et le « Che » ? Depuis son retour de voyage, à la fin de l'été, il s'ennuie. Il ne veut pas trop apparaître dans cette phase de « transition vers le socialisme », laissant aux seuls frères Castro le travail de répression. Il n'a rien fait pour protéger son « ami » Camilo. Il se vit comme un théoricien de la révolution. Les combats politiciens ne l'intéressent guère. Il est un activiste, un défricheur, un pionnier de la lutte armée. Il rêve d'ouvrir de nouveaux fronts contre l'impérialisme, les fameux *focos*, « foyers » de rébellion. Mais quand Fidel l'implore de prendre la direction de la Banque nationale de Cuba en remplacement de Felipe Pazos, il accepte. Le médecin se métamorphose en économiste.

En cette fin d'année 1959, les conjurés de Cojimar n'ont plus besoin de se réunir. Fidel gouverne ouvertement le pays avec les communistes. Désormais, il ne se cache plus. Le poker menteur avec les États-Unis est terminé. Dans quelques semaines, avec les milices révolutionnaires composées en majorité de *peones*, de chômeurs, d'étudiants, sur le modèle bonapartiste, la militarisation de l'économie va pouvoir s'engager. Avec les CDR (comités de défense de la révolution) chargés de contrôler idéologiquement chaque immeuble, chaque maison, l'encadrement politique sera assuré. Ils seront opérationnels dans quelques mois. Avec les syndicats ouvriers devenus de simples courroies de transmission du régime, avec les forces armées et la police placées sous le contrôle de Raúl, Fidel Castro a réussi à faire de l'INRA, qu'il contrôle, le plus grand propriétaire terrien de Cuba. Il a fait beaucoup mieux que son propre père ! Grâce à ce système totalitaire, pas un mètre carré de l'île n'échappe à son pouvoir vigilant.

Pourtant, il intrigue les observateurs. On s'interroge sur la nature exacte de son pouvoir. Est-il un caudillo à la mode sud-américaine ? Est-ce un bureaucrate stalinien ? Un guérillero égaré dans les allées du pouvoir ? La force du personnage vient de ce qu'il est bien plus que tout cela. Caméléon cruel et fascinant, il n'a jamais cessé de jouer de l'ambiguïté de ses positions. C'est le miroir aux alouettes qu'il agite en permanence devant lui qui déroute les âmes les plus fermes. Quelles sont ses vraies convictions politiques ? Paradoxe : au cours de cette année 1959, il suit un modèle qu'il qualifie en privé de bonapartiste, mais qu'on pourrait tout aussi bien présenter comme « mussolinien ». Il pourrait même, selon les théoriciens marxistes, être qualifié de « fasciste », car pas une seconde il ne s'est appuyé sur la classe ouvrière pour prendre le pouvoir. À ses yeux, l'ouvrier cubain est un salarié corrompu, égoïste, incapable de lutter à l'avant-garde de quoi que ce soit. D'où la complexité de ses rapports avec les vieux communistes du PSP qui l'ont longtemps considéré comme un « phalangiste ». Enfermés dans les schémas de l'« esprit de Camp David » – accord aux termes duquel l'URSS acceptait le principe selon lequel l'Amérique du Sud, donc Cuba, restait une zone d'influence des États-Unis –, les vieux staliniens de La Havane se méfiaient de l'activisme de Castro. Ils n'étaient pas dans la confidence des responsables du KGB, toujours prêts à déstabiliser le pré carré de l'« impérialisme ». C'est contre vents et marées, et contre les vieux communistes cubains, que Castro, durant les six derniers mois de 1959, a maintenu secret son plan tout en poursuivant sans désemparer ses rencontres clandestines avec les gens des services secrets soviétiques.

En juillet, Núñez Jiménez, l'un des pères de la réforme agraire, rencontre à New York Anastase Mikoyan, vice-président du Conseil des ministres soviétiques, membre du Politburo du PCUS. En octobre, un responsable du KGB, Vadim Vadimovitch Listov, se déplace discrètement à La Havane et s'entretient avec plusieurs membres de l'entourage de Castro pour les tenir au courant de la formation des membres de la police politique, le fameux G2, en stage à Moscou. Il a des entretiens avec Raúl Castro, Ramiro Valdés et Osvaldo Sánchez.

Un journaliste de l'agence Tass, Alexandre Alexeïev, membre du KGB, fait au même moment un voyage confidentiel à Cuba et rend visite à plusieurs hauts responsables dans un hôtel du centre historique de La Havane. Fidel Castro le reçoit dans son bureau, au dernier étage de l'immeuble de l'INRA. Après avoir savouré plusieurs boîtes de caviar arrosées de vodka, les deux hommes sympathisent. Au cours de l'entretien, Alexandre Alexeïev est intrigué par la médaille d'argent que porte Fidel autour du cou. Il fronce le sourcil. « Ne vous inquiétez pas, le rassure son interlocuteur. C'est l'effigie d'un saint catholique ; une fillette de Santiago me l'a offerte alors que j'étais dans la sierra Maestra. » Les Soviétiques vont découvrir à leur tour les multiples facettes de leur protégé. Dans un pays où la Vierge peut parfois avoir la peau noire et jeter des sorts comme une sorcière africaine, rien n'est jamais simple. Qui est vraiment Castro ?

Il a fallu attendre la dernière ligne droite, l'heure de vérité, l'épreuve du pouvoir pour que l'ancien agent du réseau « Caraïbes » abatte complètement son jeu. Mais tout le monde n'a pas voulu y croire. On a continué – les Cubains en premier lieu – à voir en lui un chevalier romantique, le Simon Bolívar des Caraïbes. Castro va profiter durant de longues années de ce flou artistique. De nombreux intellectuels européens vont se perdre eux aussi dans la labyrinthique galerie des glaces du *bicho* de Biran. Les Américains également : ainsi, dans un télégramme secret au département d'État daté du 8 novembre 1959, leur ambassadeur à La Havane, Philip Bonsal, relate l'étrange visite qu'il vient de recevoir le même jour. Rufo López Fresquet, ministre des Finances en place, accompagné de sa femme, s'est présenté de manière impromptue à la résidence du diplomate et lui a avoué avoir découvert qui était vraiment le *Líder Máximo* :

« Il m'a dit qu'il était impressionné par les tendances de plus en plus paranoïaques de Castro. Il pense qu'en fait Castro est faible, et facilement influençable en dépit de son extrême susceptibilité face aux critiques et de ses emportements spectaculaires. Selon López Fresquet, son tempérament et sa tactique ressemblent énormément aux méthodes de Hitler. Le ministre a ajouté qu'il était sûr d'être sous l'étroite surveillance des services secrets, que tous ses faits et gestes ainsi que ses contacts étaient observés. Il a évoqué une réunion houleuse du gouvernement au cours de laquelle Raúl Castro a expliqué, dans un discours d'une heure et demie, la réorganisation de l'économie. Selon López Fresquet, la tonalité de ce discours était "national-socialiste". Il a insisté sur le fait que ce projet lui paraissait plus fasciste que communiste. À l'issue du Conseil des ministres, Fidel a qualifié le discours de Raúl de "magnifique". »

En somme, à la fin de l'année 1959, le département d'État cherche toujours à savoir qui est l'homme descendu des canyons de La Plata.

Parmi ceux qui ont été trompés au cours de cette longue marche vers le pouvoir, il y a les centaines de milliers de chrétiens qui ont cru au mirage du Messie de la sierra. Ils ont suivi l'Apôtre les yeux fermés. Ils ont accepté les pelotons d'exécution, les dénonciations, les expropriations. Castro n'avait-il pas baptisé lui-même tant d'humbles gens durant la phase « christique » de la guérilla ? N'a-t-il pas maintes fois cité la Bible, arboré une croix, rappelé sa jeunesse chez les jésuites ?

Le 9 novembre, devant un million de fidèles, rassemblés à l'occasion d'un vaste rassemblement catholique, sous le regard de la statue de la Vierge del Cobre, il assiste encore à la messe célébrée par Mgr Pérez Serantes, l'évêque qui a marié ses propres parents à Santiago de Cuba. Mais le cœur n'y est plus. La foule hurle : « Réforme agraire, oui ! Communisme, non ! » Au sommet de sa popularité, le *Líder Máximo* est perplexe. Jamais il n'a parlé devant une foule aussi impressionnante, aussi soudée et surtout si déterminée. Ces gens ne sont pas venus pour lui, mais par attachement à leur Église. Ils ne veulent visiblement pas du communisme. Comment les convaincre ou plutôt les tromper encore une fois ? Il prend la parole d'une voix humble et soumise, tel un enfant de chœur, et répète sans jamais se lasser, avec un aplomb confondant, qu'il n'est pas communiste. Il ajoute : « Le Christ n'a pas été chercher douze propriétaires terriens pour en faire ses apôtres, mais bien douze pauvres pécheurs… » Il ne précise pas que ses propres « apôtres », ceux de la sierra Maestra, les « barbus héroïques », sont morts ou derrière les barreaux pour avoir mis sa propre parole en doute. À Cuba, le Christ en treillis vert olive est devenu un inquiétant bourreau. Qui pourra lui pardonner ses péchés ?

CHAPITRE 28

Les colères de Juanita

Elle est folle de rage. Elle a l'insupportable sentiment d'avoir été trahie. Quand elle a entendu son frère Fidel évoquer son enfance, elle a bondi. Juanita Castro n'a pas compris d'où pouvait lui venir une telle rancœur. Non, vraiment, ils n'ont pas vécu la même histoire. Son père n'avait rien du monstre qu'il décrit sur toutes les ondes. Il n'a jamais été cet exploiteur ignoble et cruel, ce capitaliste impitoyable que le leader de la révolution présente aux journalistes. Don Ángel n'était certes pas un saint. Il était dur à la tâche, taciturne, mais, chaque matin, « il se levait à l'aube, dit-elle, pour apporter un petit déjeuner aux ouvriers agricoles ». C'était un homme de la terre, rugueux comme le sont les Galiciens. Mais il veillait sur les siens avec une attention de tous les instants. Lui, l'orphelin, avait vécu pour qu'aucun de ses neuf enfants ne manque jamais de rien. Leur existence à tous avait parfois été rude, mais il était fier de ce fils si « brillant » à qui il prédisait une grande carrière d'avocat. Pourquoi Fidel est-il allé inventer que son père avait menacé de l'interner dans un hôpital psychiatrique ?

Non, selon Juanita, la vie à Biran n'avait jamais été ce calvaire évoqué par Fidel. Les enfants étaient unis et proches de leur mère. Attentive, affectueuse et drôle, le revolver passé sous la ceinture, Lina pouvait parfois se montrer un peu expéditive. Avec elle, ils allaient souvent pique-niquer à la plage, du côté de Banes. Seul Fidel semblait toujours en retrait, renfrogné, dissimulant ses sentiments derrière une allure vaguement hautaine.

Aujourd'hui, parvenu au faîte du pouvoir, il donne l'impression de régler des comptes en dévidant une histoire que Juanita n'a pas vécue. Comment peut-il se montrer aussi peu reconnaissant envers les siens ? Juanita n'a pourtant pas ménagé sa peine pour l'épauler dans son combat révolutionnaire. Jolie brune au regard franc et résolu, elle a adhéré au M26 pour soutenir son frère dès les premiers jours. Elle a fait collecter des fonds jusqu'aux États-Unis pour contribuer à financer la guérilla. Elle a participé à des opérations de propagande à La Havane. Surtout, elle a réussi à convaincre les siens, après la victoire, qu'il fallait, pour l'exemple, céder l'immense majorité des terres de Biran à la « révolution ». Seul son demi-frère Pedro Emilio a refusé. Et voilà qu'aujourd'hui le *bicho* crache sur eux tous !

Quand, en octobre 1959, au cours de l'inauguration d'une école à Biran, accompagnée de sa mère et de sa sœur Enma, elle applaudit Luis Conte Agüero, le « meilleur ami » de Fidel, qui tient ce jour-là un discours résolument anticommuniste, elle ne sait pas qu'elle vient elle aussi de s'éloigner à tout jamais de Fidel. Ce dernier, trop occupé, n'a pas fait le déplacement jusqu'à sa ville natale. Comme d'habitude, il a réussi à se défiler. La famille n'a jamais été son fort. Juanita ne l'en blâme pas. Elle a accueilli Luis Conte Agüero pour la nuit, dans la maison de Biran, persuadée de bien faire. Mais la vedette de la chaîne de radio CMQ, l'homme qui le conseillait pour séduire l'opinion américaine, n'est plus le « frère » tant aimé. Pour « aider Fidel à ne pas se laisser avoir par les communistes », il mène désormais une campagne effrénée contre la « soviétisation » du pays. Lina et Juanita le soutiennent sans réserve. Pour elles, il est l'homme qui peut sauver Castro de ses « mauvaises fréquentations ».

Le 4 février 1960, elles sont abasourdies : le premier vice-président du Conseil des ministres de l'URSS débarque en grande pompe à La Havane. Officiellement, Anastase Mikoyan vient inaugurer l'exposition soviétique consacrée à la science, à la technologie et à la culture au musée des Beaux-Arts. Mais nul n'est dupe. L'homme n'est pas un second couteau. C'est le plus proche adjoint de Nikita Khrouchtchev. Politiquement, il est même devenu le personnage le plus important de l'époque post-stalinienne. C'est lui qui a conduit la déstalinisation du Parti communiste. Il a participé à la chute de Beria, grand ordonnateur des purges staliniennes ; il a supervisé l'élaboration du pacte de Varsovie, signé en mai 1955. Surtout, il a mené la charge contre Staline au cours du XXe Congrès du Parti communiste d'Union soviétique, en février 1956. Il est même le seul responsable politique à avoir alors osé prononcer le nom du « petit père des peuples » à la tribune, pour critiquer sévèrement son *Précis d'histoire du Parti bolchevique*. Cet exploit n'était pas mince, car, à l'époque, même trois ans après la mort de Staline, ses partisans étaient encore nombreux, puissants et rancuniers.

Idéologue d'origine arménienne, Anastase Mikoyan est passionné par l'expérience cubaine. La « voie paysanne au socialisme » l'intrigue. Il connaît parfaitement les thèses de Castro, qui sont assez proches de celles des Chinois. Seule différence : Castro n'est pas un farouche défenseur du « rôle dirigeant du Parti communiste ». Son côté bonapartiste effraie de nombreux idéologues du Kremlin. Nikita Khrouchtchev souhaite donc en savoir un peu plus long sur le protégé de Fabio Grobart. Les gens du Kremlin ont déjà pu bénéficier des rapports précis de Nikolaï Leonov. Ils veulent néanmoins les recouper et apprendre davantage. Castro est certes un « ami », mais il subsiste encore quelques zones d'ombre, touchant en particulier à sa personnalité versatile et imprévisible. Anastase Mikoyan est là pour sonder cet « allié » tombé du ciel.

Le hiérarque soviétique prend son temps pour saisir le « mystère Castro ». Il sillonne le pays avec lui durant neuf jours, visite des coopératives agricoles à Camagüey, à Pinar del Río, dans l'Oriente ; il se rend sur l'île des Pins où il découvre la prison dans laquelle séjourna Fidel Castro. D'une infinie patience, il supporte toutes les excentricités de son hôte. Il ne peut échapper à une promenade dans la Ciénaga de Zapata où, bien sûr, il ne peut manquer d'écouter poliment les délires de Fidel sur le « futur complexe touristique », cet éden tropical qui ne verra le jour que lorsqu'on se sera débarrassé des myriades de moustiques qui infestent la zone. Brillant et caustique, le dinosaure soviétique découvre aussi la passion de Castro pour les vaches. Le fils du *ganadero* de Biran se pique de s'y connaître mieux que le meilleur des vétérinaires. Mikoyan ne le contredit pas. Au contraire. Il comprend que Castro a un très gros défaut : il est d'une vanité maladive. Cette faiblesse, Mikoyan en connaît les manifestations. Elle fut également la marque d'un homme qu'il a côtoyé, puis combattu : Joseph Staline. Avec de tels hommes, pour parvenir à ses fins, il faut surtout ne pas les contredire, mais les flatter sans retenue. Mikoyan usc et abuse avec succès du stratagème.

Au cours de ce séjour très « amical », en apparence d'ordre touristique, l'homme de confiance de Khrouchtchev promet à Castro un accord commercial sur le sucre cubain. Les Soviétiques s'engagent à en acheter 4 millions de tonnes par an, pendant les quatre années à venir, tout en accordant une ligne de crédit de 100 millions de dollars pour « l'acquisition d'équipements, de machines et de matériels » sous forme d'assistance technique. En d'autres termes, Mikoyan propose une forme de troc à l'ancienne : l'importation de sucre cubain contre l'exportation de machines soviétiques. A priori, c'est une très mauvaise affaire pour Cuba qui se retrouvera pieds et poings liés à l'URSS. Du point de vue de l'indépendance nationale, c'est même une vraie catastrophe.

Au terme de ces négociations secrètes, Anastase Mikoyan sollicite une faveur de son hôte : il souhaiterait rencontrer Ernest Hemingway. Ce dernier, en pleine période d'écriture, le reçoit néanmoins dans sa *finca* « Vigia », en compagnie de l'ambassadeur d'URSS au Mexique, Vladimir Bazikine.

Pour tous ceux qui, autour de Castro, croyaient encore à son anticommunisne, l'annonce de l'accord commercial fait l'effet d'une douche froide. Après cette visite, Luis Conte Agüero comprend qu'il n'y a plus aucune chance de faire revenir son ami Fidel dans le camp des modérés. Il commence à penser que Castro n'a pas eu une seule seconde l'intention de se rapprocher des États-Unis ni même de tenir la balance égale entre les deux grandes puissances. Alors que Washington semble prêt à toutes les concessions pour l'amadouer, il multiplie au contraire les provocations.

Pour Luis Conte Agüero, le tournant de l'histoire cubaine se situe le 4 mars 1960. Ce jour-là, un cargo français, *La Coubre*, chargé de 70 tonnes de munitions et d'explosifs en provenance d'Anvers, explose dans le port de La Havane. Bilan : 81 morts. Castro accourt sur les lieux, dirige les secours, accuse immédiatement les États-Unis de sabotage. À la télévision, il prétend que cette tragédie est l'œuvre des « ennemis de la révolution… qui ne veulent pas que nous recevions des armes pour nous défendre ». Or, quelques jours plus tôt, l'ambassadeur américain, Philip Bonsal, a fait des propositions précises aux dirigeants cubains pour équiper leurs forces armées. Sans résultat. Journaliste bien informé, Luis Conte Agüero ne comprend pas la manœuvre de Fidel. Il s'interroge même sur l'origine du « sabotage » de *La Coubre*. Aucune preuve n'a été apportée sur l'implication des services secrets US. S'agit-il d'un simple accident ? À moins que…

Luis Conte Agüero connaît la passion de l'Histoire qui habite Castro et son goût pour les commémorations, les dates fétiches. Or, lui non plus n'a pas oublié qu'un « accident » de même nature avait eu lieu le 15 février 1898 dans le port de La Havane : l'explosion du croiseur américain *Maine* avait été l'occasion pour Washington d'entrer en guerre contre l'Espagne pour, après la proclamation de l'indépendance de l'île, la mettre finalement sous tutelle et priver ainsi les indépendantistes de leur victoire. « Pendant quelques jours, j'ai été persuadé que Fidel avait lui-même organisé cette provocation et fomenté l'attentat, raconte Luis Conte Agüero. Il donnait l'impression de chercher à faire sortir Eisenhower de ses gonds. Fidel a une mémoire colossale et n'oublie jamais aucune date. Encore moins l'affaire du *Maine*. Dans la conscience cubaine, le *Maine* est resté le symbole de l'intervention américaine. Désormais, il y a un nouveau symbole, *La Coubre* : c'est celui de la rupture avec les USA, de l'honneur retrouvé. »

Le lendemain, au cours des obsèques des victimes au cimetière Colón, Fidel Castro, déchaîné, exhorte le peuple à lutter contre les futurs envahisseurs : « Cuba ne sera jamais lâche, Cuba ne reculera pas ! La révolution ne se laissera pas entraver… La révolution poursuivra sa marche vers la victoire ! » Exalté, vociférant, il désigne les États-Unis comme l'ennemi suprême et lance pour la première fois son fameux mot d'ordre révolutionnaire : *« Patria o muerte, ¡ venceremos*[1] *! »*

À l'issue de la cérémonie, Luis Conte Agüero, inquiet de la tournure prise par les événements, cherche à joindre son ami ; en vain. Quelques jours plus tard, le 18 mars, il apprend une nouvelle qui le consterne : Castro vient de recevoir un cadeau personnel des Soviétiques – un hélicoptère ! Cette fois, à l'exemple de Huber Matos, il envoie une lettre à Fidel, l'exhortant à rebrousser chemin. Il est persuadé que ce dernier lui répondra au nom de leur vieille amitié et en souvenir de leurs combats passés. Luis n'a-t-il pas, de surcroît, le soutien de la propre famille du *Líder Máximo* ? N'est-il pas proche de Lina, de Juanita, d'Enma et même de Ramón ? Mais Fidel ne répond pas. Il évolue désormais sur une autre planète.

Il fait partie des grands de ce monde. Il n'a nullement l'intention de se contenter de Cuba. Déjà, le pied sur le continent sud-américain, il rêve d'être le nouveau Bolívar, celui qui exportera le communisme sur tout l'hémisphère Sud. Bien sûr, Anastase Mikoyan, roublard et conciliant, ne l'a pas contredit. Il semble défendre des thèses trotskistes ? Peu importe. La position géostratégique de Cuba vaut bien de menues entorses au dogme officiel.

Ainsi, dès le printemps 1960, des centaines de jeunes Sud-Américains, venus essentiellement du Venezuela et du Chili, sont invités à Cuba pour former les premières

1. « La Patrie ou la mort ! Nous vaincrons ! »

colonnes des futures guérillas latino-américaines. Parmi les visiteurs de Castro, on remarque un médecin marxiste, Salvador Allende Gossens : il vient récupérer une cargaison d'aide humanitaire destinée à des Chiliens victimes d'un raz de marée. D'autres de ses compatriotes partent directement pour des camps d'entraînement dans l'Oriente ou dans la région de Pinar del Río. Castro n'est pas un chef d'État comme les autres. Il aime à venir perdre son temps au milieu de ces apprentis guérilleros. Il préfère cent fois les heures passées dans la sierra avec ces jeunes *pistoleros* à celles où il se morfond dans son bureau présidentiel. Il n'a aucune notion du réel, s'intéresse peu à la gestion, ne s'épanouit qu'à la perspective de combats futurs.

Or, pour l'heure, il est plus que jamais obsédé par l'imminence d'un débarquement américain. Il donne même l'impression de l'attendre avec fébrilité. Avec l'aide d'un général soviétique, vétéran communiste de la guerre d'Espagne, Ángel Ciutat, dit « Ángelito », il met au point son « armée » d'un million d'hommes pour préparer la riposte. Et Luis Conte Agüero vient l'asticoter avec son anticommunisme de pacotille ?

Sans ménagement, Castro oublie tout ce qu'il doit à son ami et donne l'ordre à Raúl d'organiser un lynchage à son encontre. Luis Conte Agüero est devenu par trop encombrant. Il vient d'achever d'écrire sa biographie, *Fidel, vida y obra* (« Fidel, sa vie, son œuvre »), certes favorable, mais si bien informée que Fidel Castro la lui « confisque » pour la confier à Celia Sánchez, la gardienne de tous les secrets, afin qu'elle ne soit « jamais publiée ».

Pour aggraver son cas, Luis a l'intention d'écrire une autre biographie consacrée cette fois à l'autre grande figure de la révolution, Camilo Cienfuegos. Il pourrait bien révéler l'effroyable histoire de sa disparition.

Décidément, le voici devenu vraiment trop curieux. Enfin, Lina a beaucoup d'affection pour lui. Le cheveu gominé, toujours impeccable dans ses costumes croisés, il use de son charme auprès d'elle. Les « roucoulades » de don Luis exaspèrent Fidel. Son côté danseur mondain n'amuse plus du tout le « croisé en treillis ». Jadis, pour accéder aux médias nationaux, il l'a flatté, courtisé. Il a utilisé son carnet d'adresses. Aujourd'hui, ce dandy tropical ne présente plus pour lui aucun intérêt. Il faut lui administrer une bonne leçon. Un guet-apens est donc organisé pour lui faire peur.

Le 25 mars, le journaliste vedette raccompagne Enma Castro au volant de sa voiture, une Buick, jusque dans le quartier de Miramar où elle habite avec Juanita. Enma a vingt-quatre ans. Elle doit épouser un ingénieur mexicain, Víctor Delgado. Elle a sollicité Luis pour qu'il lui obtienne un rendez-vous auprès de l'archevêque de La Havane, Mgr Evelio Diaz, afin de préparer la cérémonie nuptiale dans l'enceinte de la cathédrale. Après l'entrevue, Luis laisse donc Enma devant chez elle pour se rendre au siège de la chaîne de radiotélévision CMQ où il doit intervenir en direct. C'est alors qu'un incident mécanique lui sauve sans doute la vie : sa voiture ne démarre pas. Pour le dépanner, Enma lui prête la sienne, une Ford sur laquelle est collée une grande photo de Fidel Castro. Devant le siège de la CMQ, des centaines de « manifestants » armés de gourdins, dirigés par Manuel Piñeiro, alias Barberouge, l'homme des basses œuvres des frères Castro, attendent le journaliste au volant de sa Buick. Lorsqu'une Ford apparaît au coin de la rue, ils hésitent une fraction de seconde et laissent passer le véhicule. Quand ils reconnaissent leur victime, il est trop tard. Luis Conte Agüero peut s'engouffrer dans les studios ; il lit une nouvelle fois à l'antenne la lettre qu'il a envoyée à Fidel. Furieux, les frères Castro décident alors de recourir aux grands moyens.

Le 27 mars, au cours d'une cérémonie de remise des nouveaux uniformes de la Milice au camp de Columbia, Raúl Castro s'en prend violemment à Luis Conte Agüero et menace de le faire fusiller. Le lendemain, Fidel prend le relais. Dans un message télévisé d'une durée de quatre heures, il utilise plus de deux cents fois le mot « ennemi » à l'encontre de son ex-« frère tant aimé ». Le procès stalinien est ouvert : « Luís Conte Agüero est animé par un grand ressentiment personnel, un grand esprit de frustration, une grande vanité, attaque Fidel Castro. [...] Il utilise exactement la même arme que tous les criminels de guerre [...]. Tout cela obéit à un même plan d'agression... Les ennemis de la révolution vont devoir affronter le peloton d'exécution... » Brutale, implacable, la sentence publique foudroie Luis le candide. Il y a quelques mois à peine, lors de leur voyage aux USA, Fidel lui avait promis qu'il serait le prochain président de Cuba. Aujourd'hui, le même Fidel le jette en pâture à la foule vengeresse.

Luis Conte Agüero en reste hébété. Juanita Castro le supplie de s'enfuir sans attendre une seconde de plus, au risque de finir comme Huber Matos, Camilo Cienfuegos, voire comme des centaines d'autres fusillés au gré d'une saute d'humeur de son frère. Luis Conte Agüero se réfugie à l'ambassade d'Argentine. Il promet à Juanita de rester en contact avec elle. Quelques jours plus tard, il quitte le pays à son tour. L'homme qui lui écrivait de merveilleuses lettres depuis sa cellule de la prison de l'île des Pins, le complice qui lui confiait ses tourments d'homme blessé, ses douleurs d'amoureux transi, a laissé la place à un Torquemada glacial et vindicatif. Comme tous ceux qui ont aimé et défendu Fidel Castro, Luis Conte Agüero est déboussolé.

Juanita prend conscience elle aussi qu'elle ne restera pas longtemps dans ce pays devenu fou. Mais elle ne peut abandonner sa mère dont le cœur donne des signes de fatigue. Elle accueille Lina chez elle. La matrone de Manacas n'a plus la force d'aller vivre à Biran. Cette propriété à laquelle elle a consacré les meilleures années de sa vie est devenue un enfer à cause de son fils. Elle a appris par Luis Conte Agüero que Fidel a fait incarcérer son demi-frère, le faible Pedro Emilio, parce que ce dernier, à la grande surprise des siens, n'a pas voulu céder ses parts « à la révolution ». María Argota, la première femme de don Ángel, est venue supplier Luis d'intervenir auprès de Fidel pour le faire revenir sur sa décision. Lina et sa fille Juanita ne comprennent pas comment celui-ci est devenu aussi impitoyable. Aucun lien du sang ne le retient dans son goût du châtiment. À sa mère il reproche d'avoir jadis gardé de bonnes relations avec Fulgencio Batista pour le sauver à plusieurs reprises. Il lui reproche aussi d'avoir défendu sa première femme, Mirta. Il lui reproche tout. Usée, épuisée par toutes ces années de lutte pour garder la tête haute, Lina avait même réussi à entretenir de bonnes relations avec María Argota, laquelle avait fini par lui pardonner de lui « avoir pris son homme ». Lina la pieuse regarde à présent son fils donner la chasse aux curés. Il ne les brûle certes pas, ne les assassine pas, comme ce fut le cas pendant la guerre civile espagnole, mais il les expulse en tant qu'étrangers.

Devant un tel désastre, les deux femmes envisagent à leur tour l'exil. Elles comptent rejoindre Enma à Mexico. Cette dernière, qui s'est mariée le 30 avril, s'est aussitôt installée dans la capitale mexicaine. Mais Lina Ruz Castro n'a pas le courage d'abandonner sa patrie. Elle se sent trop vieille, trop fatiguée pour tenter cette douloureuse aventure. Sans compter qu'il y a ses autres enfants, Angelita, Agustina, Raúl et Ramón, qui n'ont pas l'intention de partir. Tiraillée entre les fidélistes et les antifidélistes au sein de sa propre progéniture, Lina reste à La Havane.

Juanita s'accorde un sursis pour prendre soin de sa mère. Fait incroyable : elle se lance dans l'action clandestine contre la « nouvelle dictature » instaurée par son propre frère. Elle aide les démocrates, cache des armes. Elle risque sa vie, persuadée que son lien de parenté avec le chef du gouvernement la protégera de la curiosité du G2, la police politique. Elle prend des risques énormes tout en pestant contre Fidel et contre Raúl qui, pour elle, n'est que l'otage de son aîné. « Il était le plus affectueux de tous les enfants, le chouchou de Lina, dit-elle. Il débordait de tendresse envers toute sa famille. Fidel l'a littéralement envoûté. » Juanita ne comprend pas comment cet être si doux a pu devenir le sinistre homme de main qu'il est aujourd'hui. Catholique pratiquante, elle y voit la main du diable. Pour elle, le seul coupable s'appelle Fidel. Il a beau tenter, aux yeux du monde, de jouer le rôle du « gentil » et de laisser à Raúl celui du sale type assoiffé de sang, elle n'y croit pas. Le cadet est victime de l'emprise de son grand frère. Mais comment le sortir de ses griffes ?

CHAPITRE 29

La grande rafle de l'Escambray

Il a failli éclater de rire. Nikita s'est jeté sur lui, l'a étreint avec une fougue de bûcheron et l'a laissé pantelant, au milieu des siens, dans le hall de l'hôtel Teresa, établissement situé en plein quartier de Harlem, à New York. Ce petit paysan ukrainien au sourire malicieux l'a épaté. Il est venu en personne lui rendre visite à son hôtel, comme un vieux copain de régiment. Le numéro un soviétique chez le Petit Poucet des Caraïbes ! Fidel Castro est plus que flatté. Cet homme tout-puissant de 66 ans, qui pourrait être son père – lui-même n'en a que 34 –, fait le premier pas vers lui sans se préoccuper des règles diplomatiques. Il lui fait une cour éhontée et Castro biche comme une donzelle. Le Cubain invite alors le Soviétique à monter dans sa suite, au neuvième étage. Les deux hommes y conversent durant exactement vingt-deux minutes. Castro ne pouvait rêver meilleure publicité.

Auparavant, le jeune dirigeant cubain a choisi cet hôtel du quartier noir par pure provocation, afin de se faire remarquer des médias américains. Comment attirer l'objectif des caméras vers soi quand tous les grands de ce monde sont réunis à l'occasion de l'anniversaire de la création des Nations unies ? Pour cette assemblée générale extraordinaire, la liste des invités regorge de stars susceptibles d'éclipser le « Grand Barbu ». Parmi elles, il y a le maréchal Tito, Nasser l'Égyptien, Nehru l'Indien, parmi tant d'autres. Installé dans un premier temps à l'hôtel Shelburn, un établissement cossu sur Lexington Avenue, Castro a fait un scandale et s'est plaint de ses conditions d'hébergement. En fait, il était obsédé par l'idée d'être mis sur écoutes. Persuadé que la CIA a truffé son hôtel d'appareils électroniques, il ne croit paradoxalement pas une seconde à un risque d'attentat. « Je ne les imagine pas monter une opération sur leur propre territoire, déclare-t-il. Ce serait beaucoup trop dangereux pour eux, il y aurait une longue enquête, avec la presse qui n'en finirait pas de fouiner… » Il exige qu'on trouve un autre gîte pour lui et sa délégation. Il menace même de camper à Central Park avec ses hommes en treillis vert olive ! On lui trouve en catastrophe un logement gratuit au Commodore Hotel ; il refuse, sans doute pour échapper de nouveau aux écoutes de la CIA. Il se rabat finalement sur un établissement beaucoup moins chic, l'hôtel Teresa, au coin de la 7e Avenue et de la 15e Rue… où il avait en fait réservé depuis plusieurs semaines !

Ce coup monté lui permet de figurer à la une des médias. La « pauvre victime du gouvernement américain » peut même passer pour le défenseur de la cause noire. Les journalistes se précipitent au Teresa. Malcolm X, le dirigeant des Black Muslims, lui rend visite. Des particuliers vont se faire photographier aux côtés des *barbudos*. Allen Ginsberg, le poète de la *beat generation*, fait lui aussi un saut jusqu'à l'hôtel, devenu le lieu de rassemblement des « déshérités de la terre ». Le spectacle a déserté l'enceinte des Nation unies : il est à Harlem.

Nikita Khrouchtchev l'a compris d'emblée. Tout comme Castro, c'est un formidable comédien et il a le goût des médias. Sa visite à l'hôtel Teresa n'a rien d'un coup de cœur. Quelques jours avant son arrivée à New York à bord du paquebot *Baltika* en provenance de Kaliningrad, le premier secrétaire du PCUS a lâché à propos de son nouvel ami : « Castro finira par être attiré par nous comme la limaille de fer par l'aimant. »

L'après-midi, lors de la séance aux Nations unies, Khrouchtchev refait son numéro de charme. À la surprise générale, il se lève de son siège, traverse la salle et vient étreindre à nouveau son « poulain », cette fois en public. L'image fait le tour de la Terre. Désormais, le monde sait : Nikita aime Fidel. Il l'embrasse à plusieurs reprises, et son partenaire joue le jeu. La scène tourne à l'effusion. « Si je vous dis que nous nous sommes étreints, je dois apporter une précision, raconte Khrouchtchev dans ses Mémoires. Il dut se baisser et il m'enveloppa en quelque sorte de tout son corps. Si ma circonférence est respectable, on ne peut pas dire qu'il était tellement maigre, surtout pour son âge. »

Ce jour-là, 20 septembre 1960, Fidel Castro prononce un discours de quatre heures et demie à partir d'un seul feuillet couvert de notes. Khrouchtchev l'écoute patiemment, presque attendri, applaudissant comme un oncle bienveillant et protecteur.

Le successeur de Staline est presque surpris par le cours des événements. Castro s'est laissé ferrer presque trop vite. Autour de lui, au sein du Politburo, on lui conseille de ne pas brusquer les choses, de ne pas se laisser embarquer dans la *furia* du *Caballo*. Malgré ses « états de service », ses liens avec Fabio Grobart, sa vieille amitié avec Nikolaï Leonov, Castro est un personnage atypique dans la galaxie communiste. Son itinéraire est par trop sinueux, opaque. Il n'est pas encore de la famille. Au demeurant, Khrouchtchev le reconnaît volontiers. Il dit de lui : « Castro est comme un jeune poulain qui n'a pas encore été débourré. Il faudra le dresser, mais il est vif, nous devrons donc faire très attention. »

Surtout, le Cubain traîne les pieds pour constituer un grand parti communiste ; c'est là son talon d'Achille. Pour être définitivement adoubé par les hiérarques du Kremlin, il doit impérativement se soumettre à la règle de la « suprématie du Parti ». Il est donc encore sous surveillance, en observation.

Il n'en a pas moins donné des gages de son engagement résolu en faveur du communisme. Le 5 août, sans la moindre concertation avec qui que ce soit, il a brutalement nationalisé, en pleine nuit, toutes les entreprises étrangères implantées sur l'île, essentiellement américaines, en guise de réplique au président Eisenhower qui venait d'annoncer son intention d'interrompre les achats de sucre cubain. D'autre part, il a sans rechigner remis l'organisation de son appareil répressif aux bons soins du KGB et de la police secrète tchèque.

Ramón Mercader, l'assassin de Trotski, aidé de son frère, est l'un des principaux instructeurs du G2, organe spécialisé dans la lutte contre les opposants politiques. Sitôt sorti de sa prison mexicaine, Mercader a obtenu un passeport cubain sur intervention directe de Castro. Il est même parvenu à placer sa mère dans l'entourage du *Líder Máximo*. Ce geste n'a rien d'anodin : pour Fidel, les Mercader sont considérés comme des amis. À Moscou, on apprécie.

D'autant que les signes de la bonne volonté communiste de Castro se multiplient. Il fait même du zèle. Il impose le « travail volontaire », puis le gel des salaires pour les ouvriers. Ceux-ci n'ont plus le droit de revendiquer la moindre augmentation : ce comportement est jugé « contre-révolutionnaire » et même punissable de prison. Castro prépare aussi pour octobre une loi de réforme urbaine qui obligera les Cubains à acheter le logement qu'ils occupent en payant un loyer à un institut d'État, un genre de *leasing* dont on ne voit jamais la fin. Ainsi, le citoyen se retrouve du jour au lendemain à la merci de l'État omnipotent, dépossédé en fait de tous ses biens, ce qui fait dire à l'époque à Charles Bettelheim, économiste marxiste-léniniste, qu'on se trouve là devant « l'une des révolutions les plus radicales à s'être faites en un temps aussi court ».

Les idéologues soviétiques devraient être rassurés : Castro est un communiste fébrile et brouillon, loufoque mais efficace. Le numéro un cubain vient de nationaliser les dernières radios et télévisions privées, dont la CMQ où officiait Luis Conte Agüero. Désormais, un seul réseau surnommé FIEL – comme Fidel – inonde les foyers cubains. Enfin l'homme fort de La Havane a engagé une féroce « campagne d'extermination » contre la guérilla de l'Escambray où luttent des milliers d'hommes que soutient sa sœur Juanita. Il a interdit les processions religieuses, la célébration de la Semaine sainte, les carillons des églises. Il a supprimé le Père Noël et l'a remplacé par un personnage révolutionnaire, barbu, en uniforme vert olive, nommé « Don Feliciano ». Il a même lancé un chant laïque dont les paroles, pathétiques, révèlent la nature profonde du personnage : *« Jingle bells, Jingle bells, / Toujours pour Fidel ! »*

Ces menues dérives vers le culte de la personnalité pourraient agacer Khrouchtchev. Mais celui-ci n'a plus le temps de se poser ce genre de questions. Derrière les roucoulades diplomatiques à l'ONU, le grand chantier de l'aide militaire à Cuba a démarré depuis le début de l'été. Entre le 28 juillet et le 18 novembre 1960,

12 navires soviétiques livrent armes et munitions au gouvernement cubain. Objectif : armer dans un premier temps une milice de 500 000 hommes. C'est Ernesto Guevara et Raúl Castro qui ont négocié l'opération, au début de juillet, à Moscou. Ils ont fourni des informations plus ou moins précises à leurs « parrains » sur la riposte américaine imminente. Ils n'ont pas eu besoin de documents ultrasecrets pour convaincre leurs interlocuteurs.

Au cours de l'été 1960 l'Amérique, en campagne électorale pour l'élection présidentielle, n'a en effet parlé que de cela. Cuba est un des thèmes favoris pour l'opinion. Le jeune candidat démocrate John Kennedy a fait de la surenchère et reproché à Richard Nixon sa mollesse vis-à-vis de Fidel Castro. Le ton est monté. Chacun des candidats a bombé le torse et promis une intervention militaire. Quand celle-ci doit-elle avoir lieu ? Depuis le 17 mars, le président Eisenhower, sous la pression de Nixon, a accepté de préparer un corps expéditionnaire qui s'entraîne au Guatemala. L'affaire est devenue un secret de polichinelle. Castro, persuadé que les États-Unis n'attendraient pas la fin de la campagne pour agir, a pressé les Soviétiques d'accélérer leurs livraisons. À l'automne, il est militairement prêt à affronter une attaque. Mais politiquement ?

Le 28 septembre 1960, quelques jours après sa lune de miel avec Khrouchtchev, il officialise l'installation des comités de défense de la révolution qui permettent un maillage serré de l'ensemble du territoire. Entre l'armée, les milices et les CDR, le pays n'est plus qu'une gigantesque garnison.

Le 13 octobre, Fidel Castro nationalise plus de 380 entreprises cubaines et les dernières sociétés étrangères qui avaient été épargnées par son « coup de sang » de juillet. Cette décision n'a qu'un but : couper les ponts avec les États-Unis. Puisque la confrontation doit avoir lieu tôt ou tard, autant clarifier les choses. Le gouvernement Eisenhower n'a plus le choix : le 18 octobre, il rappelle son ambassadeur, Philip Bonsal, et, le lendemain, décrète l'embargo sur tous les produits américains à destination de Cuba.

Ainsi, contrairement au discours généralement admis sur la responsabilité exclusive de Washington dans le conflit qui l'oppose à Fidel Castro, selon lequel l'administration Eisenhower aurait « offert » Cuba aux Soviétiques par excès d'intransigeance, la vérité historique est rigoureusement inverse. Jusqu'au bout, les Américains auront tenté de garder le contact avec Castro. Ils auront donné des gages de bonne volonté, en particulier sur les délais de remboursement des dédommagements à verser aux industriels lésés par les nationalisations, soit environ un milliard de dollars. Ils auront, par l'intermédiaire de Philip Bonsal, multiplié les gestes d'apaisement. Ainsi, le 5 août 1960, sur ordre du département d'État, le diplomate en poste à La Havane fait même une incroyable fleur à Castro, comme un geste de la dernière chance : il prévient le président Dórticos qu'un attentat dirigé contre la personne du chef de la révolution est en préparation sur l'île. L'instigateur du complot ? Un certain commandant William Morgan, ancien compagnon de Castro dans la sierra. Quelques jours plus tard, le « conspirateur » est arrêté et fusillé. Mais ce surprenant « cadeau » n'a aucun effet sur le fondateur du M26. La CIA le menace de révéler qu'elle a financé son mouvement pendant près de deux ans ? Il s'en moque. Il sait qu'elle ne dispose strictement d'aucune preuve tangible contre lui. Le seul homme qu'elle pouvait inquiéter était Frank País : c'est lui qui était « au contact ». Il est mort assassiné en juillet 1957.

Au cours de cette période, Castro, malgré le soutien de Moscou, est cependant soucieux : il ne parvient pas à écraser la guérilla de l'Escambray qui, depuis les premiers mois de la révolution, s'oppose à la dictature castriste, et s'organise sur les massifs du centre de l'île. Il a en face de lui une armée fuyante, éparpillée, composée essentiellement de militants du Directoire révolutionnaire. Ses ennemis ne font que reprendre les méthodes qu'il a lui-même utilisées pendant plusieurs années, le *hit-and-run* cher à Ernesto Guevara, enseigné dans toutes les écoles de guérilla. Fidel s'interroge : comment vaincre un adversaire aussi insaisissable ? En l'asséchant, en le privant de ses sources d'approvisionnement, en lui retirant ses soutiens logistiques implantés pour l'essentiel dans les villes de Trinidad et Camagüey. Durant l'automne, il passe à l'offensive et mène une campagne impitoyable contre « porteurs d'eau » et « courriers ». Il fait infiltrer les réseaux de rébellion par des agents du G2. Il crée une brigade baptisée « Lutte contre les bandits », autorisée à « ne pas faire de prisonniers ». Pour lui, la répression n'est pas une affaire d'ordre public, mais une guerre d'extermination. Castro n'a ni la patience ni la mansuétude de Batista. En quelques mois, il fait exécuter près de 700 personnes, la plupart du temps sans le moindre jugement.

Curieusement, la presse européenne ne semble guère s'en émouvoir. À leur décharge, les journalistes ne disposent que d'une seule source d'information : Fidel Castro lui-même, qui prend sous son aile les correspondants les plus influents et les « hypnotise ». Tout comme il l'avait fait avec la star cubaine des médias Luis Conte Agüero, il charme, cajole, captive, endort ses hôtes qui ne voient plus l'île qu'à travers les yeux du *Líder Máximo*. Ils racontent un pays mythique, un eldorado de carte postale. Des atteintes aux droits de l'homme, ici, dans ce temple de la justice et de l'égalité ? Impossible ! Les opposants à Castro ne sont après tout que des « bandits » de grand chemin. Des défenseurs de la démocratie, eux ? Pas une seconde les commentateurs ne se posent la question. Ils gobent tous les mensonges du « sorcier galicien ». Dans ces conditions, Fidel Castro peut tout se permettre. Quelques jours avant le débarquement américain de la baie des Cochons, il lance la plus grande rafle de toute l'histoire du pays sans que personne y trouve à redire. À la télévision, il galvanise le peuple, l'exhorte à se préparer à la défense de la patrie. Jour après jour, inlassablement, il crée une véritable psychose de guerre. Au début d'avril 1961, ayant acquis la conviction, par ses réseaux d'informateurs du G2 infiltrés dans le milieu des exilés, que l'invasion est imminente, il organise la plus féroce répression intérieure qu'ait jamais connue Cuba. Son but : empêcher les assaillants de bénéficier du moindre appui local.

Fidel connaît pratiquement tout de l'opération préparée par la CIA. Ses agents ont pénétré toutes les bases d'entraînement de l'opposition cubaine en Amérique centrale, à Trac, Helvetia, Garrapatenango, Retalhuleu. Dans ce dernier camp, le G2 a même réussi à fomenter une rébellion contre le chef de la Brigade 2506, Pepe San Román. But de la manœuvre : faire capoter ou à tout le moins retarder l'invasion. Quarante hommes qui ne voulaient plus poursuivre l'entraînement ont été mis aux arrêts. Finalement, le jour « J » est fixé : l'invasion est différée au 17 avril 1961. Ce sursis permet à Castro d'agir. En quelques jours, la police castriste, avec l'aide des comités de défense de la révolution et de la milice, interpelle plus de 200 000 personnes et les parque dans les stades, les cours d'école, les cinémas, les garnisons, des camps improvisés ceints de barbelés. Les évêques sont placés en résidence surveillée ; bâillonnés, ils ne peuvent émettre la moindre protestation. À La Havane, plus de 35 000 opposants « potentiels » sont arrêtés.

Cette opération préventive est totalement étouffée, passée sous silence. Aucune image n'a pu être prise de ce gigantesque coup de filet. Seul Herbert Matthews, correspondant du *New York Times*, évoque ce chiffre. Carlos Franqui, directeur de *Revolución*, avancera quant à lui le nombre de 100 000 arrestations. Encore plus tard, dans un livre publié en 1996, le journaliste français du *Monde*, Jean-Pierre Clerc évoque la rafle gigantesque. Pourquoi aucun cliché n'a pu fixer ce sinistre épisode ? Parce que Castro connaît parfaitement la puissance de l'image et craint par-dessus tout que la moindre vue d'un « camp de regroupement » sorte de Cuba. Comme dans le pire des régimes staliniens, la vague de terreur qui s'est abattue sur Cuba n'a officiellement pas eu lieu. Nul n'a le courage ou l'occasion de garder une trace de ces rafles à grande échelle. Le dictateur a su exercer un contrôle absolu sur les médias.

Quelques jours plus tard, il avoue lui-même aux Cubains, à la télévision, avoir été contraint de frapper fort : « On n'avait pas d'autre choix que d'arrêter tous les suspects, toutes les personnes qui, pour une raison ou une autre, auraient pu s'activer, auraient pu agir ou bouger pour venir en aide à la contre-révolution. Quand on engage ce type de mesures, naturellement, on commet quelques injustices.... » Ainsi Castro reconnaît qu'il s'accorde le droit de jeter en prison de simples suspects, des citoyens qui, « pour une raison ou une autre, auraient pu » agir. Malgré cet aveu, pas une protestation, pas une marque d'indignation n'est alors montée des rangs de la gauche européenne. Cette « terreur préventive » ne choque pas.

Au même moment, dans le plus grand secret, à vingt kilomètres de Trinidad, Castro fait construire en toute hâte la prison d'El Condado, un complexe pénitentiaire d'une capacité d'accueil de 1 500 places. L'objectif est d'appliquer à l'Escambray la politique de la « terre brûlée », technique préconisée par ses conseillers soviétiques, le général Ángel Ciutat et le colonel Antonio Dahud, officiers de haut rang du KGB, tous deux d'origine espagnole. Les deux hommes n'apparaissent bien sûr jamais sous l'uniforme soviétique, mais en treillis de l'armée cubaine. À Cuba, ils sont comme des poissons dans l'eau. Ce sont eux qui vont diriger secrètement les manœuvres de défense de l'île. Ainsi, peu avant le débarquement, plusieurs milliers de familles de paysans « susceptibles » de venir en aide aux insurgés sont « évacuées » – la langue espagnole dit « déportées » – et placées dans des camps comme celui de Ciudad Sandino, dans la province de Pinar del Río. Ce camp, qui deviendra ultérieurement une ferme d'État ultraprotégée, est dirigé officieusement au printemps 1961 par le lieutenant-colonel du KGB Valentin Trujanov. Fidel Castro, le chantre de l'indépendance nationale, livre sans états d'âme sa population aux « spécialistes » venus de l'Est. El Condado accueille même un psychiatre militaire soviétique pour diriger les interrogatoires : il s'appelle Iouri Karlinov.

En usant de la manière forte, le *Comandante* réussit son pari : à la mi-avril, la zone de l'Escambray est en quarantaine, isolée du monde. Avant même le début de l'invasion, les insurgés ne disposent plus de base arrière. Le plan de la CIA imaginé par Richard Bissel, étoile montante de l'Agence, n'a pas prévu ce « coup de filet » de Castro. En bonne logique, le débarquement de deux mille exilés cubains dans la zone de Zapata doit être précédé d'un bombardement des bases aériennes castristes en vue d'annihiler la capacité de riposte de l'aviation cubaine. Les forces insurgées, appelées « Brigade 2506 », doivent établir une tête de pont dans l'Escambray pour accueillir, dans les heures qui suivent, un gouvernement provisoire dirigé par l'ancien Premier ministre de Castro, José Miró Cardona. Ce dernier, depuis la Floride, vient de créer un Conseil révolutionnaire surnommé par Fidel le « Conseil de la vermine » *(gusanos)*. Si tout se passe comme prévu, Cardona, qui attend dans un aéroport de Floride avec son gouvernement, doit atterrir en « territoire libre » et appeler le voisin américain à la rescousse.

Sur le papier, ce plan est parfait. Mais les conseillers américains et les chefs de la Brigade 2506 ont négligé un paramètre capital : ils ont sous-estimé Castro. Celui qu'ils prennent pour un illuminé dangereux et vibrionnant est aussi un habile stratège militaire et, malgré son jeune âge, un politicien rusé et expérimenté. Le général Ciutat lui fournit toutes les informations dont dispose le KGB sur l'« état d'esprit » du président J.F. Kennedy. Grâce à ses alliés de l'Est, Fidel « lit » bien le jeu de son adversaire. D'abord, il est persuadé que le jeune et nouveau président des États-Unis, qui vient juste d'entrer en fonctions à la Maison-Blanche, en janvier 1961, succédant au président Eisenhower, n'interviendra pas directement sur le sol cubain. Il l'a d'ailleurs déclaré publiquement. Il n'enverra pas non plus ses forces aériennes bombarder l'île. Il ne prendra pas ce risque catastrophique pour son image en Amérique latine. Engagé dans la diplomatie de la « coexistence pacifique » avec Khrouchtchev, Kennedy ne croit pas à l'usage de la force pour régler les conflits. Le président américain estime que son vaste plan d'aide économique aux pays sud-américains, l'« Alliance pour le progrès », évalué à plus d'un milliard de dollars, se révélera politiquement plus efficace qu'un tapis de bombes.

Castro sait aussi que « J.F.K. » n'a jamais été un chaud partisan de cette opération de la baie des Cochons, conçue sous l'administration de son prédécesseur. Il a la conviction que son homologue américain a cédé à contrecœur aux « faucons » pour régler le problème des bases d'entraînement des jeunes Cubains désireux d'en découdre avec le « dictateur de La Havane ». Bref, il pense que Kennedy attaque « à reculons », pour ne pas apparaître aux yeux de certains des conseillers du Pentagone comme un homme hésitant et sans convictions. L'image du play-boy jouisseur et fils à papa lui colle en effet à la peau. Et Fidel Castro ne l'a-t-il pas lui-même traité publiquement de « milliardaire ignare et illettré » ?

Finalement, J.F.K. donne son « feu vert », en renâclant. Le matin du 15 avril 1961, six B26 maquillés aux couleurs de la révolution, pilotés par des « Cubains anticastristes », attaquent trois bases aériennes à Columbia, Santiago et San Antonio de los Baños. Fidel et son état-major sont prêts. Pour tromper l'ennemi, on a laissé sur les pistes des avions leurres, des épaves ou des coucous inutilisables. Les appareils en bon état ont été disséminés ou dissimulés. Ce stratagème permet de sauver sept appareils, des Sea Fury, mais surtout trois C33, des avions à réaction américains que Castro a fait transformer en avions de combat en les équipant de mitrailleuses de 50 mm. Ce rafistolage de dernière minute se révèle d'une efficacité redoutable.

Le 17 avril à une heure du matin, les hommes de la Brigade 2506 débarquent sur la Playa Girón, dans la gueule du loup, au cœur du « domaine » de Castro, la Ciénaga de Zapata, sa terre fétiche, son lieu de retraite et de méditation. Il en connaît le moindre recoin. C'est là qu'il vient s'isoler avant de prendre de grandes décisions, en se promenant sur une pirogue ou en nourrissant les alligators. La CIA a négligé aussi ce détail, comme beaucoup d'autres. Le résultat est un colossal fiasco : l'aviation cubaine, qu'on croyait anéantie, surgit de ses caches, pourchasse et détruit les bombardiers ennemis, trop lourds pour lui échapper, puis fond sur la flottille de débarquement au large de Trinidad. Deux cargos, le *Houston* et le *Río Escondido*, équipés de munitions et d'équipements de télécommunications, sont coulés. Les autres bateaux de ravitaillement font demi-tour. Un tiers des troupes a pu rebrousser chemin, d'autres ont carrément sombré. Les autres envahisseurs, lâchés dans les marais de Zapata, sont désormais livrés à eux-mêmes, pris au piège, sans soutien logistique et sans relève. Ils n'ont plus qu'une issue : s'enfuir vers les massifs de l'Escambray pour échapper aux tanks soviétiques flambant neufs et à l'artillerie lourde que Castro a disposés dans la zone, sous le commandement de José Ramón Fernández, dit « le Galicien ». Les « brigadistes » sont surpris par la puissance de feu et aussi par les effectifs des troupes adverses : Castro a envoyé 25 000 hommes des forces armées et près de 200 000 miliciens dans la région. Une marée humaine face à l'équivalent d'une malheureuse division, qui ne trouve aucun soutien local.

Ironie de l'Histoire : le chef de l'expédition, Pepe San Román, se retrouve dans la même situation que Castro après le débarquement du *Granma*, en 1956. Face à la multitude, il ne dispose que d'une poignée de *desperados*. Mais, cette fois, il n'y a aucun évêque pour porter secours aux hommes venus de la mer : tous sont en prison ou en exil. Le chef de la Brigade 2506 est persuadé que ses alliés américains vont réagir, lancer une riposte, à tout le moins envoyer l'aviation pour les récupérer. Avec ses hommes – un peu plus de 1 300 combattants –, il lutte vaillamment, sous l'incessant pilonnage de l'artillerie « rouge ». Les « Contras » se battent à un contre vingt et conservent héroïquement plusieurs positions. Mais leur combat est perdu d'avance. À Washington, J.F.K. a tranché : il n'interviendra pas.

Le débarquement de la baie des Cochons est un traumatisme terrible pour tous ceux qui espéraient sortir Cuba des griffes de Moscou. Les avions américains tant attendus dans le ciel de Playa Girón ne viendront pas. Les « Contras » ont le sentiment d'avoir été trahis. Ils en veulent terriblement au jeune président américain, timoré et pusillanime. Le rêve de restaurer la démocratie dans leur pays a été englouti dans la Ciénaga dc Zapata. Ils finissent par rendre les armes après une résistance acharnée. Dans leur camp, le bilan est lourd : 114 morts, 1 183 prisonniers. Du côté fidéliste, on avance le chiffre de 160 morts.

Après les combats, Fidel Castro parade. Le 24 avril, à la télévision, il dispense au peuple cubain un cours d'art de la guerre à l'aide d'une carte. Il exulte. Il raconte, armé d'une baguette, les coups de génie de son armée, il décortique la « première défaite de l'impérialisme en Amérique ». Le général victorieux, métamorphosé en historien de la guerre, tient l'antenne pendant quatre heures, sans interruption. Ce jour-là, les rues et les places de Cuba sont désertes. On écoute religieusement le *Comandante*. Fidel a vaincu le puissant voisin en quelque soixante-douze heures ! Jamais le pays n'a connu pareil moment de fierté nationale. En trois jours, le *Líder Máximo* a réussi à venger les Cubains d'un siècle de soumission et de ressentiment. La déroute de la baie des Cochons est l'un des plus grands camouflets jamais infligés au gouvernement de Washington.

Comme toujours, le héros en rajoute. Devant son peuple ébloui et béat, il joue les conteurs. Selon lui, il n'a pas fermé l'œil durant ces trois jours de combats acharnés. Il était sur tous les fronts, de tous les combats. On l'aperçoit sur un char, sur la plage face aux premiers prisonniers, on le devine en treillis vert olive, le fusil à l'épaule, au milieu d'un groupe de jeunes officiers, incarnations de la jeunesse révolutionnaire. Il a même vu un jeune milicien agonisant faire un geste qu'il n'oubliera jamais : « L'un de ceux qui étaient en train de mourir là, un blessé qui perdait tout son sang, a tracé mon nom sur un mur avec son sang… » Castro a-t-il purement et simplement inventé la scène ? Vraie ou fausse, elle lui ressemble. Dans ce tableau tragique, on retrouve le goût du sacrifice, du martyre, du sang purificateur.

En cette soirée du 24 avril, il ne souffle mot aux Cubains du fait que tout le système de défense populaire qu'il a dirigé était sous contrôle soviétique. Il ne leur confie pas non plus qu'il vient de faire exécuter froidement, quatre jours plus tôt, un de ses vieux amis, Humberto Sori Marin, ministre de l'Agriculture dans le premier gouvernement de la révolution, compagnon de la sierra, conseiller juridique du *Comandante*.

Juriste de formation, Sori Marin avait participé à l'élaboration de la première mouture de la loi de réforme agraire avant d'être écarté du projet. Il avait fini par s'enfuir aux États-Unis mais était rentré clandestinement au pays, dans le maquis de l'Escambray, pour « libérer Cuba de la dictature communiste ». Capturé et blessé au cours de la « grande rafle », il attendait son procès dans son cachot de La Cabaña. Fidel Castro est venu lui rendre visite et lui a dit : « Si tu me demandes publiquement un geste de clémence, je t'accorderai la vie sauve. Tu es un traître. Tu as commis une forfaiture.

Demande-moi pardon ! » Castro a réclamé un aveu public. L'ancien ministre, désespéré, fou de colère, a riposté à son visiteur : « C'est toi, le traître à la révolution ! » Sans un mot, sans un regard, Fidel Castro a fait alors demi-tour. Le lendemain, à l'aube, Humberto Sori Marín est fusillé. À quelques mètres, des centaines de prisonniers politiques, apeurés, livrés à l'arbitraire et aux caprices du maître de la révolution, entendent les salves gronder dans les galeries comme des roulements de tonnerre. Ils tremblent d'effroi. Demain, peut-être, ce sera leur tour.

CHAPITRE 30

L'alphabet selon Castro

Il prend des notes avec la patience et le sérieux d'un étudiant de première année. Dans la grande salle de la Bibliothèque nationale, tous sont impressionnés par la concentration de cet auditeur si appliqué. Il griffonne, s'interrompt, fait la moue, replonge dans ses feuillets. À 35 ans, on pourrait croire que Fidel Castro s'en revient sur les bancs de l'université. Autour de lui, les plus grands écrivains et artistes cubains dissertent sur leur rôle au sein de la révolution, et de la place de *Lunes* (« Lundi ») le supplément littéraire du journal *Revolución*. Que fait-il, lui, au beau milieu de cette assemblée de lettrés ? Sur l'estrade, à ses côtés, on aperçoit le président Dórticos, Armando Hart, ministre de l'Éducation, sa femme Haydée Santamaría, présidente de la Casa de las Américas (la Maison des Amériques), dont la nomination a fait beaucoup rire, car cette fidèle de la première heure, propulsée responsable de la prestigieuse institution culturelle, a longtemps cru, par exemple, qu'Ortega y Gasset étaient deux écrivains différents. On remarque aussi l'incontournable Carlos Rafael Rodríguez, son ancienne femme Édith García Buchaga, responsable du secteur « culture » au sein du Parti communiste, et Carlos Franqui, directeur de *Revolución*. Que peut bien mijoter le *Líder Máximo* ?

Pourquoi vient-il perdre son temps « en bibliothèque » ? Il prépare une de ces embuscades dont il a le secret.

En fait, depuis plusieurs semaines, il bout contre l'hebdomadaire *Lunes*. Que lui reproche-t-il exactement ? D'abord sa toute-puissance : en quelques mois, ce journal proche du pouvoir, dirigé par l'écrivain Guillermo Cabrera Infante, a acquis une notoriété internationale incontestable et vend jusqu'à 250 000 exemplaires. Journal de débat, iconoclaste et ouvert, il accueille des textes de Gramsci, de Trotski, des existentialistes français, des auteurs de la *beat generation* américaine comme Allen Ginsberg. *Lunes* est l'ultime espace de liberté intellectuelle à Cuba. Il est aussi en train de gagner en puissance. L'équipe dirigeante vient de créer une maison d'édition ainsi qu'une société éditrice de disques. Castro, qui se pique d'être lui-même homme de culture, estime que les gens de *Lunes* deviennent par trop importants.

Guevara lui-même le harcèle et l'exhorte depuis quelque temps à fermer ce « nid de contre-révolutionnaires ». À plusieurs reprises, il s'en est pris à ces « privilégiés qui ne seront jamais de vrais révolutionnaires ». En privé, les deux compagnons de la sierra Maestra ne supportent pas le fait que la rédaction de *Lunes* soit de surcroît composée en majorité d'homosexuels. L'homme qui est visé en premier lieu est le poète et romancier Virgilio Piñera, certes connu pour son inclination pour les manutentionnaires du port de La Havane, mais surtout pour son immense talent. Il est le phare du journal, la signature de référence, celui que tous admirent. Heberto Padilla, José Lezama Lima, Antón Arrufat, Guillermo Cabrera Infante, entre autres, lui vouent un culte aussi affectueux qu'inconditionnel. En machistes impénitents, Guevara et Castro jugent quasi criminelle l'influence « gay » sur le magazine culturel de la révolution. Ils ne supportent pas cette « mythification du pédé ». Mais il n'est évidemment pas question d'attaquer l'hebdomadaire sur ce terrain.

Au début de juin 1961, aux deux hommes s'offre une occasion en or. Elle leur est involontairement fournie par Guillermo Cabrera Infante. Pour aider son frère Saba, cinéaste, et le cameraman de ce dernier, Orlando Jiménez Leal, le rédacteur en chef de *Lunes* finance le montage de leur film, intitulé *P.M.*, un documentaire de « cinéma-vérité » sur le Carnaval. Tourné en noir et blanc caméra à l'épaule, c'est un hymne à la négritude, à la sensualité caraïbe qui révèle par l'image l'importance du monde et de la culture noirs à Cuba sans appuyer le propos par le moindre commentaire. Pour le jésuite Fidel Castro, *P.M.* est un condensé d'érotisme inacceptable.

Le film est aussitôt interdit par Alfredo Guevara, directeur de l'ICAIC (Institut cubain d'art et d'industrie cinématographiques), l'organisme d'État qui gère la production de tous les films cubains, mais aussi l'importation de films étrangers. Alfredo Guevara, vieil ami de Castro depuis le temps des études universitaires, a été placé à ce poste-clé pour contrôler l'un des pouvoirs les plus importants aux yeux du *Comandante* : l'image. La rédaction de *Lunes* s'insurge contre cette censure absurde. On soupçonne Alfredo Guevara d'avoir pris ses ordres « en haut », car rien ne justifie politiquement l'interdiction de *P.M.* Dans un article élogieux, le cinéaste Nestor Almendros défend vigoureusement le film. L'équipe de *Lunes* ignore encore qu'elle vient de manipuler une machine infernale et que l'interdiction du film n'est qu'un prétexte. Castro s'est tout bonnement rangé aux thèses de Guevara qui révèle dans cette affaire sa haine radicale, idéologique, stalinienne, des intellectuels non-alignés. Il a décidé de saborder le journal pour se débarrasser de cette « faune de pédérastes ».

Le 20 juin 1961, après avoir écouté divers participants – les tortueux, les modérés, les attentistes, les vindicatifs, les suivistes – il se lève, dépose son Browning 9 mm sur la table et se dirige vers le micro. Comment, à cette seconde précise, Fidel Castro ne penserait-il pas à la fameuse formule de Goebbels : « Quand j'entends le mot *culture*, je sors mon revolver » ? Mais, à la différence du dignitaire nazi, il ne brandit pas son arme face aux intellectuels. Il l'abandonne cérémonieusement sur le pupitre. Que signifie ce geste ? Lui, face aux représentants de l'art et du savoir, il dépose les armes ? Ou bien, au contraire, veut-il faire comprendre à tous qu'il garde son « flingue » à portée de main ? Historique, son discours s'intitule « Quelques mots aux intellectuels ». Exceptionnellement, il semble qu'il l'ait rédigé en grande partie. Face à ces têtes bien pleines, il n'improvise pas mais assène avec la minutie d'un greffier la liste des droits de l'artiste face à la Révolution.

Il conclut son monologue de deux heures par le célèbre slogan : « Quels sont les droits des écrivains et artistes, révolutionnaires ou non ? À l'intérieur de la Révolution, ils ont tous les droits ; contre la Révolution, ils n'ont aucun droit. » Pendant des semaines, les intellectuels cubains en resteront pantois et se poseront la question fatidique : quand est-on *à l'intérieur de* la Révolution ?

Ils ne vont pas attendre bien longtemps. La réponse est foudroyante : durant l'été, Virgilio Piñera est arrêté pour « pédérastie passive », *Lunes* est repris en main, puis fermé. Castro n'a plus l'intention de laisser le moindre espace de liberté au non-conformisme ou à la contestation. Ce n'est pas une poignée d'agités qui vont freiner sa marche en avant. Il a une mission à accomplir : faire la révolution, construire le socialisme.

Tâche immense. La veille de l'invasion de la baie des Cochons, au cours d'une causerie télévisée, il a en effet annoncé subrepticement au pays qu'il était bel et bien en train de construire le socialisme. Désormais, il n'a plus le choix : il lui faut aller de l'avant. Si son aura politique brille encore de tous ses feux, son image de gestionnaire est au plus bas. En juillet 1961, Castro et Guevara sont contraints d'annoncer les premières mesures de rationnement, en particulier sur les légumes secs, le lait, le savon et le dentifrice. L'économie du pays connaît d'énormes difficultés. La production baisse sérieusement. Surtout, les circuits de distribution sont totalement désorganisés. Ce ne sont partout que pagaille et pénurie. Ernesto Guevara, ministre de l'Industrie, se plaint de l'absentéisme et de l'indolence des travailleurs cubains. Mais comment garder un peuple au travail quand on lui demande de participer sans cesse à des réunions, des grand-messes où il lui faut acclamer le Guide, quand on lui impose à toute heure des stages dans la Milice ou les CDR, des cours à l'École d'instruction révolutionnaire ? Comment appeler à la « bataille pour l'industrialisation » quand les usines sont à court de pièces de rechange et que les Américains n'en livrent plus ? Comment galvaniser des ouvriers à qui l'on impose des heures supplémentaires non rémunérées, quand ceux-ci découvrent qu'il vaut mieux être milicien qu'ajusteur ou mécanicien pour améliorer un salaire de plus en plus misérable ?

Dans toutes ses incantations télévisées, Castro promet un niveau de vie à la suédoise. Mais les Cubains ne voient venir que les privations. En cette troisième année de la révolution, il faut absolument les empêcher de douter. Alors le Grand Imprécateur incrimine les grands coupables, les « fascistes yankees » qui privent l'île de ces précieuses devises qui permettraient au gouvernement d'acheter à l'étranger des produits alimentaires. En d'autres termes, les États-Unis deviennent « les affameurs ». Castro se comporte comme un enfant capricieux : il casse son jouet, puis voudrait qu'on lui en apporte un autre. Pourquoi donc, en effet, les Américains consentiraient-ils à fournir des devises à un homme qui, chaque jour, les invective et les menace ? Cette contradiction ne l'effleure même pas. Il porte pourtant une responsabilité accablante dans cette situation. Le *Líder Máximo* n'a absolument pas préparé le « passage au socialisme ». Il a foncé tête baissée, comme un taurillon furieux, sans le moindre esprit de prévision ni la moindre précaution. Il a chassé les Américains, puis la main-d'œuvre cubaine la plus évoluée, et voici qu'il hurle à présent au martyre. Il a éliminé sans ménagement la classe moyenne cubaine et lui reproche maintenant de ne plus exister.

Derrière ses rodomontades guerrières, le *Comandante* cache une exceptionnelle immaturité. Il tourne le dos à ce que les économistes appellent le « principe de réalité ». Sous l'influence d'Ernesto Guevara, enfermé dans son bréviaire marxiste le plus sommaire, il accumule les erreurs grossières en matière de gestion. La principale : ne pas avoir anticipé les conséquences du départ des Américains. Pendant un siècle, l'économie cubaine a en effet été intégrée à l'économie nord-américaine. Avant la révolution, près de 80 % des importations nécessaires au pays venaient des USA. Exemple : pour une *zafra* (récolte de canne à sucre), de 5 millions de tonnes, il faut acheter pour plus de 20 millions de dollars d'équipements fabriqués aux États-Unis. Chaque année, la liste des articles importés des USA compte plus de trente mille produits manufacturés et matériaux divers, dont le pétrole et le coton, sans oublier les tournevis et les sacs d'emballage. En coupant le cordon ombilical avec l'Amérique « nourricière », Castro est contraint de « brancher » l'économie cubaine sur celle de l'Union soviétique. C'est cette phase d'improvisation totale qui ne laisse pas de surprendre, car il découvre alors avec stupeur que ses nouveaux alliés et leurs techniciens ont au moins vingt ans de retard sur les Yankees ! Les *bolonios* (nigauds), comme les Cubains appellent les « spécialistes » russes qui viennent peu à peu tenter de les dépanner, n'ont en fait aucune compétence ou bien leurs connaissances ne sont pas adaptées au matériel américain des entreprises cubaines. Mieux : ces envoyés du pays du Spoutnik et de Gagarine s'émerveillent comme des enfants devant la sophistication de la technologie américaine. Quant au Cubain de la rue, il est surpris par un détail révélateur : les Russes débarquant sous les Tropiques ne connaissent même pas les déodorants...

Ce « retard » de l'allié tout-puissant est un véritable choc pour Castro. Mais comment réagir ? Il nc peut revenir en arrière. Le voici pris au piège de ses propres insuffisances et de son incompétence abyssale en matière d'économie. Au fond, le Premier ministre en treillis n'a jamais cru que Cuba était une île. Comme nombre de ses compatriotes, il a vécu dans le mythe de la « lointaine province » d'un empire d'abord espagnol, puis américain. Au fond, quoi que fassent les Cubains, ils avaient la certitude que leur tuteur viendrait un jour les sauver.

Cette conviction que leur pays n'était pas vraiment une île ne constituait pas une incongruité : ainsi, par exemple, jusqu'en 1959, leur principal port de marchandises n'était pas La Havane, mais... La Nouvelle-Orléans ! Après la rupture, il a fallu se rabattre précipitamment sur La Havane. Mais le port n'était pas doté des installations nécessaires à un trafic de fort tonnage. Les infrastructures étaient inadaptées au déchargement et au stockage d'énormes cargaisons. Résultat : des milliers de tonnes de marchandises venues des pays de l'Est, d'Europe ou de Chine restèrent entassées des jours, voire des mois en plein soleil. Les denrées périssables pourrissaient sur place. Ernesto Guevara eut beau montrer du doigt les conseillers tchécoslovaques, les principaux responsables de ce gâchis étaient bel et bien le gouvernement cubain, et en premier lieu son chef. En reportant la responsabilité sur le dos des étrangers, Castro se pelotonne de nouveau dans la posture commode du « colonisé ».

Comment sortir de la souricière dans laquelle son orgueil démesuré l'a jeté ? Le 26 août 1961, il convoque à La Havane tous les cadres de l'économie cubaine, soit quelque 3 500 personnes. Dès l'ouverture de la session, il use de la méthode Coué : « La révolution, prévient-il, ne se trouve devant aucune crise de production, au contraire : la production n'a jamais cessé de croître. » Les limites du débat sont posées : aucune contestation possible, silence dans les rangs ! Puis Castro délègue son conseiller économique, Regino Boti, président de la *Junta central de Planificación*. Selon celui-ci, au rythme où va l'économie cubaine, un citoyen consommera en 1965 autant de paires de chaussures et de mètres de tissu qu'un Suédois, et son alimentation sera du même niveau que celle des pays développés d'Europe de l'Ouest. À la fin du plan quadriennal, Cuba, selon l'homme de Castro, sera « le pays le plus industrialisé d'Amérique latine ». La prophétie est grotesque, mais qui oserait contredire l'éminent spécialiste ? Seul Ernesto Guevara se dresse contre lui. Contrairement à de nombreux apparatchiks communistes, l'Argentin, davantage idéologue que ministre, a au moins une qualité : son allergie à la langue de bois. Pour expliquer la crise de confiance que traverse l'économie, il prend un exemple précis, celui d'un produit de consommation courante, le dentifrice :

« Il y a actuellement une pénurie de pâte dentifrice. Voyons-en les raisons, expose le ministre guérillero. La production de cette pâte a été interrompue pendant quatre mois, mais les stocks étaient néanmoins encore importants. C'est précisément parce qu'on le savait qu'aucune mesure d'urgence n'a été prise. Puis les réserves commencèrent à s'épuiser et les matières premières n'arrivaient toujours pas. C'est à ce moment que les responsables se mobilisèrent en toute hâte et se mirent en quête des différents ingrédients. Enfin le bisulfate de calcium arriva, mais on s'aperçut qu'il ne correspondait pas exactement aux normes habituelles. Les camarades techniciens de l'usine retroussèrent donc leurs manches et réussirent à obtenir une pâte agréable à l'œil, aussi blanche et nette que nécessaire, mais qui avait tendance à se solidifier au bout d'un certain temps… »

Dans la salle, on avait commencé à applaudir à tout rompre le génie de ces techniciens révolutionnaires.

« Camarades, n'applaudissez pas ! rugit Guevara. Ils ne l'avaient pas fait exprès, et je vous avertis que, d'ici à quatre mois, les gens vont protester parce que nous leur vendons de la pierre en tube… *(Quelqu'un lui passe une note.)* Pardon, ce n'est pas au bout de quatre mois, mais au bout de cinq semaines que la pâte devient dure. Il faut donc avertir les acheteurs qu'ils doivent l'utiliser dans le mois suivant son achat… »

Dans tous les domaines, le pouvoir est confronté à ce genre de problème kafkaïen !

Trois jours durant, les délégués, derrière le « Che », déroulent sur le même modèle d'interminables histoires de pénurie de pièces de rechange, d'incompétence, de fermes d'État qui ne fournissent plus le minimum vital, de travailleurs volontaires qui confondent coopératives et camps de vacances. Ces derniers ont des rendements dérisoires. Selon René Dumont, l'ingénieur agronome français venu à Cuba à la demande expresse de Castro, un bon ouvrier coupe en moyenne entre 3 et 4 tonnes de canne par jour, et peut parfois atteindre les 7 tonnes ; « les meilleurs citadins, poursuit le scientifique français, coupent 500 kilos ; les autres, de 250 à 300 kilos, surtout s'il s'agit d'intellectuels ou de bureaucrates non entraînés à l'effort physique ». Castro et Guevara ont beau multiplier les opérations de charme en allant eux-mêmes sur le terrain couper la canne ou participer aux travaux des champs devant les photographes, rien n'y fait : la production s'effondre.

Un autre facteur échappe aux deux dirigeants, qui en bons Hispaniques sont profondément imprégnés de culture européenne : la cubanité. L'esprit cubain, vagabond et joyeux, a du mal à se soumettre aux discours austères et aux mots d'ordre quasi jansénistes des vainqueurs de 1959. Le Galicien et l'Argentin leur promettent un avenir radieux après des années de disette et de souffrances. Leur thèse : il faut industrialiser le pays comme l'a fait Staline en Russie au tournant des années trente, passer par une phase douloureuse et volontariste, ensuite la croissance et la consommation suivront. L'« Homme nouveau » pourra surgir du socialisme. Mais les Cubains n'y croient pas. À cette vision tragique ils opposent une arme insaisissable : le dilettantisme. Comment la combattre ? Quand Castro lance le mot d'ordre « Travail, oui ! Salsa, non ! », le peuple hurle avec lui « Travail, oui ! Salsa, non ! », puis, au bout de la cinquième fois, les femmes se mettent à onduler, les hommes tapent dans leurs mains, et tous se mettent à danser en chantant : *« ¡ Trabajo, si ! ¡ Salsa, no ! »*

Un peuple aussi « frivole » peut-il avancer sur la route du communisme ? Dans sa fuite en avant perpétuelle, Fidel doit impérativement lui inculquer les « nouvelles valeurs ». Il a besoin d'une population au garde-à-vous. C'est l'époque où Raúl Castro lance le slogan : « Pour quoi que ce soit, où que ce soit, en n'importe quelles circonstances, commandant en chef, à vos ordres ! »

Le *Líder Máximo* lance par ailleurs une vaste campagne d'alphabétisation dont le but officiel, noble et populaire, est de lutter contre l'illettrisme dans les campagnes. Des milliers d'étudiants sont mobilisés, certains volontaires, d'autres contraints de s'improviser instituteurs de fortune. Ils ont été constitués en brigades. Dans les zones rurales, on voit apparaître ainsi les « brigades Conrado Benítez » ; dans les usines, les brigades « La Patrie ou la Mort » ; en ville, les « brigades populaires ». Castro suit la campagne avec la méticulosité sourcilleuse d'un maître d'école. Il participe lui-même à des « cours », se passionne pour les difficultés d'un jeune *guajiro* en Oriente, dirige l'enquête quand un « alphabétiseur » est assassiné par des villageois peu portés sur l'endoctrinement. Comme toujours il mène cette bataille avec fébrilité, sillonnant l'île en tous sens pour donner l'impression d'être partout à la fois. Le démiurge hyperactif lutte contre la maladie congénitale de Cuba : l'indolence. Les Cubains, eux, inventent un qualificatif pour définir la nouvelle forme de travail volontaire qu'ils doivent accomplir : ils exercent une activité *« volongatoire »*. L'humour sauve du désespoir.

Passé les premiers jours d'enthousiasme révolutionnaire, les « enseignants » découvrent que les manuels qu'on leur a fournis ne sont en fait que des brochures d'endoctrinement. Ainsi plus de 270 000 alphabétiseurs peuvent lire dans leur fascicule intitulé *Alfabeticemos*, tiré à un million d'exemplaires, qu'ils se doivent de faire accéder un tiers de la population à la « compréhension du processus révolutionnaire et de son évolution ». Ils doivent aussi inciter fermement les paysans récalcitrants à rejoindre les coopératives agricoles. Quand les alphabétiseurs estiment avoir achevé leur travail dans un village, ils doivent y hisser un drapeau rose et décréter la zone « Territoire libéré de l'analphabétisme ». La plupart des témoignages rapportent qu'en fait les illettrés apprennent tout juste à signer de leur main. Comment pourrait-il en être autrement ? Selon les instructeurs, une période d'alphabétisation ne dure que vingt jours. Castro nomme cette période miraculeuse l'« élan final ». À la fin de cette campagne, il décrète que 700 000 personnes ont été alphabétisées. Sur quelle base ? Aucune. Seuls son bon plaisir et l'intérêt politique qu'il peut en tirer lui dictent ce genre de comptabilité imaginaire.

Dans les faits, cette « croisade » est une catastrophe, car les jeunes Cubains aux champs ont plutôt tendance à folâtrer ou à rêvasser sous les flamboyants. À plusieurs reprises, le *Comandante* est contraint de menacer de sanction ceux qui n'assimileraient pas l'« alphabet » – en d'autres termes, le dogme castriste. René Dumont s'étonne lui-même de la nature de l'abécédaire proposé aux paysans : les *guajiros* doivent en effet apprendre la lettre F comme Fidel, B comme Blocus, M comme Milice, F comme Forces armées révolutionnaires. Un des slogans du manuel du parfait petit alphabétiseur prétend que « la révolution a converti les casernes en écoles ». Le Français suggère que l'inverse semble tout aussi vrai. Au bout de quelques semaines sur le terrain, le professeur Dumont émet des doutes sur les méthodes de Castro. Ce dernier le traite aussitôt d'agent de la CIA et le déclare *persona non grata*.

D'autres, comme Jean-Paul Sartre et Simone de Beauvoir, font le voyage en terre castriste et y découvrent le paradis. Sans doute amolli par le climat des Tropiques, le pape de l'existentialisme est littéralement envoûté par Castro. Il rapporte en France, pour le quotidien *France-Soir*, une série d'articles dignes d'un premier communiant. Il n'a rien vu de l'île qu'il croit avoir visitée de part en part. Le *Comandante* a accompagné le couple célèbre dans le moindre de ses déplacements. L'interprète de Fidel, Juan Arcocha, se souvient du marathon imposé par le *Líder Máximo*, et de la joie enfantine qu'il éprouvait à manipuler ces deux monuments de la pensée européenne : « Il y avait une jouissance extrême, chez lui, à ridiculiser les intellectuels, se souvient-il. Castro n'a jamais aimé les intellectuels, ni la culture. » Durant ce voyage mirifique, l'auteur de *La Nausée*, séduit par la figure du « guérillero » qu'il ne pourra jamais être, tombe en adoration devant ce chef d'État « sans domicile fixe » qui peut loger où bon lui semble, « tant il est populaire ». Un jour, ce dernier convie le philosophe à boire une limonade sur la plage. Le breuvage est tiède. Castro convoque le marchand, cherche à comprendre où est « la faille dans le circuit », et finit par obtenir une boisson fraîche. Et Sartre de s'ébaubir : le leader du tiers-monde s'intéresse donc autant à la température d'un verre de limonade qu'aux problèmes géostratégiques : n'est-ce pas merveilleux ? Devant le « *bicho* de Biran », Sartre est comme un benêt en culottes courtes, il gobe n'importe quelle ânerie.

Il ne sera pas le seul. Des dizaines d'intellectuels vont ainsi être « ensorcelés » par Fidel et passer à ses yeux pour de parfaits crétins. Au début d'avril 1961, il accorde une interview à Igor Barrère et Étienne Lalou, journalistes vedettes de la télévision française qui veulent à tout prix savoir pourquoi il refuse d'organiser des élections à Cuba. Avec un sens de la démagogie confondant, il répond : « Ici, en fait, nous avons une élection tous les mois. Mais c'est une élection sur la place publique. Nous avons une sorte de démocratie athénienne, mais sans esclavagistes, sans esclaves, sans classes exploitées. Quand nous le voulons, nous réunissons un million de citoyens sur la place publique. Y a-t-il une élection plus directe et plus démocratique que celle-là ? » Et Sartre d'applaudir là encore à cette forme achevée de charlatanisme politique, dérivé tropical des régimes plébiscitaires.

Devenu le thuriféraire patenté du *Líder Máximo*, l'auteur de *Huis clos* rapporte cette extraordinaire conversation qu'il a eue avec son hôte :

« Tous les hommes ont droit à ce qu'ils demandent..., me dit Castro.

– Et s'ils demandent la lune ? lui ai-je demandé.

Il reprit son cigare, vit qu'il était éteint, le laissa et se tourna vers moi :

– S'ils demandent la lune, c'est parce qu'ils en ont besoin. »

Et Sartre de conclure, ébloui par tant de profondeur : « J'ai peu d'amis parce que j'attache une grande importance à l'amitié. Après cette réponse, je compris que lui, Castro, était devenu l'un d'eux. » L'auteur de *L'Être et le Néant* découvrira plus tard cette évidence : Fidel Castro n'a jamais eu d'amis.

CHAPITRE 31

Aníbal et les éléphants

C'est une des plus belles scènes qu'il ait jamais jouées. Une performance digne de Hamlet ou d'Othello. Il est étendu sur le lit de sa chambre d'hôtel, au Habana Libre, serein, à demi assoupi. Debout, Marita Lorenz pointe sur lui un revolver de calibre 45. Avant de fermer les paupières, il lui lance : « Si tu es venue pour me tuer, tu peux y aller. Vas-y ! » La jeune femme se met à trembler, pose l'arme et éclate en sanglots.

Elle lui avoue tout : oui, elle est venue pour l'assassiner. Elle lui révèle ses liens avec la CIA, qui lui a promis, pour son crime, 2 millions de dollars. Elle a été recrutée par l'Agence dès son retour aux USA, en octobre 1959. Elle a subi un entraînement intensif dans un camp, sur la commune d'Opa Locka. Il y a quelques jours, au début de ce mois de mars 1961, son « chef », un certain Franck Sturgis, lui a remis deux pastilles de poison qu'elle devait glisser dans son verre de lait froid. Les chimistes de la CIA avaient tout calculé. Ils n'ignoraient pas que Castro est un gros buveur de lait, qu'il a un faible pour les milk-shakes, qu'il en boit à n'importe quelle heure du jour et de la nuit. La substance utilisée était un toxique botulique à effet lent qui se dissout dans les boissons froides : il n'agit qu'au bout de deux ou trois heures, le temps que le tueur soit « exfiltré » de l'île au plus vite.

Marita ne sait pas tout de l'opération dont elle ne constitue que l'ultime maillon. Elle a été choisie par la CIA, mais aussi par la Mafia américaine au terme de longues tractations. Pour garder les « mains propres », Richard Bissel, patron des opérations spéciales de la centrale de renseignement, a sous-traité l'assassinat de Castro aux chefs de Cosa Nostra : Sam Giancana, grand patron de la « Famille » à Chicago, successeur d'Al Capone, Santos Traficante et Meyer Lanski, les deux plus importants parrains du milieu des jeux qui avaient de gros intérêts dans les casinos cubains. D'après certains témoignages, Lanski et Santos Traficante entendent en outre se venger du *Líder Máximo* qui, avant la révolution, aurait bénéficié de « dons » des patrons de casinos sans avoir pris la peine de « renvoyer l'ascenseur ». Au contraire : Santos Traficante a été incarcéré et n'a dû son salut qu'à une intervention de… Marita Lorenz, qui le fit libérer avant l'été 1959.

Le « drame » de Marita a donc particulièrement ému le chef mafieux. C'est lui qui a suggéré son nom pour perpétrer le meurtre. Auparavant, il avait envoyé des tueurs professionnels à La Havane, persuadé de régler l'affaire à la mitraillette, « à un coin de rue », en un rien de temps. Mais tous revenaient à Miami dépités, impressionnés par le dispositif de sécurité de leur cible, par ses horaires et ses itinéraires imprévisibles, son art d'être sans arrêt en mouvement. Ils tentèrent une opération au restaurant chinois Pékin, où Castro se rendait de temps à autre : en vain. Après plusieurs tentatives avortées, on opta en définitive pour le poison.

Mais, au dernier moment, Marita Lorenz n'a pu passer à l'acte. Elle a jeté les deux pastilles mortelles dans les toilettes de la chambre. Encore éperdument amoureuse, elle n'a pu assassiner l'homme que ses nouveaux amis de la CIA traitent de « tyran cruel et diabolique ». Elle a même succombé une nouvelle fois au charme du Grand Barbu. Après sa crise de larmes, elle tombe dans ses bras. Et après avoir fait l'amour, le couple en vient aux confidences. « Marita, tu as un fils, lui révèle son amant. Il s'appelle Andrés. Il a un an et demi. Il va bien, une famille très gentille s'occupe de lui. Si tu veux rester vivre à Cuba, il n'y a aucun problème, mais il faut que tu saches qu'il ne pourra jamais quitter le pays, car la CIA risque de l'enlever à tout moment. Si tu restes, tu pourras épouser un Cubain et vivre heureuse. Ton fils ne manquera jamais de rien. » Hébétée de bonheur et de stupéfaction, Marita ne sait que répondre. Puis Fidel ajoute, moqueur : « Tu sais, tout à l'heure, tu ne pouvais pas me tuer : personne ne peut me tuer ! » La remarque est presque jubilatoire.

De fait, Castro se croit immortel. Il a tant de fois frôlé la mort, depuis tant d'années, que rien ne semble plus pouvoir l'atteindre. Dans les mois qui suivent, sa bonne étoile ne le quitte d'ailleurs pas : il échappe à toutes les nouvelles tentatives d'assassinat montées par la CIA.

Elles sont nombreuses. Le 26 juillet, Castro doit célébrer l'anniversaire de la prise de la Moncada à La Havane pendant que Raúl conduira les cérémonies à Santiago. La CIA lance une opération – nom de code : « Patty » – destinée à éliminer les deux frères au cours de ces célébrations. L'homme chargé de coordonner la manœuvre est dénommé Alfredo Izaguirre. Il milite au MRP (Mouvement révolutionnaire du peuple), organisation de résistance intérieure puissante, composée d'un millier de combattants et dirigée par l'ancien ministre des Travaux publics de Castro, Manuel Ray. Le projet consiste à simuler une attaque de la base américaine de Guantánamo pour pousser le timoré Kennedy à déclencher une intervention armée, et assassiner simultanément Fidel et Raúl. Mais les services secrets cubains éventent le complot. Le 22 juillet, soit quatre jours avant le déclenchement de l'opération Patty, Alfredo Izaguirre et de nombreux militants du MRP sont arrêtés, et leurs armes saisies.

Quelques semaines plus tard, Castro échappe à un nouvel attentat monté par un autre dirigeant du MRP, Antonio Veciana, résistant de l'intérieur, et toujours financé par la CIA sous le nom de code « Liborio ». L'attentat est prévu pour le 4 octobre, date du retour du président Dórticos d'un long voyage dans les pays de l'Est. Ce jour-là, un meeting de bienvenue est prévu au palais présidentiel, prétexte à une déclaration politique du *Comandante* « aux masses ». Antonio Veciana loue un appartement au huitième étage de l'avenue de las Misiones, à 70 mètres du lieu où Fidel doit parler sur la terrasse du palais. Un tireur d'élite y sera posté. En contact direct avec la centrale américaine, Antonio Veciana récupère un bazooka, des dizaines de mitraillettes, des grenades et des uniformes de miliciens pour semer la panique après l'attentat et pouvoir prendre la fuite. Mais, à Cuba, les ramifications familiales ne sont jamais simples : Veciana a un cousin membre du G2. Ce dernier le prévient qu'il est surveillé depuis des semaines. La veille de l'attentat, le chef de la conjuration parvient à filer avant d'être coffré.

Là réside la force du système castriste : dans sa remarquable faculté de pénétration des milieux hostiles. Le G2 constitue un appareil tentaculaire grâce au réseau des comités de défense de la révolution, qui font remonter *arriba* – au sommet – le moindre mouvement suspect dans une cage d'escalier, une réunion trop tardive ou trop matinale, un déplacement anormal, une voiture trop longtemps garée au même endroit, un étranger au quartier aperçu dans le voisinage. Aucun citoyen n'échappe à l'« œil de Castro ». Les mouchards sont partout.

Antonio Veciana avait aussi lancé une autre opération sous l'égide de la CIA : le plan « Peter Pan ». Son but : faire courir à travers l'île la rumeur selon laquelle Fidel allait édicter une loi privant les Cubains de leur autorité parentale. Un stratagème censé permettre au *Comandante* d'expédier les enfants en Sibérie ! Cette opération de désinformation reposait sur une peur bien réelle de la population : celle de l'endoctrinement castriste. Pour les y soustraire, en trois ans, de 1959 à 1962, plus de 15 000 enfants furent expatriés en Floride, sans leurs parents. De nombreux pères et mères, jetés en prison ou placés en résidence surveillée, ne devaient jamais les revoir.

Après que l'opération « Peter Pan », aux effets politiques ravageurs, eut été éventée elle aussi par le G2, les services secrets castristes, toujours très bien renseignés, mirent au jour et contrecarrèrent une autre tentative d'assassinat de la CIA fomentée contre Castro : celle confiée à Rolando Cubela, ex-dirigeant du Directoire étudiant, président de la Fédération étudiante universitaire au cours de la première année de la révolution. Nom de code : « Case number one ». Passé dans le camp de la résistance, Rolando Cubela doit inaugurer un nouveau « joujou » des services secrets américains : un stylo empoisonneur confectionné par les laboratoires de Langley. La piqûre est indolore, mais l'effet foudroyant. Cette fois encore, le complot est déjoué à temps. Rolando Cubela, arrêté puis condamné à mort, bénéficiera d'une surprenante clémence de Castro, qui réduira sa peine à quinze ans d'emprisonnement.

Une autre fois, on parvient à soudoyer un barman de l'hôtel Habana Libre, Santos de la Caridad. L'homme doit verser un nouveau poison dans un milk-shake du *Líder Máximo*. Pendant un an, il attend désespérément la bonne occasion. Un jour, Castro débarque au bar et réclame un lait au chocolat. Tremblant de peur, l'homme récupère au fond du réfrigérateur les pastilles fabriquées par la CIA. Par chance pour la future victime, elles ont gelé et flottent à la surface du breuvage chocolaté ! Santos de la Caridad panique, s'en débarrasse et sert un innocent milk-shake à son célébrissime client.

Castro semble invincible et son appareil de sécurité d'une redoutable efficacité. Pourtant, le *Comandante* n'a jamais été aussi inquiet. L'opposition, qui n'a d'autre voie que la lutte armée, ne s'avoue pas vaincue, malgré le désastre de la baie des Cochons, mais paraît au contraire de plus en plus virulente. D'autre part, on la dirait enfin décidée à se rassembler. Jusqu'à présent, les différents mouvements « contre-révolutionnaires », comme les appellent les fidélistes, étaient atomisés en chapelles plus soucieuses d'obtenir des subsides de la CIA que d'organiser un front commun. Après playa Girón, la découverte de la présence massive des Soviétiques sur l'île les a convaincus de l'impérieuse nécessité de l'union. Le MRR de Manuel Artime, soutenu par la plupart des organisations catholiques de l'île, appelle à la constitution d'un grand rassemblement et multiplie les offensives. De nombreux groupes armés s'en prennent directement aux navires soviétiques. Les sabotages contre les installations portuaires se multiplient. Ils sont l'œuvre du groupe « Alpha 66 », fondé par Antonio Veciana, et du MIRR (Mouvement insurrectionnel pour le retour à la révolution), dirigé par un pédiatre, Orlando Bosch. Après la pause d'avril 1961, la guérilla dans l'Escambray reprend de plus belle.

Malgré la férocité de la répression, Castro n'a pas pacifié Cuba. Au contraire : le pays est en plein chaos. La disette n'épargne aucune région. À tel point que, le 12 mars 1962, il est contraint de promulguer une nouvelle loi instituant un carnet de rationnement pour chaque Cubain. Cette *libreta* devient le sésame de chaque famille pour tenter de survivre dans une économie de pénurie. Elle est délivrée par le responsable de quartier du CDR, qui a le pouvoir de la renouveler ou pas. La *libreta* se transforme ainsi en un redoutable instrument de contrôle social qui transforme chaque citoyen en mendiant. Les rations allouées sont dérisoires : par exemple, cinq œufs et un huitième de livre de beurre par mois. En bonne logique, le marché noir, la fraude, la débrouille se développent. De nombreux chefs de famille sont condamnés à des peines de prison pour avoir inscrit sur leur livret un mort ou un parent déjà emprisonné. Certains sont fusillés, d'autres envoyés pour vingt ans derrière les barreaux. Au moment du renouvellement des carnets, des « rafles » – le mot est utilisé par la presse officielle – sont organisées pour punir les familles détentrices de *libretas* falsifiées. Ces opérations « coup de poing » sont brutales, destinées à marquer les esprits. Dans son édition du 9 juillet 1962, *Revolución* les justifie sans ménagement : « La rue appartient à la révolution. Les CDR et le peuple doivent écraser avec énergie toutes les tentatives faites par des groupuscules de la *gusanera* pour sortir les casseroles. » Conséquence : les dénonciations sont devenues courantes, la suspicion généralisée.

Castro, responsable *máximo* de cette situation, réussit encore une fois à se dédouaner. Pour lui, le coupable de cette gabegie, l'homme qui, dans l'ombre, tire les ficelles, n'est autre qu'Aníbal Escalante, figure historique du Parti communiste cubain. Le *Comandante* n'a jamais pu supporter cet apparatchik stalinien pur et dur qui a ses entrées à Moscou. Solide quinquagénaire, Escalante n'est pas seulement un « dinosaure » au service du Kremlin. Il a implanté le PC dans la région natale de Castro, à Banes, dans les années quarante, et connaît parfaitement son histoire familiale. Il a même été, un temps, chargé de structurer le Parti dans les deux centrales sucrières de la région, Preston et Boston, où Ángel Castro venait livrer ses charretées de canne à sucre. Aníbal Escalante est un communiste à l'ancienne. Vigoureux, chaleureux, direct, il ne mâche pas ses mots et n'est pas un adepte du culte de la personnalité. Quand Castro a pris le pouvoir, c'est lui qui a fait le voyage de Moscou pour donner son point de vue à Anastase Mikoyan. C'est lui qui a été chargé de faire comprendre au chef rebelle qu'il ne pourrait instaurer le socialisme à Cuba sans remettre le pouvoir au PC. L'ancien avocat devenu autocrate ne pourrait non plus compter sur l'aide militaire et économique de l'URSS sans donner des gages de loyauté et de bonne volonté. En rechignant, il a fini par accepter le principe de la création d'un nouveau Parti communiste en fusionnant le M26, le Directoire étudiant et le PSP. Il a créé en 1960 une structure intermédiaire chargée de préparer le nouveau parti, les ORI (Organisations révolutionnaires intégrées). Pour rassurer Moscou, il a nommé Escalante à la tête de ces ORI, puis s'est désintéressé aussitôt de l'affaire. La direction des ORI s'est installée à La Havane dans les anciens locaux du *Diario de la Marina*, paseo del Prado, et s'est mise à travailler. Bien vite, elle a découvert que les ORI, pour Castro, n'étaient qu'une coquille vide. Le *Líder Máximo* faisait comme si elles n'existaient pas. Aucune réunion n'était programmée. Aníbal Escalante a poursuivi sa tâche tout en se plaignant de l'opacité du système imposé par Castro. Comme il l'avait fait avec la direction collégiale du M26, le *Comandante* fuit les gens des ORI tout en ne leur laissant aucune marge de manœuvre. Les ORI ne sont en fait qu'un simple leurre. Elles n'ont ni pouvoir, ni influence.

Aníbal Escalante commence alors à critiquer explicitement l'autoritarisme du chef de la révolution et s'entoure de militants communistes non fidélistes. Même Staline, se plaignent-ils, admettait la toute-puissance du Parti. On évoque désormais le « bonapartisme de Fidel ». À Moscou, on a du mal à comprendre les étranges positions du vainqueur de 1959 : comment peut-il décréter le socialisme à Cuba sans même avoir constitué un grand parti ? On demande à Aníbal Escalante de « recadrer » le *Comandante*, voire, éventuellement, de préparer une équipe de remplacement dans l'hypothèse où il se révélerait défaillant.

S'agit-il là d'un complot ? Pour Fidel Castro, c'est pis encore. Pendant trois semaines, en février 1962, il disparaît de la scène publique pour préparer sa riposte. Il traverse une phase de profonde dépression. À ce moment, il est convaincu que Moscou est en train de le lâcher. Il a pourtant, estime-t-il, été d'une grande loyauté à l'égard du grand frère soviétique. Il lui a donné des gages de sa bonne foi. Le 2 décembre 1961, dans un discours de cinq heures, il a même avoué, alors que nul ne lui posait la question, avoir été toujours marxiste, depuis la prise de la Moncada. Ce jour-là, Castro a envoyé des signaux au Kremlin. Il a concédé que la « direction révolutionnaire » devait « devenir collective ». Il a lancé : « Ni César, ni tribun, surtout pas de César ! », et reconnu qu'il n'était pas « infaillible ».

Officiellement il a lâché du lest, mais sur le terrain il reste inflexible. Personne, jamais, ne doit pouvoir discuter ou revendiquer une miette de son pouvoir « messianique ». Abattu, déprimé, il se cloître dans l'immeuble où il vit avec Celia Sánchez et son médecin personnel, René Vallejo, calle 11, dans le Vedado. Il y prépare sa contre-attaque. Le 26 mars, il réapparaît, fringant, dans un meeting des ORI, et prononce un discours d'une violence inouïe contre Aníbal Escalante. Véhément, pervers, caustique, brumeux, il fait ce qu'il a toujours fait : il élimine son adversaire d'abord par les mots. Le leader communiste est cloué au pilori. Par son « sectarisme », accuse Castro, par « ambition personnelle », il a désorganisé la production, exerçant son « influence néfaste sur les difficultés de ravitaillement », favorisant une « ribambelle d'actes arbitraires, de mauvais traitements, d'agissements despotiques [...]. Par suite, ce qui s'est répandu dans le pays, a été une véritable anarchie, un véritable chaos ». Dans la salle, les dignitaires du régime applaudissent à tout rompre. Les uns et les autres se trouvent par là dégagés de toute responsabilité de l'état de délabrement dans lequel se trouve Cuba. Ils savent que le candide Castro, l'homme qui ne savait rien de ces déficiences et de ces abominations, a, dans l'ombre, déjà réglé l'affaire Escalante.

Il a renvoyé l'ambassadeur soviétique, Kondriatsev, soupçonné d'être trop proche du réprouvé. Il a traité avec Moscou afin que l'affaire ne dégénère pas. C'est Fabio Grobart, toujours lui, qui a joué les intermédiaires et défendu la cause de son poulain. Aníbal Escalante, le Grand Sectaire, part discrètement pour Prague. Devenu le bouc émissaire, il avait pourtant été le premier à critiquer le rythme endiablé et suicidaire de la révolution castriste. Il avait prévenu que le pays filait droit dans le précipice et qu'aucun parti communiste digne de ce nom ne pourrait entériner un tel « aventurisme ». Malgré le soutien manifeste de nombreux camarades, Aníbal Escalante choisit néanmoins le silence. Le stalinien a accepté son « procès de Moscou ». La mascarade a été entérinée par Nikita Khrouchtchev en personne. Quelques jours plus tard, la *Pravda* critique le très sectaire Escalante. Pragmatiques, les « éléphants » du Kremlin souhaitent calmer le jeu. C'est qu'ils préparent en secret l'un des plus grands coups de poker diplomatiques du XXe siècle, dont, pour une fois, Fidel Castro ne sait rien.

CHAPITRE 32

Nikita, mariquita !

Sur un piano à queue ! Il a paraphé le document sur un piano à queue, entre deux portes. Tel un modeste représentant de commerce dans un hall d'hôtel. Presque à la dérobée. Blême, Raúl Castro tremble comme une feuille. Son instinct ne le trompe pas. Planté dans le grand salon d'une maison du protocole, au cœur de Moscou, en ce début de juillet 1962, en compagnie de Vitali Korionov, l'un des plus proches collaborateurs de Nikita Khrouchtchev, il ne peut dissimuler son angoisse. Il vient de signer le brouillon d'un accord secret entre Cuba et l'URSS en vue d'installer dans l'île des missiles à têtes nucléaires. Raúl est comme tétanisé. Il a été reçu à l'aéroport par le vice-président du Conseil des ministres, Alexeï Kossyguine en personne, puis ce dernier l'a escorté en toute simplicité jusqu'à sa résidence comme un vieil ami. Accompagné de son épouse Vilma Espin, Raúl n'a pas eu le temps de souffler. Affable et prévenant, son hôte n'en semblait pas moins très pressé. Après la signature du document, il ne s'est pas attardé et a filé au Kremlin retrouver dans son bureau Nikita Khrouchtchev, tout en conseillant à Korionov : « Restez avec lui. Essayez de le calmer. Il est dans un sale état nerveux. »

Comment en effet ne pas être angoissé ? Le cadet de Fidel vient de signer un texte qui peut rayer son pays de la carte du monde. Il interroge Korionov : « Que va-t-il se passer maintenant ? Parce que les camarades cubains ont compris comment cela risquait de finir… » Les deux hommes passent la nuit à siroter du cognac arménien pour « calmer les nerfs du petit frère »…

Incroyable destin que celui de « Raúlito », le chouchou de Lina, le chenapan du collège Dolores, protégé par son aîné contre la méchanceté des « grands ». Il est en train de peser sur les affaires du monde, lui qu'on a tant méprisé et raillé pour ses manières un peu trop efféminées. Avant de partir, il a eu une longue conversation avec son frère et Ernesto Guevara. Fidel se méfie de Khrouchtchev. Il sait parfaitement que le « petit Ukrainien », sous ses rondeurs et ses sourires de paysan, est un tacticien retors. Mais le leader cubain a un atout dans sa manche : son ami Alexander Alexeïev, le correspondant de l'agence Tass à La Havane, accessoirement officier du KGB. Alexeïev est tombé sous le charme de Castro et n'a plus de secrets pour lui. Le récit de sa mission permet de mieux percevoir le jeu du chef du Kremlin dans cet épisode crucial de la guerre froide.

En avril 1962, Alexeïev est convoqué d'urgence à Moscou. Il est inquiet, persuadé qu'il va être sanctionné pour avoir noué des liens trop amicaux avec Castro. L'affaire Escalante en effet a laissé des traces jusqu'au sommet de l'appareil soviétique. Il est reçu par deux hommes, Iouri Andropov, secrétaire du Comité central et Alexander Chélépine, chef du KGB. Ceux-ci lui annoncent que Nikita Khrouchtchev en personne vient de le nommer ambassadeur à La Havane. Alexeïev est frappé de stupeur. Il estime n'avoir aucune compétence pour un tel poste. Khrouchtchev, qui le reçoit dans son bureau, lui explique qu'il est « très important pour le pays » qu'il conserve ses liens d'amitié avec Fidel Castro. Quelques jours plus tard, de retour au Kremlin, il y rencontre à nouveau Khrouchtchev, mais, cette fois, avec six autres dirigeants soviétiques : le secrétaire particulier du président, Frol Koslov, l'incontournable Anastase Mikoyan, Andreï Gromyko, ministre des Affaires étrangères, Rodion Malinovski, ministre de la Défense, et Charif Rachidov, membre du Politburo. Intimidé, Alexeïev est invité à s'asseoir. Détendu, Khrouchtchev lui demande de lui parler un peu de Cuba, des « camarades sous les Tropiques »… Le nouvel ambassadeur, mal à l'aise, s'exécute. Il évoque les difficultés économiques, les problèmes de ravitaillement, le projet de Castro de créer un nouveau parti, le PURSC (Parti unifié de la République socialiste cubaine), et, bien sûr, les menaces d'invasion américaine, de plus en plus manifestes.

Le 9 avril, en effet, l'US Army a simulé un débarquement grandeur nature en Caroline du Nord et dans l'île de Vieques, en territoire portoricain. La manœuvre, intitulée « Antphibex I-62 » (Atlantic Amphibian Exercise n° 1, 1962), a mobilisé plus de 40 000 marines, un grand nombre de bâtiments de surface et le porte-avions *Forrestal*. Un second exercice doit normalement se dérouler en octobre ; il aura pour nom de code « ORTSAC », anagramme de Castro. C'est presque trop énorme… Le KGB a d'ailleurs transmis à Khrouchtchev une information précieuse : le président Kennedy a reçu, le 10 avril, José Miró Cardona, le principal dirigeant anticastriste, et lui a demandé de mobiliser pour l'automne une troupe cubaine de l'ordre de 40 000 hommes. Le plan ORTSAC marquera l'aboutissement d'une campagne de harcèlement dirigée par les USA contre Cuba, connue sous le nom d'« opération Mangouste ».

Tout est donc prêt pour l'invasion, militairement et politiquement. Sur le plan diplomatique, J.F.K. a réussi à isoler Castro : le 31 janvier, les pays de l'OEA (l'Organisation des États américains) l'ont exclu de leurs rangs. Tous les services de renseignement soviétiques semblent sur la même longueur d'onde : Kennedy est décidé à frapper, et fort. Il a besoin de redorer son blason après la piteuse affaire de la baie des Cochons. Il doit donner des gages aux « faucons » du Pentagone, mais aussi à l'opinion américaine. En novembre 1962 auront lieu des élections intermédiaires à la Chambre des représentants et au Sénat : un scrutin capital pour le jeune président américain. La restauration de la démocratie à Cuba lui garantira peut-être un second mandat.

Nikita Khrouchtchev a toutes ces données en main. Il a rencontré Kennedy l'année précédente, en juin 1961, à Vienne, et en a tiré la conclusion que l'homme était inexpérimenté ; il lui a fait l'effet d'un intellectuel sans grande consistance. Il est convaincu qu'en cas de confrontation avec l'URSS il flanchera. De surcroît, l'Empire soviétique a une revanche à prendre : l'affaire du mur de Berlin, érigé le 13 août 1961, a fait vaciller l'image du socialisme triomphant que Khrouchtchev tente encore désespérément d'imposer. Auparavant, chaque année, plus de cent mille Allemands de l'Est fuyaient le communisme ; à ce rythme, la RDA allait devenir un désert. L'édification du Mur a stoppé l'hémorragie, mais pas l'envie de fuir. Désormais, au cœur des pays du pacte de Varsovie, il y a un îlot capitaliste, Berlin-Ouest, avec ses produits de grande consommation et ses troupes américaines. Berlin est devenu le cauchemar de Nikita Khrouchtchev. Néanmoins, grâce à Castro, il a lui aussi « son île » au cœur du monde capitaliste, cette « perle des Caraïbes » qui pourrait bien le venger des humiliations subies au cours des derniers mois.

Soudain, l'air enjoué, Khrouchtchev interroge l'ex-correspondant de Tass :

« Camarade Alexeïev, pour aider Cuba, pour sauver la révolution cubaine, nous avons pris la décision d'y installer des missiles à têtes nucléaires. Qu'en pensez-vous ? Comment Castro peut-il réagir à cela ? Acceptera-t-il ou non ? »

Embarrassé, Alexeïev répond que le *Líder Máximo* n'acceptera jamais, qu'il est trop soucieux de l'indépendance de Cuba. Devenu moins affable, Khrouchtchev réagit brusquement et annonce que la décision a été prise d'envoyer dans les plus brefs délais à Cuba le maréchal Sergueï Biriouzov, commandant des forces stratégiques soviétiques. Il insiste auprès d'Alcxcïcv :

« Vous devez convaincre Castro qu'il n'y a pas d'autre alternative. Il n'existe pas d'autre façon d'assurer sa défense. Les Américains ne comprennent que la force. Nous pouvons leur renvoyer la même médecine que celle qu'ils nous ont infligée en Turquie [les USA viennent alors d'y installer des fusées à ogives nucléaires pointées sur l'Union soviétique]. Kennedy est à la fois un pragmatique et un intellectuel, précise-t-il ; il comprendra et n'ira pas jusqu'à la guerre, car la guerre est la guerre. Notre projet vise justement à éviter la guerre, car n'importe quel crétin peut en déclencher une… Mais nous ne ferons pas cela, c'est juste pour les effrayer un peu… Pour qu'ils éprouvent les mêmes craintes que nous. Il va falloir qu'ils avalent cette pilule comme nous avons dû avaler celle de Turquie ! »

Après cette réunion, Khrouchtchev invite Alexeïev dans sa datcha de Peredelkino, dans la forêt des environs de Moscou. L'ancien correspondant de l'agence Tass est abasourdi : il y trouve le Politburo présent au grand complet. Khrouchtchev ne veut surtout pas être seul à avoir décidé cette opération. Alexander Alexeïev comprend que la décision est déjà prise et qu'il va avoir du fil à retordre pour convaincre un *Comandante* récalcitrant.

Il a tort. Comme tous les grands fauves de la politique, Castro a un sens aiguisé des rapports de forces. S'il veut sauvegarder son pouvoir, il lui faut se plier à la volonté soviétique. Quand Alexeïev lui dévoile la proposition du Kremlin, Fidel demande un jour de réflexion. Il consulte le président Dórticos, Carlos Rafael Rodríguez, Ernesto Guevara et son propre frère Raúl. Le *Líder Máximo* est angoissé : comment va-t-il bien pouvoir expliquer aux Cubains qu'il est en train de livrer son pays à l'Armée rouge ? Comment va-t-il continuer à défendre auprès des pays du tiers-monde le principe intangible de l'indépendance nationale ? Comment va-t-il convaincre les pays d'Amérique du Sud, qui commencent singulièrement à douter de lui, qu'il n'est pas devenu un simple satellite du Kremlin ?

Rentré d'urgence à La Havane, Ernesto Guevara, qui est en train d'entraîner un groupe d'une centaine de jeunes Argentins dans la sierra Maestra, finit par le convaincre. Le « Che » se montre à la fois le plus virulent et le plus déterminé : « Tout ce qui peut arrêter les Américains vaut la peine », lui dit-il. Mais Fidel n'est pas aussi résolu que son ami. Il sent confusément qu'il joue peut-être là sa carte la plus dangereuse.

C'est une même angoisse que Raúl tente de noyer dans le cognac arménien, à Moscou, en ce début d'été. À son retour à Cuba, le 17 juillet, il se précipite chez son frère. Ce dernier rechigne à signer l'accord. Il le juge par trop technique. Il veut surtout que, dans le préambule, on précise que c'est « dans le but d'assurer sa souveraineté et de maintenir son indépendance » que

« Cuba demande que l'Union soviétique considère et accepte la possibilité d'installer des missiles sur son territoire… ». En l'occurrence, le *Comandante* veut seulement sauvegarder les apparences. Aux yeux du monde, il doit apparaître comme le demandeur et non pas comme celui à qui Moscou a imposé l'installation de 40 rampes de lancement de missiles balistiques à têtes nucléaires. Il révise la copie ramenée par son frère et renvoie dans la capitale soviétique, à la fin d'août, Ernesto Guevara et Emilio Aragonés, chef de la Milice, pour renégocier avec Khrouchtchev.

Le 30 août, le « Che » retrouve le numéro un soviétique dans sa datcha de Crimée. Il est porteur d'un message de Castro dans lequel celui-ci exprime le souhait que l'accord soit à tout prix rendu public. « Surtout pas ! prévient Nikita Khrouchtchev. Il n'est pas question d'alarmer précocement les Américains. Il faut laisser Kennedy se concentrer sur ses élections. » Guevara demande ce qui se passera si les Américains attaquent Cuba. Khrouchtchev hausse les épaules, presque hilare : « Ne vous inquiétez pas, lâche-t-il, il n'y aura aucun problème de ce genre avec les États-Unis. Et s'il y a un problème, nous enverrons la flotte de la Baltique ! » Quand Ernesto Guevara propose de parapher le nouveau texte de l'accord, Khrouchtchev fait une pirouette et s'esquive : « Je signerai quand je viendrai chez vous, d'ici à quelques mois. »

Le très ombrageux Guevara est sidéré par l'attitude désinvolte du maître du Kremlin. Celui-ci semble se comporter avec ses deux visiteurs comme avec n'importe quel vassal d'Europe de l'Est. En fait, le secrétaire général du PCUS n'a accueilli les deux Cubains que par politesse, car, sur le terrain, tout est déjà presque en place. Depuis le mois de mai 1962, la flotte soviétique a commencé d'installer des bases de lancement de missiles sol-air conventionnels qu'il suffira d'équiper un peu différemment, le moment venu.

Au début de septembre, il n'y a plus de temps à perdre. Castro a des états d'âme ? Trop tard. Depuis le 15 juillet, les navires soviétiques ont commencé à livrer le matériel « interdit ». Par le port de Mariel, à l'ouest de La Havane, ils ont également débarqué quatre régiments équipés de 150 blindés chacun, de rampes mobiles et de fusées tactiques comparables à la fusée américaine « Honest John ». Dès le mois de mai, le maréchal Biriouzov, venu au sein d'une délégation de conseillers agricoles sous le faux nom de « Petrov », a fait le tour de l'île avec le capitaine Núñez Jiménez, géographe de formation, le meilleur connaisseur de la topographie de l'île.

À la fin du mois de mai, les experts soviétiques choisissent les sites et rencontrent Castro, qui donne son feu vert à l'« opération Corsaire ». Les constructions peuvent démarrer. Les installations sont toutes placées sous commandement soviétique. Mieux : les experts venus de Moscou ont renouvelé de fond en comble les systèmes cubains de détection radar et de communications radio. Ils contrôlent en fait le ciel et toutes les communications de l'île. Seule une poignée de dignitaires cubains bénéficient d'un droit d'accès à certaines bases, dont Fidel Castro, son frère Raúl, Ramiro Valdés, ministre de l'Intérieur, Juan Almeida, chef d'état-major de l'armée, Ernesto Guevara et quelques autres. En réalité, les Cubains en sont exclus ou bien ne sont sollicités que pour la garde des sites, à l'extérieur des barbelés marquant la frontière de la zone interdite.

Que fait Fidel Castro durant cette période ? Le 15 juin 1962, il part en randonnée dans la sierra Maestra, en treillis, le fusil à l'épaule, pour huit jours afin de se retremper dans le souvenir des jours heureux de la guérilla. Les caméras de télévision suivent ces drôles de vacances au cours desquelles il rappelle avec force son tempérament de rebelle. Il fait reprendre dans la presse le slogan « Une fois de plus, j'ai levé l'étendard de la rébellion ! ».

Pendant que le *Comandante* joue les nostalgiques, l'application du « plan Corsaire » se poursuit. En quelques semaines, les Soviétiques parviennent à installer leurs bases aux quatre coins de l'île. Dès le 15 juillet, au cours d'une réunion secrète, le colonel Mechtchériakov, responsable du renseignement militaire, le GRU, annonce à Castro qu'il est en train de mettre en œuvre la phase finale de l'opération. Un nouveau chef de mission doit venir dans l'île, Grigori Sokolnikov, plus proche collaborateur du patron du KGB, Chélépine. Désormais, l'autorité exclusive sur la défense cubaine est entre les mains des services secrets soviétiques.

Pour Castro, le coup est rude. Le dictateur rebelle n'est plus maître chez lui. Il tente de se rabattre sur les troupes terrestres en organisant une vaste mobilisation des milices. Il réclame à cor et à cri des bombardiers Iliouchine 28 qui lui redonneraient au moins l'impression d'exercer une autorité dans les airs. En fait, le *Líder Máximo* rumine et peste. Jamais dans l'histoire de Cuba un envahisseur n'est allé aussi loin dans la prise de contrôle du pays. Le rouleau compresseur soviétique écrase tout sur son passage.

En outre, les va-et-vient sur l'île d'énormes camions bâchés n'ont plus de secret pour personne. Fidel est particulièrement contrarié et amer quand il comprend que Nikita Khrouchtchev s'est moqué de lui en lui imposant silence. Car, contrairement aux dires de leurs dirigeants, les Soviétiques ne font rien pour dissimuler leur activité aux Américains. Les avions de reconnaissance aérienne U2, volant à 10 000 mètres d'altitude, commencent leur manège, et les Soviétiques ne cherchent aucunement à les abattre. Fidel commence à entrevoir la partie d'échecs dans laquelle Khrouchtchev l'a utilisé comme un simple pion. Il se sent humilié, mais ne peut plus arrêter l'Histoire. Il va néanmoins tout faire pour ne pas rester un simple spectateur.

Cuba est en train de devenir un porte-avions soviétique ancré sous le balcon de l'Oncle Sam. C'est le début d'une terrifiante surenchère diplomatique où les deux « Grands » cherchent à se faire mutuellement peur à coups de menaces atomiques. Khrouchtchev avait estimé que Kennedy ne réagirait pas avant les élections de novembre. Mais, dès la fin de septembre 1962, un homme est convaincu que Cuba est équipé de missiles nucléaires : John McCone, nouveau patron de la CIA en remplacement d'Allen Dulles, limogé après le fiasco de la baie des Cochons, multiplie les mises en garde et envoie à la Maison-Blanche rien de moins que quinze cents rapports tous plus alarmants les uns que les autres. Au début d'octobre, alors qu'il se trouve en voyage de noces en France, il envoie à Washington des cartes postales angoissées annonçant une crise grave. Il demande qu'on multiplie les vols de reconnaissance au-dessus de Cuba. Mais les choses traînent. Le président J.F. Kennedy et son frère, le ministre de la Justice Robert Kennedy, ne le prennent pas trop au sérieux. La CIA est en perte de vitesse : on ne fait plus guère confiance à ses analyses. Il faut attendre le 16 octobre pour que Kennedy accepte enfin de prendre en compte les informations de son chef espion. Les photographies de l'avion de reconnaissance U2 sont formelles : Cuba est bel et bien équipée de missiles à têtes nucléaires. En quelques jours, les experts américains confirment que 80 % du territoire des États-Unis sont sous la menace des engins soviétiques. Selon leurs calculs, en cas de conflit, 80 millions de leurs concitoyens pourraient périr. Le spectre de l'apocalypse est aux frontières, à quelques miles de la Floride. Après avoir hésité entre l'attaque aérienne et l'invasion de l'île par mer, les frères Kennedy choisissent le blocus naval, la quarantaine. Aucun navire soviétique ne pourra plus pénétrer au-delà d'un cercle de sécurité sans risquer de devenir la cible de l'US Navy.

Pendant plusieurs jours, le monde entier regarde, terrifié, la partie de bras de fer que se livrent les deux superpuissances. Finalement, après plusieurs échanges de courrier entre les deux « K », Kennedy et Khrouchtchev, ce dernier accepte la proposition du président américain : le retrait des fusées de Cuba en échange de la promesse d'une « non-intervention » américaine à Cuba ainsi que d'un retrait symétrique des fusées US disposées en Turquie. Le 28 octobre, Khrouchtchev écrit à l'hôte de la Maison-Blanche pour officialiser son accord. Il va rapatrier les missiles dans les plus brefs délais : le plan qu'il a exposé à Alexeïev au mois de mai précédent a parfaitement fonctionné.

Il commet néanmoins une faute impardonnable, presque de débutant : durant toutes les négociations, il n'a pas eu la présence d'esprit d'inclure le dirigeant de La Havane dans le jeu. Par souci d'efficacité, sans doute. Mais le Cubain, lui, ne l'entend pas de cette oreille. Il est hors de lui. Il n'a jamais été autant méprisé. Il a été relégué au rang de vassal de l'Empire soviétique, de fonctionnaire subalterne, d'Indien des Caraïbes ! Quand il apprend sur les ondes de Radio Moscou que Khrouchtchev l'a « trahi », il entre dans une colère noire, brise un miroir et une paire de lunettes d'un coup de poing. Ainsi son protecteur l'abandonne en rase campagne et le ramène à son point de départ !

Il se retrouve seul face aux États-Unis. Il n'a même pas été associé au protocole d'accord entre les deux Grands, lequel prévoit la visite à Cuba d'inspecteurs de l'ONU chargés de vérifier la réalité du retrait des missiles soviétiques. Là encore, le numéro un soviétique, sans doute débordé, a oublié un détail juridique capital en droit international : aucune inspection ne saurait se décider sans l'aval de Cuba. Or, même sur ce point, Khrouchtchev a négligé de consulter Castro.

Ce dernier va dès lors lui mettre des bâtons dans les roues. Il écrit au secrétaire général de l'ONU, U Thant, pour qu'il soit bien clair que rien ne se fera sans lui. Il formule cinq exigences : 1) La fin du blocus économique ; 2) La renonciation de Washington à utiliser la subversion contre son régime ; 3) La cessation des activités hostiles des exilés cubains aux USA ; 4) L'arrêt des survols par les appareils américains ; 5) La restitution de la base de Guantánamo à l'État cubain. Quand ces cinq conditions seront remplies, précise-t-il, Cuba pourra envisager d'accueillir les inspecteurs de l'ONU.

À Moscou, la déclaration du dirigeant cubain provoque l'affolement. Son chantage est grossier, lourd de dangers, mais difficile à esquiver. Par son incorrigible orgueil, Castro risque de tout faire capoter. Pour ne pas envenimer la situation, Khrouchtchev ordonne aux officiers de la marine soviétique quittant Cuba d'autoriser l'US Navy à contrôler leurs cargaisons en pleine mer. C'est l'« opération Strip-tease », humiliante pour les Soviétiques, mais qui a le mérite d'affaiblir la position de Fidel Castro. L'agitation du *Comandante* peut provoquer un dérapage à tout moment. Comment en effet lui faire entendre raison alors qu'il vient de donner l'ordre à ses 300 batteries antiaériennes de tirer à vue sur tous les avions américains ? Les appareils de reconnaissance classique, volant à basse altitude, deviennent aussitôt la cible des artilleurs cubains. Par bonheur, maladroits et peu habitués au matériel soviétique flambant neuf qu'ils viennent de recevoir, ils ratent immuablement leur coup, au grand désarroi de Fidel Castro.

Cette décision du *Comandante* d'ouvrir le feu alors qu'une guerre atomique était quasi imminente fait croire à certains qu'il a fait abattre le 27 octobre, depuis une base soviétique située près de Banes, sa région natale, un avion U2 américain, entraînant la mort du pilote, le capitaine Rudolph Anderson. En fait, l'enquête conduite par le GRU, prouve que le coupable n'est autre qu'un officier russe, le capitaine Antonyets, qui a obéi aux ordres du lieutenant-colonel Gretchko, lequel a mal interprété les consignes de sa hiérarchie. Ce jour-là, une terrible tempête soufflait sur la région et avait mis à vif les nerfs des Soviétiques. Ils s'attendaient à une attaque américaine décisive. Or, l'avion U2 ne transportait à son bord que du matériel photographique de haute précision. Contrairement à la légende, Castro n'a donc pas fait abattre un U2 américain pour provoquer une troisième guerre mondiale. Contrairement à Guevara, il n'a joué à aucun moment les suicidaires.

Au cours de la crise, le « Che » s'est au contraire révélé fanatique, répétant à qui voulait l'entendre que Washington et New York allaient être « effacés de la surface du globe ». Cette guerre « sacrificielle », destinée à ce qu'apparaisse enfin « l'Homme nouveau » qu'il rêvait de modeler, l'exaltait. Un jour, il a prophétisé : « Le peuple est prêt à s'immoler par les armes atomiques pour que ses cendres servent de ciment aux sociétés nouvelles » ! Quand il apprend la trêve du 28 octobre, il s'y oppose farouchement et informe Fidel Castro de « sa décision de lutter, même seul, contre tous les dangers, y compris la menace atomique de l'impérialisme yankee ». Étrange conception de la lutte chez un intellectuel marxiste : le « Che » prêt à affronter en combat singulier une bombe thermonucléaire !

Malgré ses excès, sa démesure, Fidel, lui, n'a rien d'un kamikaze. Réaliste, s'il regrette le départ des fusées russes, c'est tout simplement parce qu'elles tenaient lieu de « bouclier impénétrable contre l'impérialisme américain ». Lui aussi évoque les sentiments du peuple cubain à qui ni l'un ni l'autre des Grands n'a jamais demandé son avis. Curieusement, le peuple cubain version Fidel ne pense pas tout à fait la même chose que le peuple « consulté » par l'Argentin dans son approche apocalyptique. « J'ai sondé les réactions du peuple..., prétend le *Comandante*. J'ai rencontré un sentiment unanime : il fallait garder les fusées [...]. Et certains voulaient, au besoin par la force, empêcher leur retrait... » Au fond, Castro ne se pose qu'un problème : il ne croit pas une seule seconde à la promesse de Kennedy de ne pas intervenir à Cuba. Aucun engagement écrit n'a été paraphé. La troisième guerre mondiale n'a été évitée qu'en se fiant à la parole de deux chefs d'État. Le Petit Poucet cubain se demande combien de temps J.F.K. pourra tenir face aux « faucons » de son administration : un mois, un an ?

Pour lui comme pour tous les acteurs de la « crise des missiles », ce mois d'octobre 1962 a été éprouvant. Il a vieilli d'un coup. Il n'a que 36 ans et paraît soudain abattu, écrasé par le poids de sa charge. Au début de novembre, comme pour conjurer les années, il retourne régulièrement à l'université de La Havane. Il y prend un bain de jouvence, s'attarde dans les amphithéâtres, bavarde avec les étudiants, abasourdis de le voir si disponible. Il est triste et amer, persuadé que Cuba va traverser des moments difficiles. Largué par Moscou, affamé par Washington, que peut-il faire ? Il envisage encore et toujours le plus sombre pour son peuple. « Il faut se préparer à se serrer la ceinture, annonce-t-il à ses interlocuteurs, et même à bien mourir. Il se pourrait que Cuba devienne bientôt une île abandonnée, privée de pétrole et d'électricité. Mais elle reviendrait à l'agriculture primitive plutôt que de céder sur la question de sa souveraineté en acceptant l'inspection de son territoire ! » Neurasthénique, il organise quand même un grand meeting, le 1er novembre, pour tester sa popularité, laquelle paraît intacte. Au milieu de la foule, les miliciens lancent un slogan vengeur : *« ¡ Nikita, mariquita, lo que se da no se quita ! »* (« Nikita, sale petit pédé, ce qu'on offre ne se reprend pas ! ») Vengeance de Castro : une insulte de macho cubain que la rue reprend et scande pendant des semaines. Désabusé, il ne recherche cependant pas la rupture avec le Kremlin ; il n'a plus le choix : économiquement et militairement, il est, pieds et poings liés, dépendant de la « patrie du socialisme ». Dans une de ses causeries à l'université, il glisse discrètement : « Nous ne commettrons pas deux fois la même erreur, et nous ne romprons pas avec les Soviétiques après avoir rompu avec les États-Unis. » Il n'a pour simple marge de manœuvre que ses écarts de langage et ses manières latines qui séduisent tant les hiérarques slaves. Contre l'Ogre rouge, il n'a plus que le loisir de bouder. Il ne s'en prive pas.

À Moscou, Nikita Khrouchtchev se rend soudain compte de sa maladresse et décide d'envoyer Anastase Mikoyan réconforter le *Líder Máximo*. « L'Arménien », comme l'appellent les kremlinologues, doit endurer les pires caprices du *Comandante*, qui le fait lanterner plus de huit jours avant de le rencontrer, à l'ambassade soviétique, à l'occasion du rituel anniversaire de la révolution d'Octobre. Les deux hommes se parlent vingt minutes. Mikoyan parvient à placer enfin le message de Khrouchtchev. « Nous ne vous lâcherons pas, l'engagement de Kennedy est irréversible, lui jure-t-il en substance. Par contre, vous devriez mesurer que nous vous avons tout de même sauvés. Vous avez échappé grâce à nous à une invasion américaine. Nous vous avons rendu là un fier service. Rendez-nous-en un autre en adoptant une attitude plus souple. » Pragmatique, Castro comprend le message. Après tout, c'est vrai qu'il l'a échappé belle. Sans les Soviétiques, il aurait été vaincu, et son régime avec. Il va mettre de l'eau dans son rhum, ne pas suivre le « Che » dans ses délires. Anastase Mikoyan l'invite alors à Moscou. Nikita Khrouchtchev veut lui organiser l'année suivante une visite mémorable. Si tout se passe bien, il lui fera lire toutes les lettres que Kennedy et lui se sont envoyées durant ces journées fatidiques, les fameux « treize jours » où le monde a failli succomber à l'apocalypse nucléaire.

CHAPITRE 33

Ozzie et la « Cuban Connection »

En face, la mer limpide, turquoise, bourdonnante. Le soleil est à son zénith, ce 22 novembre 1963. Il est 13 h 30. Dans une « cabane de pêcheurs de Varadero », devant l'une des plus belles plages des Caraïbes, à 120 kilomètres de La Havane, deux hommes conversent en toute liberté. Ils semblent détendus, joyeux. Fidel Castro déjeune avec le journaliste français Jean Daniel, alors une des signatures les plus prestigieuses de l'hebdomadaire *L'Express*.

Lors de cette rencontre estivale, Jean Daniel n'est pas un journaliste ordinaire. Il est en mission. Quelques jours auparavant, J.F. Kennedy l'a invité à la Maison-Blanche et lui a demandé d'être son messager auprès du dirigeant cubain. Le président américain semble vouloir pacifier ses relations avec le *Líder Máximo* et souhaite le lui faire savoir par un canal inhabituel. Le journaliste retourne donc à La Havane, porteur d'un message de « paix ».

Fidel est quelque peu surpris par cet appel du pied de J.F.K. Mais il est prêt à y répondre. Depuis la crise des missiles d'octobre 1962, il a beaucoup réfléchi à la situation dans laquelle il a plongé son pays. Il rêve de desserrer l'étau du blocus américain. Il a un tel besoin de devises pour acheter des marchandises de première nécessité qu'il est disposé à certains compromis. L'année précédente, en décembre, il a fini par libérer les prisonniers de la Brigade 2506 contre une « rançon » de 53 millions de dollars en médicaments et denrées alimentaires. S'il ne veut pas entraîner Cuba dans la famine, il doit impérativement se donner un peu d'air. Déjà, il cherche à se rapprocher de grands pays européens, dont la France, pour diversifier ses partenaires et échapper ainsi, un tant soit peu, aux griffes de l'Ogre soviétique.

En mai 1963, il a passé plus d'un mois – quarante jours exactement – en URSS pour dissiper définitivement les « malentendus » suscités par la crise des missiles. Khrouchtchev l'a reçu en grande pompe, tel un cosmonaute rentrant de la planète Mars. Il lui a organisé des triomphes populaires, l'a couvert de décorations : héros de l'Union soviétique, ordre de Lénine, croix d'or et toutes les médailles que l'Empire rouge peut produire. Il l'a invité au Bolchoï, dans sa datcha. Il lui a fait découvrir les plaisirs de la chasse au sanglier sous la neige. Réconciliés, les deux hommes ont même batifolé dans la poudreuse, comme deux grands gamins espiègles et insouciants. Enfin, Nikita Khrouchtchev lui a fait lire les fameuses lettres que Kennedy et lui ont échangées durant les « treize jours » où le monde faillit disparaître. Castro, rasséréné, a retrouvé la place qu'il estime être la sienne : au sommet de l'Olympe, dans le secret des dieux. En échange, le Premier soviétique a obtenu le « geste » qu'il attendait du chef de la révolution cubaine : le 23 mai, dans un stade Lénine plein à craquer, devant cent mille personnes en liesse, Fidel, ému, a prononcé le discours qui justifiait tant de révérence : « Les Américains, a-t-il lancé, n'ont renoncé à l'idée d'une invasion de Cuba qu'après la crise d'octobre dernier, et en raison de l'intervention de l'URSS.

La solution de la crise a suscité, dans les rangs des ennemis de Cuba, diverses querelles. Quoi qu'il en soit, il a été possible d'éviter une guerre. » Dans la querelle idéologique naissante entre Moscou et Pékin, Castro a choisi son camp : contre Mao Tsé-toung. Les Chinois accusent en effet les Soviétiques de s'être couchés, en octobre 1962, devant l'impérialisme américain ; pour Pékin, ils ont été des « capitulards », des « munichois ». Fidel n'est pas loin de penser la même chose, mais il est pris dans la nasse, condamné à jouer avec le Grand Frère soviétique.

D'autant que « sa » révolution va de mal en pis. En août, celui qui est toujours Premier ministre a fini par renoncer à la politique d'« industrialisation forcée », version Guevara. Il a lâché son ami. Il doit revenir à plus de pragmatisme et s'appuyer sur le seul point fort de l'île : l'agriculture. Paradoxe : avant que Cuba ne soit mise à sac par les folies de Castro, son économie, contrairement à ce que véhicule la légende fidéliste, était à la fois diversifiée et en pleine expansion. Or les résultats présents sont catastrophiques : la *zafra* de l'année 1963 est la plus mauvaise de toute l'histoire de l'île : 3,8 millions de tonnes. Cet échec a conduit le gouvernement à serrer encore un peu plus la vis en imposant une troisième réforme agraire qui réduit la propriété privée agricole à 67 hectares…

À Varadero, en dégustant une langouste grillée avec son hôte français, le *Comandante* ne révèle pas à Jean Daniel que le président américain, tout en lui tendant la main, a armé des tueurs chargés de le faire disparaître. Dans le courant de l'année 1962, la « colombe » J.F.K. n'a pas cessé de monter des tentatives d'assassinat contre lui. Castro détient les preuves de ces opérations « homicides » fomentées contre lui. Bon connaisseur de la vie politique américaine, il connaît les tourments de Kennedy, ses difficultés à faire passer le principe de la « coexistence pacifique » auprès d'une administration toujours aussi remontée contre La Havane. Mais il reconnaît que le président américain a agi dans le bon sens en réduisant par exemple l'activité des anticastristes sur le sol américain et en mettant fin à l'« opération Mangouste », cette guerre de harcèlement terroriste des anticastristes contre l'économie cubaine. Au demeurant, à force de le combattre, il a fini par avoir quelque sympathie pour lui. N'ont-ils pas des points communs ? Tous deux sont d'origine catholique, l'un et l'autre dirigent leur pays avec un de leurs frères. Bizarrement, Robert Kennedy et Raúl Castro ont de surcroît des ressemblances : tous deux sont méthodiques et implacables, tous deux aiment l'ombre. Fidel et « Jack », comme on appelle familièrement le président américain, sont plus versatiles, plus narcissiques. Tribuns, ils ont incontestablement le même goût des médias et sont des comédiens-nés. Ils savent mentir avec le même aplomb. Ils sont les premiers hommes politiques de l'ère télévisuelle. Enfin, le fait que J.F.K. n'ait confiance qu'en son frère amuse le leader cubain. Quand lui-même est parti pour Moscou, il a confié les rênes du pays à Raúl et à lui seul. Oui, les Kennedy et les Castro se ressemblent : ils ont le sens du clan.

Soudain, perturbant sa conversation avec Jean Daniel, son aide de camp prévient Fidel Castro que le président Dórticos souhaite lui parler de toute urgence. Il vient d'apprendre l'assassinat de Kennedy à Dallas. Le drame a eu lieu à 12 h 30 exactement. Castro blêmit et répète à trois reprises au journaliste français :

« Voilà une mauvaise nouvelle ! » Puis il se reprend et s'étonne : « Combien y a-t-il eu de présidents des États-Unis ? Trente-six ? Quatre ont déjà été assassinés. C'est beaucoup, vous ne trouvez pas ? À Cuba, nous n'avons jamais assassiné notre président. » En invoquant le caractère « barbare » de la société américaine, la violence qui a jalonné son histoire, Castro cherche à prendre un certain recul par rapport à l'énormité de l'événement. En fait, il est « sonné ». À cette minute, il sait que tout peut advenir. Il songe aussitôt à une opération des « faucons » américains avec, dans la foulée, une tentative d'invasion de l'île. Il craint surtout d'être impliqué d'une manière ou d'une autre dans ce meurtre. Si les Américains l'attaquent, cette fois, il ne bénéficie plus du parapluie nucléaire soviétique. Ses « protecteurs » n'ont laissé que cinq mille hommes sur l'île. Khrouchtchev et Mikoyan lui ont juré de le défendre, quoi qu'il arrive, mais il n'y croit guère. Devant Jean Daniel, il part dans une de ces digressions géopolitiques dont il a le secret, sur la guerre froide et la paix dans le monde. Il gagne du temps.

En fait, il est déjà ailleurs, sur un terrain qu'il affectionne entre tous : celui du renseignement. Par le chef du G2, Manuel Piñeiro, alias Barberousse, il sait depuis plusieurs semaines que des Cubains en exil peuvent être impliqués dans une pareille histoire. Et là, toutes les manipulations de la CIA sont possibles. Castro n'est pas un « bleu » en ce domaine. Depuis l'âge de vingt ans, il vit au milieu des meurtres, des règlements de comptes, des provocations, des doubles ou triples jeux. Sur ce chapitre, rien ne peut plus l'étonner.

Il se méfie aussi de lui-même : au début de septembre 1963, à l'ambassade brésilienne, Castro a eu un réflexe malencontreux face à un journaliste canadien, Daniel

Harker. Il lui a glissé en confidence : « Si les dirigeants américains persistent dans leurs projets terroristes visant à assassiner des responsables cubains, c'est leur sécurité personnelle qui s'en trouvera menacée. » Cette phrase lourde de sens le place à présent au premier rang des suspects. Il lui faut donc redoubler de prudence. Il ordonne à ses services de lui communiquer au plus vite toutes les notes relatives aux rumeurs récentes de projets d'attentat contre J.F. Kennedy. Il réclame aussi un dossier complet sur l'assassinat de Dallas. Dans les heures qui suivent, il apprend que l'homme soupçonné est un certain Lee Harvey Oswald. L'espace d'un instant, il respire : au moins il n'est pas cubain.

Le lendemain, avec une célérité exceptionnelle, la presse américaine publie à peu près tout ce qu'on peut savoir sur Lee Harvey Oswald, son incroyable itinéraire, son voyage en URSS, sa passion pour la révolution cubaine. Castro est en ligne de mire. Il devient pour tous le commanditaire du crime. La thèse court déjà les rédactions : le « gangster » de La Havane se serait ainsi vengé de l'humiliation subie pendant la « crise des missiles », et, surtout, il aurait fait assassiner un homme qu'il avait déjà traité de « crétin » quelques semaines auparavant. Dans une conversation privée, au cours d'une réception dans une autre ambassade, Castro n'avait-il pas aussi lâché : « Kennedy est le Batista d'aujourd'hui. Il est le président des Etats-Unis le plus opportuniste de tous les temps » ? En tout cas, il imagine déjà le pire : une citation à comparaître devant le tribunal de Dallas, son refus de s'y rendre, la tension diplomatique à l'ONU, et, au bout, l'intervention militaire US.

Mais, curieusement, le vice-président, Lyndon Johnson, qui succède à Kennedy à la Maison-Blanche, intervient publiquement pour affirmer qu'il y a peu de chances que le drame de Dallas ait été téléguidé depuis l'étranger. Fidel Castro est provisoirement soulagé. D'autant que ses propres services secrets – le G2, dirigé par Piñeiro, et le renseignement militaire dirigé par le colonel Fabian Escalante – et, bien sûr, le KGB lui fournissent des éléments accablants pour la CIA : Lee Harvey Oswald semble être au cœur d'un extraordinaire complot impliquant la haute hiérarchie de la centrale de renseignement américaine.

Pourquoi et comment les Cubains maîtrisent-ils aussi parfaitement ce dossier ? L'explication, pour invraisemblable qu'elle paraisse, est pourtant véridique : les hommes qui ont trempé dans l'assassinat de Kennedy sont les mêmes qui ont participé à plusieurs tentatives de meurtre fomentées contre Fidel Castro ! La « Cuban connection » existe bel et bien, mais elle est américaine.

Le dirigeant cubain se garde bien de divulguer ses informations. Tout comme l'administration de Washington qui fait tout pour brouiller les pistes : il convient d'éloigner les enquêteurs de la piste politique, de les enfermer dans une approche technique du meurtre. Le mystère de la mort de J.F.K. réside en effet dans ce paradoxe : personne, au sommet de l'État américain, ne va venir en aide aux inspecteurs du FBI. Au contraire. Castro, lui, aime bien ce genre d'embrouillamini. Il laisse les enquêteurs patauger dans les remous de la désinformation. Pour découvrir qui a commandité l'opération de Dallas, il faut, explique-t-il, « faire un peu de politique ». Il suffit par exemple de suivre pas à pas l'existence tumultueuse et chaotique de Lee Harvey Oswald. Le *Líder Máximo* ne s'en prive pas : le KGB lui a fourni un volumineux dossier sur le personnage.

Lee Harvey Oswald n'a que 24 ans au moment des faits. Pour un tueur professionnel, c'est un gamin. Né à La Nouvelle-Orléans le 18 octobre 1939, il est élevé par sa mère ; le père n'apparaît dans aucune biographie. Pas vraiment doué pour les études, il s'engage dans les marines dès l'âge de 16 ans. L'armée devient sa vraie famille. Chétif et peu résistant, on l'envoie en 1957 au Japon, sur la base d'Atsugi, où il apprend le métier de technicien radar. Cette base est totalement sous contrôle de la CIA : elle accueille les fameux avions espions « furtifs », les U2, qui viennent tout juste d'entrer en service pour survoler l'Union soviétique. Le jeune Oswald est donc astreint au « Secret Défense » absolu. En novembre 1958, il rentre aux États-Unis et prend ses quartiers à la base navale d'El Toro, en Californie, où sont formés des officiers pouvant être détachés à l'Agence de Langley. Ses supérieurs lui demandent d'apprendre le russe. Lee Harvey s'exécute.

Au cours de ce séjour, il se lie d'amitié avec trois hommes appartenant tous à la Navale : Franck Sturgis, Gerry Hemmings et David Ferrie. Sturgis est un pilote chevronné, un baroudeur au grand cœur. En 1958, la CIA l'envoie dans la sierra Maestra pour infiltrer le M26. Franck est au « contact » de Fidel Castro et devient même officier de l'armée rebelle. Fasciné par le « Robin des bois cubain », il est alors persuadé – tout comme Gerry Hemmings qui le rejoint sur les hauteurs de La Plata comme conseiller militaire de Castro – que le *Comandante* est un anticommuniste forcené. C'est l'époque de la « lune de miel » entre la CIA et le chef rebelle. Pour eux, pas de doute : Castro est bien un homme de droite. Il aurait même des tendances fascistoïdes. Les deux hommes envoient des rapports dans ce sens à leur hiérarchie. Franck Sturgis et Gerry

Hemmings font partie de ceux qu'on appelle à la CIA les *cornudos*, les cocus, ceux qui ont été trompés des années durant par le Grand Barbu. Les deux colosses ne s'en remettront jamais. À El Toro, le malingre Lee Harvey Oswald leur voue néanmoins une admiration sans bornes.

Bien intégré, même si ses supérieurs notent parfois chez lui une tendance à l'indolence, Oswald aurait pu poursuivre une carrière sans souci ni accroc au sein de l'US Army. Mais, brusquement, le 11 septembre 1959, il est rendu à la vie civile avec une pension de soutien de famille à cause de sa mère indigente. L'aventurier Oswald ne va cependant pas longtemps « soutenir » sa pauvre mère. Un mois plus tard, il part pour l'URSS, en train, via la Finlande. Il arrive à Moscou le 16 octobre. Le même jour, il écrit au Soviet suprême une lettre dans laquelle il sollicite la nationalité soviétique en prétendant être un communiste fervent. Il réclame l'asile politique. Il raconte en outre qu'il est prêt à livrer de grands secrets sur la base d'Atsugi, les U2 et les systèmes radars américains. Le 30 octobre, il est à l'ambassade des États-Unis, où il supplie qu'on lui retire la nationalité américaine dans la mesure où il est marxiste !

Intrigué par le personnage, dans un premier temps, le KGB ne répond pas à son appel. Un humble technicien radar d'une base d'avions espions n'est certes pas un fretin à négliger, mais son histoire paraît tellement abracadabrante… Jamais un transfuge n'a agi de la sorte. Qui est-il vraiment ? Un agent de la CIA venu jouer les « taupes » de l'autre côté du rideau de fer, comme tout semble l'indiquer ? ou bien réellement un « soldat perdu » du capitalisme ? On lui explique qu'il est impossible de lui accorder la nationalité soviétique. Pour le moment…

Lee Harvey Oswald tente alors un extravagant coup de poker : il simule une tentative de suicide. Il est conduit à l'hôpital où l'on finit par lui accorder un permis de séjour. Lee Harvey Oswald est désormais surveillé jour et nuit. Mais que faire de ce cinglé ? Le KGB décide de le « traiter » plus en profondeur et le soumet à un stage de « vérification » dans les locaux de la Loubianka. Oswald y disparaît pendant plusieurs semaines. Le KGB fouille son passé, le cuisine, examine son cas sous toutes les coutures. Finalement, le transfuge réapparaît au début de 1960. On lui trouve du travail dans une usine radio à Minsk. Il y rencontre Marina Nicolaïevna, infirmière à l'hôpital, nièce d'un colonel dépendant du ministère de l'Intérieur. Ils se marient et ont une fille.

Le feuilleton ne s'arrête pas là. Six mois après l'arrivée d'Oswald à Moscou, le premier avion espion U2 – piloté par Francis Gary Powers – est abattu. La « trahison » du petit technicien radar a-t-elle un lien avec l'« incident » ? Nul ne le saura sans doute jamais. Dans ce genre d'affaires, les services secrets aiment à laisser circuler les pires rumeurs. Pour le monde de l'ombre, rien n'est mieux qu'un rideau de fumée.

En 1962, énorme surprise : Lee Harvey Oswald rentre comme une fleur aux États-Unis. Il réapparaît chez lui, à La Nouvelle-Orléans, au mois de juin. Il est d'abord « ausculté » par la CIA durant trois mois, afin de vérifier que la « taupe » n'a pas été retournée par les Soviétiques. Visiblement, les services secrets US sont convaincus que leur agent est resté « sain ». Son incroyable « défection » chez les Rouges est bien restée sous contrôle. Preuve de la confiance de la CIA à son endroit : le « traître » fait valider son passeport dans les vingt-quatre heures grâce à l'intervention d'un sénateur républicain du Texas, John G. Tower, ami d'un certain Harold Lafayette Hunt.

C'est par ce nouvel ami, homme d'affaires dans le secteur pétrolier, mais surtout « consultant » de la CIA, qu'Oswald trouve un travail à Dallas. En octobre, le revenant dégotte un emploi à la firme Jagger-Stoval-Chiles, entreprise spécialisée dans la fabrication de cartes et graphiques à usage militaire, dont le principal client n'est autre que le Pentagone. Un autre protecteur surgit dans l'entourage de l'ex-déserteur : George de Mohrenschildt, lui aussi dans le pétrole. Il invite Lee Harvey et son épouse Marina à dîner. George, surnommé « le Baron », est lui aussi un homme de la CIA[1]. Il a effectué pour Allen Dulles plusieurs missions au Guatemala et en Haïti. Tous les « nouveaux amis » du jeune Oswald font partie du très sélect Dallas Petroleum Club. Tous ces hommes connus pour leurs positions d'extrême droite sont de discrets mais sûrs soutiens du vice-président Lyndon Johnson, tout comme George et Herman Brown à qui la CIA demande de surveiller son jeune poulain à Dallas.

Ainsi encadré, surprotégé, couvé par un des services de l'ombre de l'administration américaine, Lee Harvey Oswald apparaît rarement à son travail. Il fait des virées dans un camp d'entraînement des Everglades, au sud de la Floride, près de Miami. Là, il retrouve ses vieux amis Franck Sturgis, Gerry Hemmings et David

1. Un document déclassifié de la CIA, daté du 29 avril 1963 et signé par l'agent Herbert Atkin, révèle que « le Baron » est appointé par chèques émis par la centrale de renseignement américaine. En 1977, George de Mohrenschildt se suicidera quelques heures après la visite de membres de la commission d'enquête du Sénat chargée d'élucider l'assassinat de J.F.K.

Ferrie. Ce trio est depuis des mois en charge du « dossier Castro ».

Franck Sturgis dirige l'« opération 40 », nom de code donné par la CIA au projet d'assassinat du leader cubain. D'origine italienne, son vrai patronyme est Fiorini. L'homme est devenu obsédé par le *Líder Máximo*. Sans doute est-ce pour l'avoir trop aimé : les amitiés nouées dans la sierra Maestra sont comme des liens du sang. Comme Gerry Hemmings, il éprouve à présent une haine débordante pour le « tyran communiste ». Lors de la victoire de la révolution, ce dernier lui avait pourtant confié le poste d'inspecteur des casinos. Durant toute cette période, l'Américain a fréquenté assidûment la « Famille » et s'est rapproché des frères Lanski, de Santos Traficante Jr, de Sam Giancana et de John Rosselli, les « barons du jeu », lesquels cherchaient, dans le chaos de la « révolution des Barbus », à préserver leurs intérêts. Par le biais de Meyer Lanski, la Mafia possédait à La Havane l'hôtel Riviera, magnifique édifice dominant l'océan, planté sur le Malecón, et l'hôtel Capri. Ces établissements lui avaient coûté respectivement 25 et 15 millions de dollars. Avant la révolution, Lanski avait le projet de construire une dizaine d'autres hôtels et de faire de La Havane « le Las Vegas des Caraïbes ». Avec ses amis de Chicago, il voyait grand. À l'automne 1958, sentant le vent tourner, les chefs mafieux entrèrent en contact avec des proches de Castro, Lester Rodríguez et José Abrantes, afin de proposer leurs services. Au menu des négociations secrètes dans un salon de l'hôtel Riviera : l'assassinat de Fulgencio Batista contre la promesse de laisser la Mafia « faire son business » après la victoire de Castro. Mais, par provocation, ce dernier fit monter les enchères, réclamant 25 millions de dollars en liquide, en plus du cadavre de Batista. Finalement, au printemps 1959, Fidel Castro nationalisa les casinos sans la moindre compensation. Dans le Milieu, on appelle ça un « mauvais geste ». Tous les rêves cubains de Cosa Nostra s'effondrèrent. Santos Traficante Jr fut expédié en prison en juillet, tout comme le frère de Meyer Lanski, Jake. Au cours de l'été, avant de faire ses valises, le patron de l'hôtel Riviera, Charlie Tourine, proposa à Franck Fiorini, qui avait le grade de commandant des forces aériennes cubaines, de tuer Castro pour un million de dollars.

À la même époque, Sturgis a rencontré à La Havane un certain Jack Ruby, patron de night-club à Dallas mais surtout lieutenant de Meyer Lanski. De son vrai nom Jacob Rubenstein, Jack Ruby est venu rendre visite à deux reprises à Santos Traficante dans sa prison de Triscornia, centre pénitentiaire réservé aux étrangers. Le mafieux de Dallas a toujours été sensible aux intérêts de la « Famille » sur l'île. Le 1er février 1959, il a ainsi proposé à un trafiquant d'armes qui approvisionnait les rebelles de lui obtenir un « contact personnel » avec Castro, contre 25 000 dollars. La rencontre eut lieu avec un émissaire castriste à Kermah, au Texas. Mais Jack Ruby n'avait alors rien obtenu. Fidel a méprisé Cosa Nostra. Il a surtout grugé des caïds qui n'ont pas l'habitude d'être humiliés sans réagir. Depuis le voyage de Jack Ruby à La Havane lors de l'été 1959, la Mafia n'a plus jamais lâché le *Líder Máximo*.

Au camp des Everglades, Lee Harvey Oswald évolue dans une atmosphère fébrile de guérilla. Il rencontre les exilés cubains – sociaux-démocrates, anciens de l'armée rebelle, militants d'extrême droite, ex-partisans de Batista –, tous mobilisés par une même cause, animés par un même mot d'ordre : faire tomber le tyran ! Au cours d'un de ses nombreux séjours en Floride, il fait la connaissance d'une femme étrange, une jeune et belle Allemande bavarde et enjouée qui semble être la collaboratrice de Franck Sturgis. Stupeur : il s'agit bel et bien de l'incontournable Marita Lorenz ! L'ancienne maîtresse de Castro, récupérée par la CIA après son lamentable échec – sa tentative d'assassinat ratée –, a été placée sous la « protection » de Franck.

Durant des mois, les équipes de Sturgis – mercenaires cubains, agents américains, militants d'organisations anticastristes – participent à des opérations de propagande (envois de tracts largués par avion au-dessus des grandes agglomérations, etc.), commettent des sabotages contre des installations portuaires, des raffineries de pétrole, des bâtiments soviétiques. Dans les réunions de conjurés, Oswald paraît toujours en retrait. Il n'a rien du baroudeur intrépide. Il a même tout du antihéros. À quoi peut-il bien servir ?

En mai 1963, ses supérieurs l'envoient à La Nouvelle-Orléans où un « contact », un certain Michael Paine, agent de la CIA, lui trouve un emploi à la Reilly Coffee Company. Là encore, il brille par son absence au travail. Il faut dire qu'il est très occupé par une nouvelle activité : il vient d'être bombardé président d'un mouvement... procastriste ! À peine installé, il est régulièrement invité aux émissions d'une station de radio, Lifeline, radicalement anticastriste mais qui, curieusement, l'accueille dans ses murs. En fait, la radio appartient à... Howard Lafayette Hunt ! À l'aide de faux documents, Lee Harvey Oswald monte en toute hâte un « Fair Play for Cuba Committee », organisation normalement gérée par les services secrets cubains. Le FPCC est composé d'exilés cubains fidélistes. Cette étrange « couverture » a été montée en catastrophe : en fait, Lee Harvey est le seul et unique membre de son organisation à La Nouvelle-Orléans ! Son bureau n'est qu'une boîte aux lettres vide. Néanmoins, l'immeuble où il a installé ses locaux est une ruche d'activistes… appartenant à l'autre camp. Au 54, Camp Street, NO, se trouve en effet le siège du Conseil révolutionnaire cubain de José Miró Cardona, l'ancien Premier ministre de Castro. Au même étage, on trouve le bureau de Guy Banister, ex-agent des services secrets de l'US Navy, ancien du FBI, agent occasionnel de la CIA, et surtout responsable de tout l'armement de l'« opération Mangouste » que le président Kennedy vient d'annuler. Il a aussi en charge la gestion du camp du lac Pontchartrain, près de La Nouvelle-Orléans. C'est le dernier camp d'entraînement des anticastristes en territoire américain. Là s'agite la dernière colonne des « résistants au communisme ».

Le voisin direct d'Oswald, Guy Banister, est un homme résolument d'extrême droite. Il travaille depuis longtemps main dans la main avec la Mafia pour les ventes d'armes clandestines. Officiellement, la CIA ne se mêle pas des armes livrées aux anticastristes. Elle soutient dans l'ombre, mais ne doit pas apparaître. Ainsi, après la fermeture du camp des Everglades, se retrouve à Pontchartrain le noyau dur de l'« opération 40 » : Franck Sturgis, Gerry Hemmings, David Ferrie, ainsi que des Cubains comme Orlando Bosch, Pedro Diaz Lanz, l'ancien pilote de Fidel, Marita Lorenz et quelques autres. Leur point commun : la plupart d'entre eux ont des comptes personnels à régler avec le dictateur communiste.

Lee Harvey Oswald apparaît comme une pièce rapportée au sein de ce groupe. Son rôle semble trouble. En juin 1963, il fait renouveler son passeport et l'obtient en vingt-quatre heures. En juillet, il se lance dans un activisme débridé : on l'aperçoit dans les rues de La Nouvelle-Orléans, distribuant des tracts procastristes. Pris à partie, il se bat en pleine rue, finit au poste d'où il appelle au secours un certain John Quickley, agent du FBI en poste à Dallas. Pour un tueur professionnel, Oswald accumule les fautes. Tel le Petit Poucet, il cherche absolument à laisser des traces derrière lui.

Au cours de l'été, tout soudain s'accélère. Un événement considérable traumatise la petite troupe de Franck Sturgis : au mois d'août, le camp de Pontchartrain est envahi par le FBI. Les fédéraux y découvrent tout un arsenal de guerre : une tonne de dynamite, des bombes, du napalm, des bazookas, des fusils, des armes de poing. Onze hommes sont arrêtés : neuf Cubains et deux Américains. Ils sont relâchés au bout de quelques heures. L'un des deux Américains est Sam Benton, ancien responsable de la sécurité d'un casino havanais ; il a participé aux négociations entre Cosa Nostra et les castristes. Autre élément intéressant : les propriétaires de la « base » de Pontchartrain, les frères MacLaney, possèdent aussi la plupart des machines à sous de La Havane.

En cet été 1963, tous ceux qui croyaient encore que le président Kennedy voulait se débarrasser du *Líder Máximo* n'ont plus le moindre espoir. Ils se sentent lâchés. La petite communauté de Pontchartrain est désemparée, livrée à elle-même. La CIA tente de rassurer ses membres : de nouveaux camps peuvent les accueillir, mais au Nicaragua, chez le dictateur Somoza. Pour eux, cette offre vient trop tard : l'intervention du FBI dans ce dernier bastion de la « Résistance » est un traumatisme aux conséquences incalculables. José Miró Cardona, écœuré par le lâchage américain, défie Kennedy, qu'il accuse de « haute trahison », et démissionne bruyamment de son poste de président du Conseil cubain révolutionnaire.

L'affaire de Pontchartrain survient au moment où le président Kennedy commence à faire des appels du pied à Castro. C'est le dernier gage qu'il est prêt à donner au Cubain pour lui prouver ses bonnes intentions. À la même époque, le médecin personnel du *Comandante*, René Vallejo, est contacté à plusieurs reprises par une amie américaine, Lisa Howard, afin de sonder son patient : le chef de la révolution serait-il prêt à une rencontre discrète avec un haut dirigeant américain, et dans quelles conditions ? Après de longues semaines d'atermoiements, René Vallejo finit par répondre que Fidel serait d'accord pour un rendez-vous secret, mais en territoire cubain. Il est prêt à envoyer un avion sur une base secrète américaine afin de transporter l'émissaire du Président jusqu'à lui. La rencontre aura lieu à Varadero. On évoque alors le nom de Robert Kennedy, puis cette solution est abandonnée. Finalement, le président américain choisit une personnalité « neutre », Jean Daniel.

C'est sans doute à ce moment, vers la fin de l'été, que la décision d'assassiner Kennedy est prise. À quel niveau des services secrets ? La question reste sans réponse définitive. Celle-ci se perd dans la myriade de fausses pistes lancées par la CIA. Mais, pour ce qui est de connaître les exécutants, il suffit de suivre encore et toujours les traces du « soldat perdu » Oswald.

Du 25 août au 17 septembre 1963, Lee Harvey disparaît à nouveau de la circulation. Quel « stage » suit-il durant ces trois semaines « blanches » ? Suit-il un cours de maniement de fusil à lunette ? Au cours de cette période, Franck Sturgis l'informe du plan visant à assassiner « le traître » J.F. Kennedy. Il va devoir quitter La Nouvelle-Orléans et partir s'installer à Dallas. Son épouse, Marina, est « rapatriée » avant lui, le 23 septembre. C'est Ruth Paine, la femme de Michael Paine, agent de la CIA, qui l'aide à défaire ses cartons. Le 25, Oswald la rejoint pour quelques heures, car désormais son emploi du temps ne lui appartient plus. Il annonce à sa femme qu'il va s'absenter quelque temps. Puis il file par autocar sur le Mexique. Avant de partir, en compagnie de deux amis cubains, il rend une étrange visite à Silvia et Annie Odio, des exilées proches de l'organisation de Manuel Ray, le MRP (Mouvement révolutionnaire du peuple), autre mouvement qui a tenté d'assassiner Castro. Quelques jours plus tard, les deux femmes reçoivent un appel d'un de leurs visiteurs, qui leur confie que « León Oswald » est devenu fou, prétend que ce dernier veut tuer Kennedy et ajoute : « Nous, Cubains, avons perdu la face parce que Kennedy aurait dû être assassiné sitôt après la baie des Cochons. » Le cerveau qui manipule Oswald continue à semer des petits cailloux blancs. Le futur « tueur » est un exhibitionniste forcené…

Dans l'autocar qui le conduit au Mexique, Lee Harvey Oswald applique les consignes : il se vante auprès de ses voisins de ses penchants castristes. Il en fait beaucoup : à haute voix, il raconte qu'il compte bien vivre à La Havane aux côtés de ses frères révolutionnaires. Son plus grand rêve, clame-t-il à la cantonade : rencontrer Fidel, son idole. Le 27 septembre, il débarque à Mexico, à l'hôtel Comercio où descendent généralement les anticastristes. Il se précipite aussitôt à l'ambassade d'URSS, où il est reçu par… Nikolaï Leonov, l'homme du KGB qui est devenu l'ami intime de Raúl Castro. « Cet homme était au bord de la crise de nerfs, se souvient le fonctionnaire soviétique. Ses mains tremblaient. Il disait qu'il voulait retourner en URSS en passant par Cuba. Il soutenait qu'il était persécuté par les services secrets américains. » Nikolaï Leonov confie son visiteur à un autre agent du KGB, Oleg Nechiporenko, qui, à son tour, découvre le personnage : « Il était très perturbé. Nous l'avons installé dans un bureau avec deux autres agents du consulat. Soudain, il a sorti son revolver et a menacé de se donner la mort si nous ne lui accordions pas un visa. Nous avons réussi à le désarmer en le réconfortant. C'était très étrange, ajoute l'homme du KGB. Il avait l'air de fuir une armée de tueurs. Mais nous n'avons pas accédé à sa demande de visa. Nous lui avons expliqué qu'il fallait plusieurs semaines pour satisfaire sa demande. » Les Soviétiques le raccompagnent et lui rendent son arme à la sortie de l'ambassade. Lee Harvey Oswald, dépité, part dans la foulée à l'ambassade de Cuba, où il exhibe son ancien passeport qui prouve qu'il est allé en URSS, un article rendant compte de la bagarre à La Nouvelle-Orléans, un document le présentant comme secrétaire du FPCC, enfin une carte du PC américain. Les Cubains, interloqués, se méfient : l'individu paraît si agité, si peu sûr de lui, son comportement paraît si grotesque… Il revient une deuxième, puis une troisième fois. Entre-temps, les fonctionnaires cubains ont alerté leurs homologues soviétiques pour en savoir un peu plus long sur cet Américain « dérangé ». Réponse : individu à hauts risques, n'accorder aucun visa.

Lors de sa troisième visite à l'ambassade, Lee Harvey, qui comprend qu'il est en train d'échouer dans sa mission, est pris de colère et s'en prend au consul en personne, Eusebio Azcue. Un fonctionnaire intervient pour le jeter dehors. Il est le correspondant du G2, les services secrets cubains, et s'appelle Guillermo Ruiz. Un de ses rôles est de centraliser depuis Mexico toutes les informations touchant la sécurité personnelle de Castro. Il contrôle le réseau d'agents infiltrés dans les mouvements anticastristes les plus radicaux. Il n'ignore rien des activités de Franck Sturgis et de ses proches, qu'il fait surveiller en permanence. Guillermo Ruiz, rappelons-nous, a une autre particularité, et non des moindres : il est le cousin d'Antonio Veciana, l'homme qui faillit assassiner Castro, le 4 octobre 1961, depuis le huitième étage d'un immeuble, face à la terrasse du palais présidentiel, à La Havane. C'est lui qui a sauvé la vie du *Comandante*. Guillermo Ruiz est un héros de la révolution. L'état de panique de Lee Harvey Oswald lui a semblé on ne peut plus suspect. Il a mis aussitôt un agent sur les traces du « dingue ».

En face de l'ambassade cubaine, en planque dans un immeuble, un autre homme surveille les allées et venues d'Oswald : il s'agit de David Attlee Philipps, chef des opérations de la CIA au Mexique. C'est en fait le patron de l'agent Oswald. David Philipps est une des étoiles montantes de l'Agence, l'un des protégés du numéro deux de la centrale, Richard Helms. Il a participé au coup d'État réussi au Guatemala, en 1954, avec son ami Howard Lafayette Hunt. Puis il a dirigé la propagande autour de la tentative d'invasion de la baie des Cochons. Lui aussi a vécu l'échec de l'opération comme la honte de sa vie. C'est lui qui traite Sturgis et son équipe. C'est encore lui, sous le pseudonyme de « Maurice Bishop », qui a supervisé Antonio Veciana dans sa tentative d'assassinat ratée contre Castro répondant au nom de code « Liborio ». C'est lui, enfin, qui « prépare » la « chèvre » Oswald.

Dans cet imbroglio, une sensation domine : tous les protagonistes, à l'exception d'Oswald, sont étroitement et viscéralement liés au drame cubain. À Mexico, le chef d'antenne de la CIA est peut-être le seul du groupe à avoir la tête froide. Il y a quelques semaines, il a fait installer un système permettant de photographier tous les visiteurs pénétrant dans l'ambassade cubaine. Il est furieux contre Oswald qui n'a pas pu obtenir son visa pour Cuba[1]. Toutes les photos qu'on a prises de lui n'ont désormais plus d'intérêt. Il fallait absolument qu'il obtienne ce « tampon ». Ensuite, il aurait passé une semaine à La Havane, se serait fait prendre en photo dans des lieux compromettants : devant le siège du G2, par exemple, au cœur de la capitale cubaine, un immeuble de quatorze étages situé au carrefour de la 11e Rue et de la rue M, dans le quartier du Vedado. Maintenant, tout est à refaire ! Or il ne reste que quelques semaines avant d'agir. Le feu vert pour l'attentat va être donné dans les prochains jours.

David Philipps renvoie Oswald à Dallas pour un rendez-vous important : le 5 octobre, Lee Harvey est au Carrousel Club, la boîte de nuit de Jack Ruby. Cette fois, les dés sont jetés. L'homme de la Mafia lui pro-

1. *Voir* Annexes p. 688.

pose un million de dollars s'il a la peau de Kennedy[1]. Pour ne pas impliquer sa femme, Marina, enceinte d'un second enfant, Oswald loue alors une chambre. Il paraît déterminé. Cet argent va lui sortir la tête hors de l'eau. Ces dernières années l'ont laissé mentalement épuisé. Il n'est pas vraiment fait pour ce job de barbouze. Il n'a pas les nerfs assez solides. Dès qu'il aura « fait le job », il quittera le pays avec sa famille.

Quelques jours plus tard, ses « amis » Ruth et Michael Paine lui trouvent un nouvel emploi au Texas School Book Depository. C'est depuis ce bâtiment que l'équipe de Sturgis doit agir. Oswald s'achète alors par correspondance, sous le pseudonyme de Hidell, un fusil Mannlicher Carcano 6,5, qui n'a rien d'une arme de haute précision : dans le milieu du tir, il n'est même pratiquement plus utilisé. Mais aucune importance : une seconde équipe, constituée de tueurs professionnels, est chargée d'assurer la salve meurtrière. Oswald n'est là, croit-il, que pour tirer dans la foule afin de provoquer la panique et de favoriser la fuite du commando. Il est en quelque sorte un « second couteau ».

Courant octobre, David Philipps lui donne rendez-vous dans un hôtel de Dallas. Le chef d'antenne ne désespère pas de « ficher » Oswald comme castriste patenté. Il lui présente Antonio Veciana à qui il propose

1. Dans un livre intitulé *The Double Cross*, Chuck Giancana, frère de Sam Giancana et ami de Santos Traficante, affirme que le meurtre de Kennedy a été organisé par Jack Ruby et Franck Sturgis. Quatorze ans plus tard, Sam Giancana est abattu quelques heures avant de témoigner devant la commission d'enquête du Congrès. Le 7 août 1976, on retrouve le corps de John Rosselli, ami de Sam Giancana, découpé en morceaux, dans un gros bidon de pétrole flottant au large des côtes de Floride. Il venait de témoigner devant des membres de la commission à son domicile et avait accepté de faire quelques révélations.

de « retourner » son cousin, Guillermo Ruiz, afin qu'il lui obtienne in extremis un visa pour Cuba, et peut-être même un témoignage révélant que Lee Harvey Oswald est un agent du G2. Antonio Veciana refuse : il connaît trop son cousin et sait qu'il ne cédera pas à ses avances.

Dépité, David Philipps s'en retourne à Mexico et monte une opération de la dernière chance. Pas très glorieuse : il tente lui-même de corrompre Guillermo Ruiz, ou plus exactement sa femme. Les fonctionnaires cubains, citoyens d'un pays en pleine disette, touchent des salaires de misère. Comment resteraient-ils insensibles à l'argent ? Un jour où l'épouse de Ruiz sort de l'ambassade, un inconnu lui glisse une liasse de billets dans la main. Elle le repousse. Celui-ci jette l'argent à terre et s'enfuit. De l'autre côté de la rue, les photographes de David Philipps étaient prêts à immortaliser la scène. Mais Mme Ruiz a été bien formée : elle ne se penche même pas vers les billets abandonnés à terre et se met à hurler. Les consignes du « Che » ont été suivies à la lettre. Pour les « vrais révolutionnaires », l'argent ne vaut rien. La CIA a fait chou blanc.

David Philipps est furieux. Avec ce cliché, il aurait pu faire pression sur Guillermo Ruiz. En tout dernier ressort, il trouve une autre solution. Il fait envoyer des lettres à Oswald depuis Cuba, de la part d'un certain « Pedro Charles », ou encore de « María de Rosario Molina », ou de « Jorge », dans lesquelles on dispense des instructions à l'ex-marine tout en lui promettant de l'argent. Le courrier le plus « parlant », daté du 14 novembre, est signé par « Jorge ». On peut y lire : « Cher Lee… Ce dont tu m'as parlé à Mexico me paraît constituer un plan parfait et devrait rabattre le caquet de Kennedy… Tu devrais faire attention à toi… » À la mi-novembre, la conspiration passe à la phase active. Lee Harvey Oswald part à Miami rejoindre Franck Sturgis et son équipe. Il participe à une réunion chez le docteur Orlando Bosch avec Marita Lorenz, Pedro Diaz Lanz, Franck Sturgis et d'autres Cubains. Dans la nuit, un convoi de deux voitures part pour Dallas. Avant le départ, Marita Lorenz a une altercation avec Lee Harvey Oswald qu'elle traite de *chivato* (mouchard). Celui qu'on surnomme « Ozzie » est taciturne et inquiet. Il sent que la pression monte, que l'heure de vérité approche.

Dans la banlieue de Dallas, le groupe s'installe dans un motel discret. On sort des coffres un véritable arsenal : fusils automatiques, viseurs, trépieds, carabines, et même de l'explosif C4, qu'on entrepose dans les chambres. Franck Sturgis informe ses équipiers qu'il attend le chef de l'« autre équipe », Jack Ruby.

Dès son arrivée, le patron du Carrousel Club s'isole avec Sturgis sur le parking du motel pour être assuré qu'ils ne sont pas sur « écoutes ». Étrange scène : un représentant de la Mafia et un agent de la CIA chuchotant sous un réverbère. L'opération est pour le 23, en milieu de journée. Jack Ruby est soucieux. Il demande à Sturgis ce que Marita Lorenz fait là. Il n'a aucune confiance en elle. Il est convaincu qu'elle a toujours le béguin pour « l'ordure de Cuba ». Elle doit partir. Sturgis s'exécute et explique à la jeune femme : « Ta présence rend les hommes nerveux. J'ai eu tort de t'emmener avec moi. L'affaire est par trop importante. » Dépitée et soulagée en même temps, Marita repart le lendemain pour Miami. Les hommes vont enfin pouvoir travailler.

Le 23 novembre, le dispositif est en place. Deux équipes prennent position. La première, dirigée par Jack Ruby, est composée de tireurs d'élite de la Mafia, trois Américains et deux Cubains qui ont un point commun : tous ont travaillé dans le milieu des casinos de La Havane[1]. Leurs noms : David Yaras, Lenny Patrick, Richard Cain, Herminio Diaz García et Eladio del Valle Gutieréz. La deuxième équipe, contrôlée par Franck Sturgis, est formée par Lee Harvey Oswald et trois Cubains : Pedro Diaz Lanz, l'ancien pilote de Fidel, et les frères Nono Sampol. Lee Harvey Oswald est chargé de se poster avec les tueurs au sixième étage de l'immeuble de son lieu de travail, le Texas School Book Depository, qui domine la Dealey Plaza où le Président doit passer en milieu de journée. Où est postée la deuxième équipe ? D'après la plupart des témoignages, elle s'est dissimulée derrière une palissade à une centaine de mètres du lieu de passage de la limousine présidentielle.

La suite est connue. Les images de la mort de J.F.K. ont été vues et revues des milliers de fois. Le Président touché à la tête, la panique de Jackie, le sénateur Connally touché par une balle perdue. Puis, quelques heures plus tard, l'arrestation d'Oswald dans un cinéma. Enfin le retour de Jack Ruby qui assassine Oswald dans les murs mêmes de l'hôtel de police de Dallas, devant une centaine de flics paralysés. Oswald ne touchera jamais son million de dollars.

Le meurtre de J.F.K. est le plus grand fait divers du siècle. Il est aussi la plus extraordinaire entreprise de

1. *Voir* Annexes p. 687.

dissimulation de preuves que des services de renseignement aient menée dans un pays démocratique. La première concerne l'autopsie de J.F.K. lui-même : pour des raisons touchant le Secret Défense, son corps a été rapatrié à Washington avant même d'avoir pu être examiné sur le lieu du crime ; durant le transfert, toutes les manipulations ont été possibles. Autre élément capital : la limousine, une Lincoln Continental, a été immédiatement dirigée vers un garage, le Dearborn, où son pare-brise a été ôté et détruit. Pourquoi ? Sans le pare-brise, sans les impacts de balles, impossible aux experts en balistique de reconstituer la scène, de déterminer le nombre de tueurs. Enfin, quand les premiers policiers parviennent au sixième étage du dépôt de livres, ils notent la présence de deux armes : un fusil dc haute précision, un German Mauser 7,65, et la « pétoire » d'Oswald, le Mannlicher Caracano 6,5. Dans le second rapport du FBI, le Mauser a disparu. La thèse officielle se doit d'être simple : Lee Harvey Oswald, militant pro-castriste, a assassiné le président des États-Unis. Seul. « J'ai vu les mains d'Oswald à l'ambassade d'URSS, a confié Nikolaï Leonov. Elles tremblaient comme des feuilles. Cet homme n'était pas un tireur d'élite. » C'est pourtant cette version grotesque que les enquêteurs du FBI vont être contraints d'adopter.

Comment pourraient-ils raconter l'incroyable complot qui, à travers la personne de J.K.F., visait en fait Fidel Castro ? La plupart des exécutants croyaient en effet qu'en assassinant le président Kennedy, et en faisant porter le chapeau à Castro, ils allaient libérer Cuba du dictateur communiste. Le scénario était simple : la mort du président américain tué par un agent castriste provoquerait un séisme tel qu'une intervention armée était cette fois inévitable. Marita Lorenz,

Franck Sturgis, Pedro Diaz Lanz, Gerry Hemmings, Jack Ruby ont tous, à des degrés divers, côtoyé Fidel ou ses proches. Ils ne vivaient que pour connaître la fin du *Comandante*. Mais la « chèvre » Oswald n'a pas fait le voyage de Cuba. Il a été trop balourd, trop fébrile. Il a été repéré, fiché, surfiché par tous les services secrets. L'« homme seul » était si peu seul qu'il était filé en permanence depuis octobre par un agent du FBI, James Hosty. Celui-ci a fouillé son appartement à deux reprises, les 1er et 5 novembre, soit quinze jours avant le meurtre.

Malgré cette avalanche d'invraisemblances et de contradictions, la commission Warren nommée par le Congrès conclut que J.F.K. a été officiellement assassiné par le pauvre Lee Harvey, dérangé et solitaire. Selon elle, Oswald n'avait aucun lien avec la CIA...

Après le meurtre, David Philipps est promu chef des opérations pour toute l'Amérique du Sud, et son supérieur, Richard Helmes, sera nommé patron de la centrale.

Bien des années après, en 1977, dans le cadre d'une enquête conduite par une nouvelle commission du Congrès, Marita Lorenz est interrogée. A-t-elle connu Lee Harvey Oswald ? Oui, bien sûr. Elle l'a croisé dans un camp, dans les Everglades. Elle a même gardé une photo de l'époque. On la voit, avec celui qu'elle surnomme « Ozzie », en compagnie d'autres hommes en tenue de combat. Elle confie le cliché au sénateur Howard Baker, membre de la commission, qui, par mesure de précaution, l'emporte chez lui. Le soir même, il est victime d'un cambriolage : la photo a disparu. Cette scène fixée sur des sels d'argent vaut des millions de dollars : l'ex-maîtresse de Fidel Castro et l'« assassin » de John Fitzgerald Kennedy main dans la main, en treillis. Elle résume à elle seule l'esprit de la conspiration de Dallas. Elle révèle aussi que, malgré des décennies de haine, de violences, de meurtres, Cubains et Américains sont deux peuples indissolublement liés. Liens du sang ? Un jour, peut-être, les citoyens des deux pays sauront. Pour ce qui est des archives de la CIA, ils devront encore attendre 2029, date de la levée définitive du Secret Défense pour tout ce qui a trait à l'affaire. À La Havane, les choses sont plus simples : il n'y a qu'un seul archiviste omnipotent et muet. Mais le dictateur le plus bavard de l'Histoire sait aussi parfois ne rien dire.

CHAPITRE 34

Le Christ est mort à Alto Seco

Il danse ! Il tourne, virevolte devant le brasero comme un hidalgo de Buenos Aires. Assis tout près du feu, ses hommes sourient et regardent le « Che », médusés. Jamais ils ne l'ont vu ainsi. Ernesto Guevara danse le tango en enlaçant un tronc d'arbre. Il danse à perdre haleine dans la nuit bolivienne, au cœur de ce campement de fortune composé d'une maisonnette en zinc et d'un petit four à pain. Il danse, tel un derviche tourneur, pour oublier qu'il est seul et déjà abandonné. Il tente désespérément de croire encore à ses rêves. Il est minuit. La poignée de guérilleros restée avec lui fête le Nouvel An 1967. Au menu, l'incontournable spécialité cubaine : le porcelet grillé et le *congris*, mélange d'*arroz* (riz) et de *frijoles negros* (haricots noirs). Comme toujours, Guevara a laissé manger ses hommes avant de se servir. Ce soir, c'est la fête. À ses côtés, quelques compagnons cubains, gardes du corps et vieux fidèles de la sierra, et de jeunes étudiants communistes boliviens.

Il y a aussi Mario Monje, secrétaire général du PC bolivien, venu pour quelques jours seulement. Entre les deux hommes, le courant n'est pas passé. Leur relation est même exécrable. Mario Monje a 35 ans, Ernesto Guevara en a 38. Ils sont de la même génération.

Mais une différence patente les sépare. Mario Monje a du sang indien dans les veines. Il n'aime pas, chez Guevara, cette arrogance hispanique, ce côté « petit Blanc » débarquant chez les Jivaros. Il est allergique au mysticisme castillan. Depuis deux ans, l'apparatchik bolivien a tenté de s'opposer à la lutte armée dans son pays. Pour une raison toute simple : elle est absurde. La thèse guévariste du *foco* (le « foyer » de la guérilla paysanne) est en Bolivie une pure aberration. En 1952, le gouvernement de Paz Estenssoro a imposé le suffrage universel, la nationalisation des mines, et les terres ont été distribuées aux paysans. Pourquoi donc ces derniers iraient-ils se cacher dans la jungle et tirer sur une armée composée de conscrits, c'est-à-dire de leurs propres fils ? Pour les beaux yeux noirs du « Che » ?

C'est de toutes ces questions que Mario Monje est venu discuter avec lui cette nuit-là. Il veut lui démontrer que le monde ne se réduit pas à la sierra Maestra, que la Bolivie n'est pas Cuba, qu'il ne peut rejouer indéfiniment la même pièce. Mais le « Che » n'a guère envie de parler. Il est mentalement ailleurs, quelque part dans un faubourg de Buenos Aires ou sur un plateau d'Alta Gracia, dans la forêt argentine. Il s'ennuyait à mourir à La Havane. Les combats, la sierra lui manquaient. Au poète chilien Pablo Neruda il avait avoué en ces termes sa nostalgie : « La guerre… La guerre… Nous sommes toujours contre la guerre. Mais quand nous l'avons faite, nous ne pouvons vivre sans elle. À tout instant nous voulons y retourner… »

Depuis des années, il ne pensait plus qu'à ça : rentrer au pays, retrouver les siens. Comment aurait-il pu avouer à tous ceux qui le vénéraient à Cuba qu'il étouffait dans leur île ? Le climat humide, très mauvais pour son asthme, lui provoquait des crises épouvantables. Il n'aimait pas le café *cubano*, cet espresso trop sucré. Lui-même ne boit que du maté, un genre de thé fait avec une herbe qu'on ne trouve qu'en Argentine. Il déteste la plage et la mer. Et puis, il n'est pas parvenu à s'adapter à l'esprit cubain. Il ne comprend pas cette légèreté, cet humour enfantin, cette ironie aigre-douce, cette manie de chanter à tout bout de champ. Ce côté « grand enfant » le met mal à l'aise. Il n'était pas venu à Cuba pour danser la salsa, mais pour édifier l'« Homme nouveau ». Or, depuis quelque temps, la situation lui échappait.

Quand cela a-t-il commencé ? Sans doute au début de 1964, quand Fidel Castro est parti discrètement pour Moscou, presque comme un mendiant, implorer de nouveaux crédits du Kremlin. Son voyage est passé presque inaperçu, mais il n'a trompé personne. Aux abois, le *Comandante* a cédé aux injonctions de ses « parrains » et fait comprendre à Ernesto Guevara qu'il fallait mettre quelque temps une sourdine aux luttes de guérilla. Il lui a demandé de faire une pause.

Or, en ce début d'année, Ernesto Guevara avait lancé une escouade de ses fidèles dans la sierra argentine pour déclencher la lutte armée dans son propre pays, dans la région de Salta. Son ami, le journaliste Jorge Ricardo Masetti, dirigeait la manœuvre. Guevara avait un projet bien arrêté : rentrer chez lui et prendre la tête de la rébellion. Auréolée du prestige du « Che », de son aura internationale, l'insurrection ne pouvait que réussir. Dans la forêt, Jorge Masetti avait pris pour nom de guerre « Comandante Segundo ». Quand il viendrait diriger ses troupes, le « Che » serait « Comandante Primero ». Il deviendrait l'égal de Castro. Serait-il un jour président ? Non. Dans son scénario, il avait pensé au vieux Juan Perón, le dictateur populiste qu'il n'a pas cessé d'admirer. Il l'avait contacté dans son exil espagnol, à Madrid, pour lui soumettre son projet. L'ancien caudillo argentin avait jugé l'idée saugrenue et n'avait pas donné suite. Il avait bien raison : en avril 1964, les guérilleros « guévaristes » avaient été écrasés par l'armée argentine. Le *foco* s'était volatilisé. Les rêves d'Ernesto Guevara, aussi. Son ami Jorge Masetti avait disparu.

Le « Che » devait réviser ses plans. La route de Buenos Aires lui était momentanément coupée ? Il allait en trouver une autre par le Pérou, la Bolivie, voire le Brésil où des généraux venaient de prendre le pouvoir à la faveur d'un coup d'État, en cette fin d'avril. En attendant, il devait continuer d'assumer son rôle de ministre de l'Industrie de Castro. Ce dernier commence à s'interroger sur le cas Guevara.

Faut-il tout lui dire ? Lui avouer que les Soviétiques ne supportent plus son inflexibilité, son puritanisme borné, son côté « petit prophète marxiste » ? À l'automne 1964, le *Líder Máximo* est fort embarrassé. Il ne sait pas très bien quelle attitude adopter vis-à-vis de son ami Ernesto. Autour de lui, on se moque ouvertement de la personnalité du « Che », de son obsession de « pureté morale ». Récemment encore, l'Argentin a refusé à sa femme Aleida, enceinte de son quatrième enfant, une paire de chaussures italiennes qu'on lui avait offerte. « Les Cubains n'ont pas de chaussures italiennes, eux ! » lui a-t-il soutenu. Dans la nouvelle nomenklatura havanaise, on raille le commissaire politique austère, trop spartiate, voire trop cruel envers ses proches collaborateurs. On est loin de l'image de bonté et de générosité que certains, abusés par son allure d'apôtre, ont cru voir et vanter en lui. Fidel, certes, a approuvé son projet de centre de réhabilitation pour ouvriers à Segundo Cazalis. Mais pas ses méthodes :

dans ce mini-camp de rééducation de travailleurs, Ernesto Guevara explique aux « récalcitrants », par le cachot ou la privation de nourriture, comment ils doivent devenir des hommes « neufs », libérés de tout souci pour les biens matériels, les salaires et les congés payés, l'éducation familiale des enfants. Ils ne doivent plus être que des soldats de la révolution. Les rumeurs venues du camp de Segundo Cazalis prétendent que le « Che » y formerait une nouvelle catégorie de prolétaires : les « esclaves-ouvriers ». Le jusqu'au-boutisme de Guevara commence à faire froid dans le dos. Il faut donc réduire son influence.

Fidel Castro le déleste peu à peu de toutes ses compétences. Il nomme Carlos Rafael Rodríguez à la direction de l'INRA, lui demande d'occuper le terrain au maximum. Lors de nombreuses réunions, Rodríguez critique ouvertement les options du « Che », son « idéalisme », sa foi dans les « stimulants moraux », jugée réformiste. Fidel Castro s'en prend lui aussi aux idéalistes, mais sans jamais citer le « Che ». Dans les sommets du pouvoir, néanmoins, tout le monde a compris : Guevara n'est plus en odeur de sainteté.

Dans le jeu complexe du communisme international, Ernesto se retrouve étiqueté un jour maoïste, un autre jour trotskiste. Les Soviétiques ont demandé au *Líder Máximo* de le surveiller de près. Ils ont d'ailleurs envoyé eux-mêmes un agent du KGB, Oleg Darouchenkov, pour contrôler directement ledit « trotskiste ». Officiellement, il est l'interprète du héros de la Révolution ; en sous-main, il est chargé de rapporter à Moscou les moindres de ses faits et gestes.

Castro a accepté sans rechigner de laisser Guevara dans cette posture. Pourquoi est-il, lentement mais sûrement, en train de lâcher son frère de guérilla ? Pourquoi le *Líder Máximo* s'éloigne-t-il inexorablement de l'icône qu'il a lui-même créée ? Parce qu'une lutte secrète, non dite, s'est fait jour entre les deux hommes. Un combat sans merci, qui n'ose pas dire son nom, à la fois symbolique et invisible, et qui se résume à la question : qui sera le Simon Bolívar de l'Amérique latine, le *Comandante* cubain ou le condottiere argentin ? Lequel des deux saura embraser le continent pour en faire la « terre de l'Homme nouveau » ? Qui sera le grand leader capable de fédérer, depuis Mexico jusqu'à Santiago du Chili, tous les Latino-Américains afin de créer une Union des républiques socialistes d'Amérique latine suffisamment puissante pour ne plus dépendre ni des Américains, ni des Russes, ni des Chinois ? Fidel Castro et son goût maladif du pouvoir, ou Ernesto Guevara et son puritanisme christique ?

Cette rivalité politique ne reste pas très longtemps dans l'ombre. En octobre 1964, Nikita Khrouchtchev est destitué pour cause d'échec économique et d'« aventurisme » en matière internationale. Les nouveaux maîtres du Kremlin, Leonid Brejnev et Alexeï Kossyguine, n'ont pas la faconde du paysan ukrainien rondouillard. Ils sont froids, pragmatiques, agacés par les « excès de la danseuse cubaine ». Si La Havane veut toujours bénéficier des largesses soviétiques aussi bien en matière de livraison de pétrole brut que de crédits ou d'équipements, il va lui falloir payer un « prix politique ». Les élucubrations d'Ernesto Guevara sur les « stimulants moraux » dans l'industrie, ses délires en matière de guérilla aux quatre coins de la planète devront être mis en sourdine. Son attitude suicidaire durant la « crise des missiles » a beaucoup choqué Moscou.

Castro comprend le message. Il use pourtant habilement de la carte Guevara auprès de ses nouveaux interlocuteurs. Il est prêt à calmer les ardeurs du « Che » en échange de « compensations ». Mais Ernesto Guevara refuse de se plier à la nouvelle donne. Il n'a aucune envie d'attendre le « bon moment » pour déclencher la Grande Révolution en Amérique latine. Il part pour Moscou afin de s'y faire entendre. Il est reçu par Iouri Andropov et Vitali Korionov. Cette rencontre ne fait que conforter les Russes dans leur analyse : Guevara est bel et bien sur la « ligne chinoise ». Pour eux, il n'est pas question de mettre en péril la « coexistence pacifique » entre les USA et l'URSS. Ils lui demandent de souffler un peu, de refréner ses ardeurs révolutionnaires. Mais l'ancien médecin de la sierra Maestra ne veut rien savoir.

Quand Fidel apprend que son ministre de l'Industrie vient de prononcer à l'ONU, le 11 décembre 1964, un discours tonitruant dans lequel il déclare une « guerre totale à l'impérialisme », qu'il est « prêt à donner sa vie pour la libération de n'importe quel pays d'Amérique latine », il comprend que le « Che » a coupé les ponts avec Moscou. L'enfant terrible du communisme a « pété les plombs ». Il a aussi mis les intérêts de Cuba en danger. En réaction, le Kremlin a suspendu une ligne de crédit qui devait être débloquée au début de janvier 1965. Enfin, le « Che » se positionne de plus en plus sur le terrain international, domaine réservé du *Líder Máximo*. Castro, furieux, le reçoit dès son retour de New York.

Les deux hommes, lucides, savent que leur séparation est imminente. Mais comment la gérer ? Comment un vieux couple qui a vécu tant de passions communes va-t-il rompre ? Mal, forcément. Dans le mensonge et le malentendu. Fidel est conscient que son complice de toujours, cette « autre partie de lui-même », a une obsession : revenir en Argentine. Mais la situation politique n'est pas propice à un tel retour. Il faut donc patienter. Il propose à son ancien compagnon de la sierra de « prendre l'air », de faire une tournée diplomatique en Afrique, par exemple. Là-bas, de nombreux foyers révolutionnaires sont actifs, lui expose-t-il. La présence du « Che » renforcerait singulièrement la lutte des rebelles. Et puis, l'Afrique n'est une « zone interdite » ni par les Américains, ni par les Russes.

Ernesto Guevara hésite, persuadé que le dirigeant cubain cherche avant tout à l'éloigner. Fidel serait-il devenu à ce point le « Monsieur Da » des Soviétiques, comme Batista était le « Monsieur Yes » des Yankees ? N'a-t-il pourtant pas dit lui-même qu'il fallait faire de l'Amérique latine une immense « sierra Maestra » ? A-t-il oublié ses rêves de militant internationaliste ?

Non, Castro n'oublie jamais rien. C'est simplement un animal politique, pragmatique et calculateur, prêt à sacrifier son meilleur ami pour conserver le pouvoir. Pour l'heure, il est « soviétique ». Demain, il verra, selon le vent.

Au cours de leur rencontre tendue, il ne dit pas à Ernesto Guevara que le 4 décembre 1964, un général du KGB, Valentin Ivanenko, est venu à La Havane pour ramener les services secrets cubains dans le droit chemin en matière de politique internationale. La reprise en main de l'appareil de sécurité castriste s'est opérée sous le sceau de l'antiguévarisme.

Écœuré et déçu par le climat qui règne autour de lui, le « Che » prend alors la décision de partir en Afrique pour « faire le point ». Il se rend en Tanzanie, au Soudan, au Mali, en Guinée, au Ghana, au Dahomey, en Égypte, puis, sans prévenir qui que ce soit, il improvise un voyage en Chine au début de février 1965. Il y cst reçu par Chou En-lai, puis, entre deux portes, par Mao Tsé-toung en personne. Qu'espère Guevara ? Une aide économique de Pékin à Cuba ? En fait, il espère obtenir un soutien de la Chine communiste à ses projets de révolution totale en Amérique du Sud.

Pour Fidel Castro, ce n'est plus une faute, mais une trahison. Cette fois, le « Che » a passé les bornes. Il joue les mercenaires pour son propre compte chez l'ennemi chinois. La presse cubaine n'accorde pas une ligne à l'incartade du ministre de l'Industrie.

Ce dernier en rajoute encore, à Alger, en prononçant le fameux discours qui marque sa rupture définitive avec l'URSS, convenant que « les pays socialistes sont, d'une certaine manière, complices de l'exploitation capitaliste ». À Cuba, après ces déclarations de l'« hérétique », la panique gagne les fidélistes. Raúl Castro se précipite à Moscou, le 1er mars, pour rassurer le Kremlin. Il y rencontre Vitali Korionov et Andreï Gromyko. Il leur jure que Fidel n'est pour rien dans les « délires du Che », que des sanctions seront prises dès le retour de ce dernier et qu'il sera « neutralisé politiquement ».

Le 15 mars, Ernesto Guevara rentre à La Havane. À l'aéroport, Castro et le président Dórticos l'attendent dans le hall et le reçoivent telle une famille qui vient saluer son fils avant qu'il ne passe devant le peloton d'exécution. On tente de sourire, de donner le change, mais le regard de Fidel ne trompe pas : il va régler ses comptes. Au cours d'un entretien houleux qui dure pratiquement deux jours, les deux hommes en viennent presque aux mains. Mais Guevara sait qu'il a déjà perdu la partie. Que risque-t-il ? Un procès en haute trahison, comme certains conseillers soviétiques le réclament ? Un exil dans quelque pays socialiste ? Il n'a qu'une envie : retourner en Amérique du Sud. Les deux hommes trouvent alors un compromis : Guevera démissionne de tous ses mandats cubains, demande à être délesté de la nationalité cubaine, et Castro lui propose d'aller soutenir la guérilla au Congo. Pour l'heure, il n'est pas question de l'impliquer dans une grosse opération « latino » : les Soviétiques ne l'accepteraient pas.

Contraint et forcé, Ernesto Guevara va donc se lancer dans la lutte armée africaine. Il quitte son domicile, le 1er avril 1965, après avoir été pris en main par une équipe de « relookage » des services secrets cubains. Désormais, il est chauve, porte des lunettes, a des sourcils proéminents et se nomme Ramón Benítez. En changeant d'identité, le « Che » n'est plus le Che. Roi du subterfuge, Castro vient de le faire disparaître sans l'assassiner. L'icône s'est littéralement volatilisée. La voici dans la pire des prisons, celle de l'oubli. Très vite, confrontés à cette étrange disparition, les observateurs, journalistes et diplomates évoquent sa mort, une exécution à l'ancienne. La rumeur court les ambassades : Castro a fait assassiner le « Che » comme au bon vieux temps des « gangsters » de l'université.

Au Congo, « Ramón » se retrouve à la tête d'une colonne de guérilleros cubains, sur les bords du lac Tanganyika, sous le pseudonyme de « Tato ». L'expédition, par trop improvisée, est un fiasco : ses alliés congolais, dont Laurent Kabila, qui ne savent pas qui il est réellement, lui battent froid, lui adressent à peine la parole. D'autre part, les rebelles africains ont de gros problèmes avec la discipline ; ils comprennent mal ces Cubains qui ne parlent ni le français ni le swahili. Enfin les Chinois, qui avaient promis d'importantes livraisons d'armes, se font attendre. Pékin n'est plus préoccupé que par le nouveau front ouvert à ses portes : la guerre du Vietnam déclenchée au cours de l'été 1965. Résultat : le « Che », après de longs mois de combats désordonnés, est piteusement exfiltré du cloaque congolais vers Dar es-Salaam, en Tanzanie.

En fait, Ernesto Guevara est malade. Il a contracté un virus qui ressemble à celui de la dysenterie. En janvier 1966, il réside secrètement dans une dépendance de l'ambassade cubaine dans la capitale tanzanienne, où il est soigné. Castro lui envoie aussitôt des agents du G2 pour le rapatrier à La Havane. Mais Ernesto n'a plus confiance en son « ami » Fidel : il ne veut pas rentrer. Il sent qu'à son tour il risque de subir le même sort que Camilo Cienfuegos ou que tant d'autres, brisés et éliminés par l'Ogre de Biran. Il demande une faveur : revoir sa femme, Aleida, qui a accouché, voici quelques mois, de son quatrième enfant, Ernesto Jr. Grimée, la jeune femme le rejoint sous une fausse identité et passe six semaines enfermée avec lui dans sa chambre. Elle se transforme en infirmière de choc. L'amibe qui ravage l'organisme du Che est virulente ; elle provoque de terribles diarrhées qui l'obligent à porter des alèses. Plus tard, Aleida cachera cet épisode de la vie de son mari en parlant de six semaines où leur couple s'est retrouvé et beaucoup aimé : « C'était la première fois que nous étions vraiment seuls ensemble. Nous avons rattrapé le temps perdu. »

Au cours de cette « lune de miel » sous antibiotiques, Ernesto Guevara promet à son épouse qu'il l'emmènera un jour en Argentine. La chambre est évidemment sur écoutes. Les hommes de Manuel Piñeiro, chef des services secrets, récupèrent les bandes magnétiques et les transmettent à La Havane. Fidel Castro a-t-il écouté son « meilleur ami » dans sa plus stricte intimité ?

Dans son bureau du palais présidentiel, le *Líder Máximo* est tiraillé. Depuis le départ du « Che » en Afrique les choses ont changé. Les banquiers de Leonid Brejnev ont débloqué 167 millions de dollars. La guerre du Vietnam est devenue la priorité des USA. Il peut donc harceler de nouveau l'« impérialisme » sans craindre de subir de graves revers. Les camps d'entraînement à la guérilla ont été réactivés. Fidel Castro est revenu à ses rêves de la sierra Maestra. Il reçoit lui-même les jeunes révolutionnaires venus de tous les pays d'Amérique latine. Ceux qui l'imaginaient dans le costume de l'apparatchik soumis aux ordres de Moscou se sont trompés. Le Premier ministre est toujours en treillis.

Comment expliquer ce brutal retour aux sources ? Un événement considérable a bouleversé son attitude : Fidel Castro a compris le jeu des Américains à son endroit. Son flair politique ne le trompe pas : il a acquis l'intime conviction qu'ils ne chercheront plus à envahir Cuba ni à déstabiliser son régime. Quelles que soient leurs gesticulations, leurs déclarations bellicistes, leur aide en millions de dollars aux exilés de Miami, il a perçu qu'une « fabuleuse » décision avait été prise au sommet de l'État américain. Contrairement à ce qu'il craignait, Lyndon Johnson n'a pas lancé de nouveaux tueurs à ses trousses ; aucune nouvelle Opération « Mangouste » ou « Liborio » à l'horizon. Explication : les USA ont pris la décision de garder à leurs portes, à 90 miles de leurs côtes, un « enfer rouge » afin de « vacciner » une bonne fois leurs concitoyens contre la tentation communiste. Grâce à Cuba, les Américains ont désormais sous les yeux, au quotidien, en *« live »*, la réalité du socialisme dans sa version tropicale. Cette position, Castro en est convaincu, était déjà défendue par certains conseillers de Kennedy. Ainsi, en pleine crise des missiles, lors d'une réunion dans le « bureau ovale », l'ambassadeur des USA aux Nations unies, Adlai Stevenson, avait proposé au Président un *« deal* secret » avec Cuba : on rétrocède la base de Guantánamo à Castro et on garantit le maintien en place de son régime, contre la promesse de sa part de se détacher de

Moscou. Ainsi, concluait Stevenson, nous aurions à nos portes un « échantillon communiste inoffensif ». Les faucons du Pentagone avaient alors traité le diplomate d'irresponsable sénile. On lui avait ri au nez. Certains cessèrent même de lui adresser la parole. Puis, au fil des ans, l'idée saugrenue de Stevenson s'imposa peu à peu comme une évidence. En catimini, comme un non-dit, la thèse de l'« échantillon communiste inoffensif » est entrée dans les faits. Si on pousse celle-ci à son terme, le *Líder Máximo* ne serait plus pour les USA qu'un « gardien de musée », le patriarche mégalomane et tyrannique d'une « réserve rouge », un Disneyland stalinien utile et nécessaire. Or, le « gangster » de La Havane, qui a un sens aigu du rapport de forces, saisit ce changement chez son « ennemi mortel » : « Je ne suis ni un pragmatique, ni un dogmatique ; je suis un dialecticien, lâche-t-il. Rien n'est statique, tout change... »

Le 3 octobre 1965, Fidel donne des nouvelles du « cher disparu ». Lors de l'annonce de la composition du Comité central du nouveau Parti communiste cubain, il révèle que le « Che » est bien vivant. La preuve ? Il a écrit au *Comandante* une lettre dans laquelle il lui annonce qu'il part pour de nouveaux combats et qu'il renonce à la nationalité cubaine. La voix brisée, Fidel lit alors un passage de cette correspondance : « D'autres terres du monde réclament la contribution de mes modestes efforts... Je porterai, sur les nouveaux champs de bataille, la foi que tu m'as inculquée, l'esprit révolutionnaire de mon peuple, le sentiment d'accomplir le plus sacré des devoirs : lutter contre l'impérialisme partout où il est... » Quelques mois après avoir fermé la porte au militant internationaliste, Castro le fait de nouveau entrer dans son jeu. Il a gardé cette lettre par-devers lui pendant six mois, et ne l'exhibe qu'au bon moment. Il sort en somme son joker. Celui qui n'existait plus est soudain placardé sur tous les murs de La Havane. Des posters géants de Guevara sont affichés aux quatre coins de l'île. La célèbre photo de Korda, celle du guérillero contemplatif et mystique, est tirée à des centaines de milliers d'exemplaires. L'élève des jésuites invente un nouveau « Che » christique, vénéré comme un demi-dieu, dont le destin ne peut se terminer qu'en nouveau « chemin de croix ». Le metteur en scène le plus génial et le plus pervers du XXe siècle vient d'en faire l'icône d'une génération d'étudiants hippies, romantiques et d'extrême gauche. De Berkeley à Paris, par cette photo mythique, le « Che » acquiert la célébrité des Beatles. Que dit-elle ? Que le « fils de Dieu » est redescendu sur terre, venu d'Argentine, qu'il a prêché la bonne parole, puis qu'il ira se sacrifier dans quelque guérilla en pleine jungle. Mais si, selon la Bible, Dieu a ressuscité Son fils « sacrifié », le démiurge cubain, lui, a pour l'heure d'autres projets pour son « émissaire ». Ses services secrets l'ont affublé d'une nouvelle identité : désormais, le « Che » est un économiste uruguayen nommé Francisco Mena González. Mais on peut aussi l'appeler Ramón, ou même Mongo. On peut l'appeler comme on veut, puisqu'il n'existe plus…

Dans la jungle bolivienne, au cœur de l'Amazonie, ce 1er janvier 1966, alors qu'une nuit humide est tombée sur Nanhuacasu, dans la sierra d'Alto Seco, Ernesto Guevara remâche son amertume. Quand il est rentré clandestinement à La Havane, Fidel Castro l'a installé dans une luxueuse demeure du côté de Pinar del Río, la « Maison de l'Américain », avec piscine et haras. Il s'est montré à son égard chaleureux, fraternel et prévenant, lui rendant visite pratiquement tous les week-ends. Il a été comme aux premiers temps de leur amitié au Mexique. Il lui a promis toutes les victoires à partir de la Bolivie. Il lui a permis de voir ses enfants, mais seulement les plus petits : Celia, Camilo et le nouveau-né, Ernesto Jr. ; les deux autres, Hildita, la fille d'Hilda Gadea, onze ans, et Aleida, surnommée Aliou-cha, huit ans, n'ont pas été autorisées à le rencontrer : elles auraient risqué de reconnaître leur père. Ernesto Guevara a pu cajoler les trois plus jeunes sous l'identité d'« oncle Ramón ». Dans cette maison perdue, près du village de San Andrés, les deux hommes ont concocté leur plan de bataille comme au bon vieux temps. Le « Che » irait d'abord diriger une grande école de guérilla dans la forêt équatorienne, où il pourrait accueillir des rebelles venus de tout l'hémisphère Sud : argentins, bien sûr, mais aussi péruviens, brésiliens, boliviens, vénézuéliens. Le 26 juillet 1967, plusieurs colonnes de « militants internationalistes » iraient attaquer la caserne de Sucre. Cette nouvelle attaque de la Moncada sonnerait le départ de l'insurrection générale.

L'épopée guévariste ne devant servir qu'à sa propre gloire, Fidel Castro a pensé à tout. Il n'a rien laissé au hasard. Avec Manuel Piñeiro, il a lui-même choisi les fausses identités des hommes qui accompagneront Guevara dans l'aventure. Il a obtenu, dit-il, le soutien inconditionnel du PC bolivien. Il lui a lui-même promis une aide totale. Il lui a menti : le PC bolivien n'a soutenu le projet que parce que Castro l'a trompé. Ce dernier a certes reçu à plusieurs reprises Mario Monje à La Havane, pour le convaincre du bien-fondé de son projet. Mais il ne lui a parlé de la participation de Guevara à l'opération qu'au tout dernier moment, quand les dés étaient déjà jetés. Il lui a en outre juré que l'expédition ne servirait qu'à préparer une opération de lutte armée dans un autre pays que la Bolivie. Ce n'est qu'après le départ du Che pour La Paz que le *Comandante* a fini par confier à Monje que le projet visait en fait « à faire passer un ami en Argentine ». Comprenant qu'il s'agissait du Che, Monje s'est senti floué. Inquiet devant la tournure des événements, persuadé que cette « mission » était suicidaire, le dirigeant communiste bolivien s'est alors rendu à Moscou et a informé le responsable du secteur international près le Comité central du PCUS, Boris Ponomarev, du jeu « compliqué » de Fidel. Lors de son retour en Bolivie, il a fait escale à La Havane où il a été accueilli par la Sécurité cubaine de manière « tendue ». Craignant d'être éliminé, il a menti à son tour à Castro en lui faisant croire qu'il acceptait de prêter son soutien à cette opération en territoire bolivien à condition d'en être lui-même le patron. Fidel Castro lui a alors répondu : « Tu te débrouilleras sur place avec le Che. »

Au petit matin de cette longue nuit du nouvel an, devant « Ramón », Mario Monje évoque l'impérieuse nécessité de conférer une direction bolivienne à l'expédition. Guevara s'y oppose : n'est-il pas autant citoyen bolivien que lui ? « Je suis cubain, bolivien, argentin, vénézuélien, soutient-il. Nous n'avons qu'une seule terre, toi et moi : l'Amérique du Sud ! » Mario Monje est stupéfié par l'arrogance du héros fatigué. Certes, il a gardé son charisme, mais comme il paraît coupé des réalités ! Le dirigeant communiste, dont le pseudonyme est « Stanislas », est effaré de constater à quel point son interlocuteur méconnaît l'histoire bolivienne, ses luttes ouvrières, et jusqu'à la topographie de l'endroit où il se trouve. Il a le sentiment que cet homme un peu « illuminé », accompagné d'une douzaine de fidèles, a été

« lâché dans la nature ». Le lendemain, « Stanislas » demande aux quelques étudiants boliviens embarqués dans cette aventure de le suivre. Devant leur refus, il quitte le camp, déboussolé. Il rentre à La Paz, réunit le Comité central de son parti, informe ses membres qu'ils ont été grugés par les Cubains. Le PC bolivien prend la décision de ne plus soutenir ce projet qui a été conçu et décidé sans lui. Ernesto Guevara l'internationaliste a négligé un facteur de taille : le nationalisme. « Stanislas » l'Indien a eu l'impression qu'on lui demandait de jouer au soldat pour une guerre qui n'était pas la sienne.

Ainsi, au début de 1967, Che Guevara n'a plus de soutien logistique, plus de possibilité de recruter des jeunes communistes boliviens. Son projet de « grande école de la guérilla », de « West Point des *barbudos* », est parti en fumée. Son matériel radio se révèle vite défectueux. Il ne peut plus joindre La Havane. Sans appui local, sans contact avec le moindre paysan de la zone, il découvre que nul ne l'attend dans cette jungle hostile où il n'obtient même pas de quoi sustenter sa maigre troupe. Les hommes sont obligés pour survivre de chasser le tapir et de cultiver quelques légumes. Le « Che » tombe malade. Son asthme, réveillé brutalement, le laisse dans un sale état durant de longs jours. Ses hommes le retrouvent parfois prostré, comme parti dans un autre monde. D'autres fois il reprend espoir, galvanise son « armée ». Il attend des nouvelles de Cuba et aussi de son « contact » à La Paz, « Tania », dont le vrai nom est Tamara Bunke.

« Tania » est un agent de la Stasi, la police secrète est-allemande, envoyée à Cuba et mise à la disposition du « Che » comme agent de liaison dans la capitale bolivienne sous le nom de Laura Gutiérez Bauer. À La Paz, sa « couverture » est celle d'une ethnologue européenne. En février 1967, Tania accompagne un envoyé spécial de Fidel Castro, chargé d'aider Guevara à recruter de nouveaux rebelles. Régis Debray, jeune intellectuel français, alias « Danton », est le chantre européen des thèses guévaristes. Ernesto Guevara le connaît de réputation. Il l'a repéré en lisant un article de lui paru en 1965 dans la revue de Sartre, *Les Temps modernes*, intitulé « La longue marche ». Invité à Cuba, il a été présenté au *Líder Máximo* qui s'est aussitôt entiché de lui. En quelques jours, tout Cuba ne parlait plus que de ce Français qui traduisait si bien la pensée du *Comandante*. Pendant plusieurs semaines, Castro ne l'a pour ainsi dire plus quitté, débarquant à tout moment dans la chambre que lui et sa compagne, Élisabeth Burgos, occupaient à l'hôtel Habana Libre. Il l'a exhibé à la réunion de la Tricontinentale en janvier 1966. À chaque occasion, Debray a été perçu comme le nouveau totem du maître de La Havane. Dans la capitale cubaine, il a écrit *Révolution dans la révolution*, une défense et illustration de la guérilla de type castriste, qui est devenue la nouvelle bible des révolutionnaires tiers-mondistes.

Le dirigeant cubain a eu l'idée singulière d'envoyer le tout jeune agrégé en guise de courrier en Bolivie. Fait incroyable : il missionne « secrètement » son protégé afin de faire un rapport sur le « Che » aux abois et de déterminer ses besoins en hommes et en matériel. Mais Régis Debray doit partir à La Paz sous son vrai nom ! Élisabeth Burgos prévient aussitôt Manuel Piñeiro de cette imprudence. En vain. L'ordre vient d'*arriba*. Le très rusé spécialiste du renseignement qu'est Castro n'a pas pu commettre une aussi monstrueuse erreur par hasard. On ne peut en effet faire moins discret : candide et aveuglé par la passion militante, le Français ne réalise pas que Castro lui fait jouer en l'occurrence le rôle de « chèvre ». Tous les services spéciaux qui pullulent dans la capitale bolivienne sont aussitôt en alerte. Ils ont repéré depuis plusieurs semaines le foyer de guérilla dans la région de Nanhuacasu ; des combats sporadiques y ont déjà eu lieu. L'arrivée de la « plume de Castro » dans le pays ne fait qu'accélérer leur mobilisation. La CIA est évidemment elle aussi sur le coup.

Livré à lui-même, Guevara cherche toujours à recruter. Par l'intermédiaire de Moisés Guevara, un militant maoïste proche de Régis Debray, il recrute une dizaine de nouveaux rebelles. Des « bras cassés » sans aucun profil politique, récupérés en catastrophe par Moisés, certains dans la rue, montent alors dans la sierra. Très vite, ils comprennent qu'ils sont embarqués dans une épopée qui tient plutôt du naufrage. Au bout de quelques jours, ils découvrent l'identité de Ramón, prennent peur, prétextent une sortie de chasse et, le 11 mars, s'enfuient, terrorisés. Le spectacle auquel ils ont pu assister les a effrayés. Le héros qu'ils ont découvert est un homme irascible et méprisant qui terrorise ses troupes et les punit pour un rien. Les rebelles de l'ALN (Armée de libération nationale) sont nerveusement épuisés, car leur chef leur impose quasi quotidiennement d'éprouvantes marches nocturnes à travers la forêt amazonienne. Ils ont l'air de fantômes, tant ils paraissent harassés. Ils en sont réduits à manger du singe ou des perroquets, ils manquent d'eau. Parmi les « déserteurs », Vicente Rocabado et Pastor Barrera filent directement au commissariat de Camiri pour livrer l'identité du « Che ». Les événements s'enchaînent dès lors avec une logique implacable. La CIA dépêche ses meilleurs agents. Debray est arrêté le 20 avril. L'armée bolivienne envoie ses rangers dans la zone de Nanhuacasu. Guevara est traqué sans répit par des spécialistes de l'antiguérilla qui éliminent un à un les rebelles.

Le 8 octobre 1967, le « Che », épuisé par la maladie, la faim, la soif, est arrêté alors qu'il tentait d'échapper à ses poursuivants au creux d'un canyon. Il est exécuté sans jugement le lendemain, dans une petite école d'un village appelé La Higuera. Son corps est exposé sur la place publique dans le village de Villagrande. Les policiers fanfaronnent lamentablement devant sa dépouille et exhibent ses plaies comme des stigmates. Ils ne savent pas qu'ils sont en train de canoniser Guevara. L'opération de sanctification lancée par Fidel Castro depuis La Havane a trouvé son dénouement dans la salle du dispensaire d'une bourgade perdue de la forêt amazonienne.

Le « nouveau Christ » est mort à Alto Seco.

Il voulait créer « un, deux, trois… plusieurs Vietnams », mais le destin en a jugé autrement. À 39 ans, il part avant d'avoir vieilli. Au moment de la salve, il n'a pas flanché. Il a lancé à son tueur, qui hésitait : « Tire, espèce de lâche ! Qu'attends-tu, bordel ? » Ernesto Guevara a suivi les préceptes de son maître à penser, Sergueï Netchaïev, qui, dans son *Catéchisme révolutionnaire*, donnait de l'« Homme nouveau » une définition quasi religieuse. On y trouve le thème du don de soi, et, comme l'avaient vécu les apôtres suivant Jésus-Christ, l'abandon de tout bien matériel : « Le révolutionnaire est un homme perdu d'avance, écrit Netchaïev. Il n'a pas d'intérêts particuliers, d'affaires privées, de sentiments, d'attaches personnelles, de propriétés […]. Il a perdu tout lien avec l'ordre public et avec le monde civilisé dans son entier, avec toutes les lois, convenances, conventions sociales et règles morales de ce monde. Le révolutionnaire est un ennemi implacable […]. Dur envers soi-même, il doit être dur également avec les autres. Tous les tendres sentiments qui rendent efféminé, tels les liens de parenté, l'amour, la gratitude, l'honneur même, doivent être étouffés... » Certaines de ces formules pourraient être empruntées à saint Paul. Mais le nouveau saint guérillero de la sierra, à la différence du disciple de Jésus-Christ, n'est pas un chaud partisan de l'amour du prochain. Ce serait même plutôt le contraire. Comme il l'a rappelé dans un message qu'il a fait parvenir à la Tricontinentale en 1967, il prône la « haine comme facteur de lutte ; la haine intransigeante de l'ennemi qui pousse l'être humain au-delà de ses limites naturelles et en fait une efficace, violente et froide machine à tuer ».

L'enfant terrible du communisme est mort sans laisser le moindre héritage à ses enfants.

Le 17 octobre 1967, Fidel Castro lui organise des funérailles nationales d'une ampleur hollywoodienne. Plus d'un million de Cubains sont rassemblés pour pleurer le héros. Sur un écran géant, le visage d'archange du défunt éclaire la nuit. Fidel Castro fait ce jour-là un discours sobre, dépourvu de tout pathos. Il évoque l'ami, le révolutionnaire. Mais pas une anecdote ne vient illustrer l'éloge funèbre. L'image du « Che » semble suffire à son bonheur. Saint Ernesto peut monter au ciel... ou aller en enfer.

Était-il humain ? Dans son *Journal de Bolivie*, il évoque ses relations avec les gens ordinaires, les petits paysans de la sierra qu'il terrorisait et qu'il ne parvenait pas même à approcher. « Il faut traquer les habitants pour pouvoir parler avec eux, car ils sont comme des petits animaux. » La formule fait davantage penser à Hernán Cortés qu'à saint Paul.

Et si le « Che » fut une réplique du Christ, qui fut son Judas ? Qui a été le traître dans cette tragédie ? Tania, l'agent de la Stasi déguisé en ethnologue ? Mario

Monje, l'Indien communiste qui n'a jamais aimé les envahisseurs espagnols ? Fidel Castro, le démiurge à l'esprit démoniaque ? Les deux « déserteurs » boliviens, sans doute un peu flics ? Ou Guevara lui-même, cadenassé dans ses rêves d'homme de fer ?

CHAPITRE 35

Alina et les fantômes

Parmi les convives du cercle social ouvrier Patrice-Lumumba, on ne remarque qu'elle. Pétillante, drôle, resplendissante, comme toutes les adolescentes elle commence à regarder sérieusement les garçons. À 16 ans, Alina Fernández est une très belle fille. Elle a été invitée par son oncle Raúl Castro dans cet ancien hôtel de la gentry cubaine, le Biltmore, devenu « Maison du peuple » à l'occasion du dixième anniversaire de la création des ministères de l'Intérieur et des Forces armées, le *Minint* et le *Minfar*. Alina n'a pas l'habitude de ce genre de cérémonie. Elle est la « fille interdite », cachée. Elle ne porte même pas le nom de son père. Elle vit l'existence d'une Cubaine ordinaire, prend le bus, effectue sa part de travaux agricoles dans les fermes de la jeunesse, connaît les privations, les files d'attente, la *libreta*, les chaussures en caoutchouc, la ration de pain réduite à 114 grammes par jour, le lait qui arrive quand il peut.

Pourtant, à La Havane, tout le monde sait qui elle est. Les gens s'arrêtent devant son jardin pour lui remettre des lettres de doléances afin qu'elle les transmette *arriba*. Elle a beau répéter qu'elle n'est pas la fille de Castro, ou si peu, les plaignants lui prêtent une influence qu'elle n'a pas. Car son père ne la voit jamais, ni ne répond à ses lettres. Il a délégué un ancien de la Moncada, Pedro Trigo, pour jouer les « parrains » auprès d'elle. Celui qu'elle appelle « oncle Pedro » vient de temps à autre voir si elle ne manque de rien, puis disparaît dans la nature. « Papa », lui, est un fantôme. Il ne vient même plus rendre visite à sa mère, Naty Revuelta. La jeune fille en est affectée. Heureusement, oncle Raúl, très attaché à la famille, l'invite régulièrement à son domicile, près du cimetière Colón. Alina s'entend bien avec Deborah, la fille de Raúl et de Vilma Espin. Si seulement sa mère Naty pouvait l'accompagner, mais Raúl refuse de l'inviter. Il a peur de provoquer le courroux de son grand frère. Malgré tous ses efforts, sa loyauté, Naty Revuelta est une femme répudiée. Alina ne comprend pas pourquoi ces gens sont si terrifiés par son père. Elle apprend par Deborah qu'oncle Raúl n'ose rien faire sans prendre l'avis de son aîné. Inviter Naty chez lui serait un crime de lèse-majesté. Plus de dix ans après, Fidel Castro ne lui a toujours pas pardonné son hésitation quand il l'a demandée en mariage.

Auprès de sa cousine Deborah, Alina se familiarise avec la nomenklatura fidéliste, ses petites histoires, son goût pour les Rolex, les Alfa-Romeo, les chaussures italiennes, les lunettes Ray Ban ; elle apprend à jauger le poids politique des uns et des autres en fonction du nombre de leurs gardes du corps. Sur ce plan-là, Fidel Castro évidemment est hors concours. À lui seul il dispose d'une escouade de plus d'un millier d'hommes. Raúl en compte tout de même pour sa part plus de trois cents. Chez les autres, l'effectif varie selon leur cote du moment. Quand un apparatchik perd son escorte, il doit commencer à s'inquiéter.

Espiègle, caustique, voire un peu insolente, Alina rit beaucoup au club Lumumba, dans cet univers qu'elle explore pour la première fois. Soudain, elle aperçoit un grand brun à la démarche féline. Elle en tombe d'emblée amoureuse. Yoyi a trente ans. Il est lieutenant du contre-espionnage au sein de la fameuse section des « troupes spéciales », une unité d'élite qui correspond aux « bérets verts » américains. Il a une Chevrolet brinquebalante, une ceinture noire de karaté, un sourire de prince. Dès ce jour, les jeunes gens ne se quittent plus. Pour elle il quitte une chanteuse noire, une des plus grandes voix de La Havane, et s'installe chez des amis. Il est prêt à épouser Alina. Il lui fait connaître la vie de château des agents du contre-espionnage, les vacances dans des maisons de la Sécurité, en montagne ou en bord de mer, les restaurants, les cabarets. Alina est enivrée. Parmi les amis de Yoyi, elle rencontre les frères Patricio et Tony de La Guardia, frères jumeaux issus d'une grande famille bourgeoise d'avant la révolution, José Abrantes, l'homme qui connaît tous les secrets de son père, puisqu'il est en charge de sa sécurité depuis plus de dix ans. Grâce à eux, à la maison, le quotidien change singulièrement. Ce n'est pas la *dolce vita*, mais les produits frais, les fruits, la viande sont livrés à jours fixes. Le contre-espionnage est un monde à part. Alina Fernández en est éblouie. Elle aussi est mûre pour le mariage. Les deux amoureux prennent date. Yoyi vient s'installer chez la jeune fille.

Au bout de quelques mois, la voici convoquée brutalement en pleine nuit par son père, Fidel Castro. Une escorte la conduit au palais présidentiel où, après avoir traversé toute une série de souterrains, elle aboutit dans le bureau du *Comandante*. La scène a lieu durant les tout premiers mois de 1972 : « Il était deux heures du matin, raconte Alina. Il entra, mal à l'aise, laconique.

Je le regardai de haut en bas. Ses bottines étaient d'un nouveau modèle, en cuir souple glacé et à bouts carrés, qui lui affinait la cheville. Je lui souris et attaquai la première. Pas un baiser. »

Le dialogue s'engage. Soudain intéressé par la vie de sa fille, Fidel reproche à Alina de ne l'avoir pas prévenu de son prochain mariage :

« Ce que je ne comprends pas, c'est que tu ne m'aies pas demandé la permission.

– La permission ! rétorque sèchement la jeune femme. Et comment je fais pour te la demander ? En priant ? Jamais je n'ai eu un numéro de téléphone où t'appeler.

– Je sais. Je reconnais que je ne me suis pas occupé de toi. Mais te marier à seize ans !

– Dix-sept depuis une semaine.

– C'est pareil, tu connais à peine cet homme.

– Il vit à la maison depuis des mois, c'est lui qui s'occupe de tout.

– Mais cet individu n'a rien de commun avec toi. Il était marié à une chanteuse !

– Tu ne vas pas dire comme ma grand-mère que cette femme est une négresse, et que si…

– Cesse de m'interrompre, s'il te plaît ! Je crois que ce type est un opportuniste !

– Opportuniste ? Alors que la seule chose qu'il y ait à la maison, ce sont des problèmes et la misère. Écoute, il se fait tard et je n'ai aucune envie de continuer à parler de ces conneries.

– Pas de gros mots, hein, je n'en use pas avec toi !

– Pardon. Tu parles vraiment sérieusement ?

– Je ne sais pas si tu es au courant que cet homme a été en prison. Il était responsable d'un magasin et a fait cadeau de téléviseurs à ses amis. Non, vraiment, je n'arrive pas à me faire à l'idée que tu ne m'aies pas demandé la permission. Et puis, tu n'as pas passé assez de temps avec lui. Des fiançailles se doivent de durer au moins deux ans. Je ne vais pas te demander si… Non, je n'ai pas envie de parler de ça avec toi… »

Alina est médusée. Ce père invisible, qui terrorise son entourage et son pays, tremble au moment de poser la question fatale, celle de la virginité de sa fille. Il poursuit :

« Il n'a pas seulement volé. Cet homme est aussi un violeur !

– Qu'est-ce que tu racontes ?

– Oui. Quand il menait des interrogatoires à Villa Marista, il a violé des détenues. »

La jeune femme, suffoquée, ne croit pas un mot de ce que lui débite son père. Avec un aplomb rare, elle lui répond :

« Cela me surprend que la révolution ait choisi comme officier du contre-espionnage un voleur doublé d'un violeur.

– Si tu épouses cet homme, ne compte plus sur moi comme père ! »

Abasourdie, Alina regagne son domicile. Elle est folle de rage et, en même temps, flattée. Son père s'intéresse enfin à elle ! Elle lui a même tenu tête. Elle s'est amusée à le rabrouer. Elle est sans doute la seule personne à oser le regarder sans baisser les yeux. Elle cède tout de même à ses injonctions et accepte de retarder de quelques mois son mariage.

Les jours suivants, à sa grande surprise, son père tient sa promesse : il lui accorde un peu de son temps, lui fait des cadeaux, rend même visite à Naty. Il l'invite à des réceptions officielles, la « convoque » pour venir le voir jouer au basket ou regarder des films à lui consacrés. Il n'est ni chaleureux ni aimant, mais il n'est plus tout à fait un fantôme.

Alina n'a pas saisi le véritable motif de cette soudaine marque d'affection paternelle. Dans tous ses actes, fût-ce les plus intimes, Fidel fait encore de la politique. En tombant dans les bras d'un lieutenant du contre-espionnage, cette fille « insoumise » est devenue un « souci » : les hommes qui gravitent désormais autour d'elle sont en effet des agents opérationnels en mission en Amérique du Sud. Ils sont tenus au Secret Défense. En cette année 1972, leur mission prioritaire est le Chili de Salvador Allende. Ils font partie du GAP (Groupe des amis du président), une garde prétorienne formée à Cuba, chargée de la protection personnelle du président chilien. Tony de La Guardia est le coordinateur de cette équipe de *bodyguards*. Il travaille main dans la main avec l'homme de confiance d'Allende, Max Marambio, dit *« El Guatón »*, un Chilien qui a fait ses classes à l'école cubaine de la guérilla.

Tony de La Guardia a été le chef de l'escorte de Castro lors de son curieux voyage au Chili en 1971. Il se moque un peu du Chef qu'il compare, lors de cette balade chilienne, à un « prédicateur chez les Indiens ». Le *Comandante*, qui n'était censé rester que dix jours en visite officielle, s'y est attardé plus de trois semaines, au grand agacement d'Allende. Étrange attitude : le dictateur cubain ne parvenait plus à quitter le Chili. Dans son comportement, il y avait du César visitant Carthage. Ébloui par la richesse du pays, par ses mines de cuivre, ses domaines immenses, ses montagnes vertigineuses, il rêvait. Cuba et son malheureux sucre lui paraissaient si étriqués, si modestes. La victoire d'Allende avait réveillé en lui cette belle idée de grande nation sud-américaine dont il serait bien sûr le leader incontestable. Castro le Conquistador étouffe dans son île, trop exiguë et nonchalante pour satisfaire son insatiable besoin de puissance. Pour lui, le nouveau centre du monde, au début des années soixante-dix, a un nom : le Chili. Avec Salvador Allende, il dispose d'un allié sincère, mais fragile. Il le connaît bien, puisqu'il a financé sa campagne électorale de 1970. Salvador Allende s'est même rendu à Paris, en 1969, pour récupérer 2 millions de dollars en liquide, remis en mains propres par un agent castriste du nom de Virulo. Peu après, une somme de 8 millions de dollars, envoyée par la valise diplomatique au Mexique, a atterri dans les caisses de la campagne électorale du candidat socialiste. Selon un responsable de la Sécurité cubaine, ces deux « livraisons » provenaient d'un compte « personnel » du dirigeant cubain dans une banque suisse, à Zurich, alimenté régulièrement par Celia Sánchez. Le 4 novembre 1970, la victoire de Salvador Allende a donc été un peu celle de Castro.

Depuis lors, tous les services spéciaux de La Havane sont mobilisés autour d'un même objectif : radicaliser la révolution chilienne. Fidel Castro organise des livraisons clandestines d'armes dans le port de Valparaíso, non pas destinées à l'armée chilienne mais au MIR (Mouvement de la gauche révolutionnaire), organisation de guérilla dont la majorité des membres ont été formés à Cuba. Ses militants, téléguidés par le *Líder Máximo*, déstabilisent le régime d'Allende en multipliant attentats et provocations pour entraîner le président en place, jugé trop modéré, à fomenter un putsch. Castro ne change pas fondamentalement : c'est un « golpiste » pur et dur. Il rêve de transformer le Chili en un autre Cuba en poussant Allende à éliminer tous les partis d'opposition, à dissoudre l'Assemblée nationale, comme il l'a fait chez lui, et à décréter l'état de siège, car, estime-t-il, l'affrontement avec les États-Unis est inévitable.

Les hommes comme Patricio et Tony de La Guardia sont les éléments-clés du dispositif castriste : ils ont pour tâche d'entraîner Allende dans cette voie. Le scénario de guerre du *Comandante* est toujours le même : le MIR et ses guérilleros procubains créeront un foyer de lutte armée dans la sierra, feront basculer le pays dans la guerre civile, et, avec ou sans Allende, y instaureront le communisme. Pour mener à bien ce projet, Castro a besoin d'infiltrer l'appareil de la Sécurité chilienne, d'y placer ses propres agents afin de contrôler le pays à l'heure de l'insurrection. Il juge Allende trop réformiste, trop mou, trop démocrate ? Pour peser sur lui, il va jusqu'à dépêcher un de ses « play-boys » de la Sécurité avec pour mission de séduire et épouser une des filles du président, Beatriz, surnommée « Tati ». L'officier, Luis, est obligé de divorcer d'avec sa propre femme pour mener à bien cette opération d'infiltration « au plus près ».

Tel est le genre d'informations que Fidel ne veut pas voir parvenir jusqu'aux oreilles de sa fille. Mais le *Líder Máximo* a une autre crainte : le succès de l'expérience chilienne du président Allende. Celui-ci croit au « passage au socialisme par la voie électorale ». Depuis douze ans qu'il est au pouvoir, Castro n'a pas organisé à Cuba la moindre consultation. Et si Allende réussissait ? Si cet avocat aux allures de père tranquille prouvait au reste du monde que la voie des armes n'est pas obligatoire ? Pour le Cubain, ce serait la fin du mythe du guérillero triomphant. Il va donc tout faire pour torpiller la « voie démocratique » empruntée à Santiago et peser sur les choix de son « protégé » chilien.

Sur son chemin, il a affaire à un redoutable adversaire : le chef des opérations spéciales de la CIA pour l'hémisphère Sud, David Philipps, l'ex-officier traitant de Lee Harvey Oswald, l'homme qui supervisa la capture d'Ernesto Guevara, l'agent qui a longtemps suivi à la trace le *Comandante*. Philipps est devenu au fil des ans une machine à anticiper les coups du chef de la révolution. Dans la longue partie d'échecs que se livrent les services de renseignement, il a beaucoup appris sur son ennemi. Il connaît ses réflexes, ses méthodes d'intervention, ses obsessions. Il épie aussi les moindres faits et gestes des agents cubains au Chili. Il aurait même organisé contre Castro une tentative d'assassinat manquée à la caméra piégée, lors de son voyage derrière la cordillère des Andes.

Dans cette guerre de l'ombre, Fidel se croit infiniment supérieur aux « Anglo-Saxons ». Il les juge « naïfs », « couards », car ils n'ont pas, comme les Hispaniques, le sens du « sacrifice de leur propre vie ». Sous d'autres formes, sous d'autres cieux, Fidel Castro rejoue toujours la même guerre : celle du petit catholique timide et frustré qui entend battre à plates coutures l'ennemi juré, le protestant du collège voisin. Mais, cette fois, le rival se révèle aussi violent qu'implacable. La CIA fomente un coup d'État et impose le général Pinochet à la tête d'une junte militaire pour diriger le pays. Ce dernier instaure une vraie dictature comme les aime Castro, avec sa censure, ses camps d'internement, sa répression contre l'opposition, sa police politique.

Dans son palais de la Moneda encerclé par les chars, Salvador Allende, sur le point d'être arrêté, se suicide le 11 septembre 1973. À ses côtés, des membres du GAP, pratiquement tous cubains. Parmi eux Patricio et Tony de La Guardia, les amis d'Alina. Les jumeaux parviennent à s'enfuir et à se réfugier à l'ambassade de

Suède. À leur retour à Cuba, le *Líder Máximo*, radieux et fier de ses hommes, les reçoit comme des héros. Pourquoi donc ? Leur rôle n'était-il pas de protéger la vie de Salvador Allende ? La révolution chilienne est un fiasco et pourtant Castro applaudit à tout rompre. Ce naufrage prouve en fait qu'il avait raison : la voie démocratique est « sans issue »...

La légende raconte que le président chilien se serait donné la mort avec la mitraillette AK47 que lui aurait offerte Castro au cours d'un séjour à La Havane. Voilà une bien étrange manière de se suicider. Aujourd'hui encore, l'énigme n'a pas été dissipée. Allende s'est-il vraiment donné la mort ? Les pires rumeurs circulent, selon lesquelles le président n'aurait pas été abattu par des soldats chiliens, mais par des hommes des services spéciaux cubains afin d'en faire un martyr utile à la cause révolutionnaire, un « Guevara en costume trois-pièces ». Absurde ? Quelques faits troublants viennent épaissir le mystère. Quelques mois après la mort de son père, Beatriz Allende, en exil à Cuba, s'est suicidée d'une balle dans la tête avec l'arme de son époux. Elle a été suivie peu après par sa tante Laura, sœur de Salvador Allende, elle aussi en exil à La Havane, qui s'est jetée par la fenêtre d'une chambre du onzième étage de l'hôtel Riviera, face à la mer. Quel lourd secret ces deux femmes ont-elles emporté avec elles ?

Alina, elle, a fini par se marier. Son père a organisé les épousailles dans une ambiance de catacombes. Grand seigneur, le *Comandante* a même offert le repas de noces, mais selon ses propres goûts : une salade de spaghettis à la mayonnaise et à l'ananas, puis des gâteaux, le tout arrosé de rhum Havana Club, et, pour lui-même, une bouteille de whisky qui a été auparavant goûté, sécurité oblige. L'assistance est presque exclusivement composée d'hommes de la Sécurité pour éviter les risques d'attentat. Alina n'a pu inviter pratiquement aucun de ses amis. L'atmosphère est sinistre. C'est un mariage « avec miradors ». Une noce funèbre. La jeune épousée a la sensation de plonger dans un puits sans fond. Pourquoi son père a-t-il voulu à tout prix participer aux agapes si c'était pour jouer les croque-morts et gâcher sa fête ? Pourquoi l'a-t-il empêchée d'avoir à ses côtés sa meilleure amie, Hildita Guevara, la fille du « Che » ? Alina est effondrée. Avant de partir, Castro la prend à part :

« Quand tu divorceras, inutile de me prévenir, lance-t-il, perfide.

– Ne t'en fais pas, riposte Alina. Je n'ai toujours pas ton numéro de téléphone. »

Un an plus tard, Alina divorce effectivement, convaincue que son père n'a pas ménagé sa peine pour faire capoter son mariage. Elle sombre dans la dépression, devient anorexique, ne côtoie que des hommes de la Sécurité. Elle vit un cauchemar. Elle est devenue une femme sous haute surveillance. Elle vit néanmoins une idylle avec Honduras, un sous-lieutenant des troupes spéciales d'origine italienne, ami des frères La Guardia, incontournables, et de José Abrantes chez qui elle passe le réveillon du Jour de l'An. La petite bande ne se quitte plus. Peu à peu, Alina accepte sa condition de « femme différente ». Son nouveau fiancé la comble. Attentionné, drôle, il lui écrit des poèmes enflammés.

Bizarrement, son père ne reproche pas cette idylle à sa fille. Mieux, il l'encourage. Elle est près de lui confier qu'elle souhaite convoler à nouveau. Mais quelque chose la retient.

Un jour, Fidel l'invite à lui rendre visite au palais. À peine s'est-elle installée en face de lui, dans son bureau, qu'elle a une vision d'épouvante : « Une force perverse se glissa dans mon regard, se souvient-elle. La peau de mon père s'effaça et j'eus la vision d'un amas de tendons et de nerfs noués qui dégageaient une aura maléfique, et d'un troisième œil énorme et sanguinolent qui lui sortait du front. » Minute terrible : Alina voit en son géniteur un cyclope sanguinaire. Cette « vision » agit sur elle comme une révélation. Pour elle, cet homme est un monstre.

Est-ce à cause des révélations que son amie Hildita lui a faites récemment ? Hildita Guevara, avec qui Alina a passé la majeure partie de son adolescence, vient de perdre sa mère, emportée par un cancer à trente-neuf ans. Sur son lit de mort, Hilda Gadea a confié à sa fille qu'elle était persuadée que le « Che » avait été sacrifié en Bolivie et que Castro l'avait délibérément envoyé à la mort pour en faire un martyr.

Alina se souvient alors de cet étrange moment où son père, à l'occasion de la célébration du dix-septième anniversaire de la prise de la Moncada, le 26 juillet 1970, devant une foule dévote et hébétée, avait brandi un trophée mortuaire : les propres mains de « Che » Guevara ! Cette image la hante. Ce jour-là, son père avait beaucoup à se faire pardonner. Il venait d'annoncer l'échec de la fameuse *zafra* de 1970, qui était censée atteindre les 10 millions de tonnes. Alors que le pays avait été transformé en camp retranché, que toutes les catégories de la population avaient été enrôlées de gré ou de force dans les cannaies, sous le contrôle de l'armée, on avait tout juste franchi la barre des 8 millions de tonnes. Cet échec avait fait dire à Castro, à l'adresse du peuple cubain : « Vous êtes en droit de demander mon départ ! », mais, au cas où certains l'auraient pris au mot, il avait aussitôt ajouté : « Cela ne changerait rien ! » Et le grand dramaturge avait alors exhibé les mains de l'Ange pour rappeler à son peuple que la révolution n'était qu'un long et éternel chemin de croix.

Alina n'a pas oublié. Avec Castro, le bonheur sur terre est une illusion. Le moine-soldat le lui rappelle par chacun de ses actes. Elle veut fuir, quitter cette folie, comme l'a fait sa tante Juanita, la sœur de Fidel, en 1964. Elle décide que jamais elle ne s'appellera Castro. Ce nom-là est maudit. Il y a autour de lui trop de spectres. Elle préfère garder le nom de celui qu'elle a aimé comme un père et qui a disparu de sa vie en 1959 : Orlando Fernández Ferrer. Lui aussi est parti à cause de l'homme au pouvoir. Oui, elle s'appellera Fernández, pour toujours. Et, le jour venu, elle quittera cette île saccagée par le Cyclope.

CHAPITRE 36

Don Virgilio et le petit prince des sables

Chaque soir il sacrifie au même rituel. Ses mains tremblent, il fouille la terre, la soulève, creuse une petite tombe et y enfouit le livre sanglé dans un sac plastique. L'ouvrage est l'*Iliade* d'Homère. C'est son seul lien avec le monde réel, un antidote à la folie. Il en lit un passage tous les jours pour ne pas sombrer. Un ami a réussi à lui remettre cet exemplaire qu'il protège comme une relique. Reinaldo Arenas vit caché depuis des semaines dans l'enceinte du parc Lénine, dans les environs de La Havane. Il erre dans ce lieu clos comme un animal en cage, se dissimulant derrière les bosquets, à l'abri d'un talus, attendant fébrilement la tombée de la nuit pour souffler un peu, ou la venue d'un ami fidèle porteur d'un peu de nourriture. Traqué, pourchassé, Reinaldo est un fuyard sans espoir, un homme perdu. La police le recherche pour « viol sur mineurs », mais aussi pour « déviationnisme sexuel ». Sa photo est affichée dans tous les commissariats. On lui a également collé sur le dos le crime suprême : agent de la CIA. Il risque la peine de mort.

En cette année 1973, il est devenu l'ennemi public numéro un. Il n'arrive toujours pas à comprendre comment il a pu en arriver là, lui, le jeune écrivain en pleine ascension, primé par ses pairs, ceux qu'on appelle les

« officiels », ceux dont la principale activité littéraire consiste à faire des rapports à la Sécurité d'État. Reinaldo Arenas n'était pas même un « dissident ». Il avait jusque-là suivi le parcours exemplaire d'un écrivain révolutionnaire. Soudain, voici que le couperet est tombé. Fidel Castro a décidé de faire la chasse aux homosexuels. Avec une violence et une détermination sans faille.

Né à Holguín, fils de paysans pauvres, Reinaldo est un enfant modèle de la révolution. Il est monté dans la sierra à l'âge de quinze ans pour s'enrôler dans l'armée rebelle, puis a suivi pas à pas les *barbudos* avec ferveur et allégresse. Il est pratiquement né dans la marmite castriste de la révolution. Il a assisté aux procès politiques dirigés par Raúl Castro au théâtre Pantoja, à Holguín, n'y voyant qu'un *remake* tropical de la Révolution française comme, plus tard, tant d'autres intellectuels. Il travaille en tant que manœuvre dans une fabrique de pâte de goyave. Fidéliste zélé, il obtient une bourse pour s'initier à la comptabilité agricole et se retrouve dans un centre d'endoctrinement où on lui inculque le catéchisme marxiste. À plusieurs reprises, il vient à La Havane avec des centaines de ses camarades boursiers, entassés dans des camions à bestiaux, tous réquisitionnés pour acclamer le *Comandante* sur la place de la Révolution. Reinaldo coupe la canne à sucre sans rechigner. Il est embauché dans une ferme d'État à Manzanillo ; il y est chargé de compter les poulets. Il accomplit sa tâche avec discipline, malgré la désorganisation, les vols réguliers de matériel par les fonctionnaires, le manque de compétence des chefs, le contrôle tatillon de l'instructeur soviétique, un certain Vladimir.

Le jeune paysan fait partie de cette catégorie sociale qui a tout à gagner au nouveau régime. Mais il n'agit pas seulement par intérêt : il croit ferme aux idées de la révolution. Le jeune *guajiro* est un comptable modèle, à tel point qu'il obtient le privilège d'être embauché à l'INRA, l'Institut national de la réforme agraire, à La Havane. Il quitte donc son Oriente natal pour pénétrer dans le « sanctuaire » de Castro. Lui qui n'a pratiquement jamais connu son père finit par croire, comme la plupart des jeunes Cubains, que Fidel est pour lui un père de substitution, un tuteur bienveillant et juste, le « parrain » idéal. Mais, au fil des jours, les choses commencent à se gâter.

Le 13 mars 1968, le grand-père de Reinaldo perd la modeste épicerie qu'il gérait tant bien que mal dans les environs de Holguín. Ce jour-là, brutalement, Castro a décidé de collectiviser le petit commerce : épiceries, quincailleries, bars, etc. En quelques heures, ce qu'il restait de vie sociale disparaît. Immobile et muet, le pays sent la mort et finit par ressembler à une gigantesque nécropole. Le grand-père de Reinaldo en perd la raison. Il erre dans les rues, sans but. À la vue de son aïeul dément, le jeune fidéliste perd un peu de sa foi.

Ensuite, le 21 août 1968, il entend son « parrain » soutenir l'invasion de la Tchécoslovaquie par les troupes du pacte de Varsovie. Il encaisse cet incroyable renoncement, persuadé que Fidel Castro, farouche défenseur de l'indépendance nationale, doit avoir de bonnes raisons d'agir de la sorte.

L'année suivante, il écoute « Oncle Fidel » annoncer qu'il se met au régime pour donner l'exemple en matière de rationnement. Il trouve la ficelle un peu grosse, mais « Oncle Fidel » se démène tant pour donner une belle image de Cuba à l'étranger ! Après la mort du « Che », il l'a vu multiplier les opérations de soutien aux guérilleros sud-américains comme les Tupamaros en Uruguay ou les Montoneros en Argentine. Reinaldo est fier de l'ascendant moral de Cuba, de sa capacité à organiser des mouvements révolutionnaires comme les FARC en Colombie, les FARG au Guatemala, les FALN au Venezuela. Castro est l'orgueil de Cuba, devenu le phare des nations non-alignées. On y crève de faim et de peur, mais le monde entier « nous » regarde. Curieusement, après avoir cloué au pilori les idéalistes, « Oncle Fidel » reprend le flambeau de Guevara. Le journal unique, *Granma*, répète jour après jour que le pays a retrouvé sa grandeur perdue. Le parti unique clame que son leader est infaillible. En ce début des années soixante-dix, le culte de la personnalité est une donnée fondamentale du Cuba socialiste. Castro est partout. On lui prête des pouvoirs magiques de sorcier ou de devin. Il lit dans les pensées. Castro, c'est Big Brother. Le jeune Reinaldo a fini par y croire. Les menus tracas qu'il connaît du fait de ses amours homosexuelles lui paraissent presque secondaires. Côté vie privée, il se débrouille ; pour le reste, il fait confiance à « Oncle Fidel » qui prend tout en charge, notamment l'éducation et la santé. Après tout, ce dernier n'en a qu'après les « folles », ces « homos » excentriques qui ternissent l'image du pays des guérilleros.

Un événement va tout changer. En 1967, à l'occasion du Salon de mai organisé par Carlos Franqui, l'ex-directeur de *Revolución*, Reinaldo rencontre un couple d'artistes, Jorge et Margarita Camacho. Jorge Camacho est un peintre cubain de renommée internationale qui vit à Paris. La veille, il a par hasard déniché un roman d'Arenas, *Celestino antes del alba* (1965) ; il l'a lu, et, emballé, a pris contact avec lui. Paradoxalement, ce roman a été primé par la très orthodoxe UNEAC, Union nationale des écrivains et artistes cubains, mais n'a obtenu qu'un tirage confidentiel. Motif de cette forme de censure : les mauvaises fréquentations de Reinaldo. « Oncle Fidel » surveille ses intellectuels et n'aime pas voir les « pédés » gagner en influence au sein des milieux artistiques. Depuis plus d'un an, il y a déclenché une « purge ». Pour ce machiste maladif et paranoïaque, les « pédérastes » au pouvoir risquent d'affaiblir les « défenses du pays ». Or Arenas, qui vient d'être embauché à la Bibliothèque nationale en tant que simple employé, s'est lié d'amitié avec deux « homos » : Virgilio Piñera, grand ami de Witold Gombrowicz, et José Lezama Lima, sans doute les deux plus grands écrivains cubains contemporains. Le premier vient de publier un chef-d'œuvre, *La Isla en peso*, et le second son plus grand livre, *Paradiso*, un ouvrage d'inspiration radicalement homosexuelle. Entre les trois hommes, une amitié littéraire indéfectible est née au grand dam des « écrivains officiels » ayant leurs entrées à la Sécurité, comme José Antonio Portuondo, Roberto Fernández Retamar, Lisandro Otero ou même le poète Nicolas Guillén. Et les rapports de s'accumuler : Reinaldo Arenas passe son temps chez Piñera. Automatiquement, il devient suspect.

Quand Margarita et Jorge Camacho l'invitent à déjeuner à l'hôtel Nacional pour lui proposer de faire éditer son œuvre en France, l'écrivain de 23 ans accepte, un peu intimidé mais résolu, car il sait que son avenir littéraire ne peut désormais exister qu'à l'extérieur de l'île. Pour mater définitivement tout esprit de révolte et asservir les auteurs à l'État, Fidel Castro vient en effet de supprimer les droits d'auteur. Désormais, à Cuba, les créateurs ne sont plus propriétaires de leurs œuvres :

elles appartiennent à l'État, et leur sort dépendra donc d'« Oncle Fidel ». Reinaldo n'a plus rien à perdre.

À Paris, un jeune éditeur de gauche, Claude Durand, directeur littéraire aux éditions du Seuil, particulièrement sensible au sort de Cuba dont sa femme est native, prend le risque de défendre l'œuvre du semi-proscrit. Cas rarissime à l'époque, où le milieu intellectuel français est plutôt d'une surprenante indulgence pour le dictateur cubain. La sortie en France d'un roman inédit d'Arenas, *Le Monde hallucinant*, puis sa traduction dans de nombreux autres pays provoquent la fureur d'« Oncle Fidel ». Comment ce petit *guajiro*, ce moins que rien sorti d'un *bohío* de la région de Holguín, a-t-il pu laisser publier un de ses ouvrages à l'étranger sans en référer à l'UNEAC, sans « demander la permission » ? Par miracle, le gamin de Holguín échappe provisoirement aux foudres du *Líder Máximo* car, au même moment, un autre cas plus bruyant vient l'en distraire : l'affaire Padilla.

Heberto Padilla, poète cubain officiel, très en cour auprès du *Comandante*, est en pleine crise de dissidence. Après un voyage en URSS, patrie du « socialisme réel », il est rentré « transfiguré ». Avec un rare courage, il publie alors *Fuera de juego* (« Hors jeu »), recueil de poèmes au ton résolument antitotalitaire[1]. Le couperet tombe aussitôt : il est arrêté et confié aux bons soins des bourreaux de Villa Marista sans qu'ait été engagée contre lui la moindre procédure officielle. Dans ce genre de situation, « Oncle Fidel » ne traîne pas. Il jure que ses services ne torturent pas ? En fait,

1. Traduit aussitôt en France aux éditions du Seuil par Claude et Carmen Durand.

les méthodes des tortionnaires castristes s'apparentent davantage aux techniques des sévices « psychologiques » : interdiction de dormir, réveil forcé toutes les demi-heures, disparition de la notion de jour et de nuit jusqu'à effacement de la volonté, etc. Heberto Padilla sort de son centre de détention à l'état de « zombie ».

Comme beaucoup d'autres écrivains et artistes, afin que la leçon soit bien comprise, Reinaldo Arenas est convoqué à l'UNEAC le 27 avril 1971. Le spectacle auquel il assiste est une des plus sinistres farces de l'ère castriste. Heberto Padilla, les yeux hallucinés, en état de transe, sans doute drogué, se livre devant ses confrères à un exercice d'autoflagellation consternant. Il s'accuse de tous les crimes contre-révolutionnaires, dénonce comme « déviationnistes » sa propre femme, Belkis Cuza, José Lezama Lima et le jeune Norberto Fuentes. Il traite le journaliste de gauche français K.S. Karol, auteur d'un livre critique sur Cuba, *Les Guérilleros au pouvoir*, d'agent de la CIA, ou encore René Dumont, l'agronome qui a fini par comprendre que les caprices à la Lyssenko d'« Oncle Fidel » menaient son pays à la catastrophe, de suppôt de l'impérialisme yankee. Comme la plupart des écrivains présents ce jour-là à ce nouveau « procès de Moscou », Reinaldo Arenas est tétanisé. Pourquoi imposer aux auteurs une si honteuse mascarade ? Pourquoi montrer au monde que Castro ne fait que singer, en matière d'aversion anti-intellectuelle, son maître Joseph Staline ?

Heberto Padilla poursuit son délire : il célèbre la sagesse de Fidel Castro et vante la délicatesse, l'intelligence, la culture des hommes de la Sécurité qui ont « pris soin de lui » lors de sa rétention à Villa Marista. Aucun pays stalinien n'était encore allé aussi loin dans le sordide : la victime se prosterne devant ses tortionnaires. En fait-elle trop ? Padilla cherche-t-il, à travers cette bouffonnerie, à alerter l'opinion internationale, comme certains le pressentent ? Sans doute, mais l'outrance ne gêne nullement le tyran. Cette cérémonie nauséabonde qu'il a lui-même orchestrée en coulisse n'a qu'un but : créer un climat de terreur dans les milieux intellectuels cubains, devenus ces derniers temps un peu trop perméables aux idées « impérialistes ».

Quelques mois avant l'« affaire Padilla », Castro a expulsé manu militari le poète « gay » américain Allen Ginsberg qui avait publiquement émis l'hypothèse qu'un grand gaillard comme le *Líder Máximo* avait dû forcément avoir des relations homosexuelles dans sa jeunesse ! Ce crime de lèse-majesté avait mis l'intéressé dans tous ses états. Castro n'a aucune trace d'humour dès que sa propre personne est en cause. À Cuba, tout un chacun connaît sa haine viscérale, quasi pathologique, des homosexuels. D'aucuns le soupçonnent d'avoir été influencé, à l'époque où il étudiait chez les jésuites de Belén, par ses lectures sur la guerre civile en Espagne. Les fascistes espagnols pourchassaient alors les « invertis » avec une férocité sans bornes. Comment oublier que Federico García Lorca fut assassiné par des franquistes et que le poète andalou subit le châtiment promis par eux aux « pédés » : une rafale tirée dans le postérieur ? Cette parenté idéologique n'a jamais effleuré un Jean-Paul Sartre et autres admirateurs empressés du tyran. À plusieurs reprises, Castro a bel et bien organisé à la manière fasciste des rafles nocturnes intitulées « nuits des trois P » (les trois *P* de pédérastes, de prostituées et de proxénètes) afin d'alimenter en main-d'œuvre jeune, malléable et gratuite les UMAP (Unités militaires d'aide à la production), en fait des camps de rééducation pour homosexuels dans lesquels sont morts d'épuisement ou même assassinés des dizaines de détenus dont la mémoire officielle a effacé toute trace. Paradoxe : l'homme chargé auprès de Fidel Castro de surveiller le monde intellectuel, Alfredo Guevara, directeur de l'ICAIC et vieil ami du *Líder Máximo*, est lui-même réputé ne pas différer par ses mœurs de ceux qu'il envoie en détention. Car c'est lui qui, dans l'univers de la création, joue les censeurs en chef, pour chaque cas individuel, il étudie directement avec le chef de l'État quel sort réserver aux « déviants »…

Reinaldo Arenas, lui, a échappé à ces rafles en « trichant » : en dissimulant sa vie amoureuse, seule manière pour lui de rester en liberté. Le moindre écart peut en effet être signalé par le responsable du CDR de son quartier, puis remonter jusqu'au comité de zone, enfin jusqu'à la division « mondaine » du G2. Là, on classe les déviants en deux catégories : les « P passifs », les receveurs, ceux qui, selon Fidel, s'apparentent le plus aux femmes, donc les plus dangereux socialement ; les « P actifs », les « donneurs », ceux qui, toujours selon le Torquemada de La Havane, ont des circonstances atténuantes, car ils restent des mâles pendant l'acte sexuel. Les hommes de la Sécurité n'ont pas imposé l'étoile rose, mais l'esprit est bien le même que celui de la discrimination nazie. Reinaldo, pour vivre ses passions clandestines, file sur les plages, loin de son domicile, à la recherche de partenaires furtifs et silencieux. À Cuba, les plages sont les derniers lieux de liberté, les ultimes espaces où l'on puisse être sûr de n'être pas « écouté ». En castillan, Reinaldo Arenas signifie « Renaud des Sables ». Le « criminel contre-révolutionnaire » choisit pour s'évader le sable fluide, insaisissable, filant entre les doigts, symbole du temps qui passe inexorablement. Que peut Fidel Castro, le grand horloger de l'île, l'homme qui a figé le pays dans la peur et les incantations, dans un angoissant « arrêt sur image », que peut-il contre une poignée de sable ? Que peut-il contre ce jeune homme qui court les plages et dévore avec passion les livres de Virgilio Piñera et Lezama Lima ? Que peut-il contre cette énergie en liberté ? Il peut absolument faire ce que bon lui semblera au moment où il le décidera.

Il va d'abord détruire à petit feu les deux immenses écrivains cubains en les isolant, en les réduisant à l'état de parias, survivant grâce à la charité de quelques amis. Le jeune disciple venu de Holguín assiste, impuissant, à la déchéance de ses maîtres. À la fin des années soixante-dix, l'écrivain espagnol Juan Goytisolo rend visite à Piñera et prend brutalement conscience de l'étendue du mal : « Sa déchéance physique, l'état d'angoisse et de panique dans lequel il vivait sautaient aux yeux, raconte-t-il. Avec la méfiance d'un homme traqué, il demanda à sortir dans le jardin pour parler librement. Il me raconta en détail les persécutions dont étaient victimes les homosexuels, les dénonciations et les rafles qu'ils subissaient, l'existence des camps de l'UMAP [...]. Virgilio vivait dans la peur constante de la délation et du chantage ; sa voix tremblait [...]. Quand nous nous quittâmes, l'impression de solitude et de misère morale qui émanait de lui me fut insupportable. » Un autre grand écrivain, le Péruvien Mario Vargas Llosa, prend conscience à la même époque du drame qu'endurent les hommes de lettres de l'île caraïbe. À l'issue d'un dîner en compagnie de Lezama Lima, en 1970, ce dernier, une fois à l'extérieur, sûr de ne pas être entendu ou enregistré, lui serre très fort la main et lui souffle à l'oreille à deux reprises : « T'es-tu rendu compte dans quel pays je vis ? » Vargas Llosa, bouleversé, n'a jamais oublié cette douloureuse minute : « Je repartis angoissé, se souvient-il, convaincu que, du point de vue moral, je n'avais plus le droit de continuer à exprimer, comme je l'avais fait, une adhésion inconditionnelle à Cuba. » Quelques années plus tard, les deux écrivains seront à la tête de toutes les luttes contre la dictature castriste. Virgilio Piñera et Lezama Lima, eux, finiront leur vie dans la misère, l'ostracisme et l'oubli.

C'est dans cette atmosphère de crainte et de harcèlement permanents que tente de survivre Reinaldo Arenas, jusqu'au jour où il se fait arrêter après avoir été dénoncé pour ses activités « balnéaires ». Il parvient à s'enfuir du commissariat, traverse tout le pays jusqu'à Guantánamo, tente de rejoindre à la nage la base américaine, échappe miraculeusement aux balles des gardes-côtes cubains et aux dents des caïmans, rentre désespéré à La Havane, change d'identité, prend le nom d'Adrian Faustino Sotolongo et finit par se terrer dans l'enceinte du parc Lénine où il nargue la police castriste depuis plusieurs semaines.

Épuisé, affamé, se cachant la nuit dans les égouts, il finit par se laisser prendre par la police. Au moment de son arrestation, il est à deux doigts de se faire lyncher car les autorités, pour obtenir le concours de la population, l'ont accusé d'avoir violé et assassiné une vieille dame et une petite fille. Reinaldo est envoyé dans le quartier des droit commun du Castillo del Morro, la plus sordide des prisons castristes. Par miracle, ses codétenus apprennent qu'il est écrivain et lui confient le soir la tâche de rédiger leurs lettres à leurs mères, épouses et fiancées. Ce rôle d'écrivain public lui sauve la vie et lui permet de tenir malgré la pestilence et la violence. Au Castillo del Morro, les assassinats pour un simple regard mal interprété sont monnaie courante.

Au bout de deux ans, le pouvoir s'intéresse de nouveau à lui et le dirige vers le siège de la Sécurité d'État, Villa Marista. Vêtu désormais d'une combinaison jaune, il est réintégré dans son statut de prisonnier politique. Son tortionnaire est un lieutenant nommé Gamboa, qui lui précise les règles du jeu : « Nous pouvons te faire disparaître, nous pouvons t'anéantir sans que personne le sache ; tout le monde te croit en effet au Morro où il est on ne peut plus facile de mourir d'un coup de couteau, par exemple. » L'écrivain prisonnier découvre que le lieu est truffé d'officiers soviétiques qui semblent commander aux Cubains. Il comprend qu'il peut être liquidé n'importe quand.

À l'extérieur de l'île, à Paris notamment, ses amis Margarita et Jorge se démènent pour qu'on ne l'oublie pas. Un comité de soutien est constitué et fait pression sur le gouvernement de La Havane. C'est sans doute ce qui lui sauve la vie. Au bout de trois mois passés à la Villa Marista, comme Heberto Padilla l'a fait avant lui, Reinaldo accepte de se rétracter et passe des aveux complets. Il promet de ne plus jamais écrire de livres maudits, il renie son homosexualité, dit vouloir être réhabilité, intégré dans un camp de travail, et s'engage à écrire des romans optimistes. Il fait l'éloge des policiers, vrais héros du pays, auxquels il jure une obéissance éternelle. « Avant l'aveu, confie Reinaldo Arenas, j'avais un magnifique compagnon : mon orgueil. Après l'aveu, je n'avais plus rien. » Finalement, il est jugé et condamné pour « menées lascives » à deux ans de prison. L'assassinat et le viol de la vieille dame et de la petite fille, ses émoluments versés par la CIA ? Envolés ! La campagne menée par la police sur ce thème ? Elle n'a jamais existé. Fidel Castro en a décidé ainsi. Car, parmi les promesses qu'il a faites, Reinaldo a aussi accepté de devenir un… indicateur. Pour « Oncle Fidel », c'est sans doute la plus belle des victoires.

Résultat : à la fin de 1976, le nouveau sympathisant du régime est expédié dans une ferme d'État à la campagne, puis il s'en revient à La Havane où il apprend la mort de Virgilio Piñera. Choqué, anéanti, au mépris du danger, il se précipite aux pompes funèbres pour saluer son maître, mais apprend que la dépouille du défunt a été soustraite à la famille par la Sécurité d'État pour raison d'autopsie. Étrange : Piñera, officiellement, est mort d'un infarctus. Intuitivement, le jeune écrivain n'en croit pas un mot. Il est convaincu que Castro s'est débarrassé d'un « indomptable ». Dans le plus total dénuement, Virgilio Piñera avait réussi le tour de force d'écrire un roman non publié à Cuba, *Presiones y diamantes*, qui conte l'histoire d'un diamant qui se révèle être un faux et que l'on jette aux cabinets. Le diamant s'appelle « Delfi » : soit « Fidel » à l'envers. L'histoire littéraire de Cuba n'a jamais entendu parler de cet ouvrage.

« Fidel Castro a toujours haï les écrivains, même ceux qui sont du côté du gouvernement, comme Guillén ou Retamar, souligne Arenas. Mais, dans le cas de Virgilio, sa haine était encore plus féroce ; peut-être parce qu'il était homosexuel, mais aussi parce que son ironie était corrosive, anticommuniste et anticatholique. Il représentait l'éternel dissident, le non-conformiste permanent, le rebelle de toujours… »

Pour Reinaldo Arenas, la mort de cet ami sonne comme une alarme. La Sécurité d'État peut frapper quand et comme elle le veut. Hier elle pouvait l'éliminer en prison, demain elle peut l'assassiner n'importe où. Il n'a plus qu'une idée : quitter l'île au plus vite.

Durant son incarcération le pays a changé. Le Parti communiste a enfin tenu son premier congrès le 17 décembre 1975. Castro a tout de même mis seize ans avant de se conformer complètement au modèle soviétique. C'était le prix à payer pour l'étalement jusqu'en 1986 de la dette de 4 milliards de dollars accordé par Moscou à Cuba, cadeau qui a rendu fous de rage les autres pays du Comecon. Fidel a aussi fait élire une Assemblée nationale « croupion » de 481 députés, nommés par des délégués eux-mêmes désignés à main levée par les organisations de masse – CDR, syndicats, mouvements de femmes, etc. –, totalement dépendantes du pouvoir. Le 2 novembre 1976, le *Comandante* est élu par cette Assemblée président du Conseil d'État. Le président Dórticos doit céder la place. Désormais, le pays est doté de nouvelles institutions qui, malgré une façade démocratique, confortent la toute-puissance des frères Castro.

En 1977, Castro voyage beaucoup, surtout en Afrique où il a engagé des troupes. Mais le grand événement de cette année-là est incontestablement l'installation du démocrate Jimmy Carter à la Maison-Blanche. Après Eisenhower, Kennedy, Johnson, Nixon et Gerald Ford, Castro « s'offre » un sixième président des États-Unis. Le *Comandante* a cinquante et un ans et découvre avec stupeur un « Américain qui lui tend la main ». Le prédicateur presbytérien est un homme épris de paix qui entend faire table rase du passé. Il est prêt à lever l'embargo si Castro fait des efforts du côté des droits de l'homme et s'il abandonne sa politique agressive en Afrique. Dans ce marchandage diplomatique, chacun avance à pas comptés.

Le 8 mars 1977, Carter autorise les premiers charters de touristes à visiter l'île. Un an plus tard, le 9 décembre 1978, Castro négocie la libération de détenus politiques avec 75 représentants de l'exil venus de Miami à La Havane en délégation quasi officielle. « Même Huber Matos bénéficiera de ce droit », précise alors le président cubain. Désormais, il s'y engage, les « ordures », les « vermines » établies en Floride seront appelées à Cuba la « Communauté ». En 1979, il tient sa promesse : il libère près de trois mille prisonniers politiques, dont son vieil ennemi Huber Matos. L'ancien chef guérillero, relâché le 21 octobre, aura croupi vingt ans dans les geôles castristes au simple motif qu'il a été en désaccord avec lui. Un autre personnage proche de Castro durant les premiers mois de la révolution, Martha Fraydé, médecin, également amie de Mirta Diaz Balart et de Naty Revuelta, est libéré le 15 novembre à l'aube. Elle a purgé près de quatre ans de prison alors qu'elle avait été condamnée à vingt-neuf ans pour avoir émis de simples critiques. Pour tous ces prisonniers sonne l'heure des révélations. Les uns et les autres racontent l'enfer castriste, la violence d'un système kafkaïen et brutal. Certains n'en sont pas revenus, comme Luis Boitel, ancien président de la FEU (Fédération des étudiants universitaires), mort dans sa cellule dans des conditions mystérieuses, laissé sans soins comme un chien.

Pour les Cubains, l'année 1979 marque le grand moment des retrouvailles avec les membres de leur famille partis à l'étranger, essentiellement à Miami. Grâce à un accord entre Carter et Castro, plus de cent mille exilés cubains débarquent à La Havane, chargés de dollars et de cadeaux pour leurs frères, leurs cousins, leurs grands-parents. Cet afflux massif de frigidaires, de chaînes hi-fi, de produits en conserve, parmi une population en butte à la disette, provoque un électrochoc. En quelques jours, l'image de l'Empire du Mal telle que le régime la brandissait à longueur d'année vole en éclats. Comment ne pas envier ce frère ou ce cousin si replet, si heureux de vivre en Floride et qui va désormais pouvoir subvenir aux besoins de tant de membres de sa famille restés au pays ? Fidel Castro, en ouvrant les vannes de l'immigration, sent confusément qu'il met en jeu sa propre survie politique. Mais il n'a pas le choix. Il doit réinsuffler un peu d'oxygène dans l'économie cubaine. En janvier 1980, il renouvelle une grande partie du gouvernement, dont la priorité consiste à présent à desserrer l'étau étatiste mis en place dans les années soixante. Désormais, un « secteur libre », quoique réduit, réapparaît : ainsi des bars, des marchés paysans, de l'artisanat ; l'éventail des salaires est élargi, et le capital de certaines entreprises est même ouvert aux investisseurs étrangers. Cette NEP (nouvelle politique économique), prudente mais réelle, est incarnée par le nouvel homme de confiance de Castro, Humberto Pérez, directeur du Plan et vice-Premier ministre. Cette ouverture a des conséquences immédiates : des syndicats libres tentent de voir le jour. La peur s'estompe, certains commencent à s'exprimer, en particulier les candidats au départ qui n'ont plus peur d'être marginalisés, transformés en proscrits ou en vagabonds, comme auparavant.

Dans ce contexte nouveau, Reinaldo Arenas attend son heure. Ne croyant pas une seconde à la bonne foi d'« Oncle Fidel », il est toujours prêt à partir. Quand, dans les premiers jours d'avril 1980, il apprend qu'un chauffeur de la ligne 32 a défoncé le portail de l'ambassade du Pérou et demandé l'asile politique avec tous ses passagers, il croit d'abord à une opération que Castro va réussir à endiguer, comme à son habitude, au terme d'âpres négociations avec les diplomates concernés. Mais, curieusement, le dirigeant cubain a ordonné à ses gardes de quitter l'ambassade du Pérou. Plusieurs des amis de l'écrivain, enthousiastes, décident alors de se ruer sur place. Reinaldo tente de les en dissuader. Il est encore persuadé qu'il s'agit là d'un piège. À plusieurs reprises, Castro a laissé des dissidents se jeter dans la gueule du loup, a infiltré les groupes de candidats à l'exil par des agents de la Sécurité, puis a fait arrêter tous ces « traîtres qui s'étaient enfin démasqués ». Là, le scénario est analogue. Mais, cette fois, le traquenard ne fonctionne pas. Le *Líder Máximo* n'est pas dans une période faste. Est-ce la mort de Celia Sánchez, au début de janvier, emportée par un cancer, qui, selon ses proches collaborateurs, a réveillé ses tendances dépressives ? Est-ce la fatigue accumulée après plus de vingt ans de pouvoir absolu ? En tout cas, pour la première fois, il semble ne plus contrôler la situation. Contrairement à ses pronostics, les Cubains se précipitent par milliers jusque dans l'ambassade « non gardée », investissent les jardins, les salons. Venus de tout le pays, des camions de jeunes affluent vers le quartier Miramar. En fin de journée, on comptabilise dix mille huit cents candidats au départ !

Furieux, Castro fait boucler le quartier, coupe l'eau et l'électricité de l'ambassade. Décontenancé par cette vague soudaine et irrépressible, le numéro un cubain décide de se rendre sur place avec son frère Raúl. Là, l'impensable se produit : il est insulté, conspué ! On le traite de lâche, de criminel. Incapable de répondre, il ordonne à ses troupes de mitrailler les « braillards ». On relève de nombreux blessés. Une rébellion populaire est en train de naître sous ses yeux. La « populace » qu'il a toujours manipulée à sa guise lui fait face, vociférante et haineuse. Il est prêt à toutes les abominations pour se venger. Mais un officier du KGB venu en hâte de Moscou lui conseille d'éviter le bain de sang, dont l'effet serait catastrophique pour l'image de Cuba. Castro tente alors de mobiliser des groupes de CDR et d'organiser le lynchage des « dissidents ». En vain. Il n'a jamais été aussi humilié. Finalement, sur les conseils des Soviétiques, il accepte d'organiser une « saignée » de ce peuple réfractaire : en autorisant des départs en masse, il ouvre une soupape et se débarrasse du même coup d'un grand nombre de chômeurs. À la télévision, dans un discours rageur, il finit par promettre à tous les gens enfermés dans l'ambassade péruvienne qu'ils pourront partir sans être inquiétés. Pour ne pas perdre complètement la face, il les traite par la même occasion d'asociaux et de dépravés sexuels. À ses côtés, souriant, Gabriel García Márquez, l'écrivain colombien, ami de toujours du tyran, applaudit.

Installé chez des amis devant le petit écran, Reinaldo Arenas écoute, effaré, cet homme qu'il a presque aimé jadis comme un père, hurlant, plein de morgue et bouffi d'orgueil. Il ne parvient pas à y croire : va-t-il laisser partir pour de bon tous ces gens sans qu'on assiste à un coup tordu ? Comment lui faire confiance ?

Reinaldo a raison de se méfier. Castro a déjà retourné la situation en sa faveur. Il a certes décidé d'expédier aux USA ses dissidents, mais aussi, dans le même sac, ses espions, ses criminels et ses malades mentaux. La « saignée » doit être utile. En accord avec les autorités américaines, le *Comandante* organise une nouvelle forme de purge : l'émigration des Cubains *insanos* (non sains). La rhétorique de la Sainte Inquisition, encore et toujours…

En avril 1980, le « très malsain » Reinaldo Arenas parvient à se glisser parmi la masse des cent vingt-cinq mille « réfractaires » qui embarquent depuis le port de Mariel à destination des États-Unis. Le petit prince des sables a échappé à « Oncle Fidel ». Il va pouvoir écrire son histoire loin des commissaires politiques, des comités de censure, des matrones du CDR. Une vie singulière : celle d'un petit paysan pauvre qui croyait que la révolution était une fête foraine à la Fellini et qui est tombé dans l'enfer de Dante. Plus jamais il n'oubliera le visage de Virgilio Piñera, son ami, son frère, son maître, parti au paradis des homosexuels. Dans le port de Mariel, sur sa petite embarcation, le *San Lázaro*, il aperçoit sa terre pour la dernière fois, ainsi que les pancartes des comités de CDR sur lesquelles il peut lire « Dehors, la lie ! ». Il vient d'apprendre la dernière foucade d'« Oncle Fidel » : il interdit dorénavant les plages aux Cubains.

CHAPITRE 37

Tous des agents doubles !

Il en voit partout. Il les imagine complotant dans les sacristies, les confessionnaux, là où la police politique n'a pas encore pénétré. En cette fin d'année 1980, Castro est convaincu que le danger, pour lui, viendra des nouveaux fidèles de l'Église cubaine, de leur aptitude à copier le mouvement Solidarność qui se développe alors à Cracovie, à Gdansk, mais aussi dans la capitale polonaise, Varsovie. L'organisation syndicale catholique devient son obsession. Il ordonne à José Abrantes, responsable de sa sécurité personnelle, de traquer sans faiblesse tout ce qui peut ressembler à un embryon de contestation d'inspiration chrétienne. Il ne veut pas entendre prononcer le mot « Solidarité ». Mieux : il donne l'ordre d'arrêter toute personne surprise en flagrant délit de soutien verbal aux dissidents polonais. Les églises, pourtant peu fréquentées, sont désormais placées sous haute surveillance. La pratique religieuse, réprimée sans relâche depuis vingt ans, est encore très faible dans l'île ? Peu importe. Castro se méfie comme de la peste des gens qui mêlent Évangile et contestation. Là-dessus, il ne prendra pas le moindre risque.

Pour l'instant, il n'observe qu'un frémissement ténu, une discrète reprise du culte, certes sans aucun rapport avec le raz de marée polonais, mais sait-on jamais ?

Fidel veut anticiper l'événement et étouffer dans l'œuf le « retour des curés ». Cuba ne sera jamais la Pologne, prévient-il. Le 5 avril 1980, il fait arrêter Elizardo Sánchez, un jeune professeur de philosophie, spécialiste du théoricien marxiste français Louis Althusser, entré en dissidence officielle et qui pourrait bien avoir des liens avec la mouvance chrétienne.

Le 1er décembre de la même année, un événement lui fournit l'occasion de montrer sa détermination face à tout mouvement issu de l'Église. Ce jour-là, quatre religieuses sont séquestrées par un groupe d'une dizaine de jeunes Cubains à la nonciature de La Havane. Castro n'hésite pas une seconde : il envoie sur place les troupes d'intervention de la DGOE *(Dirección general de las operaciones especiales)* dépendant du ministère de l'Intérieur, commandées par Patricio de La Guardia. Le commando d'élite, dans lequel se trouve le frère jumeau de Patricio, Tony de La Guardia, donne l'assaut sans sommations, en utilisant un gaz irritant très dangereux, le « CS », qui diffuse une fumée rosâtre. Au terme de cette intervention plus que musclée, de nombreux protagonistes sont hospitalisés dans un état sérieux, dont Patricio de La Guardia lui-même, victime de la mauvaise qualité de son masque à gaz. Quelques jours plus tard, après un procès expéditif, trois hommes faisant figure de responsables de la prise d'otages, les frères Marín, tous Témoins de Jéhovah, sont exécutés.

Castro a-t-il voulu faire un exemple ? Il a en tout cas qualifié l'affaire d'« opération du Saint-Siège », histoire de faire passer à Rome le message suivant : à Cuba, il n'y a et n'y aura pas de sanctuaire pour l'opposition. On traquera les dissidents jusque dans les sacristies, si nécessaire.

L'archevêque de La Havane, Mgr Carlos Manuel de Céspedes, capte fort bien le signal. Il est convaincu que l'« opération Saint-Siège » a été montée de toutes pièces par les services secrets cubains, que certains des preneurs d'otages sont des agents de la Sécurité en mission commandée. « Les frères Marín n'avaient pas sur eux la moindre arme, déclare le prélat. Je ne suis même pas sûr que les religieuses aient vraiment été prises en otages. C'était une opération concertée visant à empêcher toute libre expression dans une enceinte religieuse. Et surtout à faire un exemple pour l'avenir. »

Ce succès ne rassure pas pour autant Castro. Autour de lui, en effet, un monde s'effondre. Le *Líder Máximo* observe les premières fissures dans le bloc soviétique et ses satellites d'Europe de l'Est. Il sent confusément que la glorieuse période du communisme est derrière lui. Empêtrée dans la guerre d'Afghanistan depuis 1979, affaiblie par une crise économique sans précédent, l'URSS n'est plus en mesure de contrôler son empire. Ce qu'il craignait n'a pas tardé à se produire : les hiérarques du Kremlin lui ont fait clairement comprendre que Cuba n'était plus pour eux une priorité. À la fin de février 1980, Raúl s'est rendu à Moscou et a appris de la bouche même de Iouri Andropov, d'Andreï Gromyko et de Boris Ponomarev, dans les locaux du Comité central, qu'ils ne viendraient plus les défendre, le cas échéant, contre les États-Unis. Ils livreront autant d'armes que nécessaire, mais n'enverront aucun corps expéditionnaire, aucun navire de guerre. Cuba a cessé d'être un site stratégique pour le Kremlin, il s'agit tout au plus d'un comptoir qui ne mérite qu'une attention lointaine. Le mythe du « porte-avions soviétique » amarré face à la Floride est mort et enterré. L'envoi dans l'espace d'un astronaute cubain, Arnaldo Tamayo, ancien cireur de chaussures devenu cosmonaute, à bord de la navette spatiale Soyouz 38, le 18 septembre 1980, masque à peine la fin de la lune de miel entre les deux pays. Il n'y a ni refroidissement ni fâcherie, seulement un début d'indifférence. La pire chose qui soit.

Encore une fois, Fidel Castro est confronté à une douloureuse contradiction : comment peut-il, en tant que leader du mouvement des pays non-alignés, soutenir l'invasion de l'Afghanistan par son allié soviétique, guerre qui a toutes les caractéristiques d'un conflit colonial ? En fait, la situation internationale ne le préoccupe pas autant que les soucis intérieurs. Sur son territoire, le *Líder Máximo* doit resserrer les rangs. Il sent comme un flottement dans son entourage, un début de désenchantement.

Le suicide de Haydée Santamaría, le 26 juillet 1980, jour anniversaire de l'assaut de la Moncada, sonne comme un avertissement. L'ancienne combattante de la Moncada s'est tiré une balle dans la tête dans son bureau, le jour de la fête nationale. Laisse-t-elle une lettre, un testament politique, une explication ? Les Cubains n'en sauront rien. Le message s'adresse à tout le pays : la directrice de la Casa de las Américas, égérie de la Révolution, fidèle parmi les fidèles, a claqué la porte à sa manière, héroïque et définitive. Elle a tourné le dos à celui qu'elle considérait comme un dieu dans la sierra Maestra et qui l'a transformée peu à peu en garde-chiourme de la culture officielle.

Peu à peu, les complices de l'épopée des *barbudos* quittent la scène. Après Celia Sánchez, gardienne de la mémoire du *Líder Máximo*, remplacée par le docteur José Miyar Barrueco, dit « Chomy », les femmes l'abandonnent. Sa propre fille, Alina, joue les provocatrices en s'opposant physiquement à des répudiations publiques d'opposants, à l'École de diplomatie où son père l'a inscrite, croyant ainsi lui apprendre les bonnes manières. Pendant que Fidelito poursuit sagement ses études de physique nucléaire à Moscou, sous l'identité de José Raúl Fernández, Alina l'indomptable multiplie les actes d'insubordination pour attirer sur elle l'attention de son géniteur. Elle donne bientôt naissance à une petite fille, Mumim, et sombre aussitôt dans une profonde dépression nerveuse. Hospitalisée durant quatre mois dans une clinique psychiatrique, elle en sort régénérée, décidée à vivre intensément, et multiplie les frasques, les sorties dans les boîtes de nuit où elle séduit les étrangers sachant qu'elle est filée vingt-quatre heures sur vingt-quatre, que les agents de la Sécurité ne la lâchent pas d'une semelle et font des rapports quotidiens à son père sur sa conduite. Celui-ci ne sait que faire de cette « véritable peste » qui cherche à tout moment à créer du scandale. Elle vit une histoire d'amour avec un diplomate italien, s'affiche partout à son bras. À l'instar de nombreuses Cubaines en mal de devises, est-elle, comme certains le murmurent, une *jinetera* (une « cavalière »), c'est-à-dire une fille qui vend ses faveurs en échange d'une poignée de billets verts ? En tout cas, elle est arrêtée pour prostitution et écope de trois jours de garde à vue comme n'importe quelle citoyenne. Finalement, elle est libérée. Suprême privilège pour la fille du *Comandante* : à sa libération, ses geôliers lui offrent une boîte de chocolats. Normalement, elle aurait pu être condamnée à quatre ans de prison.

Mais cette leçon ne l'assagit pas. Alina poursuit ses virées nocturnes. Au cours de l'une d'elles, elle tombe éperdument amoureuse d'un Mexicain qui s'appelle… Fidel ! Là encore, elle ne demande aucune permission à son paternel pour épouser son soupirant, ce qui provoque l'effet attendu : Castro tempête de rage. Il la convoque au palais présidentiel et lui interdit de quitter le pays. À l'extérieur, lui dit-il, elle deviendrait une cible idéale pour la CIA. « Ton mari peut s'installer à Cuba s'il le souhaite, poursuit-il, mais il ne pourra jamais t'emmener avec lui à l'étranger. » Alina est effondrée. Elle se sent comme une « princesse morte », prise en otage. Sa *love story* devient une affaire d'État, un des soucis prioritaires du ministère de l'Intérieur : les jeunes mariés sont filés nuit et jour, mis sur écoutes. Alina implore Gabriel García Márquez, le « seul à avoir quelque influence sur Fidel », de venir à sa rescousse. L'écrivain colombien, croit-elle, ne peut qu'être sensible à son histoire. Elle se rend à son domicile, dans la maison du protocole n° 6 que Fidel lui alloue à plein temps, tout comme il met à sa disposition, lors de chacun de ses séjours, une Mercedes avec chauffeur. Alina lui vend même à prix d'amie un tableau du plus grand peintre cubain, Wilfredo Lam, *La Femme-cheval*, en espérant que ce geste suffira à le convaincre de l'aider. Sur le marché américain, la toile vaut au moins un million de dollars. « Gabo », comme on le surnomme, dit à Alina qu'il va tout faire pour assouplir la position de Castro. Mais, ajoute-t-il : « Tu sais, sur ce terrain-là, il est presque impossible de lui parler. Peut-être que ma femme, elle, pourra le faire fléchir. »

Mais les bons offices de l'auteur de *Cent Ans de solitude* et de son épouse Mercedes ne suffisent pas. Le « patriarche » se montre intraitable et exerce une pression de tous les instants sur le « couple interdit ».

Cette manière de se jeter dans les bras de diplomates de passage est, pour Alina, comme une forme de dissidence, d'appel au secours. Au bout de quelques semaines, le jeune Mexicain, harcelé par les sbires du *Comandante* et persuadé qu'il va se faire assassiner, se réfugie à l'ambassade du Mexique et s'enfuit sans demander son reste. L'amour a été moins fort que les services de la Sécurité.

À nouveau seule, Alina déprime et se prend d'une nouvelle passion : le footing. Sous l'influence de Gabriel García Márquez, Castro s'intéresse soudain à sa fille. Il lui suggère de rédiger un livre sur Wilfredo Lam, son peintre préféré. Quand la famille Lam, installée à Paris, lui propose de venir passer quelques jours chez eux, elle est transportée de joie. Elle va enfin pouvoir sortir de ce qu'elle considère comme une existence cauchemardesque. Mais son père met son veto : pas question de quitter le territoire, sécurité oblige… Contrairement à son habitude, Alina ne réagit pas. La jeune femme comprend qu'elle ne pourra desserrer l'étau dans lequel elle se trouve prise qu'en jouant la comédie. Son père-geôlier ne la laissera jamais partir si elle persiste à se conduire en récalcitrante. Elle fait désormais comme tous les Cubains : elle triche. Elle devient elle aussi un « agent double ». Elle participe aux cérémonies officielles, hurle contre la corruption, puis elle rentre chez elle s'adonner au marché noir. Elle scande *« ¡ Patria o muerte ! »* à perdre haleine, mais rêve de vivre en jeans en écoutant Led Zeppelin. Elle peste en public contre les Yankees affameurs, mais écoute clandestinement Radio Martí, la radio des exilés de Miami. Publiquement, elle s'applique à paraître une parfaite révolutionnaire, au grand bonheur de son père, ravi de la voir revenir dans de si bonnes dispositions. Fidel croit avoir mis au pas sa *pasionaria* de fille. Il lui obtient même un travail à l'Ensemble artistique des Forces armées révolutionnaires. Cette nouvelle activité semble la combler. Elle paraît enfin sereine, apaisée. Oubliés, les coups de folie, les amours impossibles, l'alcool, la drogue, les provocations. Elle se lance même dans le mannequinat et se métamorphose en égérie de la Maison, genre de club où la nomenklatura de La Havane vient se donner des frissons parisiens. Dans ce haut lieu de la mode, dirigé par Cachita Abrantes, la femme du chef des gardes du corps de Fidel, on assiste à des défilés, à des concerts, à des causeries « révolutionnaires ». Dans cette petite bulle frivole au cœur d'un pays paralysé par la pénurie, Alina joue le jeu de la révolution. « J'étais comme tout le monde : totalement schizophrène », explique-t-elle.

Après l'élection de Ronald Reagan à la présidence des États-Unis le 4 novembre 1980, elle se met même à croire, comme son père le clame en permanence à la télévision, que l'invasion américaine est cette fois imminente. Ce nouveau va-t-en-guerre, ce cow-boy venu de Hollywood est une bénédiction pour le *Líder Máximo* : ses menaces d'intervention militaire sauvent en effet Castro de l'atonie qui le gagnait. Les querelles d'appareil, les problèmes de gestion l'ennuient profondément, même s'il s'amuse parfois à jouer les économistes. Castro l'antibureaucrate n'aime que le son du canon. Au IIe Congrès du Parti communiste cubain, le 17 décembre 1980, il retrouve ses ardeurs belliqueuses et annonce la mobilisation générale. Le pays est désormais en état d'alerte permanent. Fidel retrouve son élément naturel, le seul qu'il affectionne vraiment : la guerre.

Alina participe elle aussi aux manœuvres qui concernent l'intégralité de la population adulte. Elle surprend son père par son engagement. Ému par ce soudain revirement, le *Comandante* lui offre, à l'occasion de son anniversaire, deux cageots de choux-fleurs qu'il a rapportés de sa ferme personnelle. Ce n'est pas tout à fait le présent qu'elle espérait, mais elle choisit d'en rire. Elle n'a qu'un souci : ne plus laisser affleurer ses vrais sentiments. Elle doit aussi apprendre à écouter son père lui narrer les aventures de sa vache, *Ubre Blanca* (Pis Blanc), grande pourvoyeuse de lait, symbole du génie agricole de Fidel. Comme tous les Cubains, Alina doit subir les cours du professeur Castro et se pâmer devant les mamelles d'*Ubre Blanca*, suivre les performances de l'animal en matière de production laitière, lire le quotidien *Granma* qui en fait un véritable feuilleton. Au fond, le *Líder Máximo* ressemble à son père, don Ángel, qui ne s'extasiait que devant les attributs des taureaux ou les pis des vaches.

Il lui parle aussi du village de San Andrés, dans la région de Pinar del Río, un simple bourg paysan, devenu lieu mythique, où il a tenté d'imposer un communisme total. En vase clos, coupés du monde, débarrassés de toute notion de propriété, les habitants y ont vécu dans une égalité absolue. Le cinéaste français Jean-Luc Godard est même venu filmer cette expérience « fabuleuse » en 1967. Castro raconte qu'à cette époque tout le monde croyait à cette utopie flamboyante. Les intellectuels européens de passage applaudissaient à tout rompre cette « cité radieuse ». Les paysans, eux, n'ont pas joué le jeu : devenus des cobayes de laboratoire, surveillés en permanence, ils ont craqué. Beaucoup ont fini dans le centre de rééducation créé par Che Guevara. Fidel reconnaît qu'il est bien difficile de modeler l'« Homme nouveau » à sa guise. Et l'histoire de San Andrés a été enterrée, évacuée de la légende castriste.

Alina est disposée à tout écouter. Elle sourit. C'est sa nouvelle ligne de conduite. Elle sourit encore quand sa fille, âgée de 7 ans, lui récite les poèmes qu'on lui apprend à l'école, tels que : « Bush est porteur du sida / Nous, de pantalons / Et nous avons un chef d'État / Qui lui écrasera les roustons… » Cette charge chantée sous les préaux des écoles cubaines contre le vice-président des États-Unis, George Bush, ancien patron de la CIA, ne vise pas seulement l'ennemi américain ; elle a surtout pour but d'exorciser une peur qui monte de jour en jour parmi la population cubaine : la hantise du sida.

De nombreux militaires en mission en Angola sont rentrés atteints par le virus. Alina en connaît quelques-uns dans son entourage. José Abrantes, avec qui elle s'est liée d'amitié, lui a avoué que son fils, homosexuel, est terrifié à la perspective de contracter le VIH.

Nul n'échappe au traumatisme de la guerre d'Angola, cet interminable conflit – il dure depuis 1975 – dont personne n'est capable d'expliquer, de justifier en quoi il peut concerner Cuba. Au départ, Castro a bien tenté de faire croire que les jeunes combattants des FAR (Forces armées révolutionnaires) partaient libérer l'Afrique du Sud de l'apartheid. Mais tous ont vite compris que cette expédition lointaine n'avait pour objectif que de servir la gloire de leur maître. Comment s'y retrouver en effet dans les explications officielles ?

Les Cubains sont partis en Angola pour soutenir le MPLA (Mouvement populaire de libération de l'Angola), dirigé par Agostinho Neto, qui a l'appui de Moscou. En face d'eux, l'UNITA (Union nationale pour l'indépendance totale de l'Angola), menée par Jonas Sawimbi, parrainé à la fois par Pékin et par l'Afrique du Sud, et le FNLA (Front national pour la libération de l'Angola), créé par Roberto Holden, épaulé à la fois par la CIA et par Pékin. Officiellement, aucune force étrangère n'est présente sur le territoire angolais. Il ne s'agit que d'une guerre civile, et non pas d'une guerre de décolonisation, comme le prétend le *Líder Máximo*. Que vient donc faire l'armée cubaine dans un tel bourbier ? Payer sa dette aux Soviétiques avec du sang cubain.

C'est Fidel Castro lui-même qui a proposé ce marché géostratégique aux maréchaux de l'Armée rouge. Il est parvenu à les convaincre de l'importance, pour eux, de contrôler la côte et l'intérieur de l'Angola, du Mozambique et de la Namibie : les Soviétiques bénéficieront alors d'une zone d'influence incomparable entre l'Atlantique Sud et l'océan Indien. Il est prêt à envoyer des troupes, leur dit-il, pourvu qu'on lui fournisse les armes, la logistique, les vivres et de quoi payer les hommes. Moscou acquiesce d'autant plus volontiers que les Américains, traumatisés par leur déroute vietnamienne, ne sont pas disposés à envoyer avant longtemps un seul GI en terre africaine. Persuadé qu'il faut profiter de ce vide, Fidel s'investit à fond dans le continent noir. Sa nouvelle ambition : fédérer plusieurs États au sein d'une grande fédération communiste s'étendant jusqu'à la Corne de l'Afrique. Dans son bureau du palais présidentiel, il installe un véritable QG et planche devant une carte géante piquetée de petits drapeaux ; il rêve de combats, se grise de futures victoires. L'Afrique est devenue sa nouvelle sierra Maestra.

Il en oublie presque l'Amérique du Sud, qui croit de moins en moins à ses chimères et où l'on a surtout compris qu'il n'était pas le libérateur attendu, mais un néo-conquistador implacable et versatile, lâchant ses alliés au gré de ses humeurs et de ses intérêts immédiats. Sur ce plan, nombre de guérilleros ont eu l'occasion de découvrir son mépris quasi « colonialiste » pour ceux des rebelles de la cordillère des Andes qui manifestent la moindre velléité d'autonomie vis-à-vis de La Havane. En ce début des années quatre-vingt, mis à part le Mexique qui continue de le soutenir sans faillir sur le plan diplomatique, Castro est de plus en plus isolé et doit faire porter ses efforts sur l'Amérique centrale, notamment le Nicaragua et le Salvador. Sa grande obsession, son rêve secret et inavouable, reste bien sûr la mainmise sur le Venezuela et ses réserves pétrolières. Mais, dans l'ensemble, le soutien qu'il accorde aux mouvements de guérilla dans ces contrées vise davantage à distraire le géant américain plutôt qu'à contribuer à y installer des régimes marxistes. Le continent latino-américain n'est plus aussi passionnant puisqu'on l'y aime de moins en moins.

Comment assouvir dès lors l'insatiable besoin de gloire et de combats du *Comandante* ? Comment maintenir un état d'esprit guerrier au sein de l'armée et même de la population dans un pays en paix ? Le système castriste, qui repose sur la mobilisation des esprits et la toute-puissance des Forces armées révolutionnaires, a besoin de conflits. C'est son oxygène. Sans eux, l'appareil qui contrôle le pays n'a plus d'objet. L'Angola, estime Castro, peut tenir lieu de terrain idéal, d'autant plus que son sous-sol recèle des gisements de pétrole sous-exploités. Pourquoi Cuba, pays au bord du gouffre financier, ne pourrait-il pas profiter de cette aubaine ? Encore faut-il agir vite, car l'allié de La Havane, Agostinho Neto, isolé dans la capitale, Luanda, est sur le point de tomber sous les coups de boutoir des deux milices adverses. Il convient donc de monter d'urgence une « opération commando » dans le plus grand secret. À bord d'un Iliouchine 62, une centaine d'hommes des troupes spéciales débarquent à Luanda et sauvent leur allié d'une défaite inéluctable.

La suite est une interminable guerre de positions. Durant quatorze ans, de 1975 à 1989, nombre de familles cubaines vont être privées de leurs fils, enrôlés dans un conflit aussi incertain qu'étranger à leur sort. Comme toujours, le *Comandante* exhorte ses soldats, « héros de la révolution », « martyrs du peuple », qui s'en vont défendre, loin de la patrie, un idéal de justice et de paix, ainsi que la solidarité intercontinentale : « C'est d'Afrique, leur rappelle-t-il, que sont venus dans notre pays, comme esclaves, beaucoup de nos ancêtres ! » Plus de trois cent mille hommes et des dizaines de milliers de civils, médecins et techniciens, se retrouvent ainsi largués, au fil des ans, à dix mille kilomètres de leur île natale. Plus de dix mille d'entre eux vont périr au cours des combats : une hécatombe soigneusement minorée par la presse castriste.

Sur le terrain, les officiers découvrent cette drôle de lutte entre trois guérillas fuyantes qui ne parviennent pas à se neutraliser. Au tout début, galvanisé par divers succès sur le terrain, Fidel Castro demande à l'écrivain colombien Gabriel García Márquez d'écrire l'épopée angolaise. Le futur Prix Nobel de littérature devient ainsi le barde zélé de Castro l'Africain. Il publie dans l'hebdomadaire mexicain *Proceso* un récit lyrique de l'arrivée des troupes cubaines à Luanda et de leurs premières victoires éclair. Le débarquement cubain, connu sous le nom d'« opération Carlota », devient le sujet d'une geste célébrant la maestria géopolitique et le génie militaire du *Líder Máximo*. Mais, après une année de succès incontestables, le conflit s'embourbe du fait même du terrain, mais aussi de la corruption, de l'indolence des troupes du MPLA, du racisme des officiers cubains, de la frilosité des Soviétiques qui ne tiennent surtout pas à apparaître en première ligne dans une affaire qu'ils n'ont acceptée qu'à reculons.

« Castro était vraiment le patron en Angola, reconnaît Nikolaï Leonov, général du KGB, ami des frères Castro depuis le Mexique, en 1956. Les Soviétiques étaient très en retrait et lui laissaient prendre tous les risques. Il continuait à croire à la libération des peuples alors que les hiérarques du Kremlin ne regardaient déjà plus que les colonnes des recettes et des dépenses ! »

Durant les premières années quatre-vingt, Fidel Castro est le spectateur attentif et inquiet de l'effritement du pouvoir au Kremlin. En novembre 1982,

Brejnev meurt et est remplacé par le patron du KGB, Iouri Andropov, considéré comme un réformiste par les soviétologues. Le *Comandante* n'a plus confiance dans ses partenaires, mais il lui faut sauver les apparences. Car il a cette épée de Damoclès au-dessus de sa tête : une dette de trois milliards de dollars que Moscou pourrait lui réclamer à tout moment. Il doit donc éviter à tout prix de se fâcher avec les nouveaux maîtres du Kremlin, et ce d'autant plus que Ronald Reagan et son administration exercent à nouveau une pression de tous les instants sur l'île. Il a durci l'embargo et, surtout, n'hésite pas à intervenir dans ce qu'il considère comme la « chasse gardée » de Washington.

Le 25 novembre 1983, il envoie ainsi ses GI intervenir dans l'île de la Grenade où Castro exerce une influence de plus en plus sensible : il est en train d'y faire construire un aéroport pour long-courriers par des ouvriers cubains, signe manifeste de l'arrivée imminente de matériel de guerre lourd. Les États-Unis ne peuvent laisser passer une pareille provocation. Fidel, lui, est convaincu que le Pentagone, encore traumatisé par l'humiliation vietnamienne, ne bougera pas. Dans l'île de la Grenade, le chantier est gardé par une troupe d'un millier d'hommes, tous cubains. Depuis La Havane, le *Comandante* exhorte ses hommes à mourir en héros face à l'ennemi. « Les Cubains ne se rendent jamais ! » hurle-t-il à la télévision. Hélas, après quelques minutes d'escarmouches, le colonel Torloto et ses hommes se rendent pratiquement sans combattre aux troupes américaines. Mortifié, Castro parvient à étouffer l'affaire : pas une seule ligne de la piteuse histoire de la Grenade ne paraît dans la presse de La Havane. Quelques mois plus tard, le colonel Torloto, pour avoir tout simplement sauvé la vie de ses hommes qui n'avaient aucune chance d'en réchapper face à l'US Army, sera dégradé dans le plus grand secret et renvoyé de l'armée avec une trentaine de sous-officiers.

Au même moment, Castro parvient à étouffer une autre affaire : le suicide de l'ex-président Dórticos. L'homme qui a dirigé officiellement le pays à ses côtés, de 1959 à 1976, a mis fin à ses jours. A-t-il été soudain pris de remords, fatigué lui aussi de jouer en permanence le « double jeu » ? A-t-il été « suicidé » parce qu'il voulait à son tour quitter le navire ? A-t-il succombé, comme le suggère la Sécurité, à un banal chagrin d'amour ? Nul ne sait. L'histoire officielle a gommé le parcours de ce « serviteur exemplaire » du castrisme.

Quoi qu'il en soit, cette mort est le prélude d'une période difficile pour le *Líder Máximo*. L'année suivante, il remet les clés de la présidence du Mouvement des non-alignés à Indira Gandhi et perd ainsi définitivement son statut de star planétaire. Il n'est plus qu'un chef d'État ordinaire régnant sur une île des Caraïbes. Il rêvait d'être à la tête de la première puissance militaire du tiers-monde, de jouer le gendarme des pauvres, mais le monde ne veut pas de lui. Du Nicaragua, il est contraint de rappeler 1 200 conseillers cubains. En Éthiopie, il doit réduire ses effectifs sur place de 10 000 à 3 000 hommes. L'« Alexandre le Grand » des Tropiques est obligé de revoir toutes ses ambitions internationales à la baisse.

Il lui reste l'Angola. Mais, là aussi, l'Histoire semble vouloir se faire sans lui. Le 16 février 1984, le gouvernement de Luanda signe avec l'Afrique du Sud un accord engageant quasi secrètement les deux pays dans un processus de paix. Fidel, furieux, peste contre ses officiers qui, loin de La Havane, ont perdu toute combativité. Raúl Castro se rend sur place pour remobiliser à la cravache les « rois fainéants » cubains, plus occupés à trafiquer sur le marché de Kandonga, à Luanda, qu'à signer les pages glorieuses d'une guerre de libération. Il faut dire que, sur le terrain, les militaires cubains ne savent plus trop qui ils doivent libérer. À La Havane, ceux qui sont rentrés d'Afrique ont lancé une nouvelle expression populaire : pratiquer le marché noir se dit *candonguear*. Ramollis par les conditions locales, endormis par leurs alliés soviétiques qui ne souhaitent plus continuer à financer cette campagne « napoléonienne », les soldats de la révolution ont le moral au plus bas. Castro, lui, veut éviter à tout prix de revivre le scénario de la Grenade. Cette fois, les soldats cubains ne repartiront pas comme des voleurs. Sa réputation personnelle est en jeu. Il cherche un joker, un guerrier indiscutable qui pourrait, par sa seule présence, redonner du tonus à des troupes qui ne rêvent que de hamacs, de réfrigérateurs, d'air conditionné, de marijuana et de belles Africaines. Cet homme, il l'a trouvé…

CHAPITRE 38

Le *blues* du Chacal

Comment ne pas l'aimer ? Il a la nonchalance des enfants de l'Oriente, cette désinvolture cubaine qu'on retrouve jusque dans sa démarche, souple et féline. Il rit d'un rien, a le regard tendre et désabusé des gens qui ont vécu mille aventures et pour qui l'âme humaine n'a plus de secrets. Il a quelque chose de Robert Mitchum. Viscéralement cubain, Arnaldo Ochoa est l'héritier direct et incontestable de Camilo Cienfuegos. Comme lui, il est d'un courage exceptionnel. Comme lui, il se moque de tout. Comme lui, il adore les femmes. C'est un mousquetaire, un bretteur flamboyant qui a commencé à se battre dans la fleur de l'adolescence. Né à Holguín en 1941, il entre en guérilla à seize ans. C'est de famille : ses frères aînés, tous deux combattants de l'armée rebelle, sont recherchés par la police de Batista. Il est donc devenu lui-même une cible et a dû s'enfuir dans la sierra Maestra où il est intégré dans la colonne Antonio Maceo, celle de Camilo. Le gamin participe à la fameuse « marche sur Santa Clara » aux côtés d'un autre adolescent, Dariel Alarcón, surnommé « Benigno ». Les deux gosses sont acceptés par les *viejos* (vétérans), et, grâce à leur bravoure, deviennent les mitrailleurs de la colonne : suprême honneur pour un guérillero ! Inconscients, Arnaldo et Benigno prennent tous les risques. Ils admirent et vénèrent bien sûr Fidel, qu'ils surnomment « le Cheval », mais leur héros, leur figure mythique n'est autre que Camilo. Pour lui ils iraient jusqu'en enfer.

Quand, en octobre 1959, leur chef est emporté par un « accident d'État », la colonne Maceo est démantelée. Très vite, Arnaldo est expédié en Tchécoslovaquie, puis en URSS où il suit une formation militaire et idéologique à la fameuse académie Frounzé, à Moscou. Dès son retour à Cuba, il est envoyé au Venezuela où il est chargé d'instruire la guérilla conduite par le dirigeant communiste Douglas Bravo. Placé un temps à la tête de la région militaire de La Havane, il repart en 1965, cette fois avec Che Guevara, au Congo, où il découvre la complexité du continent africain et les limites de l'internationalisme tiers-mondiste. Au début des années soixante-dix, il fait figure de chouchou de Fidel : c'est l'officier supérieur toujours prêt au combat, le soldat enthousiaste et obéissant disposé à sacrifier sa vie pour la Révolution. En 1975, il retrouve son compère Benigno : tous deux conduisent le commando envoyé en Angola pour sauver Agostinho Neto de la débâcle. À son retour, ses succès lui valent d'être promu général de division. Ses hommes, qui le vénèrent, le surnomment *« El Calingo »*, du nom d'un chacal d'Amérique du Sud. En 1977, on le retrouve en Éthiopie à la tête des troupes cubaines qui affrontent l'armée somalienne. Il est le bras armé de Castro dans la Corne de l'Afrique. Sa campagne de l'Ogaden, où il remporte une brillante victoire grâce à son génie tactique et à sa science de l'utilisation des blindés, lui vaut l'admiration de nombreux officiers soviétiques. On étudie ses méthodes dans les écoles de guerre du monde entier. Lui-même ne cache pas qu'il est un grand admirateur du maréchal Joukov, le Rommel soviétique, vainqueur à Koursk et à Berlin en 1945, lui aussi grand spécialiste des chars.

Auréolé de cette réputation internationale, Arnaldo Ochoa, rentré à La Havane, est nommé vice-ministre du *Minfar* (la Défense) aux côtés de Raúl Castro. Il est introduit dans le petit cercle du pouvoir castriste. Mais l'homme n'a pas l'âme d'un bureaucrate. Il a besoin en permanence de retrouver le terrain et les hommes. En 1983, il part au Nicaragua soutenir l'armée sandiniste qui subit les attaques des contras financés par Washington. Il fait la navette entre Managua et la capitale cubaine jusqu'en 1986. Pour ses faits d'armes, il reçoit des mains de Fidel la médaille de « Héros de la Révolution ».

En 1987, à quarante-six ans, il est de nouveau en poste à La Havane. Raúl Castro lui octroie la direction de la dixième section du ministère des Armées : un service chargé de venir discrètement en aide aux guérillas sud-américaines. À cette époque, en effet, Cuba ne peut plus exporter sa révolution que sur la pointe des pieds, tant sa position internationale est devenue impossible. Réélu en 1984 et désormais tout-puissant, Ronald Reagan ne desserre pas l'étau américain sur l'île. Surtout, en URSS, le cataclysme est en vue : l'avènement de Mikhaïl Gorbatchev, nommé en mars 1985 secrétaire général du PCUS après la mort de Tchernenko, lui-même fugace remplaçant de Iouri Andropov, décédé un an auparavant, est considéré par Castro comme lourd de menaces. La *perestroïka* signifie pour lui la fin des relations commerciales privilégiées entre Cuba et le géant soviétique. Gorbatchev entend en effet renégocier les « sur-prix » payés par les Soviétiques pour le sucre cubain et prévient le *Líder Máximo* que Moscou ne sera plus en mesure de financer ses nouveaux programmes industriels. Il refuse d'accorder des crédits pour des projets fumeux, éternellement en chantier. Le successeur de Brejnev fait passer le message : « Finissez d'abord les travaux en cours. On verra ensuite. » Traduction : le nouveau « tsar rouge » se sépare de sa « danseuse cubaine ». Celle-ci ne présente d'ailleurs plus d'intérêt stratégique pour Moscou. À la Bourse des valeurs géopolitiques, La Havane n'est plus qu'un minuscule point sur une mappemonde.

Tous les observateurs sont convaincus que le *Comandante* a déjà préparé sa riposte : sa propre *perestroïka*. Depuis le début des années quatre-vingt, humant le vent et pressentant le cyclone, il s'est rapproché de l'Europe, plus particulièrement de l'Espagne de Felipe González et de la France de François Mitterrand. Les ambassadeurs s'emploient à rêver d'une transition douce vers la social-démocratie. Paris et Madrid dépêchent en secret des économistes pour conseiller le « grand dirigeant révolutionnaire ». Certains Américains croient eux aussi que Castro est prêt au « grand saut vers le libéralisme tempéré ». Le général Vernon Walters, ancien patron de la CIA, fait même un voyage à Cuba, en 1982, pour convaincre le *Líder Máximo* de « désoviétiser » son pays en douceur. Et, de fait, Castro donne des signes évidents d'ouverture. N'a-t-il pas nommé un économiste « libéral », Humberto Pérez, vice-président du Conseil des ministres, président du Juceplan, le plan quinquennal de la production sucrière, sur le modèle soviétique ? En quelques mois, il a redonné du tonus à l'industrie sucrière et rouvert les marchés paysans, les épiceries, rallumant l'espoir d'une vie moins difficile chez les Cubains. Va-t-il réussir, ce diable de Castro, la singulière pirouette que serait une sortie de dictature en douceur ? D'aucuns l'imaginent, persuadés que son génie politique viendra étayer sa volonté de conserver le pouvoir à n'importe quel prix.

Durant ces mois de flottement, au début de l'année 1986, Arnaldo Ochoa est à Moscou où il suit les cours de l'académie militaire Vorochilov. Il souhaite devenir officier d'état-major. Son ambition, qu'il ne cache pas, est d'être à la tête de l'armée d'Occident, poste éminemment stratégique à Cuba, pays découpé en trois régions militaires, l'Orient, le Centre et l'Occident, dont la dernière, celle de La Havane, est la plus importante. Dans la capitale soviétique, il participe à de nombreuses réunions sur les nouveaux enjeux militaires planétaires. Il parle parfaitement le russe. À l'ère de la « guerre des étoiles », les conflits postcoloniaux paraissent dépassés. Pour lui et ses collègues russes, la lutte en Angola fait partie de ces conflits qualifiés de « résiduels ». Ses amis les plus proches, les maréchaux Petrov et Olgakov, évoquent son nom dans l'entourage de Gorbatchev. Ils ne tarissent pas d'éloges sur Arnaldo, à tel point que la CIA finit même par le considérer comme un « agent soviétique ». Cette information de la centrale américaine parvient-elle jusqu'aux oreilles du *Líder Máximo* ? Quoi qu'il en soit, le général Ochoa croit alors dur comme fer que « le Cheval » est prêt à suivre les traces de Gorbatchev. Il est convaincu que Fidel le fera, certes à sa manière et à son rythme, en inventant un stratagème quelconque pour briller et reprendre la main. Au demeurant, lors de sa visite à Gorbatchev à l'occasion du XXVIIe Congrès du PCUS, « congrès de la rénovation », Castro n'a-t-il pas couvert d'éloges le dirigeant soviétique ? Il a été d'une extrême cordialité, à la limite même de l'obséquiosité, flattant son cadet, multipliant les gestes de bonne humeur. La chaleureuse bonhomie de son chef à l'égard de « Mikhaïl le rénovateur » a ravi le général Ochoa. Ses amis de l'état-major soviétique lui confirment l'évolution de la situation : « Castro est mûr pour le changement », lui glisse-t-on.

Rentré à La Havane, ce qu'il voit le laisse pantois. Le 6 mars 1986, le *Comandante* se raidit brutalement et opère un incroyable retour en arrière. À soixante ans, celui qu'on croyait sinon assagi, du moins plus réaliste, en revient aux positions du guévarisme le plus radical. Il ferme à nouveau les petits commerces. Il réactive la répression contre le marché noir. Il traque les homosexuels. Il fait ouvrir quatre « sidatoriums », établissements hospitaliers fermés où l'on « concentre » les malades du sida. Le pays est à nouveau transformé en citadelle assiégée. Fidel intitule cette ligne politique « Rectification des erreurs ». Dans son discours du 26 juillet 1986, il martèle, rageur, ce nouveau credo : « Dans notre effort pour rechercher l'efficacité économique, nous avons créé le bouillon de culture de quantité de vices et de déformations, et, pire que tout, la corruption ! » La vieille litanie revient, lancinante et lugubre, remontant du plus profond de l'Espagne noire de l'Inquisition : « bouillon de culture », « vices », « corruption »... Encore et toujours Torquemada resurgit au moment où l'on croyait voir la liberté pointer l'oreille. Et Fidel cogne, vengeur, sur ce qu'il appelle les « cochonneries » de l'approche capitaliste.

Qui va monter sur le bûcher ? Curieusement, cette fois, il n'a sous la main aucun bouc émissaire, aucun officiel à déshonorer afin de « laver la vermine qui rôde ». Pas de Huber Matos à piétiner. Pas d'Aníbal Escalante à jeter en prison. Pas de Heberto Padilla à humilier. Il désigne donc son nouvel ennemi sans le nommer : « Nous ne sommes pas dans la mer Noire, mais dans la mer des Caraïbes ! » Dans son entourage, tout le monde a compris : Mikhaïl Gorbatchev est la nouvelle bête noire de Castro.

L'homme qui a « trahi le socialisme » lui a redonné force et énergie pour repartir au combat. Dans l'intimité, il ne se prive pas de le traiter de « sale pédé », formule dont il est friand. L'homosexualité l'obsède, ce qui lui fait d'ailleurs commettre de terribles bourdes. Il lui arrive en effet de ne pas se contrôler en public. Arnaldo Ochoa se souvient d'avoir été le témoin privilégié à Bucarest, le 27 mai 1972, dans un salon du palais présidentiel, d'une rencontre au cours de laquelle Castro, soudain saisi d'un accès de colère froide, apostropha en ces termes Ceausescu tout en le foudroyant d'un regard halluciné : « Personne ne t'a jamais dit que t'étais un pédé ? Parce que t'es bel et bien un pédé ! Oui, tu n'es qu'un pédé ! » Castro était à deux doigts d'en venir aux mains avec son hôte qui ne comprenait rien à l'invective. Affolés, les interprètes trouvèrent une « parade linguistique » qui permit d'éviter le grave incident diplomatique. Castro rejoua la même scène quelques années plus tard en s'adressant à Felipe González qui faillit tourner les talons. Le *Líder Máximo* dut s'excuser et, à défaut cette fois des litotes de la traduction, bafouilla que cette « apostrophe » était une manifestation d'affection chez les Cubains. En somme, une marque de tendresse entre machos, *carajo* !

Arnaldo Ochoa connaît les dérapages et les foucades de son chef, mais, peu à peu, il ne les impute plus à la fougue et à la spontanéité, mais à une folie pure et simple. La décision du *Comandante* de faire marche arrière et d'enfermer le pays dans un « Jurassik Park rouge » le désespère. Officiellement, il se tait néanmoins. Comme tous les Cubains, il se méfie de la *técnica*, petit nom donné à la surveillance permanente que subissent les hiérarques du régime : écoutes téléphoniques à domicile, au bureau, dans les voitures, caméras cachées dans les appartements, les chambres d'hôtel. Comme tout le monde, Ochoa attend que l'Histoire vienne à bout du « dinosaure ». Il n'a pas coupé le cordon avec le « Père de la Patrie » : comme nombre de ses compatriotes, il considère Castro comme un père gâteux et irresponsable, capricieux et tyrannique, mais qui reste le chef de la famille. Comment pourrait-il gommer tout ce qu'il a vécu depuis la sierra Maestra, tout ce que la révolution lui a apporté ? Il est avant tout un soldat. Mais, cette fois, il prend ses distances.

Ochoa ne comprend pas la haine viscérale que Castro voue à Gorbatchev. Officiellement, pourtant, le *Líder Máximo* n'en montre rien. Le 28 juillet 1986, il apprend que celui qu'on surnomme « Gorby » – comme s'il était déjà naturalisé américain ! – vient de prononcer un discours important à Vladivostok : l'hôte du Kremlin y a annoncé le prochain retrait des troupes soviétiques d'Afghanistan et de Mongolie. L'heure de la retraite générale de l'internationalisme prolétarien vient de sonner. Castro comprend d'emblée que ses rêves africains sont définitivement compromis. Mais il ne repartira pas comme un lâche. L'Angola, s'il n'y prend garde, pourrait bien, en effet, devenir le Vietnam de Cuba. Il ne quittera donc ce pays qu'en vainqueur. Après les déclarations de Gorbatchev, l'Afrique du Sud, convaincue d'avoir le terrain libre, vient de dépêcher des troupes dans le sud du pays pour reprendre l'avantage. Castro veut à présent une victoire contre l'armée du pays de l'apartheid. Il lui faut une action d'éclat, un fait de guerre incontestable. Pourquoi ne pas envoyer là-bas Arnaldo Ochoa ? Il est le seul à pouvoir galvaniser 50 000 soldats nostalgiques et désœuvrés. Au sein de l'armée, il est sans conteste son meilleur élément. Certes, il a beaucoup trop fréquenté, ces derniers temps, les officiers soviétiques dont Fidel se méfie désormais autant, voire plus, que des Yankees. À tel point que, dans le courant de l'année 1987, il ordonnera à José Abrantes, devenu ministre de l'Intérieur en remplacement de Ramiro Valdés, écarté pour cause de « gorbatchévisme », de placer sur écoutes téléphoniques tous les diplomates et officiers soviétiques présents dans l'île. Une mesure qui surprendra quelque peu au sein des services spéciaux et qui provoquera même certains remous dans leurs relations avec le KGB…

Finalement, en novembre 1987, Castro envoie Arnaldo Ochoa en Angola. Son joker remporte une victoire historique contre les troupes sud-africaines à Cuito-Cuanavale. Nelson Mandela dira plus tard : « C'est la première fois qu'une armée du tiers-monde a détruit le mythe de l'invincibilité de l'oppresseur blanc. » Encore une fois, les techniciens des écoles de guerre saluent l'habileté tactique du général cubain.

Mais Ochoa s'en désintéresse. Ses séjours à Moscou l'ont définitivement éloigné des délires de son chef. Il est désabusé, fatigué par trente ans de combats. Il a envie de souffler. Il lâche à ses officiers : « L'Angola, c'est la dernière bataille de la Compagnie de Jésus ! » Quelque chose s'est brisé en lui. Est-ce à cause de ce qu'il a vu ou fait en Angola ? Au plus haut sommet de l'État, on lui a demandé de nourrir ses hommes comme il pouvait, en se livrant lui aussi au marché noir, en trafiquant l'ivoire, l'or, le mercure, les diamants. Pour construire des aéroports de fortune à Catumbela et Cabo Ledo, il a dû chercher des moyens de financement peu orthodoxes. En d'autres termes : en recourant au trafic à grande échelle. Et pourquoi pas, si nécessaire, en négociant avec les producteurs de drogue ? Toutes les guérillas ne sont-elles pas financées ainsi, en Amérique latine, depuis plus de vingt ans, avec la bénédiction des autorités cubaines ? Fidel Castro n'a-t-il pas déclaré publiquement que les Nord-Vietnamiens d'Hô Chi Minh avaient vaincu les États-Unis grâce à l'argent du trafic d'héroïne ? « Toutes les armes pour lutter contre l'impérialisme sont bonnes », avait-il alors ajouté. N'a-t-il pas encore exhorté les cadres du Parti, lors du congrès de 1986, à rechercher des devises *par tous les moyens* ?

À La Havane, personne n'est dupe : chaque famille a un fils qui a vécu la faillite de la grande armée révolutionnaire, héritière des héros de la sierra Maestra, devenue en Angola une troupe de filouteurs, de contrebandiers et de voyageurs de commerce. L'économie clandestine comme mode de survie d'une armée en déroute morale… Dans leur livre remarquable, *Fin de siècle à La Havane*[1], Jean-François Fogel et Bertrand Rosenthal, deux journalistes français bons connaisseurs de Cuba, rapportent la formule suivante : « Si tu vois un ballon qui traverse la route, disent les Angolais, ralentis, car il y a probablement un enfant qui court derrière. Si tu vois un cochon qui traverse la route, arrête-toi, car il y a certainement un Cubain qui court derrière[2]. » Le général Ochoa a vu ses frères cubains « courir derrière le cochon ». Il n'a pas été fier de ce qu'était devenu son pays.

Après l'armistice angolais, signé durant l'hiver 1988, il rentre chez lui, le 13 janvier 1989. Il s'ouvre à ses proches : « Je veux vivre sur un îlot, dans une maison sur pilotis. » Personne ne le croit. Le premier à émettre

1. Éditions du Seuil, Paris, 1993.
2. *Ibidem*.

des doutes sérieux sur son désir de partir à la retraite est Raúl Castro. Le « petit frère » n'a jamais eu d'atomes crochus avec Arnaldo Ochoa. Cet héritier de Camilo Cienfuegos lui rappelle, au fond, de trop mauvais souvenirs. Il le soupçonne de fomenter un putsch militaire avec le soutien des militaires soviétiques ralliés à Mikhaïl Gorbatchev. Il ne dispose contre lui d'aucune preuve, mais, lors du voyage qu'il a effectué en Angola en 1988, il lui a clairement signifié qu'il le surveillait de près et n'avait aucune confiance en lui. Arnaldo Ochoa avait alors haussé les épaules. Dans un pays où chacun se méfie de son proche voisin, l'attitude de Raúl Castro n'avait rien que de très banal. La paranoïa fait partie de l'atmosphère, au même titre que la chaleur et l'humidité. Pourtant, le tout-puissant ministre de la Défense a bel et bien envoyé plusieurs missions d'inspection contrôler la gestion du corps expéditionnaire. Le 9 janvier 1989, il a encore dépêché son plus proche collaborateur, le vice-ministre de la Défense, le général Abelardo Colomé Ibarra, surnommé « Furry », pour enquêter sur les activités d'Arnaldo Ochoa à Luanda.

C'est dans cet étrange climat que Fidel, le 15 janvier, reçoit le vainqueur de Cuito-Cuanavale au palais de la Révolution. Le *Comandante* compte toujours lui confier le poste prestigieux de commandant de l'armée d'Occident. Il n'a pas l'intention de se laisser influencer par les jérémiades et insinuations de son frère, qu'il impute à sa jalousie maladive. Mais, à sa vive surprise, le « Héros de la Révolution » semble réticent et, pour la première fois, demande des garanties. Ochoa veut connaître les projets de réforme du maître de La Havane avant de prendre sa propre décision. C'est la première fois qu'un général ose braver le *Líder Máximo* sur le terrain politique. Intrigué, Castro soupire devant cet acte d'insubordination caractérisé. Il encaisse et se lance, comme à son habitude, dans une vertigineuse analyse de la situation internationale.

Mais la machine à protéger son pouvoir absolu s'est déjà mise en branle. « Quel chemin a parcouru le petit Ochoa depuis la sierra ! » songe-t-il. À l'époque, le jeune *guajiro* le regardait comme un enfant de chœur confronté au Christ ressuscité ! Et voici qu'aujourd'hui il a l'insolence de marchander, de mégoter, de lui tenir la dragée haute ! Quelques jours plus tard, Castro est définitivement convaincu par Raúl du « jeu ambigu » d'Ochoa. Le 18 janvier, au cours d'un dîner d'anniversaire donné pour les cinquante ans de Iouri Petrov, ambassadeur soviétique à La Havane, au restaurant Le Rancho, situé dans la zone de sécurité d'El Laguito, « Raúlito », quelque peu éméché, provoque un mini-scandale. Il s'en prend publiquement à son frère devant les diplomates soviétiques médusés, et menace de démissionner s'il nomme Ochoa à la tête de l'armée d'Occident. Incident inouï : c'est la première fois que Raúl se permet une telle incartade. Castro, stupéfait, implore son cadet de se calmer : « Nous sommes avec des étrangers, lui dit-il. Tais-toi ! Il ne faut surtout pas que les étrangers entendent ce que tu me dis là ! » Fidel insiste lourdement sur le mot « étrangers ».

Ce jour-là, le conflit entre le ministre de la Défense et l'un de ses plus célèbres généraux est sur la place publique. La scène paraît « surjouée », à la limite de la bouffonnerie, comme si les Castro avaient désiré envoyer un message aux Soviétiques. Est-ce déjà le premier acte d'un scénario concocté par les deux frères ?

CHAPITRE 39

Saturne et les lévriers

Cette fois, il en est sûr : il a enfanté un monstre. Une hydre à mille têtes qui s'est infiltrée au fil des ans au sommet du pouvoir et qui, un jour ou l'autre, va l'étrangler. Tout d'abord, il n'a pas cru son frère Raúl qui l'avait averti du danger. Un complot contre lui ? Impossible ! pensait-il. Il ne pouvait imaginer une conspiration ourdie par ses propres « enfants », ceux qui lui devaient tout, comme cet Arnaldo Ochoa, petit paysan de Holguín devenu général, ou comme José Abrantes, le chef d'escorte devenu ministre de l'Intérieur, ou comme les frères La Guardia, Patricio et Tony, fondateurs des troupes spéciales, la garde rapprochée du *Líder Máximo*, l'élite de l'élite, ou encore comme Dioclès Torralba, le ministre des Transports. Il était impensable qu'une rébellion puisse émaner d'eux. Ces quatre hommes avaient consacré trente ans de leur vie à défendre Fidel Castro, à lui sauver la vie à de multiples reprises, et avaient fini par entretenir avec lui des relations d'une grande intimité.

De fait, ils savent tout de lui. Tony de La Guardia, par exemple, fait partie des rares personnes à avoir accès presque dans la minute au bureau du *Comandante*, dans le palais de la Révolution. Quand il débarque chez Fidel Castro, contrairement à la plupart des ministres et autres hiérarques du Parti, il n'attend jamais. Pour lui, le « Numéro Un » – comme l'appelle Tony par référence à la série américaine *Le Prisonnier*, qui raconte l'histoire d'une île kafkaïenne où une bulle géante empêche les habitants de s'enfuir – interrompt une réunion ou un rendez-vous si nécessaire. Au palais de la Révolution, Tony de La Guardia évolue comme chez lui. Castro ne peut oublier les dizaines de parties de pêche sous-marine qu'il a faites avec lui et parfois avec Patricio, son frère jumeau. Il ne peut oublier les opérations secrètes que les deux hommes ont montées, en concertation directe avec lui, aux quatre coins du globe. Les frères La Guardia sont presque des fils pour lui. Il les a connus au début des années soixante, quand ces deux enfants de la grande bourgeoisie cubaine, étudiants en Floride, ont choisi l'aventure de la révolution. Geste remarquable : ils ont alors offert leur propre yacht à l'État et l'ont baptisé *El Yate del Comandante*. C'est à eux qu'il a *confié* sa propre sécurité à de nombreuses reprises. C'est eux qu'il a envoyés sur les missions les plus délicates, les plus dangereuses.

Les jumeaux ne sont pas des militants communistes. Ce sont des aventuriers davantage que des idéologues. L'un, Patricio, plus discret, plus posé, est Aramis ; l'autre, Tony, plus flamboyant, plus volubile, est d'Artagnan. Ce sont des « James Bond rouges », portant jeans et Ray Ban. Après trente ans d'action, à l'approche de la cinquantaine, ils ont, tout comme Ochoa, besoin de souffler. Leur passion commune : la peinture ; Patricio verse plutôt dans l'impressionnisme, Tony fait dans le naïf caribéen. Ce dernier a un autre violon d'Ingres qui surprend ceux qui l'ont connu dans la jungle du Nicaragua ou dans l'enfer du palais de la Moneda, à Santiago du Chili, en 1973 : la culture des orchidées.

Dans le patio de sa maison de Miramar, l'agent secret, chaussé de sandales Hô Chi Minh, surveille ses fleurs avec une patience et une minutie d'horloger. Ce hobby est pour lui comme un exercice de méditation. Le guerrier, spécialiste des opérations aéroportées, des attentats, des enlèvements d'opposants, tireur d'élite et baroudeur infatigable, n'a plus la même flamme qu'aux temps grandioses de la Révolution. Il a envie de rédiger ses Mémoires. Il a déjà choisi le titre : *Appelez-moi Antonio*.

Tony s'est remarié avec Maria Elena, la fille de Dioclès Torralba, ancien soldat de l'armée rebelle et meilleur ami d'Arnaldo Ochoa, avec qui il a effectué ses études militaires à Moscou. Malgré les années, les luttes de pouvoir au sein de la haute hiérarchie militaire, Arnaldo et Dioclès sont soudés comme deux frères. Ils se confient régulièrement l'un à l'autre. Entre eux s'est noué un lien plus fort même que la révolution : l'amitié.

C'est ce groupe quasi familial qui inquiète et obsède Raúl Castro. Il les soupçonne de jouer les conjurés. Ils se réunissent trop souvent les uns chez les autres. Ils sont de plus en plus insolents. La *técnica* de ses services de contre-espionnage a révélé que les « mousquetaires » multipliaient moqueries et quolibets à l'encontre de Fidel, mais avec une maîtrise consommée : quand ils sont « sous contrôle », c'est-à-dire dans des zones d'écoutes, ils se montrent d'une extrême prudence. Ces privilégiés évoluent au cœur du système, au plus haut niveau de la « ladacratie », cénacle des conducteurs de Lada, voitures est-allemandes réservées aux hiérarques cubains dans un monde que le citoyen ordinaire ignore. Les membres de cette caste ont accès au dollar, aux voitures neuves, aux supermarchés diplomatiques où la nourriture fine, l'électroménager et les chaînes hi-fi abondent. Leurs enfants fréquentent des écoles spéciales. Ce n'est évidemment pas là ce qui inquiète Raúl Castro. En revanche, la puissance qu'ils commencent à représenter les rend à ses yeux « potentiellement » menaçants.

Un groupuscule politique ne peut exister à Cuba que s'il reste confiné à un cercle familial ; dans ce cadre hermétique, il devient plus difficile à pénétrer. Or, c'est typiquement le cas du « clan » Ochoa. Quand, en février 1989, Patricio de La Guardia, délégué du ministère de l'Intérieur en Angola, est reçu à son tour par Fidel Castro, son attitude n'est plus celle d'un soldat, mais d'un homme politique qui ose contrer son maître. Il lui décrit sans précautions la réalité de la situation sur le terrain, lui démontre à quel point Cuba est devenue quantité négligeable dans les accords de paix, les Américains ayant repris complètement le dossier à leur compte. Furieux, Fidel lui tourne le dos et l'éconduit sans même un salut ni un regard.

Comme Arnaldo Ochoa, le général Patricio de La Guardia n'est plus aussi docile qu'auparavant. Pour le *Comandante*, ces signes-là ne trompent pas : ces deux hommes, jusqu'alors indéfectiblement attachés à sa personne, se détournent de lui tout comme s'éloigne de lui le peuple cubain. Un peu partout dans le pays fleurissent des graffitis contre lui. On peut lire de plus en plus souvent « À bas Fidel Castro ! » sur les murs des quartiers déshérités de La Havane et de sa banlieue. Le mythe est en décomposition avancée. La politique de « rectification des erreurs », qui renvoie le pays à l'âge des cavernes, n'a plus de « justification morale », pour reprendre l'expression du chef de l'État. Le clan Ochoa ne fait qu'exprimer ce que pense la majorité des Cubains. De Pinar del Río à Santiago, les gens sont fatigués des délires du *Líder Máximo*. Des actes de rébellion de plus en plus insensés sont commis. Des jeunes gens vont jusqu'à s'inoculer le sida pour devenir « indésirables » et être expulsés du pays ! D'autres tentent de rejoindre les côtes de Floride, accrochés à des chambres à air volées sur des camions. Ces *balseros*, comme on les surnomme, livrés aux courants incertains de la mer des Caraïbes et aux requins, parviennent rarement à destination. Il y a aussi toutes ces familles endeuillées par la guerre d'Angola ou qui ont récupéré un fils atteint par le virus VIH. Ce conflit de l'autre bout du monde est un traumatisme que Castro ne soupçonne pas ou plutôt ne veut pas entrevoir. Or, Arnaldo Ochoa et son groupe en sont les figures emblématiques. Ils sont les soldats perdus d'une histoire à bout de souffle.

Fidel Castro commence alors à prendre au sérieux les craintes de son frère cadet. Dès le mois de mars 1989, il ordonne au service de contre-espionnage du ministère des Armées, la DGI, de surveiller le clan Ochoa et surtout d'empêcher toute fuite d'un de ses membres à l'étranger.

Les frères Castro entendent éviter à tout prix une nouvelle défection après celle du général Rafael del Pino, officier supérieur de l'armée de l'air, numéro deux de la défense antiaérienne, qui s'est envolé pour les États-Unis à bord d'un Cessna 402, le 28 mai 1987, et a atterri sur la base militaire de Boca Chica, à Key West. Il a livré aux services secrets US de nombreuses informations sur le système de protection de l'espace aérien de l'île, mais aussi sur la vie privée des dirigeants cubains. Il est surtout coupable d'un outrage qu'aucun militaire d'un tel grade n'avait jusque-là osé commettre : faire un bras d'honneur à Fidel ! Celui-ci n'a pas encaissé cette dangereuse « désertion ». Il a besoin de faire un exemple dans la haute hiérarchie militaire afin de refroidir l'ardeur des candidats au départ. S'il ne réagit pas, c'est la moitié de l'état-major qui risque en effet de faire défection. Il demande alors à Tony de La Guardia d'organiser une opération « homo » (expression commune à tous les services secrets, qui signifie « éliminer physiquement ») contre le transfuge. Mais la mission se révèle très délicate. D'abord parce que l'« officier félon » bénéficie d'une protection on ne peut plus efficace des Américains, bien décidés à protéger la vie d'une si précieuse source d'informations. Ensuite parce que Tony de La Guardia traîne les pieds. Il ne semble pas enthousiaste et invoque toujours quelque bonne raison technique pour retarder sa mission. C'est que, pour lui, le général del Pino n'est pas un militaire ordinaire. C'est un ami intime avec qui il déjeunait régulièrement à la Maison, mais c'est aussi un proche d'Arnaldo Ochoa. Écartelé, en proie à une crise de conscience, le colonel de La Guardia ne se résout pas à perpétrer un tel acte. On lui demande de tuer son « frère » pour les beaux yeux de la Révolution ? En 1989, Fidel Castro n'a donc pas changé : il se croit toujours dans la sierra, dans une guerre messianique où l'on condamne les traîtres à mort et où la sentence est appliquée sur-le-champ. Mais, cette fois, ses meilleurs soldats, chargés de l'exécution, calent. Trente ans après la guérilla, ils lèvent le pouce.

Cette mansuétude de Tony à l'égard de Rafael del Pino est aussi incompréhensible qu'impardonnable aux yeux des frères Castro. Carlos Aldana, secrétaire à l'idéologie au sein du Comité central du Parti communiste, en parle au meilleur ami de Tony, l'écrivain Norberto Fuentes, le 17 avril 1989, au cours d'une rencontre au palais de la Révolution. Prévenu de la mauvaise humeur du *Comandante*, Tony de La Guardia n'y accorde guère d'importance. Pourquoi s'inquiéter ? Quoi qu'il arrive, il fait partie de la famille. On n'efface pas trente ans de fidélité à un homme pour une simple « hésitation », un scrupule de conscience. Sans compter qu'ils ont rendu tellement de services à Castro !

Tony, surtout, qui a accepté, au début des années quatre-vingt, de diriger le département « Z » de la Cimex, une société commerciale dépendant du ministère de l'Intérieur. Créée en 1977 pour contourner l'embargo américain, elle était chargée de faire de la contrebande et placée sous la houlette du Chilien Carlos Alfonso, alias Max Marambio, celui-là même qui était aux côtés de Salvador Allende au moment de sa mort durant l'assaut contre le palais de la Moneda. Apparemment, rien là d'exceptionnel : tous les services secrets contrôlent des sociétés commerciales aux activités douteuses qui leur permettent de se constituer des trésors de guerre, en d'autres termes de l'« argent noir » destiné à financer leurs actions clandestines. Cuba ne déroge pas à la règle. Le département « Z » est constitué d'un groupe d'agents de renseignement transformés en voyageurs de commerce. Ils trafiquent du matériel électronique, des cigarettes, des cigares, du champagne et tout ce qu'on peut leur proposer d'autre. Un seul but : rapporter des dollars. Sur ordre de Fidel Castro, Tony de La Guardia s'est donc fait contrebandier. Pour lui, il s'agissait d'une activité secrète comme une autre. Certes, ses hommes, à force de vivre au contact des trafiquants, « gringos » ou « latinos », ont peu à peu fini par leur ressembler. Ils sont environ une vingtaine, et on les a tous vus porter les plus belles Rolex, arborer Ray Ban et costumes de marque.

Parmi ses missions « marginales », Tony a dû « traiter » un escroc américain en fuite, un trafiquant de drogue nommé Robert Vesco, installé à Cuba depuis le 12 octobre 1982. Alors que le fugitif est recherché par toutes les polices américaines pour de multiples escroqueries, Castro lui a offert le gîte et le couvert. Il a même prié ses services de le « bichonner », car Vesco – alias Tom pour les services secrets cubains – présente une particularité : c'est un expert en paradis fiscaux. Or, le *Líder Máximo* rêve de transformer Cayo Largo, îlot situé au sud de la grande île, en paradis fiscal, une sorte de Grand Caïman socialiste, une « lessiveuse d'argent sale » version marxiste-léniniste ! C'est José Abrantes, vice-ministre de l'Intérieur, proche parmi les proches, son ancien chef d'escorte, qui gère dans le plus grand secret ce dossier ultrasensible. Fidel lui a ordonné de ne pas informer les gens du ministère de la Défense, pas même son propre frère Raúl. Comme toujours, le *Comandante* compartimente ses affaires « réservées ».

Pendant deux ans, on a étudié le dossier avec l'aide du paria Robert Vesco. On a parlé de faire de Cayo Largo un nouveau « Hong Kong de la finance ». Castro a même proposé à Norberto Fuentes de servir de « nègre » à Roberto Vesco qui souhaitait raconter sa biographie ! Après tant d'autres, « Tom » est devenu à son tour l'homme providentiel dont Fidel s'est entiché. Il est aux petits oignons avec lui. Dans le même temps, José Abrantes crée une holding tentaculaire, Acemlex *(Actividad de Empresas en el Exterior)*, qui supervise une myriade de sociétés disséminées dans le monde entier. L'heure est plus que jamais à la chasse aux dollars. Les relations catastrophiques avec l'équipe de Mikhaïl Gorbatchev ne laissent pas d'autre issue au régime castriste : il lui faut impérativement de l'argent frais pour alimenter ses caisses noires, afin de continuer à « propager la révolution ». Tel est le « job » de Tony de La Guardia : aider à renflouer le régime castriste avec de l'argent sale.

Durant les premières années, tout paraît simple : les affaires tournent. Le matériel de contrebande est introduit dans les cercles privilégiés du régime. Le produit en dollars des ventes clandestines à l'étranger – comme les langoustes, le sucre, les cigares – rentre dans les caisses de la Cimex. Bientôt, on demande à Tony de La Guardia d'accroître le rendement. Durant l'été 1985, il transforme le département « Z » en département « MC » (Monnaie convertible), placé sous la tutelle directe et attentive de Castro, pour investir un secteur bien plus rentable et glaner des millions de dollars : le commerce de la drogue. Les Cubains ne sont certes pas des novices en ce domaine. Sous la houlette d'un autre proche du *Líder Máximo*, Manuel Piñeiro, surnommé Barberouge, chef du département « Amérique latine » du Comité central du PC, autre domaine réservé de Fidel, ils ont déjà monté plusieurs opérations d'échange « armes contre drogue » avec les guérilleros colombiens du M19 ou avec les sandinistes du Nicaragua. Ils ont même organisé l'enlèvement de personnalités dans des pays étrangers, par les soins des Montoneros argentins qui leur remettaient le montant des rançons pour le placer à Cuba. Ils ont récupéré le butin de hold-up perpétrés sur le territoire américain, sans doute par des agents cubains. Dans leur guerre contre l'impérialisme, les fidélistes n'ont jamais connu d'états d'âme, mais toutes ces affaires étaient montées au coup par coup, de manière sporadique et plutôt artisanale. Cette fois, Fidel Castro demande à Tony de La Guardia de passer au stade industriel.

Plusieurs services cubains ont déjà trafiqué de la marijuana, plus rarement de la cocaïne. Pourquoi ne pas profiter de la position stratégique de Cuba entre la Colombie et la Floride ? Lui-même avait testé, à la fin de 1981, les capacités de défense des douanes américaines en fonçant dans le plus grand secret à bord d'une vedette rapide, l'*Oiseau Bleu*, dans les eaux du golfe du Mexique, pour atteindre sans encombre le port de Cozumel dans le Yucatán. Ses proches n'avaient vu là qu'un jeu destiné à narguer les autorités américaines. Cette fois, on ne rit plus. L'« opération Rescate » (Sauvetage) est une affaire d'État. Mais Tony de La Guardia ne doit surtout pas en informer le ministre de l'Intérieur, Ramiro Valdés, qui, comme certains caïds du Milieu, est capable de commettre de très vilaines actions pour le compte de la « Famille » – mais « la drogue, ça, jamais » ! Ramiro Valdés a des principes. À tel point qu'il demande à plusieurs reprises des ordres écrits au *Comandante* quand ce dernier le lance sur une affaire qui sent un peu trop la « poudre ».

Valdés, le soldat fidèle et obéissant, l'homme qui conduisait le premier véhicule durant l'assaut de la Moncada, le 26 juillet 1953, l'« ombre » de Fidel, figure historique de la révolution, ne tarde pas à être écarté sans ménagement. Castro, aux abois, n'a pas le temps de finasser. Il le remplace aussitôt par José Abrantes. Désormais, l'argent des trafics est remis directement à ce dernier ainsi qu'à Pepe Naranjo, l'assistant personnel de Fidel. Cet argent n'est pas « sale », puisqu'il est destiné à sauver le pays du désastre : c'est du moins ce que croient les hommes du département « MC » du ministère de l'Intérieur. Ceux-ci sont le dernier rempart, l'ultime digue avant l'effondrement.

À partir de 1986, les trafiquants de drogue en provenance de Colombie bénéficient d'un droit de passage à Cuba. Ils atterrissent dans un premier temps sur une piste aménagée près du port de Varadero, y déposent la marchandise, repartent très vite et laissent les Cubains la transporter jusqu'aux vedettes rapides qui attendent discrètement dans une anse de la mer des Caraïbes. Peu à peu, pour plus de prudence, les avions lâcheront la cocaïne en mer, sous la haute mais discrète surveillance des gardes-côtes cubains. Les vedettes récupèrent les ballots de drogue avec l'aide des équipes de Tony de La Guardia, puis fendent les eaux, destination la Floride.

Le rythme des livraisons va crescendo. En 1987, le nombre des « bombardements » est de un à trois par semaine. En 1989, il est de trois à cinq. Bien sûr, ce manège ne tarde pas à être repéré par les douanes américaines qui infiltrent plusieurs réseaux impliquant les Cubains. Mais, à Washington, le département d'État ne semble pas pressé de vouloir déstabiliser le régime castriste. Au plus haut niveau de l'administration américaine, on préfère geler le dossier. Pourquoi ? Pour tenir politiquement Fidel, rien de mieux qu'un dossier qui ne sort pas, un scandale que l'on garde par-devers soi, à utiliser dans des négociations futures. À plusieurs reprises, la justice américaine est ainsi « freinée » dans ses élans contre les trafiquants cubains.

C'est dans ce contexte à haute tension que Fidel Castro reçoit, le 1er avril 1989, son « ennemi mortel » : Mikhaïl Gorbatchev en voyage officiel. Face aux caméras, les délégations sont tout sourire. Pourtant, le séjour du premier secrétaire soviétique a bien failli ne pas avoir lieu. Durant tout le mois de mars, les services du protocole des deux chefs d'État se sont livré une lutte sourde, révélatrice du degré de défiance qui règne entre les deux hommes. Castro voulait à tout prix que son hôte visite le pays à bord d'une voiture décapotable. « Il y a eu une sacrée lutte pour choisir le type de véhicule qui devait transporter Gorbatchev, se souvient Nikolaï Leonov. Le Premier soviétique tenait absolument à une voiture blindée. Castro considérait que c'était un acte inamical que de ne pas se montrer en chair et en os au peuple cubain. » Chez les gens du KGB, l'insistance mise par Fidel à vouloir promener son invité « à ciel ouvert » était jugée on ne peut plus suspecte. Le dictateur aurait-il eu la vague idée d'exposer le père de la *perestroïka* aux balles d'un tireur d'élite (américain, si possible), comme un remake de l'assassinat de Kennedy, à Dallas, où des Cubains ont été impliqués ? L'atmosphère s'est singulièrement tendue entre les deux délégations. Les hommes du KGB ont alors demandé à prendre eux-mêmes en charge la protection de leur patron. Finalement, un compromis a été trouvé : Gorbatchev voyagera tantôt en décapotable, dans des zones urbaines où les postes de tir sont plus rares, tantôt à bord d'une limousine couverte ; il annulera aussi certains déplacements jugés par trop risqués par ses services. Officiellement, la bisbille est étouffée.

Au cours de sa visite, Mikhaïl Gorbatchev ne montre rien de sa nervosité. Fidel Castro, lui, surveille le « fossoyeur du communisme » et ne parvient pas à le séduire. Décidément, il ne l'aime pas. Le Russe est trop lisse, impénétrable. Lui, qui a envoûté tant de grands leaders planétaires, se sent désarmé face à cette machine intellectuelle à produire de la géostratégie. Il remarque par ailleurs que Mikhaïl Gorbatchev témoigne d'un faible certain pour Arnaldo Ochoa, à qui il parle en russe à la moindre occasion. Le *Comandante* rumine ; il a le sentiment d'être tout bonnement évacué de la conversation. Ainsi, croit-il, les deux hommes se connaissent et semblent même entretenir d'excellentes relations ! À cet instant précis, Castro n'a pas encore pris la décision de nommer le héros de la guerre d'Angola à la tête de l'armée d'Occident. Les œillades de « Gorby » à l'adresse de l'ancien élève de l'académie Vorochilov font définitivement basculer le *Comandante* dans le camp de son frère Raúl. Désormais, Arnaldo Ochoa devient aussi son pire ennemi. À la première occasion, il l'empêchera de nuire.

Dans un bureau des douanes d'Islamorada, près de Key Largo, Dave Urso, jeune fonctionnaire de 34 ans, est en train de monter la plus folle opération jamais imaginée par les gabelous américains. Il a en ligne de mire le ministre de l'Intérieur cubain, José Abrantes, qu'il soupçonne d'être le vrai patron du réseau de trafic de drogue. Plusieurs dossiers, en particulier l'affaire Reynaldo Ruiz – un trafiquant cubain de Miami, inculpé le 2 février 1988 par le tribunal de Floride –, lui permettent de remonter jusqu'au sommet de la pyramide. Au-dessus d'Abrantes, il n'y a qu'un seul homme : Fidel Castro. Si son projet aboutit, Dave Urso deviendra l'homme le plus célèbre de toute l'histoire des douanes, celui qui a fait chuter le tyran communiste.

Par les témoignages d'agents de la DEA infiltrés dans certaines opérations de convoyage de drogue, Urso sait que les autorités cubaines sont « mouillées » au plus haut niveau. Il a besoin d'appâter José Abrantes, de l'attirer dans un guet-apens, hors du territoire cubain, de le prendre alors en flagrant délit et de l'arrêter. L'« opération Greyhound » (en français : « Lévrier ») est lancée. Le 29 avril 1989, un certain Gustavo Fernández, surnommé « Papito », est exfiltré de sa cellule alors qu'il purgeait, en Floride, une peine de plus de cinquante ans pour un trafic portant sur 500 tonnes de marijuana. Le trafiquant va servir d'appât. Il est richissime, possède une flottille de plusieurs centaines de vedettes rapides et peut donc mettre à la disposition de La Havane une armada de petits bolides marins – les « lévriers » – qui fendent l'eau plus vite que l'éclair et peuvent rapporter d'énormes moissons de devises à la nomenklatura cubaine. Son fils Pablo, pilote, est chargé de nouer les contacts avec La Havane. Au bout de quelques semaines, il parvient à rencontrer José Abrantes à qui il propose un marché mirifique : l'importation de matériel de haute technologie militaire dans le domaine de l'espionnage aérien – en particulier des appareils de brouillage de l'observation par satellite – en échange de l'autorisation de faire transiter plusieurs cargaisons de cocaïne par Cuba. Prudent, José Abrantes demande des précisions sur le vendeur de matériel militaire US. Il insiste sur les garanties nécessaires au succès d'un coup aussi énorme. Mais l'homme est aussi un ambitieux. S'il réussit, il deviendra tout-puissant à Cuba. Il rêve depuis longtemps de remplacer Raúl Castro au poste de ministre de la Défense. Il s'est même fait confectionner en cachette un uniforme de général de corps d'armée, qu'il garde précieusement dans un placard, à son domicile, pour l'endosser le moment venu. José Abrantes ne cache pas non plus ses inclinations gorbatchéviennes : il est l'un des rares proches de Castro à être intervenu au Bureau politique du PC, à l'automne 1988, en faveur de la *perestroïka*. Il l'a fait, certes, avec d'infinies précautions oratoires, mais il a osé.

Le frondeur, comme Ochoa et ses amis, est mis à son tour sous surveillance de la DGI, le contre-espionnage militaire. Fidel suit désormais pas à pas les petites affaires de son « âme damnée ». Après plusieurs rendez-vous avec le jeune Pablo à La Havane, José Abrantes semble mordre à l'hameçon. La livraison se fera dans le courant de juin, à Dog Rocks, une poussière d'îlots, dans la mer des Caraïbes, non loin des bancs de sable de Cay Sal. Abrantes sera présent au rendez-vous.

Dave Urso et ses hommes déploient alors d'énormes moyens. L'« opération Greyhound » est en passe de réussir. La proie est presque dans la nasse. Plusieurs équipes de combat de la marine sont dépêchées sur place. Un sous-marin est même réquisitionné et envoyé dans la zone pour y dissimuler éventuellement la « grosse prise ». Tout semble parfaitement « sous contrôle ». Ou presque…

Le 12 juin 1989, au Sunshine Key Camping Resort, sur une côte de Floride, Papito prépare pour le soir même une expédition de cocaïne sur Cuba, destinée à être réceptionnée sur place sous l'œil de José Abrantes. L'« opération Greyhound » va pouvoir entrer dans sa phase « active ». Mais voici qu'en fin de matinée la taupe des douanes américaines se volatilise subitement. « Papito » ne réapparaîtra plus. Qui l'a fait disparaître ? La CIA, qui n'avait aucune envie de voir José Abrantes finir ses jours dans une geôle de Floride ? ou des agents cubains venus « faire le ménage » et enrayer une opération qui eût risqué de se révéler mortelle pour le pouvoir castriste ?

Curieuse coïncidence : le même jour, le général Arnaldo Ochoa et Dioclès Torralba sont arrêtés. La grande opération de « purification » conçue par le *Líder Máximo* est engagée. Elle est foudroyante.

Il n'a pas dormi de la nuit. La veille, il a passé quatorze heures d'affilée enfermé dans son bureau du palais de la Révolution, avec son frère et les principaux chefs du *Minfar*. Quelques jours plus tôt, son nouvel ami, le dictateur panaméen Noriega, l'a averti qu'un complot se tramait contre lui. Pour lui, il n'y a plus le moindre doute : l'équipe Ochoa, Torralba, les frères La Guardia et probablement José Abrantes font partie de la conspiration. Il faut agir vite. L'accusation de trafic de drogue va devenir l'arme absolue pour tuer dans l'œuf la conjuration et, dans le même temps, couper l'herbe sous le pied aux douanes américaines. Il faut éradiquer le mal, frapper au cœur, au sein même du ministère de l'Intérieur, devenu un repaire de « putschistes », croit-il. La « Nuit de cristal » – expression chère à Raúl Castro – démarre.

Il convient de procéder avec minutie, de ne pas frapper au hasard, de protéger certains, comme Luis Barreiro, adjoint de José Abrantes, mais surtout beau-père du fils de Castro (sa fille est l'épouse de Fidelito), qui recevait lui aussi l'argent de Tony de La Guardia. Dans son bureau transformé en QG opérationnel, Castro est comme tétanisé. Tendu, l'œil noir, haineux, il lui faut encore une fois trancher, éliminer ses propres « enfants », ses plus proches collaborateurs. N'a-t-il pas aimé Tony comme son propre fils, et peut-être même davantage ? N'a-t-il pas fait de Dioclès Torralba un vice-Premier ministre, un personnage incontournable de la république socialiste ? Il a toujours prétendu qu'il ne se voyait pas dans le rôle de Saturne, dieu cruel dévorant sa propre progéniture. Il suggère à ses interlocuteurs qu'on pourrait juger tous ces hommes, puis les exfiltrer quelque part où ils finiraient tranquillement leurs jours. Il évoque un discret exil d'Ochoa sur Cayo Largo : « Il pourrait reprendre là-bas la direction d'un hôtel, puisqu'il a envie de vivre dans une maison sur pilotis, souffle-t-il. Nous pourrions même recourir à la chirurgie esthétique pour certains… » S'agit-il là d'une ruse grossière du *Comandante* pour amadouer ses généraux et garder les mains libres ?

Pour lui, le sort d'Ochoa est en fait scellé depuis le 9 juin. Ce jour-là, au quatrième étage du ministère de la Défense, dans le bureau de Raúl Castro, le héros de la campagne d'Angola, est sorti de ses gonds. Se départant de toute prudence, il a traité les frères Castro de « grands lâches » et a même failli en venir aux mains avec le ministre. Le tête-à-tête a été aussi acerbe que cinglant. A-t-il alors traité les Castro de « pédés », comme certains militaires l'insinuent ? En tout cas, Arnaldo Ochoa a révélé la vraie nature des sentiments qu'il avait étouffés depuis tant d'années. Car cela fait longtemps qu'il pense que le *Líder Máximo* est un « fou dangereux », mais il était pris dans la toile d'araignée tissée par Castro sur le thème du mythe de la Révolution, de l'exaltation des martyrs, des héros disparus, de la citadelle assiégée. Cuba, forteresse immobile et cruelle, attendant impassiblement une improbable invasion. Cuba, désert des Tartares baignant dans la moiteur tropicale, dérivant comme un radeau sur l'océan. Cuba, dernière utopie avant le précipice. Par fidélité, par ambition ou par aveuglement, Arnaldo Ochoa, comme son maître Camilo Cienfuegos trente ans plus tôt, n'a jamais pu vraiment desserrer l'étreinte du mystificateur. Après sa violente altercation avec Raúl Castro, il sait néanmoins qu'il est sur la voie du non-retour.

Quelques jours plus tôt, il a appris de la bouche du « petit frère » qu'il était « moralement » indigne d'occuper le poste de chef de l'armée d'Occident, alors que sa nomination a déjà été entérinée par le Comité central du Parti, par la Commission de contrôle des cadres et par le commandant en chef lui-même. Raúl a dénoncé ses turpitudes en Angola : une maîtresse, Patricia de la Cruz, envoyée là-bas clandestinement, des trafics de toutes natures : ivoire, bois précieux, diamants… Mais le ministre de la Défense lui a dit que les choses pourraient néanmoins s'arranger. Le rêve de Cayo Largo…

C'est le bruit que Fidel fait courir auprès de ceux dont la chute est annoncée : « La Révolution ne vous abandonnera pas. Il faut des sacrifiés, des boucs émissaires. Vous êtes encore une fois en mission. À l'issue du procès, la Révolution, bonne fille, vous libérera et tout rentrera dans l'ordre. » Pour sauver une révolution à laquelle ils ne croient plus, Arnaldo, Tony et les autres deviennent les « enfants livrés au Minotaure » américain. Tony et Patricio de La Guardia en sont eux aussi convaincus quand ils sont arrêtés, quelques heures après le général Ochoa. Tony envisage même déjà de s'installer en Europe pour pouvoir vivre de sa peinture.

Un homme a entendu cette version dans les couloirs mêmes du palais de la Révolution : Dariel Alarcón Ramirez, alias Benigno, l'ami d'Ochoa. En 1988, Fidel l'a nommé chef du bataillon de sécurité de ce paquebot de béton, à la tête d'un millier d'hommes. Comme de nombreux cadres du régime, lui aussi croit à une ruse de Castro pour se sortir du piège que lui ont tendu les douanes américaines. « La rumeur courait dans tout le palais qu'Arnaldo, Tony et les autres allaient être jugés pour calmer les Américains, et surtout sortir Fidel du pétrin, raconte Benigno. Ensuite il les planquerait quelque part, bien à l'abri. On a beaucoup parlé de Cayo Largo pour Ochoa. Franchement, nous n'étions pas inquiets. »

Le 30 juin 1989, dans la Salle universelle, au siège du *Minfar*, place de la Révolution, le « procès-alibi » s'ouvre dans un étrange climat. Tous en civil, en jeans et chemises à carreaux, comme des espions américains, les quatorze accusés n'ont pas l'air dans leur assiette. Depuis leur arrestation, tous ont subi un traitement de choc généralement réservé aux dissidents : on les a empêchés de dormir en diffusant dans leur cellule, Villa Marista, une lumière artificielle d'une rare violence, et en les tenant éveillés par l'émission de bruits en permanence. Peu à peu, ils ont perdu toute notion du jour et de la nuit, puis du vrai et du faux. Ils ont été transformés en zombies. On les a briefés avant l'audience : ils ne doivent jamais évoquer d'autres gens que ceux présents dans le box des accusés, ne jamais citer de noms de responsables situés hiérarchiquement au-dessus de Tony de La Guardia. Fait extraordinaire : la veille, José Abrantes a été destitué de son poste de ministre de l'Intérieur sans être arrêté, mais il est rigoureusement interdit de parler de lui.

Comme il l'a toujours fait, Castro est à la manœuvre, installé dans une salle située au-dessus du tribunal, d'où il peut assister aux débats derrière une glace sans tain. À ses côtés, Gabriel García Márquez, invité de marque, selon l'écrivain cubain Norberto Fuentes, observe cette pièce étrange. La salle en pente ressemble à un théâtre avec ses gradins. L'écrivain colombien, fasciné par la « dramaturgie cubaine » orchestrée par son ami, joue là un rôle bizarre. Lui aussi est comme pris au piège, embarqué dans le cycle des violences et de la peur. Dans le même temps, il est aux premières loges, voyeur littéraire et spectateur attentif.

Dans le box, seul le général Ochoa paraît un peu plus lucide que les autres. On ne l'a pas laissé comparaître en uniforme. Quatre jours plus tôt, le 26 juin, un tribunal militaire composé de quarante-sept officiers l'a dégradé, chassé de l'armée, et lui a confisqué les neuf décorations qu'il avait gagnées au combat. Le « héros de la République » n'est plus qu'un citoyen lambda. Il n'est plus membre du Comité central. Il n'est plus rien. Arnaldo est redevenu le « *guajiro* de Holguín ». Au cours de ce procès éclair devant ses pairs, il a tout avoué. Il avait l'air drogué, épuisé. Cette fois, il paraît reposé. Il se remémore le terrible discours que Raúl Castro a prononcé dans cette même salle, le 14 juin, devant plus de mille officiers. Un moment aussi pathétique que grotesque.

Le « petit frère » devait justifier ce jour-là l'arrestation du « héros de la République » devant un parterre de galonnés. Bafouillant, se perdant dans ses notes, il avait paru à moitié ivre, multipliant les incohérences, se noyant dans un verbiage marxiste de pacotille, mais, au bout d'un long tunnel rhétorique donnant à penser qu'il avait perdu la raison, il avait fini par lâcher comme par inadvertance l'essentiel. Quel crime avait commis « le Chacal » ? Raúl Castro avait fourni la réponse : Ochoa faisait partie de ces « imbéciles », de ces « stratèges de café du Commerce » dont les critiques « se concentrent plus que jamais sur la figure du commandant en chef ». Il avait poursuivi en lançant un avertissement à tous les officiers « gorbatchéviens » : « Messieurs, celui qui n'aime pas notre socialisme peut demander à partir aux États-Unis… Tous ceux qui veulent partir d'ici, qu'ils s'en aillent !… Nous sommes déjà 88 Cubains au kilomètre carré… Ils peuvent aussi aller en Pologne ou en Hongrie… et même… (il avait hésité, puis lâché sur un ton de profond mépris :) en Arménie ! »

Ceux qui n'avaient pas compris sont à présent fixés : c'est bien Ochoa le gorbatchévien et ses complices qu'on s'apprête à immoler. Tous les « putschistes potentiels » sont désormais prévenus. Ils vont assister à un grand procès politique de type stalinien, le dernier « procès de Moscou » du XXe siècle. Comme dans n'importe quelle audience stalinienne, les protagonistes sont toujours les mêmes. Les avocats ? Des agents de la Sécurité. Les magistrats aussi. Le procureur, Juan Escalona, ministre de la Justice, caricature du bureaucrate, a ressorti pour l'occasion son vieil uniforme de général. Chaque jour, il rend visite à Fidel et fait le point avec lui sur l'avancement des débats. Il suit mot pour mot les consignes du tyran qui le surveille depuis son poste d'observation, au-dessus des gradins du tribunal. Tous les accusés jouent eux aussi leur rôle : ils reconnaissent leur culpabilité et demandent pardon à la Révolution.

Ils sont encore persuadés d'être les acteurs d'un mauvais film qui va bientôt s'arrêter. Ils ont encore confiance. Castro ne fait-il pas retransmettre par la télévision nationale une bonne partie du procès, preuve que tout est transparent puisque, pour la première fois, le peuple cubain est convié au spectacle ? Mais l'attitude d'Arnaldo Ochoa commence à les décontenancer. Il se montre si ironique, si distant, comme s'il avait déjà compris que le peloton d'exécution était l'aboutissement logique de toute cette mascarade. Peu à peu s'insinue en eux l'idée que Fidel leur a peut-être menti. Ses éditoriaux dans *Granma*, toujours anonymes, mais dont tout le monde sait qu'ils sont rédigés par lui, les inquiètent. Il y réclame la peine de mort pour certains accusés. S'agit-il là encore d'une simple ruse destinée à sauver les apparences ?

Au fil des débats, on sent un certain flottement parmi les accusés qui ont pu entr'apercevoir leur famille et qui, de ce fait, se sentent un peu moins seuls au monde. Depuis son poste d'observation, Fidel Castro surveille la représentation et en choisit les meilleurs extraits. Il se fait réalisateur, censeur, truqueur. Chaque soir, les Cubains ne manquent pas une minute des passages où figure Arnaldo, leur nouvelle idole. Le proscrit devient une véritable vedette de feuilleton. Son procès est bien plus palpitant que n'importe quelle *telenovela*. Le *Líder Máximo* vient d'inventer la télé-réalité extrême, spectacle plus vrai que nature où des hommes ne jouent pas à gagner un voyage aux Maldives, mais leur propre peau. Dans toute l'île, l'Audimat connaît une poussée fulgurante. À l'heure du procès, les rues se vident. Les Cubains découvrent la « ladacratie », mais aussi que ceux d'en haut leur ressemblent : eux aussi sont obligés de chaparder et trafiquer pour survivre. Comme eux, ceux d'en haut mentent effrontément, trichent, courent après une poignée de dollars. La seule différence est dans l'échelle.

Quand, le 2 juillet, un des acteurs du film, le capitaine Ruiz Poo, un des collaborateurs de Tony de La Guardia, se met à dérailler et à sortir du « script » concocté par Fidel, ce dernier panique. L'inculpé, âgé de 36 ans, perd pied au cours de son interrogatoire, il se met à trembler et à pleurer. Il lâche que plusieurs des collaborateurs de Tony lui ont confié à plusieurs reprises que les trafics de drogue avaient été décidés « au plus haut niveau ». Il ajoute que Tony en a même informé le plus proche collaborateur de Raúl, le général Abelardo Colomé Ibarra, dit « Furry », au cours du mois de mai. Dans la salle, l'air se fait soudain plus lourd. Le procureur Escalona devient blême. Ruiz Poo évoque alors l'existence des *killers* du département « MC », ces tueurs utilisés pour les opérations spéciales, preuve que ce service on ne peut plus secret est directement placé sous le contrôle du *Líder Máximo* et que rien, jamais, n'a échappé à ce dernier. Enfin, il évoque l'existence d'un haut responsable, d'un « chef qui est actuellement en train de ramasser ses décorations et tous les objets présents dans son bureau, et qui se fait vraiment du mouron ». Dans la salle, tout le monde a compris : Ruiz Poo parle là de José Abrantes, l'ex-ministre de l'Intérieur, celui qui a failli faire tomber Castro. Le procureur intervient alors pour faire taire l'inculpé, il invoque sa nervosité, décrète une suspension de séance, envoie le capitaine consulter un « médecin ».

Au même moment, Castro, affolé, file jusqu'à son bureau du palais de la Révolution où il fait transporter dans le plus grand secret Tony de La Guardia. Il entend reprendre les choses en main. Il promet à Tony que tout va bien se passer comme prévu pourvu qu'il « recadre » ce jeune impulsif qui est en train de tout faire capoter. Tony ne sait plus trop quoi penser. Abruti par les tortures psychologiques qu'il a subies à Villa Marista, au terme d'un entretien d'une heure, il finit par faire encore une fois confiance au héros de la sierra Maestra. Il est ramené au tribunal où tout rentre dans l'ordre. Ruiz Poo revient dans le droit chemin. L'incident est naturellement effacé des images présentées aux Cubains. La suite du procès n'est plus qu'une farce tragique où l'on voit l'angoisse gagner imperceptiblement les traits des accusés, où l'on découvre un procureur vengeur et haineux, des avocats qui « ont honte de défendre de pareils clients », un public au garde-à-vous, prostré, figé par la peur.

Le 7 juillet, la partie de colin-maillard est finie. Le verdict tombe : quatre condamnations à mort pour Arnaldo Ochoa, Tony de La Guardia et leurs adjoints Jorge Martínez Valdés et Amado Padrón. Pour les autres, parmi lesquels Patricio de La Guardia et Miguel Ruiz Poo, des peines allant de vingt-cinq à trente ans de prison, à l'exception d'un subalterne, Antonio Rodríguez Estupinán, qui n'écope que de dix ans.

Parmi toutes les familles, c'est la consternation. Ileana de La Guardia, la fille de Tony, fonce avec son mari, Jorge Masetti, fils du meilleur ami du Che, chez Gabriel García Márquez, pour implorer son aide. N'est-il pas un ami de Tony ? Ne lui a-t-il pas offert son dernier roman, *Le Général dans le labyrinthe*, avec cette dédicace chaleureuse : « À Tony, celui qui sème le bien » ? Quand ils sonnent à la porte de l'écrivain, Castro vient juste de repartir avec son escouade de gardes du corps. Gabriel García Márquez offre le café et promet à ses hôtes de demander à Fidel la grâce pour

Tony, mais il doit partir le lendemain pour une tournée en Europe…

Jorge et Ileana n'ont plus qu'un espoir : que Fidel tienne sa promesse et gracie les condamnés, le 9 juillet, lors de la réunion du Conseil d'État, dernière instance de recours à Cuba, avant l'exécution de la sentence.

Ce jour-là, le *Líder Máximo* n'a pas l'âme magnanime. Il se permet même de réécrire l'Histoire en faisant passer Arnaldo Ochoa pour un général d'opérette. Il prétend que c'est lui, Fidel, qui, depuis La Havane, a mené les grandes batailles d'Angola. Pour étayer ses dires, il lâche : « De la mi-novembre 1987 à la fin de 1988, je ne me suis pas occupé du gouvernement, j'ai consacré tout mon temps – oui, tout mon temps ! – à cette lutte, à cette guerre ! » Il enfonce sa victime, l'humilie encore un peu plus. Il n'y a qu'un Clausewitz à Cuba : c'est lui. Il n'y a qu'un grand stratège, qu'un Napoléon Bonaparte : c'est lui, encore lui ! Emporté par sa hargne contre le condamné à mort, il ne se rend pas compte qu'il est en train de confesser aux Cubains que, durant plus d'un an, il les a totalement oubliés. Qu'il n'a pensé qu'à sa carte de l'Afrique, aux divisions blindées miniatures et aux petits drapeaux qu'il pouvait déplacer sur son tableau. Seule l'idée de guerre le comble. Le monde quotidien le plonge dans un état d'abattement dont il ne sort qu'en s'inventant des ennemis. C'est sans doute ce qui fascine chez lui Gabriel García Márquez, maître du « réalisme magique ». Il a en face de lui un Tirano Banderas[1] plus vrai que nature, un personnage digne à la fois de Dante, de Cervantès et de Shakespeare, qui n'aime et ne supporte que les tem-

1. Personnage-titre du roman *Tirano Banderas* (1926), de l'écrivain galicien Ramón del Valle-Inclán.

pêtes, un démiurge génial et pathétique dont la vie n'est à perte de vue qu'une immense mare de sang. García Márquez dit : « Cuba, c'est Macondo ! » Et Castro le maître de ce monde ensorcelé. Comment ne pas se passionner pour un héros aussi colossal ?

Le 13 juillet, peu avant minuit, Castro file à l'ouest de La Havane, à Baracoa, tout près de l'école militaire Camilo Cienfuegos. Il tient à assister au supplice. Il a demandé qu'une équipe de télévision filme l'exécution. Il n'a pas daigné répondre aux suppliques des familles des condamnés. À quoi bon ? A-t-il invité Gabriel García Márquez, témoin et conseiller occulte, bonne conscience du tyran, jusqu'au terrain vague où Arnaldo Ochoa va être criblé de balles ? ou le Prix Nobel est-il déjà parti pour sa « tournée en Europe » ?

Face aux sept hommes du peloton, Ochoa se montre noble et serein. Il les salue et leur dit : « Je vous aime comme mes fils. » Quand les soldats font feu, il lève les bras au ciel comme pour signifier : « Tout cela a-t-il un sens ? » Ensuite vient le tour de Tony de La Guardia, puis celui d'Amado Padrón et enfin de Jorge Martínez. Tous restent dignes. Les images ne pourront pas être utilisées pour révéler la poltronnerie des suppliciés.

Castro a écrasé un complot peut-être imaginaire, ou au moins embryonnaire. Mais cela a suffi. Comme tout au long de son parcours, il vient de fabriquer un nouveau martyr, le général Ochoa. Mais, cette fois, il ne pourra le sanctifier. Celui-ci, à la différence de Camilo Cienfuegos et du Che, ne méritera pas de figurer au panthéon de la Révolution.

Pendant deux ans, le corps du petit paysan de Holguín, devenu « héros de la République », reposera sous une stèle anonyme de l'allée B du cimetière Colón, la tombe n° 46672. Le *Líder Máximo* refusera qu'on puisse encore lire son nom. Après cette longue attente, il permettra à sa famille de récupérer son corps, à la condition expresse que l'identité du défunt n'apparaisse pas davantage. Cet homme était-il donc si dangereux pour que le monarque tout-puissant de La Havane eût encore peur de sa dépouille gisant sous terre ?

CHAPITRE 40

L'hiver du patriarche

L'attaque lui est tombée dessus comme la foudre. Brutale et dévastatrice. Son visage s'est figé. Ses mains se sont raidies. Il a eu une terrible sensation de suffocation, son crâne a été pris en étau, puis il s'est affaissé sans connaissance sur son bureau du palais présidentiel. Il savait qu'un jour ou l'autre le mal allait resurgir. Ce procès Ochoa l'a ravagé. Même chez les tortionnaires les plus endurcis, l'organisme n'est jamais totalement insensible aux épreuves de force. Son propre frère Rául a été hospitalisé et placé en observation durant quelques jours, laminé par l'énormité du crime dont il a été le complice.

En cette fin d'année 1989, Castro prend soudain conscience qu'il n'est pas éternel. Son mal sonne comme une punition céleste, une sanction du Très-Haut. Il a pourtant des origines on ne peut plus banales. Depuis René Vallejo jusqu'à « Chomy » en passant par Pepin Naranjo, tous ses médecins personnels ont porté le même diagnostic : le stress provoque chez lui une hypertension qui entraîne des crises de plus en plus fréquentes, avec paralysie faciale et troubles de l'élocution. Son cœur donne des signes de fatigue. Ses poumons aussi sont fragiles. En 1981, à la suite d'un accident survenu au cours d'une partie de pêche sous-marine, le *Comandante* a été obligé d'arrêter de fumer son fameux cigare Cohiba, le *Lancero*. Comme le Che, mais sans être pour autant atteint d'asthme, il souffre des bronches. Dès 1960, il a été soigné pour une grave infection pulmonaire. Depuis lors, il est convaincu que la montagne est le seul endroit où il devrait vivre. À ses proches il répète qu'il aimerait s'installer en Oriente, du côté du pic Turquino. Enfin, le *Líder Máximo* a des intestins en flanelle : il doit surveiller son alimentation et suit un sérieux régime qu'il transgresse de temps à autre pour une dégustation de roquefort, fromage dont il est friand. Dans le plus grand secret il a été opéré d'une tumeur du côlon, à l'hôpital de l'université du Caire, par le professeur Ahmed Shafik. Il a également effectué un séjour en Suisse, dans une clinique de Lausanne, pour y consulter un éminent cardiologue. Il en a profité pour tester ces « chambres à oxygène » qui permettent une revitalisation de l'organisme, appelées également « antivieillissement ».

Tous les praticiens consultés lui conseillent la même chose : il doit changer de rythme de vie et surtout éviter d'entrer dans ces colères homériques qui ont désormais des effets néfastes sur son organisme. Paradoxe : cet homme qui exhorte les siens à mourir au combat, à devenir des martyrs de la Cause, déteste parler de sa propre fin. C'est un sujet tabou, inabordable. En fait, il est hanté par l'idée du dépérissement, de cette lente et inexorable extinction des feux à laquelle il tente désespérément d'échapper. Il s'échine à traquer l'immortalité avec l'opiniâtreté d'un chasseur de grizzlis.

En 1990, à l'âge de 63 ans, il pourrait prendre un peu de recul, s'éloigner du pouvoir à petits pas, préparer une nouvelle génération à diriger le pays. Mais, même fatigué, le vieux guérillero n'a nulle intention de renoncer à la moindre parcelle de pouvoir. Pour lui, s'arrêter c'est mourir. Même si, de loin en loin, il laisse croire qu'il envisage une relève. On l'entend parfois murmurer d'un ton las : « Le temps passe, et les marathoniens se fatiguent. La course aura été longue, bien longue ! »

À l'occasion de ses visites-surprises dans les soirées officielles des ambassades européennes, il plaisante souvent sur le thème de sa succession, se plaint de toutes ces associations des droits de l'homme qui considèrent les Cubains comme ses « esclaves » : « C'est moi, l'esclave ! glisse-t-il cyniquement. Je suis l'esclave de mon peuple. J'y consacre mes jours et mes nuits depuis bientôt cinquante ans. À quel âge partez-vous à la retraite, dans vos pays ? » Et les « cubanologues » de multiplier les supputations sur son départ prochain, de dresser l'inventaire des héritiers, des dauphins, des prétendants à la périlleuse succession. Ils montent des scénarii de transition avec une minutie d'horloger. Ils évoquent Carlos Lage, jeune médecin devenu le « tsar de l'économie cubaine » au début des années quatre-vingt-dix, nouveau favori du Prince, ou encore Ricardo Alarcón, l'homme de toutes les négociations secrètes avec les États-Unis, ancien ambassadeur à l'ONU, aujourd'hui président de l'Assemblée nationale, homme rusé et indéchiffrable. Ils citent encore Carlos Aldana, l'idéologue du Parti, ambitieux mais prudent, suffisamment pragmatique pour s'adapter à toutes les situations. « Il a l'échine aussi souple qu'un anaconda », dit de lui le *Líder Máximo*. Mais l'incontournable figure reste bien sûr Raúl Castro, numéro deux du régime.

Le « petit frère » a vu sa position considérablement renforcée depuis l'affaire Ochoa. Patron tout-puissant de l'armée, il a également convaincu Fidel de placer des « raulistes » à la tête du ministère de l'Intérieur, complètement démantelé. Son plus proche collaborateur – certains disent son âme damnée –, Abelardo

Colomé Ibarra, alias « Furry », a hérité le poste de José Abrantes, condamné à vingt ans de prison pour « corruption » au cours d'une mascarade de procès en juillet 1989. Ainsi, après cette purge estivale, Raúl Castro n'a plus d'ennemis visibles. Il pourrait même diriger seul le pays s'il le voulait. Mais il vénère trop son « grand frère » pour que cette idée l'effleure. Il ne sera jamais Brutus. Il considère Fidel comme son propre père : n'a-t-il pas commis un lapsus révélateur, au cours du procès Ochoa, en lançant presque dans un sanglot, au général réprouvé, que le pire des crimes, à Cuba, était d'attaquer Fidel, « notre papa » ? Quand se profile une menace contre le frère chéri, il devient un autre homme, doté d'une férocité barbare. Malgré les coups de gueule, les différends, les cercles d'amitié de l'un et de l'autre qui tentent souvent de les opposer, les deux hommes sont aussi indissolublement liés que les faces d'une même pièce. Pour Fidel, le ministre des Armées est toujours « Raúlito », le gamin malingre et timoré qu'il protégeait des méchants, au collège Dolores de Santiago, dans les années quarante. Il lui arrive de le secouer un peu, comme quand ils étaient gosses. Mais, au moment fatidique, quand le pouvoir du clan est menacé, à la manière mafieuse les « frangins » font toujours bloc. Comme leur nom l'indique – en Galice, le mot *castro* signifie « village fortifié » –, les Castro forment un rempart impossible à fissurer. Fidel n'a aucune inquiétude à se faire à ce sujet : jamais son frère ne le trahira, même s'il l'a soupçonné, un temps, de céder aux sirènes gorbatchéviennes. C'est le seul homme à Cuba à qui il puisse tourner le dos sans crainte. « Raúlito » sera son successeur, cela ne fait aucun doute.

Les deux hommes ont même concocté en famille un plan secret dans l'hypothèse d'un décès brutal du chef de l'État : l'« opération Alba ». Dès la mort de Fidel, Raúl mettra les troupes de l'armée régulière en alerte maximale, les bataillons antiémeutes prendront position dans toutes les villes importantes afin d'éviter toutes manifestations de rue. La moindre émeute sera réprimée sans faiblesse, dans le sang si nécessaire. Quelle que soit l'heure du décès, il ne devra être annoncé qu'au petit matin sur l'antenne de la radio nationale. Suivront des marches funèbres diffusées par toutes les stations. Dans la foulée, une ou deux heures plus tard, Raúl annoncera qu'il prend les rênes du pays et que la Révolution suit son cours éternel et serein.

La mort ne changera rien à la mission que s'est assignée Fidel Castro au cours de son existence terrestre : faire de Cuba un pays martyr, une terre crucifiée au nom d'un idéal, le communisme. N'a-t-il pas prophétisé, le 7 décembre 1989, devant les députés de l'Assemblée nationale populaire : « L'île aura sombré dans la mer avant que l'on ait mis en berne les bannières de la Révolution et de la Justice » ? C'est ce slogan que Castro fait diffuser dans tout le pays, persuadé à l'époque que ses jours sont comptés.

Mais, finalement, il ne meurt pas. Comme toujours, il prend tout son monde à contre-pied. Après une longue période d'abattement, le *Líder Máximo* recouvre ses ardeurs. Certes, il a le visage parcheminé, les mains moins sûres, la barbe blanche, la démarche plus lente, mais il paraît comme miraculé. Ses proches le découvrent virevoltant, enthousiaste, prenant à nouveau du plaisir à travailler dans son bureau du palais de la Révolution. On murmure qu'un guérisseur lui a fabriqué un remède miracle. Il s'agit d'un certain Ezequiel, en fait biologiste et virologue, mais aussi spécialiste en plantes médicinales. Ce « sorcier » a servi en Angola et dans des guérillas d'Amérique du Sud où, au contact des chamans indiens, il a beaucoup appris. Castro lui a fait aménager une aile de l'hôpital Cimeq *(Centro de Investigaciones Médico-Quirúrgicas)* où sont soignés les membres du Bureau politique et leur famille, dans le quartier Siboney, tout près du domicile du chef de l'État. Roberto Vesco, l'« ami américain » de Castro, recherché par toutes les polices fédérales, y a été soigné régulièrement. Une autre personnalité a goûté au confort du lieu : l'acteur français Alain Delon. Dans cet établissement réservé à la nomenklatura, Ezequiel élabore toutes sortes de potions, dont des « produits létaux » – en d'autres termes, des poisons destinés aux « ennemis du régime » à l'intérieur et hors de Cuba. Cette aile de l'hôpital mais aussi l'ensemble de l'établissement sont sous le contrôle de la Sécurité d'État, donc du ministère de l'Intérieur. Le directeur général en est le docteur Antonio Pruna, proche de José Abrantes. Dans ce lieu placé sous haute surveillance, ce dernier, quelques années plus tôt, avait imprudemment entreposé plusieurs centaines de kilos de cocaïne représentant une livraison « en attente ». Le stock, devenu une véritable « bombe à retardement », est resté sur place pendant tout le procès Ochoa, nul n'osant le déménager de crainte d'être pris en flagrant délit de « trafic de drogue ». Fidel le premier : car comment expliquer qu'une pareille cargaison ait pu atterrir dans une institution aussi respectable que l'hôpital du Bureau politique du Parti communiste, à deux pas de la résidence de Fidel Castro ?

En fait, ce n'était pas la première fois que cet hôpital servait de « réserve ». Déjà, au milieu des années quatre-vingt, José Abrantes, surnommé « Pepe », avait utilisé les entrepôts du Cimeq pour y dissimuler de la cocaïne. L'information est confirmée par Patricio de La Guardia qui l'a recueillie au cours d'une rencontre avec

José Abrantes, en prison. Pepe lui a précisé que la cargaison était de 500 kilos et que l'ordre émanait directement de Fidel Castro : « Il devait tenter de négocier la revente en Tchécoslovaquie ou dans un autre pays socialiste », ajoute Patricio de La Guardia.

En fin de compte, quelques mois après la tempête suscitée par le procès Ochoa, le *Comandante* fait fermer l'« aile maudite », expédie Ezequiel pour quelques jours à Villa Marista, pour un « debriefing » musclé, puis le mute dans un « sidatorium » où on lui assigne pour mission de trouver un médicament destiné à guérir le sida. Sain et sauf mais terrorisé, Ezequiel peut ainsi poursuivre ses recherches. Comme tous les employés des cliniques traitant le sida, il est placé en quarantaine, ne peut sortir que le week-end, doit sans cesse subir les tracasseries des agents de la Sécurité d'État, comme s'il travaillait dans une centrale atomique.

Pour Castro, le sida est un virus venu de l'étranger ; le VIH, un ennemi de classe. Le *Comandante* a même soupçonné publiquement la CIA de l'avoir introduit insidieusement dans l'île pour venir à bout de la révolution. Mais les Cubains, qui ont tous un fils ou un neveu rentré d'Angola, souvent atteint de la maladie, n'en croient rien.

Réalisant dans quel guêpier il se retrouve, Ezequiel n'a plus qu'une envie, comme la grande majorité de ses compatriotes : déguerpir. Il s'en ouvre à l'une de ses illustres patientes, devenue son amie, Alina Fernández, la propre fille de Fidel. Elle aussi cherche un moyen de fuir, car son illuminé de père, plutôt que d'assouplir ses positions, paraît bien décidé à « laisser Cuba s'enfoncer au plus profond de l'océan ».

De fait, le pays s'enfonce... dans la pénurie. Castro a décidé de ne céder en rien aux sirènes libérales. Il décrète une « période spéciale en temps de paix », forme d'état de guerre sans ennemi visible, car plus aucun Cubain ne croit à l'invasion américaine. Le *Líder Máximo* a beau lancer un vaste programme de percement de tunnels et de tranchées dans toutes les grandes villes pour contenir les Yankees, le message ne passe plus. Chaque mois, lors du « jour de la Défense », annoncé dès huit heures du matin par sirène, plus d'un million de miliciens s'entendent rappeler qu'ils doivent se tenir prêts pour le jour J, quand les *gringos* débarqueront. Leur mission : protéger les 1 400 zones de défense populaire que Fidel a mises en place pour lutter contre les envahisseurs. Mais le cœur n'y est plus. Les miliciens eux-mêmes ont du vague à l'âme, pour au moins une raison : ils ont faim. Du rêve de la sierra il ne reste rien, ou presque : la mise en scène, le cérémonial, les grandes messes obligatoires, les discours qu'on n'entend plus. Les Cubains sont épuisés par la geste castriste. Ils n'ont plus qu'une seule idéologie, un seul songe, une seule utopie : remplir leur assiette. Le père de la révolution ressemble davantage pour eux à un brontosaure radoteur qu'à un héros romantique. « Le Barbu » parle dans le vide qu'il a lui-même créé. Plus personne ne l'écoute, même si tout le monde lui obéit.

Ainsi les gens sont obsédés par le manque de nourriture ? La nouvelle guerre qu'il décrète sera donc alimentaire. Il baptise 1990 « année du Plan alimentaire ». Les magasins d'État sont vides ? Les bateaux en provenance des pays de l'Est n'arrivent plus ? Les Bulgares ne livrent plus leurs tonnes de poulets congelés, le lait en poudre hongrois joue l'Arlésienne ? Face au cataclysme social qui s'annonce, Fidel reste imperturbable. Il n'a qu'une obsession : préserver les stocks pour... la prochaine guerre mondiale qu'il juge inéluctable. Ainsi, pour nourrir son armée au cours des prochains mois, fait-il mettre des tonnes de pommes de terre dans les chambres froides de bateaux en cale sèche. Mais, faute d'essence pour faire tourner les générateurs, les plateaux frigorifiques tombent en panne. Résultat : des tonnes de tubercules, qui auraient pu nourrir la population, pourrissent.

Mais le *Comandante* n'en a cure. Le quotidien peut attendre un peu, car, selon lui, l'épisode Gorbatchev, en URSS, ne sera bientôt plus qu'un mauvais souvenir. À Moscou, dans l'ombre, des généraux de l'Armée rouge préparent un putsch. Castro en rêve. D'ici peu les vrais révolutionnaires, les communistes purs et durs vont se débarrasser du « bradeur de l'Empire ». Son ami, le général du KGB Nikolaï Leonov, lui a fait passer le message selon lequel les fidèles disciples du marxisme-léninisme vont resurgir, plus forts et déterminés que jamais. Un coup d'État se prépare. Une chance : l'homme le plus proche des frères Castro au sein de l'appareil de renseignement soviétique, l'officier supérieur qu'ils connaissent depuis plus de quarante ans et qui leur est resté indéfectiblement attaché, se trouve au cœur du complot. Il en est même une des chevilles ouvrières.

Le *Líder Máximo* est rassuré. Il sait qu'il lui est impossible de pratiquer la moindre ouverture à Cuba, car, comme il le dit à son entourage : « Si je donne le bras, tout le corps suivra ! » Fidel est hanté par la fin des Ceausescu, lynchés par une foule haineuse après avoir été abattus. La vague de démocratisation qui vient d'emporter la plupart des régimes de l'Est – Pologne, Hongrie, Bulgarie, Roumanie – peut l'engloutir à son tour s'il vient à ouvrir la moindre vanne. Il attend donc tranquillement la fin de la *perestroïka* et le retour des bolcheviks au Kremlin.

Au printemps 1991, à Mexico, il rencontre Felipe González qui l'exhorte à ouvrir son pays aux capitaux espagnols, voire européens, seule porte de sortie honorable pour lui, et à donner des gages sur la question des droits de l'homme. Comme il l'a déjà fait à de nombreuses reprises, le dirigeant social-démocrate lui conseille encore une fois d'annoncer des élections libres et l'avènement du multipartisme. « Il faut agir dès aujourd'hui avant que l'Histoire ne vous oublie », lui recommande-t-il. Le Premier ministre espagnol est abasourdi par la réponse : « C'est toi qui es hors de l'Histoire, lui assène un Castro arrogant et hautain. Le capitalisme va être emporté par une crise financière colossale, pire que celle de 1929 ! La Bourse de New York, vois-tu, n'est qu'une bombe à retardement. Le confort t'aveugle, Felipe, car le monde occidental est condamné à l'effondrement social ; c'est même imminent, et le communisme triomphera ! » Consterné par cette réaction d'un autre siècle, Felipe González reste sans voix : « Il est prisonnier du syndrome de Numance[1] », dit-il. De quel bois est donc fait ce don quichotte rouge ?

En attendant le putsch des amis du général Leonov, Castro reprend son bâton de Guide suprême du Plan alimentaire. Il décrète que chaque citoyen doit désormais se considérer comme un soldat en quête de pain et d'œufs. Il envoie la génération des 15-16 ans passer un an dans les camps agricoles. À La Havane et dans ses environs, Fidel lance un hallucinant projet d'élevage de poulets en appartements, qui se révèle catastrophique ! Le 26 septembre 1990, il publie dans *Granma*

1. Ville assiégée d'Espagne dont les habitants, en 133 av. J.-C., préférèrent mourir jusqu'au dernier plutôt que de se rendre aux Romains.

un « Avis à la population » qui ressemble à un ordre de mobilisation générale. Il appelle tous les Cubains des villes à s'en retourner aux champs, car la plupart des usines sont en cessation d'activité par manque de pièces de rechange. Plus d'une trentaine de camps de travail rural sont érigés en quelques semaines. Officiellement, le chômage n'existe pas, puisque aucune statistique ne permet de chiffrer le fléau. En fait, les sans-emploi dépassent le million. Pour tenir, le Cubain raconte des *chistes*, des blagues comme celle-ci : « Tu sais pourquoi on appelle les aliments "les Américains" ? Parce que, comme eux, on dit toujours qu'ils vont débarquer et on ne les voit jamais. » Un peu partout dans le pays, comme au temps de la campagne d'alphabétisation du début des années soixante, on retrouve des ingénieurs, des professeurs, des médecins enrôlés dans les brigades rurales. Le terrible mot de « cambodgisation » est prononcé.

Mais Fidel Castro n'est pas Pol Pot : il n'a jamais cherché à anéantir une classe sociale, en l'occurrence la classe moyenne, puisqu'il l'a déjà chassée du pays en la renvoyant par vagues successives de l'autre côté de la mer, en Floride. Au fond, les USA, si proches et si différents, lui servent de soupape de sécurité, de siphon social. À chaque crise, à chaque mouvement populaire susceptible de mettre le régime en danger, Fidel sort son joker : le départ. Cette fois encore, avec la roublardise d'un maquignon, il rejoue cette carte de l'exil, comme à l'époque de Mariel. Officiellement, rien ne change : ceux qui veulent quitter le pays peuvent le faire, mais clandestinement. La police reçoit pour consigne de fermer les yeux sur les départs de *balseros*. Peu à peu, la rumeur gonfle à La Havane sur l'insolite cécité des CDR, des brigades de riposte rapide, et des gardes-côtes, et les jeunes se ruent par milliers sur les plages des environs de la capitale pour tenter leur chance. Ils partent en cortège groupé vers la Floride. Véritable sauve-qui-peut : des dizaines de milliers d'hommes et de femmes se laissent dériver sur le Gulf Stream, flottant comme des bouchons vers la liberté. Fidel Castro observe sans déplaisir cet exode. Ces fuyards sont autant de bouches que l'État cubain n'aura plus à nourrir. Le *Comandante* opère là un « dégraissage » sans risque, sans troubles ni émeutes. Il « déleste la montgolfière », comme dit le Cubain de la rue, et attend.

À l'Est, il observe les difficultés de plus en plus grandes que rencontre Gorbatchev, empêtré dans les contradictions de sa politique d'ouverture. Quand le 19 août 1991, il apprend que les chars de l'Armée rouge, dirigés par le général Kourkov, investissent les rues de Moscou et se dirigent vers la Douma, le Parlement soviétique, il sable le champagne, persuadé que ses amis ne vont faire qu'une bouchée des « démocrates ». Depuis plus d'un an, il a tout fait pour ne pas rompre les amarres avec la « patrie du socialisme ». Il s'est détourné de Gorbatchev au profit de l'opinion russe. Il a multiplié les opérations de charme auprès d'elle en invitant plusieurs milliers d'enfants irradiés de Tchernobyl à venir se faire soigner gratuitement à Cuba. Des dizaines de reportages ont été organisés. Ils racontent l'histoire de bambins chauves, ressuscités par le climat tropical, vivant dans des centres cossus en bord de mer, au « paradis du socialisme ». Le coup médiatique, diffusé partout à travers le monde, est d'une grande efficacité. Comment, en effet, peut-on reprocher à un homme si charitable de ne pas défendre les droits de l'homme ? Comme il le fait sans discontinuer depuis quarante ans, Fidel le propagandiste soigne méticuleusement son image à l'extérieur. Il n'a pas de conseiller en communication, pas de sémiologue attitré. Son flair lui suffit. Ainsi, à l'étranger il joue les saint Vincent de Paul de l'ère atomique, tandis qu'à Cuba même il réprime avec une égale dureté ses opposants.

Quand il découvre Boris Eltsine, juché sur un char, haranguant le peuple russe, il est consterné. « Ces putschistes sont des fils de putes, des couilles molles ! Il fallait tirer dans la foule, sans pitié ! » hurle-t-il à ses proches. Il vocifère contre ces bolcheviks de pacotille, mais comprend que les amis de Nikolaï Leonov ont échoué. Il n'a plus rien à attendre du continent eurasiatique.

Il doit désormais se consacrer à son peuple, corps et âme, poursuivant sa guerre alimentaire avec la ferveur d'un Bonaparte au pont d'Arcole. On le voit aux quatre coins du pays. Il se déplace en hélicoptère pour visiter les camps de travail rural, met la main à la pâte, prend la pioche ou la fourche devant les caméras de la télévision d'État. Comme toujours, il agit selon son humeur, par impulsions : il impose l'installation de batteries de poulets et de porcheries dans un complet désordre et une improvisation totale. Le fils de l'éleveur de Biran est obsédé par les techniques modernes. Il s'entiche d'un ingénieur, Heriberto Bouza, qui a inventé la charrue multiusage, d'une efficacité douteuse. Contrairement à son père, il ne fait aucune confiance aux paysans, soupçonnés d'être des « koulaks » potentiels, donc hostiles à la révolution. Il n'aime que les soldats. On a trop vite oublié que, dès les premiers jours, en mai 1959, il avait placé l'agriculture sous le contrôle des forces armées. Malgré les objurgations de ses ministres, il lance un programme de rizières dans une zone… saline et pousse les « brigadistes » à installer des microjets d'arrosage, système ultrasophistiqué mais désastreux dans les faits, car les « militants agricoles venus de la ville » se révèlent d'une incompétence crasse en maintenance du matériel. En l'espace de quelques jours, les trous sont obstrués et Fidel pique une colère noire quand il découvre que les citadins réquisitionnés aux champs tentent de les déboucher avec des épingles à nourrice ! Enfin, les pompes d'irrigation, alimentées par des systèmes électriques, tombent perpétuellement en panne faute de courant.

Le pays vit de plus en plus dans l'obscurité, car les réseaux électriques ne sont plus entretenus. Les communications téléphoniques subissent elles aussi de graves perturbations. La Havane prend peu à peu des allures de vaisseau fantôme. La ville coloniale, perle des Caraïbes, avec ses mille colonnes, ses grandes avenues ombragées, ses façadcs resplendissantes, n'est plus que l'ombre d'elle-même. Le salpêtre a dévoré les murs, les rues éventrées donnent l'impression d'une ville bombardée. Cuba est un pays dévasté sans avoir jamais été attaqué de l'extérieur.

L'embargo américain ? Plus personne ne croit à sa nocivité. Il n'a jamais empêché l'île de commercer avec les autres pays du monde. Mieux : jusqu'à l'invasion américaine du Panamá, le 20 décembre 1989, les Cubains – dont José Abrantes et Tony de La Guardia – avaient installé au pays du dictateur Noriega des dizaines de sociétés commerciales qui leur permettaient de faire en toute légalité des affaires avec des entreprises nord-américaines, donc d'importer librement des produits US. L'embargo est un leurre. Cet épouvantail ne sert au fond qu'à Castro, qui le brandit chaque fois qu'on lui parle droits de l'homme.

Terrible paradoxe : depuis les premiers jours, les États-Unis sont ainsi les alliés objectifs du dictateur cubain. Les deux ennemis ne sont séparés que par

144 kilomètres de mer, mais ils ont réussi l'un et l'autre à se diaboliser avec un acharnement plus calculé qu'on ne pourrait le croire. Pour Washington, les affaires cubaines relèvent de la politique intérieure. La communauté de Miami compte en effet désormais trois représentants au Congrès : Ileana Ros-Lethinen, Roberto Menéndez et... Lincoln Diaz Balart, fils de Rafael, ex-ami de Fidel. Lincoln est donc le neveu de Mirta, la première femme du *Líder Máximo*. Ces élus font pression sur le département d'État pour que rien ne soit décidé sans eux. Mieux : ils ont réussi à faire voter un texte, la loi Helms-Burton, qui oblige la Maison-Blanche à passer par le Congrès pour discuter la moindre virgule de la politique américaine envers La Havane. Le Président, quel qu'il soit, est donc aux ordres du lobby de Miami, décisif pour remporter une élection présidentielle. Comme tous ses prédécesseurs républicains, George Bush n'a jamais cherché à discuter l'efficacité de l'embargo. Il l'a au contraire durci pour satisfaire le « parti cubain » de Miami, la Fondation nationale du milliardaire Jorge Mas Canosa, grand pourvoyeur de fonds du Parti républicain, entrepreneur en bâtiment qui a réussi, depuis le début des années quatre-vingt, à constituer une puissante organisation de plus de 50 000 membres. Castro, pour sa part, n'a pas à se plaindre du diable yankee qui conserve dans ses tiroirs la doctrine de l'« échantillon communiste inoffensif ». Or Cuba, aujourd'hui, joue bel et bien ce rôle : il ne fait plus peur à personne, si ce n'est au fermier de l'Arkansas et au chômeur de Detroit. Le département d'État, lui, n'a qu'un seul souci : éviter sur l'île la guerre civile qui provoquerait immanquablement, par ricochet, des tensions en Floride où vivent déjà plus d'un million de Cubains. Malgré les déclarations belliqueuses de part

et d'autre, les Américains sont donc partisans du statu quo. Mieux vaut un tyran à bout de souffle que le chaos aux portes de l'Empire.

Castro n'est plus un homme à abattre. C'est si vrai qu'en août 1991 la CIA le prévient secrètement d'un projet d'attentat fomenté contre lui à l'occasion des jeux Panaméricains qui doivent avoir lieu à La Havane en septembre. Ainsi l'administration Bush, la plus virulente sur le papier, sauve la vie de son ennemi irréductible.

Castro reste néanmoins un homme en sursis, isolé sur la scène internationale, mis au ban de l'ONU pour sa politique répressive envers ses opposants. Il vient même de perdre ses tout derniers alliés, le Nicaragua et le Salvador, qui ont fini par jouer le jeu du suffrage universel. Son ancien camarade de guérilla, Daniel Ortega, l'ex-chef des sandinistes, a été battu aux élections présidentielles par une centriste libérale, Violeta Chamorro, le 26 février 1990, et a accepté sa défaite en bon démocrate. Un virage jugé « démentiel » par Castro. Jamais lui-même ne pliera le genou face à la « démocratie bourgeoise », cette « farce grotesque » ! Lui, il le jure, ne lâchera rien. Il lance : « Nous ne changerons jamais, parce que nous avons raison ! » Est-ce seulement par conviction, ou parce qu'il veut à tout prix rester le gardien d'une légende qui risque de voler en éclats à l'épreuve de la démocratie ? Surtout, il faudra bien faire alors l'inventaire de ces tragiques décennies de pouvoir absolu. Car le responsable du désastre cubain ne se trouve ni à Moscou, ni à Washington : il est à La Havane, enfermé dans sa fantasmagorie de don quichotte léniniste. Il faudra alors faire le décompte des exécutions sommaires, des procès iniques, des délires gestionnaires, du mensonge érigé en mode de gouvernement. Voilà qui est tout simplement inconcevable pour lui. S'imagine-t-il croupissant dans une geôle afin que justice soit rendue, comme les gens de Miami le lui promettent ? Il lui faut tenir, s'arc-bouter sur son trône, en attendant des jours meilleurs.

Mais il peut de moins en moins « tenir la maison ». Dans son entourage, au sommet du pouvoir, on commence à moins courber l'échine devant lui. Certains osent même lui parler franchement. Un événement surprend les plus endurcis des fidélistes. Passé presque inaperçu, il est pourtant révélateur du climat de terreur que Castro fait régner jusque dans son cercle le plus rapproché : en plein Bureau politique, Juan Almeida, le seul Noir de cette instance politique, le « *peón* d'Oriente », l'ombre de Fidel, le « mameluk », a fini par exploser et dire au « Cheval » ce qu'il pense vraiment de lui. C'est Dariel Alarcón, dit « Benigno », l'ami du Che, celui qui a suivi Guevara jusqu'au bout en Bolivie, alors chef du bataillon de sécurité du palais présidentiel, qui raconte :

« Au cours d'une réunion consacrée à la situation économique du pays, Juan Almeida demande la parole à la surprise générale :

« – Commandant, je ne crois pas nécessaire de vous rappeler que je suis prêt à vous suivre en n'importe quelles circonstances ; oui, pour vous, je suis capable de monter tout en haut de la tour José Martí et de me jeter dans le vide : cela, vous le savez… »

Un peu crispé, Almeida s'échauffe, cherche ses mots, puis poursuit :

« – Commandant, je crois que le moment est venu de laisser tout caprice de côté et de se mettre à analyser la réalité.

« – Qu'est-ce que tu racontes ? l'interroge Fidel. Explique-toi un peu… Tu as parlé de caprices ?

« – Oui, j'ai dit : caprices. Il se dit beaucoup de choses parmi le peuple à propos de notre politique [...]. De fait, nous sommes en train de gouverner en fonction d'un caprice, et ce caprice, c'est le tien !

« – Ta gueule ! éructe Castro. Tu n'es qu'un tas de merde ! Je te mets en état d'arrestation ! »

Suffoquant, l'œil noir, le dictateur fait aussitôt donner la garde. Juan Almeida est expulsé manu militari de la salle de réunion du Bureau politique, escorté jusqu'à son domicile et assigné à résidence. Plus tard, sous la pression de Carlos Lage et de Carlos Rafael Rodríguez qui expliqueront à Fidel qu'un procès Almeida serait très mal vu de la communauté noire, le *negrito* sera remis en liberté et prié de s'exhiber aux cérémonies officielles.

Castro est désormais obligé de composer. Il ne peut sans cesse tricher avec la réalité, la modeler selon ses désirs. Il lui arrive même de plus en plus d'être contesté en public. Ainsi, au cours d'une réunion avec le ministre de la Santé, Hector Terry, épidémiologiste de métier, un des rares ministres noirs du gouvernement, Castro se plaint de la grave épidémie de polynévrite qui affecte plus de 50 000 Cubains, en majorité des enfants, et s'en prend à la politique du ministre en matière d'hygiène. Hector Terry lui réplique posément que le seul responsable de l'épidémie est le manque de nourriture qui frappe le pays tout entier. Se sentant personnellement visé, le *Líder Máximo* s'emporte, perd le contrôle de lui-même, hurle comme un damné, paraît s'étouffer. Soudain, il semble comme paralysé, ne peut plus proférer le moindre mot. L'insolence de son ministre a provoqué chez lui une crise épouvantable. Ses gardes du corps se ruent sur lui, l'agrippent, l'évacuent en toute hâte. Quelques jours plus tard, sans la moindre explication, Hector Terry est destitué. Il a commis le crime de dire la vérité sur le drame de la polynévrite, cette maladie de la disette qui affecte les êtres les plus vulnérables, nouveau-nés et personnes âgées, et peut aller jusqu'à causer la perte de la vue.

Pour Castro, ces simples observations sont des actes de rébellion, donc de trahison. Ses décennies au pouvoir ne l'ont pas changé : depuis le collège de Belén, il est toujours le même, batailleur et paranoïaque, incapable d'accepter une défaite.

Au IVe Congrès du Parti communiste cubain, en octobre 1991, alors que les dirigeants ont lancé durant l'été un grand débat, jusque dans les plus lointaines cellules de province, pour « extirper la langue de bois » et redonner confiance à des militants désespérés, il verrouille tout. Les derniers grognards de la sierra Maestra quittent le Bureau politique : ainsi Vilma Espin, qui a rompu avec Raúl Castro, Pedro Miret, l'homme qui maniait les armes dans les caves de l'université dans les années quarante, et Armando Hart, militant de la première heure du M26. Fidel est de plus en plus seul. Dans le domaine politique aussi, il « déleste la montgolfière » !

À la fin de l'année, épuisé, il part de plus en plus souvent se réfugier sur son îlot de Cayo Piedra, au sud de Cuba, ou dans la sierra Maestra, pour se ressourcer. Il se soucie à peine de la démission de Gorbatchev, le 25 décembre 1991, qui sonne le glas du communisme. Le Parti communiste d'Union soviétique est dissous. Plus de vingt millions de militants rendent leur carte en silence. Castro est anéanti. Le Grand Frère soviétique a rendu son dernier souffle. Comment faire le deuil de ce rêve fracassé ? Le *Comandante* pense à raccrocher.

Il n'a alors qu'une idée fixe : partir en Galice, en Espagne, à la rencontre de l'histoire de son père, don

Ángel, fouler cette terre qu'il ne connaît pas mais qu'il porte en lui comme un fardeau. Il sait qu'avant de mourir le vieux cacique de Biran n'a su que parler de la vallée de Lancara, dans la province de Lugo, de la rivière Neira où, enfant, il pêchait la truite, de cette lumière blanche qui nimbe les collines au petit matin.

Le 27 juillet 1992, l'enfant de Biran débarque sur la terre de ses ancêtres, dans les brouillards de l'Espagne profonde. D'aucuns sont persuadés qu'il ne reviendra pas à Cuba, qu'il a négocié avec le président de la province de Galice, l'ancien ministre de Franco, Fraga Iribarne, un « retour au pays » pour éviter de finir comme Ceausescu. On lui invente une maison louée dans les environs de La Corogne, en bord de mer. Il n'en est rien : Fidel se trouve à l'intérieur des terres, dans la Galice profonde, au cœur des montagnes, à Lancara. Il semble serein, apaisé. La vallée qu'il découvre est bien comme la décrivait don Ángel : verte et giboyeuse, bordée d'eucalyptus et de chênes. L'air y est humide et frais. Il visite la maison paternelle, une misérable mansarde où ses ancêtres s'entassaient dans un dénuement complet. Ce jour-là, le *bicho* demande au maire de Lancara, Eladio Capón, de lui faire fabriquer une maquette de la vallée en bois de châtaignier. Il fait également démonter la cheminée de la masure, pierre après pierre, afin de la reconstituer à l'identique, une fois de retour à Cuba. « C'était très émouvant, se souvient le maire de Lancara. Car il y avait beaucoup de solennité dans sa demande. Cet homme semblait vouloir faire la paix avec son passé. Quand je suis venu à La Havane, quelques années plus tard, la maquette trônait dans son bureau, en face de lui. »

Étrange voyage… Son père avait quitté cette terre près d'un siècle plus tôt, en 1895, pour ne jamais y revenir, et, jusqu'à sa mort, avait vécu dans une nostalgie obsédante de la « mère patrie ». En emportant à soixante-six ans un échantillon de cette terre froide au pays de la moiteur, Fidel va-t-il enfin soulager sa conscience tourmentée ?

CHAPITRE 41

La cousine et les maristes

Tous sont sous le charme. Une belle femme de type espagnol, un peu forte, exhalant de puissantes bouffées de *Chanel n° 19*, passe au contrôle de police de l'aéroport José Martí, à La Havane, le 19 décembre 1993. Les agents de la Sécurité sont comme hypnotisés. Elle vient du comptoir d'Iberia, a un accent castillan particulièrement rugueux, une bouche pulpeuse trop maquillée, de longues jambes qu'elle dissimule sous un imperméable beige. Excentrique, elle porte des lunettes de soleil et une casquette de base-ball Chanel qu'une journaliste américaine lui a offerte. Elle tremble un peu : dans quelques secondes, Alina Fernández sera dans un avion sous l'identité d'une autre, une secrétaire de direction de nationalité ibérique. Elle a dissimulé ses cheveux roux, coupés court, sous une perruque châtain. Dans un instant, libre, elle volera à destination de Madrid.

Elle a du mal à contenir son émotion. Ce moment, elle l'attend depuis tant d'années ! Elle a laissé sa fille, Mumim, âgée de 15 ans, à La Havane, avec sa mère, Naty, pour la faire venir en Espagne une fois qu'elle sera installée là-bas. Alina a fini par tromper la vigilance de son père. Ce fut long et dangereux. Des éditeurs européens avaient déjà tenté à plusieurs reprises d'organiser sa fuite pour lui faire écrire « le » best-seller : l'histoire de la « fille rebelle du dictateur », mais chaque tentative avait échoué. Cette fois, il a fallu se montrer d'une extrême prudence. Son appartement, comme tant d'autres, étant truffé de micros, elle a dû continuer à jouer double jeu. Comme d'autres, elle poussait le son de la radio ou tirait la chasse d'eau quand elle avait quelque chose d'important à dire. Elle se savait épiée en permanence. Son père était allé jusqu'à faire installer une caméra et une équipe de policiers dans l'immeuble d'en face. Alina avait fini par repérer les agents de la Sécurité qui surveillaient ses moindres faits et gestes depuis leur poste de guet. Par provocation, la nuit, elle recevait ses amants et s'exhibait près de la fenêtre dans des postures provocantes, persuadée qu'elle était filmée et que son père visionnerait les cassettes. Mais même ce manège-là ne l'amusait plus. Elle était au bout de ses capacités de résistance. Elle couvait un ulcère à l'estomac –, l'« aigreur que m'inspire ma propre histoire », ironise-t-elle –, et n'avait plus qu'un but : faire quitter l'enfer à sa fille avant la « guerre civile ».

Pour les quinze ans de Mumim, juste avant son départ, Alina a commis l'acte de rébellion suprême : elle l'a fait baptiser. À Cuba, les jeunes filles pubères célèbrent leur entrée dans la vie de femme en organisant de grandes fêtes. Les *chicas* portent des robes blanches froufroutantes, comme de jeunes mariées, mais ne vont toujours pas pour autant à l'église. Mumim, elle, a choisi de se faire chrétienne, un acte d'insubordination inouï vis-à-vis de son grand-père qui, geste tout aussi inouï, lui a fait porter un bouquet de fleurs, inestimable cadeau dans un pays qui ne compte pratiquement plus de fleuristes depuis des lustres. Alina a appris que l'émissaire du *Comandante* est allé jusqu'à Pinar del Río pour trouver un jardinier cultivant encore ce genre de production contre-révolutionnaire. Mais ce geste n'est plus fait pour l'émouvoir. Elle entend couper tout lien avec lui, puis éloigner sa fille de cet univers kafkaïen et brutal.

Quand l'avion d'Iberia (vol nº 662) décolle, Alina respire enfin. L'« opération Cousine » a réussi. Elle n'est plus la « princesse morte », cette femme tenue en laisse du fait de ses origines. Elle sait que le combat n'est pas terminé pour autant, que son père fera tout pour la faire taire ou à tout le moins la discréditer. Mais elle s'en moque.

Elle a acheté ses cffets de voyage avec l'argent qui lui restait de la vente à Gabriel García Márquez de *La Femme-cheval*, de Wilfredo Lam. À ses côtés, Benoît Gysemberg, photographe du magazine français *Paris-Match*, immortalise la scène. Contacté par la fondation Armando Valladares –, libéré dix ans plus tôt des geôles castristes sur intervention du président François Mitterrand –,, le reporter s'est vu embarquer dans une véritable affaire d'espionnage. Il découvre vite que l'opération a été complètement orchestrée par la CIA. Dans l'avion, Alina lui révèle qu'elle a l'intention de demander l'asile politique à la France. Mais, à son arrivée à Madrid, elle est prise en charge dès sa descente d'avion par des agents américains qui la conduisent dans une maison située tout près de l'aéroport de Barajas. Alina y est « débriefée » par les gens de la CIA. Dès lors, elle annonce qu'elle va demander l'asile politique aux États-Unis.

L'« opération Cousine » a été conçue et exécutée par la centrale américaine. Alina, qui rêvait de s'installer à Paris, doit payer sa dette et partir pour les USA. La leçon est rude : elle comprend que de l'autre côté du détroit de Floride rien n'est gratuit. Mais tout vaut mieux que la vie qu'elle menait à La Havane, qui la faisait lentement dériver vers la folie. La « femme en miettes » reprend espoir. Elle a trente-sept ans et va pouvoir se reconstruire.

À La Havane, Castro n'en revient pas. Elle a donc osé ! Elle a réussi à obtenir un passeport espagnol. Comment a-t-elle pu passer à travers tant de contrôles à l'aéroport ? Le *Líder Máximo* est convaincu qu'Alina n'a pu agir sans l'appui d'un service de renseignement. La CIA aurait-elle osé lui faire subir un pareil affront ? Décidément, cette fille qu'il n'a jamais reconnue officiellement ne lui aura valu que des ennuis. Ces derniers mois, elle s'est remise à provoquer quelques scandales : elle est encore intervenue dans la rue pour s'opposer à des « actes de répudiation », ces lynchages publics organisés par des équipes de la police politique en civil dans le but d'humilier et de terroriser les dissidents. À plusieurs reprises, Alina s'est interposée, bénéficiant de l'étrange statut de « fille de ». Son départ est une très mauvaise nouvelle pour la révolution. Sa parole à l'extérieur peut avoir du poids. Il faut que la Sécurité prépare un contre-feu.

La rumeur à son sujet est vite lancée, pernicieuse, venimeuse. Alina Fernández ? Une femme dérangée qui a fréquenté les hôpitaux psychiatriques. Un mannequin sur le retour, tantôt obèse, tantôt anémique. Une hystérique en mal de publicité. Une dépravée qui s'est adonnée à tous les vices du capitalisme : sexe, drogue, alcool. Au bout de quelques semaines, Alina Fernández n'est plus la fille rebelle, mais une « femme fatiguée qui a grand besoin de repos ». Elle est libre, mais salie.

Par-delà son départ digne d'un roman d'espionnage, le *Líder Máximo* lui reproche avant tout cette affaire de baptême. Par cet acte, Alina a lancé un message fort aux Cubains : « N'ayez plus peur d'aller à l'église ! Le salut passe par cette voie. » Or l'animal politique qu'est Castro le pressent : Rome prépare sa revanche.

Le *Comandante* surveille donc les milieux catholiques avec la patiente vigilance du pêcheur. Il ne doute plus qu'il va être obligé de lâcher du lest et de faire certains gestes à l'égard de chrétiens de plus en plus organisés au sein des mouvements de défense des droits de l'homme.

Pendant des années, il avait réussi à les paralyser peu ou prou, imposant le boycott des églises sans avoir instauré pour autant une législation dure, basée sur le pur interdit. Depuis le congrès du PC de 1976 où il avait lancé la campagne pour « l'éradication des croyances religieuses par le biais du matérialisme scientifique », le *Comandante* avait déployé un système d'une grande habileté en vue de neutraliser les « sbires du Vatican ». Il avait distillé « sa » propre vision de l'histoire sainte dans les manuels scolaires. Au milieu des années quatre-vingt-dix, dans le manuel d'histoire de l'Antiquité destiné aux enfants de dix ans, on pouvait ainsi lire : « Il y a environ 2 000 ans, on a diffusé des rumeurs sur l'existence du Christ, supposé être fils d'un Dieu, mais la science a prouvé que ce Christ n'a jamais existé. » Fait curieux : Fidel, dans ce texte, ne remet pas en cause l'existence « d'un Dieu », seulement celle de Jésus-Christ. Est-ce pour se dédouaner du « crime » que ses petits camarades de l'école mariste de Santiago lui ont fait porter soixante ans plus tôt, quand il était un proscrit, un enfant non baptisé, un « Juif assassin du Christ » ? Si Jésus n'a jamais existé, le petit Fidel n'a donc jamais pu lui faire de mal.

Est-ce un pur hasard s'il a choisi comme centre d'interrogatoire de sa police politique et lieu de détention de ses plus farouches opposants la Villa Marista, à La Havane, un ancien couvent mariste ? Détail orthographique amusant : entre « marxiste » et « mariste », il n'y a qu'une malheureuse consonne de différence.

Toute l'histoire de Castro est ainsi faite : une extraordinaire suite de tours de passe-passe entre les signes du communisme et ceux du catholicisme. Aux enfants cubains il jure que le Christ n'a jamais existé, mais il le réinvente en immortalisant deux de ses sosies, Camilo Cienfuegos et Che Guevara. Sur la place de la Révolution, le portrait géant du Che occupe tout l'espace : sa figure christique écrase toutes les autres images de l'épopée castriste. Fidel, lui, en est pratiquement absent. Ce qui a fait dire à de nombreux observateurs qu'il n'est pas un dictateur ordinaire, puisqu'il a renoncé au culte de la personnalité. Mais quand on connaît la formation jésuitique du *Comandante*, on devine que ce n'est pas la position du Fils de Dieu qu'il s'est attribuée, mais celle du Très-Haut, invisible et tout-puissant. Les Cubains l'ont d'ailleurs spontanément compris, puisqu'ils ne le désignent plus que par un simple signe, un bref mouvement des doigts sur le menton comme pour effleurer une barbe imaginaire. Le *Líder Máximo* n'a nul besoin d'image. Il est celui que l'on ne nomme pas. Il est le pouvoir absolu et l'Absolu au pouvoir. Insaisissable, il est présent partout et nulle part. Mais il a son talon d'Achille : il disparaîtra automatiquement, pressent-il, quand l'Église et son Dieu reviendront sur le devant de la scène.

Pour l'heure, en pleine « période spéciale », dans un pays sans électricité, sans pain et sans espoir, Castro craint que la vague chrétienne ne vienne à le submerger s'il n'y prend pas garde. Les signes d'une recrudescence de la pratique religieuse sont bel et bien présents à Cuba. Depuis l'affaire Ochoa, la peur a gagné la hiérarchie militaire, mais a ramené par centaines les Cubains dans le giron de l'Église. Certes, ils ne se ruent pas dans les chapelles ou dans la nef des cathédrales, car la Sécurité d'État veille. Tous savent qu'ils sont fichés dès qu'ils franchissent le seuil d'un lieu de culte. Pour les plus jeunes, cet acte de foi est inscrit d'emblée dans leur « dossier scolaire » : ils deviennent alors des « éléments douteux » et n'auront plus le droit de travailler dans le secteur du tourisme, seul espace où l'on peut escompter rencontrer des étrangers. Malgré cette répression insidieuse, les chrétiens – catholiques et protestants – pratiquent à domicile. Par petits groupes, moyennant d'infinies précautions, ils se retrouvent chez les uns ou chez les autres, et reprennent l'habitude de débattre. Peu à peu, dans le même temps, la peur recule.

Face à ce retour du spirituel, le Vatican envoie en décembre 1988 un homme prestigieux, Faustino Sainz Muñoz, diriger la nonciature de Cuba. Pour Castro, cette nomination a des allures de déclaration de guerre. Mgr Muñoz fait en effet partie de l'entourage de Mgr Casaroli, le cardinal chargé par Jean-Paul II de tout ce qui touche aux questions religieuses dans les pays de l'Est. Formé à l'école des diplomates du Saint-Siège, le prélat est un négociateur aussi habile que déterminé. Il a surtout été l'interlocuteur du mouvement Solidarność en Pologne, bête noire de Fidel Castro. Envoyer l'ami de Lech Walesa sur son territoire ressemble furieusement à un défi. Mais comment réagir face à ce qu'il estime être une provocation ? Affaibli, il ne peut se permettre un conflit ouvert avec Rome. Il cherche donc à gagner du temps. Il doit composer, feindre le dialogue.

Dans un premier temps, le 22 avril 1989, il invite le pape à effectuer une visite pastorale, persuadé que Jean-Paul II refusera de cautionner par là son régime. Surprise : le Saint-Père accepte la proposition. Confondu, le *Comandante* envoie alors un émissaire au Vatican, José Felipe Carneado, pour faire « avancer le dossier ». Bien sûr, les choses traînent. Fidel ne parvient plus à se décider. Cette visite papale est un coup de poker à très hauts risques. À l'extérieur, elle lui rendrait certes une légitimité incontestable, mais elle peut aussi bouleverser la donne, sur le plan intérieur, en accordant une tribune mondiale aux défenseurs des droits de l'homme. Finalement, il recule, paraît hésiter. Il propose une « escale technique » de Jean-Paul II lors de son voyage au Mexique, du 6 au 13 mai 1990. Au Saint-Siège, on hausse les épaules : pas question de venir à Cuba par la petite porte. Ce sera une visite officielle ou rien. L'évêque de La Havane, Mgr Jaime Ortega, est reçu par le Saint-Père en décembre 1990 et dit envisager une « éventuelle visite » en 1992.

Dans cette partie de cache-cache diplomatique, Castro a du mal à retrouver ses marques. Il se met à favoriser quasi officiellement la pratique de la *santería*, cette religion que pratiquait sa mère, Lina. Cuba compte plus de 3 000 prêtres santéristes, les *babalaos*, chez qui les citoyens désespérés se précipitent en masse. Castro n'a rien à craindre des « animistes », qui ne s'intéressent qu'à l'intemporel. Il invite même le chef religieux des Yorubas, le roi des Ifé, à venir du Nigeria rencontrer ses « frères cubains ». Pour Fidel, fils de colon, la *santería* n'est qu'un amusant folklore qui présente l'intérêt d'attirer les touristes mais ne constitue en aucun cas un danger politique. Il ferme donc les yeux sur l'éclosion et la diffusion des pratiques vaudoues dans les quartiers pauvres de Santiago et de La Havane. En laissant la voie libre aux « sorciers africains », il compte bien affaiblir l'Église, son ennemie, qui tente de sortir de sa prudence habituelle.

De fait, Carlos Manuel de Céspedes et Faustino Muñoz, les deux dirigeants les plus importants de l'Église cubaine, n'hésitent plus à organiser des processions dans le pays. La plus suivie est celle de la Vierge de la Charité del Cobre, marraine de l'île, que les santéristes vénèrent eux aussi. Pour eux elle est Ochun, déesse de l'Amour. Ils l'appellent aussi « Cachita ». Les sorties de la Vierge del Cobre, qui regroupent des milliers de pèlerins silencieux, sont passées totalement sous silence par le quotidien du Parti *Granma*.

« Nous devons veiller à ne pas nous couper des racines religieuses de notre pays, dit Carlos Manuel de Céspedes, donc respecter le télescopage des croyances. Ils appellent la Vierge Marie « Cachita » ? Fort bien. Ce qui compte, pour nous, c'est d'éviter la division. » En termes diplomatiques, le prélat évoque la sourde lutte qu'il mène depuis des années avec Castro. Quarante ans d'un insolite tête-à-tête entre le descendant du héros de la guerre d'indépendance et le fils de colon espagnol, devenu père de la révolution. Après les années terribles du début du castrisme, l'expulsion des prêtres, la désaffection de certaines églises, transformées en lieux d'habitation, la répression permanente, le moment est venu, pour don Carlos, de relever la tête et de repartir au combat.

Son bras armé s'appelle Jaime Ortega, évêque de La Havane. Pour la première fois, ce dernier s'attaque dans ses homélies au régime. Il dénonce les pressions exercées sur les enseignants, critique les programmes scolaires, les menaces adressées aux enfants pour les dissuader de se rendre au catéchisme. Dans sa lettre pastorale mensuelle, il dénonce le « collectivisme asphyxiant » du régime et réclame une révision de la Constitution. Offensifs et déterminés, les évêques cubains font même parvenir à Fidel Castro une lettre dans laquelle ils énoncent les points de divergence qu'ils ont avec lui. La réaction du *Líder Máximo* est immédiate : cette « lettre » diplomatique, qui n'a pas été rendue publique, il la brandit comme une déclaration de guerre des évêques contre lui. « Ce texte est tout simplement inacceptable ! » lance-t-il.

Il hésite cependant encore à rompre les négociations sur la visite du Saint-Père à Cuba. Le 19 février 1990, il trouve une porte de sortie à l'occasion d'un dîner offert à la nonciature de La Havane en l'honneur d'un évêque américain, Mgr Ricardo Law, proche du président George Bush. À la stupéfaction des convives, le président Castro déboule dans cette soirée sans y avoir été convié. On lui réitère officiellement l'intention de Jean-Paul II de venir à Cuba « à condition qu'il puisse se rendre dans tous les diocèses de l'île, soit deux archevêchés et six évêchés ». Quelques jours plus tard, le *Comandante* a enfin trouvé sa parade : « Toute cette opération, prétend-il, est montée par les Américains. La présence de Mgr Law à La Havane est la preuve que les évêques cubains sont à nouveau colonisés par les États-Unis. » Dans ces conditions, comment accepter la visite d'un pape manipulé par le « diable yankee » ? Fatigué par les palinodies de son interlocuteur, le Vatican se résigne à mettre l'affaire entre parenthèses. Le pape viendra « un jour » dans l'île-crocodile. Castro, lui, poursuit sa nouvelle guerre sans relâche. Il fait renforcer la surveillance de toutes les églises du pays, appelle le Parti à ne pas relâcher la pression dans la lutte contre « toutes les croyances ». Au fond, ce ne sont pas les évêques qui l'inquiètent, mais le mouvement de fond qui est en train de gagner Cuba.

La dissidence politique ne constitue pas non plus une vraie menace pour lui. Représentée par Elizardo Sánchez, par Gustavo Arcos, son ancien compagnon de l'attaque de la Moncada, par Jesús Yañez Pelletier, l'ancien chef d'escorte qu'il avait jeté en prison, par Oswaldo Paya, l'économiste Beatriz Roque, la poétesse Maria Elena Cruz Varela et des dizaines d'autres, elle reste cantonnée dans la défense des droits de l'homme et surtout ne dispose d'aucun moyen d'expression. Tous ces dissidents vivent dans les pires conditions, sont isolés dans leur quartier et transformés en parias, quand ils ne sont pas déjà en prison. Humiliés, insultés, parfois bastonnés par les « brigades de riposte rapide », souffrant eux-mêmes de malnutrition, ils mènent un combat héroïque et anonyme. Ces martyrs de la liberté de conscience peuvent être jetés dans la « fosse aux lions » selon le bon vouloir du *Líder Máximo*. Tous, selon lui, sont évidemment des agents de l'étranger.

Ainsi le réalisateur Daniel Diaz Torres, pourtant militant du PC, qui a eu l'audace de présenter aux Cubains *Alice au pays des merveilles*, une fiction fantasmagorique qui dénonce les « défauts du système ». Fidel et Raúl ont détesté ce film et l'ont fait interdire pour le remplacer par… le film américain *Alien 2* ! Excédés, ils ont même fini par fermer l'ICAIC, l'Institut cubain d'art et d'industrie cinématographiques, jugé par trop indépendant.

Malgré ses humeurs et accès de fièvre, le milieu intellectuel cubain n'inquiète pourtant pas outre mesure Castro. En revanche, en cette fin d'année 1991, un événement le tétanise. Dans le port de La Havane, un petit homme au visage souriant, à la moustache à la Lech Walesa, Rafael Gutiérez, représentant des dockers à la Centrale des travailleurs cubains, vient de lancer une petite bombe : il a annoncé la création d'un syndicat libre et indépendant sur le modèle de Solidarność. Le dirigeant syndical, ancien électricien de navire, n'est pas un débutant. Très populaire dans les milieux ouvriers, Gutiérez est un homme du peuple, mais aussi un tacticien habitué des congrès syndicaux. Il compte de nombreux amis au sein du Parti communiste. Il est aussi membre du MAR, le Movimiento Armonía, organisation chrétienne de plus en plus remuante qui compte dans ses rangs un ancien journaliste de Radio Rebelde, Yndamiro Restano. Le MAR, quel drôle de nom ! Le *Líder Máximo* est horrifié qu'on puisse appeler les militants de ce mouvement les... « maristes », du même nom que les curés qui l'ont formé à Santiago de Cuba ! Pourquoi Fidel craint-il à ce point Rafael le moustachu ? Parce que son organisation vient d'être officiellement soutenue par la CIOSL, Confédération internationale des organisations syndicales libres. Gutiérez n'a donc pas moins de cent vingt millions de travailleurs derrière lui ! Invité officiellement en 1993 au congrès de Bruxelles, il reçoit même des soutiens émanant de plusieurs pays de l'Est !

Dans un premier temps, Castro, ulcéré par le personnage qui va jusqu'à porter un tee-shirt de Solidarité que la journaliste polonaise Anne Husarska lui a offert, tente d'affaiblir le rebelle. On lui fait perdre son travail. Gutiérez réagit en portant plainte. Il harcèle le *Comandante* de lettres sur le droit syndical inscrit dans la Constitution. Il écrit aussi au Conseil d'État. Il joue la légalité, tout comme un certain Fidel Castro l'avait fait, il y a fort longtemps, à l'encontre d'un certain Fulgencio Batista. Rafael Gutiérez est un teigneux. À l'occasion de son procès, ses amis appellent à une manifestation silencieuse dans l'église de las Mercedes, près du port. Plus de quinze mille personnes s'y rendent à l'appel d'une radio libre, Radio Camilo Cienfuegos.

Face à cette vague irrépressible, le *Comandante* tente encore de discréditer le « gentil Rafael ». Des hommes de la Sécurité, se faisant passer pour des dissidents, lui proposent de l'aider dans son combat : « Ils m'ont d'abord suggéré de commettre des attentats terroristes, se souvient Gutiérez. Par exemple, de faire sauter un *guagua* [bus], ou d'attaquer des patrouilles de police.

C'était assez grotesque, mais j'ai joué le candide et leur ai répondu qu'un travailleur ne pouvait s'attaquer à d'autres travailleurs. Si on détruit les *guaguas*, que restera-t-il dans ce pays ? » À cette époque, les bus sont pratiquement tous en panne, faute de pièces de rechange. Les autorités ont inventé un nouveau système de transport, le *camello* (le chameau) qui consiste à… transporter les bus déficients sur des plates-formes de camions ! Les Cubains s'y entassent et étouffent littéralement sous le nombre.

Rafael Gutiérez est l'un d'eux : c'est sa force. C'est un homme du peuple. Toutes les pressions, toutes les manipulations n'ont aucun effet sur lui. En janvier 1993, il est jeté en prison à la Villa Marista. Le personnage surprend ses geôliers, en particulier le lieutenant-colonel Rodolfo Pichardo, numéro deux de l'établissement. Gutiérez est insensible à la torture psychique du « jour permanent ». En général, les nouveaux venus, au bout de quelques jours de manque de sommeil, perdent toute capacité de résistance, paraissent littéralement drogués et se comportent comme des spectres. Rafael, lui, garde toute sa présence d'esprit. Il paraît frais et dispos, en parfaite santé. Au cours des interrogatoires, il se montre coriace, intraitable, refusant de discuter avec des « gens de la police politique » et demandant à rencontrer Fidel Castro. Rarement les hommes de la Villa Marista ont eu à cuisiner un tel détenu. Quand on le libère, en août 1993, il se refuse à tout compromis, mais précise à ses geôliers qu'ils auront beau l'assassiner, cela ne changera rien, car, leur dit-il, « Dieu est avec moi ».

Que faire d'un tel trublion ? À l'automne 1993, Rafael appelle à boycotter les élections municipales, « cette farce qui consiste à voter pour des listes uniques », et réussit à peser sur le scrutin : le taux d'abstention dépasse alors les 30 %. À Cuba où tout mauvais citoyen est fiché et risque de perdre son emploi, ce score est « révolutionnaire ». Rafael Gutiérez et ses amis sont devenus par trop dangereux. Il faut trancher dans le vif. Castro fait à nouveau arrêter le syndicaliste et l'envoie à l'autre bout de l'île, à plus de huit cents kilomètres de La Havane, dans la prison de Boniato, celle-là même où il avait été incarcéré en juillet 1953, après la Moncada.

Pourquoi un tel éloignement ? Les proches de Gutiérez sont convaincus qu'on veut le liquider. Tant d'opposants sont morts en prison, « suicidés » ou victimes de curieuses crises cardiaques. L'exemple de José Abrantes, l'ancien ministre de l'Intérieur, qui n'avait jamais connu le moindre problème de cœur, foudroyé, dans sa cellule, le 21 janvier 1991 par un infarctus, est encore dans toutes les mémoires. Aux yeux des Cubains, l'ancien chef de la Sécurité de Castro est bel et bien mort assassiné. Plusieurs des amis de Rafael, invités hors de l'île à un congrès syndical, parviennent alors à alerter l'opinion internationale. Libéré soudain sans la moindre explication, Gutiérez fait aussitôt la grève de la faim pour obtenir le droit de sortir du territoire afin de rencontrer ses collègues syndicalistes étrangers. En vain. Autour de lui, on commence à prendre peur. Sa vie est en danger. Une « brigade de riposte rapide » est venue perquisitionner à son domicile, il est violemment molesté dans son propre quartier sous les yeux de ses voisins terrorisés. Le dernier acte avant une nouvelle incarcération, cette fois peut-être fatale, vient de se jouer. Sa famille l'adjure de fuir.

Plusieurs de ses amis ont confectionné un radeau avec des planches arrachées à un appartement mitoyen du sien. Le 3 octobre 1994, vers deux heures du matin, Rafael Gutiérez embarque depuis la plage de Baracoa, à l'est de La Havane, pour mener un nouveau combat de l'autre côté de l'océan. Avec douze autres, il s'offre une dérive sur le Gulf Stream, avec pour seul bagage un bidon d'eau potable, une poignée de biscuits, des fruits secs et quelques photos de ceux qui sont restés à terre.

Fidel Castro n'a cessé de surveiller, depuis son bureau du Palais présidentiel, les faits et gestes de cet homme qui ressemble tellement à Lech Walesa. Il a fini par le laisser partir. Désormais, Gutiérez n'est plus qu'un *gusano* (ver de terre) parmi tant d'autres. Il a fini par céder. Cuba n'est pas la Pologne. C'est une île, aux frontières bien plus imperméables que la terre de Jean-Paul II. C'est cela la force de Castro, les murs de son domaine s'appellent océan Atlantique et mer des Caraïbes.

Mais le syndicaliste lui aura donné du fil à retordre ! Est-ce à cause de lui qu'il a eu une nouvelle attaque cérébrale, au cours de l'été 1993, à Varadero, à l'occasion de l'inauguration d'un hôtel espagnol ? Alors qu'il conversait avec quelques journalistes étrangers, Fidel a de nouveau été victime de cette étrange douleur, fulgurante, qui le pétrifie comme une statue. Il est resté plus d'un quart d'heure assis, prostré, incapable d'articuler le moindre mot. Ses gardes du corps l'ont ensuite reconduit à sa voiture. Dans la nuit noire, le cortège des Mercedes blindées est reparti tous feux éteints vers La Havane.

CHAPITRE 42

Elian et les requins

Ils le surnomment « le Sofa ». Il mesure un mètre dix de haut, soixante-dix centimètres de large et sept kilomètres de long. Tous les soirs au crépuscule, les jeunes Cubains viennent s'asseoir sur le parapet du Malecón, face à l'océan. C'est leur « mur de Berlin » à eux. Ils scrutent l'horizon et attendent. Autour il n'y a ni miradors, ni vopos, ni barbelés. Il n'y a que l'immensité de la mer et une horde de nuages qui annoncent parfois l'arrivée d'un ouragan.

Comment faire comprendre cette évidence au touriste de passage, fasciné par l'atmosphère de fin de règne qui plane sur cette capitale en état de coma avancé ? La Havane, ville décrépite, léthargique et lascive, entraîne le visiteur dans sa chute lente et désespérée. Comme à Venise, celui-ci se laisse attirer par cette beauté morbide, celle d'un décor colonial d'une splendeur moisie. Comment faire passer aux étrangers le message que Cuba est avant tout une île-prison, et non pas ce musée à ciel ouvert qu'on traverse avec la bonne conscience d'un touriste en goguette au Louvre ou au Metropolitan ?

Les Cubains ne se posent même plus la question. Immobiles, l'œil rivé au bleu de la mer, ils se racontent les mille et une histoires de *balseros* qui ont endeuillé tant de familles. Tous ont un frère, un oncle, une cousine qui ont tenté la folle aventure de la traversée du détroit de Floride. Tous ont rêvé de s'enfuir eux aussi, mais encore faut-il en avoir la force, les moyens financiers ou simplement l'occasion. Le départ est une loterie impitoyable. « La mer, disent-ils, est notre cimetière. » Quand ils ont entendu, sur les ondes de la radio d'État, l'extraordinaire odyssée du petit Elian, garçon de cinq ans retrouvé sain et sauf, seul, accroché à une chambre à air, tel Moïse sauvé des eaux, au large des côtes de Floride, ils ont filé vers le Malecón. Ils ont encore une fois levé leur regard sur l'horizon et ont prié pour tous les morts engloutis par la mer.

Ce 26 novembre 1999, Fidel Castro suit les informations sur le sauvetage du petit naufragé avec une surprenante fébrilité. Des affaires de *balseros*, il en connaît depuis plus de trente ans. En ce domaine, le *Líder Máximo* a du métier ! C'est même un expert.

En 1994, il a réussi à se sortir d'une terrible partie de bras de fer avec l'administration américaine : cette année-là, durant l'été, plus de 35 000 *boat people* ont quitté Cuba pour la Floride avec la bénédiction du chef de l'État cubain. L'afflux massif d'immigrés clandestins a provoqué une véritable panique du côté américain. Élu en novembre 1992, Bill Clinton, pourtant plutôt bien disposé à l'égard de Castro, comprend que ce dernier a tout bonnement opéré une « saignée » dans son propre peuple et qu'il utilise les États-Unis comme un « déversoir ».

Castro, lui, n'a jamais été aussi fragile. Jamais son pouvoir n'a été aussi contesté publiquement. Des émeutes d'une rare violence ont même lieu à La Havane. Le 5 août 1994, deux policiers sont tués par des manifestants sur le boulevard du Malecón ; deux ferries sont détournés à destination de la Floride. Bien entendu, le *Líder Máximo* voit la main de Washington derrière la « subversion ». En favorisant une « invasion de *boat people* » aux États-Unis, Castro avertit Clinton : « Si une guerre civile éclate à Cuba, vous en paierez les conséquences aussi. » Or, depuis plusieurs années, telle est la hantise des Américains, qu'ils soient républicains ou démocrates : la propagation du drame cubain sur leur propre sol. Le 18 août, Bill Clinton réagit brutalement : il décrète l'état d'urgence, ouvre des centres de rétention en Floride pour les « clandestins », et ordonne des sanctions immédiates contre l'île ; il suspend tous les vols charters entre les USA et Cuba, augmente considérablement l'aide accordée à Radio Martí et TV Martí, les deux stations d'opposition à Castro qui émettent depuis la Floride. Finalement, le 9 septembre 1994, un accord est conclu entre les deux gouvernements : plus de 21 000 *balseros* recueillis par les gardes-côtes US sont rapatriés à Guantánamo !

Fidel Castro est surpris par l'attitude musclée de l'ancien gouverneur de l'Arkansas. Le Président démocrate lui apparaît comme un politicien beaucoup plus habile et retors qu'il ne le croyait. Il va devoir composer avec lui, montrer quelques signes d'ouverture. Ainsi, il renonce définitivement au projet de centrale nucléaire de Juragua, près de Cienfuegos, considéré par les Américains comme une menace en cas d'utilisation militaire du réacteur.

Cette usine atomique était la passion de toute une vie pour son fils Fidelito, responsable du site, lequel supporte mal la reculade paternelle. Il le dit. Fidel le limoge aussitôt et l'assigne à résidence. Durant quelques années, Fidelito disparaît de la scène politique. Il n'a plus le droit de quitter le pays et, pendant huit ans, ne pourra plus rendre visite à sa mère, Mirta, en Espagne. Motif officieux insinué dans les milieux de la Sécurité :

lors de son ultime voyage dans la capitale espagnole, le fils du *Líder Máximo* aurait été surpris en fâcheuse posture dans une maison de tolérance et pourrait être l'objet d'un chantage de la part de services secrets s'il se mêlait de revenir en terre ibérique. Très pointilleux sur les questions de protection de la vie privée, Castro ne peut se permettre ce genre de scandale. Le fils, pris en flagrant délit de libertinage, est donc puni. Il vient augmenter la longue liste des officiels « en pyjama » – assignés à résidence.

Sur le terrain économique, le *Comandante* poursuit l'éternel petit jeu de yo-yo entre « ouverture » et « fermeture » du marché libre. Cette fois, il ouvre : il permet l'installation d'épiceries privées et accepte la relance du marché paysan. Il autorise aussi les restaurants privés, les *paladares*, et les gîtes du genre « bed and breakfast », appelés *casas particulares*. Là encore, il surveille l'évolution de ces établissements avec une grande attention. La nouvelle équipe qui l'entoure, dirigée par Carlos Lage, défend, en matière de développement économique, l'option chinoise. La déroute de Gorbatchev a définitivement persuadé Castro que la voie démocratique serait mortelle pour son régime. Il défend le principe du maintien du parti unique contrôlant une nouvelle économie de marché. Ainsi, le 5 septembre 1995, il fait voter une loi permettant aux entreprises étrangères d'investir jusqu'à 100 % dans le capital d'une société installée à Cuba. Seule anicroche à ce « bond en avant » : les Cubains résidant dans l'île, eux, n'ont pas le droit d'investir. Seuls les riches Cubains de Miami bénéficient de ce privilège ! Ainsi, peu à peu, les habitants de l'île ont le sentiment d'être victimes d'un terrible apartheid social. On leur *interdit* l'accès aux plages, aux hôtels pour touristes. Ils se considèrent comme des citoyens de seconde zone. Les ghettos touristiques de Varadero, sous contrôle de la Sécurité, discrète mais omniprésente, deviennent des « bantoustans pour Blancs ». Aussi, malgré de petits signes de libéralisation du système, les jeunes Cubains continuent-ils à fuir le pays.

Durant cette année 1995, Fidel Castro laisse son frère gouverner pour le préparer à la succession, et tente d'oublier Cuba en voyageant. Paradoxe : son affaiblissement sur la scène internationale adoucit son image. Le guérillero ne fait plus peur. Il est reçu en Argentine et en Colombie, puis, le 10 mars 1995, en France où le président Mitterrand, déjà affaibli par la maladie, l'accueille en ami. Le 22 octobre 1995, il retourne à New York à l'occasion du cinquantième anniversaire de l'ONU, qui, fait exceptionnel, a condamné l'embargo américain contre Cuba. On le voit sur la photo officielle, au quatrième rang derrière Bill Clinton. Ce n'est plus un pestiféré, mais un chef d'État comme les autres. Il se rend en Chine, au Vietnam et au Japon, à la recherche de partenaires économiques. Le 19 novembre, il est reçu à Rome par Jean-Paul II à l'occasion de sa visite au sommet mondial sur l'Alimentation, organisé par la FAO. Il rentre à Cuba rasséréné, persuadé que le monde ne lui est plus hostile. Il se doit de poursuivre cette tactique particulièrement payante qui consiste à soigner son image de vieux souverain bonhomme, charmant vétéran de la guérilla à l'extérieur, et à réprimer implacablement son opposition à l'intérieur, comme il l'a fait le 24 février 1996 en faisant abattre par des avions de combat deux appareils de tourisme de l'organisation « Hermanos al rescate », de José Basulto, venus secourir des *balseros* en perdition dans les eaux cubaines. L'opération, qui a entraîné la mort de quatre hommes, a été un assassinat pur et simple.

Au cours de son audience au Vatican, Castro a enfin invité officiellement le Saint-Père. Cette fois, c'est sûr, il n'y aura pas de cache-cache diplomatique : le voyage aura lieu en janvier 1998. Ainsi Fidel bénéficie d'une année pleine pour se consacrer à la préparation du Ve Congrès du PC cubain, qui débute le 8 octobre 1997. L'heure n'est plus aux grandes tirades révolutionnaires, mais aux *joint-ventures*, au tourisme de masse, au capitalisme d'État, aux visites de délégations patronales venus des quatre coins de la planète. Castro a adopté définitivement la ligne chinoise. Au cours de ce congrès, le Parti est muet, le dollar est roi.

Ironie du sort ou coup de génie du *Comandante* toujours avide de cérémonies symboliques, il profite de l'occasion pour faire rapatrier la dépouille du Che depuis la Bolivie, et la fait inhumer dans un mausolée à Santa Clara. Il annonce aussi une mesure exceptionnelle : désormais, la fête de Noël est réintégrée dans le calendrier. Les chrétiens pourront célébrer la messe de minuit. Le Père Noël reprend lui aussi du service. Encore une fois, le montreur de marionnettes brouille les pistes, joue avec les signes.

Quand Jean-Paul II atterrit à La Havane, le 21 janvier 1998, le terrain est parfaitement balisé. Tout a été fait pour que le voyage se déroule dans le calme. Le *Líder Máximo* a même accepté qu'un poster géant du Christ, de plus de vingt mètres de haut, soit installé sur la façade de la Bibliothèque nationale, place de la Révolution, avec ce slogan : « J'ai confiance en toi. » Dans son discours de bienvenue, il a clairement exposé la règle du jeu, à savoir la nouvelle relation qu'il compte entretenir avec l'Église : pas question d'une attitude colonialiste de la part des prélats envoyés par Rome, et la cohabitation sera possible. Pour rassurer son hôte, le pape critique sévèrement l'embargo américain, puis fait le tour des diocèses de l'île. Il célèbre des messes, devant des foules en liesse, à La Havane, Santa Clara, Camagüey et Santiago. Il préside une cérémonie nocturne à l'université de La Havane, dans la grande salle Aula Magna, devant la sépulture du père Varela, héros de la guerre d'indépendance contre l'Espagne, symbole du rôle que joua l'Église dans la formation du sentiment national cubain. Le 25 janvier, le Saint-Père quitte l'île persuadé que Fidel Castro va définitivement tourner la page, et même collaborer avec le Vatican.

Comme toujours, le *Comandante* a défendu les « positions du Christ », ennemi des marchands du Temple. Il a soutenu les thèses des curés gauchistes d'Amérique du Sud, partisans de la théologie de la libération, comme son vieil ami le père brésilien Frei Betto qu'il utilise de temps à autre quand il a besoin d'une caution religieuse. « Si Jésus-Christ a choisi les pêcheurs, a-t-il expliqué au Saint-Père, c'est parce qu'il était communiste. »

Quelque peu abasourdis par le triomphe de Jean-Paul II sur l'île, les évêques cubains tendent une main loyale au vieux dictateur. « La doctrine sociale de l'Église, écrivent-ils dans une lettre pastorale, tout aussi éloignée du néolibéralisme en vogue que d'un collectivisme à outrance aujourd'hui dépassé, peut servir de référence à l'économie et à la société civile. » Tous envisagent sérieusement de collaborer avec l'ancien élève des jésuites et d'écrire, avec lui, une nouvelle page de l'histoire cubaine. Seul l'évêque de Santiago, Mgr Meurice, doute de la sincérité de Castro.

Il n'a pas tort : quelques mois seulement après la « lune de miel » entre ceux qui croient au Ciel et ceux qui n'y croient pas, le *bicho* cogne encore plus fort sur l'opposition qui s'était mise elle aussi à espérer. Il fait voter par l'Assemblée nationale une réforme du Code pénal élargissant l'application de la peine de mort et renforçant considérablement les sanctions contre la dissidence. Les évêques découvrent que Fidel n'a en fait qu'une seule religion : le « castrolicisme ». Ulcérés, ils ont le sentiment d'avoir été bernés : la visite du pape n'a servi qu'à la « propagande extérieure du gouvernement », comme le précisent certains prêtres de la région d'Oriente au cours d'une réunion organisée à Santiago en juillet 1999. Le pape est passé, disent-ils, et Fidel est resté. Rien n'a changé. En quelques mois, l'espoir s'est évanoui. Les Cubains s'en sont retournés à leurs problèmes de survie, et la valse des *balseros* a repris son cours.

Et voici qu'Elian a surgi, sauvé des eaux ! Le gamin a été retrouvé le 25 novembre 1999, à environ 30 miles au nord de Fort Lauderdale. Il est originaire de Cardenas, ville côtière à l'est de La Havane, tout près de Varadero. Cet enfant est un miraculé. Après quatre jours en mer, il n'aurait jamais dû survivre. Sa mère l'a protégé des requins le plus longtemps possible avant de sombrer. Ce drame semble atteindre directement le *Comandante*. Il le vit comme une affaire personnelle. Il veut absolument tout savoir de ce « miracle ». Il en oublie ses rendez-vous. Est-ce l'âge du jeune garçon qui le renvoie à sa propre histoire ? Fidel avait cinq ans quand il a eu le sentiment d'être abandonné par sa mère, se retrouvant seul à Santiago au milieu d'un univers hostile, époque qu'il vécut comme un vrai naufrage. Est-ce le prénom d'Elian, pratiquement l'anagramme d'Alina, sa fille transfuge, qui l'a humilié quelques années plus tôt en s'enfuyant avec l'aide de la CIA ? Ou bien encore la propre histoire d'Elian, parti avec sa mère aux États-Unis sans l'assentiment du père, comme l'avait fait quarante ans plus tôt Mirta Diaz Balart avec Fidelito ?

À 73 ans, Fidel Castro paraît mobilisé corps et âme par ce dossier. En quelques heures, il a recueilli le maximum d'informations. Elian González est le fils d'Elizabeth Broton et de Juan Miguel González, tous deux originaires de Cárdenas. Le couple, la trentaine, qui a divorcé, est apparemment sans histoires. Elizabeth, que tout le monde appelle Elisa, est une militante « bien notée » du Parti communiste ; elle est secrétaire de cellule et membre du Comité de défense de la révolution. Elle travaille comme femme de ménage à l'hôtel Paradiso, à Varadero. Elle n'a jamais fréquenté le moindre dissident, ni les milieux chrétiens. Juan Miguel est lui aussi un Cubain « bien noté ». Il est guide dans un parc pour touristes à Varadero. Il a la réputation d'un coureur de jupons, mais le père séparé voit régulièrement son fils, le comble de cadeaux, et il n'a, lui non plus, aucun lien avec des « personnes suspectes ». Selon l'expression fidéliste, ils sont « sains ».

Jusqu'au jour où Elisa tombe amoureuse de Lázaro Munero, dit « Rafa », lui aussi de Cárdenas. Rafa est un jeune homme plein d'entrain, ambitieux, qui rêve de monter sa propre entreprise. Il sait qu'à Cuba il est condamné au marché noir, à la débrouille, au vol, s'il ne veut pas passer sous les fourches caudines du Parti. Quand il rencontre Elisa, il est prêt à faire le grand saut. En 1998, il s'enfuit seul, faire fortune à Miami avec un groupe de *balseros*. Dans la capitale de la Floride, il commence par vivre de petits boulots dans des stations-service, mais, bien vite, Elisa lui manque. Il décide de faire le voyage de retour, cas rarissime, et organise un nouveau départ, cette fois avec sa *novia* et le fils de celle-ci, Elian. Le 22 novembre, un radeau rafistolé, avec à son bord quinze personnes, s'éloigne de la côte de Cárdenas, « vers la liberté ». Au cours de la traversée, les fuyards sont surpris par une terrible tempête. Rafa est emporté par une vague géante. Elisa se retrouve seule avec Elian, agrippée à une chambre à air. Elle a pu conserver une boîte de biscuits pour nourrir l'enfant. Elle l'a vêtu d'un blouson orange fluorescent, couleur qui, dit-on dans les milieux *balseros*, fait fuir les requins. C'est sans doute ce qui a sauvé Elian.

L'odyssée d'Elisa, engloutie par l'océan, qui, jusqu'au bout, n'aura pensé qu'à protéger et sauver son fils, bouleverse la communauté de Miami. Les télévisions s'emparent de la tragédie de ces quinze fuyards parmi lesquels trois seulement sont arrivés à bon port, un jeune couple accroché à une autre chambre à air, et Elian. On brode aussitôt sur le miracle : Elian a été sauvé par des dauphins qui l'ont escorté jusqu'à Fort Lauderdale. En un rien de temps, le « miraculé » devient le héros des exilés. Les « politiques » s'emparent de l'affaire. La congressiste Ileana Ros-Lethinen rend visite au *niño* chez son oncle, Lázaro González, tout près de la calle Ocho, l'artère centrale de Miami, où vivent les exilés cubains. Lincoln Diaz Balart, l'autre élu du Parti républicain, que Castro déteste copieusement, fait lui aussi le pèlerinage à Little Havana, et, tout sourire, offre à l'enfant, devant les caméras, un jeune labrador appelé « Dauphin ». Suivent une cohorte d'avocats souvent liés au Parti républicain ou à la Fondation nationale, désormais dirigée par Jorge Mas Santos, fils de Jorge Mas Canosa, décédé en 1997. Les *lawyers* proposent gratuitement leurs services pour défendre le petit héros. En quelques jours, Elian est devenu un symbole éminemment politique : celui de tout un peuple « sous le joug de la tyrannie ».

Quand Fidel Castro voit Lincoln Diaz Balart serrant dans ses bras le petit Elian devant une foule de journalistes, son sang ne fait qu'un tour. Malgré les requins, les tempêtes, entre Cuba et la Floride ce n'est encore qu'une histoire de famille. Ce type habillé comme un prince, ce Lincoln qui se prévaut de sa double nationalité, cubaine et américaine, et qui est le meilleur ami de Jeb Bush, le frère de George, est aussi parent de Fidel, puisqu'il est le neveu de sa première femme, Mirta. Lincoln est donc le cousin de son fils, Fidelito.

Décidément, pour Fidel, les Diaz Balart se dressent toujours en travers de sa route ! Quarante ans après son divorce, son ancienne belle-famille n'a rien pardonné à « l'intrus », le vaurien de Biran, le fils du cul-terreux Ángel Castro. Il devra les affronter jusqu'à son dernier souffle. Il avait presque oublié à quel point la haine entre eux était tenace. Comment ne pas se souvenir ? Ce sont eux qui organisèrent le kidnapping de Fidelito, en 1957, pour restituer l'enfant à Mirta. Eux qui connaissent sur le bout des doigts sa véritable histoire, ses relations troubles avec Fulgencio Batista, ses ambitions démesurées qui lui avaient fait épouser la fille du conseiller du dictateur, lequel était en même temps l'avocat de la United Fruit Company. Cette ville de Banes et ses secrets enfouis resurgissent brutalement. Les Diaz Balart se sont pourtant montrés d'une grande discrétion à ce propos, sans doute pour protéger Mirta et ses relations avec son fils Fidelito que Castro, d'une certaine manière, a séquestré dans l'île.

L'affaire Elian change alors de nature. Elle devient l'affaire Castro-Diaz Balart. Le conflit de toute une vie. Dès cet instant, le *Comandante* recouvre ses instincts guerriers. On veut lui enlever ce « fils tombé du ciel » ? Il contre-attaque brutalement, le 5 décembre 1999, et lance un ultimatum à Miami : « Vous avez soixante-douze heures pour nous renvoyer le petit Elian, menace-t-il. C'est une affaire de droit commun. Cet enfant a été kidnappé, il doit être rendu à son père ! »

La déclaration de Castro électrise les Cubains de Miami. Tous les enfants de Floride se mettent à porter des tee-shirts « Sauvez Elian ! ». Des quêtes sont organisées pour venir en aide à la famille immigrée. Des centaines de milliers de dollars affluent dans la petite maison du quartier de la calle Ocho, désormais gardée par la police. Le 12 décembre, le jeune garçon est à Disneyland où il a été invité par le maire républicain d'Orlando. Cerné par la meute des photographes et des cameramen, il pénètre dans l'enceinte d'une des attractions, *« It's a small world ».* Voici qu'il panique et pleure à chaudes larmes. Il refuse de monter dans la chaloupe arrêtée devant lui. Il repense à sa mère, au naufrage. Comment les organisateurs ont-ils pu commettre une aussi lamentable bévue psychologique ?

À La Havane, Fidel Castro contre-attaque : il fait venir de Cárdenas le père et les deux grands-mères d'Elian, qui réclament son retour. Il les loge royalement dans une maison du protocole, dans le quartier de Siboney, afin qu'ils soient toujours prêts à accorder des interviews aux télévisions américaines. Il retrouve là un rôle qu'il affectionne : celui de propagandiste. Pour les caméras des chaînes étrangères, il fait repeindre en quelques jours l'école de Cárdenas où étudiait Elian, ainsi que le quartier où vit sa famille. L'enfer prend de belles couleurs. Pourquoi Elian ne rentrerait-il pas dans une ville aussi rutilante ?

En un clin d'œil, le *Líder Máximo* a retourné la situation. Juridiquement, il n'a pas tort. Après tout, qu'Elian soit rendu à son père est la solution la plus logique. C'est ce que pensent les services d'immigration et de naturalisation américains. Le 5 janvier 2000, ils se prononcent en faveur du « retour chez le père ». Des manifestations géantes sont organisées à Miami. Alina Fernández entre à son tour dans la bataille et s'en prend à son père : « Il faut savoir que, pour lui, avertit-elle, tous les enfants de Cuba sont sa propriété. Le véritable père n'est qu'une marionnette ! » Peu à peu, l'affaire devient un feuilleton télé bien plus palpitant que *Dallas* ou *Les Feux de l'amour*. Des stars du show-business entrent dans la danse. Gloria Estefan, la star de la salsa, Andy Garcia, l'acteur vedette de la communauté latino, Julio Iglesias font une virée « chez Lázaro González ». Comment la justice américaine va-t-elle trancher ?

Pendant que Janet Reno, ministre de la Justice de Bill Clinton (réélu en 1996), planche sur le dossier, des campagnes de dénigrement sont orchestrées de part et d'autre du détroit de Floride. À La Havane, Fidel Castro, décidément obsédé par cette affaire, fait publier une enquête selon laquelle Lázaro González, l'oncle d'Elian, serait un homosexuel notoire, de surcroît alcoolique. La presse de Miami tente à son tour de salir le père du garçon. On l'accuse d'être lui aussi alcoolique et violent. Comment pourrait-on confier Elian à un tel monstre ? Pour gagner du temps, les avocats de Miami poussent l'enfant à accorder une interview au cours de laquelle il prétend que sa mère est vivante. « Je le sens, dit-il. Elle vit encore. Elle doit être quelque part en train de se faire soigner. Elle a perdu la mémoire, mais elle est vivante, c'est sûr ! » Le stratagème est immoral, voire répugnant, mais il pourrait bien convaincre les autorités américaines d'accorder une carte de résident à Elian, le temps que les choses se calment.

Mais Castro, qui se prend désormais pour l'avocat d'Elian, n'a pas du tout l'intention de calmer le jeu. Au contraire ! Il organise des manifestations de masse à La Havane et se met à menacer les États-Unis d'un nouvel exode. Dans le même temps, il envoie discrètement Ricardo Alarcón négocier avec les conseillers de Bill Clinton. Le président américain n'a aucune envie de transformer une affaire privée – la garde d'un enfant – en conflit international. Fait extraordinaire dans les relations cubano-américaines : il envoie même l'un de ses avocats prêter main-forte à Castro !

En février 2000, Gregory Graig part donc pour La Havane conseiller le *Líder Máximo*. Officiellement, il est le défenseur du père d'Elian, Juan Manuel González. Officieusement, il traite en direct avec Fidel. L'avocat est éberlué par la minutie avec laquelle ce dernier suit le dossier. Aucune ficelle juridique, aucune jurisprudence américaine ne lui est étrangère. Il connaît l'affaire sur le bout des doigts, les dates, les noms de tous les protagonistes, jusqu'aux cousins éloignés des deux familles. Le *Comandante* profite de ces entretiens pour faire savoir à la Maison-Blanche qu'il est un grand admirateur de Hilary Clinton, qu'il trouve séduisante et même sexy. Il a en effet suivi avec délectation la vaudevillesque affaire Lewinski et est tombé sous le charme de la *First Lady*. Il l'a trouvée merveilleusement digne et, surtout, inébranlable dans la défense de son mari.

Bill Clinton, lui, a un problème politique urgent à résoudre : calmer la communauté de Miami. À quelques mois de l'élection présidentielle qui doit se dérouler en novembre 2000, il compte bien passer le relais à son ami Al Gore, candidat des démocrates. Or, l'affaire Elian complique singulièrement sa position. Que faire ? Renvoyer l'enfant chez son père, comme le droit le prescrit, ou bien jouer l'épreuve de force ? Tiraillé entre la position d'Al Gore, favorable à une solution d'attente, et celle de Janet Reno, prête à une intervention musclée pour récupérer l'enfant et le rendre à son père, le président américain, conforté par des sondages indiquant que les Américains sont en majorité favorables au retour de l'enfant chez son père, se rallie à la position de son ministre.

Le 22 avril au petit matin, un commando du FBI fait irruption chez Lázaro González, à Miami. L'interpellation choque les esprits. Elle ressemble à une opération de guerre. Les hommes du FBI sont casqués, munis de fusils d'assaut. L'opinion est consternée. Elian est emmené à la base Andrews de l'US Air Force, puis transféré à Washington où il doit retrouver son père. « C'est un crime monstrueux ! dénonce Lincoln Diaz Balart. Clinton et Reno ont pris Elian de force, et les psychiatres de Castro auront le temps de lui laver le cerveau avant que la Cour ne l'entende. » Durant deux mois, Elian va attendre à Washington que sa situation juridique soit définitivement clarifiée.

À La Havane, Fidel, informé minute après minute par « son » avocat Gregory Graig, s'apprête à envoyer Juan Manuel González rejoindre son fils dans la capitale américaine. Mais peut-il vraiment lui faire confiance ? Le père du garçon s'est montré jusqu'alors parfaitement loyal *(sano)*, mais si, à la première occasion, il demandait l'asile politique aux États-Unis ? Après tout, son fils est devenu là-bas une véritable mine d'or, un produit marketing de première valeur… Juan Manuel est donc « convoyé » à Washington sous haute surveillance, sans avoir obtenu de visa de sortie du territoire cubain. Quand, le 28 juin 2000, la Cour suprême met un point final à l'affaire du « kidnapping d'Elian » en ordonnant qu'on le remette à son père légitime, le *Comandante* exulte. Il a indiscutablement gagné ce combat de plus de six mois. Après avoir échappé à la fureur des flots, un petit orphelin, victime d'une épouvantable guerre des nerfs, revient chez lui, auréolé de toutes les qualités. Il a choisi Cuba contre l'Amérique. Il a choisi la Patrie contre l'Argent.

Le 28 juin, Elian est à l'aéroport José Martí au côté de son père, qui n'a pas trahi. Il est ovationné par la foule. Habilement, Fidel n'est pas venu l'accueillir. Il a laissé ce soin à Ricardo Alarcón, l'homme des missions secrètes avec les USA. Le *Comandante* souhaite à sa manière la bienvenue au « fils prodigue » : il demande aux scénaristes du dessin animé cubain *Elpidio Valdés* de faire dire au héros de la série : « Bienvenue, Elian ! Maintenant, nous devons gagner la bataille du blocus ! » Dans la foulée, il fait ériger une statue de José Martí sur le boulevard du Malecón ; dans les bras de la figure nationale, on aperçoit un garçonnet qui ressemble comme deux gouttes d'eau à Elian González. Comme son aîné, il regarde la mer. L'homme montre du doigt les États-Unis, pays mythique perdu dans les brumes de l'horizon. Étrange symbole : le « père » et le « fils » semblent défier leur « belle-famille » d'au-delà les mers. Et Miami, la ville sœur où les Cubains ont fini par devenir les maîtres du jeu.

Entre Miami et La Havane, il n'y a rien d'autre, en effet, que des affaires de famille. Des dettes jamais réglées depuis près d'un demi-siècle. L'affaire Elian n'y a rien changé. Elle a au contraire mis le fer dans les plaies à vif d'un peuple écartelé. Non, il n'y a pas de mur de Berlin à La Havane. Il y a Fidel Castro. Le mur allemand a tenu moins de trente ans. Lui entame sa quarante-deuxième année de dictature.

Pour le 26 juillet, jour de la fête nationale, le vainqueur du procès Elian, rayonnant, organise un rassemblement de près d'un million de personnes devant la « section des intérêts américains » à proximité de la statue de José Martí. Elian est bien sûr aux premières loges, près du *Líder Máximo*. Tout est rentré dans l'ordre. Le gamin de Cárdenas a distrait le peuple cubain et lui a fait oublier le quotidien. Il a même aidé à susciter un élan nationaliste. Ce jour-là, magnanime, Fidel a invité aux cérémonies Jerry Brown, ancien gouverneur de Californie. Il lui accorde même plus de trois heures de tête-à-tête dans sa Mercedes en le raccompagnant jusqu'à l'aéroport de La Havane :

« Je me souviens de la fascination réelle qu'il éprouvait pour le petit Elian, confie Jerry Brown. Il le trouvait très intelligent, très courageux. Surtout, il était convaincu que cet enfant était un signe du Ciel. Il m'a même dit qu'il était convaincu que ce gosse serait son successeur ! »

Elian, l'enfant miracle, a-t-il un destin ? Le 6 décembre 2000, Fidel Castro se rend à Cárdenas pour fêter en famille l'anniversaire du jeune garçon. Le héros a 7 ans. « Que feras-tu plus tard ? lui demande le *Comandante*.
– Je serai policier, artiste à la télé ou astronaute ! »

Et Juan Manuel González, le père tranquille qui aurait pu devenir millionnaire ? Il a changé de métier. Il n'est plus guide dans un parc naturel. Il est devenu caissier dans un restaurant italien de Varadero.

CHAPITRE 43

La dame de Cojimar, le Saint et les moustiques

Elle a tout accepté. D'abord, d'être la maîtresse secrète, celle que l'on visite de temps à autre dans une maison de Cojimar, à l'est de La Havane, que le *Comandante* lui a généreusement attribuée. Au début, elle ne pouvait être plus heureuse dans le petit port de pêche cher à Hemingway. Comment oublier ces moments magiques ? C'était au tout début de la révolution. Delia Soto del Valle vivait à Trinidad, ville côtière du sud, connue pour son architecture coloniale. Elle était une militante fervente et passionnée. En 1961, institutrice dans la province de l'Escambray, dans une brigade d'alphabétisation, elle apprenait le bréviaire castriste aux paysans. Elle était d'une beauté hors du commun. Blonde, les yeux d'un bleu presque transparent, elle éblouissait tous les hommes sur son passage. Avec sa peau diaphane, ses manières aristocratiques, elle avait des allures d'Américaine. Son père, Enrique Soto del Valle, surnommé « Quiqué », patron d'une fabrique de cigares de Trinidad, anticommuniste notoire, ne supportait pas de la voir traîner avec les guérilleros du M26. Un jour, dans son village « en voie d'alphabétisation », elle a rencontré Fidel Castro à l'occasion d'une de ses innombrables visites sur le terrain. Le coup de foudre fut instantané. Quelques mois plus tard, elle était installée à Cojimar dans le rôle d'une Pénélope sereine et amoureuse. Pour les gardes du corps de Fidel, elle était « la dame de Cojimar », discrète, presque invisible. La vie était pour elle un délice, car elle pouvait satisfaire sa passion de la mer. Grande spécialiste de la pêche sous-marine, Delia plongeait régulièrement au large des côtes, à l'est de La Havane, en attendant son « guerrier ». On dit qu'avant de connaître Fidel elle participa même aux recherches en mer du corps de Camilo Cienfuegos, en octobre 1959, avec sa tante, son modèle, Gloria Elvira Soto del Valle, une aventurière, capitaine dans la guérilla de l'Escambray, grande cavalière, elle aussi amatrice de plongée.

Pendant vingt ans, Delia, la femme-grenouille, est restée tapie dans l'ombre du géant. Elle a accepté ce rôle sans sourciller, sans jamais se plaindre. Depuis le premier jour, elle a compris que cet homme ne quitterait jamais son uniforme vert olive, qu'il était marié pour le meilleur et pour le pire à l'Histoire. Elle lui a tout de même donné cinq enfants : Alejandro, Antonio, Ángel, Alexander et Diego. Afin qu'ils poursuivent leur scolarité, elle a fini par s'installer à La Havane, dans le quartier du Vedado, dans un immeuble de quinze étages, sur la 3e Rue. En 1980, après la mort de Celia Sánchez, Fidel Castro, dépressif, l'a épousée dans le plus grand secret. Le contrat entre eux est clair : elle restera dans l'ombre, pour des raisons de sécurité mais aussi pour l'image du *Comandante*. Il ne sera jamais un père tranquille ni un papa gâteau. Il n'en a ni la fibre ni le loisir. Delia n'apparaît donc dans aucune cérémonie, ne participe à aucune réception. Elle travaille à l'Institut océanographique et élève ses enfants sans bruit. Elle n'est pas une épouse soumise, au contraire : elle revendique ce statut de femme libre, mariée clandestinement à un homme d'État officiellement célibataire.

Étrange situation dans laquelle l'épouse secrète trouve sa place.

Au fil des ans, le *Líder Máximo* passe de plus en plus de temps avec elle. Elle le rejoint, avec ses enfants, dans sa maison-refuge du quartier de Siboney, à La Havane, et dans une autre demeure, à Jaímanitas, où elle s'adonne à sa passion : la culture des roses. Delia Soto del Valle vit désormais au quotidien avec le « Viejo », comme l'appellent ses cinq enfants. Fidel Castro déteste cette marque d'affection. Il leur impose le terme de *« Comandante »*, et surtout pas « papa » ! Il est le père du peuple, pas d'une famille. Le lien biologique ne doit pas le faire dévier de sa route : la poursuite de la révolution. Sur cette question, le dictateur est intransigeant : il n'aime pas les familiarités. Pour le reste, il laisse ses fils, qui ont tous fait leurs études en Union soviétique, devenir des « enfants de la *ladacratie* ». À La Havane, leurs frasques nocturnes, leurs virées sont connues de tous. Comme leur sœur Alina, ils vivent une certaine forme de *dolce vita* dans un pays en ruine. Aucun d'entre eux ne fait de politique. Antonio est chirurgien. Alex veut devenir photographe. Le vieux tyran n'a pas d'héritier politique parmi ses descendants. Tous ses enfants ont échappé à cette malédiction pour la seule raison qu'il n'en veut pas. Sont-ils seulement membres du Parti communiste, ou du CDR de leur quartier ? On l'ignore.

Comme Tirano Banderas, le héros de Ramón del Valle-Inclán, Fidel Castro est seul dans sa tour avec ses fantômes et sa folie. En 2001, à 75 ans, toutes ces années l'ont amoindri physiquement. Il a connu de nouvelles alertes, mais rien n'y fait : il n'a jamais envisagé son départ. Il se repose simplement davantage, passe plus de temps avec Delia dans sa résidence de Punto

Cero, à l'ouest de La Havane, celle où vécut Ernesto Guevara avant son départ en Bolivie. Là, dans cette villa de grand luxe, avec piscine et haras, il lui arrive de souffler quelques jours. Bien qu'il possède plus d'une dizaine de villégiatures disséminées dans toute l'île, en particulier dans la région d'Oriente, Punto Cero est son lieu de retraite préféré. C'est en fait son QG de guerre en cas d'invasion américaine. Fidel y a fait aménager un abri antiatomique pouvant accueillir une soixantaine de personnes, effectif qui correspond à celui de l'état-major de l'armée cubaine. Totalement silencieuse, véritable labyrinthe de galeries et de portes blindées, la cache a des réserves de nourriture et d'oxygène pour vingt-quatre mois. Elle a été construite avec le concours d'une entreprise canadienne à travers la société Technotex. Un long tunnel conduit directement au petit aéroport de Baracoa où un jet est toujours prêt à décoller. Fidel Castro a tout prévu. En cas de défaite rapide, il peut quitter l'île en un éclair avec son épouse. L'un des pays d'accueil pourrait bien être la France, car Delia Soto del Valle y possède, sous un prête-nom, une maison sur la Côte d'Azur. Elle se dit prête à fuir en exil à condition que ce soit au bord de la mer. Fidel Castro a deux autres caches possibles : la première en Oriente, dans un pavillon de chasse, El Paso Ocujal, qui est en fait un bunker avec réserve d'armes et de vivres ; la seconde se situe à l'ouest de la ville de Cienfuegos, dans une maison en bord de mer totalement enfouie sous les arbres, équipée d'un petit port dans lequel mouillent deux vedettes rapides, l'*Oiseau Bleu* et *El Yaraguamas*. Tout près, Castro a fait construire une petite piste aérienne à usage personnel. Il peut s'enfuir à tout moment par air ou par mer. Si un jour les Américains viennent…

Fidel Castro croit-il lui-même vraiment à cette chimère d'une attaque des *gringos* ? Depuis quarante ans qu'il répète la même antienne avec la même fougue, la même panique du soldat gallo-romain qui aperçoit l'armée des Huns à l'horizon, il a peut-être fini par se convaincre lui-même que l'invasion était imminente. Il est sans doute le seul à attendre, du haut de sa forteresse, les marines de George Bush. Quarante-deux ans de sauve-qui-peut, d'état d'alerte permanent, de mobilisation générale, de batailles de la pomme de terre, du poulet, de la canne à sucre, de l'alphabet, ont fini par lasser. La guerre, toujours la guerre, encore la guerre ! Épouvantable posture que celle d'un peuple encaserné, embrigadé, bombardé de propagande belliciste, qui n'a même plus la force d'avoir peur. Les Cubains ne sont même plus cyniques. Ils sont amorphes, hébétés comme les membres d'une secte hypnotisés par un gourou. Au fond, Castro a quelque chose du révérend Moon ou de Charles Manson. Ses adeptes, privés de nourriture et de sommeil, semblent toujours se trouver dans un état de semi-conscience. Tous ceux qui travaillent aux côtés du dictateur sont épuisés par ses horaires harassants. Castro leur impose des palabres qui durent des nuits entières. Alors qu'il dort, lui, jusqu'à midi, ses collaborateurs, eux, doivent se présenter à leur poste dès l'aube. Plus besoin des lumières artificielles de la Villa Marista pour annihiler toute volonté. La Havane regorge d'histoires de ministres qui marchent comme des somnambules derrière le *Caballo*.

En ce début d'année 2002, Castro s'ennuie : il lui faut un nouveau combat. Mais les ennemis se font rares. Il lance alors la « bataille contre les moustiques ». La dengue fait des ravages dans les familles. Connu sous le nom d'*Aedes aegypti*, l'insecte qui la propage se met à pulluler, dit-on, à La Havane. La maladie, apparue en

1981, avait fait une centaine de victimes. Cette fois, le *Líder Máximo* n'a pas l'intention de la laisser faire. Le « meilleur système de santé du monde » n'étant plus que l'ombre de lui-même, le *Comandante* mobilise des brigades d'étudiants pour éradiquer le fléau. Par petits groupes, les « sulfateurs », habillés de combinaisons jaunes ou rouges, sillonnent la capitale et fumigent chaque appartement. Personne ne peut échapper à cette campagne sanitaire des militants de… la Jeunesse communiste. La « purification » des foyers se fait sous le contrôle des responsables des comités de défense de la révolution. Certains jours, La Havane, noyée sous un nuage de désinfectant, ressemble à une ville en guerre. L'atmosphère est aussi surréaliste qu'irrespirable. Partout sur les murs, le Parti a « taggé » des slogans guerriers contre le moustique, sans doute envoyé par les impérialistes. Fidel Castro intervient lui-même à la télévision et décrète la mobilisation générale face à l'envahisseur : « Si nous devons le faire, prévient-il, nous chasserons jusqu'au dernier moustique […] ! Je pense qu'il n'est pas encore sous contrôle ; mais le moustique n'a pas d'échappatoire, nous disposons de toute la force et de l'organisation nécessaires. » L'*Aedes aegypti* est partout, sur les inscriptions des murs de La Havane, sur des panneaux géants où l'on peut lire : « Qu'il ne reste pas une larve, même à l'état de mot ! » À la télévision, des spots publicitaires montrent le moustique pris dans le viseur d'un fusil, avec le slogan : « Offensive contre l'ennemi ! » Castro consacre en apparence tout son temps à cette menace. Des contingents d'étudiants venus de Holguín, soit environ 2 000 personnes, s'installent à La Havane, le 13 février, et forment des « compagnies de combat ». Certains « volontaires » viennent des écoles de travailleurs sociaux nouvellement créées par le régime, dont on ne sait trop s'ils sont des enquêteurs d'instituts de sondage ou des agents de la Sécurité chargés de suppléer des CDR de plus en plus déficients. Le soir, les traqueurs de moustiques se réunissent pour engager dans le même temps la « bataille des idées ». Mais peut-on traquer les cerveaux avec des sulfateuses ? Que pourchasse-t-on dans les maisons cubaines ? L'insecte buveur de sang ? Ou un animal plus insaisissable, mille fois plus dangereux pour le *caudillo*, un colibacille qu'on appelle « liberté de pensée » ?

Depuis le 18 février 2002, quelque chose s'est passé à Cuba. Castro ne s'y trompe pas. Un des animateurs de la dissidence catholique, Oswaldo Paya, fondateur du Mouvement chrétien de libération, vient de lancer le projet « Varela », du nom du prêtre patriote cubain, héros de la guerre d'indépendance. Paya se propose de réunir plus de 10 000 signatures pour imposer au Parlement une modification de la Constitution. Contrairement à son entourage, Fidel Castro prend cette affaire très au sérieux. Jusqu'à présent, il avait réussi à canaliser la dissidence sur le terrain de la défense des droits de l'homme. Avec une candeur et une foi désarmantes, Oswaldo Paya, lui, vient délibérément sur le terrain politique. Certains le considèrent comme un illuminé. Ce Paya, comme d'autres catholiques, est habité par la conviction et la détermination des martyrs de l'époque romaine. Technicien de formation, il est réparateur de matériel médical dans les hôpitaux. C'est dire si son activité est indispensable.

Mais Oswaldo Paya n'est pas aussi naïf qu'il en a l'air. Avec de nombreux amis, il prépare son plan depuis 1990. Tout a commencé voilà plus de dix ans. À l'époque, depuis Madrid, un intellectuel exilé, écrivain et journaliste, Carlos Alberto Montaner, propose une plate-forme de dialogue entre la dissidence et le gouvernement castriste. Depuis Cuba, plusieurs hommes soutiennent la démarche du « Madrilène » : Elizardo Sánchez, Vladimir Roca, le fils de Blas Roca, l'ancien dirigeant du PC cubain, et Oswaldo Paya. Par dizaines, d'autres viendront à leur tour apporter leur appui. Mais les exilés de Miami se dressent contre cette attitude qu'ils jugent capitularde. Très vite, les trois hommes comprennent qu'ils ne parviendront à leurs fins qu'en misant sur un mouvement civique à l'intérieur même de Cuba. Il faut oublier Miami et se concentrer sur l'essentiel : le peuple de l'île.

Avec d'autres, Paya, Sánchez et Montaner créent une « armée de l'ombre », civique, non violente, basée sur les seules valeurs morales ; une armée silencieuse, fluide, insaisissable, sans hiérarchie apparente, pour ne pas subir le harcèlement permanent de la police politique. C'est la stratégie de l'émiettement. Ce sera long, douloureux, mais c'est la seule voie pour éviter le bain de sang. Quand Oswaldo Paya annonce l'existence du projet Varela en février 2002, tout est pratiquement bouclé. Castro n'a pas eu le temps d'élaborer une contre-offensive. Paya a déjà ses signatures, mais se garde bien de le dire. Officiellement, la hiérarchie catholique se tient à distance. Quant aux Églises protestantes, méthodistes et adventistes, elles s'opposent vigoureusement à ce qu'elles considèrent comme une opération montée de l'étranger. Les pasteurs installés récemment à Cuba, à quelques exceptions près, sont procastristes par simple intérêt boutiquier. Les prédicateurs se sont en effet engouffrés dans la brèche ouverte par le régime depuis la visite du pape Jean-Paul II, et se présentent en soutien indéfectible du *Líder Máximo*. Ils occupent le terrain, se livrent à un prosélytisme outrancier et remplissent les temples en introduisant la salsa dans leur liturgie. C'est dans ce contexte que Jimmy Carter rend visite à Castro le 13 mai 2002.

Pour la première fois, un dirigeant américain, ancien prédicateur protestant, intervient sur les antennes de la télévision cubaine et parle librement. Il défend le projet Varela avec une grande conviction, sur un ton mesuré, paisible. Carter poursuit inlassablement sa politique de la main tendue. Tous les Cubains découvrent ce jour-là qu'une opposition existe dans leur pays. Sans doute Castro a-t-il pensé tuer dans l'œuf le projet de Paya et Sánchez en leur tendant un piège ? Pour lui, la visite de Carter, contrairement à ce que croit la dissidence, est une aubaine : l'ancien Président va forcément disqualifier les opposants en pratiquant le « baiser qui tue ». Par son soutien officiel, il les renvoie dans le camp des Yankees, les ennemis héréditaires. Et Castro, à l'extérieur, apparaîtra comme un démocrate.

L'astuce est habile. Mais le pays va trop mal pour entrer dans ce genre de subtilités. Les Cubains ont écouté Jimmy Carter sans voir en lui un envahisseur. Les calculs de joueur de billard du *Líder Máximo* ont échoué. Ils sont éculés, usés jusqu'à la corde. Pour lui venir en aide, il ne lui reste que le républicain George W. Bush, fils de l'ancien Président, qui l'a emporté face à Al Gore en novembre 2000 grâce aux voix cubaines de Miami, après l'affaire Elian. Au fond, Castro ne l'a-t-il pas aidé à devenir président des États-Unis en provoquant le ressentiment des exilés de Miami contre Bill Clinton et Al Gore, les deux « lâches » qui ont abandonné Elian ? Rien ne vaut mieux, pour le *Comandante*, qu'un dur à cuire, face à lui, à la Maison-Blanche. Il entre dans la même logique guerrière et alimente sa rhétorique paranoïaque. Mais, là encore, la marge de manœuvre de Castro est de plus en plus faible : malgré ses coups de menton, George W. Bush n'a pas du tout l'intention d'attaquer Cuba. Pourquoi irait-il envahir un pays aussi épuisé, exsangue, où les problèmes de ravitaillement énergétique sont tels qu'on ne sait même pas si la flotte aérienne serait en état de combattre. Les spécialistes du Pentagone prétendent que Castro a tout juste une vingtaine de Mig soviétiques en état de marche. Malgré ses efforts pour constituer des réserves, il n'est pas prêt à mener une vraie guerre. De nombreux officiers de l'état-major ont d'ailleurs envoyé des messages au Pentagone sur ce thème : Fidel n'a plus que l'arme du bluff pour survivre.

Un an après l'attentat du World Trade Center de New York, le 11 septembre 2001, George W. Bush rapatrie plusieurs centaines de talibans et de terroristes d'Al-Qaida à Guantánamo, comme si Cuba faisait partie du territoire américain. À sa façon, il déclare au monde entier qu'il fait tout ce qu'il veut sur l'île. La provocation est grossière, mais en dit long sur ce que Bush junior pense du vieux dictateur des Caraïbes. Quand les premiers talibans débarquent dans leur combinaison orange fluo, le 12 novembre 2002, Castro se sent profondément humilié. L'hôte de la Maison-Blanche le nargue et se venge de plus de quarante ans d'insultes anti-américaines. Le *Comandante* a pourtant assuré le peuple américain de sa compassion, après le 11 septembre, avec des trémolos dans la gorge, comme il sait si bien faire. Mais plus personne ne le croit. Même le Mexique, qui l'a soutenu dans les moments les plus difficiles, a, cette année-là, ajouté à l'ONU sa voix à celles qui l'ont condamné sur le thème des droits de l'homme. L'Union européenne se fait à son tour moins conciliante avec lui. Le 20 juillet 2002, elle bloque son aide économique et fait savoir à La Havane qu'elle « n'ouvrira le robinet de l'aide » qu'en fonction de l'attitude du gouvernement vis-à-vis de son opposition. Pour Castro, pareille offense ne peut pas rester sans réponse. Pour la première fois, on le somme de reconnaître une opposition ? Quelle idée saugrenue ! À lui qui n'a jamais eu que des ennemis, voilà que la vieille Europe, en particulier l'Espagne, sous la direction de José María Aznar, donne l'ordre d'avoir des adversaires ? Pourquoi pas de simples rivaux ?

Opposant : le mot ne fait pas partie de son vocabulaire. Depuis les premiers jours, il n'a rencontré sur sa route que des traîtres, des vermines, des pourritures, des agents de la CIA, des journalistes achetés, ou, dans son propre camp, des frères, des camarades, des journalistes « sains », des écrivains « honnêtes ». Et soudain, ceux qui, de l'autre côté de l'Atlantique, pendant tant d'années ont fermé les yeux sur ses méthodes, partageaient ses cigares Cohiba, le flattaient à grands coups d'*abrazos*, se mettent à le traiter comme un laquais ? Ils n'ont donc rien compris ? Ils n'ont pas saisi qu'il n'est pas un homme d'État comme les autres, que sa mission dépasse le simple cadre cubain ? Le voilà de nouveau, comme aux premiers jours, livré à lui-même, comme dans son nid d'aigle de la sierra Maestra quand le monde entier le prenait pour un fou. Ce soudain isolement le dope. Il se remet à vibrer. Son moral est au beau fixe : il a de nouveaux ennemis.

D'abord José María Aznar, qu'il compare physiquement à Hitler à cause de sa moustache et de sa petite taille. Il se met à le détester sans retenue. Il organise contre lui de grandes manifestations « populaires » devant l'ambassade d'Espagne à La Havane, où des militants brandissent sans conviction des pancartes où le nom du Premier ministre madrilène est accolé à la croix gammée. L'Espagne, l'ancien colonisateur, retrouve, selon Castro, ses manières impériales. Cuba ne reviendra jamais dans le giron européen ! prophétise-t-il. L'Espagne, terre de ses ancêtres, patrie de son père, n'est plus pour lui, après les prises de position pro-américaines de José María Aznar lors de l'intervention en Irak, au début de mars 2003, qu'un supplétif pro-yankee.

Et la France qui l'a tant aimé ? Lors d'une escale à Paris, le 20 février 2003, alors qu'il doit se rendre à Kuala Lumpur, au sommet des non-alignés, il est consigné à l'hôtel Concorde Lafayette et ne reçoit la visite d'aucune personnalité. Seul l'acteur français Gérard Depardieu, grand ami du dictateur, fait le déplacement jusqu'à sa chambre. Mais aucun membre du gouvernement de Jacques Chirac, aucun diplomate ne daigne venir le saluer. L'affront est d'autant plus cinglant que, quelques semaines plus tôt, Paris a poussé l'outrecuidance jusqu'à accueillir Oswaldo Paya, invité par le Parlement européen de Strasbourg, qui lui a décerné le prix Sakharov pour sa lutte acharnée en faveur des droits de l'homme à Cuba.

De retour à La Havane, le *Líder Máximo* est bien décidé à en finir avec le réseau Varela. Cet Oswaldo Paya, avec son air de premier communiant, a bien trompé son monde. Mais comment faire pour le neutraliser sans provoquer de troubles à Cuba ? Il n'est pas question d'arrêter les onze mille signataires qui ont eu le courage d'apposer leur nom au bas du projet Varela. Comment taper dans une fourmilière aussi diffuse, éparpillée ? Il ne peut, comme en 1961, opérer une rafle de près de 200 000 personnes. Et surtout, quel événement lui donnera l'occasion d'agir ?

Encore une fois, Castro bénéficie en dernier recours du soutien américain. Un « allié objectif » surgit dans le jeu : il s'appelle James Cason. Il vient d'être nommé chef de la section des intérêts américains à La

Havane. Il est jeune, impétueux, activiste. A-t-il reçu des consignes en haut lieu pour jouer les animateurs de l'opposition ? À la différence de ses prédécesseurs, discrets, presque absents, il invite les dissidents, organise des conférences de presse et surtout se lance dans une extravagante « tournée des popotes » à travers le pays pour activer les réseaux Varela. Stupéfait, Castro observe le manège de cet étrange Américain. Il est persuadé qu'une opération est en train de se préparer à Washington. Jamais aucun fonctionnaire du département d'État n'a agi de la sorte. Il y a forcément un plan, pense-t-il. L'invasion, enfin ? Doit-il réagir ou laisser faire ? Il patiente quelques jours, se borne à observer le diplomate en plein « travail subversif ». Lorsque la guerre d'Irak éclate, au début de mars 2003, Fidel n'hésite plus.

Le moment est idéal : le monde a les yeux tournés vers Bagdad, la meute des télévisions court dans le désert. Qui se souciera de ce qu'il fait à Cuba ? La Sécurité monte une opération à la mode castriste. Des agents infiltrés dans les réseaux de dissidents poussent à la tenue d'une conférence de presse commune avec Cason. Certains dissidents, comme Raúl Rivero, fondateur de l'agence indépendante d'information Cuba Press, flairent aussitôt la ruse et refusent d'y participer. D'autres tombent dans le piège – dont Cason lui-même. La conférence de presse se tient sous le feu des projecteurs. Ainsi, un Américain à Cuba apparaît comme un allié, voire un dirigeant de l'opposition ? Fidel Castro tient son chef d'accusation. Il peut frapper. Le 20 mars, il organise une rafle dans tout le pays, en particulier en province. Quatre-vingts dissidents sont arrêtés et jetés en prison dans la sinistre Villa Marista. À l'intention de l'opinion cubaine, Castro a peaufiné une explication qu'il développera quelques jours plus tard dans les colonnes du quotidien argentin *Clarín* :

« Ce type-là avait déjà sillonné systématiquement l'île comme un conspirateur, révèle-t-il. Nous avons calculé qu'il a fait neuf mille six cents kilomètres. Il parlait d'un nouveau programme, recrutant, créant et organisant ouvertement des groupes contre-révolutionnaires, apportant en contrebande des valises pleines de radios et d'appareils nécessaires à l'écoute de leur antenne subversive, créant les prétendues bibliothèques indépendantes où il incluait deux ou trois bons ouvrages, et tout le reste était purement et simplement du venin, de la pire littérature ou de la pire propagande [...]. Ce type-là voulait, de fait, agir comme un proconsul légalisé ! Nous disposons de toutes les preuves possibles et imaginables : l'argent qu'ils touchent, comment ils le touchent. Pourquoi le savons-nous ? Parce que, parmi ces « dissidents », il y en avait, comme vous pouvez le supposer, un certain nombre qui étaient révolutionnaires et qui avaient même toute leur confiance. »

Fait rarissime, le *Comandante* révèle ici aux Cubains qu'il utilise des « taupes » pour piéger l'opposition. Il leur signifie aussi que partout où ils iront, l'œil de la police les suivra. Castro n'a plus qu'à laisser les bourreaux de la Villa Marista faire leur travail. Si tout se passe normalement, comme ils l'ont toujours fait depuis quarante ans, ils vont empêcher les prisonniers de dormir jusqu'à ce que leur volonté soit anéantie. Les aveux suivront alors automatiquement. Tous reconnaîtront qu'ils sont des agents de la CIA, payés par elle, comme l'a si bien dit le *Líder Máximo*. Ils demanderont pardon à Fidel, comme tous les autres.

Mais un événement bouleverse le scénario du tyran. En Irak, l'armée américaine s'impose beaucoup plus vite que prévu. Les médias planétaires reviennent sur

Cuba beaucoup trop tôt. Il faut accélérer le cours des choses, avancer les audiences au tribunal. Tant pis pour les aveux ! Le 5 avril 2003, au terme d'un pathétique procès stalinien, soixante-quinze personnes, qui n'ont commis que le seul crime de réclamer la liberté d'opinion à Cuba, sont condamnées en tout à 1 450 années de prison ! Mais, à la différence de l'affaire Ochoa et de tant d'autres, les prévenus ne ressemblent pas à des zombies et ne se livrent à aucune autocritique. C'est un progrès incontestable, dû indirectement à la victoire de George Bush sur Saddam Hussein.

Curieusement, ni Oswaldo Paya, ni Elizardo Sánchez, ni Vladimir Roca n'ont été arrêtés. Le calcul de Fidel Castro, là encore, ne trompe plus personne : à l'opinion internationale il veut faire croire que ce n'est pas le réseau Varela qui est visé, mais une poignée d'agents liés à ce « type » des services américains. À l'intérieur de l'île, la Sécurité est chargée de faire courir la rumeur : si les trois leaders n'ont pas été arrêtés, c'est tout simplement parce qu'ils travaillent pour… Castro ! Elizardo Sánchez a l'habitude de ce genre de manipulation. À de nombreuses reprises, on a tenté de lui coller l'étiquette d'agent, tantôt cubain, tantôt américain. « Notre seule arme, répond-il, c'est la transparence. À des gens qui ne vivent que dans la paranoïa, dans le jeu pervers du mensonge, de la tricherie, nous n'avons que la pureté de nos convictions à opposer. » Oswaldo Paya ne dit pas autre chose : « C'est bien une opération destinée à détruire le projet Varela, particulièrement dans les provinces. Des 76 personnes condamnées, 42 sont des coordinateurs du projet. Mais le changement ne va pas venir à Cuba d'un groupe organisé, mais de la mobilisation citoyenne. Ils pourront arrêter tous les opposants, pas la cause profonde de cette crise : l'antagonisme entre le peuple et le régime. »

Serein, déterminé, Oswaldo Paya, à 51 ans, s'attend à tout moment à être arrêté. Sa femme Ofelia, technicienne dans un laboratoire de chimie, est toujours sur le qui-vive. Comme tous les opposants, les Paya ont subi menaces et intimidations. Ils vivent dans une misère noire, mais ne se plaignent jamais. Leurs trois enfants sont insultés à l'école. Malgré les risques, ils vont à la messe tous les dimanches. Oswaldo promène son image d'opposant tranquille avec une placidité à toute épreuve. Rien ne semble pouvoir l'atteindre. « Saint Oswaldo » est le cauchemar de Fidel Castro. Cet homme sans armée a réussi à faire échouer l'opération séduction que le vieux dictateur mène depuis le début des années 2000 : après le mythe du leader des non-alignés, Fidel tente en effet de surfer sur la vague de l'antimondialisation. Il veut devenir le pourfendeur du néolibéralisme triomphant, créateur de misère, d'inégalités, de conflits armés. Il s'en prend au FMI, à l'OMC, à tous ces fonctionnaires du grand capital qui affament les populations du Sud. La crise argentine, l'arrogance du président Bush ne lui donnent pas tort. Mais est-il le mieux placé pour défendre les opprimés, lui qui opprime et affame son propre peuple depuis des lustres ? Son habileté rhétorique, ses ruses infinies pour redorer son image et sa légende à bout de souffle n'y peuvent rien : le ressort est cassé. L'opération anti-Varela lui a retiré ses derniers soutiens. De nombreux écrivains sud-américains, hier encore sous l'emprise du mythe, l'abandonnent définitivement. Seul Gabriel García Márquez le défend inlassablement. Le vieil écrivain colombien n'a jamais su sortir du « cercle de la peur » dans lequel Castro enferme ses proches.

« Quand Fidel vous prend dans ses bras, vous êtes soudain saisi d'une sensation étrange, raconte Denis Rousseau, journaliste français qui fut correspondant de l'Agence France-Presse à La Havane de 1996 à 1999. On a le sentiment qu'il vous impose de faire partie de son camp. Il vous fait passer physiquement le message qu'il a un droit de vie ou de mort sur vous. Les Espagnols appellent ça le « baiser de l'ours ». C'est très désagréable... »

Le fameux *abrazo*, l'accolade qu'inflige le *Líder Máximo* à ses interlocuteurs, est un signe d'appartenance, pour ne pas dire d'asservissement. L'homme vous signifie que, désormais, vous êtes de sa tribu. Le cercle est magique, mais tout aussi mortel. Le moindre signe critique devient trahison.

Seule peut-être Celia Sánchez, la femme qui a partagé sa vie durant plus de vingt ans, a su échapper au maléfice. Est-ce parce qu'elle était une adepte de la *santería*, une *babalao*, une sorcière yoruba ? En souvenir d'elle, Fidel Castro accueille en 2003 à La Havane un congrès des prêtres yorubas, venus d'Afrique de l'Ouest, essentiellement du Nigeria. Aux côtés de Celia il s'est longtemps cru invincible. Il a toujours pensé qu'elle le protégeait de tous les dangers. Qu'aurait-elle fait face à cette vague « morale » et pacifique incarnée par Oswaldo Paya et qui, lentement mais sûrement, gagne le pays ?

Ironie de l'Histoire : avec le Che, durant toutes les années de guérilla, lui aussi avait revendiqué une posture morale. « On ne tue pas les idées ! » répétait-il aux soldats qu'il envoyait à la mort. Aujourd'hui, de nouveaux martyrs, silencieux et paisibles, mènent eux aussi un combat moral, sans kalachnikovs, sans mortiers, sans pelotons d'exécution, sans tortures et sans haine. Ils lui demandent simplement de penser à rendre son tablier de tyran. Ils savent qu'il n'abandonnera jamais le pouvoir. Mais ils persévèrent avec l'opiniâtreté des justes.

La réponse de Fidel tombe comme un couperet : le 11 avril 2003, il fait exécuter trois jeunes Cubains qui avaient tenté de détourner un ferry dans le port de La Havane pour partir vers la Floride. Quelques jours plus tôt, il leur avait promis la vie sauve s'ils se rendaient.

En mars, d'autres *desperados* cubains avaient détourné un DC3. Les pirates avaient réussi à atterrir à Key West. Les Américains les avaient accueillis sans les faire arrêter. Fidel Castro avait réclamé qu'ils fussent jugés. En vain.

Il a 77 ans. Dans son entourage, on épie ses signes d'affaiblissement. Delia est de plus en plus à ses côtés. On l'a même aperçue, en 2001, au congrès des Pionniers cubains, à la tribune officielle, souriante, marquée elle aussi par les ans. Pour la première fois, le célibataire de la sierra, le nomade, le guerrier infatigable reconnaissait l'existence de l'« épouse » oubliée. Delia Soto del Valle a joué ce nouveau rôle de femme officielle sans problème, comme si tout cela allait de soi. Ses proches racontent que Castro a désormais de plus en plus besoin d'elle. Après avoir été sa compagne secrète, elle est tout simplement devenue son infirmière. Elle commence même à avoir de l'ascendant sur lui. Au cours de l'hiver 2002, c'est elle qui est restée à son chevet quand, durant de longues semaines, on a pensé qu'il était mourant ou qu'il subissait une chimiothérapie contre le cancer de la lymphe, maladie que certains cubanologues avaient décelée chez lui.

Finalement, le dinosaure réapparaît, plus fringant que jamais, expliquant autour de lui qu'il a été victime d'une infection de la jambe gauche par suite d'une piqûre de... moustique ! Il confie aux Cubains : « Je suis devenu un ennemi encore plus acharné des moustiques... » Comment ne pas imaginer la scène : en 2004, 2005 ou 2006, le vieux tyran, perclus de rhumatismes, acariâtre, enfermé dans un bunker quelque part en Oriente, attendant l'ennemi yankee avec à ses côtés Delia, la femme de sa vie, une trousse à pharmacie, du fromage de roquefort, une bouteille de bordeaux, une yaourtière et une kalachnikov de collection. Quand soudain, de la bouche d'aération, surgit un moustique... Un minuscule *Aedes aegypti*, surnommé le « vecteur », qu'il va falloir combattre impitoyablement, jusqu'à ce que mort s'ensuive... Avec Fidel, la guerre est éternelle.

CHAPITRE 44

Un 14 Juillet peu ordinaire

Jamais il ne s'est senti autant humilié. Jamais, dans ses pires calculs, il n'aurait imaginé un tel affront. Et pourtant, ils l'ont fait ! Les Français ont invité les dissidents cubains à la fête du 14 Juillet 2003 à l'ambassade de France à La Havane. L'événement est de taille. Historique, même. Fidel Castro ne s'en remet pas. Il imagine Elizardo Sánchez, Oswaldo Paya, Blanca Reyes, la femme de Raúl Rivero, le journaliste emprisonné depuis le mois de mars 2003, et d'autres opposants au régime chantant *La Marseillaise*, devisant des droits de l'homme, de stratégie de conquête du pouvoir, en sirotant du bordeaux et en grignotant du roquefort avec ses anciens amis, ceux qui, depuis tant d'années, lui ont toujours témoigné soutien, compréhension et indulgence. Comment les Français ont-ils pu virer de bord aussi brutalement ? D'ordinaire, le *Comandante* débarquait à la cérémonie de commémoration de la prise de la Bastille avec une régularité sans faille. Pour ceux qui voulaient approcher le *Líder Máximo*, il n'y avait qu'une date sûre : le 14 juillet. À cette soirée il rejouait le même scénario avec un brio inégalable. Une nuée de membres de la Sécurité venaient faire leur repérage dans les locaux de l'ambassade, procédant à une fouille en règle jusque dans les cuisines, puis l'homme en treillis surgissait au milieu des petits fours. Ensuite il se lançait dans une longue tirade sur la Révolution française, la nécessité de la Terreur, le conflit Danton-Robespierre. Il plongeait dans les méandres des luttes intestines entre Jacobins et Girondins, évoquait Valmy, l'imminence de l'invasion étrangère, le patriotisme du petit peuple, la lugubre nuit de Varennes, l'« Homme nouveau » que les révolutionnaires d'alors rêvaient de façonner, tout comme lui. Et, chaque fois, la magie opérait. Ses auditeurs, subjugués par les connaissances encyclopédiques du *Jefe*, comprenaient enfin Cuba, fille de la Révolution française, Cuba et ses « sans-culottes » en uniforme vert olive, ces *barbudos* résolus à protéger leur patrie face à la horde des GI, cousins éloignés des Saxons et des Prussiens. Et, chaque fois, les Français exprimaient bienveillance et compassion envers cette Terreur castriste qui, tout compte fait, ne durait que depuis quarante ans : aux yeux de l'Histoire, un battement de paupières ! « Laissez-nous aller à notre vitesse, répétait inlassablement le dictateur. Vous avez mis deux siècles à installer une démocratie. Donnez-nous du temps ! » Et Fidel Castro, dans la foulée, de glorifier Napoléon Ier, son idole. L'homme du pont d'Arcole, mais aussi le père du Code civil français, le conquérant qui n'était aucunement un dictateur, mais un missionnaire, tout comme lui. Le but du petit Corse devenu empereur ? Propager de par le monde les valeurs de 1789.

Comment ne pas sortir ébranlé par la rhétorique du renard de Biran ? Les hommes politiques de passage, délégations parlementaires ou sénatoriales, parmi lesquels l'un des plus assidus était Michel Charasse, sénateur du Puy-de-Dôme, entre les volutes des Cohiba et les langoustes grillées, étaient sous le charme. Par un étrange sortilège, Cuba devenait une province de la

Gaule. Les uns après les autres, les diplomates français se laissaient griser par cette passion frénétique de Fidel pour l'histoire de France. Aucun n'y a échappé. Chacun avait le sentiment d'être devenu l'ami intime, le confident de ce personnage historique capable de disserter de longues heures sur le général de Gaulle. Le dernier en poste jusqu'à l'été 2003, Jean Lévy, ancien conseiller de François Mitterrand, a lui aussi été ensorcelé par le chant de Fidel. Dans les milieux diplomatiques de La Havane, on lui accordait même le titre de « chouchou » du dictateur. Il avait, dit-on, l'oreille du *Jefe*. Dans les dîners officiels, on le surprenait parfois à défendre sans grande retenue la politique de Castro. Quand, au début de juillet 2003, il a fait savoir à Felipe Pérez Roque, ministre cubain des Relations extérieures, que Paris invitait des dissidents pour la fête nationale, Fidel Castro a cru à un canular. « Ce Dominique de Villepin, ministre français des Affaires étrangères, a le sang chaud, a-t-on murmuré dans son entourage. Fidel l'admire beaucoup pour ses positions courageuses sur la guerre en Irak. C'est un vrai mousquetaire. Mais là, on ne comprend pas ! »

Pourquoi la France a-t-elle soudain décidé d'offrir le champagne à ces « agents de la CIA déguisés en dissidents » ? Quelle est la raison mystérieuse qui l'a fait basculer dans le camp des ennemis de Castro ? Serait-ce cette ridicule affaire d'échauffourée devant l'ambassade de Cuba, le 24 avril à Paris ? Trop grotesque ! pense Fidel. Ce jour-là, pour protester contre l'incarcération de journalistes indépendants cubains, l'organisation Reporters sans frontières a monté une « provocation grossière » en s'enchaînant aux grilles de l'enceinte diplomatique. Certes, le personnel de l'ambassade a manqué de clairvoyance en agressant à coups de barres de fer ces manifestants pacifiques qui ne faisaient que scander des slogans anticastristes. Certes, l'ambassadeur lui-même, Emilio Caballero, s'est jeté dans la mêlée avec une hargne peu conforme à son statut. La rixe a duré de longues minutes. Les télévisions ont pu filmer les nervis cubains à l'œuvre, traitant les militants de RSF de « sales pédés ! ». Plusieurs personnes ont été blessées ; parmi elles, le cinéaste dissident cubain Ricardo Vega, mari de l'écrivain Zoé Valdés. Ce dernier a porté plainte. Mais Paris, croit comprendre Castro, n'a pas franchi le Rubicon pour une simple « bagarre de rue ». Certains signes pourraient lui donner raison : les policiers français présents sur place lors des incidents n'ont étonnamment pas bougé, laissant les journalistes de RSF se faire tabasser. D'autre part, la presse française, à l'exception du quotidien *Le Monde*, n'a pas accordé une grande importance à l'événement ; les télévisions non plus. À Madrid, par contre, la participation en plein Paris d'un ambassadeur cubain à une « répression » contre des « dissidents » a profondément choqué. Les journaux télévisés ibériques se sont longuement attardés sur le sujet. En France, l'affaire est au contraire curieusement minorée. L'ambassadeur cubain est convoqué au Quai d'Orsay, se fait sermonner, mais on ne lui demande pas de boucler ses valises.

Pour La Havane, il est alors clair que le gouvernement français n'a pas l'intention de verser de l'huile sur le feu. Pourquoi d'ailleurs aggraver la querelle ? Les deux États ne coopèrent-ils pas en matière de police et de justice, deux domaines ultrasensibles ? Comment la patrie des Droits de l'Homme peut-elle justifier l'aide régulière qu'elle apporte à un État policier, une dictature qui bafoue ces mêmes droits ? Paris n'a aucun intérêt à trop souffler sur les braises. Il risquerait de voir mis au jour le passé trouble des relations franco-cubaines.

Il y a d'abord ce dossier Pebercan, une société pétrolière longtemps dirigée par Gérard Bourgoin, l'ex-« roi du poulet », ami intime de Fidel Castro, ancien président de la Ligue nationale de football, dans laquelle Gérard Depardieu a investi. Or la justice française soupçonne Pebercan d'être une « lessiveuse », autrement dit une entreprise servant à blanchir de l'« argent sale ». L'enquête a été confiée en 2003 à l'indomptable et opiniâtre juge Renaud Van Ruymbeke. Les investigations du magistrat pourraient révéler d'étranges connexions entre Cuba et certains milieux affairistes français.

Parmi les choses qui dérangent, il y a aussi les incessants voyages de Danielle Mitterrand à La Havane durant les années quatre-vingt-dix. Son association, France Libertés, spécialisée dans la défense des droits de l'homme, a livré à plusieurs reprises de nombreux stocks de médicaments et du matériel orthopédique à La Havane. Il n'y a certes rien de répréhensible dans ce type d'activité, bien au contraire. Mais de nombreuses sources laissent entendre qu'à l'insu de la présidente de France Libertés les containers de ces expéditions ne rentraient pas forcément à vide à Paris, mais auraient pu abriter à un moment donné un trafic de tableaux. Cette rumeur insistante ne met pas une seconde en cause l'intégrité de la veuve de François Mitterrand, mais elle n'en a pas moins provoqué une discrète enquête de la DGSE (la Direction générale de la sécurité extérieure) dont le rapport a été remis à l'Élysée.

Quelle que soit leur appartenance politique, droite ou gauche, les autorités françaises n'aiment guère voir rappeler les liens étroits qui unissent l'ancienne première dame de France au *Líder Máximo*. Parmi les amis intimes de Danielle Mitterrand, Alfredo Guevara, le plus vieux compagnon de Fidel, a vécu durant les années quatre-vingt à Paris en tant que représentant de

Cuba à l'UNESCO. C'est durant cette longue période qu'il s'est rapproché d'elle et de son plus proche collaborateur à France Libertés, Raphaël Doueb. Homme fin et brillant, grand amoureux de la culture française, Alfredo Guevara passe pour être un spécialiste de Proust et travaille actuellement à un livre sur saint Augustin. Ses recherches le conduisent à séjourner de plus en plus régulièrement à Paris où il possède d'ailleurs un appartement.

Est-ce Alfredo Guevara qui a orienté Gérard Depardieu vers le saint philosophe qu'il étudie lui aussi avec ferveur ? Grand amateur de peinture cubaine, il a joué dans tous les cas un rôle central en promouvant l'image de Fidel dans les milieux intellectuels français.

Danielle Mitterrand aussi. Son fameux baiser au dictateur, sur le perron de l'Élysée, le 13 mars 1995, reste dans toutes les mémoires. Comment Castro pourrait-il oublier ce grand moment diplomatique ? Après des mois et des mois d'efforts, il était enfin parvenu, avec l'aide de sa chère Danielle, à se faire inviter par un François Mitterrand affaibli par la maladie. Longtemps ultraméfiant envers le *Líder Máximo*, le président français, au terme de sa vie, a fini, sans doute par jeu et provocation, par céder à son épouse. Cette dernière n'a jamais caché la « passion » qui l'anime dès qu'elle évoque la figure de Fidel. Elle est persuadée que la meilleure façon d'assouplir les positions de Castro en matière de droits de l'homme est de lui tendre la main, pour ne pas dire le serrer dans ses bras. Elle l'invite même à déjeuner en compagnie de Raphaël Doueb à son domicile personnel, rue de Bièvre. Un affront pour tous les prisonniers politiques cubains ! À la fin du repas, Castro, radieux, annonce qu'il accepte que France Libertés conduise une mission à Cuba pour enquêter sur le sort d'une quarantaine de « prisonniers d'opinion ». Danielle Mitterrand est aux anges. Elle croit être parvenue à ses fins. Elle a risqué gros avec ce voyage. Sa réputation, mais aussi celle de François Mitterrand. Quelques mois plus tard, elle tombe de haut : le chef de l'État cubain l'a bernée. Dès la fin de la mission de France Libertés, la répression a repris de plus belle sur l'île. Un peu désabusée, elle ne baisse pas les bras pour autant, convaincue que sa posture est la bonne. Ce n'est pas ce « baiser du diable » qui va remettre en cause l'énorme travail qu'elle fournit aux quatre coins du monde en faveur des déshérités, kurdes, sud-américains et autres. Mais elle a tout de même la sensation d'avoir été trahie. Elle prévient son « vieil ami » : « Je ne vais plus pouvoir convaincre qui que ce soit contre vous-même, Fidel, si vos actes et vos paroles sont aussi divergents [...]. Je suis courageuse, peut-être téméraire, mais pas suicidaire. L'avenir de votre peuple ne dépend que de vous. J'ai cru que vous vouliez lui donner sa chance, et il ne comprendra pas votre durcissement qui le tient à l'écart de tout ce qui se passe dans le reste du monde[1]. » Depuis cette mise au point, la présidente de France Libertés se fait plus discrète sur le dossier cubain. Pourtant, il lui arrive parfois de servir encore d'intermédiaire pour des opérations de lobbying procastriste, comme en 1997. Cette année-là, Raphaël Doueb, accompagné d'un responsable des éditions Ramsay, contacte assez paradoxalement l'écrivain dissident Zoé Valdés – anticastriste déclarée – pour faire un livre d'entretiens avec Fidel sur la politique culturelle de Cuba. L'éditeur est supposé lui proposer la somme astronomique d'un demi-million de dollars. D'autre part, d'après la romancière, Raphaël Doueb assure que Danielle Mitterrand s'engagerait à

1. *En toutes libertés*, Danielle Mitterrand, Ramsay, Paris, 1996.

lui fournir deux gardes du corps pour l'escorter à Cuba. La veuve de François Mitterrand a-t-elle réellement servi de « relais » au despote cubain, ou bien son ami Raphaël a-t-il agi à son insu et pour son propre compte ? Qui dit vrai dans cette affaire assez rocambolesque ?

Même si Danielle Mitterrand n'a pas rompu tous les ponts avec lui, Castro a perdu en elle une puissante alliée. Ses amis se font d'ailleurs de plus en plus rares. Le « caudillo de La Havane » peut être nostalgique de la grande époque où les Français – tels Bernard Kouchner ou Évelyne Pisier – venaient, dans les années soixante, participer aux brigades rurales afin d'aider le peuple cubain à avancer en chantant et dansant vers le socialisme. À l'époque, dans les pas de Sartre et Beauvoir, les écrivains et intellectuels français se bousculaient pour venir serrer la main du *Comandante*. On allait à La Havane comme à Lourdes, dans l'attente de l'heure magique où l'homme en treillis apparaîtrait, à l'aube, pour vous bénir d'un *abrazo* rugueux. Et puis ont suivi les années soixante-dix : le mythe tenait encore bon, entre la Sorbonne et la rue d'Ulm. Mis à part quelques iconoclastes comme Bernard-Henri Lévy ou Philippe Sollers qui organisèrent, en 1979, le premier Congrès des intellectuels dissidents cubains à Paris, la grande majorité somnolait dans une béate cécité. Un livre, pourtant, aurait dû alors réveiller tout le monde : *La Lune et le caudillo*, de Jeannine Verdès-Leroux[1]. Cette chercheuse en sciences politiques, fait exceptionnel, a mené une contre-enquête sur la révolution castriste sans jamais avoir mis les pieds à Cuba. Durant de longues années, elle a travaillé sur le fonds des archives de la BDIC (Bibliothèque de documentation sur l'histoire

1. *La Lune et le caudillo. Le rêve des intellectuels et le régime cubain*, Jeannine Verdès-Leroux, Gallimard, Paris, 1989.

contemporaine) à Nanterre, dans la banlieue parisienne. Elle a décortiqué tous les discours de Castro, exploré toute la presse existante, récupéré une documentation colossale courant des années cinquante aux années soixante-dix, et produit en 1989 une œuvre magistrale qui déboulonne certes la statue, mais, surtout, analyse avec une minutie de moine nazaréen l'incroyable aveuglement des intellectuels français face à l'un des plus grands subterfuges de l'histoire politique contemporaine. À sa sortie, le livre est mis sous l'éteignoir et connaît un échec commercial complet. Aucun éditeur de langue espagnole à ce jour n'a jugé utile de le traduire. Il garde pourtant la même force démystificatrice et reste étonnamment d'actualité, vingt ans après, comme si le travail de révision de l'histoire cubaine récente ne faisait que commencer.

Au soir du 14 juillet 2003, Fidel Castro n'a pas d'autre issue : il décline l'invitation de l'ambassadeur Jean Lévy. L'humiliation est trop forte. Et il ne va pas rester les bras ballants. Il doit reprendre la main, sous peine d'apparaître définitivement affaibli. Comment réagir ? Le *Comandante* organise « son » 14 Juillet place Victor-Hugo, à La Havane. Il mobilise l'Orchestre philharmonique national qui joue ce soir-là deux grands compositeurs du patrimoine français, Ravel et Debussy. Quelques intellectuels aux ordres du régime ont fait le déplacement, dont l'incontournable Retamar. Des milliers de Cubains sont conviés à venir s'étourdir de musique classique importée de Paris. Parmi les invités, on note la présence de quelques industriels français. Certains ont boudé la sauterie de l'ambassade : c'est le cas du représentant de Bouygues Construction à Cuba. La filiale de l'entreprise française bâtit un grand complexe hôtelier à Varadero et n'a aucun intérêt à indisposer le *Líder Máximo*, aussi pointilleux sur le protocole que sur l'activité touristique.

Il n'a pas oublié la fameuse affaire de l'entretien qu'il devait accorder en octobre 1991 au présentateur vedette de la télévision française, Patrick Poivre d'Arvor. L'histoire avait fait grand bruit à l'époque et provoqué une petite polémique dans les médias parisiens. Voici dévoilés pour la première fois les arrière-plans de cette singulière « péripétie de presse »... En ce début des années quatre-vingt-dix, Castro a impérativement besoin du soutien des Européens pour éviter le naufrage de son pays. Il mise tout sur son « or bleu » : les plages de sable fin, le climat paradisiaque, le « capital tourisme » de l'île. Les plus grands groupes de BTP et d'hôtellerie européens sont sur les rangs. Parmi eux, Mclia, l'entreprise espagnole, et Bouygues, qui compte bien décrocher quelques contrats, en particulier à Varadero. L'auteur, à l'époque journaliste au *Nouvel Observateur*, se rend à Cuba avec un ami journaliste, Gérard Muteaud. Équipés d'une caméra super-8 professionnelle, ils se proposent de fournir à *TF1* un reportage sur Cuba. La chaîne décline l'offre. Ils apprennent alors, par des journalistes de la rédaction de *TF1*, qu'une équipe *free-lance* part dans le plus grand secret à La Havane pour tourner des sujets dont on ne connaît ni l'objectif ni le cadre. Ni Patrick Poivre d'Arvor ni le service étranger n'ont été mis dans la confidence. Sur place, à La Havane, Gérard Muteaud, aujourd'hui rédacteur en chef adjoint du *Nouvel Observateur*, et moi-même apprenons que l'équipc « clandestine » de *TF1* est chargée de tourner des reportages favorables au régime. Les sujets rcprennent habilement les thèmes de la propagande locale : la défense du territoire face à l'invasion, la faute à l'embargo, la jeunesse mobilisée derrière le *Jefe*, etc.

À l'ambassade de France, on lâche la confidence : Michèle Cotta, alors responsable de l'émission « Reportages », qui diffuse ces sujets le samedi à 13 h 30 sur *TF1*, téléphone régulièrement à l'ambassadeur, Philippe Peltier, pour connaître les réactions des autorités cubaines : « Sont-ils satisfaits des sujets diffusés ? » Pourquoi une telle sollicitude à l'égard du régime ? Selon la section économique de l'ambassade, le constructeur français négocie au même moment un très gros contrat de construction d'un hôtel à Varadero. La diffusion de sujets « amis », comme on dit dans l'entourage de Fidel, faciliterait grandement les choses. Et les Cubains sont en effet ravis des reportages. La cerise sur le gâteau serait, bien sûr, un entretien avec le *Líder Máximo*. PPDA, qui n'a pas été mis dans le secret des étranges « tractations », est alors sollicité par le chef du service « Étranger », Régis Faucon. Il part avec lui pour Cuba où, leur laisse-t-on entrevoir, Castro leur accordera peut-être un entretien. Ils doivent se rendre à... Varadero où, à l'occasion de l'inauguration d'un hôtel de la chaîne Melia, le *Comandante* doit tenir une conférence de presse. PPDA fait comme il l'a toujours fait : il part sans hésiter sur ce « coup journalistique » exceptionnel, tel que des milliers de ses confrères en rêvent. On ne refuse pas un entretien avec Castro.

Par un singulier concours de circonstances, Gérard Muteaud et moi-même rentrons à Paris à ce moment avec, dans nos valises, un scoop : incroyablement chanceux, nous avons pu tourner dans la banlieue de La Havane un procès de dissidents, celui de Rafael Gutiérez, le leader syndical du port de la capitale. C'est la première fois que les journalistes étrangers ont pu assister à un tel événement. En rentrant, nous proposons le sujet à *TF1,* qui ne semble pas « intéressée ». Sur la *Cinq*, nous sollicitons Guillaume Durand et Christian

Guy, respectivement présentateur et rédacteur en chef du « 20 heures » de la chaîne de Jean-Luc Lagardère. Ils sont enthousiastes, veulent diffuser le sujet le soir même. Guillaume Durand en fait l'ouverture de son Journal. Le lendemain, ils doublent la mise en diffusant un autre sujet sur notre travail à Cuba. Nous apprenons alors par l'ambassade de France à La Havane que les castristes sont furieux. Ils ont le sentiment d'avoir été trahis. Leur hargne ne vise pas particulièrement la *Cinq*, mais la télévision française dans son ensemble. Pour un régime totalitaire, il n'y a aucune différence entre *TF1*, la *2, FR3* ou la *Cinq*. Le coupable ne peut être que l'État français qui est censé contrôler, selon eux, tout le circuit de l'information.

Au même moment, à Varadero, PPDA et Régis Faucon, installés au fond de la salle où Fidel tient sa conférence de presse, attendent tranquillement la fin de la réunion. Une salle a été aménagée à quelques mètres pour l'entretien particulier avec *TF1*. PPDA et Régis Faucon assistent à l'intégralité de la conférence. PPDA pose plusieurs questions par prudence, car il se méfie un peu des sautes d'humeur du *Líder Máximo*. On l'a prévenu que l'homme est imprévisible et peut au tout dernier moment annuler une rencontre, y compris avec des chefs d'État. Au terme du meeting où sont réunis plus d'une centaine de journalistes, Castro se lève, passe devant PPDA qui se doute que quelque chose ne tourne pas rond. Le *Líder Máximo* se montre froid, presque méprisant. PPDA tente de lui poser quelques questions, mais le dirigeant cubain disparaît et « oublie » l'entretien avec *TF1*.

À l'ambassade de France, on est prévenu aussitôt : Fidel n'a pas supporté les reportages « ennemis » de la *Cinq* ; donc *TF1*, malgré ses efforts, n'obtiendra pas la récompense suprême : l'entretien avec le *Jefe*. La

« punition » est tombée : *TF1* est privée de scoop par la faute de la *Cinq*. Cruelle concurrence !

À Varadero, PPDA n'est absolument pas au courant des tractations antérieures. Il rentre à Paris, retourne à son Journal et laisse Régis Faucon monter un sujet pour le Journal de vingt heures. *TF1* n'a pas eu d'entretien exclusif, mais des bribes d'entretien, car Patrick Poivre d'Arvor et Régis Faucon ont bel et bien posé des questions directes à Fidel Castro. Il y a eu aussi quelques questions en « plans de coupe », ce qui, dans le jargon télévisuel, signifie que certaines interventions du journaliste ont été enregistrées a posteriori, puis insérées dans le sujet pour permettre des contrechamps aux réponses. Il n'y a donc jamais eu de « vraie fausse » interview puisque la séquence a été présentée à l'antenne par Patrick Poivre d'Arvor comme l'extrait d'une conférence de presse.

Deux ans plus tard, en 1993, PPDA, blessé par la polémique dont il a été la victime, revient à la charge et finit par interviewer Castro en tête à tête, sans complaisance. Cette fois, l'entrepreneur qui a favorisé la rencontre est Gérard Bourgoin. Le *Líder Máximo* adore décidément mêler journalisme et affaires… Il pardonnera très vite à Bouygues cette « mésaventure » journalistique. Depuis cette date, les projets du constructeur français à Cuba sont légion. À Varadevo, citons le Gran Lido (424 chambres), le Lagunas, le Jardines del Caribe et à Holguin, un complexe hôtelier de 944 chambres : le Playa Pesquero. Fidel sait oublier les mauvais souvenirs.

Il sait aussi se montrer charmant avec les journalistes « sains », ceux qui ne nourrissent pas de mauvaises pensées contre lui. Sa dernière toquade est encore un Français : Ignacio Ramonet, militant antimondialiste, un des dirigeants de l'organisation Attac, est à la tête d'un organe de presse qui présente un grand intérêt pour Castro ; *Le Monde diplomatique* est le journal de référence des intellectuels de gauche en Amérique latine. Ignacio Ramonet est également un vieil ami d'Alfredo Guevara, qu'il a rencontré dans les années soixante-dix, à l'époque où il était professeur au Maroc. D'origine galicienne comme Fidel Castro, il fait partie de la mouvance des journalistes anti-impérialistes, fretin très recherché par les Cubains.

À l'époque, le *Comandante* cherche à redorer son image dans les pays latino-américains. Pour cela, il est prêt à tout. En février 2003, à l'occasion du Salon du livre de La Havane, il invite Ignacio Ramonet pour assurer la promotion de son livre, *Propagandes silencieuses*[1] À la suite d'un entretien avec le journaliste, enthousiasmé par son ouvrage, Fidel décide de jouer lui-même les attachés de presse. Sur un coup de tête, il réquisitionne l'imprimerie du journal *Juventud Rebelde*, utilise le papier normalement destiné au magazine, et publie intégralement le livre de son « nouvel ami » à 5 000 exemplaires. Il réquisitionne le théâtre Karl-Marx, invite les Jeunesses communistes, les cadres du Parti et les contingents antimoustiques à venir débattre avec le nouveau « génie français ». Ignacio Ramonet se trouve peu ou prou dans la même posture que Régis Debray vingt-cinq ans plus tôt. Il est littéralement happé par l'ouragan Castro qui l'instrumentalise à merveille. Dans l'enceinte du théâtre Karl-Marx, le directeur du *Monde diplomatique* est ému aux larmes. Il vient d'être présenté au public par Castro, converti pour l'occasion en modeste animateur qui s'efface devant la toute-puissance de l'intelligence de son illustre invité. Le

1. Ignacio Ramonet, *Propagandes silencieuses : masses, télévision, cinéma*, Gallimard, 2002.

journaliste, illuminé, se lance dans une longue et judicieuse tirade sur la tyrannie médiatique des *networks* américains. Certes, les thèmes sont déjà bien connus, depuis les travaux de l'école du Massachusetts Institute of Technology (le MIT) en passant par ceux de Noam Chomsky. Mais, chez Ramonet, le ton, peu à peu, se fait plus rude, plus combattant. Il parle d'une guerre sourde, insidieuse, machiavélique, qui dévore les consciences occidentales. Envoûté par le « baiser de l'ours » du *Comandante*, Ramonet oublie de parler de la situation cubaine, des prisonniers de conscience, de l'incurie du système castriste. Il est dans les filets du maître de La Havane, pathétiquement englué dans la rhétorique du *Líder Máximo*. De nombreux journalistes européens présents dans la salle sont abasourdis par cette scène d'une autre époque.

Fidel Castro a bien manœuvré : *Le Monde diplomatique* lui est désormais acquis. Sous couvert de soutien aux pays sous-développés, on y développe la défense néostalinienne des « démocraties réelles » face aux « démocraties formelles ». À chaque occasion, les « amis sains » de Fidel Castro sont accueillis à bras ouverts dans les colonnes du grand journal, ce qui en soi peut s'admettre. Seul problème : les autres postures face au régime de Fidel Castro n'y sont que rarement admises. On y reçoit également des amis de Hugo Chávez, le président du Venezuela, fils spirituel de Castro, qui rêve de faire de son pays un nouveau Cuba. Comme Fidel, Chávez veut imposer une « démocratie réelle », populaire et populiste, en tentant d'instaurer partout des comités de défense de la révolution. Castro ne se cache pas d'être son « parrain politique ». Il consacre de plus en plus de temps à la situation à Caracas, s'y rend le plus souvent possible, invite régulièrement son nouveau disciple à La Havane. Il est persuadé que le ralliement vénézuélien est le signe de la fin du néolibéralisme. Ainsi ses théories marxistes classiques sur la crise prochaine et définitive du capitalisme pourraient bientôt apparaître comme prophétiques. Il redeviendrait alors Castro le visionnaire, le successeur de Lénine, l'homme qui n'a jamais quitté la Grande Histoire.

Ce n'est pas une poignée de trublions français qui vont le piéger avec de vulgaires chaînes accrochées aux grilles de son ambassade parisienne ! Cette petite organisation d'activistes ne va pas mettre ses grands desseins en péril. Dès le lendemain de l'affrontement, le 25 avril 2003, Castro fait publier dans *Granma Internacional* un texte vengeur. Il aime haïr ses ennemis. Cette fois, sa tête de Turc est Robert Ménard, le secrétaire général de Reporters sans frontières, l'homme qu'il juge responsable de sa disgrâce en France. Un article incendiaire traite le militant des droits de l'information d'agent patenté de la CIA. La preuve ? Il a fourni à certains journalistes dissidents cubains « cinquante dollars » pour pouvoir exercer leur métier. Or, c'est justement le fondement de l'action de RSF : aider les journalistes libres dans les pays totalitaires. La France, grâce à ce genre d'actions, retrouve un peu de sa fierté ternie par tant d'années de renoncements et de compromissions.

Depuis la réception à l'ambassade de France, Fidel Castro sait qu'un ressort s'est brisé au plus haut niveau de l'État à Paris. On l'a informé que Dominique de Villepin, ministre français des Affaires étrangères, est bien décidé à ne plus lui faire de cadeaux. Il y a d'abord la dette de Cuba à l'égard de la France : plus de trois milliards de dollars, la plus importante derrière celle de la Russie. Fidel, s'abritant derrière son statut de pays « sous-développé », n'a jamais remboursé quoi que ce soit. Cette fois, on va fermement lui demander de payer. Le ministre français va également proposer que la coopération avec Cuba en matière de justice et de police soit interrompue au plus vite. Il faut en finir, dit-on au Quai d'Orsay, avec ce tortueux jeu de dupes : la France cautionne depuis trop longtemps un régime totalitaire en l'aidant à former des juges qui, ensuite, bafouent les droits de la défense en envoyant derrière les barreaux le moindre opposant pour délit d'opinion. La fin d'une période peu glorieuse pour les Français vient de sonner. Est-elle aussi pure qu'elle en a l'air ? Pour Castro, Paris n'a fait que s'aligner sur les positions américaines « pour se faire pardonner son incartade irakienne ». « Jacques Chirac se rachète une conduite à bon compte, dit un collaborateur de Felipe Pérez Roque. Il le fait sur le dos d'un petit pays. Ce n'est pas très glorieux ! »

Oswaldo Paya et Elizardo Sánchez, les invités-surprises de l'ambassade de France à La Havane, ont simplement regretté, eux, de « ne pas voir Fidel Castro au cocktail... Nous aurions pu discuter un peu de notre Constitution... ». Mais Castro n'a jamais aimé les débats. Cet homme n'a pas d'interlocuteurs, il n'a que des adversaires. Le *Comandante* est ainsi : il monte au front, imperturbablement. Qu'importent la France, Danton, Robespierre, Danielle et ses états d'âme, Varadero et ses hôtels à bâtir : sa seule logique est celle des armes et de la mitraille. Irrémédiablement. Son serment du Jeu de paume, il l'a fait seul, face au ciel, dans une anfractuosité d'un canyon pelé d'Oriente, du côté de La Plata, au tout début de sa guerre, une kalachnikov plaquée sur le ventre. Les années n'y ont rien changé. Le 14 juillet 2003, à La Havane, place Victor-Hugo, sous les lampions, entouré de drapeaux tricolores, il écoute Maurice Ravel, mais il n'entend que le grondement des vieux fusils de la sierra Maestra. Comme un écho éternel.

CHAPITRE 45

Le guetteur de Biscayne Bay

Il l'attend depuis si longtemps. De son refuge, tout près de Biscayne Boulevard, à Miami, à la hauteur de la 27e Rue, une bâtisse blanche aux allures d'hacienda andalouse, il observe le vent et les marées, l'œil rivé sur l'horizon, comme un marin arrimé à son poste de vigie. À droite, on aperçoit la ville, ses *motorways*, ses buildings, sa frénésie de béton et d'acier. En face, Biscayne Bay annonce l'Atlantique et, au loin, invisible, inaccessible, Cuba. À 85 ans, le béret basque éternellement vissé sur la tête, le père Armando Llorente ne vit plus que pour ce moment qui, selon lui, ne saurait tarder. Il est sûr qu'un jour Fidel Castro viendra le retrouver et qu'il lui demandera pardon pour tous ses crimes. Dans sa maison de retraite des jésuites, le père a la conviction que le jeune homme qu'il a connu au collège de Belén n'a pas changé. Le vieil homme se souvient de ces moments de grâce où le jeune Castro lui confiait qu'il n'avait jamais eu d'autre famille que les jésuites. Il revoit les moments d'exaltation de l'adolescent quand il gravissait, intrépide et survolté, les pentes des sierras à la tête des *Exploradores*, les scouts de la Compagnie de Jésus. Il revoit le visage sombre et extatique du garçon obsédé de transcendance, ne pouvant se satisfaire des menus plaisirs du commun des mortels. Il n'avait alors aucun mal à faire pénitence, à lui raconter ses péchés, ses mauvaises pensées, ses difficultés avec sa famille qu'il disait renier.

Armando Llorente, en bon directeur de conscience, tentait d'apaiser cette âme volcanique et blessée. Aujourd'hui, il s'interroge et se prend à culpabiliser : « Avons-nous manqué quelque chose avec lui au cours de ces années-là ? Avons-nous mal évalué le feu qui brûlait en lui ? Il a détruit tant de gens ! Il a fait tant de mal ! Cet homme se croyait immortel, mais le temps est venu de regarder la réalité en face. Son corps va se dégrader, il va sentir la mort se rapprocher de lui, et il m'appellera. Il a 77 ans, il ne peut plus tricher avec ces choses-là. Depuis des années, je ne vis que pour cela. Dieu m'a accordé un sursis pour cette tâche : confesser cet homme qui ne sera plus qu'un pauvre pécheur. »

L'ancien confesseur du *Comandante* continue de penser que Fidel n'a jamais été un vrai Cubain, mais un pur Espagnol, un descendant de ces hidalgos sans terre, cherchant fortune sur les chemins de Castille ou d'Estrémadure. Oui, répète-t-il, sans hésiter, « Castro, c'est Don Quichotte qui a pris le pouvoir. C'est cela qui est terrible. Pourquoi les Cubains ont-ils fait confiance à ce forban ? Ils auraient dû le laisser à ses rêves… Maintenant il n'a plus le choix. Je sais qu'il a peur des flammes de l'enfer. Il va vouloir sauver son âme, et c'est moi qui viendrai lui apporter l'absolution ».

À La Havane, les rêves de rédemption du père Llorente n'amusent pas le *Líder Máximo*. Cette manie qu'a le vénérable jésuite de décrire sa décrépitude imminente, cette lente désagrégation du corps, l'agace profondément. Le vieux caudillo tente désespérément de dissimuler les signes de sénilité qui se manifestent avec une fréquence accrue, mais l'exercice est de plus en plus délicat. Ce vieillard en soutane lui tend la main depuis Miami et le nargue avec un aplomb grotesque, pense-t-il. Certes, ses forces s'amenuisent, sa mémoire lui fait de plus en plus défaut. Il se perd dans ses propres discours, oublie que Cuba est composée de quatorze provinces, découpage qu'il a lui-même imposé, et non pas de cinq, comme c'était le cas avant son accession au pouvoir. Il croit vivants des gens qu'il a fait exécuter. Il fait fusiller des gens qu'il croyait avoir graciés.

Autour de lui, le bal des prétendants se poursuit. Les dauphins guettent la crise qui l'emportera, avec terreur et fascination. Son dernier favori est Felipe Pérez Roque, son ancien secrétaire particulier qu'il a nommé ministre des Relations extérieures après avoir évincé Roberto Robaína, l'homme qui voulait – tâche délicate ! – faire du communisme tendance rock and roll... Mais le nouvel « adoubé » sait qu'il risque de trébucher à tout moment, à la moindre saute d'humeur du *Jefe*. Un mot mal compris, une phrase à double sens, un trait d'humour intempestif, et la chute est instantanée. Il n'y a alors guère de retour possible :

« Le propulsé est tout surpris de voir se creuser un impalpable fossé entre lui et les autres – famille, collègues, amis. Ceux-là ont déjà compris, raconte Régis Debray[1], jadis proche de Castro. Ils le savent dans le périmètre magique, ou maudit, des grands secrets. Ils flairent d'instinct, eux, les périls de l'ensorcellement, de l'aspiration vers le haut, discernent mieux que lui la trappe sous le miraculé, la disgrâce, l'éloignement sans phrases, sinon pis, le cachot, le suicide ou la dégradation, parce que l'étourdi aura eu un mot malheureux, un faux pas, ou ne l'aura pas eu, mais un rival, dans son dos, l'aura rapporté au Chef suprême d'un air navré. Alors, les amis baissent la voix et s'écartent du futur

1. *Loués soient nos seigneurs*, Régis Debray, Gallimard, 1996.

pestiféré, n'osent déjà plus lui poser de questions [...]. Tous les vassaux s'y laissent prendre, à ce maléfice. »

C'est le terrible « baiser de l'ours » des dictateurs psychopathes. Régis Debray, l'ami d'Ernesto Guevara, l'homme que Castro a failli envoyer à la mort en Bolivie, rêve d'une fin honorable pour l'autocrate. Il lui lance une « supplique pour que l'homme de l'Histoire rejoigne la perfection de son être propre, via l'abdication, l'exil ou le suicide [...], le *Jefe* allant se jeter sur les barbelés de Guantánamo, comme José Martí fonçant sur l'Espagnol sabre au clair, et tombant foudroyé par une balle yankee ».

D'autres, comme Ileana de La Guardia, la fille de Tony de La Guardia, souhaitent un procès historique, pour la mémoire de son père, mais aussi de tout le peuple cubain afin qu'il se « reconstruise dans la clarté ». Cette ancienne enfant de la nomenklatura a fait l'inventaire de la mythologie cubaine, cette geste qu'on lui a enfoncée dans le crâne depuis sa plus tendre enfance. Elle ne voit plus désormais face à elle que la figure d'un assassin. L'exécution de son père, d'une certaine manière, l'a sortie d'un lancinant carnaval des illusions. Mais comme tant de Cubains blessés dans leur chair, elle a eu du mal à revisiter l'histoire de son pays. Il y a eu tant de haine, tant de mensonges, tant de propagande qu'il est difficile d'affronter le terrible subterfuge : Fidel Castro, le flibustier, le *Jefe, El Uno*, le *Comandante*, le *Caballo*, le *bicho*, le rebelle vert olive, n'a été qu'un dictateur ombrageux qui a affamé son peuple et voulu abolir le temps dans une île joyeuse et délurée. Après tant d'années de légendes, le réveil est brutal. Cet Hernán Cortés galicien n'a jamais aimé Cuba, ou seulement vu d'en haut, depuis la Mensura, la colline de son enfance en Oriente, ou du pic Turquino, à l'époque du collège Dolores à Santiago, ou de son nid d'aigle de La Plata, dans la sierra Maestra, ou encore de son appartement du vingt-quatrième étage de l'hôtel Hilton de La Havane. Castro au plus haut des cieux. Ni la vieillesse, ni les rhumatismes n'ont apaisé sa haine de la plaine, et surtout de La Havane, ville insouciante et enchanteresse qu'il a transformée en tabernacle. La « bataille contre les moustiques », en 2002, lui a permis de tenter une « ultime purification » contre la grande pécheresse, mais les tonnes de fumigènes ont été inutiles : ils n'ont pu réduire à merci l'âme de la cité, trop légère, volatile et rieuse.

Castro n'aime pas le rire. Il considère cette activité comme profondément antirévolutionnaire. Le rire est l'arme du diable. Le rire doit rester enfoui au plus profond des catacombes, ou, comme dans *Le Nom de la rose* d'Umberto Eco, dans des archives inaccessibles. Le rire est manifestation de vie. Or, l'homme qui a fait de Cuba un camp retranché aime les puissances de mort, les martyrs, les héros disparus. Il hait les fantômes. Ils sont pourtant nombreux à défiler au panthéon des « suppliciés » : Frank País, Camilo Cienfuegos, Ernesto Guevara, Arnaldo Ochoa, Tony de La Guardia, José Abrantes, et les milliers d'autres, fusillés, tombés au champ d'honneur au seul profit du pouvoir d'un roi-soldat, inventeur d'une posture politique unique, mi-fasciste mi-communiste. L'alchimiste a récupéré dans sa besace Robespierre, Primo de Rivera, Franco, Hitler, Lénine, Louis Napoléon Bonaparte, Frantz Fanon, et bien sûr le pauvre José Martí qu'il a brandi comme un hochet durant des décennies. Comment a-t-on pu rester sourd aussi longtemps aux cris désespérés des opposants ? Tous ceux qui ont fait preuve de tant de cécité, par naïveté, calcul, cynisme, néocolonialisme aussi – un petit pays comme Cuba n'a nul besoin de démocratie, entend-on dire çà et là –, n'ont pas saisi cette terrible évidence : Fidel Castro, chantre de l'indépendance nationale, n'a cessé d'affaiblir son pays et de le livrer à l'étranger. D'abord aux Russes, qui ne s'attendaient pas à pareille aubaine. Ensuite au roi dollar qui a transformé l'île en petit empire de la corruption. Et demain ? Tous ceux qui œuvrent aujourd'hui pour une transition douce – à La Havane, Miami, Madrid, Paris ou ailleurs – ne pourront faire l'économie du caractère maléfique, voire criminel du régime castriste et de son *Jefe*. Ils devront aussi revisiter l'histoire « prérévolutionnaire » d'avant 1959, totalement falsifiée par le *Jefe* dans la plus pure tradition stalinienne. Il faudra refaire vivre les archives qu'il n'aura pas détruites. Le lent travail de réappropriation de l'histoire cubaine sera long et fastidieux pour sortir d'un si long mensonge.

« Tour à tour demi-dieu ou démon, héros ou félon, moderne ou féodal, cupide ou grand seigneur » : Hernán Cortés, le conquistador[1], à qui sont attribués ces qualificatifs, présente d'étranges similitudes avec Castro. Il est capable de toutes les métamorphoses. Il peut jouer sur le registre de la naïveté, de l'enfantillage, de l'amitié virile, et passer brutalement à la cruauté, au dédain, au mépris absolu. Il est l'agent double par excellence, multiple et insaisissable, insatiable, fuyant, affamé de trophées qu'il piétine sitôt obtenus.

Une seule certitude dans ce kaléidoscope étourdissant : l'homme-pouvoir a consacré l'essentiel de son énergie à conserver son trône. L'homme ne partira pas de par sa seule volonté. Il n'a jamais accepté la moindre défaite. Le père Llorente se souvient de cette course de vélos où Castro, plutôt que de perdre, s'était précipité contre un mur avec sa machine. Son sceptre, il l'a conquis à la pointe du fusil. N'est-ce pas infiniment plus

1. *Cortés*, Christian Duverger, Fayard, 2001.

légitime que le droit divin des monarques ? Pourquoi devrait-il s'effacer, puisqu'il a la certitude d'incarner le pays ? Il est l'élu de la Providence, le Missionnaire. Il est Ignace de Loyola, le général Bonaparte sur le pont d'Arcole, le guetteur du *Rivage des Syrtes*, le connétable du Guesclin, Simón Bolívar, d'Artagnan. Il est le bretteur, le condottiere, fringant et éternellement jeune. Il ne voit pas sa barbe blanche, ses mains qui tremblent, l'irrémédiable usure du temps qui a fait son œuvre ; ce temps qu'il a voulu dompter à coups de revolver et de conspirations.

Pour figer les secondes, il a même tenté d'ignorer ses propres enfants. Combien en a-t-il, d'ailleurs ? S'en souvient-il encore ? Après les officiels, Fidelito, Alina, les cinq enfants de Delia, il y a Jorge Ángel, le fils né d'une aventure d'une nuit avec une femme connue en 1959, en Oriente. Et puis Francisca Pupo, surnommée « Panchita », qu'il a eue à la suite d'une liaison éclair dans une voiture avec une jeune fille de Santa Clara, en 1953. Cette enfant, aujourd'hui quinquagénaire, vit à Miami et s'occupe de tout-petits. Elle travaille dans une crèche. Elle est aidée par Juanita Castro, la sœur de Fidel, celle qui l'a traité de « fou dangereux » il y a quarante ans. Il y a enfin le fils secret qu'il a eu avec Marita Lorenz, Andrés, qui serait aujourd'hui vétérinaire et dont personne n'est vraiment tout à fait sûr qu'il soit encore vivant. Et puis tous ceux qui n'ont pas été révélés. Les Cubains évoquent le nombre de vingt. Ainsi Castro le célibataire endurci, malgré tous ses efforts, est devenu un patriarche prolixe. Lui qui ne supporte que les cimes, les hauteurs, symbole d'éternité, a bel et bien une… descendance, signe irrémédiable de la chute. Qui donc lui succédera ? Pour Castro, le pire des cauchemars serait le retour au pays de Lincoln Diaz Balart, l'héritier de la famille honnie. Ce dernier rêve en effet d'être un jour président de Cuba. Lui aussi, comme tant d'autres, attend la fin.

Dans sa retraite de Biscayne Bay, le père Llorente sourit. Il attend paisiblement son heure. Il accomplit toujours ses pénitences, reçoit peu, continue de saluer Franco, le dictateur qui « a eu le courage de passer le relais », salue Pinochet qui a « lui-même préparé sa succession et des élections démocratiques au Chili ». Le vieux père jésuite, né au cœur de la Castille, dans la Meseta, le pays des toits de chaume et des champs de blé à perte de vue, n'a jamais oublié l'Espagne, sa terre ancestrale, la vraie patrie. Il connaît l'histoire du père de Fidel, don Ángel, revenu aux Antilles au début du siècle après un dépit amoureux, trouvant un coin de paradis à Cuba, l'île en forme de crocodile. « Castro n'aurait jamais dû naître à Cuba, dit-il. C'est un accident de l'Histoire. Qu'il vienne, je l'attends ! »

Épilogue

Il n'ira jamais voir le père Llorente, le misérable jésuite et ses croyances de sorcier franquiste. Pourquoi Fidel irait-il demander pardon à Dieu ? Il est Dieu ; Il est le Tout-Puissant, Il peut tout voir, tout entendre, tout penser. Ces dernières années, il a inventé un nouveau concept révolutionnaire : la Bataille des Idées. Tous les Cubains sont appelés à combattre, à porter les armes contre l'ennemi de toujours, les États-Unis. Toujours la même musique : ils doivent lutter contre l'hydre de l'impérialisme, traquer les virus malins jusque dans les neurones de leurs voisins de palier. Chasser l'envahisseur avant l'invasion. Ils n'ont pas le choix. Fidel les a l'œil. Dieu est partout. Le *Comandante* a créé des bataillons spécialisés dans le contrôle des consciences, des brigadistes chargés de visiter chaque foyer et de sonder les âmes. Une police de la pensée plus connue par chaque Cubain sous le nom de « Travailleurs sociaux ». Officiellement, ces nouveaux indicateurs sont chargés de mener des enquêtes d'opinion pour le compte du gouvernement. Ils peuvent débarquer chez les gens n'importe quand et les harceler de questions jusqu'à épuisement. Les Travailleurs sociaux sont là pour rappeler à chaque Cubain que Fidel les surveille de la cave au grenier, que rien ne lui échappe. Les comités de défense de la révolution ne suffisaient plus à tout contrôler. La peur s'éloignait : la grande machine à surveiller le peuple était à bout de souffle, gangrenée par une corruption généralisée. Alors, encore et toujours, Fidel a inventé autre chose, une de ces absurdités dont il a le secret et qui transforment ce pays en théâtre surréaliste : Kafka au pays de la canne à sucre.

Non, Fidel Castro n'ira jamais se repentir auprès d'un petit curé venu d'Espagne. Ni d'un archevêque. Ni même du pape. La maladie ne lui fait pas peur. Le padre Llorente n'a donc rien compris ? Fidel Castro joue avec sa propre mort. Il est immortel. L'homme qui a côtoyé Khrouchtchev, Kennedy et des dizaines de géants de l'Histoire flirte avec l'éternité. Sa fin n'est qu'une étape. Il la prépare avec la minutie d'un cinéaste illuminé par son pouvoir démiurgique. Le 31 juillet 2006, en pleine torpeur estivale, il provoque un coup de théâtre : sa sortie de scène. Une fin shakespearienne, pleine de suspense.

À l'heure du Journal télevisé, son secrétaire particulier, Carlos Valenciaga, lit au peuple cubain une lettre qu'il lui a dictée. Stupeur et effarement : Fidel, pour quelques semaines, abandonne les rênes du pouvoir à son frère Raúl, afin de se remettre d'une opération chirurgicale aux intestins. Comme toujours quand il évoque sa santé, le *Líder Máximo* en rajoute dans les détails : c'est lui, et non pas de doctes praticiens, qui présente son bulletin médical à ses concitoyens. Il évoque des saignements dus à un stress intense. Il s'épanche sur sa charge de travail, les nuits à œuvrer pour la sécurité et l'indépendance de Cuba pendant que le peuple dort. Il s'attendrit sur lui-même, comme tous les tyrans en fin de parcours. Il laisse la place à un autre, mais c'est à un cadet de 75 ans qui n'a jamais été autre chose que l'ombre de son ombre : Dieu installe son clone sur son trône pour laisser reposer ses viscères. Fin ubuesque et mafieuse. Le pouvoir doit rester à la famille. Au reste, les premiers jours, Raúl se cache comme un frère indigne. Il n'apparaît sur aucun écran, n'accorde aucun entretien. Muet et invisible. Il attend les ordres du patron.

Curieusement, les Cubains, face à cette nouvelle à la fois tant attendue et redoutée, restent stoïques. Comme s'ils se méfiaient d'une ultime ruse du vieux dictateur, un de ses stratagèmes pour se payer une dernière grande rafle d'opposants ou déjouer un complot ourdi par un quarteron d'officiers de son armée, contaminés par l'ignoble bacille de la démocratie. Le peuple ne bouge pas. Il est prudent, circonspect. Il en a tant vu ! Ainsi donc, le Vieux n'est pas invincible ? Le temps, comme n'importe quel être humain, l'a rattrapé et l'engloutira, lui aussi ? Mais subsiste encore un doute. Et si Fidel, à quelques jours des célébrations de son quatre-vingtième anniversaire, le 13 août, tentait une ultime pirouette ? Une disparition momentanée, chronométrée, pour réapparaître au bon moment médiatique et provoquer un choc dans l'opinion ? Fidel ressuscité d'entre les morts !

Est-il seulement vraiment malade ? Le diagnostic lu par son secrétaire personnel est d'une imprécision totale. Est-il atteint d'un cancer du côlon, comme de nombreux spécialistes le subodorent ? C'est l'hypothèse la plus vraisemblable. Fidel Castro n'a-t-il pas été opéré au Caire, en 1990, dans le plus grand secret, d'une tumeur colorectale ? N'a-t-il pas subi une autre intervention du même type, quelques années plus tard, dans une clinique de Lausanne, en Suisse ? Impossible d'avancer avec certitude tant le vieil animal politique brouille les pistes et contrôle l'information à sa guise.

Et si le mal venait du cerveau ? Si la maladie de Parkinson dont il est atteint depuis 1998 avait brusquement gagné du terrain et que le *bicho* n'était vraiment plus en état de gouverner ? Comment être sûr, avec ce roublard qui a passé sa vie à jouer au poker menteur avec son peuple ? Est-ce la maladie de Parkinson qui a provoqué la fameuse chute du 20 octobre 2004, désormais aussi célèbre que la prise de la Moncada ? Ce jour-là, à la fin d'un meeting, le *Líder Máximo* rate une marche et s'étale de tout son long devant les caméras de télévision du monde entier. Impossible de censurer. Bilan : une fracture du genou gauche et une fissure de l'humérus du bras droit : jour fatidique pour le montreur d'ours de La Havane. L'image de la « gamelle de Fidel » passe en boucle sur toutes les chaînes du monde. Même dans les émissions populaires les plus médiocres. Il est ridiculisé. Il le sait. Le combattant de la sierra Maestra apparaît de plus en plus comme un vieux dictateur décati et fatigué. Robin des bois est aux portes de l'hospice.

Mais il faut tenir : attendre que la roue de l'Histoire tourne en sa faveur. Le capitalisme est condamné à disparaître, il en est toujours convaincu. Il suffit d'un peu de patience. Et de baraka. Fidel Castro n'en manque pas. Il y a quelques années, le pays était au bord du gouffre, après la « Période spéciale », en état d'économie de survie, menacé par les « émeutes de la faim ». Et puis, Hugo Chavez a surgi : le président vénézuélien, disciple de Castro, apprenti caudillo, a apporté les millions de dollars du pétrole de son pays pour sauver le régime cubain. Un petit miracle qui a permis à Fidel de reprendre son pays en main. À tel point qu'il envisage de créer une fédération cubano-vénézuélienne pour empêcher, selon les fantasmes qu'il cultive depuis un demi-siècle, les Américains d'annexer Cuba. Même si Washington, depuis la fin de l'URSS, néglige l'île et les délires du *Líder Máximo*. Pour l'administration américaine, le seul problème que risque de poser La

Havane est un afflux massif d'immigrés au moment de la mort de Fidel. Cuba intégré à la République vénézuélienne ? C'est le dernier pied de nez de Castro à son puissant voisin : offrir Cuba au nouveau Bolivar sud-américain pour le soustraire aux Yankees. Et procurer de l'énergie bon marché à son pays.

L'*énergie* est le dernier mot clé du vocabulaire castriste : l'homme qui voit la sienne se réduire au fil des ans a, au crépuscule de sa vie, une seule et ultime obsession : la lumière électrique. Depuis plus de vingt ans, Cuba vit au rythme des *apagones*, ces coupures de courant quotidiennes qui ont ramené le pays à l'époque du Moyen Âge. Avec Hugo Chavez, la lumière est revenue. Et l'espoir aussi, pour Castro, de ne pas finir chassé du pouvoir par son peuple. Ou fusillé comme son ami Ceaucescu. Hugo Chavez est une aubaine, un envoyé du Ciel, un bon Samaritain. Castro ne le remerciera jamais assez de sa générosité.

Début juillet 2006, le *Comandante* effectue avec ce dernier un voyage symbolique en Argentine, à Alta Gracia, patrie de Che Guevara, un genre de pèlerinage au cours duquel il passe le relais de la « révolution bolivarienne » au général Chavez, son sauveur. Désormais, le leader vénézuélien portera le rêve des années soixante du Che et de Fidel, celui d'une grande République socialiste de l'Amérique latine : une « URSS latino » qui parlerait d'égale à égal avec son grand cousin du Nord. Pour y parvenir, Castro sait que le pétrole jouera un rôle majeur. Hugo Chavez est son seul et unique successeur ; Raúl, le petit frère qu'il a élevé comme son propre fils, ne sera jamais rien d'autre qu'un simple régisseur des affaires courantes. À La Havane, tout le monde en est convaincu et attend la suite et fin de la pièce, la mort inéluctable du caudillo et le partage de l'héritage du patriarche.

Que laisse Fidel à ses successeurs ? Un peuple sidéré par un demi-siècle de stalinisme tropical, quelques rêves nationalistes, des millions d'exilés, une terreur jamais éteinte. Douloureux bilan pour ce don Quichotte devenu Beria, cet acteur génial qui aurait pu faire fortune à Hollywood dans les années soixante. Restent la légende de la sierra Maestra et les illusions perdues d'un communisme à visage humain. Et cette voix nasillarde, haut perchée, hypnotique, écoutée comme un psaume grinçant, entre deux coupures de courant. Comme une berceuse lancinante et morbide dont l'écoute perdure, obligatoire, et qui, même après la mort du patriarche, ne paraît pas près de disparaître.

S. R.
août 2006

Chronologie

1898 Traité de paix entre l'Espagne et les États-Unis. Cuba passe sous protectorat américain.
1901 *21 février* : Première Constitution cubaine.
31 décembre : Premières élections démocratiques, Estrada Palma élu président.
1925 Dictature du général Gerardo Machado.
1933 Élection de Ramón Grau San Martín à la présidence de la République ; suppression de l'amendement Platt qui faisait de Cuba depuis le début du siècle un protectorat militaire des États-Unis.
1940 Fulgencio Batista élu président de la République. Nouvelle Constitution, participation des communistes au gouvernement.
1948 Carlos Prío élu président de la République.
1952 Coup d'État de Fulgencio Batista.
1953 Attaque de la Moncada par Fidel Castro.
1956 Débarquement du *Granma* en Oriente.
1957 Les États-Unis soutiennent Fidel Castro, réfugié dans la sierra Maestra.
1959 *1er janvier* : Fuite de Batista.
8 janvier : Prise de pouvoir par Fidel Castro et le M26, formation d'un gouvernement démocratique.

7 février : Dissolution de l'Assemblée nationale, début du coup d'État de Fidel Castro.
13 février : Castro se nomme Premier ministre. Le pays est sous une forme de dictature.
8 mai : Promulgation de la réforme agraire qui impose une collectivisation des terres sous le contrôle de l'armée.
28 octobre : Disparition de Camilo Cienfuegos, chef de l'armée rebelle.
11 décembre : Procès de Huber Matos, commandant de l'armée rebelle, condamné à 20 ans de prison.

1961 Organisation de la plus grande rafle de l'histoire de l'Amérique latine, dans la montagne de l'Escambray (200 000 personnes arrêtées et parquées dans les stades en quelques jours), avant l'invasion de la baie des Cochons.

1962 Les Soviétiques installent des missiles à tête nucléaire à Cuba.

1963 Assassinat de J.F.K. à Dallas.

1964 Fuite de Juana, sœur de Fidel Castro, à Miami.

1967 Mort d'Ernesto Guevara en Bolivie.

1968 Interdiction de tous les petits commerces, procès du communiste prosoviétique Aníbal Escalante.

1970 Échec de la « récolte décisive » de canne à sucre.

1971 Visite de Castro au Chili, sous la présidence de Salvador Allende.

1975 Premier Congrès du Parti communiste cubain, début de la guerre d'Angola.

1980 Départ de 100 000 Cubains par le port de Mariel vers les USA.

1984 Le général Ochoa est nommé par Fidel Castro Héros de la Révolution.

1986 Fidel Castro reçoit mère Teresa à La Havane.
1989 Le général Ochoa est condamné à mort à la suite de ce qui est considéré comme le dernier grand procès stalinien du XXe siècle.
1991 Début de la « période spéciale en temps de paix ». Création d'un syndicat ouvrier indépendant, jumeau de Solidarność, aussitôt interdit et réprimé férocement par Castro.
1994 Émeutes sur le boulevard du Malecon, à La Havane. Crise des *balseros*. Fuite d'Alina Fernandez, fille de Fidel Castro, vers Madrid.
1998 Visite de Jean-Paul II à Cuba.
1999 Affaire du petit Elian Gonzalez, naufragé cubain de 6 ans, tiraillé entre sa famille de Miami et son père resté à Cuba.
2002 Officialisation du projet Varela, programme démocratique et pacifique de révision de la Constitution pour sortir de la dictature, sans guerre civile. En réaction, Fidel Castro lance la « bataille contre les moustiques » à La Havane.
2003 L'Union européenne revoit toute sa politique de coopération avec la dictature cubaine.

Annexes

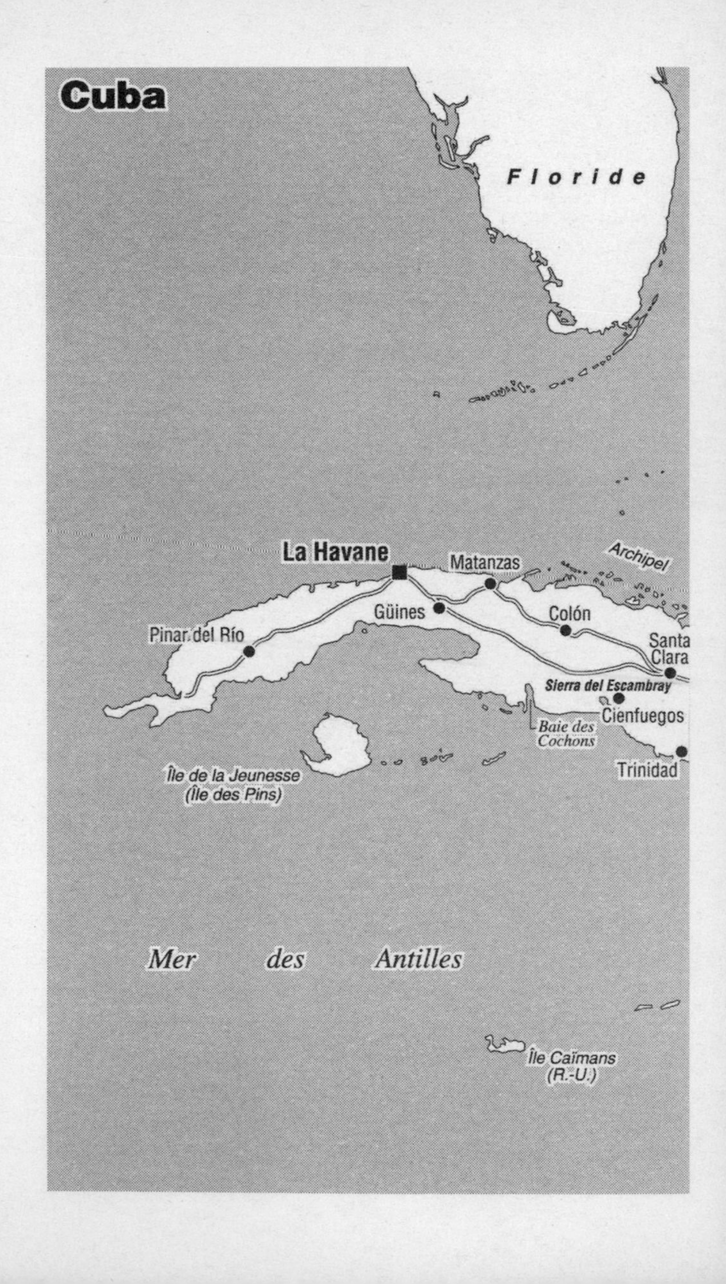
Cuba
Floride
La Havane
Matanzas
Archipel
Güines
Colón
Pinar del Río
Santa
Clara
Sierra del Escambray
Cienfuegos
Baie des
Cochons
Trinidad
Île de la Jeunesse
(Île des Pins)
Mer des Antilles
Île Caïmans
(R.-U.)

BAHAMAS
de
Camagüey
OCÉAN
ATLANTIQUE
Placetas
Sancti
Spiritus
Morón
Ciego
de Avila
Camagüey
Victoria de
Las Tunas
Holguín
Banes
Biran
Mayari
Sierra
de Cristal
Baracoa
Manzanillo
Bayamo
Palma
Soriano
Sierra Maestra
Santiago
de Cuba
Guantánamo
(base des É.-U.)
JAMAÏQUE
HAÏTI

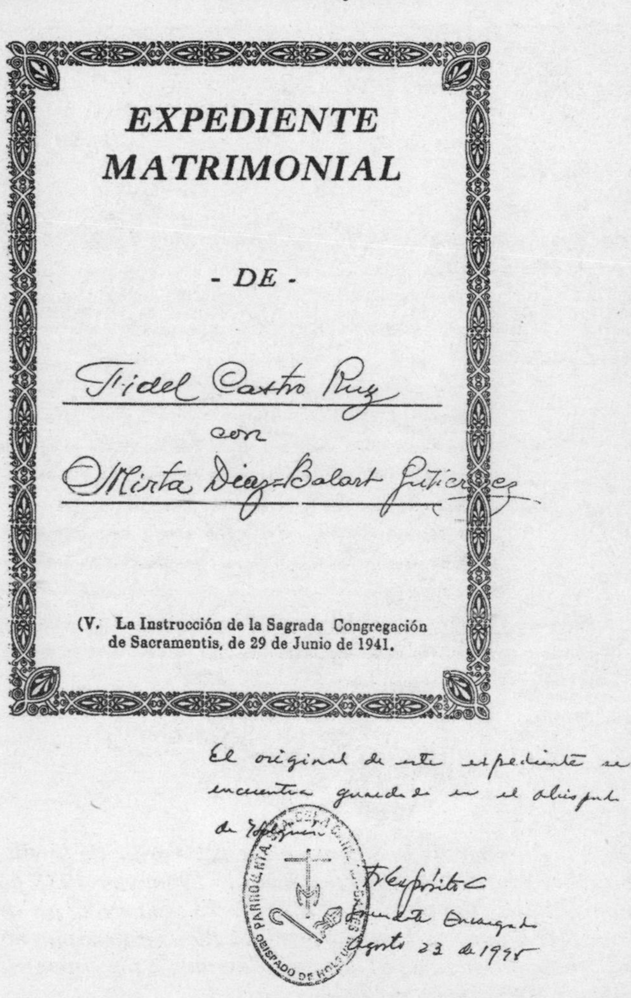

EXPEDIENTE MATRIMONIAL

- DE -

Fidel Castro Ruz
con
Mirta Díaz-Balart Gutiérrez

(V. La Instrucción de la Sagrada Congregación de Sacramentis, de 29 de Junio de 1941.

El original de este expediente se encuentra guardado en el Obispado de Holguín

Encargado

Dans le contrat de mariage de Fidel Castro avec Mirta Diaz Balart, on trouve son acte de baptême (voir page suivante) daté du 19 janvier 1935, soit plus de huit ans après sa naissance. Le père, Ángel Castro, n'apparaît pas sur ce document, ni même l'indication que le jeune Fidel s'appelle Castro. À cette date, Fidel Ruz est de père inconnu.

FIDEL RUIZ SOBRON,PBRO.CURA ECONOMO DE LA PARROQUIA DE LA S.I.CATEDRAL DE SANTIAGO DE CUBA:..

CERTIFICA,que en el libro 42,general de bautismos de este archivo a su cargo,al folio 153 vuelto,No.1219,hay una partida que es como sigue:--

En la Parroquia de la Santa Yglesia Catedral de la ciudad y Arzobispado de Santiago de Cuba a diez y nueve de Enero de mil novecientos treinta y cinco fué bautizado Fidel Hipolito,que nació en Birán el trece de Agosto de mil novecientos veintiseis,hijo de Lina Ruz,Gonzalez natural de Pinar del Rio.Abuelos;maternos Francisco y Dominga.Padrinos;Luis Alcides Hibbert y Emerenciana Feliu.Juan José Badnola.Rubricado.---

Es copia que se expide en cumplimiento y de conformidad con lo que ordena la nueva Constitución de la República.Santiago de Cuba once de Agosto de mil novecientos cuarenta-y-ocho.

Dans la paroisse de la Sainte-Église, cathédrale de la ville et archevêché de Santiago de Cuba, le 19 janvier 1935 fut baptisé Fidel Hippolyte, né à Biran le 13 août 1926, fils de Lina Ruz Gonzalez, née à Pinar del Río. Grands-parents maternels, Francisco et Dominga. Parrains, Luis Hippolyte Hibbert et Emerenciana Feliu.

DOCTOR AMADOR DE LOS A. RAMIRÉZ SIGAS. JUEZ MUNICIPAL Y ENCARGADO DEL REGISTRO CIVIL DE CUETO. ORIENTE. CUBA. - - - - - - - - - - - -

CERTIFICO:-Que al folio 279 del tomo. Nro 16, Original correspondiente a la SECCION DE NACIMIENTOS de este Registro Civil a mi cargo, aparece la inscripcion marcada con el - número 279, referente a FIDEL ALEJANDRO CASTRO RUZ V.B.-

Que copiada literalmente dice asi:-En Cueto, Provincia de Oriente, a las diez de la mañana del dia once de Diciembre de mil novecientos cuarenta y tres, ante el Doctor Amador Ramirez Sigas, Juez Municipal, Encargado del Registro Civil y de Alberico Gómez de la Torre, se pro digo Secretario, se procede a inscribir el nacimiento de un varón - de raza blanca, ocurrido a las doce de la mañana del dia - trece de Agosto de mil novecientos veintiseis, en Barajagua de este Término; es hijo de Angel Castro Argiz y Lina Ruz Gonzalez, natural de Lancara, Lugo, España y Mayari, Cuba mayores de edad, blancos, agricultor y su casa y vecinos de Birán. Que es nieto en linea paterna de Manuel y Antonia - naturales de Lacara digo Lancara, Lugo España, casados, blancos, labrador y su casa y ya difuntos y en la materna de - Francisco y Dominga, naturales de San Juan y Martinez, Pinar del Rio, mayores de edad, casados, blancos, labrador y su casa y vecinos de Biran. Y que al inscripto se le puso por - nombre Fidel Alejandro. Esta inscripción se practica en virtud de la declaración personal del padre del inscripto y - de la Ley de quince de Agosto de mil novecientos treintiocho, publicada en la Gaceta Oficial del dia diez y siete - del propio mes y año y resolución del Decreto de los Registros y del Notariado de fecha quince de noviembre de - mil novecientos treinta y ocho. Y la presencian como testigos Antonio Casaus Sanchez, natural de Mayari digo holguin - mayor de edad, de estado casado, de ocupacion Procurador y vecino de Cueto y Armando Jimenez Reyes, natural de Mayari mayor de edad, de estado casado, ocupacion Empleado y vecino de Cueto. Leida esta acta e invitadas las personas que - deben suscribirla a que la leyeran por si mismas si asi lo creyeren conveniente, se estampó el sello del Juzgado y la firma el señor Juez, los testigos y el declarante, de que - certifico.-Hay un sello del Juzgado firmado Aramirezsigas- A. Casaus S-A. Jimenez R-A. Castro-Agómezdelatorre. - - - -

Es copia fiel de su original. Y para entregar a parte interesada se expide la presente en Cueto a 18 del mes de - Agosto de mil novecientos cuarentiocho. Y se cobraron cincuenta centavos de derechos art. 11 y. L.R.Civil. Certifico.

Ante mi

Juez Municipal Secretario Judicial.

Recibo Nro. 684

Cotejado por

Le document ci-dessus, daté du 11 décembre 1943, révèle que le père de Fidel, Ángel Castro, l'a reconnu ce jour-là, à la mairie de Cueto, Fidel a alors 17 ans.

COLEGIO DE DOLORES
APARTADO 1
SANTIAGO DE CUBA

DIVISION OF ... 1940 ... DEPARTMENT OF STATE

Santiago de Cuba.
Nov 6 1940.
Mr Franklin Roosvelt,
President of the United
States.

My good friend Roosvelt
I don't know very En-
glish, but I know as much
as write to you.
I like to hear the radio, and
I am very happy, because
I heard in it, that you will
be President for a new
(periodo)
I am twelve years old.
I am a boy but I think very
much but I do not think
that I am writting to the

811.001 Roosevelt 6757 Castro, Fidel

À l'âge de 14 ans, depuis le collège Dolores, à Santiago de Cuba, Fidel écrit au président américain Franklin Roosevelt une étrange missive dans laquelle il lui « vend » une mine de fer à Mayari pour 10 dollars... Il prétend avoir 12 ans, alors que selon l'état civil, il a deux ans de plus.

President of the United S
tates.
If you like, give me a
ten dollars bill green ame
rican, in the letter, because
never, I have not seen a
ten dollars bill green ame
rican and I would like
to have one of them.
My address is:
Sr. Fidel Castro
Colegio de Dolores
Santiago de Cuba
Oriente. Cuba.
I don't know very English
but I know very much
Spanish and I suppose
you don't know very Spa
nish but you know very
English because you
are American but I am
not American.

(Thank you very much)
Good by. Your friend,

Castro
Fidel Castro

If you want iron to make
your sheaps ships, I will
show to you the bigest
(minas) of iron of the land
They are in Mayarí. Oriente
Cuba.

Santiago de Cuba
6 novembre 1940
M. Franklin Roosevelt
Président des États-Unis

Mon bon ami Roosevelt,

Je ne connais pas très bien l'anglais, mais suffisamment pour vous écrire. J'aime écouter la radio et je suis très heureux, car j'ai entendu que vous alliez être président à nouveau.

J'ai douze ans. Je suis un jeune garçon, mais, j'ai conscience, non je n'ai pas conscience d'écrire au Président des États-Unis.

Si vous voulez, donnez-moi un billet vert américain de dix dollars, dans votre lettre, car je n'ai jamais vu un billet de dix dollars et j'aimerais en avoir un.

Mon adresse : Fidel Castro
Collège Dolores
Santiago de Cuba. Oriente. CUBA

Je ne connais pas très bien l'anglais mais je sais très bien l'espagnol et je suppose que vous ne connaissez pas l'espagnol mais vous connaissez l'anglais puisque vous êtes Américain, mais, moi, je ne suis pas Américain.

Merci beaucoup. Au revoir. Votre ami, Fidel Castro.

Si vous voulez du fer pour fabriquer vos bateaux, je pourrai vous montrer les meilleures mines de fer de mon pays. Elles sont à Mayarí, Oriente Cuba.

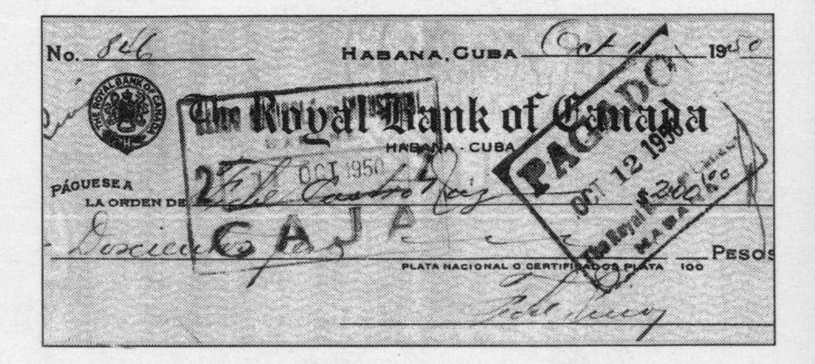

Ce chèque, daté du 11 octobre 1950, prouve que Fidel Castro reçoit régulièrement de l'argent de son parrain, l'Espagnol Fidel Pino Santos, député conservateur et meilleur ami de son père.

Selon ces billets d'avion, datés de janvier 1959, Jack Ruby, l'assassin de Lee Harvey Oswald, était à La Havane dès le début de la révolution castriste pour négocier le maintien des casinos avec le Comandante *Castro.*

CONSULADO DE CUBA, MEXICO, D.F.

Solicitud de visa No.: 779

foto

Fecha: 27 de septiembre de 1963.

Nombre: Lee Harvey Oswald

Ciudadanía: norteamericana

Fecha y lugar de nacimiento: Octubre 18, 1939 en New Orleans, U.S.A.

Pasaporte No. D-092526

Dirección permanente: 4907 Magazine St. New Orleans. La., U.S.A.

Ocupación (expresando empresa para la que trabaja) Fotografo Comercial

Estancias anteriores en Cuba ---

Motivos de las estancias anteriores ---

Familiares o personas conocidas residentes en Cuba

10 OCT. 1963

Ha sido invitado desde Cuba? (Si:) (No: X)

Con que objeto? ---

Cual es el motivo del viaje propuesto viaje de tránsito para la Unión Soviética

Tiempo de estancia en el mismo 2 semanas y si es posible mas tiempo.

Fecha propuesta de llegada a Cuba septiembre 30 de 1963

Dirección en Cuba:

Lee H. Oswald
(firma del interesado)

CONSULADO DE LA REPUBLICA DE CUBA MEXICO, D.F.

PARA USO DE LA MISION

OBSERVACIONES El solicitante dice ser miembro del P.C. Norteamericano y Secretario en New Orleans del Fair Play for Cuba Committee, y que vivió en la Unión Soviética desde Octubre de 1959 al 19 de junio de 1962; que allá se casó con una ciudadana soviética; mostró documentación que lo acredita como miembro de las dos organizaciones mencionadas y acta de matrimonio. Se presentó en la Embajada de la URSS en esta ciudad pidiendo que su visa sea enviada a dicha Embajada en Cuba. Nosotros llamamos al Consulado de la URSS y nos contestaron que ellos tenían que esperar la autorización de Moscú para dar la visa y que tardaría alrededor de 4 meses.

Le 27 septembre 1963, quelques jours avant l'assassinat de J.F. Kennedy, Lee Harvey Oswald demande un visa pour Cuba, qu'il n'obtiendra jamais. Ce document confirme qu'il a bien effectué cette démarche auprès du consulat de Cuba à Mexico.

Bibliographie

AMPURO Roberto, *Nuestros años verde olivo*, Planeta, Barcelone, 2000.

ARCOCHA Juan, *Fidel Castro en rompecabezas*, Ediciones R., Madrid, 1973.

ARENAS Reinaldo, *Avant la nuit*, Julliard, Paris, 1992.

BARDACH Ann Louise, *Cuba confidential*, Random House, New York, 2002.

BATISTA Fulgencio, *Piedras y leyes*, Editorial Botas, 1961.

BATISTA Fulgencio, *Cuba betrayed*, Vantage Press, New York, 1962.

BAYO Alberto, *Mi aporte a la Revolución cubana*, Ejercito Rebelde, La Havane, 1960.

BENEMELIS Juan F., *Las guerras secretas de Castro*, Primero, Miami, 2000.

BONALDI François, *L'empire US contre Cuba : du mépris au respect*, 2 vol., L'Harmattan, Paris, 1989.

BROWN Charles J., LAGO Armando, *The politics of psychiatry in revolutionary Cuba*, Freedom House of Human Rights, Washington, 1991.

CABRERA INFANTE Guillermo, *Mea Cuba*, Alfaguara, Madrid, 1992.

CASTRO Fidel, *Fidel Castro parle*, Maspero, Paris, 1961.

CASTRO Fidel, *Trois discours sur la formation du Parti uni de la Révolution socialiste cubaine*, ambassade de Cuba, Paris, 1962.

CASTRO Fidel, *Quelques problèmes de méthodes et formes de travail des O.R.I.*, Éditions en langues étrangères, Pékin, 1964.

CASTRO Fidel, *Les étapes de la révolution cubaine*, Maspero, Paris, 1964.

CASTRO Fidel, *Rapport central du Ier congrès du Parti communiste cubain*, Maspero, Paris, 1975.

CASTRO Fidel, *Le monde économique et la crise sociale*, Éditions du Conseil d'État, La Havane, 1983.

CASTRO Fidel, *Entretiens sur la religion avec frère Botto*, Le Cerf, Paris, 1986.

CASTRO Fidel, *Fidel en la memoria del joven que es*, Casa Editora Abril, La Havane, 1998.

CASUSO Teresa, *Cuba and Castro*, Random House, New York, 1961.

CLERC Jean-Pierre, *Les quatre saisons de Fidel Castro*, Le Seuil, Paris, 1996.

COHEN-SOLAL Annie, *Sartre*, Gallimard, Paris, 1985.

CONTE AGÜERO Luis, *Fidel Castro, vida y obra*, Editorial Lex, La Havane, 1959.

CONTE AGÜERO Luis, *Cuba en mi corazón*, Continental Printing Company, Hialeah, 1993.

CORMIER Jean, *Che Guevara*, Éditions du Rocher, Paris, 1995.

Cuba. Foreign Relations of the United States, 1958-1960, volume VI, US Government Printing Office, Washington, 1991.

CUTLER Stanley, *The wars of Watergate*, Alfred A. Knopf, New York, 1990.

DANIEL James, *Cuba, the first soviet satellite in the Americas*, Avon Books, New York, 1961.

DANIEL Jean, *Le temps qui reste*, Stock, Paris, 1973.
DEBRAY Régis, *Révolution dans la Révolution ?*, Maspero, Paris, 1967.
DEBRAY Régis, *La critique des armes*, Le Seuil, Paris, 1976.
DEBRAY Régis, *Loués soient nos seigneurs*, Gallimard, Paris, 1996.
DEFORGES Régine, *Camilo*, Fayard, Paris, 1999.
DOMINGUEZ Jorge, *To make a world safe for Revolution*, Harvard University Press, Cambridge, 1989.
DRAPER Theodore, *La révolution de Castro, mythes et réalités*, Calmann-Lévy, Paris, 1963.
DUBOIS Jules, *Fidel Castro*, Bobbs-Merrill, New York, 1959.
DUMONT René, *Cuba est-il socialiste ?*, Le Seuil, Paris, 1970.
EDWARDS Jorge, *Persona non grata*, Plon, Paris, 1976.
ELY Roland T., *Cuando reinaba Su Majestad el Azúcar*, Imagen Contemporanea, La Havane, 2001.
FERNÁNDEZ Alina, *Fidel, mon père*, Plon, Paris, 1998.
FETZER James H., *Murder in Dealay Plaza*, Open Court Publishing Company, New York, 2000.
Fidel y la religión, Conversaciones con Frei Betto, Oficina de publicaciones del Consejo de Estado, La Havane, 1985.
FOGEL Jean-François et ROSENTHAL Bertrand, *Fin de siècle à La Havane*, Le Seuil, Paris, 1993.
FONZI Gaetan, *The last investigation*, Thunder's Mouth Press, New York, 1993.
FORNÉS-BONAVIA DOLZ Leopoldo, *Cuba cronología*, Verbum, Madrid, 2003.
FRANCOS Ana, *La fête cubaine*, Julliard, Paris, 1962.
FRANQUI Carlos, *Le livre des douze*, Gallimard, Paris, 1965.

FRANQUI Carlos, *Journal de la révolution cubaine*, Le Seuil, Paris, 1976.

FRANQUI Carlos, *Vie, aventures et désastres d'un certain Fidel Castro*, Belfond, Paris, 1988.

FRANQUI Carlos, *Camilo Cienfuegos*, Seix Barral, Barcelone, 2001.

FRAYDÉ Martha, *Écoute, Fidel*, Denoël, Paris, 1987.

FUENTES Norberto, *Dulces guerreros cubanos*, Seix Barral, Barcelone, 1999.

FUENTES Norberto, *Narcotráfico y tareas revolucionarias*, Universal, Miami, 2002.

FURIATI Claudia, *The plot to kill Kennedy and Castro*, Ocean Press, Melbourne, 1994.

FURIATI Claudia, *Castro, biografía consentida*, tomes I et II, Editora Rovan, Rio de Janeiro, 2001.

FURSENKO Alexandr, NAFTALI Timothy, *One hell of a gamble, the secret story of the cuban missile crisis*, Norton, New York, 1998.

GALVEZ William, *Camilo, Señor de la Vanguardia*, Editorial Ciencias sociales, La Havane, 1979.

GARCÍA MONTES Jorge, ÁVILA Antonio Alonso, *Historia del Partido comunista de Cuba*, Ediciones Universal, Miami, 1970.

GONZÁLEZ Edward, *The Cuban Revolution and the Soviet Union, 1959-1960*, University of California, Los Angeles, 1966.

GONZÁLEZ Servando, *The Secret Fidel Castro*, Spook Books, Washington, 2001.

GOYTISOLO Juan, *Les royaumes déchirés*, Fayard, Paris, 1988.

GUERRA ALEMÁN José, *Barro y cenizas*, Fomento Editorial, Madrid, 1971.

GUEVARA Ernesto, *La tactique et la stratégie de la révolution latino-américaine, Œuvres,* III, textes politiques, Maspero, Paris, 1965.

GUEVARA Ernesto, *Journal de Bolivie*, Maspero, Paris, 1968.

GUEVARA Ernesto, *Mito y realidad*, Universal, Miami, 2002.

GUEVARA LYNCH Ernesto, *Mi hijo el Che*, Editorial Arte y Literatura, La Havane, 1988.

GUILBERT Yves, *La poudrière cubaine. Castro l'infidèle*, La Table Ronde, Paris, 1961.

GUTIEREZ FERRER Virgilio, *Como Fidel destruyó el régimen educativo, la seguridad social y la prensa en Cuba*, Instituto de Cooperación Interamericana, Madrid, 1968.

HABEL Janette, *Ruptures à Cuba*, La Brèche, Paris, 1989.

HALPERIN Maurice, *La gloire et le déclin de Fidel Castro*, University of California Press, Berkeley, 1972.

JOHNSON Haynes, *La baie des Cochons*, Robert Laffont, Paris, 1965.

JOXE Alain, *Socialisme et crise nucléaire*, L'Herne, Paris, 1973.

KAROL K.S., *Les guérilleros au pouvoir*, Robert Laffont, Paris, 1970.

KHROUCHTCHEV Nikita, *Souvenirs*, Robert Laffont, Paris, 1971.

LA GUARDIA Ileana de, *Le nom de mon père*, Denoël, Paris, 2001.

LAZITCH Brance, *Biographical dictionary of the Comintern*, Hoover Institute Press, Stanford University, California, 1973.

LEANTE Cesar, *Revive, historia, anatomía del castrismo*, Biblioteca Nueva, Madrid, 1999.

LEE ANDERSON Jon, *Che Guevara, a revolutionary life*, Bantam, Londres, 1997.

LEVESQUE Jacques, *L'URSS et la Révolution cubaine*, Presses de la Fondation nationale des sciences politiques, Paris, 1976.

LEVINE Robert, *Secrets missions to Cuba*, Palgrave, New York, 2001.

LEWIS O., LEWIS R.M., RIGDON S., *Trois femmes dans la révolution cubaine*, Gallimard, Paris, 1977.

LORENZ Marita, *Cher Fidel*, L'Archipel, Paris, 2001.

MACHOVER Jacobo, *La memoria frente al poder*, Universidad de Valencia, 2001.

MAILER Norman, *Oswald's tale*, Random House, New York, 1997.

MARÍN Gustavo Adolfo, *La locura de Fidel Castro*, Ediciones Universal, Miami, 1996.

MARTÍ José, *Notre Amérique*, Maspero, 1968.

MARTÍ José, *Diarios*, Galaxio Gutenberg, Barcelone, 1997.

MARX Karl, *Le 18 Brumaire de Louis Napoléon Bonaparte*, Éditions sociales, Paris, 1976.

MASETTI Jorge, *El furor y el delirio*, Tusquets, Barcelone, 1999.

MATOS Huber, *Como llegó la noche*, Tusquets editores, Barcelone, 2002.

MENCIA Mario, *La prison féconde*, Editora política, La Havane, 1982.

MERLE Robert, *Moncada*, Laffont, Paris, 1965.

MINA Gianni, *Fidel*, Edivision, Mexico, 1990.

MONTANER Carlos Alberto, *Viaje al corazón de Cuba*, Plaza y Janes, Barcelone, 1999.

NECAIEV Serguei, *Le catéchisme du révolutionnaire*, dans Michael Confino, *Violence dans la violence*, Maspero, Paris, 1973.

NECHIPORENKO Oleg, *Passport to assassination*, Birch Lane Press, New York, 1993.

NUÑEZ JIMÉNEZ Antonio, *En marcha con Fidel*, Letras cubanas, La Havane, 1982.

OSWALD J.G., STROVER J., *The Soviet Union and Latin America*, Praeger, New York, 1970.

PARDO LLADA José, *Memorias de la Sierra Maestra*, Tierra Nueva, 1960.

PELLECER Carlos Manuel, *Utiles después de muertos*, Editorial Costa-Amic, Mexico, 1967.

PHILLIPS David A., *The night watch*, Atheneum, New York, 1977.

PINO Rafael del, *Proa a la libertad*, Planeta, Mexico, 1990.

PUBLICACIONES del Consejo de Estado, *Celia, heroina de la revolución cubana*, Editorial Politico, La Havane, 1985.

RAMONET Ignacio, *Propagandes silencieuses : masses, télévision, cinéma*, Gallimard, Paris, 2002.

RAVINES Eudocio, *La Gran Estafa*, Mexico, 1952.

RODRÍGUEZ Carlos Rafael, *Cuba en el tránsito hacia el socialismo*, Siglo Veintiuno Editores, Mexico, 1978.

RODRÍGUEZ MOREJÓN Gerardo, *Fidel Castro*, Editorial P. Fernández, La Havane, 1959.

SEMIDEI Manuela, *Kennedy et la révolution cubaine*, Gallimard, 1972.

SKIENKE Volker, *Fidel*, Ediciones Martínez Roca, Barcelone, 2002.

SUAREZ André, *Cuba : castrisme et communisme, 1959-1966*, MIT Press, Cambridge, 1967.

SUCHLICKI Jaime, *Cuba, Castro and revolution*, University of Miami Press, Miami, 1972.

SUCHLICKI Jaime, *Cuba from Columbus to Castro*, Pergamon-Brassey's, Washington, 1986.

SZULC Tad, *Fidel, a critical portrait*, William Morrow and Company, New York, 1986.

TUTINO Saverio, *L'ottobre cubano*, Einaudi, Turin, 1968.

URRUTIA Manuel, *Fidel Castro and company*, F.A. Raeger, New York, 1964.

VALLS Jorge, *Mon ennemi, mon frère*, Gallimard, Paris, 1991.

VÁZQUEZ MONTALBÁN Manuel, *Dios entró en La Habana*, Ediciones El País, Madrid, 1998.

VERDÈS-LEROUX Jeannine, *La Lune et le caudillo*, Gallimard, Paris, 1989.

VIVÈS Juan, *Les maîtres de Cuba*, Robert Laffont, Paris, 1981.

REMERCIEMENTS

Ce livre n'aurait jamais vu le jour sans les témoignages de tous ceux qui, à Cuba, au risque de leur propre liberté, m'ont consacré un peu de leur temps, m'ont ouvert leurs archives et m'ont permis de ne pas m'engluer dans le vernis de la légende, savamment fabriquée depuis des décennies. Qu'ils soient remerciés ici pour leur contribution anonyme et pourtant si courageuse. Je pense en particulier aux amis de Santiago de Cuba, de La Havane et de Banes. Pour les autres, exilés de la première heure, parents ou proches de Fidel Castro, je leur exprime ma gratitude. Merci à :

Andrès Afaya, Dariel Alarcon Ramirez, Rolando Amador, Juan Arcocha, Gustavo Arcos, Lazaro Asencio, José Basulto, Ricardo Boffil, Élisabeth Burgos, Guillermo Cabrera Infante, Margarita et Jorge Camacho, Eladio Capon, Juana Castro, Mirta Castro Smirnova, Carlos Castaneda (décédé en 2002), Baudilio Castellanos (décédé en 2002), Mgr Carlos Manuel de Cespedes, Ramon Chao, Mario Chanes de Armas, Alfredo Conde, Olga Connor, père José Conrado, Luis Conte Agüero, Jaime Costa, Ángel Cuadra, Lincoln Diaz Balart, Mirta Diaz Balart, Rafael Diaz Balart, Waldo Diaz Balart, Jorge Dominguez, Alfredo Duran, Vicente Echerri, Alina Fernández, Carlos Franqui, Martha Fraydé, Norberto Fuentes, Andreï Gratchev, Maria Cristina Herrera, Eloy Gutierez Menoyo, Rafael Gutiérez, Armando Lago, Ileana de La Guardia, général Nikolaï Leonov, Salvador Leu, père Armando Llorente, Victoria Lopez Castro, Marjorie Lord

Skelly, Marita Lorenz, Jacobo Machover, Jorge Masetti, Huber Matos, Carlos Alberto Montaner, Col. Oleg Nechiporenko, Enrique Ovarés, Oleg Palachenko, Jesús Yañez Pelletier (décédé le 18 septembre 2000), Ninochka Perez, Raoul Pino Santos, José Manuel Pou Socarras, Leonor et Georgina Pujol, Annabelle Rafaël-Rodriguez, Ignacio Ramonet, Yndamiro Restano, Naty Revuelta, Adolfo Rivero, Philippe Robrieux, Marta Rojas, Elizardo Sanchez, Mercedes Sandoval, Pio Serano, Roberto Simeon, Jack Skelly, Jaimé Suchlicki, Jorge Valls, Mario Vargas Llosa, Veiro Vilas, Arcady Waksberg, Pedro Yanés, Luis Zuniga.

Parmi les confrères journalistes qui m'ont ouvert leurs dossiers et soutenu dans mon travail, Javier Ortega, journaliste à *La Tercera* (Chili), Pablo Alfonso, du *Nuevo Herald* (Miami), Jean Daniel, *Le Nouvel Observateur*, Philippe Lançon, de *Libération* (Paris), Denis Rousseau, de l'Agence France Presse, Jean-Pierre Clerc, *Le Monde*, Anne Nivat, à Moscou, José Luis Blanco, chef du service de documentation d'*El País* (Madrid), Susana Rodriguez Lopez et Victor Lopez Villarabid, *El Progreso* (Galice). D'autre part, je n'oublie pas les documentalistes de la Bibliothèque nationale José Mart de La Havane, Lesbia Varona de l'Institut de l'héritage cubain de l'université de Miami, Jean-Michel Blanquer, directeur de l'Institut des hautes études de l'Amérique latine de Paris, Ivan Tioulin, vice-recteur de l'université internationale de Moscou, Lidwin Zumpolle, de l'organisation hollandaise Pax Christi, mouvement pour la défense des droits de l'homme à Cuba, également la Bibliothèque nationale de Madrid, et surtout Fabiola Rodriguez, de la Bibliothèque de documentation d'histoire contemporaine de Nanterre.

Le service de presse du ministère des Affaires étrangères français, avec Bernard Valéro, Valérie Fourrier, à Paris, Yann Bathefort, Bertrand Pratviel, à Miami, Pascal Ghénin, à Moscou, Romain Nadal, à Madrid, m'ont apporté un soutien permanent, je leur en suis très reconnaissant.

Fidel Castro, après avoir hésité à m'accorder un entretien, a préféré rester dans le flou, sans jamais me donner une réponse négative, comme il le fait systématiquement.

Plutôt que d'attendre, j'ai préféré enquêter entre les mailles du filet, dans tout le pays. Dans la logique de toute dictature, aucun officiel cubain ne s'est aventuré à m'accorder un entretien tant que le *Jefe* n'avait pas donné son feu vert. Je n'ai donc pas eu accès au sommet de la pyramide. C'est une chance. J'ai pu ainsi échapper au fameux « baiser de l'ours » et travailler sereinement. Je remercie donc Fidel Castro de m'avoir « oublié ».

J'adresse un amical salut à Denis Tillinac, éditeur de La Table Ronde, ainsi qu'à sa collaboratrice, Marie-Thérèse Caloni, qui m'ont permis de reprendre le titre d'un livre que leur maison avait publié en 1961 : *La poudrière cubaine. Castro l'infidèle*, d'Yves Guilbert, ouvrage d'une grande lucidité historique.

Enfin, je tiens à rendre hommage aux amis fidèles, Fernando, Dan, Franz, Jean, Jean-Pierre et Geneviève, Joël, Michèle et Dominique, Alain et Gérard, qui m'ont épaulé par leur confiance, tout au long de cette difficile exploration. Comment ne pas associer à ce travail ceux qui m'ont supporté au quotidien avec une infinie patience, les miens, Marion, Elio, Lisa et Judith. Et, pour finir, mon éditeur, Claude Durand, dont la présence bienveillante et chaleureuse, la connaissance profonde de l'histoire cubaine, l'exigence et la rigueur m'ont éclairé tout au long du parcours.

Table

Du même auteur :

Les Enfants de Gaston, Lattès, 1989.
La Veuve, Fayard, 1994.
Monsieur Gendre, Fayard, 1995.
Lignes de fuite, Pauvert, 1999.
Jospin. Secrets de famille, Fayard, 2001.
La Piste andalouse, Calmann-Lévy, 2005, Prix du Livre Europe 1.

En collaboration :

Confessions. Conversations avec Serge Raffy, de Patrick Poivre d'Arvor, Fayard, 2005.

Composition réalisée par Asiatype

Achevé d'imprimer en janvier 2007 en France sur Presse Offset par

La Flèche (Sarthe).
N° d'imprimeur : 39613 – N° d'éditeur : 81822
Dépôt légal 1re publication : février 2007
LIBRAIRIE GÉNÉRALE FRANÇAISE – 31, rue de Fleurus – 75278 Paris cedex 06.

31/1081/4